O Mercador de Lã

Obras da autora publicadas pela Editora Record

O mercador de lã
O monge inglês

Valeria Montaldi

O Mercador de Lã

Tradução de
MARIA IRENE PIGOTTO DE CARVALHO

2ª edição

EDITORA RECORD
RIO DE JANEIRO • SÃO PAULO
2010

CIP-BRASIL. CATALOGAÇÃO-NA-FONTE
SINDICATO NACIONAL DOS EDITORES DE LIVROS, RJ

M763m
2ª ed.
 Montaldi, Valeria
  O mercador de lã / Valeria Montaldi; tradução de Maria Irene Pigotto de Carvalho. – 2ª edição – Rio de Janeiro: Record, 2010.

  Tradução de: Il mercante di lana
  ISBN 978-85-01-08652-5

  1. Romance italiano. I. Carvalho, Maria Irene Pigotto de. II. Título.

09-2094
     CDD: 853
     CDU: 821.131.3-3

Título original em italiano:
IL MERCANTE DI LANA

2001 © Edizione Piemme Spa
Via Galeotto del Carretto, 10
15033 Casale Monferrato (AL) - Italy

Todos os direitos reservados.
Proibida a reprodução, no todo ou em parte, através de quaisquer meios.

Direitos exclusivos de publicação em língua portuguesa somente para o Brasil adquiridos pela
EDITORA RECORD LTDA.
Rua Argentina 171 – Rio de Janeiro, RJ – 20921-380 - Tel.: 2585-2000
que se reserva a propriedade literária desta tradução

Impresso no Brasil

ISBN 978-85-01-08652-5

Seja um leitor preferencial Record
Cadastre-se e receba informações sobre nossos lançamentos
e nossas promoções.

Atendimento e venda direta ao leitor
mdireto@record.com.br ou (21) 2585-2002

Ducunt fata volentem, nolentem trahunt
O destino guia o sábio, aprisiona o tolo

Sêneca

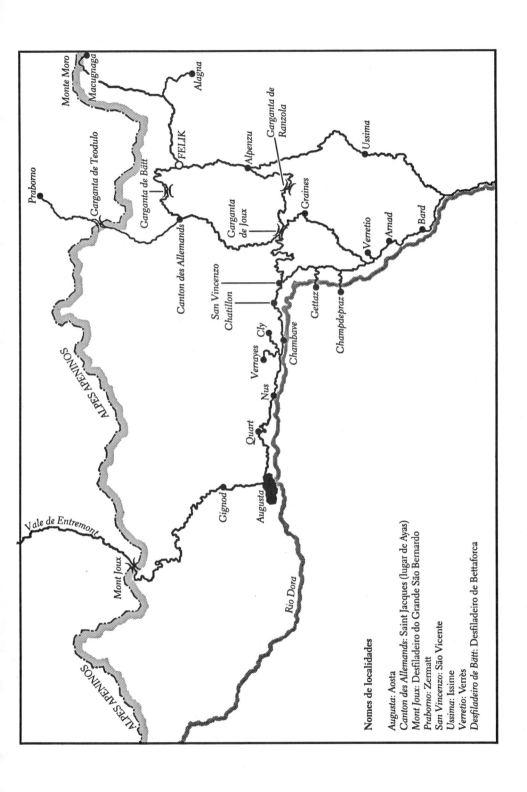

1

SIBILLA OLHOU PARA A MÃE: o rosto acinzentado, emoldurado pelo cabelo grisalho, assemelhava-se ao da Virgem de pedra que ladeava o altar da igreja. O suor frio colava-lhe o corpo ao cobertor de lã áspera, a respiração era cada vez mais rápida e superficial. E, apesar de a lareira espalhar calor pela *stube*, seu corpo era sacudido por violentos arrepios.

Sibilla trouxera a mãe do andar de cima até ali exatamente por estar mais quente: a respiração dos animais, atrás da parede, contribuía para isolar o ambiente do frio externo. Marcabrù andava em volta do leito de Karola, cheirando, inquieto, de orelhas em pé e rabo entre as pernas: de vez em quando, pousava a pata sobre o cobertor, lambia a mão magra, abandonada na beira da cama, regressando depois ao seu canto, ao lado da lareira, onde se deitava por um tempo, mas sempre com o olhar atento, fixo naquela figura imóvel estendida no leito.

Karola entrou num demorado estertor, arregalou os olhos e não voltou a fechá-los.

Sibilla permaneceu inerte, como se estivesse paralisada, a respiração suspensa: tinha a sensação de que o tempo parara. Fitou por um longo instante os olhos apagados da mãe, incapaz de se mover, de gritar, de chorar. Depois, lentamente, fechou-lhe as pálpebras e juntou-lhe as mãos sobre o peito. Marcabrù saltou para a cama e, enroscado nos pés de Karola, tentava acordá-la dando pancadinhas com o focinho em suas pernas, mas não obteve resposta. Então começou a ganir, primeiro baixinho, depois mais alto; do estábulo, a cabra, a vaca e as ovelhas participaram do seu desespero com balidos e mugidos. Como se esperasse um sinal, Sibilla entregou-se, finalmente, ao choro: um choro de desgosto, de desespero, de abandono, de raiva. Seus gemidos misturavam-se com os dos animais e ressoavam alto no *stadel*, enchendo o ar e saindo, através da janela aberta, pelos caminhos da aldeia.

Foi assim que os habitantes de Felik souberam da morte de Karola. Era a hora das completas, e as mulheres da vizinhança saíam agora da sombra e dirigiam-se à casa de Sibilla, onde decorriam os ritos fúnebres.

Gertrud tinha 40 anos e era prima de Karola: quando Sibilla nascera, 18 anos antes, contribuíra para o sucesso daquele parto difícil e, passados seis anos, confortara Karola pela perda prematura do marido, que morrera com uma estranha febre que lhe fizera inchar o ventre. Gertrud queria ter assistido Sibilla durante todos aqueles meses de agonia, mas a jovem não quisera partilhar sua dor com ninguém, e, dessa forma, nada mais lhe restara senão acompanhá-la no velório. Sibilla recebeu as mulheres à porta; aquela figura, habitualmente elegante e ágil, mostrava-se agora curvada e informe. Os compridíssimos cabelos pretos espalhavam-se em cachos sujos pelo vestido de lã crua; no rosto encovado de pele alva e transparente, abriam-se duas órbitas afundadas. Só os olhos se mantinham os de sempre: azuis, luminosos, penetrantes, embora o olhar se mostrasse agora devastado e febril.

Gertrud abraçou-a em silêncio, procurando manter de encontro ao seu aquele corpo frágil e trêmulo, mas Sibilla desprendeu-se de súbito daquele gesto maternal de afeto para ir à cabeceira de Karola, onde as outras mulheres já haviam iniciado o pranto fúnebre. Marcabrù, entretanto, caminhara na direção de um saco de centeio e ficara sentado sobre as patas traseiras, em posição de espera, com o pelo em pé e o rabo entre as pernas.

Enquanto as mulheres recitavam litanias, Gertrud e Sibilla procederam aos últimos cuidados que ainda deviam ser prestados a Karola dentro de casa: primeiro, lavaram seu rosto com um pano de linho embebido em água. Em seguida, cortaram-lhe as unhas das mãos e dos pés e guardaram-nas numa caixa de madeira. Por fim, cortaram um palmo do cabelo; Sibilla amarrou aqueles poucos caracóis grisalhos com uma tira de cânhamo e os guardou junto com as unhas. Da caixinha de abeto que o pai habilmente esculpira tantos anos antes, retirou, então, um pano de linho finíssimo; fora Gertrud quem, no verão passado e a pedido de Karola, o comprara de um mercador proveniente de Flandres que por ali passara a caminho de Pavia. Karola queria oferecê-lo a Sibilla por ocasião de seu casamento.

Sibilla alisou, com enorme doçura, a mortalha e depois, ajudada pelas mulheres, envolveu Karola e depositou aos pés dela o círio da morte, que acendeu numa brasa da fogueira. Ajoelhou-se então aos pés do leito e, enquanto olhava aquela silhueta branca que nele jazia, perguntava-se qual o sentido que sua vida teria dali em diante.

A mãe a criara sozinha, carregando o peso de uma viuvez precoce que inevitavelmente a isolara do restante da comunidade, privando-a do seu justo lugar na sociedade. E, no entanto, não se deixara abater: embora fosse a abastada mulher de um mercador de lã, não hesitara em converter-se numa tecelã, assegurando, dessa forma, um futuro razoável para sua única filha. Continuara a cuidar das poucas ovelhas que pastavam a grama do seu pedacinho de terra; depois, com o primeiro dinheiro que fizera, comprara outras, aumentando, assim, a quantidade de lã de que necessitava para o seu trabalho. Uma vez ao ano, em junho, contratava dois homens, experientes no ofício, a quem pagava para tosquiar os animais, libertando-os de seu precioso pelo. Depois, com a ajuda de uma serva de confiança e de Sibilla, fiava a lã e começava a tecê-la. O batimento ritmado do tear, instalado numa salinha ao lado da *stube*, acompanhara toda a infância de Sibilla: quando regressava da brincadeira na eira, aquele barulho anunciava-lhe a presença da mãe antes mesmo que seus olhos pudessem enxergá-la. Inicialmente, Karola expunha suas peças de lã no mercado da aldeia, mas, dado que se convertera numa hábil tecelã, muito criativa em seus trabalhos, as peças começaram a ser vendidas nas feiras além dos Alpes, para onde eram levadas por homens que, em troca de pagamento, carregavam os asnos e as transportavam duas vezes ao ano.

Sibilla aprendera tudo sozinha: começara desde criança a pastorear os animais e, quase por brincadeira, a tecer a lã. Mas, sobretudo, havia interiorizado a disposição de espírito da mãe: estabelecera-se, entre ambas, uma relação estreita e exclusiva, que permitira a Karola compreender que cumpria sua missão da melhor forma possível. Sibilla se tornaria uma mulher forte e autossuficiente.

Ou, pelo menos, assim pensava Karola até um ano antes, quando descobrira que a filha se apaixonara por Leonhardt, o filho mais velho de Hermann Wiesel, um dos mais poderosos mercadores da aldeia. Havia feito de tudo para dissuadir Sibilla de dar prosseguimento àquela história sem futuro: Leonhardt era o único herdeiro dos Wiesel, destinado a continuar a atividade do pai, tendo já uma posição estabelecida dentro da comunidade. Nenhum dos seus parentes permitiria que a filha de uma viúva, embora abastada, entrasse para a família: Karola gritara, chorara, bradara, mas Sibilla não quisera ouvir as razões, e, assim, a história fora adiante em meio a milhares de dúvidas. Por fim, os próprios pais de Leonhardt vieram a saber do que estava acontecendo entre os dois jovens e vetaram imediatamente a possibilidade de um futuro matrimônio.

Hermann avisara peremptoriamente o filho de que, caso a moça lhe tivesse incendiado os sentidos, seria fácil mantê-la como amante e deixar vir ao mundo um bastardo, mas que nunca consentiria em que ela entrasse na família como sua esposa. E, para afastar os jovens o mais que podia, obrigara-o a acompanhá-lo nas viagens que habitualmente fazia para além dos Alpes, através do desfiladeiro de São Teodulo. Nas feiras do Vallese, Hermann comprava sobretudo tecidos valiosos e também sal e especiarias, quando o preço era particularmente baixo; depois, trazia todas as mercadorias para a aldeia em grandes sacos transportados por asnos e muitas vezes descia também à planície, até Vercelli ou Novara, onde as revendia e comprava outras. Os trajetos, longos e cansativos, exigiam vários dias de caminhada: os mercadores paravam ao longo da estrada, para repousar e substituir os animais. As tabernas que os hospedavam durante essas estadas forneciam-lhes carne, vinho e prostitutas; Hermann esperava que sua companhia e um pouco de experiência do mundo fizessem Leonhardt esquecer Sibilla. Até então, o rapaz acompanhara o pai apenas em duas oportunidades até Vercelli, e agora, enquanto Karola morria, em Felik, seguia pela estrada depois da volta às aldeias em torno de Praborno.

Gertrud aproximou-se de Sibilla, pousou a mão em suas costas e sussurrou:

— Minha querida, temos de fechar a *seelabalga*, está na hora!

A jovem fixou a prima apenas por uns segundos, com um olhar ausente; em seguida, retomando a consciência, ergueu-se do chão e foi até uma pequena janela em forma de cruz, que se abria por cima da porta.

Fora a mãe quem lhe explicara para que servia aquela estranha abertura: quando alguém estava morrendo, aquela janelinha deveria ser aberta, de modo que a alma pudesse sair da casa sem encontrar nenhum obstáculo; logo após a morte, deveria ser fechada, para evitar que o espectro do defunto voltasse a habitar entre os vivos. Assim fizera Karola quando o marido morrera; assim ela deveria fazer agora pela mãe.

Sibilla encostou um banco à parede e subiu; depois, com uma pancada decidida, fechou o batente. Perante o inesperado ruído, Marcabrù pôs-se de pé e latiu. Sibilla dirigiu-se até ele e acariciou-o com ternura.

Marcabrù acompanhava-a havia quatro anos; numa bela manhã de verão, aparecera na frente da casa, vindo sabe-se lá de onde, e ali permanecera, à espera. Era um cachorrinho de pelo comprido e preto, completamente enlameado, que coxeava um pouco; Sibilla e a mãe mataram-lhe a fome, pensando que, uma vez saciado, ele iria embora pelo mesmo caminho. Mas não: ele ficara paciente à espera de que ela regressasse do campo ou do mercado, todos os dias, durante uma semana inteira; por fim, haviam decidido lhe dar abrigo, até porque poderia servir de cão pastor.

E assim aconteceu: chamaram-lhe de Marcabrù, o nome de um trovador de quem Karola sabia alguns versos ensinados pelo pai. O cão crescera rapidamente, tornando-se um animal forte e corajoso, mas, sobretudo, ligadíssimo a Sibilla, com quem partilhava as refeições e o leito. Não a largava nem um segundo, nem mesmo durante os seus encontros secretos com Leonhardt: a seguia, embora de longe, como se compreendesse o desejo de intimidade dos dois jovens. Só uma vez se aproximara, latindo com fúria, quando um lobo aparecera perigosamente no limite do bosque em que Sibilla e Leonhardt haviam se escondido para conversar sobre seu amor impossível.

A jovem chorou, e suas lágrimas molharam as orelhas do cãozinho: sentia-se sozinha, culpada, inútil, cheia de raiva pela vida miserável que se apresentava a ela. Gertrud aproximou-se e abraçou-a em silêncio; a pena que sentia impedia-a de pronunciar qualquer palavra de conforto.

Queria poder ajudar Sibilla, pois bem sabia que sua situação ali, no meio de uma aldeia de mercadores rudes e ricos demais para se apiedarem e compreenderem a solidão dos outros, não seria nada fácil. De agora em diante, sua existência se daria à margem da comunidade. E depois havia a história com Leonhardt, que decerto não facilitaria as coisas.

Gertrud recordava ainda aquele dia de festa, dois anos antes, quando um médico-cirurgião proveniente da planície se dirigira a Felik para vender suas poções; com ele havia dois saltimbancos, que entretinham as pessoas da aldeia com música e jogos de prestidigitação. Para vê-los, toda a comunidade se reunira na praça: os mercadores com as respectivas mulheres e filhos, os camponeses, a taberneira, até o padre; entre os jovens, fascinados com o espetáculo, encontravam-se também Sibilla e Leonhardt. Algumas vezes, na igreja, por ocasião das cerimônias de domingo, Leonhardt já reparara naquela jovem alta, com olhos azuis voluntariosos e cabelos pretíssimos, e Gertrud sabia que o rapaz falara dela aos amigos: estes, todos filhos de mercadores da aldeia, haviam feito troça dele, inicialmente num tom de brincadeira, depois em termos mais rudes, dizendo-lhe que a moça não era para o seu bico, uma vez que se tratava da filha da viúva Karola. O pai dele, afirmavam, tinha grandes pretensões e, graças à sua riqueza, certamente cairia nas graças de algum senhor feudal do vale, que em breve lhe conferiria um título nobiliárquico. Ou seja, melhor ele faria se dirigisse sua atenção para qualquer outra jovem que lhe oferecesse um casamento melhor e com mais garantias.

Leonhardt, todavia, não a esquecera e, nesse dia, na praça, aproveitando-se da confusão, conseguira falar com ela, e juntos riram das proezas dos malabaristas. Gertrud vira a alegria estampada no rosto da prima: até então, Sibilla escondera, até de si própria, a atração que sentia por Leonhardt, mesmo sabendo que não deveria apaixonar-se por ele. Mas o ardor que vira nos olhos escuros do jovem, a excitação que percebera na sua voz ao falar com ele, haviam acendido nela a esperança de que, de uma forma ou de outra, seria possível se amarem.

Gertrud a observava de longe e tremera ao pensar nas dolorosas desilusões que esperavam por aquela menina a quem se sentia ligada como à filha que nunca tivera. No entanto, não dissera nenhuma palavra a Karola para não a preocupar e, analisando bem, no fundo do coração, agradava-lhe a ideia de que Sibilla pudesse finalmente viver a juventude de forma despreocupada. Agora, porém, culpava-se por não a ter avisado logo, mesmo pensando que de pouco teria servido: Sibilla e Leonhardt continuaram a encontrar-se, a se ver em segredo, e Karola compreendera depressa que outra desgraça se abateria sobre sua família. Fora também devido a tantas ansiedades e a tantos esforços físicos que Karola adoecera, não conseguindo suportar uma vida bem parca em alegrias: certamente preferira morrer para encontrar um pouco de paz.

O círio já se extinguira: Marcabrù, estendido aos pés do leito com o focinho apoiado nas patas, parecia dormir.

Já era noite cerrada. No mosteiro, um pouco abaixo, no vale, os monges entoavam as matinas. Dentro de poucas horas, o galo cantaria e chegaria o instante de mandar chamar o padre para aspergir Karola com o ramo de zimbro banhado na água benta, antes de acompanhá-la até sua última morada terrena, no pequeno cemitério situado ao lado da igreja, no centro da aldeia de Felik.

2

O DIA SE ANUNCIAVA BELÍSSIMO: o céu estava límpido e o verde dos pastos em volta da hospedaria contrastava com a mancha escura dos bosques que cobriam o vale.

Frei Matthew levantou o saco do chão e foi ter com o frade camerlengo para lhe agradecer os dois dias de hospitalidade que lhe concedera. Frei Edmondo abraçou-o e abençoou-o, recomendando-lhe prudência no restante da viagem.

— Tenha cuidado: as estradas estão cheias de arruaceiros e de mercenários traidores, que assaltam os peregrinos para os despojar de todos os seus bens. Não caminhe sozinho, acompanhe sempre qualquer caravana de mercadores e mantenha sempre bem à vista, sobre a túnica, a cruz que dei a você. Mas, sobretudo, confie em Deus; se for da Sua vontade que você consiga terminar sua peregrinação, Ele o protegerá.

Matthew seguiu pelo caminho que conduzia ao vale. A neve das montanhas em volta luzia aos primeiros raios de sol, o ar gelado do amanhecer feria-lhe o rosto e a grama úmida molhava-lhe os pés dentro das sandálias.

Mais abaixo, entrevia-se uma fileira de asnos que caminhavam para o vale: seguramente era uma comitiva de mercadores. Matthew calculou que se descesse num passo mais apressado, conseguiria alcançá-los em mais ou menos uma hora. Felizmente frei Edmondo fora generoso: oferecera-lhe uma túnica e um par de sandálias que haviam pertencido a um velho confrade que morrera fazia pouco tempo, a cruz para pôr ao peito e dois pães de centeio acompanhados de um pedaço de carne de veado seca. Matthew não estava certo de merecer tanta compreensão, mas, sem a ajuda do frade camerlengo do hospício do Monte Joux, seguramente não teria conseguido prosseguir viagem.

Enquanto descia, evitando os acúmulos de neve que ainda obstruíam o caminho, pensava na longa e atribulada viagem que o levara até ali e sentia uma dolorosa nostalgia ao lembrar-se de seu mosteiro, cada vez mais longe, cada vez mais inatingível.

A sua tranquila vida de monge terminara havia menos de um ano quando num belo dia, à hora das vésperas, apresentara-se na hospedaria do Mosteiro de St. Albans, relativamente perto de Londres, uma jovem desgrenhada e assustada.

Frei Matthew a conhecia de vista, por ter reparado nela algumas vezes no mercado da aldeia. Devia tratar-se de uma camponesa e estava sempre acompanhada por um cãozinho preto, que a seguia como uma sombra.

Quando chegara, reinava no mosteiro uma grande confusão, devido aos trabalhos de reconstrução da fachada da abadia que, iniciados 25 anos antes, iriam agora prosseguir a mando do atual prior, William de Trumpington. Operários e carpinteiros agitavam-se em todas as direções, de tal forma que o frade de repente pensara que a moça estava ali para denunciar uma briga ou uma violência qualquer que tivesse sofrido por parte de algum deles. Por isso a acolhera prontamente, oferecera-lhe pão e cerveja e se dispusera a consolar seu desespero.

Descobrira, entretanto, que se tratava de assunto bem diferente.

Enquanto o cão preto se sentava no seu colo, a mulher, agachada no chão da hospedaria, contara, entre lágrimas, que a esposa de um poderoso mercador da aldeia a acusara de bruxaria e a denunciara ao xerife do condado. Matthew sentira um arrepio frio descendo-lhe pelas costas; seu primeiro impulso fora expulsar a jovem camponesa do mosteiro. Mas depois, lembrando-se de que a vontade de Deus é tão imperscrutável como é grande a Sua caridade, honrou seus deveres de frade esmoler e pediu-lhe que lhe contasse a história toda.

Ela disse-lhe que se chamava Mary Bychance: além de cultivar hortaliças e cevada no seu pequeno lote de terreno, ia com frequência ao bosque à procura de plantas medicinais, como a mãe lhe ensinara, pois sabia que, com essas ervas, muitas doenças podiam ser curadas. Por isso, os outros habitantes da aldeia a mandavam chamar quando as febres ou pústulas os atormentavam: com ervas e raízes, Mary preparava infusões, decocções e cataplasmas que em geral eram muito eficazes. Quando alguém se curava, era hábito oferecerem-lhe, em sinal de reconhecimento, algum dinheiro ou, por vezes, uma galinha. Só uma vez recebera uma recompensa mais valiosa, uma peça de lã oferecida pela mulher de um mercador: o filho estava morrendo de uma terrível febre que lhe cobrira o corpo de vesículas, e Mary conseguira curá-lo, embora todos já o considerassem morto.

Quatro meses antes, ajudada por Marthine, a parteira, Mary deu à luz um menino, mas a criança não sobrevivera; Mary chorara durante muito tempo aquela perda, mas depois, pouco a pouco, resignara-se com a situação, vivendo-a como expiação de algum pecado que tivesse cometido. O menino era, com efeito, fruto do estupro que sofrera de um soldado, durante o assalto que o conde, reivindicando a propriedade de algumas terras, fizera à aldeia. A jovem escondera a gravidez de todos. Ninguém soube que, na segunda noite depois do parto, ela e Marthine sepultaram em segredo aquele pequeno corpo debaixo de um carvalho, na floresta. A partir de então, sua vida prosseguira como antes até o dia em que o filho do mercador, que ela curara um ano antes, morrera: a febre reaparecera de repente e, violentíssima, levara-o em poucas horas.

Uns dias depois do funeral, apresentara-se à porta do seu casebre a mãe do rapaz, ricamente vestida de luto e acompanhada por um padre desconhecido, altivo e severo, que brandia uma cruz à sua frente. Assim que assomara à porta, a mulher começara a gritar, acusando-a de ser uma bruxa e de ter envenenado seu único filho; depois pegara um tição ardente da lareira e lançara-o com violência na direção da cabeça do cãozinho preto de Mary, que começara a latir, assustado.

— É assim que o cão do Demônio há de morrer, e é isso que vai acontecer também a ti, filha do Diabo! — Atônita, Mary conseguira, no entanto, desviar a lenha acesa com os braços, enquanto o cão fugia para o estábulo. — Salvaste o teu animal, serva indigna, mas não conseguirás salvar-te; és uma bruxa, Mary Bychance, envenenaste meu filho, fugiste e comeste o teu recém-nascido, mas isso não te impedirá de o confessares antes de seres enforcada!

Antes de partir, a mulher do mercador cuspira na direção de Mary e, enquanto o padre ruminava incompreensíveis litanias em latim, retirara do bolso um rato morto e o lançara para a lareira:

— Este será o teu fim, Mary Bychance, nas chamas do inferno!

Inicialmente, a surpresa e o terror haviam impedido Mary de compreender o que havia acontecido; em seguida, depois de o cãozinho ter voltado para ela atordoado e coxo, dera-se conta de que corria grave perigo. Alguém devia ter sabido de sua gravidez e tê-la espiado enquanto paria a criança; a própria Marthine arriscava-se a ser acusada de feitiçaria. Mary correra para avisá-la de que se pusesse a salvo, depois pegara o cão, a bolsa e os seus poucos pertences e fugira na direção do mosteiro.

O frade já ouvira alguns confrades falando dessas maléficas e obscenas mulheres a quem chamavam de bruxas, mas nunca conhecera nenhuma: sabia que diziam ser servas do Diabo, que se reuniam três vezes por ano em terras desoladas para se oferecerem a seus amantes infernais e que durante os ritos que praticavam eram sempre acompanhadas por pequenos animais pretos. Diziam que podiam causar doenças e morte e que comiam carne humana, sobretudo de recém-nascidos. No entanto, Matthew não conseguia acreditar que aquele corpo magro e aquele rosto aterrorizado pertencessem a uma bruxa; consciente da grande responsabilidade que caíra sobre si, o frade questionara demoradamente a jovem, que, com a sinceridade que o medo ditava, contara-lhe toda a vida.

Matthew ficara convencido de que a moça havia sido vítima da dor enraivecida da mulher do mercador, alimentada pela violência supersticiosa dos outros habitantes da aldeia. Decidira-se, por isso, a ajudá-la; havia lhe dado abrigo na hospedaria do mosteiro por dois dias, escondendo-a dos olhares dos confrades.

No terceiro dia, porém, um criado do celeiro que viera trazer o pão feito na cozinha do mosteiro vira-a e a reconhecera e, uma vez que todos sabiam da maldição da mulher do mercador, correra para a aldeia, gritando que a bruxa estava hospedada no mosteiro. A notícia espalhara-se como um rastilho entre os habitantes e regressara rapidamente ao mosteiro nas palavras excitadas de um noviço que retornava do moinho.

Matthew percebera que Mary corria perigo de vida iminente; assim, antes que a houvessem descoberto na hospedaria, dera-lhe pão e peixe seco e a convencera a fugir imediatamente para o Sul. Se conseguisse chegar a Fareham, poderia embarcar dali para a França ou se esconder numa das aldeias de pescadores próximas, onde nunca a procurariam.

Ao despedir-se de Matthew, Mary chorara e o abraçara de forma tão calorosa que o frade ficara embaraçado e, por instantes, pusera em dúvida se não teria arruinado sua caridade. Depois, no entanto, censurara-se pela fraqueza de sua fé e fora até a capela pedir a Deus que lhe perdoasse e protegesse Mary na fuga.

Entretanto, a notícia do noviço percorrera todo o convento e chegara aos ouvidos do prior William, que, no dia seguinte, convocara Matthew ao capítulo para lhe pedir explicações. Matthew tivera de confessar a verdade, mas justificara seu comportamento com o caritativo dever de hospitalidade que a regra impunha.

O prior nutria grande estima por Matthew, pois sabia com quanta paixão ele desempenhava a missão de frade esmoler, e apreciava sua grande sede de conhecimento. Filho de camponeses, Matthew entrara para o convento como oblato e nele recebera instrução, mostrando uma inteligência aguda e uma incessante aplicação aos estudos. Além do latim, aprendera também a língua alemã; com o frei Cosimo, exímio miniaturista vindo expressamente de Pavia para ilustrar os códices do mosteiro, aprendera alguns rudimentos da língua falada na Lombardia.

O prior, que era homem de grande inteligência e muito acostumado às misérias humanas, inclinava-se a acreditar na versão de Matthew sobre a presumível bruxa; por outro lado, sabia não poder ir contra a autoridade do condado, sobretudo no momento em que a abadia renascia, graças, também, ao apoio da rica comunidade de mercadores da aldeia. Assim, esperando que, com a fuga de Mary Bychance, o fato caísse no esquecimento, havia-o condenado a um mês de penitência, que deveria ser passado longe da comunidade e em oração.

Frei Matthew tivera de obedecer.

Passados uns vinte dias da decisão do capítulo, chegara ao mosteiro a notícia de que a bruxa fora descoberta num casebre de uma aldeia próxima da costa da Mancha, preparando-se para fazer ferver um caldo de licopódio e beladona, ervas venenosíssimas e capazes de matar homens e animais. Os escudeiros do xerife haviam-na trazido à aldeia para ser julgada e enforcada.

O prior William fora pessoalmente à cela de Matthew para o informar; reprovara-o novamente por sua credulidade e prevenira-o de que, caso a mulher fosse incriminada por bruxaria, ele teria de deixar o mosteiro para cumprir uma peregrinação penitencial até Vézelay, onde rezaria sobre as relíquias de Santa Maria Madalena lá guardadas. Acrescentara ainda que o melhor para ele seria não regressar nunca mais.

Passados nove dias, ao esgotarem-se os meses de segregação, Mary Bychance fora reconduzida à aldeia. O processo correra naquela mesma tarde, no terreiro fronteiro às muralhas, e o prior William obrigara Matthew a assistir e testemunhar.

Mary estava irreconhecível: as roupas rasgadas, os cabelos em desordem, o rosto macilento; apertava ainda ao peito seu cãozinho preto, magro e pelado.

A sentença foi rápida e fundamentada: dessa vez a bruxa fora apanhada em flagrante enquanto preparava as poções mágicas e mortíferas. De nada tinham valido as explicações de Mary e o testemunho de Matthew. Também a fuga de Marthine fora interpretada como admissão de culpa, constituindo prova suplementar de que pertencia, realmente, a uma congregação de bruxas.

De imediato, depois da condenação, Mary fora conduzida à forca erguida na praça, debaixo do torreão. Um escudeiro do xerife arrancara-lhe dos braços o cão e, com um golpe de espada, decapitara-o. Depois prendera o corpo sangrento do animal debaixo do vestido dela, fazendo-a parecer obscenamente grávida; então lhe prendera a corda ao pescoço. Enquanto o prior e os frades entoavam suas litanias, a carroça pusera-se em movimento, e o pescoço de Mary quebrara-se com um estalo seco. Depois do regresso dos monges ao convento, os habitantes da aldeia, guiados pela mulher do mercador, juntaram toras de lenha seca debaixo do corpo pendente de Mary e atearam fogo. Enquanto o cheiro da carne que ardia se espalhava ao redor, os camponeses e os mercadores gritavam de júbilo.

Frei Matthew, atordoado e com o espírito tumultuado, fora despedir-se de seus confrades. O prior, em reconhecimento pelos serviços que ele prestara ao mosteiro, autorizara-o a levar um burro que o aliviaria da fadiga da viagem a pé.

Sua primeira meta seria Londres. Descendo em bom andamento na direção do vale, Matthew pensava que, na verdade, a primeira parte daquela viagem se fizera sem grandes sobressaltos; depois de uma parada em Londres, onde tivera ocasião de observar os dois extremos da condição humana — miséria imunda e luxo desenfreado —, chegara a Rochester, onde os confrades da Abadia de Saint Andrew o hospedaram durante alguns dias. Também aí se procedia à reconstrução da catedral segundo o novo estilo elegante que viera da França; a cidade pululava de operários e mercadores, de camponeses e prostitutas.

Ele já se preparava para retomar o caminho de Dover quando encontrara uma dessas mulheres, e fora grande a surpresa ao reconhecer, naquele rosto pintado e naquelas roupas coloridas, a parteira Marthine. Também a prostituta o havia reconhecido e se preparava para fugir aterrorizada, mas Matthew a impedira, explicando-lhe que não deveria temê-lo, pois, como ela, ele tivera de sair de St. Albans.

Marthine falara de sua fuga para Rochester, onde ficara, contando com o fato de numa grande cidade ninguém poder reconhecê-la. Durante os dez primeiros dias padecera de fome, e se vira obrigada a exercer aquela profissão abjeta, a única possível para uma mulher sozinha e sem proteção. Matthew dissera-lhe que Mary fora enforcada e queimada e, ante o desespero de Marthine, sentira-se ainda mais inútil e culpado. Recomendara-lhe prudência e aconselhara-a a ir para longe, a afastar-se ainda mais de St. Albans, a procurar refúgio em qualquer aldeia isolada, fora do condado, a oeste. Marthine pedira-lhe a bênção. Matthew abençoara-a, embora cheio de dúvidas quanto à sua capacidade de ainda representar a vontade divina.

Após uma semana, chegava a Dover, onde, depois de ter vendido o burro a um mercador de especiarias, embarcara para Calais.

3

O SOL JÁ IA ALTO NO VALE quando frei Matthew se aproximou do soldado que fechava a caravana. O homem, que fora encarregado pelo bispo de Sion de garantir a proteção dos mercadores durante a caminhada, pelo seu aspecto brutal mais parecia um assaltante do que um soldado. Ao ver Matthew passar a seu lado, olhou-o atentamente, mas não o mandou parar.

Os viajantes detiveram-se nas margens do rio para dar descanso aos animais e comer qualquer coisa. Matthew aproximou-se de um homem de idade que, de porte imponente, parecera-lhe o guia da expedição e perguntou-lhe para onde se dirigiam. Antes de responder e morto de curiosidade devido à estranha pronúncia do frade, o homem perguntou-lhe, por sua vez, de onde viera.

— Meu nome é Matthew Willingtham; sou frade beneditino e venho da longínqua Inglaterra. Estou a caminho de uma aldeia no alto das montanhas, para leste destes cumes: não sei como se chama exatamente, sei apenas que se encontra no feudo do bispo de Sion e que se situa numa ampla planície contornada por bosques e por gelos eternos. Disseram-me que também se chega lá por este vale, mas não conheço o caminho e ficaria muito grato se me pudesse servir de guia.

Antes de responder, o mercador examinou o frade de alto a baixo: a figura macilenta e as vestes manchadas não o tornavam em nada semelhante àqueles gordos monges que se habituara a encontrar nos mercados dos mosteiros situados ao longo da via do Vallese, que ele percorria várias vezes ao ano. Por outro lado, o olhar vivo e febril do religioso testemunhava um desespero urgente, que o levou a dar uma resposta curta e cautelosa.

— Meu nome é Otto Biener e sou mercador de lãs e tecidos finos. Claro que lhe direi para onde vamos, mas antes terá de me explicar por que chegou até aqui e qual é o seu objetivo. Não será por acaso um daqueles malvados frades mendicantes que vagueiam de vale em vale a espalhar a heresia e o Anticristo?

Matthew ergueu a cruz que lhe pendia do peito, beijou-a e respondeu:

— A regra de São Bento diz: "Que a cada um seja dado segundo as suas necessidades: aquele que tiver menos agradecerá ao Senhor e não se afligirá; aquele que tiver necessidade de uma ajuda maior, humilhar-se-á por sua fraqueza e não se orgulhará da misericórdia que lhe é feita." Peço ao senhor a mesma caridade que durante anos exerci como frade esmoler do meu mosteiro; se este crucifixo não bastar para convencê-lo, certamente não conseguirei fazê-lo por meio das minhas palavras. Se não puder ir com o senhor, prosseguirei sozinho; será a vontade de Deus a indicar-me o caminho, será sempre a Sua vontade a proteger-me ou a precipitar-me no abismo.

O mercador, sensibilizado com aquela declaração de fé profunda e com o comportamento firme do frade, abandonou a expressão desconfiada e sorriu.

— Agora, frade, junte-se a nós e abençoe a nossa viagem, uma vez que vamos exatamente na direção da sua meta: alguns de nós chegarão ao Canton des Allemands; outros atravessarão apenas os territórios do senhor de Challant; outros, ainda, se aventurarão até as aldeias para lá de Alagna. O caminho vai ser ainda longo e difícil: esperam-nos cumes escarpados, trilhas onde só a muito custo passa um asno, pontes estreitas suspensas sobre rios impetuosos. A floresta esconde insídias: os lobos e os ursos nos espreitam, esperando apenas uma oportunidade para nos atacar, de modo que teremos de estar preparados para os rechaçar; alguns assaltantes solitários e ávidos escondem-se mesmo por aqui. É necessário ter faro de cão e ouvido de gato para atravessar estas montanhas; é preciso tomar todo o cuidado conosco e com nossas mercadorias. Não podemos garantir que terá uma viagem tranquila! Está bem para você, frade?

— Deus permitiu que eu chegasse até aqui, deixou que eu percorresse as estradas da França e atravessasse outras terras, pôs-me à prova deixando que eu fosse agredido por bandidos e perdesse todos os meus bens. É por caridade do frei Edmondo que me vê com as vestes que estão de acordo com o meu estatuto, porque se visse as calças miseráveis com que cheguei ao hospício! Saberei cuidar de mim, basta-me poder seguir-los.

Otto pareceu satisfeito com a resposta de Matthew e convidou-o a dividir o lanche com eles, esperando depois retomar o caminho. Enquanto comia queijo duro e pão de centeio, o mercador observava atentamente o frade: o cabelo, que já fora louro, mostrava-se descolorido, enquanto por entre a curta barba arruivada já se viam alguns fios brancos. Os traços fortes eram os de um camponês nórdico, parecido com os semblantes que Otto encontrara durante a viagem precedente pelas terras da Normandia. A atitude, no entanto, tinha um toque de nobreza, e a expressão era doce.

Enquanto Matthew recitava em latim as orações sobre a comida que se preparava para comer, Otto perguntava-se, com curiosidade crescente, qual o motivo para uma viagem tão longa e cansativa. Sendo um homem prático, sentia vontade de lhe perguntar imediatamente a razão, mas um pouco de temor reverencial o fez acalmar-se: no fundo, agora que se convencera de não estar tratando com um assaltante disfarçado de frade, pensava no respeito que devia a ele. Além disso, ainda se recordava, com grande inquietação, de uns dois anos antes ter discutido com o prior do mosteiro, nas proximidades de Praborno, sobre o preço de uma peça de tecido: o religioso tentara enganá-lo a respeito da quantia devida ao convento, mas depois, quando Otto descobrira o imbróglio e tudo fizera para retomar as peças de lã, o prior ameaçara-o violentamente, predizendo-lhe que num futuro muito breve ele estaria entre as chamas do Inferno. O mercador, apavorado, preferira renunciar ao lucro e afastara-se a toda pressa do mosteiro: o medo daquela maldição perseguira-o durante meses. Portanto, Otto, que ainda não conhecia suficientemente frei Matthew para não o temer, preferiu usar de prudência e esperar o momento mais oportuno para satisfazer sua curiosidade.

Quando retomaram o caminho, algumas nuvens esparsas começaram a juntar-se no céu. Otto disse aos companheiros de viagem que era melhor apressarem a marcha porque, ao que via, anunciava-se uma tempestade que os atingiria antes de chegarem a qualquer abrigo.

As primeiras e grossas gotas de chuva começaram a cair dali a pouco, para converterem-se, por volta da nona hora, numa verdadeira tempestade: o vento fustigava homens e animais, a água misturada com neve ensopava as vestes e os trastes, o rio engrossava a olhos vistos, invadindo aos poucos o caminho.

Otto pôs nas costas um capote forrado de pele, sendo imitado pelos outros mercadores. Matthew, que seguia ao final da caravana, sentia a túnica, que escorria água colada ao corpo pela fúria do vento. Ao ver o frade tremer de frio, Otto lhe passou uma velha capa de pele de lobo para se proteger. Prosseguiram por aquele inferno até às vésperas, quando, tendo diminuído a intensidade da tempestade, avistaram, finalmente, uma grande construção de madeira, semelhante a um estábulo. Ali abrigaram os animais, acenderam uma fogueira e, depois de terem comido qualquer coisa, instalaram-se para passar a noite.

Otto ofereceu vinho ao frade, que, em voz baixa, rezou uma oração silenciosa em ação de graças por Deus lhe ter permitido encontrar, depois de tantas desventuras, um homem generoso. O mercador, por seu lado, esperava que o calor da fogueira e um pouco de descanso físico lhe soltassem a língua: aquele homem não lhe desagradava, parecia-lhe muito corajoso e determinado. Além disso, e embora fosse estrangeiro, fazia-se compreender muito bem, coisa que pressupunha elevada cultura: na verdade, enquanto entre seus companheiros era frequente o uso de várias línguas que aprendiam durante as viagens do Sul para o Norte, não era fácil encontrar um religioso que falasse outro idioma além do seu e do latim. Otto achava que o frade poderia provir de um mosteiro inglês de certa importância, e que o motivo que o trouxera ali devia ser grave e sério.

A lenha da fogueira ardia alimentada pelo vento que se insinuava por entre as paredes do abrigo. Ao mesmo tempo que o vinho de Otto lhe aquecia as vísceras, Matthew dava-se conta de que, se quisesse continuar a viagem, deveria fornecer ao seu guia algumas explicações. Confiando na ajuda de Deus, decidiu lhe dizer a verdade, sem esconder nada.

Ao ouvi-lo, Otto sentia que cresciam dentro de si a simpatia e a admiração por aquele homem resoluto e sereno, que realmente conseguira praticar a virtude da caridade que muitos dos seus confrades exerciam apenas de boca, mas não de coração. Ele tinha demasiada experiência do mundo e dos homens para acreditar nas estúpidas superstições que circulavam pelos campos e pela cidade: também ouvira falar das bruxas na Normandia e até naqueles mesmos vales, mas não dera ouvidos. No entanto, estava certo de que os senhores dos castelos, apoiados pelos priores dos mosteiros, tinham todo o interesse em difundir e alimentar aqueles medos pagãos que facilitavam a submissão medrosa do condado.

Depois de lhe ter explicado o motivo de seu afastamento do Mosteiro de St. Albans e de lhe ter contado o início da sua viagem para as terras da França, Matthew prosseguiu na sua história.

— Permaneci dois dias em Calais, depois me dirigi a Saint-Omer, onde os confrades da Abadia de Notre-Dame deram-me hospitalidade e me indicaram a estrada que deveria seguir para Vézelay. Passei pela aldeia de Arras, cheia de mercadores, ferreiros e carpinteiros, e prossegui sem parar, com o objetivo de, em cinco dias, chegar aos arredores de Paris. Havia outros mercadores como vocês que iam na direção de Laon: segui-os, até que nossas estradas se dividiram, e depois continuei sozinho.

"O caminho era mais longo do que eu pensara, e a neve cobria parte da estrada: na véspera do quinto dia, a noite me apanhou perto da floresta de Compiègne. Não pude fazer outra coisa senão procurar um refúgio e tomei um caminho que se embrenhava por entre as árvores: a seguir entrevi uma clareira no meio da qual surgia um casebre de camponeses. Ali ponderei pedir abrigo até o amanhecer.

"Mas Deus ainda não havia desistido de me pôr à prova: de repente, quando já estava quase fora do caminho, ouvi um forte ruído de cascos de cavalos atrás de mim e, de repente, vi-me ladeado por dois salteadores montados em enormes cavalos de guerra, provavelmente roubados de seus nobres proprietários. Um dos dois bandidos segurava uma adaga que brilhava à luz da Lua; o outro, um machado. Ambos desmontaram dos cavalos e lançaram-me olhares ameaçadores, brandindo as armas. Sem sequer dizerem uma palavra, um deles apanhou o saco em minhas costas, enquanto o outro lançou-me por terra, revistando-me debaixo das vestes à procura da bolsa com o dinheiro.

"Gritei, pedi clemência, implorei que me deixassem ao menos a única recordação de minha mãe; ela a tinha me dado quando eu ingressara no mosteiro. O mais alto e mais gordo dos dois arrancou-a de mim com um puxão seco e explodiu numa gargalhada catarrosa: 'O que quer de nós, frade, uma esmola? Pois bem, vai receber duas!'

"Dito isso, atingiu-me na cabeça com o cabo do machado, enquanto o outro desfechava uma punhalada em minhas costas. Caí por terra ruidosamente, afundando na neve fofa e molhada. No escuro, apenas consegui ouvir as gargalhadas grosseiras dos bandidos e o ruído dos cascos dos cavalos, que se afastavam a galope. Depois, perdi a consciência.

"Acordei em um enxergão: ao meu lado estava uma mulher de idade, que me punha um pano úmido na testa e me observava. No meio do delírio, confundi-a com minha mãe e agarrei-lhe as mãos, chorando e gritando mãe!

"Acho que estive entre a vida e a morte durante vários dias: de vez em quando, recuperava a consciência, mas apenas por alguns minutos. Recordo-me vagamente de ter sido alimentado a leite, de ter me sujado com meus vômitos, de me terem lavado. Havia alguma coisa que murmurava continuamente em meus ouvidos, mas só depois compreendi que eram meus próprios dentes batendo com o tremor da febre.

"Passado algum tempo, não consigo dizer quanto, Mary chegou. Vi-a, de repente, junto ao enxergão, em pé, com as vestes rasgadas e manchadas de sangue: tinha o pescoço torto, mas os belos cabelos ruivos reluziam à luz fraca da tocha. Numa das mãos segurava a coleira do cão; na outra, uma cruz feita com dois raminhos de zimbro. Seus olhos verdes sorriam, mas, quando falou, sua expressão era séria.

"'Regressei, frei Matthew, para lhe dizer que não atormente sua alma com culpas que não tem. Eu perdoei minha morte injusta, mas o senhor deve viver, porque tem uma missão a cumprir que não é a penitência que lhe impôs o prior William, mas outra bem mais importante. Não permaneça na Abadia de Sainte-Madeleine, em Vézelay, prossiga o seu caminho: atravesse as terras da França e chegará aos Apeninos. Procure então uma aldeia situada entre os montes mais íngremes que jamais viu e que é habitada por ricos mercadores: chamam-lhe Felik e pertence ao feudo do bispo de Sion.

Aí o senhor deve anunciar aos habitantes que se não trocarem a dureza do coração pela caridade, o egoísmo pela misericórdia, a avareza pela liberdade, um grande e inesperado castigo divino os aniquilará. O suave véu do céu os sepultará depois de ter chorado sobre eles lágrimas de sangue. Vá, frei Matthew, e espalhe minhas palavras. A minha morte e a sua penitência têm esse objetivo.'

"Tentei me levantar do enxergão, mas o esforço me fez perder os sentidos. Quando acordei, Mary havia desaparecido, substituída pela mulher de idade, que preparava uma poção para mim. Ao lado do pilão em que a camponesa esmagava umas bagas, havia dois raminhos de zimbro em forma de cruz.

"Bebi a poção três vezes naquele dia, e mais ainda nos dias que se seguiram; lentamente a febre desapareceu, as feridas cicatrizaram, as forças voltaram. Acho que estive naquele casebre por mais de dois meses.

"Quando recomecei a raciocinar, a camponesa explicou-me que fora seu filho mais novo que me encontrara no bosque, e que ambos haviam me transportado para aquele lugar onde ela me escondera e tratara.

"Contou-me que, já havia alguns anos, o marido ainda era vivo e eram ambos camponeses abastados, também ela concedera, em oblação a um mosteiro próximo, seu terceiro filho: chorando, disse-me que ele morrera, entretanto, e que, ao cuidar de um confrade e devolver-lhe a saúde, parecia-lhe reaver por mais algum tempo aquele filho que tanta saudade deixara. Também me disse que eu delirara muito e que falara na minha língua, a qual ela não compreendia: só conseguira perceber um nome, que eu repetira várias vezes entre os gemidos da febre: Mary. Respondi-lhe, sem faltar completamente à verdade, que era o nome de minha mãe.

"Já era primavera quando finalmente pude retomar o caminho. Agnès encheu-me o saco de comida e me deu uma camisa, um par de calças e uma bolsinha com algum dinheiro. A despedida da mulher foi muito dolorosa: sabia que lhe devia a vida e que não voltaria a vê-la.

"Retomei o caminho. Tive a sorte de encontrar, ao longo da estrada, um camponês que transportava um carregamento de lenha para Paris: levou-me em sua carroça e assim cheguei à cidade, poupando, dessa forma, minhas forças ainda um pouco debilitadas.

"Fiquei em Paris apenas por um dia, tendo partido logo em seguida para Sens. Depois de outros três dias de viagem, cheguei a Auxerre, onde os confrades da Abadia de Saint Germains deram-me asilo por duas noites. Vézelay já estava bastante próxima.

"Ninguém jamais me perguntou o motivo de minha viagem, exceto o frade esmoler de Auxerre, a quem respondi com uma mentira da qual ainda hoje me penitencio. Disse-lhe que ia a Vézelay, a pedido do prior de St. Albans, para organizar a próxima peregrinação às relíquias de Santa Maria Madalena.

"Ao longo da estrada para Vézelay, encontrei uma procissão de penitentes que seguia exatamente para o mesmo destino que eu: juntei-me a eles e, passados três dias, cerca da nona hora, chegamos perto de suas muralhas.

"Dentro da cidadela, erguia-se a abadia em toda a sua majestade: o cansaço da viagem não me impediu de ficar aturdido diante das magníficas esculturas que adornavam o portal da entrada. A luz fraca do poente penetrava pelas janelas altas, iluminando as amplas naves que conduziam à cripta que albergava as relíquias. Os frades preparavam-se para as vésperas: participei na função, depois me dirigi à hospedaria do convento, onde, confundido no meio dos outros peregrinos, passei a noite.

"Ao amanhecer, quando o sol começava a iluminar o vale de Cure, que se estendia viçoso aos pés da abadia, fui até a cripta, onde permaneci em oração.

"Os peregrinos juntavam-se ali para receber a bênção do abade antes de continuarem a viagem até a Espanha. De Vézelay, com efeito, partia a longa estrada para o santuário de Santiago de Compostela, que, como você seguramente sabe, é o local de peregrinação mais frequentado de todo o Ocidente. Naquela longa fila de penitentes encapuzados, confundiam-se homens e mulheres, nobres e mercadores, camponeses e miseráveis: a capa e o bastão nos tornavam iguais na humildade e na certeza de ganharmos, com a cansativa peregrinação, a salvação da vida eterna.

"A caravana partiu cadenciando o passo com um canto melodioso em latim. Enquanto os via se afastando, fui tomado por uma vontade indomável de me unir a eles, ir até Santiago, onde poderia fazer uma verdadeira penitência pelo último ano de erros que tanto me haviam afastado do apostolado. Sentia-me confuso, dividido, temia voltar a errar: no fundo, tivera uma visão, talvez apenas uma alucinação causada pela febre, à qual mais uma vez prestava minha ingênua credulidade.

"Resolvi partir: preparei minha saca e dirigi-me para fora da cidadela, atrás do cortejo. Mal ultrapassara as muralhas, um cachorrinho preto, sabe-se lá de onde, veio andar à minha volta, cheirando-me as vestes e agitando freneticamente o rabo.

"Senti-me perturbado: o animal era semelhante ao cão de Mary e tinha o mesmo olhar arguto. Fiz-me de idiota e me pus novamente a caminho, sem, no entanto, conseguir, porque o cãozinho continuava a se enfiar entre minhas pernas, como se quisesse me travar o passo. Ele continuou assim por um bocado de tempo até que, pensando que o acalmaria, parei para lhe fazer uma festa.

"Depois de lhe fazer uma primeira carícia, minha mão ficou parada a meio do gesto: meus dedos haviam tocado numa grande e rugosa cicatriz que atravessava o pescoço do animal.

"Fiquei petrificado: o cão fixou-me o olhar, lambeu-me o rosto e, sem emitir qualquer som, dirigiu-se, vagarosamente, para o Sul. Passados poucos metros, voltou-se para se assegurar de que eu o seguia.

"Aquele foi seguramente o único momento de toda a minha vida em que senti medo de perder a razão. Minha mente vacilava. Sentei-me numa pedra e observei a procissão que se afastava para Oeste. O cão voltara a se aproximar e deitara-se aos meus pés, à espera.

"Rezei. Não sei por quanto tempo fiquei ali: o sol já ia alto no céu quando me levantei.

"Minha decisão estava tomada: o cortejo desaparecera por trás do contorno da colina; desci a estrada cheia de pedras que conduzia a Chalon-sur-Saône e caminhei por mais seis dias: o cão seguia à minha frente, mantendo-se sempre ligeiramente afastado. Por mais de uma vez ele foi atingido pelas pedradas dos camponeses, que temiam sua cor maléfica, mas sempre conseguiu fugir. Dei-me conta, com horror, de que a superstição e a ignorância não eram apenas prerrogativas dos habitantes de St. Albans: nas terras da França se aceitava a existência das bruxas e dos animais que as serviam. Aliás, eu próprio, que acreditava em visões e em fantasmas, não estava em condições de julgar as crenças de ninguém.

"Continuei, esperando que Deus me deixasse, pelo menos, a companhia do cão. Confortava-me saber que, durante as noites debaixo de um carvalho ou na soleira de um estábulo, o animal velava por meu sono e me acordaria em caso de perigo.

"Cheguei a Chalon debaixo de um furioso temporal primaveril. Oficinas de vidraceiros e ferreiros disputavam o espaço ao longo das vias do burgo com as bancas dos comerciantes de vinhos, enquanto as prostitutas se ofereciam a cada porta por onde eu passava. Permaneci apenas algumas horas, o necessário para enxugar minhas vestimentas ensopadas da chuva e encher o estômago. Logo ao início da tarde, retomei o caminho: por entre colinas suaves, a estrada desdobrava-se no meio dos vinhedos.

"No dia seguinte, cheguei a Tournus, onde os confrades da Abadia de Saint Philibert me deram guarida durante dois dias. O burgo e a abadia eram circundados por uma poderosa cintura de muralhas, delimitada por quatro maciças torres de defesa; no interior do burgo fervilhava a vida dos monges, dos camponeses e dos comerciantes.

"O frade esmoler de Saint Philibert me acolheu muito calorosamente e providenciou para esconder o cãozinho no estábulo. Informou-me de que os frades não podiam ter animais que não fossem de utilidade, fato que lhe desagradava, pois um cão ou um gato poderiam contribuir para amenizar a solidão e a austeridade da vida monástica.

"Nos dois dias que passei junto dele, o frade, que se chamava Lambert, deu de comer, papariou o cão e, por fim, batizou-o com o nome de Noir. O animal retribuiu-lhe lambendo-o com ternura e abanando alegremente o rabo.

"Frei Lambert perguntou-me para onde me dirigia: respondi-lhe que tinha de ir aos Alpes e, dali, descer na direção da planície, até o arcebispado de Augusta. Muito discreto, ele nada me perguntou sobre os motivos de minha viagem, mas indicou-me o caminho mais curto e mais seguro: aconselhou-me a seguir a trilha que acompanhava o sopé do monte Giura, passando pelo burgo agrícola de Bresse. Daí deveria chegar a Genebra, nas margens do rio Ródano, e depois contornar, pelo lado sul, o grande lago chamado Leman. Esse trajeto iria conduzir-me a Agaune, onde existia uma importante abadia que, ao que se dizia, guardava um antigo e rico tesouro. De lá e depois de ter percorrido um longo e inóspito caminho de montanha, chegaria ao hospício de Mont Joux, cuja vertente sul me levaria a Augusta.

"Lambert explicou-me que, pelo menos até Genebra, o percurso seria bastante fácil, pois eram caminhos de planície, onde eu facilmente encontraria caravanas de mercadores transportando seus produtos para as feiras da França e do Mediterrâneo: por um tempo, pelo menos, eu poderia acompanhá-los, gozando da proteção dos soldados que os escoltavam.

"Quando, no dia seguinte, ia pôr-me novamente a caminho, o cãozinho não aparecia; procuramos por ele em toda parte: na rua, no claustro, até mesmo pelas naves da abadia. Teria de me resignar e prosseguir a viagem sozinho. Esperava que nada de mal lhe tivesse acontecido e recomendei ao frei Lambert que tomasse conta dele caso viesse a encontrá-lo. Visivelmente entusiasmado com essa possibilidade, o confrade tranquilizou-me, dizendo que a cidadela abacial era tão grande e tortuosa que podia facilmente esconder um cão e que, se Deus quisera que passasse a vida a tratar de desgraçados e vagabundos, certamente não iria se opor a que entre eles houvesse também um cãozinho preto.

"Retomei o caminho e cheguei a Genebra dez dias depois. Como o frade me avisara, encontrei, na estrada, inúmeras caravanas de mercadores às quais me juntei. Fomos favorecidos pelo bom tempo e pela ausência de salteadores, por isso a viagem foi muito tranquila.

"Depois de Genebra a paisagem mudou: montanhas altas e ameaçadoras dominavam o lago Leman, ao longo do qual continuei a caminhada. De repente, começou a chover a cântaros. Estava sozinho; até os pássaros, que haviam regressado aos ninhos, tinham parado de cantar, e a floresta, à minha direita, mostrava-se escura e ameaçadora. Apesar do medo e do cansaço, cheguei, passados dois dias, aos arredores do burgo de Thonon, onde fui bem acolhido por uma família de camponeses que vivia logo após as muralhas do castelo. Expliquei que me dirigia a Agaune, e eles indicaram-me a estrada, dizendo-me que até lá não levaria mais do que cinco dias de caminhada.

"Recomendaram-me cuidado e atenção e que me desviasse do caminho traçado, por causa de uma velha ponte de madeira que se quebrara com a fúria das águas; o temporal havia engrossado o rio, que corria impetuoso da montanha, e o próprio lago inundava suas margens naturais aqui e ali.

"Em Agaune, o vale era cada vez mais apertado, mostrando, ao fundo, montanhas altíssimas, ainda brancas de neve. Carpinteiros e pedreiros ocupavam a estrada de acesso ao burgo com guinchos e carroças, empenhados na construção do castelo, que se erguia sobre a colina, já bem acima dos alicerces. Fiquei alojado na hospedaria do priorado como qualquer outro peregrino que estivesse de passagem. O complexo monástico era um dos mais ricos e floridos que eu já frequentara.

"Dizia-se que fora o lugar do martírio de São Maurício e que, havia muitos séculos, o bispo de Vallese, Teodoro, construíra ali uma capela. O rei dos burgúndios, Segismundo, transformara-a, posteriormente, em abadia. Desde então, a cidadela abacial crescera, sob o domínio de imperadores e dos vários bispos do vale do Ródano, que, no decurso dos anos, a fizeram prosperar. Alguns peregrinos que, como eu, ficaram albergados na hospedaria disseram-me que o bispo de Agaune possuía inúmeras terras e aldeias para além do Mont Joux, mesmo para além de Augusta. A riqueza do mosteiro era evidente: o frade esmoler ofereceu-nos queijo mole, fruta e vinho, em vez da habitual carne-seca e do pão escuro que eram de regra para os visitantes dos mosteiros.

"Falei com um comerciante de sal que se dirigia a Visp, mais à frente, ao longo do vale do Ródano: parecera-me muito conhecedor dos lugares e por isso lhe pedi explicações sobre a melhor estrada para chegar a Mont Joux. Ele me deu as indicações, mas me aconselhou a vestir roupas mais pesadas, porque o vale de Entremont era frio e tempestuoso. Além disso, recomendou-me a maior atenção aos lobos e ursos que andavam por aquelas florestas; disse-me que procurasse um bastão grosso e, caso minha regra permitisse, um cutelo de caça, se soubesse usá-lo.

"Procurei uma capa, mas no convento não havia ninguém que tivesse algo para dar a um peregrino; claro que a prosperidade do mosteiro não contemplava outras esmolas além dos alimentos e do teto. Não pude comprar nenhuma porque tinha de guardar os poucos soldos que me restavam. A viagem ainda era longa, e eu não sabia o que me esperava. Retomei o caminho no dia seguinte com a esperança de que o tempo fosse clemente.

"Como você muito bem sabe, uma vez que a acabou de percorrê-la, a estrada do vale de Entremont, encravada como é na floresta, mostra-se, de repente, íngreme e escarpada. Continuei, cheio de dúvidas e de medo. No segundo dia, fui ultrapassado por uma caravana de mercadores como a de vocês, mas não consegui acompanhá-la. Provavelmente, minha saúde abalada pelo assalto em Compiègne e a longa caminhada que já fizera haviam-me retirado as energias necessárias. Prossegui sozinho; à medida que continuava, o frio era mais intenso, e a fadiga, mais pesada.

"Ao amanhecer, no terceiro dia, um pouco animado pelo calor dos animais do estábulo onde passara a noite, retomei o caminho. As árvores rareavam, dando lugar a vastos pastos verdes, ainda cobertos, aqui e ali, por neve. Em cima, adivinhava-se o brilho de um lago. Possivelmente, a ideia de me aproximar do cume do desfiladeiro tornou-me menos cauteloso; no limiar do último pedaço de floresta, de repente vi à minha frente, confusa, na obscuridade do mato, uma silhueta que me barrava o caminho.

"Era um lobo que, imóvel, me farejava e me encarava.

"Aterrorizado, movendo-me o mais lentamente possível, procurei no terreno circundante uma pedra, um galho, qualquer coisa que me pudesse servir de arma de defesa. No mesmo instante em que consegui apanhar um velho galho caído, o lobo deu um pulo e caiu em cima de mim, com a boca escancarada direto em minha garganta. Defendi-me com a força do desespero, brandindo o galho como uma espada. Com uma pancada, desviei a cabeça do animal, que, desequilibrado com o balanço, em vez da garganta, rasgou minha túnica de um lado ao outro.

"Raivosa com o fracasso, a fera logo voltou ao ataque, mas, dessa vez, eu estava pronto a defrontá-la. Atingi-a com tal violência nas patas e no dorso que mal parecia um frade fisicamente debilitado. Ferido e ensanguentado, o animal virou-se e fugiu coxeando por entre as árvores.

"Permaneci de guarda por mais algum tempo, numa pose que seguramente teria feito explodir em gargalhadas qualquer soldado; depois, quando me certifiquei de que estava sozinho, olhei bem para mim mesmo. A túnica esfarrapada deslizara para um dos lados, a camisa tinha as mangas rotas, a calça estava rasgada em vários pontos, deixando as coxas a descoberto. Procurei cobrir-me como podia, segurando as pontas da túnica, e retomei o caminho.

"Ninguém que me tivesse encontrado naquelas condições poderia pensar que eu era frade; sentia vergonha, minha dignidade desaparecera; estava pior do que um mendigo. Não encontrei nenhum outro ser humano até o hospício, ao qual cheguei pela sexta hora.

"Depois, o frei Edmondo, como já lhe disse, alimentou-me e vestiu-me, confortando-me e dando-me abrigo por duas noites. Aqui está toda a história, mercador Otto. Como vê, não lhe escondi nada; confio na compreensão e na sabedoria do senhor.

4

A NOITE JÁ IA LONGA e a lenha continuava a arder lentamente, difundindo pelo quarto um calor constante. Os homens tinham adormecido, envoltos em suas mantas.

O reflexo da fogueira desenhava estranhas figuras no rosto de Otto e de Matthew. Ao mesmo tempo que contava sua história, os olhos do frade corriam, inquietos, das chamas para os ângulos mais escuros do abrigo sem nunca cruzar com os do comerciante, como se temesse adivinhar neles a incredulidade que suas palavras lhe provocavam. Só no final da história Matthew ousou enfrentar o atento interlocutor com um olhar incerto e amedrontado, como se procurasse, na compreensão do outro, a confirmação de que, na verdade, fora ele quem vivera todos aqueles acontecimentos incríveis. Otto, por seu lado, mostrava-se perturbado, mas ao mesmo tempo fascinado com aquela figura de monge tão invulgar: seria o fim do frade inglês, disso estava certo, se sua história chegasse aos ouvidos das pessoas erradas. Bruxas, visões, fantasmas, iriam fazê-lo passar por herege ou por agente do Demônio diante de qualquer outro religioso a quem confiasse o motivo que o levava a peregrinar. Assim, depois de se ter certificado de que todos os outros dormiam, disse a ele:

— Acredito no senhor, frade, e sinto-me lisonjeado com a confiança que me é dada. É um homem corajoso, mas o perigo que o tem acompanhado ainda não terminou; não conte a mais ninguém sua história, porque nestas paragens a regra da Igreja de Roma é cumprida sem discussão e não se aceitam tranquilamente os que dela se afastam.

"Estes vales encontram-se cheios de lendas em que o Demônio está frequentemente presente, e pode ter certeza de que, por muito menos do que o que acaba de me contar, passaria facilmente por um de seus anjos infernais! Eu próprio tenho dificuldade em compreender: acredito na ressurreição dos mortos, mas depois do Juízo Final, não antes, sob a forma de fantasmas! Por outro lado, não vejo por que me contaria um acontecimento tão incrível e tão perigoso se não o tivesse vivido.

"Sou velho, frade, e com a vida aprendi que nada é o que parece e que, frequentemente, é preciso que abramos a mente mesmo para o que não compreendemos e que o aceitemos como verdadeiro; por vezes, acontece que a explicação vem mais tarde; outras vezes, nunca chega a vir, mas, de qualquer forma, o mistério o marcou. Por isso, vou ajudá-lo, mas recomendo: não diga nada sobre o verdadeiro motivo que o trouxe até aqui. Amanhã e nos dias em que partilharemos o caminho, vou lhe explicar quem sou e o que fazem os habitantes da aldeia de Felik para onde se dirige a fim de anunciar sua sinistra profecia: a tarefa não será fácil, nem mesmo lá embaixo, e felizmente está preparado. Agora, vamos dormir. O caminho para chegar à planície ainda é longo e acidentado; é melhor repousarmos.

O rosto do frade abriu-se, finalmente, num grande sorriso confiante; Matthew tomou entre suas mãos ásperas as de Otto e apertou-as com força, como se assinasse um pacto silencioso de gratidão. Os dois homens enrolaram-se melhor nas mantas e foram instalar-se próximos à fogueira; os animais mexeram-se, inquietos, atentos aos rumores da floresta. O soldado vigiava na soleira da porta; no dia seguinte, um companheiro seu, um pouco mais embaixo, no vale, viria rendê-lo.

Puseram-se a caminho antes do amanhecer; a tempestade não deixara traço de nuvens, o céu estava ligeiramente iluminado pela Lua e o vento acalmara.

Passadas umas duas horas de caminhada, chegaram a uma maciça construção de pedra, ladeada por uma torre quadrada e volumosa. O arco de acesso estava repleto de monges; a caravana parou em frente. Curioso, Matthew perguntou a Otto que lugar era aquele.

— Estamos em Saint-Oyen, e este é o castelo de Verdun, que pertence aos canônicos de Mont Joux. Há cem anos, esta propriedade pertencia ao conde de Saboia, que depois a doou a estes monges; certamente as terras em volta não rendiam dízimos suficientes ou então o senhor era dono de outras propriedades que lhe davam mais prestígio! De qualquer maneira, os frades mostraram-se hábeis na lavoura; desflorestaram um bom pedaço de terra e começaram a semear. Vê todos estes prados? Dentro em pouco estarão cheios de espigas de cevada e de centeio prontas a ceifar, e nos pastos, aqui em cima, ressoam balidos e mugidos. Venha comigo, vamos falar com o prior, quero saber qual a situação por essa estrada; uns mercadores que encontrei há algumas semanas preveniram-me de que havia guerra lá embaixo, no vale, entre dois senhores.

Matthew seguiu Otto para o interior. Um frade, gordo e corado, dirigia-se ao seu encontro. Saudou calorosamente o mercador e acolheu Matthew benevolamente. Surpreendido com sua pronúncia, quis saber de onde vinha e qual a razão. Otto preparou rapidamente a resposta de Matthew, que já se questionava sobre que outra mentira mancharia sua consciência, explicando que o frade estrangeiro ia para Roma em peregrinação e que partilhara consigo parte do caminho.

O prior, satisfeita a curiosidade, conduziu-os até sua casa, uma construção condigna, de madeira, anexada à parede da capela.

Nela, na frente de um copo de vinho, respondeu às perguntas de Otto, dizendo-lhe que não se tratava exatamente de uma guerra, mas de uma série de escaramuças entre o feudo do senhor de Bard e o visconde Godofredo. Ao que parecia, o visconde queria apossar-se do castelo de Bard, cuja extraordinária localização estratégica era utilíssima no controle da passagem de tropas e de mercadorias na entrada do vale Augusta. Por ora, o senhor de Bard mantinha-se tenazmente entrincheirado em seu castelo, protegido por seus soldados, mas, ao que constava, mais cedo ou mais tarde iria ceder, porque o poder político do visconde aumentava progressivamente no baixo vale.

— Ora, se bem percebi — disse Otto —, as desordens estão limitadas à zona de Bard, ou seja, à zona que se situa além do vale do rio Evançon, para onde nos dirigimos.

— É verdade — replicou o prior —, mas, apesar disso, preste atenção, porque a pouquíssimos quilômetros do feudo de Verretio, de onde parte a estrada que deve tomar para o Canton des Allemands, existe o castelo fortificado de Arnad, cujo senhor, Guglielmo, é irmão de Ugo de Bard. Como sabe, Otto, há 25 anos os dois irmãos envolveram-se em guerra pela posse do castelo, que acabou ficando para Guglielmo. No entanto, há três anos, este último, que se encontrava em sérias dificuldades econômicas, viu-se obrigado a ceder metade da fortaleza aos senhores De Arnado. E agora existe o perigo de Ugo aproveitar-se da guerra com o visconde para se opor novamente ao irmão, que sempre considerou um medroso e inapto. Que melhor ocasião teria para reivindicar o castelo da família? O resultado de toda essa confusão é que, no momento, as estradas do vale são constantemente atravessadas por grande número de soldados. Infelizmente, todos sabemos que, por onde circulam homens armados, tudo pode acontecer... Ouvi falar de agressões, rapinas e, Deus tenha misericórdia, até do estupro de uma dama do castelo de Verretio! E o senhor, frade, corre muito perigo, porque, para prosseguir o caminho até Roma, é obrigado a percorrer todo o vale de Augusta e a passar por Bard; como vai conseguir fazer isso sozinho?

— Confio na ajuda de Deus, como o fiz até aqui — respondeu Matthew secamente.

O aspecto gordo e bem nutrido do prior e sua prosaica atenção aos acontecimentos terrenos o aborreciam. Além disso, seus olhinhos pequenos e fundos, nos quais brilhavam contínuos lampejos de astuta curiosidade, não o deixavam nada à vontade. Otto, por seu lado, conhecia bem o prior de Verdun e sabia que era muito intrometido, o que o tornava de grande utilidade para si e para seus companheiros de viagem; mas, exatamente por essa característica, era também um homem temível. Os mexericos eram seu prato diário e, assim como o informava dos acontecimentos do vale, também era capaz de fazê-lo na frente de um estranho frade forasteiro de quem ninguém nada sabia. Adivinhando os pensamentos de Matthew e sua impaciência com relação ao prior — e temendo que ele se deixasse envolver numa resposta imprudente — Otto apressou-se a informá-lo.

— Se percebermos algum perigo, procuraremos facilitar a vontade de Deus levando o frade a fazer o caminho mais longo; ele pode vir conosco, mercadores, até o Canton des Allemands e depois seguir para o vale vizinho, onde seguramente encontrará outras caravanas que transportam mercadorias para Macugnaga ou para Vercelli; daí, e após transpor a parte mais elevada dos Alpes Apeninos, descerá até a planície. Dessa forma, não terá de passar pelo feudo de Bard, que ficará para trás. O que acha disso? — prosseguiu, dirigindo-se a Matthew.

O frade, que já se arrependera da resposta enfadada, sorriu para seu interlocutor, anuindo timidamente. Satisfeito por ter superado o perigo, Otto agradeceu ao prior o acolhimento e despediu-se.

O canônico acompanhou-o até o arco da entrada, seguindo, com o olhar, os preparativos da partida. Aquele monge não o convencia; teria de pedir informações sobre ele aos confrades de Mont Joux. E se porventura se tratasse de um daqueles frades mendicantes de que ouvira falar, que peregrinavam pelos vales da França a semear a heresia cátara? O fato de seguir a caravana de Otto não significava nada; o mercador era um homem esperto, mas os heréticos eram famosos pela ambiguidade, temperada de complexos panegíricos que certamente conseguiam confundir as ideias de quem quer que fosse. Pensando em mandar o mais brevemente possível um de seus frades ao hospício para pedir informações, cumprimentou-o com um sorriso afetado.

A comitiva retomou o caminho; a estrada descia aos poucos, contornando, uma após a outra, as curvas da montanha que serpenteava. O rumor do rio, que corria, impetuoso à direita, acompanhava a marcha; pouco depois de Saint-Oyen, uma ponte maciça de madeira conduziu-os ao outro lado do vale. Por volta da nona hora, chegaram a um ponto do qual se avistava um pequeno castelo ladeado por uma poderosa torre quadrada cuja entrada, virada a leste, era vigiada por inúmeros homens armados. Otto informou os companheiros de que iriam pernoitar ali; então, acomodaram os animais e acamparam do lado de fora do burgo.

Ao mesmo tempo que Otto se dirigia ao castelo para pagar os impostos pelas mercadorias, um cortejo a cavalo saía pela porta principal.

Era o senhor de Gignod, precedido por quatro soldados e seguido por uma fila de homens ricamente vestidos. Ao lado do senhor feudal, que montava um cavalo de guerra, cavalgava uma senhora com aparência triste; não era bela, mas tinha uma expressão lânguida, realçada pela elegante vestimenta: um manto de pele sob o qual se entrevia um vestido comprido de seda azul, cingido por um cinto de prata. A cabeça era circundada por uma coroa de pérolas e os cabelos, presos sobre a nuca, formavam um elaborado nó semiescondido sob um longo véu branco. Devia ser a mulher do senhor e, possivelmente, deslocavam-se do castelo para assistir ao casamento de algum outro nobre daquela zona.

Otto informou-se com um dos soldados que estavam de vigia e que conhecia havia alguns anos, e ele lhe confirmou tratar-se do casamento do segundo filho dos senhores La Tour de Valpelline, cujo feudo situava-se relativamente perto do castelo de Gignod. O casamento seria celebrado no dia seguinte, no castelo dos La Tour, e seu senhor estaria ausente durante uma semana; era essa a razão, pensou Otto, que explicava a existência de um número tão grande de homens armados de guarda à torre, bem como confirmava que a situação geral não era de todo tranquila.

Seria melhor avançar com cautela até Augusta, onde, junto do visconde, poderia permanecer por um dia e inteirar-se da situação concreta do território que ainda teriam de atravessar para chegar ao Canton des Allemands.

5

LEONHARDT TREMIA, APESAR da rica veste forrada de pele que o cobria até os pés. O frio era intenso, mas talvez não fosse apenas essa a causa do tremor que lhe sacudia os ossos. Estava apavorado; nunca em toda a sua vida o jovem vira uma tempestade como a que o atingira na passagem do Teodulo, nada tão semelhante ao Inferno.

Tudo começara com uma densa cortina de nevoeiro que obscurecia o caminho e não deixava ver um palmo à frente do nariz. Os cumes haviam desaparecido da vista — era como caminhar no meio de leite.

Hermann, que parecia preocupado, tinha tentado tranquilizar o filho e o restante da caravana dizendo que em breve as nuvens se abririam e deixariam passar o sol. Em vez disso, porém, após menos de meia hora de marcha na névoa, que se erguia do vale em ondas espessas, começara a cair uma chuva de gelo pungente como cascas de nozes, acompanhada de rajadas furiosas. Leonhardt esperava que o vento afastasse as nuvens, mas, ao contrário, vinham outras ainda mais escuras e carregadas de tempestade.

Homens e animais esforçavam-se por manter o equilíbrio naquele turbilhão de vento e gelo: não podiam parar porque a estrada do desfiladeiro era completamente exposta, sem qualquer abrigo. E tinham mesmo de transpor o ponto mais perigoso do caminho, um pouco mais abaixo, onde uma estreita crista de rocha ladeava um precipício. Aos gritos, os mercadores incitavam os animais, que se haviam empinado e teimavam em não prosseguir.

Hermann mandou parar a caravana e, dirigindo-se aos homens, gritou aos quatro ventos as instruções para a descida. Leonhardt, que ia à frente do grupo com o pai, parou junto aos animais.

Diante dele, o soldado que o escoltava parara: pertencia à guarda do senhor de Quart e era ainda um jovem mancebo... Sentia medo. A palidez do rosto e os olhos esbugalhados, que se esforçavam por ver para além da tempestade, testemunhavam sua inquietação. Leonhardt pensou que, provavelmente, estaria mais habituado a enfrentar a fúria dos homens que a dos elementos. Ele próprio, apesar de confiar no pai, estava muito assustado: Hermann tinha uma longa experiência na travessia de gargantas e certamente saberia livrar-se de apuros. Todavia, pela expressão alterada de seu rosto, Leonhardt adivinhou que nunca se encontrara numa situação tão perigosa: a coragem que costumava mostrar em todas as ocasiões desaparecera, e o rosto revelava, pela primeira vez, os traços do velho. Profundas rugas marcavam-lhe os olhos e a testa, os olhos azuis mostravam-se desbotados, a barba cinzenta cobria-se de gelo, a boca reduzira-se a uma fresta.

Retomaram a marcha, esforçando-se para caminhar contra o vento. Desceram, por um tempo, até atingir a crista, cujo caminho mal se adivinhava. Primeiramente avançou o soldado, que permaneceu à espera para além da passagem. Depois, com passos cautelosos, segurando os asnos pelo cabresto, seguiram os outros mercadores. Hermann deteve Leonhardt e seus animais: preferia antes deixar passar o amigo Alart, que transportava para a aldeia um valioso carregamento de peles destinado ao mercado de Piacenza.

Alart era um mercador robusto de meia-idade que partilhara com Hermann viagens, bebedeiras e aventuras amorosas. Queriam-se como irmãos. Haviam fundado, juntos, a aldeia de Felik, havia já muitos anos, quando o bispo de Sion concedera suas terras a quantos quisessem cultivá-las, para fazê-las produzir.

Depois de terem trabalhado duramente nos campos roubados à floresta, ambos se haviam transformado em mercadores, conseguindo enriquecer rapidamente graças à habilidade para as trocas comerciais e ao fato de terem localizado as feiras certas a frequentar e os mercados mais rentáveis.

Em Piacenza, Alart era esperado por um carregamento de seda e especiarias proveniente de Veneza: depois levaria essas mercadorias para o Norte, não sem antes parar em Felik, onde as ricas mulheres dos mercadores esperavam impacientes os preciosos tecidos orientais com os quais renovariam os faustosos guarda-roupas.

Hermann, por seu lado, comprara a um ótimo preço lãs inglesas que tinham muita procura havia alguns anos e que seguramente revenderia com facilidade, obtendo, assim, um lucro considerável. Enquanto calculava mentalmente o que iria arrecadar, Hermann, que se sentia cada vez mais cansado, começou a pensar que Leonhardt em breve deveria aprender a comandar os camponeses e os artesãos. Tinha de ensinar ao rapaz tudo o que pudesse, e bem depressa, se quisesse que o trabalho de todos aqueles anos não se perdesse.

Além disso, Hermann sabia perfeitamente que a paixão do filho por Sibilla de modo algum se apagara: seus esforços para afastar os dois jovens falharam miseravelmente. Apesar de fingir ignorar o fato, o mercador contava com bons informantes que o punham regularmente a par dos lugares e dos dias em que os dois se encontravam. Se por um lado Hermann compreendia bem a paixão do filho, sobretudo em se tratando de jovem tão bela, por outro estava determinado a contrariar, com todas as forças, semelhante união. Era o mercador mais rico de Felik e possuía muitas terras; dentro de algum tempo — pouco —, o senhor feudal certamente lhe daria um cargo nobiliárquico qualquer, permitindo-lhe, dessa forma, tornar-se de fato seu vassalo. Tudo isso significava que, no futuro, tanto ele como o filho deteriam muito poder, e por isso Leonhardt deveria unir-se à herdeira de um patrimônio considerável, somando, assim, riquezas e prestígio à família.

Dessa forma, não era possível que o filho desperdiçasse a riqueza que acumulara em toda a sua vida misturando seu sangue com o de uma simples cidadã livre: apesar de a jovem ter uma atividade rentável, sua família já desaparecera. Sibilla não tinha ligações com os notáveis da cidade e, acima de tudo, era demasiado independente. O filho precisava de uma mulher abastada, respeitadora e submissa, capaz de lhe dar filhos, de fazer com que os outros apreciassem as riquezas do marido, de se calar face às aventuras amorosas do companheiro — exatamente como sua mulher, Costanza.

Hermann voltou aos seus pensamentos, irritado consigo mesmo por ter deixado a mente vaguear num momento tão inadequado, e se perguntou se por acaso não teria sido o medo da velhice e da morte que guiara suas fantasias justamente quando seu dever era transmitir disposição de espírito e coragem ao restante da caravana.

Parado diante de seus animais, esperou. Alart e seu carregador iniciaram a travessia, arrastando e esporeando os quatro asnos teimosos. A tempestade prosseguia, implacável, cegando e chicoteando os homens.

Alart já ia quase a meio do cume quando, subitamente, a primeira mula caiu, atingida no flanco por um turbilhão de pedras e de gelo; a fúria do vento havia arrancado da encosta da montanha uma placa inteira de rocha e de terra, arremessando-a violentamente sobre o caminho. O animal, que caíra sobre as patas traseiras, tentou levantar-se, mas os cascos escorregavam no gelo e não o deixavam firmar-se; tomada pelo pânico, a mula tentava libertar-se da carga, enquanto Alart procurava segurá-la pelo cabresto.

De repente, as patas do animal deslizaram pela margem da estrada, e a corda comprida que o ligava aos outros esticou e estalou como um chicote. Os três asnos que o seguiam caíram, desordenados, arrastando, na queda, o carregador que fechava a fila.

Alart tentou segurar-se de encontro a um penhasco para suster seu peso, mas não conseguiu. Com um lamento rouco, que se perdeu por entre a tempestade, o animal ferido tombou pela escarpa, seguido de perto pelos outros três. Alart, que segurava o cabresto pelo braço para fazer mais resistência, não teve sequer tempo de pensar em largá-lo, e em poucos segundos foi arrastado atrás dos animais.

Com um grito desesperado, desapareceu no precipício.

O carregador, que, no meio da queda, largara a ponta da corda, rolou no caminho, conseguindo salvar-se.

Hermann ouviu um grito e, mesmo sem conseguir ver um palmo à frente do nariz, compreendeu que alguma coisa grave havia acontecido. Avançou a passos agitados ao longo do cume. O saco de Alart, equilibrado entre as pedras, era a única presença que restara. Hermann ajoelhou-se e esticou a cabeça para além da ribanceira, mas nada mais viu senão o nevoeiro, escuro e denso. Gritou o nome de Alart, uma, duas, três vezes. A tempestade repelia sua voz, abafando-lhe o som que ressoava de um lado ao outro da encosta.

Não obteve nenhuma resposta.

Desesperado, caiu sobre os calcanhares e agitou os punhos para o céu baixo e ameaçador, lançando um grito desumano e demorado que, no final, adensou-se num soluço lamentoso e contínuo.

Leonhardt ouviu a voz do pai; assustado, confiou os animais a seu carregador e aventurou-se, com mil cuidados, pelo cume que não conhecia bem. Chegando ao meio do percurso, o que viu gelou-lhe o sangue: Hermann jazia fragilizado e abatido no caminho, segurando a cabeça entre as mãos, e chorava. Ao seu redor, nenhum sinal de vida.

O jovem aproximou-se, temeroso.

— Pai, o que aconteceu? Pai, me responda, pai...

Hermann não o viu nem o ouviu; lamentava-se, balançando-se para a frente e para trás e proferindo frases desarticuladas. Seu rosto era uma máscara terrível de dor, seus olhos estavam cegos para o mundo circundante.

Leonhardt, depois de um momento de hesitação, envolveu-lhe as costas com os braços e embalou-o como a um menino. Aos poucos, os gemidos cessaram e o velho mercador pareceu voltar a si; com a consciência recuperava também o pudor e a vergonha por ter-se mostrado tão frágil aos olhos do filho. Tentando esconder a perturbação, Hermann pegou cuidadosamente o saco de Alart e carregou-o às costas. Depois, olhando para o filho com severidade, disse:

— Alart morreu, nada mais podemos fazer por ele. Assim que chegarmos ao Canton des Allemands, mandarei aqui alguém para recuperar o corpo. Vamos esperá-lo lá e depois levá-lo conosco para Felik. Agora vá. Leve outra vez os asnos e continuemos.

Leonhardt, estupefato com aquela repentina mudança de atitude, nada mais pôde fazer senão obedecer. Em silêncio, regressou ao seu lugar e avisou os outros da desgraça de que Alart fora vítima. A caravana voltou ao caminho.

O tremor não o deixava, e Leonhardt deu-se conta de estar no limite de suas forças.

À tempestade de gelo se seguira uma neve aquosa e pesada que ensopava os mantos. O nevoeiro dissolvera-se, as nuvens se desfaziam pouco a pouco, abrindo, aqui e ali, faixas de azul.

O rapaz esforçava-se para prosseguir, apesar do caminho que, agora, descia: o medo bloqueava-lhe os ossos, as pernas não lhe obedeciam. Aquilo que acontecera parecia-lhe irreal; não conseguia acreditar que Alart tivesse perdido a vida no fundo da escarpa. Só conseguia pensar que estava ali sozinho, que sentia frio e que, da próxima vez, o velho amigo apareceria atrás deles, no fim da fila.

Seguramente não fora a primeira vez que Leonhardt defrontara a morte. Quando menino, vira morrer os irmãos, mas era tão pequeno que ainda não se havia habituado à sua companhia. Também a avó paterna havia morrido, mas era velha e estava doente, de modo que seu fim parecera-se mais com a conclusão natural de uma vida já bastante longa. Essa ocasião, porém, havia sido diferente: tratara-se de morte violenta e completamente imprevista, que ceifara, de forma absurda, a vida de um homem que mereceria viver por mais tempo. Alart partilhara, desde sempre, a vida da família de Hermann, e, debaixo da pele rude, o mercador era manso e bonachão. Leonhardt recordava-se de que, mais de uma vez, quando criança, seus braços fortes o haviam libertado dos açoites de seu pai, sempre pronto a castigar qualquer maldade infantil.

O terror maior e mais inexplicável, no entanto, era o de Hermann: Leonhardt nunca o vira naquele estado e jamais o pensara capaz de tanto sofrimento. Os gemidos a que se abandonara pouco antes pareciam impossíveis num homem tão forte, determinado e ameaçador.

Em Leonhardt, a piedade misturava-se com o medo: agora que descobrira aquele novo lado da personalidade do pai, o jovem gostaria de conseguir amá-lo, em vez de temê-lo. No entanto, pensava também que Hermann nunca permitiria que isto acontecesse, pois estava convencido de que aquela quebra temporária de dignidade, tão abertamente manifestada, o tornaria, se possível, ainda mais duro. Além disso, era evidente que Hermann se sentia culpado por ter deixado que Alart, naquele maldito cume, fosse à sua frente, pensando que, no lugar dele, talvez tivesse conseguido segurar os animais.

Hermann se culparia por toda a vida, Leonhardt estava certo disso. Ele disfarçaria perante os outros o mal-estar que sentia, dissimulado em uma nova aspereza. Mesmo sua aversão a Sibilla seguramente não seria abrandada devido à nova dor pela morte de Alart. Embora compreendesse o forte desejo do pai, inclinado a conquistar uma condição nobiliárquica dentro da comunidade, o jovem não estava disposto a renunciar ao amor: Sibilla era a única pessoa, até agora, que o tinha aceitado pelo que ele era, a única que lhe falava, em vez de lhe dar ordens. Ouvia-o durante horas, enquanto ele lhe explicava como eram diferentes da sua aldeia as grandes cidades da planície e as pessoas que as habitavam. Por vezes, tomado de raiva pelo pai, Leonhardt desesperava-se pensando no futuro. Sibilla sempre conseguia acalmá-lo, conciliando paciência e tolerância.

Uma noite, no verão anterior, depois de terem se encontrado no coração do bosque, avançando furtivos na direção de uma planície abrigada, haviam deparado com uma lebre alpina. O animal os vira e, em vez de fugir, permanecera imobilizado, a fixá-los. Só as orelhas curtas e a espessa cauda vibravam. Sibilla e Leonhardt, em silêncio, tinham se escondido atrás de um arbusto, à espreita. O animal ficara parado ainda por mais uns instantes, depois dera um longo salto e desaparecera na escuridão do mato.

Os jovens haviam se abraçado em silêncio: a noite estava tépida, iluminada por uma meia-lua. Leonhardt ainda se recordava, com um frêmito, da pele fresca de Sibilla.

Pela primeira vez, suas mãos haviam deslizado sob as vestes da moça, procurando as curvas de seus seios e ancas. Sibilla não se furtara — antes, o estreitara ainda com mais força, oferecendo-lhe a boca e o corpo. Tinham feito amor ali, no meio das silvas, no silêncio entrecortado apenas pelo ruído de algum pequeno predador noturno. E depois houvera lágrimas, sussurros, risinhos e promessas de amor eterno.

Leonhardt procurou recuperar o controle dos músculos tensos, adquirindo, ao andar, uma atitude mais firme. O rosto do pai, que se virara para olhar para ele, era uma máscara cinzenta e impenetrável. Hermann, juntamente com seus muares, agarrava pelo cabresto o animal de outro mercador, sobre o qual acomodara o carregador ferido. Na descida as curvas eram sempre em torno da montanha e ladeando o rio. O céu estava agora quase completamente limpo. Ninguém falava, o medo e a tristeza eram palpáveis.

Por volta da sexta hora, a caravana parou para deixar passar outra que se dirigia para o desfiladeiro, depois prosseguiu a triste marcha na direção do vale.

O caminho ia se alargando: a rocha áspera dos barrancos que tinham acabado de transpor suavizava-se pouco a pouco, dando lugar a um campo aberto e verdejante, ao fim do qual se adivinhavam um aglomerado de casas de madeira e uma estrada bem desenhada.

Chegaram à praça pouco antes da nona hora.

Uma pequena multidão aglomerou-se à sua volta. Enquanto as crianças se juntavam, atemorizadas e curiosas, em volta do animal que transportava o ferido, os homens rodeavam os mercadores, querendo saber notícias, temendo que a caravana tivesse sido inesperadamente atacada por algum bando de salteadores.

Hermann explicou o que sucedera e imediatamente deu ordens para que o carregador fosse sem demora transportado para a hospedaria, a fim de ser tratado e poder recuperar as forças. Depois pediu a um mercador da aldeia, parente afastado de sua mulher, que mandasse três homens robustos e experientes para recuperar o corpo de Alart, e avisou-os logo de que teriam de se munir de cordas compridas para poderem descer pela escarpa, uma vez que não conseguiriam chegar lá embaixo de outra maneira.

Assim, depois de descarregar os animais e de levá-los para o estábulo que possuía com o cunhado Hans, dirigiu-se à hospedaria, onde, juntamente com os outros mercadores, passaria a noite. Aqui, abandonando-se num banco em frente a uma tigela de carne e de verduras fumegantes acompanhada de uma caneca de vinho, dirigiu-se finalmente ao filho:

— Vamos ficar aqui até amanhã: não quero voltar a Felik sem Alart; portanto, temos de esperar que os homens regressem. Espero que também consigam recuperar as peles que Alart já comprara; vou levá-las para Piacenza, na próxima viagem que fizer para o Sul. Estou confiante de que o tempo vai melhorar; de qualquer maneira, antes de partirmos, vamos à capela rezar a São Giacomo* e pedir-lhe proteção para a nossa viagem de regresso.

Maida, a dona da hospedaria, aproximou-se com um grande tabuleiro de madeira sobre o qual dispusera vários pedaços de queijo perfumado com ervas aromáticas, que ofereceu a Hermann e ao filho.

Era uma bela mulher, de formas generosas que dificilmente conseguia esconder por entre as pesadas vestes de lã: os cabelos, castanhos e compridos, caíam-lhe ao longo das costas e ondulavam, fartos e brilhantes, a cada movimento. Depois de ter colocado os alimentos na mesa, sentou-se perto de Leonhardt; os seios, grandes e macios, roçavam, intencionalmente, o braço do jovem. Depois, dirigindo a Hermann um olhar lânguido e possessivo, disse:

— Então este é o seu rapaz; por que não me apresentou a ele quando esteve aqui de passagem para Praborno? É belo e forte; quem sabe se depois de uma viagem tão atribulada não vai precisar de companhia...

Hermann, que não estava propriamente com disposição para aceitar as ofertas de Maida, fulminou-a com um olhar que dispensava as palavras. Conhecia a estalajadeira havia dez anos e, praticamente todas as vezes que vinha ao Canton des Allemands, partilhava com ela o leito, luxo que a estalajadeira concedia apenas a poucos mercadores. Seus companheiros de caravana tinham de se contentar com outras moças, por vezes mais jovens, mas seguramente menos experientes e indulgentes que Maida. A ela muitas vezes se confiara, encontrando sempre compreensão e conforto; as noites passadas ao seu lado faziam-no renascer, davam-lhe aquela segurança que nunca conseguira sentir com a mulher, Costanza. Hoje, porém, o olhar lascivo com que ela envolvera Leonhardt realmente não lhe agradara nem um pouco. Sentindo que a irritação crescia dentro de si, Hermann fixou o filho. Um rubor difuso invadira o rosto do rapaz, seus olhos fixaram o fundo da tigela e seu corpo ficou tenso.

A oferta de Maida ficou sem resposta.

Despeitado com aquela confiança que não pedira e que possivelmente dera a entender ao jovem a natureza da sua relação, Hermann dirigiu-se à mulher, cheio de raiva:

---

*Variante do nome hebreu Giacobbe, que, em português e em espanhol, corresponde a Tiago. *(N. da T.)*

— Como se atreve a falar assim? Todos, todos nós fomos tocados pela morte: Alart, que você conhecia bem e que era como um irmão para mim, está apodrecendo no fundo da escarpa! E tem a coragem de oferecer seus sórdidos préstimos a meu filho, que vê hoje pela primeira vez! Tenha vergonha, mulher, e vá embora desta mesa!

Maida, que não esperava tal reação, permaneceu de boca aberta fixando Hermann, sem compreender. Depois, intuindo aos poucos o motivo de sua raiva, olhou-o com pena e, sem responder, levantou-se e afastou-se. Também Leonhardt compreendeu — e muito mais do que o pai julgara e temera —, mas, estranhamente, em vez de desdém, foi tomado por profunda compaixão do homem, que, segundo via, estava cada vez mais consumido. No meio da fúria que lhe distorcera os traços, as bochechas estavam caídas, a boca tremia, os olhos lançavam chispas aquosas.

Leonhardt decidiu quebrar o momento embaraçoso desviando a atenção do pai para a viagem que ainda tinham de fazer.

— Não me lembro bem do caminho que percorremos na ida — disse, tentando dar à sua voz um tom indiferente. — Ainda temos de transpor um outro vale, não é? Quanto tempo levaremos até chegarmos à nossa aldeia?

— Se conseguirmos partir amanhã, deve ser mais um dia; depende do tempo que demorarem para trazer o corpo de Alart. Lembra-se daquele rio que atravessava o barranco da Fourca? Nesta altura, deve levar muita água e correr impetuoso, porque a neve já começou a derreter; esperemos que a ponte de madeira se mantenha de pé para conseguirmos passar. Depois do fundão, continuaremos ainda na direção da garganta de Bätt, que divide os dois valados, e prosseguiremos ao longo do caminho da costa que, em poucas horas, nos levará a Felik. Procure memorizar bem o caminho desta vez; chegará o dia em que será você a ter de conduzir os animais e aconselhar os mercadores menos experientes. É meu filho, não se esqueça disso, todos esperam muito de você.

Leonhardt anuiu, sufocando a irritação pelo tom severo com que Hermann dirigira-se a ele e que achava não merecer. Consolou-se pensando que, pelo menos, conseguira fazer acalmar a ira que as palavras de Maida haviam causado ao pai. Conhecia muito bem sua intransigência, que o surpreendia muito menos que sua raiva.

Terminaram o jantar em silêncio e depois foram até o grande quarto nos fundos da estalagem, onde, juntamente com os outros mercadores, passaram a noite.

O alvorecer seguinte anunciava um dia glorioso: o céu estava limpo, a lua cheia mostrava-se pálida por trás dos cumes mais altos, o vento abrandara, convertendo-se numa ligeira brisa. A encosta da montanha, que dali a pouco estaria iluminada pelo sol, no momento ameaçava a aldeia como uma massa escura, aparentemente intransponível. Boa parte da comitiva dos mercadores partiu nas primeiras horas da manhã, enquanto Hermann e alguns dos outros — poucos —, depois de terem ido rezar na capela, ficaram na praça, à espera.

Os homens encarregados de recuperar o corpo de Alart voltaram quando o sol já ia alto; um dos asnos carregava, no dorso, um fardo informe; os outros dois, as mercadorias. Hermann, que imaginava os horrores que a queda teria provocado no corpo de Alart, não permitiu que o cadáver ficasse exposto à curiosidade dos habitantes da aldeia — pagou aos homens, reuniu os animais e pôs-se a caminho. Iam sem proteção, uma vez que o soldado acompanhara os outros mercadores que os precediam no caminho de regresso. Leonhardt esperava que na viagem até Felik fossem pelo menos poupados do perigo dos salteadores, mas, em seu coração, sentia medo.

Seguiram durante duas horas pela floresta: o caminho subia, íngreme, bordejando a encosta da montanha. As árvores frondosas os impediam de ver em volta; só o céu, que brilhava no alto entre os últimos ramos, se mostrava cada vez mais luminoso. Após uma curva perigosa e difícil, o bosque subitamente começou a rarear, abrindo-se num amplo vale, dividido ao meio por um riacho. Assim que avistaram a ponte que o atravessava, descobriram, um pouco mais além, um grupo desordenado de pessoas, algumas sentadas, outras agitadas ao longo do caminho. Os asnos, muitos deles sem carga, comiam a grama dos prados circundantes.

Apressaram o passo: na embocadura da ponte jazia, tombado, com a cabeça na água e o rosto desfigurado, o cadáver do soldado. Uma flecha comprida atingira-o no peito.

Hermann atravessou a ponte e aproximou-se dos mercadores. Um deles, com o rosto desfigurado, as roupas rasgadas e uma profunda ferida nas costas, contou-lhe que três bandidos, que subitamente tinham aparecido na margem do riacho, haviam-nos assaltado. O primeiro, que segurava na mão uma balestra, ameaçara-os de morte caso não lhes entregassem todos os haveres.

O jovem soldado, armado de espada, descera imediatamente do cavalo, pronto a defender a comitiva, mas pouco fizera antes de ser atingido em cheio por uma flecha. Dois dos bandidos haviam então montado nos animais e carregado as mercadorias, enquanto o terceiro vigiava a todos, apontando-lhes uma arma.

Os mercadores permaneceram ali parados por alguns instantes; depois, como se respondessem a um sinal convencional, lançaram-se, num abrir e fechar de olhos, sobre o bandido que apontava a balestra e conseguiram desarmá-lo. Dos mantos surgiram os punhais e, com eles, mataram o arqueiro.

Os outros salteadores, incrédulos ante tanta audácia, deixaram cair por terra as cargas e lutaram. Muitos homens estavam feridos, mas, no final, os dois bandidos que restavam, vencidos, puseram-se em fuga nas poderosas cavalgaduras, tomando a direção de um fundão lateral, onde desapareceram por entre a densa vegetação.

Enquanto os feridos se lavavam no riacho e improvisavam ataduras rudimentares, Hermann e Leonhardt ajudaram os outros a recuperar os asnos e as mercadorias. Depois retiraram o corpo do soldado da água, extraíram a flecha e compuseram-lhe as vestes. Um pouco adiante, num baixio, Hermann abriu uma cova não muito profunda, onde o cadáver foi depositado. Após uma breve oração por sua alma, a cova foi coberta de terra e sobre ela espalharam muitos seixos, para evitar a fome impiedosa dos animais selvagens.

A tarde já ia longa; os mercadores decidiram prosseguir ainda por mais um pouco até o montículo de pedras denominado *montjoie*, que surgia no final do fundão, antes da saída para a garganta de Bätt. Logo a seguir, encontraram um abrigo onde passaram a noite. Todos, cada um por sua vez, iriam ficar de guarda. Não podiam permitir que outras emboscadas e perdas acontecessem, disso estavam certos; portanto, seria preferível esperarem pela luz do dia para se porem novamente a caminho.

6

OLIVIA, A SERVA DE GERTRUD, acabara de colher um feixe de cardos com os quais faria a sopa. Nas pastagens do cume dos Alpes, onde recolhera os espinhos da planta, o vale mostrava-se em todo o seu esplendor. O dia estava magnífico: nos prados que rodeavam a aldeia, vacas e ovelhas pastavam tranquilas, vigiadas por cães que lhes ensinavam o caminho. Mais perto das casas, nos pequenos lotes de terreno que dividiam cada um dos *stadel* do seguinte, as galinhas bicavam entre a grama, gordas e indiferentes. Ao entardecer, Olivia passaria pelo galinheiro para recolher os ovos que acompanhariam a sopa. Normalmente aquela incumbência era tarefa da patroa, que nesse dia, no entanto, estava muito ocupada ajudando o marido no estábulo.

Olivia, que fora para a casa de Gertrud ainda criança, era muito apegada à patroa. Na época, ainda viviam todos num pequeno burgo entrincheirado na montanha do Vallese, sobre o qual um dia se abatera uma avalanche que levara consigo o estábulo de sua família, bem como seus pais e seu irmão, que estavam no interior cuidando dos animais. Ela, porém, tinha ido à casa de Gertrud levar-lhe ervas medicinais para tratar uma de suas vacas que estava prestes a parir; essa casa fora uma das poucas poupadas pela avalanche. Olivia ficara sozinha, e Gertrud conseguira convencer o marido a ficarem com aquela pequena órfã — a quem posteriormente Gertrud ensinara, com toda a paciência, a governar a casa e a cozinhar. A certa altura, o senhor do vasto território ao qual pertencia a aldeia, o bispo de Sion, propusera a quantos quisessem partir que fossem colonizar novas terras para além dos Alpes

Apeninos, na direção de Augusta. Gertrud e o marido, que negociavam gado, pensaram um pouco e decidiram se mudar, esperando dessa forma ampliar seu negócio até a planície. Gertrud havia lhe perguntado se ela preferia acompanhá-los ou ficar no burgo onde nascera, mas Olivia nem pensara duas vezes: partira com eles, a única família que lhe restava. A viagem fora longa e cansativa. Por fim, chegaram àquele pequeno fundão verdejante, circundado por bosques frondosos e dominado por aquela austera montanha que haviam acabado de atravessar. Em pouco tempo, graças ao duro trabalho dos homens, o bosque fora parcialmente abatido, dando lugar a terras de semeadura pacientemente trabalhadas, enquanto os prados viçosos dos Alpes alimentavam os animais. Com a madeira extraída dos fortes lariços da floresta, os colonos edificaram suas casas com maciços travejamentos entalhados e robustas tábuas, que garantiam a solidez das construções. Passados alguns anos, a eles se juntaram outros habitantes do Vallese, e a aldeia crescera. Já tinham uma igreja e uma estalagem, e agora haviam erguido uma compacta paliçada contornando a área habitada. No interior, as lojas dos comerciantes alternavam com ricas habitações. A estrada que seguia para o Leste, para Macugnaga, fora alargada e, em parte, pavimentada com pedras, de modo a facilitar a passagem das caravanas. Por concessão do senhor feudal, foram construídos dois moinhos, que se erguiam na margem esquerda do rio — um para moer o cereal, o outro para apiloar a lã. Uma audaz canalização fora construída com troncos ocos, que, das nascentes escondidas por entre o gelo, conduzia a água até a aldeia; ao lado dessas tubulações e meio escondido pelos telhados inclinados de duas casas vizinhas, as famílias dos comerciantes de lã tinham erguido o moinho para o apiloamento. O mecanismo complexo era indispensável para que transformassem o velo dos seus carneiros em tecido. O senhor autorizara a construção, embora em troca de um pagamento vultoso, porque percebera que aqueles colonos eram gente forte, hábil e corajosa, perfeitamente adaptada ao objetivo que sua família se determinara a cumprir: criar riqueza por todo aquele vale, até o desfiladeiro de Bätt, e não, como acontecera até então, apenas na parte baixa, próxima da via romana. Desse modo, seria aberta uma nova e frequentadíssima via que os ligaria ao Vallese e aos comerciantes de Macugnaga, o que lhes permitiria expandir suas riquezas e ampliar seu poderio.

Olivia apressou-se pela encosta abaixo, que a conduziria à aldeia: os espinhos dos cardos picavam-lhe os braços, atravessando o tecido de sua blusa. Começava a sentir calor agora que o sol ia alto, sinal de que a bela estação estava mesmo começando. Dentro em pouco, mais abaixo, nos campos de centeio, chegaria o tempo da colheita, e então todos os habitantes e mesmo outros trabalhadores sazonais, vindos de vales diferentes, voltariam a subir as encostas para ceifar as espigas. Olivia adorava o verão; depois de longos meses dentro de casa fiando e tecendo, descascando nozes e fazendo cestos, o verão lhe permitiria, finalmente, viver um pouco ao ar livre, sem ter de enfrentar o frio intenso que, no inverno, era a característica mais desagradável daquele vale.

Transposto o caminho que dividia a propriedade de Gertrud da de Gustav, um outro comerciante do Vallese que se juntara a eles, Olivia chegou ao *stadel*. Entrou na cozinha e logo começou a limpar os cardos dos espinhos e das fibras não comestíveis. A casa estava deserta. Conrad, o marido de Gertrud, devia estar no estábulo tomando conta das vacas, que, dentro de uns dois meses, teriam de ser levadas para a feira de Macugnaga para ser vendidas.

Enquanto colocava de lado a parte dos cardos inaproveitável e que seria usada, juntamente com os restos de outras plantas, para adubar os campos, Olivia começou a pensar no futuro. Aos 30 anos ainda não tinha casado e já havia abandonado a ideia de encontrar um marido. Não sentia falta, na verdade, talvez porque o afeto que Gertrud lhe demonstrava fosse suficiente para fazê-la feliz, ou então porque sentia medo; vira muitas mulheres da aldeia perderem os maridos por doenças, incêndios ou por assaltos de salteadores. Já sofrera o suficiente com a morte dos pais e sabia que não conseguiria suportar outro luto.

Aquilo de que verdadeiramente sentia falta era de um filho, uma criança de quem tivesse de cuidar, a quem tivesse de dar amor e de quem recebesse felicidade e alegria.

Consolava-se, no meio das lamentações por essa maternidade frustrada, com o fato de Gertrud, também ela, ter ficado sem prole; tinha a certeza de que, apesar de sua tenaz ligação com a patroa, um filho gerado por ela lhe teria enchido o coração de inveja e de ressentimento. Gertrud fizera tudo para ficar grávida, desde orações e filtros mágicos até uma poção amarga e enjoativa que a parteira da aldeia preparara especialmente para ela. Nada funcionara e já havia alguns anos que ela finalmente se resignara, desviando seu afeto e sua ternura para os filhos dos camponeses que passavam os dias de verão brincando na eira de sua quinta. E depois da morte de Karola, Gertrud desenvolvera uma fortíssima ligação com Sibilla: sempre pronta a defendê-la das maledicências que circulavam a seu respeito pela aldeia, era pródiga em conselhos sobre sua ainda intensa atividade de tecelã. É certo que Sibilla não era uma moça fácil: o feitio reservado fazia-a parecer altiva e soberba, enquanto a beleza provocava a odiosa rivalidade das outras jovens do burgo. Como se não bastasse, apaixonara-se por Leonhardt, o melhor partido de Felik, belo, rico e com um grande futuro pela frente. Era decididamente demais para as jovens da aldeia, que, cheias de inveja de Sibilla, não sentiam a menor compaixão por sua desgraçada vida familiar. Uma delas, em especial, alimentava com particular cuidado seu rancor: era Ingrid, filha única de Daniel Sward, o *capo colono*.* Dois anos mais velha que Sibilla, Ingrid havia algum tempo já pusera os olhos em Leonhardt e quase conseguira tornar-se sua amiga, quando a rival aparecera; Ingrid compreendera imediatamente que nunca conquistaria as atenções do jovem.

Sibilla era bela demais para que alguém pudesse competir com ela; não que Ingrid fosse propriamente feia, mas seu único e verdadeiro fascínio residia no fato de o pai ocupar um lugar proeminente na comunidade. Sob uma massa desordenada de cabelos de um louro semelhante a estopa, abriam-se dois olhos redondos, de um azul desbotado, contornados por pestanas muito claras, quase invisíveis, que não contribuíam em nada para realçar o olhar. O corpo era gorducho e atarracado, embora conservasse uma certa graça infantil. Ingrid procurava disfarçar a figura imperfeita com

---

*Chefe que representava o povo e que era eleito por ele. (N. *da* T.)

vestidos de propositada delicadeza: o pai comprava-lhe sedas orientais, jaspes de Luca, finíssimos panos de cambraia francesa. Cada vez que um mercador ali chegava com alguma carga de especiarias, Daniel não deixava de comprar a água *nanfa*, um perfume raro obtido com a essência de cravo, muito na moda em Veneza.

Vendo nascer e crescer o amor entre Sibilla e Leonhardt, Ingrid, que compensava a mediocridade do aspecto com uma lúcida astúcia, compreendera que a batalha estava perdida, mas não renunciara à luta. Dia após dia, começara a caluniar Sibilla, inventando mentiras, pacientemente idealizadas, sobre ela e sua mãe. Principalmente sobre Karola — que era conhecida por ser uma mulher invulgarmente sábia —, construíra uma história fantasiosa, semeada por alguns pormenores verdadeiros, aos quais juntara uma série de falsidades capaz de deixá-la na rua da amargura. O pai de Karola fora vendedor ambulante e em suas peregrinações pela França muitas vezes acompanhara grupos de jograis; desse modo, conseguira frequentar cortes e castelos, onde ganhara fama de insólito mercador — um pouco bizarro e um pouco literato. Então, Ingrid inventara que Karola herdara do pai certa veia de loucura e, uma vez que ninguém em Felik conhecera sua mãe, que morrera quando a filha ainda era pequena, defendia que, provavelmente, Karola não era uma filha legítima de Vallese, mas que, quase com certeza, fora fruto de qualquer aventura paterna, consumada mundo afora. O fato de rotular Karola de bastarda constituía uma mentira evidente e até mesmo ingênua, digna da mente invejosa de uma jovem ainda inexperiente demais. No entanto, muitos amigos de Ingrid acreditavam nela — ou fingiam acreditar: as moças, porque nutriam por Sibilla a mesma inveja; os rapazes, porque sentiam ciúmes de Leonhardt, por ter ele arrebatado a moça mais bonita do vale.

Daniel, por demais ocupado com a atividade de *capo colono*, não tinha tempo nem vontade de pôr termo àqueles mexericos da filha, dos quais, no entanto, se mantinha a par, limitando-se, de vez em quando, a repreendê-la pela língua tão afiada. Havia pouco tempo, o senhor do feudo o tinha nomeado também *ammano*, isto é, juiz em todas as controvérsias internas que dissessem respeito à vida da aldeia. Era um trabalho de grande responsabilidade e prestígio que, para seu grande pesar, não poderia deixar de herança para ninguém, uma vez que não tinha filhos varões.

Daniel descia duas vezes por ano até o castelo de Quart, onde era recebido em audiência pelo senhor, a quem relatava tudo sobre o desenvolvimento de sua atividade em Felik e com quem discutia eventuais problemas. Até então desenvolvera com tanta habilidade a missão como mediador entre os habitantes e o senhor feudal que, lá no fundo, lhe parecera natural e sensato terem sido confiadas a ele também as incumbências jurídicas. Por sorte, os litígios e as controvérsias na aldeia eram de pouca monta, limitando-se a alguma questão provocada pela passagem de animais para além de certos limites ou a qualquer imbróglio com os camponeses relacionado com o cálculo do imposto devido ao senhor.

Olivia apressou-se na direção do riacho que corria atrás do *stadel*, levando no cesto os seus cardos já arranjados e limpos; ali os lavou cuidadosamente e recolheu num grande recipiente de madeira a água em que os cozinharia. Depois, cambaleando com o peso, voltou para a *stube*, onde esmagou as plantas e as depositou na panela de pedra — *ollare* —, onde já cozinhara pedacinhos de carne. Atiçou o fogo, pendurou a panela bem firme no gancho que a sustinha sobre a lareira e juntou água. Um intenso e aromático perfume espalhou-se por toda a casa.

— Olivia! Precisava do cheirinho de sua cozinha para saber onde estava! — exclamou Gertrud, que entrara como uma flecha pela porta aberta, atarefada, com as faces rosadas, parecia tomada por grande agitação.

— Senhora — respondeu Olivia assustada —, fui às pastagens dos Alpes colher uns cardos para a sopa; entendi que era para ir hoje... ou terei me enganado?

Gertrud, que já se arrependera de suas palavras agressivas, ao ver a perturbação e o medo nos olhos da serva, deixou-se cair sobre o banco e deu um longo suspiro.

— Não, Olivia, não fez nada errado. Desculpe-me, mas não a encontrei e fiquei muito preocupada; chegaram más notícias do vale. Parece que o senhor de Verretio enviou para cá alguns soldados sem que ninguém saiba a razão disso. Não compreendo: o feudo de Verretio fica longe do de Quart...

o que será que quer de nós um outro senhor feudal? Olivia, tenho tanto medo! Será que desejam nos envolver numa daquelas tremendas guerras entre os senhores que acontecem de tempos em tempos? A notícia chegou por meio de um peregrino vindo do vale de Challant e que se dirigia à Capela de São Giacomo, em Ussima. Ele encontrou, ao longo da estrada, uma fila de soldados armados até os dentes, que, depois de duas horas de marcha, pararam na estalagem de Brusson. O peregrino, curioso, entrou depois deles, a tempo de vê-los se servindo de tudo o que havia para comer e beber. Claro que se embebedaram, como é o costume dos soldados nas tabernas! E, já bêbados, gritaram aos quatro ventos que o seu senhor os encarregara de vir a Felik e pediram mais comida e bebida para o restante da viagem. O peregrino, preocupado conosco, esgueirou-se para fora da estalagem e decidiu esquecer Ussima e vir até aqui nos avisar! Fez um caminho bem mais longo e mais cansativo do que aquele que planejara, que Deus o abençoe! Tudo isso aconteceu na tarde de ontem. Quanto tempo demorarão para chegar aqui? O que acontecerá? Conrad já está preparando os animais — quer partir imediatamente para o desfiladeiro de monte Moro, imaginando que a estrada está livre. Dentro de alguns dias estará em Macugnaga; apesar de ainda não ser a época da feira grande, conseguirá, mesmo assim, vender as vacas. É melhor ganhar pouco do que perder todo o gado!

Olivia, espavorida, olhava para a patroa com os olhos arregalados, esperando que aquela torrente de palavras terminasse. Nunca vira Gertrud naquele estado: tremiam-lhe as mãos, e o rosto congestionado de havia pouco transformava-se, agora, numa máscara pálida de medo. Ali na aldeia, tinham ouvido os mercadores, que com frequência atravessavam os vales, contarem coisas terríveis sobre os soldados: suas incumbências por conta dos senhores transformavam-se, quase sempre, em autênticas devastações. Como daquela vez em que os homens do senhor de Montjovet haviam posto a ferro e fogo o burgo de Gettaz, cujos habitantes se recusavam a pagar o imposto que deviam. Os soldados mataram quase toda a gente, e os poucos sobreviventes tiveram de abandonar a aldeia para se refugiarem um pouco mais abaixo, em Champdepraz, onde foram recolhidos, bem contra a vontade, pela população local. Olivia pensava que ali, no entanto, não teriam nenhum outro lugar aonde ir, porque Felik fechava o vale: não era possível percorrer em linha reta a estrada que conduzia à via romana, tornando-se necessário atravessar longas e sinuosas gargantas a que todos estavam habituados, mas que nunca possibilitariam uma fuga rápida e segura.

Gertrud, reparando na expressão aterrorizada de Olivia, levantou-se e, tentando reprimir o tremor, lhe disse:

— Temos de ser fortes; não é a primeira das nossas desgraças e certamente não será a última. Fique aqui, vigiando a casa; feche a porta e esconda-se bem. Eu vou procurar Sibilla para avisá-la. Se por acaso eu não regressar, isto significa que, por causa do perigo, me refugiei em qualquer esconderijo ao longo da estrada. — Depois de ter tentado esboçar um sorriso tranquilizador, que Olivia achou muito forçado, Gertrud saiu.

Sibilla estava no beco ao lado do forno do pão, onde parara para conversar com Anselmo, o mercador de especiarias que se preparava para partir para Milão. Encomendava-lhe carmim para tingir as lãs. Tinha visto tecidos, vindos da Germânia, com uma bela cor vermelha brilhante e queria, também ela, experimentar tingir dessa forma suas peças: até agora sempre vendera peças de cor cinzenta, mas achava que, tingidas com aquela cor tão luminosa, talvez vendessem mais. Anselmo explicara-lhe que aquela tinta era obtida de um inseto dos carvalhos que, uma vez seco e triturado, dava um pó escarlate, o qual, dissolvido na água, impregnava o tecido, que depois era imerso em urina para fixar a cor. A técnica da fixação, segundo lhe explicara, fora havia pouco introduzida pelos tintureiros de Florença, que, por sua vez, a haviam aprendido no Oriente. O carmim era bastante caro, mas Anselmo concordara com Sibilla: no futuro, a lã colorida certamente venderia mais.

Tinham combinado tudo quando, saída do beco, viram juntar-se na praça uma pequena multidão agitada e vociferante. Todos falavam ao mesmo tempo: a estalajadeira, as mulheres dos mercadores, o padre, os camponeses. Até as crianças gritavam umas para as outras, mas pareciam simultaneamente assustadas, alegres e irrequietas, como de costume.

Sibilla dirigia-se para aquele ajuntamento quando viu Gertrud, que vinha ao seu encontro correndo e fazendo grandes gestos com os braços, como se lhe pedisse para esperar. A jovem apressou-se na direção da prima e, quando se aproximou, deu-se conta de como ela estava perturbada: os belos cabelos castanhos, normalmente presos num volumoso coque na nuca, caíam-lhe soltos e meio desgrenhados pelas costas; o vestido, em desalinho, estava coberto de pó. Beijaram-se, e Gertrud, com a voz embargada por uma ameaça de choro, contou-lhe tudo o que estava acontecendo. Sibilla compreendeu imediatamente o motivo de toda aquela agitação na praça; depois de ter perguntado à estalajadeira se havia alguma notícia mais recente e tendo obtido uma resposta negativa, convenceu Gertrud a voltar com ela para o *stadel*, que ficava um pouco isolado, junto ao limite da paliçada, e, portanto, era mais seguro e mais fácil de defender ao redor. Então, depois de terem fechado os animais no estábulo, se refugiariam em casa, trancariam a porta e Marcabrù lhes faria guarda. Gertrud, inquieta com o marido que estava para partir com as vacas, aceitou de bom grado a oferta de Sibilla, até para não ficar sozinha e cheia de medo. Sentia alguma preocupação por causa da serva, mas sabia que Olivia habitualmente se mostrava forte ante as dificuldades. Assim, fez por superar essa ansiedade e foi com Sibilla.

— Os senhores de Verretio nos enviaram aqui para lhes anunciar que, de hoje em diante, suas pastagens passarão a ser propriedade deles, e que vocês, colonos de Felik, deverão pagar os impostos a eles em vez de ao senhor de Quart! Isso acontece porque o feudo de Quart, que já conta com demasiadas terras, pretende apoderar-se também da estrada que segue para além dos Alpes Apeninos para ampliar o comércio até Vallese. Giacomo de Quart impôs novas taxas: não satisfeito com as riquezas, com o poderio ao longo da via romana e com os impostos que cobra, pretende agora também expropriar nosso castelo para convertê-lo em propriedade sua. Assim, vai controlar os comerciantes, tributar mais os caminhantes e fazer frutificar os campos que há gerações pertencem aos nossos senhores! Só que agora basta! Nós, soldados do senhor de Verretio, venderemos por bom preço a nossa senhoria! Por ordem dos nossos senhores, viemos comunicar-lhes que, a partir de hoje, essas pastagens de montanha e a estrada para Alpenzu pertencem aos Verretio. Assim, os Quart compreenderão que, se quiserem nossas terras, terão primeiro de combater duramente para conservar todas as suas possessões, começando por este lugar chamado Felik! Agora basta que obedeçam: entreguem aqui imediatamente as moedas que devem dos impostos, mais comida e vinho para todos nós!

Os soldados mantinham-se de pé no centro da praça, os cavalos de guerra mostravam-se luzidios devido ao suor e babavam por causa do cansaço da viagem. Quem falara fora o chefe da expedição. Gordo como um touro, o jovem tinha o cabelo louro que lhe descia pelo pescoço até a malha de ferro da armadura. As mãos, envoltas em luvas de pele, seguravam o cavalo pelas rédeas. Os olhos dourados lampejavam ameaçadores sobre a multidão que se juntara à sua volta. No silêncio aterrorizado que acolhera suas palavras, ergueu-se subitamente a voz do *capo colono*.

— Soldado, temos grande respeito pelos senhores, mas certamente a distância entre o seu castelo e esta aldeia terá, de algum modo, confundido a sua perspectiva. Eles certamente não sabem que o senhor de Quart recolhe os nossos impostos por conta do bispo de Sion, ao qual pertencem todas as nossas terras. Foi ele quem nos mandou para cá, há muitos anos, para que as colonizássemos. Além disso, e pelo que recentemente viemos a saber, parece que dentro de pouco tempo ficaremos livres desse dever feudal, uma vez que o bispo de Sion decidiu nos recompensar do trabalho duro e cansativo de cultivo que durante todo esse tempo levamos a cabo. Veja, portanto, como o pedido dos senhores está completamente fora de causa...

— Como ousa? E depois, quem pensa que é para atrever-se a falar assim com Richard, cavaleiro da família La Font que há duas gerações é o chefe das tropas?

— Sou Daniel, o *ammano*, e se me arrisco à sua ira falando-lhe assim é porque há anos sou o *capo colono* e conheço bem a situação da aldeia. Sou eu quem, duas vezes por ano, desço ao castelo de Quart... e nunca, até hoje, ouvi falar dessa guerra entre senhorias. Nós aqui em cima vivemos do nosso trabalho, cultivamos os campos, tratamos dos animais e viajamos continuamente com as nossas mercadorias. Sempre pagamos os devidos pedágios, mesmo quando passamos por Verretio. Não poderemos lhes entregar o dinheiro que pertence ao nosso feudatário até sabermos por ele que isso é o justo! Além do mais, ainda não temos esse dinheiro, porque o prazo para o segundo pagamento é até a Festa de São Giacomo, e só nessa data irei a Quart. Apenas então falarei e esclarecerei o assunto. Leve a minha mensagem aos Verretio: diga-lhes para que esperem até que eu me desloque à planície; se receber autorização para tal no castelo de Quart, eu próprio me deslocarei e pagarei o imposto aos seus senhores.

— Aos "nossos" senhores!!! Mas você não percebeu mesmo nada, *ammano*! Os Verretio são os meus senhores, mas também os seus! E o são a partir de agora, não a partir da festa de um santo, qualquer que ele seja! Não me interessam as razões: quero aqui os soldos, e rápido, ou Felik desaparecerá do mapa!

Ninguém se mexeu na praça. O vento levantava remoinhos de terra. O soldado lançou um olhar furioso para os rostos silenciosos que o circundavam. Estava exasperado: a única linguagem de que era capaz era a ameaça, e, até agora, ela sempre funcionara com todos os camponeses ignorantes que lhe haviam passado pela mão. Acreditara que a incumbência seria como todas as outras, mas, evidentemente, aquela era uma gente especial, muito mais forte. Por outro lado, a negociação não era o seu forte, e o discurso calmo do *capo colono* pusera-lhe os nervos em frangalhos. Teria sido melhor encontrar uma resistência armada por parte dos habitantes — melhor do que encarar aqueles rostos pálidos, porém determinados. Claro que não poderia regressar ao castelo sem fazer alguma coisa: isso nunca lhe acontecera na vida. Sendo assim, nada mais lhe restava a não ser dar uma bela lição àqueles montanheses teimosos; depois, sempre teria a possibilidade de contar a seu senhor que fora atacado e obrigado a defender-se e também seus soldados e o bom nome do feudo.

— Pela última vez lhes ordeno, *ammano*: dentro de uma hora quero, debaixo do meu cavalo, o saco com o dinheiro. Diga aos seus colonos para irem buscá-lo em suas casas, em vez de ficarem olhando para mim como se fossem estátuas!

— Não — respondeu calmamente Daniel —, não lhes daremos nada. Se quiser, poderemos cuidar dos seus cavalos, que estão esgotados; a única coisa que forneceremos aos senhores será um bom descanso na estalagem durante esta noite. A estalajadeira vai lhes oferecer comida e uma cama. Mas amanhã voltarão às suas terras.

Furioso, Richard tomou sua decisão.

Retirou repentinamente o machado de guerra e golpeou as costas de Daniel. Um grito estridente ergueu-se da multidão, e uma jovem lançou-se na direção do *capo colono*, que jazia no chão. Como a um sinal previamente combinado, os outros soldados começaram a brandir as espadas para a esquerda e para a direita. A multidão, gritando, dispersou-se; uns corriam para os campos, outros, na direção das casas. Ingrid conseguiu arrastar o pai para dentro da igreja, seguida do padre, que, à beira da robusta porta, ficou de guarda, à espera de outros habitantes em fuga que necessitassem de asilo.

O *stadel* de Gertrud ocupava o último trecho do beco estreito e comprido que corria paralelamente à praça. Das duas janelinhas da cozinha, Olivia não conseguia enxergar praticamente nada do que acontecia lá fora. Resolveu escutar atrás da porta: ouvia gritos altos e o trotar dos cavalos. Procurando acalmar o coração agitado, compreendeu que Gertrud estava coberta de razão ao temer o pior: mesmo ali, fechada em casa, ouvia gritos de ordens, e, embora não distinguisse as palavras, entendera que se tratava do assalto dos soldados. O sol descia lentamente atrás do monte de Bätt, e o interior do *stadel* escurecia numa penumbra crescente, quebrada apenas pelos últimos jorros de luz dos tições moribundos da lareira. De repente Olivia viu um clarão e instintivamente se virou, pensando que alguma chama se reacendera entre a lenha, mas, vendo-a já quase completamente apagada, colocou-se diante da janela. Uma luz avermelhada iluminava o beco. Lívida, ela desceu de um lance a escada íngreme que conduzia ao celeiro. Ali, pelas grades de lenha que circundavam a arcada, viu o incêndio. Os soldados ateavam fogo às casas, à paliçada, aos campos; um odor pungente e ácido de capim queimado espalhava-se pela aldeia, juntamente com o perfume da resina cozida que saltava dos tetos dos *stadel* que já começavam a arder. Ela olhava, aterrorizada, para as chamas que ainda não chegavam à casa — provavelmente porque era um pouco afastada da via principal —, mas estava certa de que, dentro de muito pouco tempo, os soldados entrariam ali. Sentia-se como se tivesse sido apanhada numa armadilha. No preciso momento em que pensava na esperteza de Gertrud, que decidira não voltar para casa, avistou, horrorizada, um soldado enorme e louro, que, a cavalo, se dirigia exatamente pelo beco ao lado.

O homem olhou em volta. Olivia, paralisada pelo terror, não se moveu no meio das arcadas. Richard ergueu os olhos e encontrou o olhar da moça. O soldado fez uma careta de escárnio e abandonou-se a uma gargalhada satisfeita: em seguida, tendo retirado o machado da sela do cavalo, começou a golpear a porta. O barulho dos golpes, cada vez mais fortes, penetrava na cabeça de Olivia, que, incapaz de dar um passo, o confundia com o ruído do batimento do seu coração. A porta cedeu a uma última pancada com um ruído de madeira partida, e passos pesados ribombaram sobre a armação da *stube*.

— Ah, mas temos comida! Vejam só que bom cheiro de sopa! Venha cá, mulher e sirva-me depressa!

Olivia não se mexeu.

— Então, mulher, por que hesita? Certamente não vai querer fazer esperar um guerreiro do senhor de Verretio, não é verdade?

Richard riu ainda mais e depois começou a descer a escada, fazendo tilintar a cota de malha.

Olivia, imóvel diante da saída para a arcada, viu-se frente a frente com ele: não devia ter mais de 25 anos e talvez tivesse sido um belo rapaz, mas uma obscena expressão de escárnio atravessava-lhe o rosto. Os olhos dourados perscrutavam-na como se avaliassem uma possibilidade. Olivia, tendo reencontrado o domínio sobre as próprias pernas, arrastou os pés, lentamente, encostada à parede, na direção da escada.

— Ei, mulher, onde acha que vai agora? O melhor é ficar aqui comigo; a sopa pode esperar... Já não é nenhuma menina, isso é certo, mas está tudo bem, é igual. Há pelo menos três dias que não estou com nenhuma mulher e, por Deus, não foi por não querer! Vá, dispa-se!

O olhar de Olivia fixara-se no rosto daquele homem; os braços pendiam inertes ao lado do corpo; só os pés, dotados de vontade própria, continuavam a se arrastar pelas tábuas do assoalho.

— Puta estúpida, mas ainda não percebeu? Ninguém parece compreender nada nesta maldita aldeia!

Raivoso, o soldado deu dois passos à frente e pôs-se ao lado da mulher. Com mãos pesadas, agarrou-lhe a blusa e arrancou-a, deixando à vista os seios redondos e cheios. Tendo-a obrigado a deitar-se violentamente em cima de um monte de sacos de cânhamo, levantou-lhe a saia até a cintura e tirou-lhe as calças de pano. Depois, libertado o membro ereto que premia entre as polainas altas de pele, começou a acariciá-lo, afundando brutalmente a outra mão no sexo de Olivia.

— Nunca esteve com um homem, não é, minha puta porca? Parece impossível, na sua idade! Melhor: quer dizer que vou me divertir mais ainda e que me lembrarei de você para sempre!

Rindo com escárnio, Richard possuiu a mulher. Olivia gritou. A dor foi terrível: sentiu-se esquartejada. Vieram-lhe então à memória as imagens que haviam perseguido seus sonhos de criança: o pai que estripava o porco preso de cabeça para baixo à trave do estábulo, e o animal que lançava gritos agudos, como um recém-nascido. Tentou libertar-se, mas o soldado a impedia com o pesado corpo. Por momentos, com seus olhos dourados, ele perscrutou o rosto de Olivia; depois foi descendo entre o pescoço e os seios, até começar a morder-lhe os mamilos e a movimentar-se dentro dela — primeiro lentamente, depois, com violência. A cada penetração, o soldado grunhia satisfeito, até que a voz se confundiu com a respiração, cada vez mais apressada. Olivia, tendo sucumbido à dor e vergonha, estava tão aturdida que já não conseguia opor a mínima resistência: os braços e as pernas pendiam ao lado dos sacos, a cabeça inclinara-se para trás. Num estado de semiconsciência, sentia, confusa, o fedor insuportável do soldado, que misturava ao suor o hálito de vinho e o cheiro de cavalo.

Com um grito, seguido de um último lamento rouco, o homem ficou fora de si e retraiu-se. Pôs-se em pé e colocou novamente as polainas e a armadura.

— Vou lhe poupar a vida, mulher. Componha-se e, se souber para onde ir, fuja: nós ainda temos muito o que fazer por aqui. Esta casa vai arder como as outras, e não quero que o meu sêmen se perca. É por isso que não lhe mato: porque espero ter deixado um bastardo aqui em Felik! Quando ele crescer, conte-lhe que é filho de um valente soldado e que não tem nada a ver com esta raça de montanheses teimosos e boçais. Se um dia voltar aqui, virei lhe procurar mais uma vez: agrada-me seu cheiro e seu corpo. Fique aí à minha espera.

Dito isso, Richard desceu a escada e fugiu. Entretanto, escurecera. Olivia levantou-se. Lentamente, afastou a roupa, pondo a nu os braços magoados e manchados de sangue. Puxou a saia sobre as pernas trementes e as tiras da blusa rasgada sobre os seios. Seus gestos eram mecânicos; o olhar, fixo e vazio. Um urro brutal de náusea revirou-lhe as entranhas; correu até a porta que dava para as arcadas e vomitou. O ar fresco da noite a recompôs; recuperada a consciência, chegara, também, o horror à violência recém-sofrida. Um soluço profundo lutava, afogado no mais fundo do seu âmago, para lhe sair pela garganta. Olivia apoiou-se à grade com ambas as mãos, baixou a cabeça e respirou profundamente. E então sobreveio o pranto: convulso, desesperado, livre. Acocorada no chão de madeira, Olivia chorou durante horas e horas sem mesmo se lembrar do fogo, dos cavalos, do ruído que enchia a aldeia, até que por fim adormeceu.

7

RICHARD MONTOU DE NOVO o cavalo e guiou-o na direção da praça. Estranhamente, o incêndio não havia se espalhado, como se esperara, por todas as casas — ao contrário, aqui e ali já estava em fase de extinção. Os colonos corriam pelas ruelas com grandes recipientes cheios de água, que vertiam nos *stadel*. Dos companheiros, nem rastro. Sentia fome: estava arrependido de não ter aproveitado aquela sopa com um aroma tão convidativo e já pensava em voltar atrás quando, nas proximidades do terreiro, avistou o cavalo de um dos seus soldados, que se agitava, inquieto, sem cavaleiro. Desceu da cavalgadura e, após algumas passadas cautelosas, dirigiu-se à paliçada. Na escuridão, homens e mulheres giravam à sua volta sem nem mesmo o verem, de tão atarefados em não desperdiçarem nem uma gota da água que transportavam.

O soldado, cada vez mais espantado, não compreendia: como se explicava que, na sua presença, aquela gente não sentisse medo? E, depois, onde estariam seus homens? De repente, avançando nas trevas, tropeçou e por pouco não caiu. Procurando perceber em que obstáculo tropeçara, fixou o chão. Conseguiu distinguir uma enorme massa informe que, no escuro, parecia corresponder ao corpo de um homem. Ajoelhou-se e olhou mais de perto. Uma criança passou correndo ao seu lado, segurando uma vela: o foco de luz permitiu-lhe reconhecer o rosto inchado de Henri, seu melhor combatente. Ele agonizava e esvaía-se em sangue, com a extremidade de uma grande flecha de balestra a despontar-lhe do peito.

— O que aconteceu com você? Henri, fale! O que aconteceu com os outros? Fale, Henri! Ordeno-lhe, fale! O soldado abriu os olhos injetados de sangue com muito esforço e tentou articular algumas palavras, mas tudo o que se ouviu foi um gorgolejo incompreensível.

— Não morra, Henri! Não pode morrer agora, precisa me dizer... — Da boca do homem, contorcida num esgar de sofrimento, apenas saiu um espesso fio de sangue. Os lábios, lívidos, permaneceram abertos, e os olhos reviraram-se.

— O que ele diria a você, soldado? Não vê que está morto?

Richard virou-se de repente e viu-se rodeado por quatro homens armados. O que falara era velho, alto e forte, e debruçava-se sobre ele segurando uma balestra com a flecha já armada. Ao seu lado, um jovem louro brandia um machado, enquanto os outros seguravam punhais curtos. Outras pessoas se juntaram ao seu redor, carregando tochas. Richard pôs-se de pé: estava derrotado, isso já era evidente, mas nada o impediria de concluir a vida com dignidade.

— Quem é você? Não o vi antes, junto com os outros colonos na praça. Onde estão os meus homens? O que fez com eles?

Hermann, mantendo a arma apontada para Richard, respondeu-lhe. Sua voz era gélida, afiada como uma lâmina, e seus olhos reduziam-se a duas frestas.

— Sou Hermann, mercador de lã, e estou aqui em Felik há mais de trinta anos. Este lugar não existia antes de chegarmos para cultivá-lo, só havia floresta. Dei a estas terras toda a minha juventude e a minha força, como fizeram todos os que vê aqui em volta. Não permitiremos que ninguém nos destrua, nem um senhor ávido nem sua soldadesca em debandada! Lamento que não possa transmitir exatamente estas minhas palavras aos seus senhores: vai morrer aqui. Seus homens foram antes de você e terão por sepultura os barrancos do vale que chega a Verretio. Você, não. Vou encontrar alguém que transporte seu corpo até o castelo, de modo que seus senhores vejam claramente que não há pão para seu bico. E agora vá embora, caminhe na direção da saída da aldeia: iremos matá-lo fora das muralhas, já se derramou sangue demais nestas pedras que os nossos filhos pisam!

Richard não proferiu nem uma palavra sequer. Baixou os olhos, estupefato e irritado devido às contrações que sentia nas pernas, as quais se moviam já em passos incertos na direção do escuro. O silêncio era total: o vento alimentava os últimos fogos que ainda crepitavam, fazendo arder algumas tábuas. O soldado continuou a avançar na escuridão, em passadas pesadas por causa da armadura. Poderia tentar fugir, mas não conhecia os caminhos bem o bastante e também pensava que um cavaleiro de Verretio nunca iria retirar-se sem lutar. Assim, depois de ter dado alguns passos para fora da paliçada, virou-se de repente e, desembainhando a espada, lançou-se, aos gritos, sobre os colonos que deixara para trás. As tochas vibraram por um segundo. Hermann disparou a pesada flecha da balestra, que apontara para as costas do soldado. O grito de guerra de Richard ressoou num estertor: a flecha trespassara-lhe a garganta. Caiu de costas mais adiante — a ponta do dardo espetava-lhe a nuca, enquanto debaixo dele crescia uma poça de sangue. Hermann aproximou-se e virou o cadáver: os olhos abertos e cegos fixaram-no.

— Leve-o e amanhã o carregaremos em cima de um asno e o mandaremos para Verretio acompanhado por um dos meus carregadores, que pedirá a escolta de um soldado ao Canton des Allemands. Quando contar o que se passou aqui, ninguém ousará negar-lhe! E agora vamos acabar com o fogo que ainda resta; assim que o dia clarear, iremos em procissão à Capela de São Pedro e de São Nicolau para agradecermos por termos escapado ao perigo e para pedirmos sua proteção para o futuro.

Os colonos dispersaram-se, cada um para a sua casa. O padre voltou a abrir a porta da igreja. Leonhardt, aproveitando a confusão e a ausência momentânea do pai, dirigiu-se rapidamente para o *stadel* de Sibilla. Sobre o terreiro, em frente da paliçada, só ficara Richard La Font a impregnar o pó com seu sangue.

8

A SALA DAS AUDIÊNCIAS estava na penumbra, iluminada apenas pelas tochas incrustadas nas vigas transversais das paredes. Duas estreitas aberturas deixavam entrar, a custo, a fraca luz do crepúsculo.

Gotofredo estava sentado na cadeira de madeira que, com uma grande almofada de seda verde de cujos lados pendiam duas borlas ovais tecidas com fios de prata, tornava-se bem mais cômoda. Ao seu lado, num banco mais baixo, sentava-se sua mulher, Beatrice, em evidente estado de gravidez. Um véu branco de linho finíssimo cobria-lhe o cabelo, descendo até o ventre proeminente que mal se escondia sob a veste de seda amarela. Um longo colar de corais preciosos, com várias voltas, circundava-lhe o pescoço; os pés, pequenos e inchados, calçavam um par de chinelas ornadas de pérolas. Enquanto o marido falava com o prior da Catedral de Sant'Orso, Beatrice observava o grupo de postulantes que esperava ser recebido em audiência. Tratava-se de uma quinzena de pessoas; entre elas, reconheceu Otto, um mercador do Canton des Allemands. Ela conhecia-o bem: era um homem forte e honesto e, apesar das origens germânicas, conseguira cair nas graças de seu marido, Gotofredo, em geral desconfiado no que tocava à população de Vallese que chegara ali trinta anos antes para colonizar algumas das terras de pastagem do vale. Otto era um mercador hábil e astuto: o gosto na escolha das mercadorias, que incluíam as mais valiosas lãs do Norte, tornara-o famoso na região. Ela própria sempre o acolhia com alegria em sua passagem por Augusta, e ambos selecionavam, juntos, as peças mais refinadas que deveriam enriquecer o enxoval da família.

Beatrice deu-se conta de que Otto sussurrava algo ao ouvido de um frade desconhecido que estava ao seu lado. O religioso parecia um pouco malajambrado: a túnica que o identificava com a ordem dos beneditinos estava em mau estado; os pés calçados nas sandálias mostravam-se, mesmo de longe, deformados e cobertos de chagas. Levada pela curiosidade, ela aproveitou uma pausa no diálogo entre Gotofredo e o prior para anunciar ao marido a presença de Otto, esperando, dessa forma, apressar o fim da audiência com o canônico da catedral. Aborrecido com a interferência da mulher, Gotofredo fulminou-a com o olhar:

— Ainda não sinto necessidade daquelas lentes estranhas que vi nos olhos dos usurários judeus de Novara! Vi perfeitamente quem são os meus postulantes de hoje. Quando chegar a sua vez, também Otto será recebido. Refreie a sua impaciência, mulher! Terá o tempo que quiser para comprar as mercadorias dele!

Mortificada, Beatrice remeteu-se a um silêncio ofendido, apertando, entre as mãos gorduchas, as contas de coral.

— Como lhe dizia, visconde — prosseguiu, amável, o prior —, chegou-nos a notícia de que um mestre ourives de Lausana fez para a catedral de lá uma belíssima cruz processional. O padre Jean Baptiste viu-a exposta, quando de sua última viagem por aquelas terras e a descreveu em termos entusiásticos. Parece que é feita de folha de prata, decorada com pedras preciosas, esmaltes e filigranas e, quando levada em cortejo, parece atrair toda a luz do céu! Tenciono mandar chamar aqui à catedral esse artista habilidosíssimo e encarregá-lo de nos fazer uma cruz semelhante. As finanças da catedral seguramente suportarão tal despesa; além disso, penso que a cruz também vai poder acompanhar dignamente as paradas de sua família por ocasião das visitas do bispo. Por isso lhe peço apenas a aprovação, não a contribuição em dinheiro.

— Concordo absolutamente, prior: é tempo de a nossa catedral começar a ter objetos de culto preciosos. Os mosaicos que adornam o coro e os antigos afrescos do teto falso já não são suficientes. É bom que os símbolos da cristandade sejam expostos aos olhos dos fiéis, sem esperar que os procurem entre as paredes da catedral. Portanto, não apenas a cruz, mas também relicários e estátuas. Pode começar, prior, vamos tornar a nossa catedral digna do bispo Anselmo, que, com tanta determinação, a fundou há dois séculos! Gotofredo sabia muito bem o que queria. Havia quarenta anos sua família conservava o viscondado do vale. Primeiramente o avô e, depois, o pai tinham jurado fidelidade aos condes de Saboia, recebendo em troca prestígio, castelos e terras. Decorrera já uma dezena de anos que seu irmão Bosone possuía o castelo de Cly, rodeado de um vasto feudo, e, havia pouco, tomara posse também do complexo fortificado de Chatillon. Ele e a mulher Beatrice, por sua vez, herdaram do pai dele o castelo de Villa Saint-Victor, no começo do vale que se afastava de Verretio. A intenção de Gotofredo era estender seu feudo ao longo de boa parte da estrada que conduzia ao Canton des Allemands, muito frequentada pelas caravanas de mercadores que se acotovelavam na direção de Vallese. O conde, por seu lado, também lhe atribuíra, não havia muito, o castelo de Fenis, que se situava ao longo da via romana; dessa forma, Gotofredo e Bosone controlavam um vasto território, que se estendia ao longo do Dora até praticamente a desembocadura natural do baixo vale, na direção da planície. O único obstáculo verdadeiro para dar definitivamente por concluída a posse da jurisdição ao longo da estrada para Verretio era o esporão rochoso de Montjovet. O castelo que dominava o burgo era propriedade de uma só família, que tinha todo o interesse em conservá-lo, porque a garganta de Montjovet constituía ponto de passagem obrigatório, e o imposto que se exigia ali era fonte de rendimento constante, que os senhores do castelo não cederiam facilmente. Gotofredo, no entanto, tencionava recorrer à ajuda do conde para se apoderar também, e sem derramamento de sangue, dessa importante fortaleza. Da delicada e paciente trama de relações com os Saboia não se podia excluir a Igreja: as relações entre os cônegos da catedral e o poder político haviam-se mantido, até agora, na melhor das harmonias, graças à habilidade dos seus predecessores e ao evidente interesse, por parte dos eclesiásticos, em conservar privilégios e competências territoriais. A nenhuma das partes conviriam atritos ou dissidências. Gotofredo não poderia mostrar-se senão benévolo com relação a qualquer manifestação exterior de magnanimidade dos cônegos que envolvesse o interesse da população. O apoio e a reverência da Igreja iriam certamente, nesses casos, favorecer o acesso de sua família ao poderio e às riquezas.

Satisfeito com a conversa com o prior, despediu-se. Ouviu depois o senhor de Saint-Pierre, que tinha uma questão em curso com Giacomo di Quart pela posse de seu castelo; Gotofredo aconselhou-o a contemporizar enquanto esperasse o apoio que, no momento, não lhe poderia dar. A seguir, deu audiência ao capitão dos seus guardas, que lhe fez o retrato da situação militar no tocante à guerra que se travava com o feudo de Bard.

Chegou, finalmente, a vez de Otto.

O mercador avançou, inclinando-se respeitosamente para o visconde e sua mulher. Matthew permaneceu imóvel no lugar onde se encontrava.

— Saudações, Otto! Há muito tempo que não descia a Augusta, e Beatrice estava ansiosa por ver suas mercadorias! O que nos traz, desta vez? Os macios tecidos ingleses de lã, os impalpáveis linhos de Flandres? Conseguiu comprar-me, como lhe havia pedido, peças de "naco", aquele precioso tecido de ouro feito no Oriente?

— Não, meu senhor, os mercados da Borgonha que visitei não tinham qualquer provisão, mas, em compensação, consegui arranjar, por um bom preço, peles de marta-zibelina. Estou certo de que o alfaiate da corte as saberá transformar num rico e delicado manto que, sobre suas nobres costas, tornará sua figura ainda mais digna do importante cargo que ocupa.

— Otto, já nos conhecemos há tempo suficiente para que não tema meu desapontamento: não preciso ser adulado e lisonjeado só por não ter encontrado aquilo que lhe pedi! No fundo, tratava-se apenas de um capricho, e atualmente tenho outros problemas bem mais urgentes que a aquisição de uma veste de ouro! O capitão dos meus soldados informou-me há pouco sobre a possibilidade de um cerco ao castelo de Bard: guerras, guerras, sempre guerras... quando poderei governar em paz e tranquilidade? Que sorte a sua, Otto, que vive do seu trabalho e das suas viagens, sem outras responsabilidades que não a família e o patrimônio! Quanto não pagaria para estar no seu lugar e não ter de governar um condado inteiro!

Otto, que conhecia bem as ambições e os desejos de poder de Gotofredo, disfarçou cuidadosamente o sorriso irônico que lhe inundava o rosto. Seu sentido prático e sua sabedoria diziam-lhe que, se realmente a administração do condado fosse um peso excessivo para Gotofredo, bastaria renunciar à posse de alguns castelos, para tornar mais suportável e menos problemático o governo. A verdade é que o visconde se revelava um político hábil, cuja avidez era temperada e bem ocultada por ótimos dotes diplomáticos.

Aproveitando o caminho que o discurso tomara, Otto pediu a Gotofredo notícias sobre a via romana e os vales que a ladeavam:

— Temos visto mais soldados descendo do Mont Joux que de costume: ao longo do vale de Buthier, geralmente muito tranquilo, havia também muitos nas proximidades dos castelos e dos hospícios. Mesmo aqui em Augusta, logo a seguir à ponte romana, um contingente de soldados barrounos a estrada; até ao redor da sua residência torreada veem-se mais soldados que citadinos. Diga-me, meu senhor: o conflito com Ugo di Bard é assim tão grave? A estrada que temos de percorrer é bastante longa; que certeza temos de poder regressar incólumes com nossas mercadorias?

— Não se preocupe: vou lhe mandar uma escolta bem equipada e numerosa. Com efeito, nesses últimos dois meses, após um período de relativa tranquilidade, eclodiram inúmeras disputas entre os castelões do vale. Depois de ter feito guerra ao irmão, Ugo mostra-se mais e mais isolado e por isso cada vez mais violento, tornando impossível a vida de todo o seu feudo. Se o castelo de Bard se tornar propriedade minha, como espero, a situação de toda a castelania será normalizada: pelo que sei, é apenas esse o motivo do conflito, e não, como pode ter ouvido das más línguas, a vontade de controlar a passagem de Bard, que, no entanto, constitui um nó fundamental ao longo da estrada do vale. Mas Ugo não é minha única fonte de preocupações. Também o senhor de Saint-Pierre reivindica direitos sobre o castelo de Giacomo di Quart, que já deve estar sofrendo os ataques dos senhores de Verretio. Parece que estes mandaram a sua soldadesca invadir e devastar os territórios dos Quart: ainda ontem me chegou a notícia de uma incursão à aldeia de Felik, no vale que se situa paralelamente ao Canton des Allemands...

Ao ouvir essas palavras, Otto deixou escapar sua preocupação ao cruzar o olhar com o de Matthew. O frade, que ouvira tudo, empalidecera. Gotofredo não deixou de reparar no olhar de Otto e só então se deu conta de que o monge e o mercador se conheciam. Curioso, preparava-se para lhes perguntar como, quando Otto retomou precipitadamente o discurso.

— Espero que a escolta que tão generosamente decidiu pôr à minha disposição seja suficiente para nos proteger. De qualquer maneira, talvez fosse conveniente tomarmos os caminhos da encosta, em vez da via romana; o que acha dessa ideia?

— Não, deve seguir pela estrada ao longo do Dora, porque os declives laterais são menos expostos e, portanto, constituem um esconderijo mais fácil para os salteadores e a soldadesca em debandada. Vá, como de costume, até o castelo de Cly, onde meu irmão Bosone lhe garantirá hospitalidade; seu feudo é muito vasto, como sabe, e muito bem protegido por um exército fiel. Será Bosone a lhe dizer como deve proceder dali em diante; ele está mais próximo da zona de guerra e por isso tem sempre notícias mais atualizadas. Mas, Otto, diga-me: quem é aquele frade beneditino que está ali atrás? Nunca o vi. Engano-me ou tem o privilégio de gozar da sua companhia?

Fazendo sinal a Matthew para se aproximar, Otto o apresentou a Gotofredo e contou-lhe da peregrinação a Roma, dizendo ter acolhido o frade de boa vontade na sua caravana: proveniente de terras tão longínquas e não estando acostumado a lugares inacessíveis como aqueles que os rodeavam, poderia perder-se ou converter-se na presa de algum salteador. Depois dos perigos da estrada que atravessa o vale Augusta, o caminho seria mais fácil e mais semeado de hospícios e mosteiros, e o monge poderia encontrar hospitalidade e abrigo.

Satisfeito com a resposta, Gotofredo apressou-se a se despedir do mercador e de seu companheiro:

— Bem, Otto, amanhã poderá contar com a escolta logo ao amanhecer. Agora, se quiser, mostre suas mercadorias à minha mulher, que, como perceberá, está impaciente para ver as novidades. Vá, Beatrice, dou-lhe permissão para ir; prosseguirei as audiências sozinho.

Visivelmente aliviada, Beatrice ergueu-se com algum esforço do banco e dirigiu-se à escada que conduzia aos aposentos do andar de cima. Otto e Matthew seguiram-na, acompanhados por um jovem que segurava um volumoso embrulho atado com robustos atilhos de cânhamo. O quarto de

Beatrice estava na penumbra, iluminado apenas pelas tochas, e uma enorme tapeçaria dividia o espaço em duas zonas. As chamas dos pequenos archotes, alimentadas pela brisa da tarde que penetrava pelas seteiras, lançavam lampejos de luz trêmula sobre as cenas de caça e de guerra que decoravam as grandes telas bordadas. Um enorme leito encimado por um baldaquino, do qual pendiam espessas peles de couro trabalhado, ocupava boa parte do quarto. Beatrice sentou-se no leito pesadamente, descalçou as chinelas e começou a massagear os pés inchados. Depois, esboçando um sorriso que repentinamente lhe iluminou o rosto com certa graça maliciosa, dirigiu-se a seus convivas:

— Então, Otto, posso finalmente ver essas coisas belas, depois de toda a conversa sobre guerras, soldados, castelos e senhorias? Não gostaria que o ser que trago no ventre nascesse já provido de armadura e polainas, de tanto ouvir discursos como esse!

Otto retribuiu o sorriso: aquela senhora agradava-lhe muito... e não só por apreciar e comprar frequentemente suas mercadorias. Sob a aparência frágil e devota, escondia-se uma pessoa de caráter, arguta e determinada. Havia cerca de vinte anos era a companheira fiel do visconde e, mesmo não sendo já muito nova, continuava a lhe dar herdeiros, contribuindo, dessa forma, para engrandecer o futuro poderio da família. Também ela travava as suas batalhas, mas em silêncio e com grande paciência.

O jovem criado desembrulhou o pacote, cujo conteúdo caiu no chão. Otto, em silêncio, apanhou, um a um, os seus tesouros. Peças de lã cinzenta e muito macia, rolos de cânhamo, telas de branquíssima cambraia de linho, sedas do Oriente tingidas das mais extraordinárias cores.

— E isto, o que é? — perguntou Beatrice, segurando delicadamente entre as mãos um tecido macio, quase transparente, finamente bordado.

— Trata-se de um tecido novo, proveniente das Índias, que se chama "algodão". Encontrei-o por acaso no mercado de Sion, para onde fora transportado por um mercador veneziano que estava de passagem e que seguia direto à longínqua Inglaterra. Parece que é muito requisitado pela nobreza nos condados ingleses. É um tecido especial: mantém o corpo fresco quando faz calor e, usado diretamente em cima da pele, evita o incômodo e permanente roçar da lã...

— Mas é maravilhoso! Não poderá ir embora sem me deixar pelo menos três peças: servirá para fazer vestes e calças macias, finalmente, para mim e para o recém-nascido que aí vem! Se o preço for muito elevado, não diremos nada ao visconde; mas veja bem, Otto, não se aproveite da minha fraqueza!

Otto sorriu: quando o comprara, estava seguro de que aquele tecido invulgar iria fazer os encantos da mulher do visconde e que seu vivo desejo de possuí-lo lhe permitiria arrecadar um bom dinheiro.

Enquanto Beatrice escolhia outras peças de tecido e discutia os preços com o mercador, Matthew mantinha-se afastado, observando a enorme habilidade de Otto para vender as mercadorias aos melhores preços.

Concluída a escolha, Beatrice, com as faces rosadas de entusiasmo e alegria, voltou a calçar as chinelas e, apoiando as mãos sobre os rins, dirigiu-se a Matthew. Parada diante dele, assumiu um ar sério e grave, pegou-lhe a mão e apoiou-a sobre seu ventre.

— Dê-me a sua bênção, frade, mas sobretudo abençoe o ser que trago comigo e que pode sentir movendo-se debaixo de sua mão. Já estou velha para ter mais filhos e, apesar de as outras gravidezes terem tido a proteção da vontade de Deus, desta vez estou com medo. Temo pela minha vida e também pela do herdeiro. Preciso de sua bênção: seu rosto agrada-me: tem ar de quem conhece o sofrimento do mundo. Vivo rodeada por religiosos servis e falsos, cuja única preocupação é não criar qualquer inimizade com o visconde e recolher os dízimos para engordar o tesouro da catedral! Estou certa de que a sua oração chegará mais perto de Deus do que a deles...

Depois de ter dito isso, ela ajoelhou-se na frente do frade, inclinou a cabeça e ficou à espera.

Matthew, surpreendido com tanta franqueza, olhou para Otto, procurando ajuda. O mercador sorriu e fez-lhe um sinal com a cabeça como a lhe dar a aprovação. Encorajado, Matthew recitou a oração da bênção e impôs as mãos na cabeça de Beatrice. Quando a invocação terminou, a mulher ergueu-se, apoiada numa serva que aparecera por trás de uma cortina. Agradeceu ao frade e ao mercador e despediu-se de ambos.

Enquanto desciam a escada íngreme que os conduziria às cozinhas do castelo, onde jantariam com alguns outros postulantes de respeito, Matthew se viu pensando, bastante surpreendido, que naquele último ano não fizera outra coisa senão viajar e distribuir bênçãos. E eram sobretudo mulheres que as pediam a ele, certamente por serem mais fracas e indefesas, ou então porque sua fé era mais firme e constante que a de seus companheiros de vida. De qualquer forma, como já havia feito com Marthine, em Rochester, Matthew perguntou-se se suas orações teriam algum efeito: considerava-se um pecador e certamente a pessoa menos adequada, com todas as mentiras que tivera de contar, para implorar, para si e para os outros, a graça divina.

Suas reflexões foram interrompidas por Otto, que o guiou até uma mesa comprida de cavalete, coberta com uma toalha da Flandres, sobre a qual grandes pratos de prata polida continham peças de caça fumegantes. Grandes fatias de pão escuro espalhavam-se pela mesa, ao lado de copos já cheios de vinho.

— Nunca viu nada que se assemelhasse a isto, não é verdade? E saiba que esta é a refeição oferecida aos postulantes! Imagine o que deve ser o banquete do visconde, quando os hóspedes são gente da sua classe! Vamos comer, frade, e encher bem a pança: não sei quando voltaremos a pôr os dentes numa refeição como esta!

A noite já ia alta quando Otto e Matthew se retiraram para repousar nos estábulos do visconde, junto aos animais e às mercadorias. Esperava-os uma longa e cansativa jornada: o sono daquela noite seria precioso.

9

DAS TRAVES DE LARIÇO do teto ainda saíam algumas línguas de fogo. Leonhardt, que avançou com toda a cautela, forçando os olhos no escuro, distinguia o desenho do *stadel* e o espaço vazio em volta. O silêncio era interrompido apenas pelo bater do vento e pelo choro de uma criança, ao longe.

A porta fechada tinha uma profunda fenda no meio.

Leonhardt parou. Não havia qualquer iluminação no interior, a casa parecia desabitada. Inquieto e preocupado, já se perguntava o que devia fazer quando ouviu um ganido e um raspar furioso na porta.

Encostou-se ao batente e sussurrou.

— Marcabrù, sou eu! Sibilla, sou Leonhardt, abra, lhe peço!

Passado um instante que lhe pareceu uma eternidade e enquanto os ganidos se transformavam em dolorosos latidos e as raspadelas com as unhas na madeira em poderosas patadas, a porta se abriu numa minúscula fresta.

Marcabrù, forçando as dobradiças com o corpo, lançou-se para o exterior, atirando-se num salto alegre sobre as costas de Leonhardt. O jovem, que por pouco não perdeu o equilíbrio, teve de suportar as entusiásticas lambidelas do cão por todo o rosto: Marcabrù latia e gania de alegria, voltava a entrar em casa por um instante para em seguida voltar a sair ainda mais agitado que antes.

Enquanto Leonhardt procurava acalmar o cão, inclinando-se para o acariciar, Sibilla apareceu à porta. Segurava na mão uma pequena tocha que acabara de acender e com a qual tentava iluminar o exterior. O alívio de ver a amada salva foi tal que o jovem ficou imobilizado, quase sem respirar: os braços mantinham-se pendentes ao longo do corpo; os olhos estavam fixos e dilatados.

Marcabrù, surpreendido por não ter sido mais mimado, virou-se para a porta seguindo o olhar do rapaz. Sibilla deu alguns passos: o fogo do archote desenhava-lhe sombras no rosto e no cabelo. Leonhardt aproximou-se, retirou-lhe a tocha da mão e pousou-a no chão. Depois, ainda incapaz de falar, tomou-a nos braços e beijou-lhe furiosamente o rosto, os cabelos, a boca.

Ofendido e com a cauda pendente, Marcabrù desapareceu por trás do *stadel*.

Sibilla chorava e ria ao mesmo tempo; a tensão acumulada e o medo finalmente haviam sido liberados com a chegada de Leonhardt. Muitas coisas nefastas tinham acontecido desde que ele fora embora: primeiro, a agonia e a morte de Karola; depois, o peso da nova responsabilidade como produtora de tecidos; por fim, o tremendo e injustificado assalto dos soldados de Verretio. Este último pensamento a trouxe à realidade: estavam ali no escuro, indefesos, quais presas fáceis para quem quer que quisesse agredi-los.

— Leonhardt, os soldados! Há soldados na aldeia, você não imagina o que aconteceu: queriam matar-nos todos... atearam fogo às casas, feriram o *ammano*... Não podemos ficar aqui fora, é melhor entrarmos já, temos de trancar a porta! Marcabrù, onde está, Marcabrù?

— Calma, Sibilla, calma. Sei tudo sobre o assalto, mas pode ficar tranquila; os soldados já não estão na aldeia, foram todos mortos; agora estamos em segurança. Olha! Aí vem o Marcabrù. Vamos entrar, já lhe explico tudo.

Precedidos pelo cão, passaram a soleira e fecharam a porta atrás de si. Do andar de cima veio um ligeiro ruído de passos: Leonhardt, assustado, prendeu Sibilla pelo braço e pegou o cutelo que trazia à cintura. A jovem sorriu. Deixando por fim de sussurrar e readquirindo a voz cálida de sempre, tranquilizou Leonhardt:

— É a Gertrud! Conrad levou os animais para Macugnaga antes da chegada dos soldados, e ela ficou sozinha; assim, decidiu vir até aqui ajudar-me a defender o *stadel* e a propriedade, antes mesmo de os malditos atearem o fogo.

— E fiz muito bem! — comentou Gertrud, que descera a escada e se aproximara dos dois jovens. Leonhardt, intimidado com sua presença, não sabia o que fazer, mas Gertrud pôs fim à sua indecisão com um abraço terno e afetuoso. Antes de o jovem poder falar, começou a contar: — Se soubesse, filho! Andaram por toda a aldeia, gritando que matariam toda a gente, e lançaram tochas acesas aos telhados das casas e aos campos. Muitos animais fugiram. Por fim, chegaram aqui, anunciados pelo ladrar furioso de Marcabrù e pelos balidos das ovelhas no estábulo. Lançaram um tição para as arcadas, que, de repente, pegaram fogo. Eram dois e estavam prestes a arrombar a porta com o machado, quando ouvimos outras vozes provocadoras, seguidas pelo ruído de passos de gente que corria. Não pudemos compreender o que se passava e nem sequer tivemos tempo, porque corríamos da *stube* às arcadas, com as tinas cheias de água para apagar o fogo. Para sufocar as chamas também utilizamos os sacos de centeio vazios e que agora já não têm utilidade, mas pelo menos conseguimos evitar que o incêndio se estendesse ao telhado. Mas estava ficando escuro e, aos poucos, deixamos de ouvir ruídos ou gritos. Escoramos a porta com uma trave e fomos até a janela da arcada na tentativa de ver alguma coisa, mas a noite acalmara e a escuridão nos impedia de distinguir o que quer que fosse. Ficamos ali, dando coragem uma à outra, até que você chegou: ouvimos os seus passos e já temíamos por nossas vidas quando Marcabrù começou a raspar a porta com as unhas. Então pensamos que seria alguém que o cão conhecia bem, mas, na dúvida, ficamos de guarda e não a abrimos.

— E você — perguntou Sibilla —, como chegou? E quando? Não encontrou os soldados pela estrada?

— Eu, meu pai e todos os outros chegamos ao desfiladeiro de Bätt depois da nona hora. No caminho, à nossa frente, notamos marcas recentes de pegadas de cavalos. Enquanto as examinava, um dos servos de Hermann encontrou, abandonado no chão, provavelmente caído da bainha de um dos soldados, um punhal. Em silêncio, prendemos os asnos e os levamos para o ponto mais baixo, ainda sob a proteção das rochas, onde, escondidos atrás de um penedo, olhamos para baixo, para Felik: do interior da paliçada vimos levantar-se uma grande nuvem de pó, e o vento que soprava do Leste nos trouxe gritos amortecidos e cheiro de fumaça. De repente, imaginamos o pior. Regressamos para junto dos animais, montamos e descemos a encosta esperando não ser perseguidos por outros soldados. À medida que chegávamos mais perto, o cheiro de fumaça aumentava, e começamos a distinguir as línguas de fogo que se erguiam dos telhados. Chegando à entrada norte, deixamos os animais fora da paliçada e os dividimos: o sol já não ia bem alto e as sombras começavam a se alongar entre os *stadel*. Hermann e eu, voando por entre as ruelas, chegamos aos fundos da praça. Os gritos eram cada vez mais agudos; homens e mulheres corriam por todos os lados, alguns deles, carregando recipientes cheios de água. Ao lado do moinho encontramos um colono ferido, que nos pôs a par do assalto. Meu pai apoiou a balestra no ombro e ordenou-me que empunhasse o machado. Depois, movimentando-nos com toda a cautela, entramos na praça. Lá, um soldado fazia rodopiar seu cavalo como num torneio, segurando uma enorme tocha. Preparava-se para lançá-la de encontro à porta da igreja, quando uma flecha o atingiu nas costas: o soldado caiu e não fez nenhum outro movimento. Das arcadas do *stadel*, ao lado do moinho, ouviu-se um grito de júbilo: era Franz, um dos servos de Daniel, que, armado de arco e sem prestar qualquer atenção ao fogo, estava decidido a lutar. Hermann, tentando compreender de onde viera a flecha, virou-se e reconheceu-o. Também Franz nos viu e veio imediatamente ter conosco, explicando, excitado, que, como ele, havia mais homens escondidos, prontos para o combate. Os soldados eram apenas seis, mais o chefe, que desaparecera havia cerca de uma hora. Enquanto falávamos com Franz, juntaram-se a nós mercadores de nossa caravana e outros colonos armados. Juntos, batemos as ruelas, os largos, e alguns de nós foram até os primeiros campos de cultura: por fim, todos os soldados de Verretio jaziam por terra...

Ao mesmo tempo que Leonhardt relatava tudo, o horror estampava-se no rosto de Sibilla.

— E você... também matou? — perguntou ela por fim, com a voz trêmula.

— Não, Sibilla, mas estive prestes a fazê-lo quando encontramos o chefe dos soldados. Senti medo, e o machado me tremia nas mãos, mas teria matado, se meu pai não tivesse me precedido...

Os olhos azuis de Sibilla perscrutaram, febris, o rosto de Leonhardt, à procura de uma sombra de mentira nas palavras que ele acabara de proferir.

O jovem compreendeu e, fixando o olhar, pegou-lhe as mãos e disse:

— Não sou nem um guerreiro nem um assassino, mas, se tiver de defender a minha vida ou a daqueles que amo contra a prepotência e a violência, tenho de saber usar as armas. Hoje não matei ninguém, mas só porque outros o fizeram no meu lugar. Aqui em cima estamos sozinhos, isolados, e o nosso trabalho nos trouxe a riqueza que provoca a cobiça de muita gente. Pode acontecer ainda, Sibilla — disso você pode estar certa — de aquilo de que hoje fui poupado se converta amanhã num dever.

Sibilla chorava. Sabia que Leonhardt tinha razão, mas também compreendera que nesse mesmo dia chegara irremediavelmente ao fim um ciclo de sua vida. Mais do que o seu grande amor por Leonhardt, mais do que o trabalho, mais do que a morte de Karola: sua inocência acabara, sua infância terminara para sempre. Leonhardt estava mudado — aquela sua última viagem com o pai e esses acontecimentos haviam-no transformado num homem. Uma sombra de temor perpassou pelos olhos da moça, enquanto observava o belo rosto cansado e os cabelos empoeirados do jovem que tinha à sua frente.

Leonhardt sorriu-lhe, mas sua boca conservou uma prega de amargura.

— Karl, o filho do marceneiro, contou-me o que se passou com sua mãe. Lamento, Sibilla. Mesmo sabendo que ela não me amava e que não queria que eu fosse seu, lamento muito... Mas como aconteceu uma coisa dessas assim, em tão pouco tempo? Quando partimos, ela estava com boa saúde, o que houve? Espero que não tenha sofrido...

Subitamente, Sibilla desprendeu suas mãos das de Leonhardt e deixou que o olhar vagueasse pela *stube*, como se revisse os últimos momentos da vida da mãe, que morrera ali mesmo.

— Pelo contrário: sofreu, e muito. Foi uma doença rápida, mas devastadora. Um dia, no regresso do moinho para onde tinha levado algumas peças de lã para apiloar, sentiu-se mal; começou a vomitar e a evacuar sangue, não se aguentava de pé. Fiquei muito assustada e chamei Malvina, a parteira, que, como sabe, é a única pessoa aqui em Felik capaz de tratar os doentes.

Malvina lhe deu uma poção feita com aquileia e uma estranha raiz cujo nome não sei. Dois dias depois de umas ligeiras melhoras, ela recomeçou a vomitar. A pele estava quentíssima, ela suava frio, não comia nada, só sentia uma sede enorme. Malvina voltava todos os dias para vê-la; fazia-lhe novas decocções e procurava tranquilizar-me, mas nos seus olhos eu conseguia ler a impotência e a piedade. Passado cerca de um mês, durante o qual Karola não se levantou nem uma só vez do seu catre, no qual a via emagrecendo progressivamente, a parteira me disse que eu teria de me resignar. Minha mãe tinha um câncer, uma doença voraz que lhe consumia as vísceras, nascida do seu próprio corpo: não havia cura possível. Malvina me explicou como eu poderia lhe aliviar a agonia: deu-me uma infusão, preparada com o leite de uma flor cultivada no longínquo Oriente. Explicou-me que a faria dormir, retirando-lhe a sensibilidade à dor, e que, quando chegasse a hora, a passagem seria suave e imperceptível. Minha mãe já não existia. Da mulher forte que sempre fora, restava apenas um corpinho delgado, pálido e trêmulo. De vez em quando, em um momento de lucidez, olhava para mim, mas não tenho certeza de que realmente me via. Pegava minha mão e a apertava, mas de repente a largava e entrava num torpor agitado. Nos últimos dias nem sequer acordou, e assim terminou, sem qualquer palavra, sem um beijo...

Gertrud chorava em silêncio, sentada no banco ao lado da lareira. Os olhos de Sibilla estavam inchados de lágrimas contidas, mas seu olhar era duro como uma pedra.

Leonhardt tentava reconhecer, naquela expressão raivosa, a jovem que deixara havia apenas três meses. Só agora compreendera verdadeiramente como Sibilla era ligada à mãe, apesar das incompreensões e das hostilidades dos últimos dois anos. Em suas palavras percebera um desgosto infinito e um profundo sentimento da injustiça sofrida. Viu-se pensando no pai e naquilo que teria significado para ele a sua morte: dor, provavelmente, mas sobretudo medo. Medo do futuro, da responsabilidade, do juízo dos outros. E, no entanto, um dia — quem sabe, talvez não muito longínquo — teria de superar aquela prova. Precisaria, então, estar preparado para saber encarar a vida sozinho. Esperava consegui-lo: no fundo, apesar do pai e daquele seu temperamento austero, conseguira se tornar forte e autônomo. Além disso, Leonhardt estava certo de ter mais sorte do que a maioria dos seus amigos, pois, graças à habilidade e ao duro trabalho de Hermann, sua família enriquecera. Iniciar uma vida com sólidas bases econômicas lhe permitiria refletir com mais calma e enganar-se menos.

Vendo que Sibilla o fixava, Leonhardt despertou de seus pensamentos e puxou-a para si: o perfume de seus cabelos fez com que o medo e a tristeza desvanecessem. Marcabrù levantou-se da soleira da porta, onde se havia acocorado a dormitar, e veio na direção de Leonhardt, bamboleando.

Sibilla soltou-se do abraço.

— Quando voltarei a ver você?

— Não tenho como saber agora. Amanhã certamente vou estar com todos os outros para controlar a situação da aldeia. Encontrarei o modo e o momento de passar por aqui. — O jovem cumprimentou respeitosamente Gertrud e saiu. Marcabrù seguiu-o até o limiar da propriedade; depois, farejando o ar da noite, voltou para o *stadel*.

O triste cortejo saiu do cemitério por trás da igreja. A mulher e os três filhos de Alart, seguidos pelas famílias dos outros mercadores e dos seus servos, dirigiram-se para casa. Mesmo aqueles que não haviam participado diretamente das exéquias haviam suspendido suas atividades durante aquelas duas horas, por consideração a Alart, que fora um dos colonos mais amados e respeitados da aldeia. O habitual banquete que se seguia a cada funeral não se realizaria, por causa do assalto de dois dias antes. Os outros mercadores tinham explicado à mulher de Alart e à sua família que o inventário dos danos e os imediatos trabalhos de restauro dos *stadel* haviam exigido o empenho de todos os braços disponíveis. O tempo que dedicariam ao banquete faria falta para as incumbências mais urgentes. Ida tivera de aceitar; de resto, a notícia da morte do marido, absolutamente inesperada, perturbara-a a ponto de a reduzir a um estado de completa passividade. Foram os filhos, já adultos, que, embora contra a vontade, tinham se mostrado de acordo com o restante da comunidade: fora lançado fogo à sua casa, ao depósito e ao estábulo e, mesmo que os danos não fossem irremediáveis, seguramente exigiriam uma rápida intervenção.

Hermann estabelecera que quando tudo voltasse à normalidade, organizaria uma grande festa de agradecimento aos santos padroeiros da aldeia, que a tinham livrado do perigo: nessa ocasião, preparariam um banquete para todos os habitantes de Felik, dedicado à memória de Alart.

Enquanto os colonos se apressavam de regresso às suas casas, Gertrud dirigiu-se para o seu *stadel*. Sentia um peso no coração: naquela manhã, quando voltara para casa, depois da noite passada com Sibilla, encontrara Olivia num estado de fazer dó. Com o olhar ausente, esforçava-se por responder às suas perguntas: foi necessário algum tempo e alguma paciência até conseguir perceber o que havia acontecido.

E, sinceramente, preferia não ter ouvido as palavras e o desespero que a certa altura haviam começado a sair da boca daquela moça, que, entre soluços, contara-lhe tudo. Sentiu dentro de si uma mistura de horror e piedade, ao mesmo tempo que o remorso de não ter estado ali para defender a serva a atormentava. Conseguira, por fim, acalmá-la: o rosto retomara, no ardor do pranto, as feições da menina indefesa que tantos anos antes acolhera em sua casa. Gertrud perguntava-se quantas outras provas aquela infeliz ainda teria de sofrer. E enquanto se interrogava sobre se algum dia Olivia conseguiria superar uma experiência tão atroz, sentia crescer dentro de si uma raiva surda em relação àquele maldito soldado, a si própria, àquela vida de canseira que, se por um lado os havia enriquecido, por outro lhes oferecia bem poucas recompensas.

O próprio Alart morrera de forma absurda, por capricho do destino, percorrendo um caminho por onde já passara dezenas de vezes. O pensamento de Gertrud voou até Conrad, ainda na estrada para Macugnaga, com os animais e os servos. Olhou para o céu: estava límpido, sem sombra de nuvens. Pelo menos, concluiu, não havia o perigo de ser apanhado por nenhuma tempestade. Gertrud desejou intimamente que chegassem depressa e que não sofressem nenhuma emboscada. Só descansaria quando eles regressassem a Felik, disso tinha certeza; rezou silenciosamente a São Giacomo, o padroeiro dos peregrinos, pedindo sua proteção para o marido em viagem.

Costanza estava sentada na borda do grande leito no meio do quarto de cima. Na frente dela, na arca que continha todos os seus vestidos, estava apoiado um espelho embaciado, com uma moldura muito trabalhada de filigrana de prata. A imagem que se refletia, embora imperfeita, na penumbra do quarto, surpreendeu-a e irritou-a: dois olhos sutis, contornados por pálpebras flácidas e por uma retícula de rugas; um nariz adunco e comprido que encimava uma boca fina e incolor; as faces carnudas, sulcadas por dezenas de pequeninas veias rosadas. O pescoço era uma sucessão de pregas e de vergões, mal escondidos entre as três voltas de pérolas; os cabelos compridos, outrora louros e brilhantes, haviam se tornado opacos e esbranquiçados, ralos, deixando aparecer aqui e ali manchas de couro cabeludo. O rosto era o de uma velha. Cheia de raiva, Costanza arrancou do pescoço o colar e jogou-o em cima da cama: as pérolas, soltas do fio, rolaram pelo chão, saltando pelas tábuas de lariço e perdendo-se por entre as frestas.

Costanza olhou-as, inerte, enquanto as lágrimas começavam a escorrer ao longo de suas faces rosadas. O medo, que nunca a abandonara desde o dia do assalto da soldadesca, transformara-se em cólera para com Hermann e todas as suas escolhas de vida, que ela, para sua desgraça, tivera de aceitar.

Tantos anos antes, jovem esposa de um promissor mercador, parecera-lhe justo e natural segui-lo na exaltante aventura para além dos Alpes. Nela pusera todo o seu empenho para se tornar uma boa mulher, para lhe dar todos os filhos que ele desejasse, para embelezar a casa, de modo que todos na aldeia soubessem que Hermann era o mercador mais hábil e o colono mais rico. O seu *stadel*, único em Felik, possuía vidros nas janelas: tinham vindo de Veneza, e ela própria os encomendara, havia uns seis anos, a um mercador de passagem para a feira de Champagne. Eram belos, ligeiramente esverdeados e isolavam do frio do inverno muito mais do que as peles secas de ovelha que os outros habitantes utilizavam. Todos tinham vindo vê-los, maravilhados com tanto luxo; até o padre se admirara, dizendo que nunca conseguiria tal magnificência na sua igreja, cujas janelas eram pouco maiores do que frestas e não deixavam passar a luz. Costanza, inebriada com a admiração que ele mostrara por sua obra, prometera-lhe que os vidros para a igreja seriam o próximo presente de Hermann à aldeia.

O marido, no entanto, não mantivera a promessa, e, pelo contrário, reprovara-a asperamente pela prodigalidade que demonstrara com dinheiro que não lhe pertencia. Ela, por seu lado, sentira-se humilhada, sobretudo porque sua atitude tivera como única intenção dar notoriedade à família. Felizmente, o padre, conhecendo bem o caráter irascível de Hermann, nunca mais voltara sequer a mencionar a oferta malsucedida.

Costanza sentira medo de Hermann durante toda a vida: o respeito que sempre lhe demonstrara, assim como a exibição de sua riqueza perante os outros, tinham constituído sua defesa, a única maneira de exorcizar o temor. Agora, dava-se conta de que seus melhores anos já haviam passado, deixando-lhe aquele rosto feio e velho. As vestes valiosas, as joias, as ornamentações preciosas tinham servido de certo consolo à profunda solidão, criando a ilusão da felicidade.

O próprio filho nunca a amara, talvez por ela mesma ter endurecido de tal forma que se tornara incapaz de receber amor ou talvez porque o medo do marido tenha se tornado dominante, impedindo-a de avaliar na justa medida tudo quanto a rodeava. Para Leonhardt, desde criança ela quase não passara de uma estranha: foram a velha ama e os criados que cuidaram dele. O pequeno ia dizer-lhe adeus antes de dormir, beijando-a em ambas as faces, e acompanhava os adultos à missa de domingo e às cerimônias recomendadas; por vezes a ama o levava à sua presença por qualquer falha cometida, a fim de receber a devida punição. E isso era tudo: o restante da sua vida transcorria em outro lugar, em outro ambiente, longe dela, que apenas o via brincando pelas ruelas da aldeia com os filhos dos outros mercadores, atrás de uma bola que guiava com um bastão, ou então enquanto participava no apiloamento do centeio, arrastando os pés desajeitadamente pela eira e estorvando o trabalho dos servos. Leonhardt nem ao menos pudera desfrutar a companhia de outros irmãos, porque Brigitta e Jacob, que haviam nascido depois dele, sobreviveram muito pouco tempo, roubados à vida, um após o outro, pela febre dos ossos.

Retorcendo mecanicamente as mãos, enrugadas por demasiados invernos gélidos, Costanza procurava suster os soluços que já lhe sacudiam o peito. Os criados não deviam ouvi-la: nenhum deles compreenderia a razão daquele desespero súbito depois de todos os esforços que sempre fizera para parecer a mulher satisfeita e realizada do mais rico mercador da aldeia. Iriam troçar dela, disso estava certa, se apenas intuíssem todas as amarguras que tivera de engolir nos últimos vinte anos.

O mais difícil de suportar eram as traições de Hermann. Costanza sabia que, durante as viagens, os mercadores se concediam algumas noites de sexo nas tabernas — esse hábito, embora deplorável, já estava instituído —, e compreendia que o perigo e a fadiga dos contínuos deslocamentos podiam tornar-se menos pesados com a companhia de uma prostituta ocasional.

Mas o marido não se contentara com isso: havia mais de vinte anos, logo após o nascimento de Leonhardt, começara a ter aventuras atrás de aventuras. Muitas das suas servas tinham passado pelo leito de Hermann para depois, sem qualquer motivo aparente, serem rechaçadas. Uma delas — estava certa disso — ficara grávida e fugira sem qualquer explicação.

E depois havia Maida. Costanza já sabia há muito tempo que a estalajadeira do Canton des Allemands ocupava um lugar especial no coração de Hermann.

Já se haviam passado muitos anos desde que Ida, a mulher de Alart, a pusera de sobreaviso. Costanza encontrara Maida uma única vez, quando acompanhara o marido a Augusta, para a homenagem ao senhor de Challant. Ela possuía uma beleza selvagem, ao lado de uma forte sensualidade: fora simpática com ela, obsequiosa, cuidando para que não notasse que sabia de sua ligação com Hermann, mas Costanza percebera perfeitamente, como se um arrepio corresse livremente entre eles.

Compreendera, então, que havia perdido irremediavelmente o marido, enfeitiçado por aquela mulher que, seguramente, soubera lhe dar aquilo que ela mesma nunca fora capaz e que, para dizer a verdade, o próprio Hermann nunca lhe havia pedido.

Com ela o marido sempre fora agressivo; suas relações pareciam destinar-se apenas à procriação: pouca ternura, poucas palavras, um dever conjugal assumido tão somente como e quando ele queria.

Sentia que fora traída: por Hermann, pela vida que escolhera, por si própria. Não soubera lutar: jogara fora os melhores anos de sua vida com futilidades e aparências, não fora suficientemente forte e determinada. Já era tarde.

Não poderia falar francamente com o marido, que, tendo-a ao seu lado durante anos como uma mulher dócil e submissa, não a compreenderia.

A única esperança que lhe restava era Leonhardt: aquele rapaz, embora respeitador e obediente, escondia um caráter decidido e sabia discernir o bem do mal. Costanza admirava secretamente a firmeza com que, apesar das ameaças do pai, alimentara seu amor por Sibilla. E, embora no início ela mesma tivesse pensado que a jovem não seria a mulher ideal para o filho, agora, depois de ter reconsiderado todos os erros que cometera, desejava que Leonhardt, pelo menos ele, fosse feliz. Pouco contavam os cargos nobiliárquicos que Hermann desejava com ardor — menos ainda o luxo. Mas, pelo contrário, muito importantes eram a retidão, a serenidade e a vontade de construir um futuro. Sibilla era uma moça forte, corajosa, que já conhecia o sofrimento: seria uma boa mulher para o filho.

Os soluços haviam cessado, as mãos já não tremiam; Costanza inclinou-se para apanhar as pérolas espalhadas pelo chão. A luz do dia quase se apagara.

Guardou as pequenas esferas rosadas num saquinho de pele e arrumou-o dentro da arca. Limpou o rosto com um paninho de linho e compôs lentamente o cabelo com um pequeno pente de madeira, formando depois um grande coque na nuca, o qual fixou com um alfinete de prata, preciosamente ornamentado com incisões de esmalte.

Abriu a janela e respirou avidamente o ar fresco da tarde. Os olhos percorreram as altas paredes de gelo que, um pouco mais além, sucediam-se até fechar o vale: a esta hora, que precedia a noite, apareciam escuras, translúcidas, animadas pelas sombras que tomavam o lugar das últimas carícias da luz do dia.

Um arrepio sacudiu-lhe o corpo. Não era apenas frio: por toda a sua vida Costanza tivera medo daquelas montanhas ameaçadoras, definitivas, tão altas que encerravam o céu. Sentia-se indefesa, à mercê daquelas muralhas invencíveis, erigidas por um Deus muito severo. "Guardiãs do gelo" assim eram chamadas pelos habitantes de Felik. A alcunha lhes fora dada por uma comitiva de mercadores de sal da Biscaglia, que, havia então muitos anos, passara por ali de viagem para Milão. Depois de terem transportado até lá em cima o sal do oceano, tinham se mostrado surpresos com o fato de ser possível sobreviver a tais alturas, circundados de montanhas tão opressoras. Assustados e inquietos, foram embora — nem uma noite sequer permaneceram na estalagem.

Costanza fechou a janela: estava escuro. Forçando os olhos na direção do filete de luz que entrava por debaixo da porta, chegou até ela e dirigiu-se para a escada que a conduziria ao salão ao lado da *stube*.

10

ERA A SEXTA HORA: a corrente do rio enchia-se de espuma a cada curva das margens, criando ondas volumosas e impetuosas que corriam a perder-se entre as gargantas do vale. Do alto do caminho, Matthew observava aquele imponente fluxo de água. O sol, no zênite, criava laivos deslumbrantes de luz, que deslizavam pela superfície líquida em contínuo movimento, maravilhando os olhos a ponto de confundir a visão da paisagem circundante.

— Está calor, não está, frade? — perguntou Otto, respirando ruidosamente, ofegante. — É estranho, nesta estação... normalmente, a esta hora, o ar já está fresco... Mas já estamos chegando ao castelo de Quart; lá ficaremos um pouco, para descansar os animais e comermos alguma coisa.

— Estaremos em segurança? A quem pertence esse castelo? — perguntou Matthew.

— Mas o que fez de toda a sua coragem, frade? — perguntou Otto, meio divertido, meio aborrecido. — Como conseguirá levar a cabo uma viagem tão longa, sozinho, se agora tem medo até da própria sombra? Não está pensando que, com todas as mercadorias que carrego, iria me dar ao luxo de descansar num lugar perigoso! O castelo é a sede da senhoria de Quart, detentora de um vasto feudo disperso pelo vale. Giacomo di Quart é, entre outras coisas, o senhor de quem dependem os habitantes de Felik, lá em cima, o lugar para onde se dirige. É a ele que têm de pagar os impostos e a ele devem prestar serviço militar. Para dizer a verdade, até agora nunca se ouviu dizer que tivessem participado em alguma guerra. Mas lembre-se do que Gotofredo disse na nossa presença, quanto ao assalto perpetrado pelos soldados de Verretio. Quem sabe se não desejarão começar a mostrar suas virtudes militares?

— Mas não me havia dito que são mercadores? Como podem saber lutar, se não conhecem as artes da cavalaria?

— Não os subestime, frade: nós, os habitantes desta região de Vallese, somos gente capaz de tudo. Escavamos montanhas altíssimas só para fundar novas aldeias, abatemos florestas, desviamos cursos de água, construímos casas, semeamos campos, criamos animais robustos e prolíficos; estabelecemos uma sólida rede mercantil que chega às terras longínquas do norte. Acha que não sabemos nos defender em caso de agressão? A balestra, o arco, o machado e o punhal estão tranquilos na casa de cada um de nós, mas, em caso de necessidade, estamos prontos a usá-los da melhor forma. Para matar um homem, não é necessário ser cavaleiro!

Otto inflamara-se no meio do discurso e seu afã aumentara, juntamente com a vermelhidão do rosto. Matthew, temendo ter estimulado excessivamente o orgulho do seu guia, calou-se, esperando que o cansaço e o calor o dissuadissem de prosseguir num tal arrazoado.

A paisagem em volta era cada vez mais variada: à direita, além do rio, dois vales estreitos incrustados em vertentes escarpadas terminavam numa montanha altíssima, cuja crista, branca de gelo, resplandecia ao sol; logo a seguir, a neve que restava descia lambendo as últimas pastagens alpinas. À sua esquerda, a pouco mais de um quilômetro, logo acima da estrada que percorriam, já se avistavam as muralhas de um burgo e de um castelo.

— Vê? — perguntou Otto, ofegante. — Aquele é o monte Emilius, enquanto este é o castelo de Quart. Vamos acampar aqui com os animais, fora das muralhas, e não ficaremos por muito tempo: pela nona hora devemos estar impreterivelmente em Cly, onde passaremos a noite. Não acho que seja prudente chegarmos à estrada para Verretio e Arnad já de noite: há soldados demais em trânsito, como já pudemos ver daqui, e, embora tenhamos uma boa escolta, não gostaria de sofrer qualquer vexame por parte de militares bêbados. Esta é uma terra de vinho, frade, e do bom! As vinhas de Chambave engordam os bolsos dos comerciantes, mas seu néctar também enche a pança dos soldados!

Quase confirmando as palavras do mercador, a caravana parou. A seu lado, ao longo do muro baixo de pedras soltas que separava a estrada da margem íngreme, passaram seis cavalos, montados por outros tantos homens em traje de combate. Um deles arrotou sonoramente, espalhando no ar calmo do meio-dia um pesado fedor de vinho. Matthew olhou para Otto, que, em silêncio, devolveu-lhe um sorriso de concordância e deu uma piscadela.

Retomaram o caminho. Tendo passado cerca de meia hora em que andaram bem, atravessaram uma pequena ponte de pedra que fazia arco sobre um riacho transbordante. Logo a seguir, depois de uma subida íngreme, duas pequenas torres cilíndricas anunciavam a cintura amuralhada e as primeiras casas do burgo de Quart. Otto e os outros mercadores guardaram os asnos no estábulo aberto apoiado de encontro à parte exterior das muralhas, ao lado de uma das duas torrezinhas. Depois, tendo deixado os animais entregues aos servos, dirigiram-se para o interior, na direção do castelo. Este erguia-se, quadrado e imponente, no ponto mais alto da rocha, ladeado por outras construções mais baixas; ao fundo, isolada, surgia uma capelinha.

Os homens, cansados e cheios de calor, seguiram Otto até a estalagem. Ali, incrustada na ombreira da porta, surgia uma longa haste de cuja extremidade pendia um ramo de aveleira. Otto explicou a Matthew que aquele era o sinal usado como indicativo de qualquer estalagem em todos os grandes burgos da planície, e que ele próprio já encontrara outras, mais ou menos semelhantes, em terras da França e até mais ao norte.

Os mercadores tomaram lugar nos bancos corridos, e a estalajadeira trouxe-lhes vinho, queijos, carne e pão escuro. Reconfortado com a refeição abundante e com as bebidas, Otto ia reclamar à estalajadeira o preço exorbitante da refeição quando, do exterior, se ouviu um clamor da multidão que, primeiramente abafado, depois sempre mais próximo, misturava gritos, insultos e gargalhadas. Os homens, curiosos, chegaram à porta.

Na praça defronte ao castelo, dificilmente visível por entre a multidão que o rodeava, um homem montava um burro, mas ao contrário: seu corpo estava voltado de frente para a traseira do animal, cuja cauda se erguia cadenciadamente e lhe roçava o rosto. O homem tinha as mãos atadas e sua expressão era de pura vergonha: o rosto violáceo, os olhos fixos na terra, as pernas apertadas em volta dos flancos do animal para não perder o equilíbrio. A multidão em volta gritava, instigando o animal a prosseguir mais rápido, e alguns o atiçavam com raminhos de castanho. O pobre animal, sob o peso do instável cavaleiro, ora corria um pouco, ora fincava as patas dianteiras, aturdido em meio a tanta confusão. Por fim, depois de muitas e frenéticas corridas em círculo, o animal desembaraçou-se definitivamente do fardo humano, que caiu de forma desajeitada na terra batida da praça, provocando gritos de júbilo e muitas gargalhadas na multidão ao redor. O proprietário prendeu o burro pelo cabresto enquanto o homem foi deixado ali por terra. Aos poucos, as pessoas afastaram-se, não antes de cobrirem de cuspe o improvisado cavaleiro, que, entretanto, tentava desfazer o nó da corda que lhe atava os pulsos um ao outro. Um dos tornozelos assumira, depois da queda, uma posição estranha e pouco natural, e o homem, estendido no chão, revirava-o penosamente.

A estalajadeira saiu da estalagem e, com um cutelo afiado, cortou a corda que prendia as mãos do homem; depois, ajudada por uma serva ainda jovem, levou-o para dentro, onde, abrindo espaço entre os clientes divertidos, sentou-o num banco e, depois de lhe ter dado de beber, examinou-lhe o pé.

— Rápido, rápido, todos, rápido! Vocês já se divertiram o suficiente! É preciso um médico; o osso está exposto, acho que fraturou o tornozelo.

Enquanto os mercadores saíam da estalagem, Matthew aproximou-se do homem e observou sua perna ferida: a carne lacerada, contornada pela pele inchada, já vermelho-escura, deixava entrever uma esquisita saliência esbranquiçada, que dobrava o calcanhar para fora. Voltando-se para Otto, disse:

— Este homem está sofrendo muito; precisamos de uma tala para evitar que fique aleijado. E, além disso, sempre existe o risco de uma gangrena...

Otto, que já estava prestes a sair para se juntar à comitiva, lançou um olhar a Matthew, dando-lhe a entender que não deveria imiscuir-se no assunto, mas a estalajadeira, admirada com a sabedoria daquele frade maltrapilho, perguntava-lhe se, além de religioso, também era médico.

— Não — respondeu Matthew, embaraçado —, mas a regra beneditina prevê que o frade esmoler também se ocupe das doenças de quem pede hospitalidade no mosteiro. Assim, e uma vez que esse era o meu cargo no Mosteiro de St. Albans, na Inglaterra, tenho bastante prática de...

— Mas de onde vem? Da Inglaterra? — exclamou a mulher, arregalando os olhos, incrédula. — Mas não é um país longínquo, para lá do oceano? Bom Deus! E o que faz aqui?

Matthew não teve tempo nem mesmo de abrir a boca, pois Otto, que se impacientava ao seu lado, gritou de forma ríspida.

— Parece-lhe o melhor momento para ficar de conversa? Temos aqui um homem ferido que geme e se lamenta; nós temos de partir com toda a urgência, não podemos satisfazer a curiosidade quanto à vida dos clientes. Frade, deixe-a falar; esta mulher sabe o que deve fazer e certamente vai tratar deste homem. Agora, vamos. Os outros estão à nossa espera.

Matthew olhou para o mercador com expressão severa e, balançando a cabeça, lhe disse:

— Vá, então, se quiser, Otto; eu não posso abdicar dos meus deveres de caridade. Ajudarei a estalajadeira a pôr este homem em pé e depois, mas só depois, irei ter com você.

Dito isso, pegou numa colher de pau que estava na mesa e a encostou à perna do ferido; depois acomodou delicadamente o calcanhar na parte côncava do talher e, com um pano que a mulher lhe entregara e que rasgara em tiras, começou a enrolar por cima da colher com força, de modo a imobilizar o tornozelo. O homem deu um grito e arqueou as costas, por causa da dor: certamente teria caído do banco se a estalajadeira não o tivesse segurado pelos braços. Enquanto ela ajudava nos cuidados, Matthew lhe fez uma curiosa pergunta.

— Tem pão velho? Bom, então embeba-o em vinho, para que o miolo fique mole; mas atenção: o pão deve estar bolorento, senão de nada servirá. Em seguida, coloque-o sobre o tornozelo, embebido e mole, e, por fim, aperte a toda volta um outro pano grande, se possível de lã. Isso servirá para evitar que os humores do sangue se deteriorem, e, com a ajuda de Deus, este homem ainda poderá voltar a caminhar.

A mulher, tocada pela autoridade do frade, não ousou pedir mais explicações; apenas obedeceu. Enquanto Matthew a ajudava, Otto tentava reprimir a cólera: estava furioso consigo próprio por ter se deixado arrastar por aquele homem que, tinha certeza, iria lhe causar mais aborrecimentos. O que, vindo de tão longe, sabia ele dos costumes e dos hábitos do vale?

Por exemplo: o que saberia daquele homem com o pé fraturado? Aquele frade ingênuo teria alguma ideia de que a "cavalgada do burro" era o castigo para os maridos traídos publicamente pelas mulheres? E que a aldeia, depois daquele grotesco desfile na praça, nunca mais iria querer saber daquele pobre corno? Para onde ele iria agora? Enquanto pensava na sua infelicidade por ter chegado ali a Quart exatamente no momento errado, Otto observava o sol no céu: certamente não chegariam a Cly à hora prevista. Cada vez mais irritado, aproximou-se de Matthew e segredou-lhe ao ouvido:

— Vou ter com os outros: a nossa escolta não pode esperar muito mais. Vou esperá-lo, mas se apresse!

Matthew anuiu, em silêncio, e continuou a cuidar da perna do ferido. Enquanto ajudava a estalajadeira a apertar o máximo possível aquela espécie de enorme trouxa em que o tornozelo do homem se transformara, sem olhar em redor, mas com grande doçura, perguntou a ele:

— E agora, o que vai fazer? Não sei por que lhe fizeram isto, mas vi que toda a gente do burgo participou da sua ignomínia. Não creio que possa permanecer aqui, não é verdade?

— Na verdade, é isso mesmo — respondeu o homem, num fiozinho de voz rouca de dor e de vergonha. — Tenho de ir embora... e rápido. Ninguém mais me dará trabalho; a minha casa tornou-se a alcova onde minha mulher e o amante se divertem sob o olhar de toda a gente... O meu campo converteu-se numa ruína, mas ninguém irá cultivá-lo: ela terá muito o que fazer, agora que se tornou cortesã do chefe da guarda de Quart! Ah! Maldita a noite em que lhe ofereci minha hospitalidade! Estava uma violenta tempestade, e a água do rio transbordara pelas margens: o soldado, que deveria levar uma mensagem a Augusta por conta do senhor, não conseguira prosseguir e ficara retido por algumas horas junto da nossa casa, que se situa exatamente à saída do burgo, muito perto da ponte. Passaram-se seis meses desde então, e só agora compreendi como fui estúpido: todos viram, todos compreenderam... eu fiquei apenas cego e surdo! Mereço este castigo, que veio dos céus! Matthew sobressaltou-se com essas últimas palavras. Os olhos gelados fixaram duramente os do homem.

— Não confunda a justiça divina com a humana, homem! Deus nos julga, é verdade, mas não nesta vida: o prêmio ou o castigo nos esperam depois, quando chegarmos à Sua presença. Só então poderemos saber quão grande é a Sua caridade ou quão irredimível foi a nossa culpa!

O homem, assustado com as palavras do frade e temendo qualquer ameaçadora maldição de sua parte, juntou as mãos e pediu perdão por sua insensata blasfêmia. Matthew, já mais calmo, disse-lhe que experimentasse pôr-se de pé. Amparado pela estalajadeira, o camponês deu uns passos inseguros arrastando a perna ferida, sobre a qual, no entanto, não podia apoiar o peso do corpo. A mulher, abandonando-o nos braços do frade, foi até o fundo da taberna, para regressar, instantes depois, com um grosso bastão nodoso, curvado numa das extremidades.

— Aqui tem uma muleta; não é lá grande coisa, mas pelo menos poderá sair daqui. Depois vá procurar alguém que lhe ajude.

O homem, ainda aturdido pela dor, murmurou um agradecimento e, apoiando-se no braço de Matthew, avançou como podia, aos saltinhos sobre o pé são e arrastando um pouco o ferido. Era evidente que, em tais condições, não conseguiria caminhar por muito tempo. Na frente da estalagem, dois meninos, depois de terem apanhado um dos raminhos de castanheiro do chão, puseram-se a seguir o homem, picando-o nas costas como pouco antes os adultos haviam feito com o burro. Gritando obscenidades, riam e corriam para trás e para a frente. Matthew suportou apenas por alguns instantes aquele vaivém cruel, mas em seguida, exasperado, parou no limite das muralhas e, voltando-se na direção das crianças, gritou com quanta força tinha:

— Esse jogo é o mesmo que o Diabo fará com vocês, só que em vez de um ramo ele vai usar uma forquilha de ferro incandescente com a qual os trespassará! E quando estiverem bem atravessados, ele vai assá-los nas chamas do Inferno!

Os meninos pararam de repente, de olhos arregalados para aquele estranho frade no qual inicialmente nem sequer tinham reparado, de tão distraídos que iam com suas brincadeiras. Uma vez superado o espanto ante aquela figura toda negra que gritava contra eles, compreenderam o sentido de suas palavras e, aterrorizados pela maldição, fugiram, chorosos, para dentro do burgo.

Matthew percebeu que exagerara um pouco: no fundo, não passavam de crianças, mesmo que irritantes como pernilongos. Além disso, outras pessoas poderiam ter ouvido seus gritos, porque às janelas das casas e às soleiras das lojas tinham aparecido rostos ameaçadores. Decidiu apressar o passo tanto quanto aquele pesado fardo apoiado em seu braço permitia.

Chegaram aos estábulos justo quando a comitiva de mercadores já estava para sair, depois de ter pagado o imposto. Otto, que ao ver chegar o frade se alegrava por não ter de abandoná-lo em Quart, subitamente percebeu que ele não vinha sozinho. De repente compreendeu as intenções de Matthew: com o rosto pálido e sufocando de raiva, foi ter com ele em passadas largas.

— Não vai fazer isso comigo, não é, frade? Não vai me fazer uma coisa destas?! Não está pensando em me entregar também este maldito corno que a puta da mulher enganou! E para onde pensa levá-lo... e como? Preso ao rabo de um asno qualquer?...

Ferido com a violência de tais palavras, Matthew corou, mas ao mesmo tempo apertou o companheiro ainda com mais força, como se o estivesse defendendo das ofensas verbais de Otto. Depois, olhando para o mercador nos olhos, disse:

— Peço desculpas, Otto, se faltei com você. Se eu também lhe for um peso, como pareço intuir por suas palavras, ninguém o obrigará a suportar a minha companhia. Certamente exigi muito da generosidade que me mostrou durante toda a viagem. Deve, no entanto, compreender que, por toda a minha vida, ensinaram-me o dever da caridade, de modo que não posso renunciar a essa obrigação só por ter tido de abandonar meu mosteiro e meus confrades. Acho que Deus não ficaria satisfeito com os Seus humildes servos se eles não prestassem toda a ajuda onde quer que ela faltasse. Por outro lado, dou-me conta de que quem fez voto de obediência fui eu, não você; portanto, se achar justo deixar-me aqui, não lhe criarei mais problemas. Seja como for, me arranjarei aqui e conseguirei levar a bom termo a minha peregrinação.

Perturbado com aquela manifestação de humildade, Otto perscrutou atentamente o rosto de Matthew, de modo a compreender se aquelas palavras eram sinceras ou se tinham por finalidade fazer nascer nele um sentimento de culpa, útil às intenções do frade. Enquanto Matthew o olhava fixamente nos olhos, Otto se deu conta de que nunca conseguiria penetrar no mais íntimo daquele monge. Mas também compreendeu que, por qualquer misteriosa razão, jamais se libertaria dele: seus caminhos estavam unidos pelo destino ou talvez pela vontade divina. Que direito tinha ele, pobre mercador, de opor-se ao caminho que fora traçado por Ele? Que e quão grandes punições lhe seriam aplicadas se ousasse rebelar-se contra Deus? No fundo, quem sabe se aquele monge estranho também não iria ensiná-lo a ganhar o paraíso e a evitar o inferno...

Os pensamentos incertos de Otto foram bruscamente interrompidos por um guarda da escolta, que, aproximando-se do mercador, o informou de que não podiam atrasar-se mais. Otto tranquilizou o soldado, afirmando-lhe que partiriam imediatamente. Depois, voltando-se para um dos seus servos, ordenou-lhe que descarregasse parte da carga de um dos asnos e a transferisse para um dos outros; então fez sinal ao frade para que o ajudasse a carregar o homem ferido sobre o animal. O camponês, por seu lado, ainda transtornado e em sofrimento, não parava de agradecer ora ao monge, ora ao mercador, de tal maneira que, passado um tempo, Otto viu-se obrigado a mandá-lo se calar.

A caravana retomou o caminho.

Ultrapassado o pequeno vale que ladeava, a leste, o castelo de Quart, prosseguiram na direção do feudo de Cly. A estrada continuava, sinuosa, pela encosta da colina: seixos grandes e planos alternavam com outros menores e mais pontiagudos, que cobriam o caminho atravessado a intervalos regulares por filas de pedras transversais. Ao longo dos declives que a estrada desenhava, as vinhas formavam uma retícula ordenada e firme, intercalada por campos de aveia e de trigo.

Do outro lado do vale, para além do rio, uma maciça torre isolada, circundada por uma cintura de muralhas, sobressaía no campo cultivado. Matthew, curioso, quis perguntar a Otto que castelo era aquele, mas não se atreveu. O mercador prosseguia no comando, enquanto o frade era o último da caravana, ao lado do asno do ferido. Desde o momento da partida, os dois homens não haviam trocado nem uma palavra sequer.

A estrada continuava, agora descendo, desenhando grandes curvas e alargando-se à medida que se avizinhava da parte mais plana do vale. Transposto o burgo, formado por poucas casas e uma igreja, que os mercadores denominavam Nus, a comitiva prosseguiu seu caminho.

A nona hora, estabelecida para a chegada a Cly, provavelmente já passara, a julgar pelo sol, que, continuando a brilhar no céu límpido, descrevia um arco descendente sob o seu zênite.

Os soldados da escolta mandaram parar a caravana, para permitir a passagem de quatro bois que puxavam, aos pares, duas carroças que rangiam sob o peso das enormes mós de moinho que transportavam. Provinham das pedreiras de Saint Marcel, que forneciam praticamente todos os moinhos da região desde a planície até Milão e Pavia: a fabricação das mós e seu transporte para longe constituía um dos mais florescentes negócios do vale. Assim que os bois desapareceram, depois da curva que fez balançar perigosamente os estrados das carroças, eles viram se aproximar, em sentido contrário, um grupo de soldados a cavalo que se dirigia a Augusta. Preocupado, Otto perguntou ao chefe se eles iam lutar alguma batalha que estivesse sendo travada no caminho que ainda os separava de Cly, mas eles tranquilizaram-no, dizendo que se tratava apenas de uma transferência normal de tropas. Então Otto decidiu que seria melhor pararem em Chambave, a poucos quilômetros de distância, para que os animais repousassem antes de tomarem a direção do castelo de Cly.

Chegaram ao burgo após mais ou menos uma hora de marcha rápida. Em Cly, esperava-os a tarifa relativa ao pedágio: se chegassem muito tarde, não poderiam entrar no castelo e se arriscariam a ter de passar a noite fora das muralhas. Isso representaria um perigo real de assaltos e saques das mercadorias.

Pararam na praça de Chambave, que se abria ao longo da via romana. As casas e as ruelas pululavam de gente que se movia, frenética, como formigas loucas, transportando todo gênero de mercadorias. Nas lojas, viam-se expostos enormes odres de pele de cabra, cheios de vinho, prontos para ser vendidos; outros comerciantes dispunham, nas suas bancas, grandes circunferências de queijos recém-chegados de Vallese, enquanto muitas mulheres falavam ao longo das ruelas e dos becos, oferecendo, pelo melhor preço, pequenos odres de óleo de noz. Outros mercadores estendiam, com todo o cuidado, seus tecidos nos cavaletes, elogiando a qualidade da lã. Ao fundo da praça, os camponeses ofereciam ovos, verduras, castanhas secas e carne de ovelha salgada. Inúmeras prostitutas agitavam-se por entre as lojas ou esperavam à porta das respectivas casas; os vestidos eram berrantes e vistosos, como, aliás, os rostos cobertos de cremes e de maquiagem.

Enquanto os servos davam de beber aos asnos, alguns mercadores compraram grandes quantidades de vinho, que juntaram às suas mercadorias. Alugaram em seguida outros animais de carga, nos quais carregaram os pesados e enormes odres, que revenderiam nas aldeias situadas a maior altitude ou na longínqua planície, na direção de Milão.

Depois de ter estabelecido o preço do vinho que comprara, Otto aproximou-se de Matthew; o frade, que acabara de saciar a sede do camponês ferido, sentara-se na mureta que delimitava uma zona da praça. O monge parecia cansado e com calor: a túnica, cheia de pó, era agora de uma cor lamacenta; os pés, inchados e violáceos, despontavam das sandálias, deixando entrever uma teia de bolhas. Otto lhe ofereceu um copo de vinho, que Matthew aceitou, agradecido.

— Desculpe-me, frade, pelo que disse há pouco; procure compreender: nós, aqui, estamos habituados a uma certa dureza de espírito, sobretudo para com os idiotas. A vida é difícil para todos: nos esforçamos muito para conseguir um certo bem-estar para as nossas famílias; temos de andar com cem olhos para não sucumbirmos às mãos dos salteadores ou para evitar sermos presos no meio de uma disputa inútil entre os senhores bem nutridos... Como podemos nos importar com um idiota que nem mesmo foi capaz de perceber o que acontecia entre as paredes da sua própria casa?!

Procure entender: um idiota é um obstáculo para o bom andamento de uma pequena comunidade; as notícias correm, a honra e o respeito são perdidos...

Otto não conseguiu concluir o seu discurso, que ficara pela metade, o que o irritou. Compreendia como era inútil justificar, aos olhos do frade, um comportamento que, para ele e seus companheiros, era a norma. Por outro lado, embaraçava-o ser julgado, e, mais ainda, por um homem que tinha muitas contas a acertar. Estava prestes a ter outro acesso de fúria quando Matthew, olhando-o fixamente, o interrompeu:

— Basta, Otto! Não há motivos para continuarmos a nos picar como se fôssemos duas abelhas na mesma flor! Somos diferentes e sabemos disso perfeitamente: eu trago comigo os meus hábitos e, pelo que isso possa valer agora, esta túnica rasgada. Você é um homem forte e um mercador muito hábil, e devo-lhe respeito; além disso, pode-se dizer que salvou minha vida, deixando-me prosseguir nesta peregrinação. Sou eu, portanto, que devo lhe agradecer e não você que deve justificar um estilo de vida que, no seu todo, me parece estranho. Lembre-se de que sou um pobre frade esmoler, que meus pais eram camponeses. Aprendi muito, é verdade, em St. Albans: conheço o latim, falo mais de uma língua, os acontecimentos do mundo me despertam curiosidade, mas, no fundo, não passo de um insignificante monge beneditino nas costas de quem o Senhor colocou um fardo excessivamente pesado... Compreenda, eu lhe peço, as minhas confusões e as minhas diferenças; tenha piedade, Otto, tenha piedade...

Matthew desviou o olhar e fixou as sandálias; o rosto suado empalidecera, o queixo começara a tremer, uma lágrima percorreu-lhe apressada a face e perdeu-se por entre a barba curta e arruivada.

Otto ficou completamente perturbado. As palavras de Matthew haviam-no comovido, provocando-lhe uma sensação esquisita de calor que, do peito, se espalhava para o pescoço e para a cabeça; ao perceber as lágrimas, depois, comoveu-se profundamente. Chorando, por sua vez, incapaz de pronunciar uma só palavra, deu uma única e longa passada na direção do frade, levantando-o da mureta com a mesma força com que teria erguido um pesado saco de centeio: apertou-o fortemente bateu-lhe respeitosamente com a mão cheia de calos nas costas, num gesto de conforto. Ao ver, com surpresa, um frade e um mercador apertados naquele abraço carregado de comoção, houve quem tivesse parado e quem tivesse murmurado qualquer gracejo.

Os dois homens, confortados e sorridentes, apressaram-se a ir buscar os animais, que os mercadores e seus servos juntavam. Todos eles, de longe, haviam assistido à cena e agora trocavam acenos, satisfeitos pela tensão entre o guia e aquele frade obstinado ter finalmente terminado: poderiam prosseguir a 'viagem em paz, pensando apenas nas mercadorias e na taberna de Cly, onde os esperava, como sempre, a estalajadeira Bettiana, juntamente com suas meninas, generosas em carícias e amor.

11

JÁ ERAM QUASE VÉSPERAS quando avistaram Cly. A subida fora difícil: os animais, cada vez mais carregados de mercadorias, recusavam-se a prosseguir por aquelas curvas tão íngremes. Os próprios mercadores e os criados estavam exaustos, e o fato de terem de esporear ou de puxar os asnos teimosos só lhes aumentava a fadiga.

— São mesmo animais de planície! — exclamou Otto, dando uma grande palmada na traseira do asno. — Assim que a estrada começa a subir um pouco, eles começam a parar. Só são capazes de transportar donzelas até Augusta! Quem me dera ter aqui os meus asnos, os que me esperam na aldeia: com eles já estaríamos em Cly!

Os outros mercadores concordavam, queixando-se da qualidade medíocre dos animais que lhes haviam alugado. O único a não se lamentar era o camponês de Quart, que, com a dor causada pelo tornozelo fraturado, seguia curvado e semi-inconsciente na garupa do último asno. Matthew seguia ao seu lado, verificando, de vez em quando, se as ataduras continuavam no lugar.

O frade olhava em volta, maravilhado com a paisagem, que progressivamente ia se tornando mais agreste: a estrada continuava a subir ao lado de um esporão rochoso em cujo cume se erguia uma torre. Logo atrás avistava-se uma capela retangular, com uma pequena abside posterior. A luz do crepúsculo iminente dava à pedra um tom rosado.

Matthew, que havia muito tempo não parava num lugar sagrado, sentiu nascer dentro de si o desejo, fortíssimo, de recolher-se em oração. Tendo entregue o asno com o ferido ao criado que o precedia, subiu e ultrapassou em passadas largas toda a caravana para aproximar-se de Otto. Ao chegar junto dele, com o pouco fôlego que lhe restava depois da subida, pediu-lhe licença para ir até a capela rezar.

Otto, compreendendo a natural exigência do frade e vendo-o tomado por uma febril excitação, respondeu-lhe que podia, é claro, visitar a capela, acrescentando:

— Mas não demore muito; logo em seguida à igreja está a porta aduaneira. Vá depressa; encontremo-nos lá, porque temos de pagar pedágio; de outra forma, terá de entrar sozinho. De minha parte, preferiria que estivesse conosco quando entrarmos no castelo.

Matthew assegurou-lhe que seria rápido como uma lebre e, a largas passadas, seguiu à frente da caravana na direção do cimo do rochedo. Quando chegou diante da torre, parou, ofegante, para se recompor; o suor escorria-lhe para os olhos e ensopava-lhe os braços. Virou-se para a vala: à sua frente, escura e imponente, erguia-se uma montanha alta, com densa floresta. Embaixo, já silencioso devido ao afastamento, corria o Dora.

O frade entrou na igreja. Do fundo da nave ouviu as vozes de um coro: celebravam as vésperas. Matthew avançou na penumbra iluminada apenas pelas velas. Nas paredes, feridas aqui e ali pelos lampejos das chamas, via-se um cortejo de pinturas, intervaladas por poucas e pequeníssimas janelas. Ao aproximar-se do altar, Matthew ficou estupefato ao ver que a parede da abside estava completamente coberta de afrescos: a mais viva luz dos grossos círios colocados ao lado do altar iluminava a figura de Cristo no trono, ladeado por anjos e por um felino alado.

Ajoelhou-se e começou a recitar em voz baixa uma oração em latim. Ninguém pareceu percebê-lo. À medida que a oração lhe saía dos lábios, o significado das palavras que pronunciava afastava-se da consciência. Sua mente vagueava, transportada pelo canto gregoriano que enchia a abóbada da capela. Por instantes, teve a sensação de estar em St. Albans: o cheiro das velas; as vozes dos confrades; o chão de pedra, duro...

O canto cessou. No silêncio que se seguiu a ele, interrompido apenas pelas invocações sussurradas pelo padre que oficiava o rito, Matthew se deu conta de que estava de boca fechada. Sua oração, recitada mecanicamente, perdera-se, envolta nas sensações de alheamento que o cérebro lhe transmitia. A nostalgia submergiu-o, como uma onda violenta que esconde e depois arranca os caranguejos atracados à praia. Queria fugir dali, voltar para o seu convento, para a sua segurança, para as pessoas que há tanto tempo lhe eram tão familiares.

Procurando dominar a perturbação, começou a pedir perdão a Deus por sua pouca fé e rezou para que lhe fosse concedida força para levar a bom termo sua missão.

Levantou-se. A função ainda não terminara, mas Matthew sabia que dispunha de pouco tempo. Saiu da capela em silêncio, passou pela torre e dirigiu-se ao castelo. Já estava escuro. Assim que transpôs a torre, e quando já se apressava pela estrada que descia, sua túnica, presa num silvado, rasgou-se. Irritado, recolheu entre as mãos o pedaço de tecido rasgado, para libertá-lo da silva. A luz da lua, ainda fraca, era, no entanto, suficiente para permitir a Matthew reconhecer naquele pequeno pedaço de madeira um raminho de zimbro. Guardou-o, incrédulo: também aquele, como o outro que ainda guardava na saca, tinha a forma de uma cruz e trazia, escondidas entre as agulhas, sete pequenas bagas negras.

Com um nó na garganta, Matthew olhou para cima, para a capela, e murmurou:

— Obrigado, Senhor! Se for essa a Sua vontade, que seja feita. Amém.

Depois, abrindo o saco, colocou o ramo, com cuidado, junto do outro, que curiosamente ainda não estava seco.

Um pássaro noturno voou baixo sobre o caminho, assustando o frade, que, sem mais demoras, retomou a direção do castelo.

Os mercadores esperavam a vez, em fila. A porta aduaneira ocupava um espaço retangular; sobre uma base baixa de pedra, levantava-se uma sólida paliçada, coberta, por sua vez, por um telhado de robustas tábuas. À entrada, um guarda deixava passar um animal de cada vez; um servo, encarregado de controlar a carga, referia o tipo e a quantidade das mercadorias carregadas por mercador. Depois da inspeção e do pagamento do respectivo pedágio, os asnos eram conduzidos para os fundos da porta aduaneira, ao lado do qual surgiam os estábulos e depósitos. Logo a seguir, ao longo das muralhas, abria-se a entrada do castelo, circundado por inúmeras e sólidas construções de pedra, que constituíam o presídio militar.

O guarda nada fazia para esconder sua irritação: a hora tardia e o escuro não eram realmente as condições ideais para o correto cumprimento de suas funções. Além disso, a jornada fora pesada, com todo aquele vaivém de mercadorias destinadas ao grande banquete que decorreria no dia seguinte, por ocasião da cerimônia de investidura. No ar mantinha-se ainda, pungente, o cheiro do peixe que um mercador trouxera de Veneza: na mesa do senhor, o peixe surpreenderia os hóspedes, acostumados a outras comidas mais domésticas.

À vista daquela última caravana, já se decidira a adiar a cobrança do pedágio para a manhã seguinte quando vira avançar Otto Biener. O guarda conhecia-o havia muito: comprara-lhe o tecido macio de seda que depois se convertera na suntuosa veste de casamento da sua filha, que se casara um ano antes. Desculpando-se por ter chegado fora do horário, Otto perguntou se podia se dirigir à porta aduaneira com toda a comitiva, explicando-lhe que se tratava de mercadorias demasiado valiosas para ficarem expostas aos bandidos, fora das muralhas. E acrescentara, ainda, que trazia um presentinho para a sua filha.

Ainda hesitante, o guarda quisera vê-lo de imediato: sem demoras, o mercador retirara de um saco uma fivela feita de delicada folha de prata, contornada por uma tira de couro de cor vermelha. A graça da joia convencera o homem a abrir uma exceção às suas regras. A filha ficaria feliz com a prenda inesperada, e ele não teria de ficar à espera, na manhã seguinte, no meio de uma longa fila de asnos, na frente do castelo, quando a estrada de acesso deveria estar livre para receber, a partir das primeiras luzes da alvorada, os convidados aguardados para a cerimônia.

Depois de ter feito a Otto um rápido sinal de consentimento, o guarda mandara passar os animais e começara a contar as mercadorias:

— Portanto, seis *cargie** de tecido de lã são 24 denários *viennesi*; mais quatro *quartanos* de vinho fazem outras seis moedas; três libras de especia-

---
*Plural de *cargia*, medida antiga explicada na Nota da Autora. (*N. da T.*)

rias fazem seis soldos... e isto, o que é? — inquiriu o guarda ao ver o asno avançar com o camponês ferido — ... um novo tipo de mercadoria fresca?! Ainda que não pareça muito fresca, a julgar pelo fedor!

Embaraçado, Otto justificou-se, dizendo que aquele homem era um peregrino que havia sido atacado por salteadores e que ninguém na caravana tivera a coragem de largá-lo, indefeso, no meio da estrada. Explicou que sua intenção era conduzi-lo até o primeiro hospício que encontrassem ao longo do caminho e entregá-lo ao cuidado dos bravos monges.

Parece que o guarda acreditou na mentira do mercador e prosseguiu, apressado, as operações de controle. Recebia o tributo que o último dos mercadores devia quando, erguendo os olhos para a porta, estremeceu, espantado. Do escuro, despontara, subitamente, uma figura toda negra, com um saco às costas, que corria, decidida, na sua direção.

— Meu Deus, o Diabo! — balbuciou, levando as mãos ao rosto e deixando cair o dinheiro. Matthew, que felizmente não ouvira aquela particular exclamação de terror que se referia à sua pessoa, aproximou-se, ofegante, e explicou ao guarda preboste que era monge e que seguia com a comitiva. Entretanto, olhava ansiosamente ao seu redor à procura de Otto. O mercador, que acabara de arrumar seus asnos no estábulo, voltara-se na direção da porta dos fundos da aduana, tentando compreender se o monge teria chegado a tempo. Quando o viu, chamou-o em voz bem alta, agitando, entre as mãos, uma pequena tocha para se fazer ver no meio da escuridão.

O guarda, ainda meio aparvalhado e cheio de medo, olhou para Matthew com a boca escancarada, sem conseguir proferir nem ao menos uma palavra. Depois, fez-lhe um aceno para prosseguir e ajoelhou-se no chão para apanhar as moedas espalhadas a seus pés.

— Mas o que é isto, a procissão para Santiago de Compostela? — murmurou entre dentes, irritado com a própria ingenuidade. — Mas quantos peregrinos os mercadores apanharam hoje? Nunca os tinha visto tão caridosos para com o próximo! Pois é, as coisas mudam, até as pessoas mudam...

Tendo voltado a fechar o bornal com o dinheiro, ofegante e ranzinza, dirigiu-se à entrada do pedágio, aproximando-se da pesada porta, que abriu com um pauzinho comprido. Depois, verificando que ninguém ficara lá dentro, abandonou o edifício e dirigiu-se ao seu quarto, situado no meio das construções dos guardas.

Otto e Matthew, transposta a entrada que se abria por entre as fortes muralhas, chegaram à estalagem, que ficava encostada ao castelo, do lado sul. Os demais mercadores haviam chegado antes e já comiam um lauto repasto. A estalajadeira desejou-lhes um bom repouso, porque no dia seguinte iriam assistir a uma cerimônia importante na presença do senhor e de toda a sua corte. Ninguém poderia abandonar Cly até que a cerimônia tivesse terminado.

A noite já ia avançada quando os homens adormeceram. O silêncio desceu à estalagem e a todo o castelo, interrompido apenas pelas passadas pesadas e cadenciadas dos soldados que faziam a ronda ao longo das muralhas.

Bosone Challant, informado da chegada dos mercadores do Canton des Allemands, deu ordem para que mandassem entrar os mais ricos dentre eles no salão onde seria realizada a cerimônia. Era bom que, mesmo nos feudos vizinhos, conhecessem seu poder, e o fato de nomear vassalos testemunhava, sem dúvida alguma, a importância política que detinha no vale.

Não bastando as estreitas aberturas das seteiras da torre para iluminar as mobílias e as pessoas, inúmeras tochas, penduradas ao longo das paredes, clareavam o ambiente. Ao fundo da sala, mesmo por cima de uma escada íngreme de madeira que conduzia ao andar superior, estava colocada uma enorme tapeçaria. O tecido reproduzia uma cena de caça ao urso e ao javali: cavaleiros e criados apontavam para as feras, armados de arco e flecha, enquanto, num prado florido, debaixo de uma rocha, sentava-se uma dama ricamente vestida, com a mão estendida sobre a cabeça de um galgo.

Em frente à tapeçaria, sobre um comprido estrado de madeira, os espaldares dos cadeirões esperavam ser ocupados pelas nobres costas dos senhores. De ambos os lados desse comprido salão dispunha-se a guarda pessoal de Bosone, em uniforme de festa, e, a um canto, três músicos afinavam os instrumentos. Os notáveis do castelo entravam, um após o outro, e ocupavam o espaço fronteiro, dispondo-se em duas filas ordenadas. O prior, um passo à frente de todos, já havia assumido o aspecto solene, adequado à celebração da cerimônia.

Otto e alguns dos seus companheiros estavam de pé, encostados uns aos outros ao fundo da sala; de vez em quando, erguiam o pescoço na tentativa de ver, por cima das inúmeras cabeças dos castelões, se aparecia o senhor para dar início à cerimônia. Matthew era o último, atrás dos mercadores. Também ele viera, incitado por Otto e movido pela curiosidade em relação à novidade. Sentia-se, no entanto, envergonhado do estado das suas vestes. Para dizer a verdade, tinha tentado lhes dar um ar um pouco mais apresentável, por meio de uma vigorosa escovadela feita com uma escova de pelo de javali, que a estalajadeira lhe fornecera; só que o resultado não fora nada do esperado, e agora estava ali, encolhido, encostado à parede, na esperança de que ninguém o percebesse.

De repente, o sussurro parou: Bosone apareceu no cimo da escada. Deteve-se por um instante e lançou um olhar demorado e satisfeito a seus castelões; em seguida, desceu com passo firme os altos degraus e acomodou-se na poltrona, após ter feito um sinal ao mestre de cerimônias, que ao lado do senhor, proclamou com voz solene que se mandasse entrar o futuro vassalo.

Um guarda ordenou à multidão que se apertasse ainda mais, de forma a dar passagem ao cavaleiro e seu séquito. Todos os olhares se voltaram, então, para a porta.

O homem entrou. Vestia uma túnica curta, pelos joelhos, fechada por um cinto de couro e prata, do qual pendia, fechado numa bainha de pele, um curto punhal. Um manto verde, preso nas costas por uma fivela dourada, descia-lhe até os tornozelos. Aparentava cerca de 30 anos, era belo e forte, com cabelos encaracolados curtos em cima e compridos na altura das orelhas e da nuca. Os olhos claros eram inteligentes, argutos e não mostravam o menor temor.

Abriu caminho entre duas alas de pessoas curiosas, seguido a distância por seus soldados. A poucos passos de Bosone, ajoelhou-se, inclinou a cabeça, juntou as mãos e esperou.

Bosone levantou-se, desceu do estrado e, aproximando-se do cavaleiro, pousou as mãos sobre as dele e lhe disse:

— Alfred Saluard, eu o nomeio *vassallo casato* de Marseiller, no feudo de Verrayes, com permissão para construir o seu castelo e com a obrigação de fidelidade ao seu senhor, Bosone di Challant.

Dito isto, mandou erguer o cavaleiro e beijou-o em ambas as faces. Depois, voltando-se para o mestre de cerimônias, segurou com ambas as mãos a espada que ele lhe estendia e depositou-a nas mãos do vassalo. Tratava-se de uma arma de prestígio: com quase um metro de comprimento, a lâmina tinha a ponta arredondada e apresentava uma ranhura central, que terminava num grande disco que dominava o punho. Este último era decorado com espirais de prata incrustadas.

O cavaleiro, segurando a espada de encontro ao peito, respondeu finalmente ao senhor, pronunciando a fórmula do ritual:

— Converto-me num dos seus homens, Bosone di Challant, e juro-lhe fidelidade e ajuda.

Em seguida, depois de entregar a importante dádiva a um dos seus soldados, Saluard recuou três passos, inclinou-se respeitosamente para o senhor e parou no meio da sala.

Bosone, satisfeito com o juramento do vassalo, avançou, sorridente, dirigindo-se aos seus castelões. A longa túnica de seda vermelha deixava entrever os tornozelos, ondulando à medida que ele caminhava, solene e majestoso.

— E agora — disse, dirigindo-se à assembleia com um gesto largo de condescendência — apresentemos o novo vassalo ao povo! Espera-nos, na praça, um grande banquete, do qual iremos todos participar. Vamos, portanto, e festejemos!

Em seguida, aproximando-se de Saluard, pegou-lhe na mão e, com ele, dirigiu-se para o exterior do castelo, acompanhado pelos guardas, pelo prior e por todos aqueles que estavam presentes na sala.

Lá foram acolhidos por um murmúrio de júbilo: a multidão, que os esperava no pátio defronte do castelo, gritava e lançava flores sobre os dois nobres. Saluard apanhou uma delas e entregou-a a Ambrosina, a mulher de Bosone, que, entretanto, se aproximara do marido. A senhora aceitou-a com um sorriso indulgente e, movendo-se graciosamente em sua veste comprida de seda em furta-cor, que lhe envolvia o corpo bem-talhado, dirigiu-se à mesa do banquete.

— Têm toda a razão de estarem tão entusiasmados — sussurrou Otto ao frade, que o seguia de perto —, ainda precisam de muito tempo antes de conseguirem comer essas coisas todas!

— De quem está falando? — perguntou Matthew, confuso.

— Ora! Dos habitantes de Cly, de quem haveria de ser? Não vê como estão felizes? Não acredita, decerto, que isso se deva ao fato de Bosone ter nomeado um novo *vassallo casato*, não é? O interesse do povo é neste banquete, embora, para dizer a verdade, eu ache que não vão comer tudo o que os criados estão pondo na mesa. Devem lhes dar alguma coisa menos requintada, talvez lhes distribuam os restos. De qualquer maneira, será muito mais e melhor do que aquilo com que enchem a pança no dia a dia...

Enquanto o senhor e os castelões se acomodavam nos bancos, os criados dispunham as carnes sobre a mesa: em ambos os lados dela havia dois veados assados inteiros e ainda fumegantes, enquanto, espalhados aqui e ali pela toalha de linho alvo como neve, viam-se grandes baixelas de prata com enormes trutas rosadas, pequenas anchovas e enguias negras cortadas em pedaços. Canecas de vinho — tinto e doce — eram continuamente servidas por alguns criados, enquanto outros se ocupavam de partir o pão.

Depois de o prior abençoar a comida e os comensais, iniciou-se o banquete. Enquanto os convidados comiam, os habitantes, mantidos a certa distância pelos guardas, andavam à volta à espera da ração. A um sinal de Bosone, outros criados trouxeram, da cozinha, grandes recipientes de madeira cheios de galinhas assadas e de caça no espeto, acompanhados de enormes odres de vinho. As carnes foram levadas para o meio da multidão, que de repente se apinhou para conseguir o mais que pudesse; quando o odre foi aberto, centenas de mãos se esticaram segurando um copo, e a confusão foi de tal ordem que muito do vinho se espalhou pelo chão.

Bosone, entre um copo e outro, observava, satisfeito, os convidados e olhava, condescendente, a multidão faminta. Enquanto as pessoas iam se dispersando pela praça, segurando a sua presa na mão ou entre os dentes, os músicos começaram a tocar. A melodia, ritmada por um tamborzinho, era composta das suaves notas de uma flauta acompanhada pelas vibrações quentes de um alaúde.

Matthew observava discretamente o rosto dos comensais. Era a primeira vez que via tantos castelões juntos; em St. Albans, na paz habitual do seu mosteiro, nunca tivera ocasião de os observar tão de perto. Se bem que alguns dos notáveis por vezes já tivessem participado nas cerimônias litúrgicas mais importantes na presença de todos os monges do mosteiro, o seu aspecto era tão solene que não dera para perceber o lado mais genuinamente humano. Aqui, pelo contrário, apesar do ar respeitoso e submisso que manifestavam para com o senhor, deixavam por vezes escapar um olhar mais astuto ou um comportamento mais prazenteiro.

A maior parte deles já não era jovem — os rapazes eram poucos, provavelmente filhos ou sobrinhos; as mulheres, embora ricamente vestidas e muito arrumadas, conservavam, na corpulência bem alimentada dos traços, feições rurais.

O frade surpreendeu-se a pensar quão mais felizes eram aquelas mulheres, se comparadas com Mary Bychance: possivelmente suas origens eram semelhantes às de Mary, mas só pelo fato de viverem no lugar e no momento certos, sua existência tomara outra direção. Matthew sentia-se muito mais próximo dos outros, aqueles que se apinhavam em volta dos guardas, disputando entre si uma coxa de galinha ou um copo de vinho. Apenas o respeito e a gratidão para com Otto, que o quisera ali com ele no banquete, juntamente com o medo de cometer uma grosseria para com o senhor, impediam-no de deixar a mesa excessivamente opulenta para misturar-se com a alegre desordem da multidão.

Otto interrompeu seus pensamentos, tartamudeando com a boca cheia e a mente já um pouco obnubilada pelo vinho.

— Experimente estes doces, frade: são feitos de nozes e mel, uma especialidade. Mas cuidado com os seus dentes, porque são duros de mastigar, e não gostaria que precisasse agora de um cirurgião qualquer para lhe compor algum... Ah, ah, ah!

À risada rouca de Otto juntaram-se as dos dois comensais mais próximos. Matthew se deu conta de que os três mercadores já estavam bêbados, e lançou um olhar preocupado a Bosone, temendo que tivesse ouvido as vulgaridades proferidas pelo seu guia. Mas ele parecia empenhado numa conversa séria com o novo vassalo e com o prior, e não prestava atenção ao que acontecia à sua volta.

Ambrosina, por sua vez, explicava a uma das damas da corte como eram saborosos e apreciados aqueles frutos raros que os criados acabavam de trazer num cestinho e colocar em cima da mesa. Tratava-se, disse gravemente, de alperces: tinham-nos trazido, havia já uns anos, os cruzados do Oriente, e, estranhamente, os alperces exilados frutificaram também nas planícies em volta de Ravena, dando àqueles frutos doces um dourado antigo. Bosone, que era particularmente guloso, sempre os encomendava aos mercadores que se dirigiam à França, se bem que o preço, muito elevado, não lhe permitisse dispor de muita quantidade.

Depois dessa ostentação de magnanimidade, Ambrosina mandou distribuir apenas um fruto para cada um dos convivas, fixando-lhes em seguida o rosto, um após o outro, para observar sua expressão maravilhada ao morderem tal requinte. Foi assim que descobriu Matthew. Na confusão, não reparara nele, e agora, espantada com seu aspecto inadequado à cerimônia, perguntava-se quem seria e o que faria ali. Estava para indagá-lo ao prior, quando Bosone se levantou e, reprimindo um vigoroso arroto, informou os comensais de que o banquete estava terminado. Disse ainda que ele e Saluard iriam se retirar para o gabinete, no castelo, para pedir ao notário que redigisse a escritura que confirmaria a investidura recém-terminada. Agradeceu a todos os convidados a participação na cerimônia e disse-lhes que, então, agora poderiam abandonar o castelo. Depois deu ordem aos criados para limparem a praça — não antes de reservarem parte dos restos, à exceção de vinho, aos habitantes de Cly.

— Não quero encontrar-me com um povo de bêbados amanhã! — exclamou para Saluard, rindo. — Aqui, têm de trabalhar a sério: não gostaria que o ferreiro ferrasse a mulher em vez dos meus cavalos, nem que o carpinteiro construísse um banco com as pernas para cima! É melhor encher a pança de carne que de vinho, recorde bem isto, Saluard, para quando tiver de lidar com os seus próprios camponeses!

Dito isto, pousou paternalmente uma das mãos nas costas do vassalo e desceu com ele a alta escada de madeira que conduzia ao interior do castelo, seguido pelo notário, pela mulher e pelos notáveis mais importantes. Todos os outros se dirigiram aos poucos, abrindo caminho por entre a multidão, para o exterior das muralhas, onde os servos os esperavam com os cavalos prontos para a viagem de regresso.

Era quase a nona hora. O banquete fora insolitamente rápido, tendo durado apenas três horas. Como é evidente, Bosone tinha pressa de regressar às inúmeras incumbências cotidianas relativas ao governo de seu feudo. Além disso, a redação do contrato de vassalagem exigiria muito tempo, uma vez que todos os pontos relativos aos direitos e deveres do vassalo para com o seu senhor teriam de ser escritos no pergaminho. Nem todos os senhores se preocupavam com a celebração desse ato notarial, contentando-se, frequentemente, com a promessa verbal e a homenagem, mas Bosone preferira deixar o preto no branco, uma vez que, no caso, tratava-se de um *vassallo casato*. Com efeito, Alfred Saluard fora um bandido. Embora estivesse convencido de ter fornecido ao senhor uma história crível sobre o seu passado de cavaleiro, Bosone, que possuía ótimos informantes, estava perfeitamente inteirado das suas verdadeiras origens.

Saluard pertencera, desde a mais tenra juventude, ao corpo da guarda do senhor de Châtelard, distinguindo-se como um corajoso combatente. Posteriormente, depois de alguns anos de vida militar, durante os quais reunira, à sua volta, um pequeno grupo de fidelíssimos, concluíra que o pagamento que recebia não era suficiente para os serviços que prestava. A recompensa era muito baixa e, apesar dos pedidos, o senhor não quisera promovê-lo à categoria de cavaleiro, uma vez que suas origens camponesas não se adequavam àquele cargo nobiliárquico. Então tomara a decisão: iria fugir, juntamente com seus companheiros, e logo procuraria um lugar melhor para viver e desenvolver suas capacidades militares. Escondera-se durante dois anos, escapando à perseguição dos guardas de Châtelard, que o perseguiam. Percorrera muitos quilômetros, batera em várias aldeias tanto na planície como na montanha, tendo o cuidado de não passar mais de uma noite em cada burgo, para não deixar rastro. Saqueara viajantes e mercadores, gozando simultaneamente do amor de muitas prostitutas complacentes e de alguns camponeses briguentos. Por fim, chegara ao feudo de Verrayes, onde, maravilhado com a evidente riqueza da terra, decidira ficar. Aí, inventando tão gloriosas quanto improváveis origens cavalheirescas, conseguira conquistar certo respeito, favorecido também pelo seu aspecto viril e orgulhoso e pelo dinheiro que conseguira juntar com suas incursões.

Em Marseiller, na vertente de uma colina pouco elevada, começara a construir uma pequena fortaleza de pedra para se alojar, bem protegido, junto com seus companheiros. Sua oferta de defesa militar fora bem aceita pelos camponeses e pelos mercadores da área e, em mais de uma ocasião, revelara-se útil e valiosa. A fama quanto à coragem do cavaleiro que viera de longe espalhara-se rapidamente pelo feudo e provocara, assim, a curiosidade de Bosone.

Ele quisera conhecer Saluard e percebera, imediatamente, o seu passado tumultuado, que seus informantes lhe confirmaram; mas sendo um político consumado, pensara poder desfrutar, em seu próprio proveito, a nova situação. Fizera com que o jovem pensasse na possibilidade de uma futura vassalagem, na condição de empenhar-se em garantir, desde logo, apoio militar contra eventuais agressões de outros senhores do vale. O tempo de prova seriam dois anos: se tal acontecesse, se a fidelidade demonstrada satisfizesse Bosone, Saluard seria feito *vassallo casato*. Saluard tinha finalmente à mão o que sempre desejara: um título, uma casa e poder. Aceitara o desafio e conseguira. Em dois anos, tornara-se um perfeito cavaleiro: os modos haviam-se aprimorado à medida que as posses tinham aumentado, ao passo que sua habilidade militar salvara muitos bens e muitas pessoas. Bosone mantivera a promessa, e no momento Saluard nada podia temer: seu antigo senhor morrera, e os herdeiros tinham problemas de sucessão muito urgentes para resolver. Bosone, por sua vez, sem gastos nem fastidiosas conspirações palacianas, podia contar agora com um guerreiro válido ali mesmo, à mão, enquanto, num futuro próximo, um novo castelo de *segnalazione* iria enriquecer a segurança do feudo.

Por todos esses motivos, embora confiando na fidelidade do seu vassalo, mas ainda temendo sua avidez e suas atitudes belicosas, Bosone preferira que, para selar o referido pacto, se fizesse um documento escrito que futuramente iria salvaguardá-los, a ambos, de eventuais mudanças políticas.

Cambaleando, Otto dirigiu-se para o fosso: o rosto, normalmente corado, tornara-se subitamente pálido e esverdeado. As profundezas do estômago se debatiam, numa difícil luta, com a garganta empenhada em não vomitar toda a comida que engolira. Não mais conseguindo aguentar, fez um gesto eloquente para o frade e para os outros e desapareceu para além das muralhas.

O próprio Matthew, que não estava habituado a refeições tão abundantes, sentia a necessidade premente de uma latrina. Pensando que a única que existiria por ali seria no interior da torre — portanto, da exclusiva serventia do senhor —, decidiu ir ao encontro de Otto, no fosso. Depois de ter descarregado os intestinos debaixo de uma moita de avelaneiras, olhou em volta à procura do mercador. Este, apoiando uma das mãos em uma saliência das muralhas, ainda vomitava a um canal mais abaixo. Não querendo perturbá-lo nem embaraçá-lo com sua presença, o frade voltou a entrar no castelo e dirigiu-se à estalagem, onde o esperaria.

Sentou-se num banco ao lado da porta, para gozar os últimos raios de sol. As pessoas que até havia pouco enchiam a praça recolhiam agora os últimos restos do banquete que os criados tinham deixado por ali e, carregadas, apressavam-se, satisfeitas, para casa.

Passada cerca de meia hora, o frade, preocupado com a longa ausência de Otto, preparava-se para se levantar e voltar ao fosso quando viu, vinda da estalagem, uma jovem serva que, circunspecta, aproximou-se e perguntou-lhe:

— É você o monge inglês, não é verdade?

— Sou — respondeu Matthew, apreensivo. — Mas como me conheceu?

— Não o conheço, na verdade; mas os mercadores têm a língua comprida, e, pensando bem, foi o céu que o mandou. Estou aqui para pedir um favor...

— A mim?! — exclamou o frade, cada vez mais preocupado.

— Ouça, mas tem de ser rápido, porque ninguém pode saber — respondeu a jovem, perturbada. — Nas prisões do castelo há um homem, um inglês, mais precisamente. Há dois anos está lá sofrendo sua condenação, que provavelmente terminará em enforcamento, embora Bosone ainda não tenha proferido a sentença definitiva. O problema é que o prisioneiro fala apenas a sua língua e até agora não conseguiu se defender da acusação que lhe foi feita. Aqui ninguém o entende; ele não fala latim, de modo que nem o padre conseguiu ouvi-lo.

Matthew, que começava a suspeitar do que ela realmente queria, perguntou-lhe, então, por que o haviam prendido.

— Dizem que teria matado um homem no castelo de Châtel-Argent e depois fugido para o vale, até que chegou aqui, onde os soldados de Bosone o capturaram: tinha a cabeça a prêmio, mas os guardas não acharam certo pedir o reembolso, e o nosso senhor se aproveitou disso para receber um agradecimento público de Châtel-Argent. O fato é que ninguém sabe como as coisas realmente se passaram; assim, se pudesse falar com ele...

— Está bem, farei isso. Mas me diga: por que se interessa tanto por esse homem?

A jovem serva corou e, desviando os olhos, respondeu que quando os guardas o trouxeram, sujo, ferido e sedento, ela estava na praça e o vira, mas antes de os soldados o lançarem nos calabouços do castelo, só tivera tempo de lhe dar um copo de água. Bastara aquele instante para que os olhos de ambos se cruzassem e ele lhe devolvesse um sorriso mudo cheio de gratidão. Desde então, de vez em quando, levava-lhe alguns restos de comida da taberna, mas tinha de pagar ao guarda e manter-se sempre bem atenta para que ninguém a descobrisse.

A serva calou-se, à espera. Matthew compreendeu, sem necessidade de mais explicações, que a moça acreditava estar apaixonada, e refletiu sobre como a solidão facilita as ligações amorosas. Embora pensando que a esperança de uma futura liberdade para o presumível assassino fosse muito improvável, pediu à jovem que o conduzisse à prisão e que dissesse ao mercador Biener que o esperasse na estalagem à hora das vésperas.

A jovem, encorajada, indicou-lhe o caminho e disse que ele teria de dar uma boa gratificação ao guarda para que ele o deixasse conversar com o prisioneiro; assim, depositou-lhe na mão um soldo. Matthew, embora envergonhado, aceitou-o, uma vez que tinha os bolsos cada vez mais vazios.

Chegado à entrada das prisões, que se perdiam nos escuros subterrâneos da base da torre, Matthew falou com o soldado, que, tendo aceitado de bom grado a gratificação prevista, conduziu-o a uma íngreme e estreitíssima escada. Os degraus de pedra falhada estavam escorregadios devido à umidade que, como uma capa ensopada, envolvia os corpos. O ar, fétido de odores impregnantes, cortava a respiração. A única luz provinha da tocha que o guarda segurava à sua frente e que dificilmente permitia distinguir, ao longo das paredes, as pesadas portas de madeira trancadas pelo lado de fora por longas barras de ferro.

— Aqui está o seu prisioneiro, frade! Quando tiver acabado, chame... mas em voz alta; de outra forma, não ouvirei lá de baixo...

Matthew transpôs a soleira da porta e parou, confuso: levou algum tempo habituando os olhos à nova penumbra. No fundo da cela, quase na altura do teto, uma estreitíssima fresta horizontal deixava entrar um filete de luz. Ao longo das paredes, verdes de bolor, corriam, chiando, dois gordos ratos; nada amedrontados com a nova presença, pararam por um instante aos pés do frade e depois, movendo-se mais lentamente, esconderam-se num buraco.

Sobre um enxergão nojento encostado à parede, viu o prisioneiro acocorado. Matthew dirigiu-se a ele em sua língua comum.

— Sou o frei Matthew Willingtham e venho da Inglaterra: disseram-me que é um assassino, mas que ninguém pode ouvir a sua versão dos fatos. Se é realmente assim, peço-lhe que me diga o que se passou: para você, será um desabafo; para Deus, uma confissão.

Ao ouvir o seu idioma, o homem levantou-se de repente e deu três longas passadas na direção do frade. Olhou-o com os olhos esbugalhados: da boca, semiescondida entre uma barba ruiva, longa e hirsuta, ouviu-se um estertor que pretendia ser uma exclamação. Depois, esticando as mãos feridas, tocou no rosto e nas costas do frade, como para se assegurar de que não estava em meio a um sonho. Então, caindo de joelhos, começou a chorar com soluços roucos e catarrentos.

Matthew ergueu-o delicadamente do chão e, com doçura, incitou-o a lhe contar tudo.

Ele disse que se chamava John Plane e era carpinteiro, originário de uma pequena aldeia nas proximidades de Rochester. Anos antes viera, no séquito de mestre James Saint Albert, para Châtel-Argent, para onde o arquiteto fora chamado pelo senhor devido à enorme fama conquistada por sua indiscutível habilidade como construtor, para reedificar o castelo.

Plane fora um dos operários de confiança que Saint Albert trouxera consigo da sua terra, junto com dezenas de outros homens; o restante da mão de obra era constituída por camponeses do lugar, que davam, assim, a sua corveia ao senhor. O trabalho era cansativo, mas Plane conhecia bem a arte da carpintaria e não lhe faltava a necessária força de braços. O único problema fora o idioma daqueles lugares, que ele não conhecia e que, além do mais, era bem difícil de aprender. Essa sua incapacidade o impedira de travar amizade com as pessoas do burgo, tornando-o, de fato, um solitário, como, aliás, muitos dos outros operários ingleses na dependência de Saint Albert. À noite, juntavam-se na estalagem ou no bordel, onde as palavras não eram assim tão necessárias.

Tudo transcorria na mais plena normalidade, até uma noite de outono em que, de regresso ao pardieiro onde todos os serventes dormiam, ele passara na frente de uma torre em construção. Ali, ao lado do declive que constituía a base, ouvira uns rumores estranhos: pareciam lamentos, interrompidos por suspiros e resmungos surdos. Pensando tratar-se de um animal selvagem, talvez um javali ou um lince, Plane aproximara-se em silêncio, nada vendo, no entanto; cuidadosamente, transpusera, então, um monte de pedras já talhadas e prontas para utilizar e vira-se atrás da torre, num pedaço de terreno que formava um ligeiro declive onde galhos da altura de uma criança ocupavam todo o espaço até as muralhas. Debaixo de uma moita, vira duas figuras agarradas: a de baixo estava com as mãos e os joelhos no chão, expondo à luz da lua um traseiro pouco definido e trêmulo, que vibrava aos golpes infligidos pelo membro ereto da outra, que, completamente vestida, salvo as calças descompostamente abaixadas sobre as coxas, era a fonte dos lamentos que haviam atraído a atenção de Plane.

— Envergonho-me de dizer, mas quando compreendi o que se passava, permaneci ali, de boca aberta, fascinado com aquele espetáculo obsceno. Depois, cometi um erro: voltei-me para ir embora, mas depressa demais. Devo ter pisado em um ramo ou uma pedrinha, não sei. O resultado foi que os dois amantes deram pela minha presença e separaram-se rapidamente. O mais velho ajeitou as roupas e veio atrás de mim a passos apressados; à medida que se aproximava, o rosto tornava-se reconhecível na penumbra: era Saint Albert! O outro, que se levantara e se vestira freneticamente, era um rapaz, um escriturário louro que o arquiteto trouxera consigo da Inglaterra para desenhar os projetos do castelo. Saint Albert reconheceu-me e preparava-se para bater em mim com violência quando viu que o jovem que ficara atrás de si e que choramingava, histérico, dirigia-se, apressado, para a porta de trás da torre, ainda escorada com fortes traves. O arquiteto seguiu-o, gritando-lhe que parasse, porque a escada, ainda apoiada em pedras pouco estáveis, não era segura. A sua voz perdeu-se no interior da torre para onde se dirigira no encalço do jovem. Permaneci ali, paralisado pelo medo, até que um grito assustador, seguido do som de uma queda que me pareceu ensurdecedor, no silêncio da noite, fez-me recobrar a consciência. Podia ter fugido, mas, pelo contrário, como um perfeito idiota, fiquei ali, imóvel, à espera. Passado um tempo, não sei dizer quanto, Saint Albert saiu da torre; o rosto estava branco como neve; os cabelos, cheios de pó, pendiam-lhe, como cordéis, dos lados do rosto; os olhos pareciam os de um demônio. Quando me falou, a voz saiu-lhe com dificuldade: "Vou acabar com você, John Plane", disse-me, "da mesma forma como destruiu Humbert Wilford." Depois, foi-se embora.

No dia seguinte, os operários descobriram na base da torre, meio escondido pelas silvas, o corpo do escriturário. A notícia de sua morte provocara grande clamor no castelo, e Plane decidira partir nessa mesma noite. No entanto, Saint Albert fora mais rápido que ele. Antes do anoitecer, o senhor mandara os guardas prenderem-no sob a acusação de assassinato. Depois de ter passado dois dias nas prisões de Châtel-Argent, ele fora chamado a juízo e reconhecido como culpado: Saint Albert testemunhara contra ele, sustentando que fora ele quem matara Humbert Wilford, por causa de uma mulher. Esta, que, segundo o arquiteto, estava prometida em casamento ao escriturário, fora seduzida pelo carpinteiro, que, para eliminar o rival, matara-o, arremessando-o da torre. A mulher, lautamente paga por Saint Albert, confessara, entre lágrimas, a presumível intriga, e ele fora condenado ao enforcamento.

— Dessa forma, o arquiteto livrava-se de mim, que levaria para a tumba o segredo de seus vícios. Não tentei, nem mesmo para me defender, revelar ao juiz tudo o que eu havia visto, porque sabia que ninguém acreditaria em mim. Como bem sabe, frade, a sodomia é castigada com dez anos de penitência, e Saint Albert é uma personalidade importante; semelhante acusação iria privá-lo para sempre da honra, e o senhor teria de renunciar à sua obra. É o primeiro a quem, finalmente, consigo contar tudo, e nem imagina o peso que me saiu do coração...

Matthew, estarrecido com essa história e profundamente amargurado pelo destino injusto do pobre carpinteiro, perguntou-lhe o que se passara em seguida.

Plane explicou-lhe que o enforcamento fora adiado por alguns dias por causa de uma tempestade de chuva e vento que se abatera sobre o castelo e que alagara completamente a estrada de acesso. Ele e o outro prisioneiro haviam conseguido fugir aproveitando-se da confusão e da solene bebedeira do guarda, que, para felicidade deles, estava pouco acostumado às tarefas da vigilância em virtude da habitual falta de presos nos cárceres de Châtel-Argent.

O restante era simples: os dois fugitivos tinham se separado, e Plane vagueara pelo vale tentando chegar a Milão ou, pelo menos, a Vercelli, sem poder continuar sozinho através do Mont Joux, cuja estrada era muito perigosa e cheia de emboscadas. Esperava poder esconder-se mais facilmente na planície, mas seus cálculos haviam fracassado porque o prêmio por sua cabeça tornara os soldados mais astutos. Assim, havia dois anos, os homens de Cly o tinham capturado num palheiro onde passara uma noite.

— E agora? — perguntou-lhe Matthew, pigarreando para disfarçar o nó que lhe apertava a garganta.

— Agora estou à espera da morte, mas dou graças a Deus por ter lhe mandado para que eu pudesse explicar, pudesse falar... Dai-me a sua bênção, frade, para que eu possa chegar à Sua presença purificado de qualquer culpa e liberto dos erros que cometi nesta vida.

Enquanto recitava em latim a oração da bênção, Matthew perguntava-se se, apesar de tudo, não existiria possibilidade de defender o carpinteiro. Quem sabe, contando tudo a Otto, que estava nas boas graças de Bosone, não conseguiria que a sentença fosse revista? Reanimado com essa esperança, falou com Plane, que, sufocando com um forte ataque de tosse, respondeu-lhe que nem era bom pensar nisso.

— Não, frade, é inútil; Bosone tem outras preocupações: sua ambição é desmedida e sua família tem interesses e relações de poder em todo o vale. Certamente não vai apresentar problemas ao senhor de Châtel-Argent só por causa de uma condenação já pronunciada. Além disso, sinto-me doente e não creio que me reste muito mais tempo de vida: meu destino está traçado; vou pagar não só por minha imprudência, mas também por minha ingenuidade.

O homem agachou-se no enxergão, apoiou a cabeça entre as mãos e desatou a chorar. Matthew, impotente ante seu desespero, olhou-o em silêncio. O tempo passava, mas o frade não tinha coragem de o abandonar naquela cela fétida. Apesar de ter feito a sua obra de caridade, sentia que ela não estava concluída. Pegando delicadamente nas mãos do prisioneiro, perguntou-lhe se havia algo que pudesse fazer por ele.

Plane ergueu os olhos claros, vermelhos do pranto, e olhou de frente seu interlocutor: a expressão que viu, determinada e sincera, levou-o a falar.

— Sim, pode fazer uma coisa, mas ninguém deverá saber, nem mesmo aquela jovem caridosa da estalagem, que, não sei por que, traz-me frequentemente de comer. Eu...

Plane calou-se, duvidoso em continuar.

— Você?... — incitou-o Matthew. O carpinteiro emitiu um longo, trêmulo suspiro, e retomou.

— Não lhe contei toda a verdade, frade. Perdoe-me, mas não sabia se podia confiar, porque, com minhas palavras, posso pôr em perigo a vida de outra pessoa. Se consegui fugir da primeira vez que estive preso foi devido a uma mulher, a prostituta com quem frequentemente me encontrava em Châtel-Argent. Foi ela quem embebedou o guarda; foi ela quem me acompanhou pelo caminho: chama-se Claudiana e, embora possa parecer estranho, estávamos apaixonados um pelo outro. Sem precisar de palavras, nosso amor crescera: ela nunca acreditou na minha culpa, nem sequer precisou de grandes explicações da minha parte. Fugimos, vagueamos durante meses, como lhe disse, escondendo-nos nos palheiros e nos estábulos, roubando e pedindo comida por esmola. Fomos felizes, apesar do medo e da fome. Claudiana é muito bela: os cabelos ruivos emolduram-lhe o rosto e os olhos são verdes como as folhas tenras da primavera. Durante a nossa fuga, muita gente reparou nela, e temo que tenha sido esse um dos motivos de termos sido descobertos. Na última noite, naquele palheiro, colocou minhas mãos sobre sua barriga e fez-me compreender, naquela linguagem improvisada feita de palavras de todas as línguas, que estava grávida. *John son*, continuava a repetir, rindo e chorando, *John son*... Foi a noite mais feliz da minha vida, frade, e agora pergunto-me como fui tão ingênuo ao pensar que poderia ver meu filho crescer! Logo de manhãzinha fomos presos; a última imagem que tenho nos meus olhos é a de Claudiana puxada por dois guardas e açoitada com a pega de um chicote de cavalos. Seu olhar desesperado vai perseguir-me até a morte. Não sei o que lhe aconteceu, não sei se ainda está viva, nem me atrevo a pensar no filho que levava no ventre... É assim, frade: agora conhece tudo de mim. Não sei por onde anda nem o que faz aqui, mas peço-lhe uma graça: se ao longo do seu caminho encontrar uma mulher com o cabelo ruivo e os olhos verdes, pergunte como se chama. Se responder "Claudiana", diga-lhe que John Plane morreu, mas que ela foi para ele a coisa mais preciosa do mundo. E se por acaso levar com ela uma criança, faça uma festa e dê a ela a sua bênção, peço-lhe. E depois a aconselhe a fugir para um lugar o mais longe possível — para Milão, para Veneza, para Roma...

O carpinteiro não conseguiu continuar, vencido pelos soluços que lhe sacudiam, violentos, o corpo magro; Matthew, por seu lado, junto com a pena que sentia daquele desgraçado, sentia crescer dentro de si a raiva pelo mundo cada vez mais injusto. Os poderosos, ao abrigo de seus privilégios, provocavam nos miseráveis que os rodeavam prejuízos insanáveis porque os consideravam apenas braços para o trabalho ou para a guerra. Seu pensamento foi mais uma vez até St. Albans e Mary: também lá, como aqui, não havia apelo para as condenações, as penas eram infligidas de acordo com o lucro dos juízes. Mas, um dia, qual seria o veredicto do Juiz Supremo? De quem seria a culpa mais pesada, a que iria escancarar as portas do Inferno?

Dando-se conta de que não havia respondido a Plane, Matthew esqueceu seus pensamentos e, inclinando-se sobre ele, abraçou-o e murmurou palavras de conforto, conseguindo acalmar-lhe o desespero. Assegurou-lhe que se algum dia encontrasse Claudiana tomaria conta dela e do filho. Em seguida, após uma última oração recitada com o prisioneiro, saiu da cela e, depois de ter chamado em voz bem alta o guarda, permaneceu no limiar da porta à sua espera, na mais completa escuridão. A luz já não entrava pelas frestas, e Matthew perguntava-se como era possível sobreviver um só dia ali embaixo. Na mais completa cegueira, o frade ouviu uns sons sufocados, outros lamentos que bem depressa se confundiram com a voz embriagada do soldado de guarda, que entoava uma marcha militar.

Uma vez do lado de fora, Matthew inspirou, aliviado, o ar fresco da noite e dirigiu-se para a estalagem, onde Otto e a jovem serva o esperavam; a ele, iria explicar a razão de sua longa ausência; a ela, contar a história de John Plane, omitindo a última parte. O frade não queria desiludi-la: o carpinteiro ainda necessitaria da sua ajuda, e ela, para continuar a viver menos miseravelmente sua monótona vida de taberna, precisaria da útil e benéfica ilusão do amor.

12

KARL ESTAVA DE PÉ, IMÓVEL, observando os preparativos para o espetáculo que dali a pouco ocorreria. O pai, o marceneiro Leopold, dera-lhe autorização para sair da loja antes da hora, uma vez que o tinha ajudado, desde de manhã bem cedo, no seu trabalho. Karl cortara diligentemente, com a ajuda da goiva, duas caixinhas que o pai depois iria gravar. A madeira ficara durante muito tempo no estábulo e tinha absorvido a umidade necessária para amaciar e ser manuseada pelas mãos experimentadas de Leopold, que a decoraria com folhas, flores e monogramas. A criança trabalhara depressa, estimulada pela promessa paterna de poder assistir às fases preparatórias da representação.

No terreiro em frente à aldeia, estava sendo montada uma grande jaula com enormes barras de ferro unidas com a ajuda de resistentes tiras de couro e vigas de madeira. Encostado à jaula, o estrado de uma carroça de onde haviam retirado os animais segurava uma sólida vedação de madeira fechada em cima, de onde se ouviam pesados rugidos de protesto e sons de correntes.

Um homem robusto e seminu, cujos longos cabelos grisalhos, presos com um cordel de cânhamo sujo, desciam-lhe pelas costas, caminhava a longas passadas da carroça para a jaula, pronunciando palavras de ordem secas dirigidas alternadamente ora à fera aprisionada, ora ao mouro que o ajudava.

Karl nunca vira um homem daquela cor de madeira queimada. Os braços e as pernas despontavam, escuros, de uma veste curta e gasta; o rosto inchado era iluminado por dois olhos pretíssimos e argutos; a boca, larga e de lábios carnudos, revelava inúmeras fissuras nas gengivas entre os dentes raros e amarelos.

Os rugidos tinham acalmado, mas um fedor de carne selvagem, misturado com o dos excrementos, continuava a espalhar-se e chegara às narinas de Karl, que, todavia, se mostrava insensível, devido à estupefação e à atenção com que seguia a cena.

Terminada a instalação da jaula, o mouro e o amestrador retiraram-se para trás da carroça para vestir as roupas adequadas à representação. Enquanto da aldeia começavam a chegar grupos de colonos acompanhados por crianças aos gritos, Karl deu-se conta de que não havia por ali um único animal. Não se ouvia o habitual cacarejar das galinhas, nem o aborrecido balir das ovelhas; percebia-se, pelo contrário, ao longe, o furioso ganir dos cães que haviam sido todos presos para não ficarem nervosos por causa da fera.

O mouro apareceu ataviado de alegres calças de seda amarela, presas por um cinto vermelho e acompanhadas por um gibão branco; um turbante vermelho, que combinava com o cinto, envolvia-lhe a cabeça. Trazia um tamborzinho preso às costas, que começou a percutir ritmicamente, ao mesmo tempo que enumerava, com voz cavernosa, as maravilhas do espetáculo que iria começar.

— O leão Caesar, rei da floresta africana, está aqui para lhes mostrar, habitantes de Felik, seu enorme poder e sua perigosa ferocidade! Só de o ver, o medo lhes atingirá o coração! Mas Marcus, o grande domador, que o capturou com risco da própria vida, vai lhes mostrar com quanta sabedoria amestrou a fera! Venha, pessoal, venham todos assistir ao espetáculo por apenas um soldo!

O pátio em frente às muralhas enchera-se rapidamente: as crianças ocupavam a primeira fila, mas bem agarradas às saias das mães, divididas entre o desejo de ver a fera e o temor de se aproximar muito dela. As mulheres conversavam entre si, entusiasmadas com a novidade: era a primeira vez que um domador se deslocara até ali, e nunca ninguém vira, até então, um leão. Algumas velhas contavam antigas histórias de sarracenos que muito tempo atrás infestaram as estradas e os desfiladeiros do vale; dizia-se que aqueles infiéis haviam trazido consigo, de terras longínquas, algumas dessas feras, que, presas a correntes, os ajudavam nos assaltos aos peregrinos e viajantes.

O murmúrio da multidão que esperava foi bruscamente interrompido por um súbito e mais forte rufar do tambor, ao qual se seguiu um estridente som de correntes. De uma portinhola recém-aberta na vedação de madeira saiu a fera, que avançou a passos felpudos para dentro da jaula de ferro, na qual o domador a esperava. O leão parou a meio caminho e olhou demoradamente em volta, avaliando o público. À vista da fera, ergueram-se, entre a multidão, exclamações de espanto, que foram prontamente caladas pelas chicotadas com que Marcus estalava o ar.

O leão, de pelo manchado e tinhoso, obedeceu ao domador, descendo de um banquinho baixo: a cauda, pelada, batia nervosamente na terra batida, enquanto os olhos remelentos fixavam os de Marcus, a cujo sinal o mouro, que entrara na jaula, deitara-se de costas em frente ao banquinho. O domador então gritou uma ordem, à qual o leão respondeu saltando para o chão. Parado a poucos metros do mouro, a fera esperou pacientemente o segundo estalo do chicote; em seguida, deu alguns passos e pousou delicadamente as patas dianteiras sobre a barriga do homem estendido, exibindo-se imediatamente a seguir com um poderoso rugido.

A multidão susteve a respiração. A uma nova ordem do amestrador, o leão levantou-se da sua provável presa e voltou para o banquinho, provocando gritos de alívio e aprovação por parte dos espectadores. Seguiram-se outras chicotadas e outras fracas demonstrações de obediência por parte da fera, que entre uma e outra evolução esvaziava os intestinos e a bexiga, empesteando o ar e emporcalhando o chão por debaixo da jaula.

O espetáculo terminou por volta da sexta hora, depois de uma última exibição precedida por um outro forte rufar de tambor. O mouro, que por momentos desaparecera atrás da vedação de madeira, reapareceu trazendo entre os braços a carcaça de uma ovelha. O leão imóvel, no centro da jaula, farejava o seu aroma, fixando, atentamente, os movimentos do homem. Este, girando em volta do animal à distância de uns três metros, estendia os braços de vez em quando na direção da fera, como que a lhe oferecer a refeição, mas retirava-os logo em seguida. A cada oferta, o leão agarrava o ar com a pata, emitindo um sonoro rugido, mas sem se mover da sua posição. Depois de uma terceira volta, o mouro depositou a carcaça aos pés da fera e afastou-se até o limite da jaula. O leão fixou por um instante a ovelha, na qual não tocou, permanecendo à espera. Marcus aproximou-se então e, pronunciando outra ordem seca, abriu com ambas as mãos os maxilares do leão e introduziu entre eles a própria cabeça. O leão permaneceu imóvel, com as mandíbulas anormalmente abertas, deixando cair uma baba densa e viscosa nos cabelos do domador.

Um murmúrio apavorado espalhou-se por entre os espectadores: as mulheres estavam pálidas; os homens davam risadinhas, incrédulos; as crianças observavam, de boca aberta.

O rufar do tambor calou-se. Marcus retirou a cabeça da boca da fera e voltou-se para o público, para receber seu aplauso. Aliviada com o final incruento daquela última exibição, a multidão gritou alegremente, dirigindo-se ao domador, batendo os pés e levantando os braços em sinal de alegria. O leão, finalmente livre dos deveres de comediante, agachou-se e abocanhou a carcaça da ovelha, que depois arrastou firmemente entre os dentes até a vedação de madeira para onde o mouro o repelira a golpes de chicote.

Karl, entusiasmado com o espetáculo a que acabara de assistir, regressou saltitante à casa, desejoso de contar ao pai as proezas da fera e daquele homem de cor de madeira queimada. Antes de o autorizar a ir à representação, Leopold, que era dotado de muito bom-senso, explicara ao filho que não deveria ter medo nem do leão — fechado na jaula e, portanto, inofensivo — nem do homem de pele escura. O marceneiro acrescentara que não passavam de lendas aquelas histórias segundo as quais o Diabo se escondia sob a aparência dos mouros. Eles eram, na realidade, habitantes de uma terra longínqua, para lá dos grandes mares, onde sempre havia um sol ardente que, no decurso dos séculos, escurecera-lhes a pele.

Enquanto se preparava para transportar a soleira da loja do pai, Karl viu que muitos mercadores, juntamente com o *ammano*, dirigiam-se para a casa de Hermann. A criança pensou que devia se tratar de uma assembleia de colonos e perguntou-se por que não a fariam na praça, como de hábito.

E, visto que se tratava de um rapazinho esperto e curioso, decidiu que perguntaria a Leopold, mas só depois. Antes, teria de lhe contar todas as proezas do domador e sua fera.

Os mercadores estavam reunidos na grande sala contígua à *stube*, na casa de Hermann. Aquela era a única casa, em toda a aldeia, que possuía um ambiente semelhante a uma sala de audiências dos senhores, se bem que em dimensões bem mais reduzidas. Um grande fogão de sala, agora apagado, ocupava metade da parede ao norte, e pequenas tapeçarias bordadas com lãs cruas estavam penduradas dos lados das janelas, fechadas por armações robustas que acomodavam os vidros venezianos tão do agrado de Costanza. No meio do espaço, uma mesa de cavalete de lariço castanho impunha-se, coberta por uma longa tira de tecido de Flandres, decorado com fios de prata. Os bancos haviam sido mudados do lugar que ocupavam normalmente — encostados às paredes — para o centro da sala, formando um semicírculo, e os mercadores dispunham-se de modo a poder olhar-se no rosto ao conversarem. Hermann esperou que os criados acabassem de colocar na mesa o pão, alguns pedaços de queijo e o vinho já servido, para fazer sinal a Daniel que abrisse a sessão.

— Passou um mês desde que sofremos o ataque dos soldados de Verretio. Todos sabemos como as coisas terminaram e por isso já demos graças a Deus e aos santos Pedro e Nicolau. No entanto, tememos que algo semelhante possa se repetir: muitas são as guerras que os senhores do vale continuam a declarar uns aos outros, demasiadas são as reivindicações de terras e de castelos, que fazem do dia a dia dos camponeses e dos mercadores uma enorme confusão! Aqui em cima estamos longe das estradas mais frequentadas, é certo, mas, como se viu, não ficamos totalmente em segurança. Temos de encontrar o melhor modo de proteger a nossa aldeia. A maior parte de nós anda frequentemente em viagem; aqui ficam as nossas mulheres e os nossos filhos pequenos: não podemos deixá-los à mercê de qualquer um que queira apropriar-se das nossas terras! Falei com Hermann, e ele terá certamente alguma solução...

Hermann olhou em volta como se avaliasse a importância que lhe era atribuída pelos outros mercadores; depois, fixando os olhos de cada um de seus companheiros, começou a falar:

— No que se refere a obras defensivas, como bem sabemos, não podemos fazer nada além do que já foi feito. A natureza agreste destes lugares constitui, por si só, uma proteção, mas o fato de existirem duas vias de acesso à aldeia não nos permite controlar todos os que entram. Poderíamos, é verdade, fechar a porta sul, mas é precisamente essa que nós e os nossos camponeses utilizamos para ir aos campos e ao bosque. A norte é a entrada principal para quem vem do Canton des Allemands e de Verretio e, portanto, em teoria, é a mais perigosa; por outro lado, mesmo que bloqueássemos a porta norte, não conseguiríamos criar uma nova estrada pela encosta da direita, através do bosque, porque, para contornarmos os campos de cultivo, teríamos de descer muito mais e depois subir do lado esquerdo. Dessa forma, alongaríamos inutilmente o caminho e, além disso, teríamos de passar por Orsio, que, como bem sabemos, pertence ao senhor de Vallesa. Duvido que ele o permitisse, e, ainda que isso acontecesse, seguramente teríamos de pagar pedágio. Portanto, o máximo que podemos fazer é instituir dois turnos de guarda e reforçar a paliçada com passagens superiores que permitam o acesso de rondas de vigia...

Hermann foi interrompido por Heinz Eisen, um mercador do Canton des Allemands que desposara uma mulher de Felik e depois se estabelecera na aldeia, onde implantara uma próspera atividade de comércio de tecidos.

— Mas então, se não temos forma de nos defender, vamos embora daqui! Transferimos os nossos mercados lá para baixo, para o vale, para a planície...

Hermann e Daniel fulminaram-no com o olhar, mas foi Daniel quem tomou a palavra:

— E diga-me, por favor, para onde gostaria de ir? Não acabamos de dizer que todo o vale vive uma situação política bastante confusa? O que acha? Que os mercadores dos outros lugares aceitariam de boa vontade a chegada de novos comércios às suas praças, agora que já consolidaram seus negócios e se esforçam por não se deixar explorar com novos pedágios cobrados por senhores avarentos? Nós temos a sorte de dispor de mercados praticamente fixos no Vallese e, de todos, somos os que estamos mais perto de Praborno: quer renunciar às feiras onde somos esperados e nas quais já nos tornamos indispensáveis?

Heinz calou-se, mortificado com os olhares hostis que se haviam seguido às palavras de Daniel. Ignorando-o, simplesmente, Hermann continuou:

— A solução existe, mas é outra. Alguns de nós permanecerão aqui: faremos turnos para levar as nossas mercadorias às feiras; ao todo, iremos nos movimentar muito menos do que até agora...

Um murmúrio agitado e incrédulo acolheu o início do discurso de Hermann, que, erguendo uma das mãos como se fosse para mandar calar a assembleia, prosseguiu:

— Quantos somos nós, mercadores de Felik, vinte, trinta, quarenta famílias? Vendemos, quase todos, lãs e tecidos; portanto, temos experiência e interesses comuns. Vou explicar-lhes o que vi os mercadores da Alemanha e da França fazerem, ainda no ano passado. Eles fundaram uma *compagnie*, isto é, um grupo de pessoas ligadas entre si pelo mesmo tipo de comércio. Essas *compagnies* elegem um representante, que, sem viajar, permanece no local onde se realiza o mercado ou a feira habitualmente frequentados por seus associados, abre um armazém, no qual recebe os pedidos dos potenciais clientes. Desse modo, quando o mercador chega com as mercadorias, já conta com um quadro preciso do que provavelmente vai vender, conseguindo praticar preços mais altos, em função da procura, ou acordar com outros mercadores para não exagerar a concorrência, de modo que todos tenham lucro. Além disso, o armazém possibilita diminuir o número de viagens, porque permite guardar as mercadorias: teremos de nos organizar para transportar cargas mais homogêneas, adquirindo novos animais e pagando a mais carregadores, mas, no final, o lucro será superior e não precisaremos viajar com tanta frequência. Assim, ficaremos mais tempo em Felik para proteger a aldeia e seguirmos mais de perto nossos outros afazeres. Poderemos também vender a crédito; dessa forma, asseguro-lhes, os negócios crescem, porque o cliente, camponês, abade ou nobre, nem sempre tem à disposição imediata o dinheiro necessário...

— Mas, sendo assim, quem garante que pagarão por nossas mercadorias? — interveio um dos mercadores.

— É simples, e foi por isso que falei antes em turnos: não devemos continuar a trazer conosco o dinheiro que recebemos, pelos riscos que todos corremos de ser assaltados no caminho de regresso. Com efeito, a *compagnie* pode emitir letras de câmbio no local da venda, que funcionarão, depois, como compromisso de pagamento, podendo ser descontadas nos bancos de câmbio de Asti ou de Vercelli, aonde cada um de nós se dirigirá umas duas vezes por ano. Assim, por um lado, ficaremos seguros de ver nosso crédito honrado e, por outro, teremos a certeza de vender todas as mercadorias de que iremos dispor. Além disso, a *compagnie* também poderá pedir empréstimos, pagando certa importância de juros fixos: com esse dinheiro conseguiremos, como nunca aconteceu até hoje, as quantias necessárias para comprarmos, rapidamente, novas remessas de mercadorias. A margem de lucro das vendas será maior e aumentará o capital de cada um de nós. É claro que, com esse sistema, nossa presença física nas feiras já não será indispensável ou, ao menos, será menos frequente, pois teremos agentes no respectivo local. Além disso, se algum de nós tiver problemas em deixar a aldeia num determinado período do ano, outro poderá substituí-lo, porque já não haverá a responsabilidade do transporte do dinheiro. Assim, vamos nos expor menos e trabalhar e ganhar mais...

Hermann calou-se, esperando a reação dos outros mercadores. Alguns deles mostravam expressões duvidosas, outros pareciam mais convencidos. Daniel interveio dizendo que a decisão seria tomada antes do final da assembleia, porque a nova organização do trabalho exigiria muito tempo: em caso de acordo, teriam de nomear os representantes, escolher as feiras mais adequadas, procurar os armazéns, convencer os antigos clientes e por aí afora.

— Um copo de vinho vai ajudá-los a decidir. Sirvam-se, então, e discutamos. Depois, votaremos a proposta.

Os homens levantaram-se e, servindo-se de queijo e de pão, bebericaram o vinho que lhes era oferecido, enquanto, em grupos de dois ou três, conversavam entre si. Heinz, que depois de todos aqueles anos ainda era considerado um forasteiro, ficou isolado: a humilhação de pouco antes dera lugar a uma forte irritação. Ao mesmo tempo que constatava que a avareza de Hermann era tal que lhes serviria um vinho já passado, pensava no quanto se esforçara para ser aceito por aquela comunidade arrogante de mercadores fechada em si mesma. Na verdade, existiam famílias amáveis na aldeia, como a de sua mulher, que o acolhera sem qualquer problema havia já tantos anos. Depois, Conrad e Gertrud eram pessoas generosas e disponíveis, mas sua atividade era diferente. Pelo fato de criarem animais, não eram concorrentes dos ricos mercadores de tecidos que ditavam as regras em Felik. Conrad frequentava a feira de Macugnaga e, embora respeitando as regras da aldeia, levava uma vida mais isolada, sem desavenças.

Heinz tinha algumas dúvidas sobre se, por trás do novo projeto de Hermann, não se esconderia um interesse pessoal, fomentado por sua ambição de ascensão social, que todos conheciam. No fundo, tratava-se do mais rico mercador de Felik, o que lhe permitia encarar qualquer novidade sem prejuízo de seu patrimônio. Mas e os outros? E se os agentes lá de longe tentassem enganá-los; se retivessem ou escondessem parte dos lucros em conluio com os clientes? Como iriam os mercadores dar conta disso, frequentando as feiras apenas duas vezes ao ano? Não, ele não iria aceitar a proposta, mesmo quase tendo a certeza de que os outros o fariam: Hermann era muito temido, um pouco por seu caráter violento, um pouco porque era quem fazia a ligação dos camponeses mais importantes com Praborno e as praças da Alemanha.

Heinz decidiu que iria embora; iria juntar a família e os servos e voltar para o Canton des Allemands. Em seguida e depois de estudar bem o que se passava em volta, desceria à planície. Constava que os senhores de Challant estavam ampliando seu castelo em Villa Saint Victor, e isso significava trabalho e novos negócios. Iria estabelecer-se por lá, num novo sítio, onde ninguém o olharia com desdém, e recomeçaria tudo, servindo-se da sua experiência, defendendo seus negócios sob a proteção do senhor.

A proposta de Hermann foi levada à votação: como Heinz havia previsto, foi aprovada. Embora sete mercadores estivessem contra ela, a maioria mostrou-se de acordo. Hermann, aborrecido com a falta de unanimidade, decretou que no dia seguinte se encontrariam para decidir o nome dos representantes e as outras questões práticas que o novo projeto requeria.

— Dentro de poucos dias teremos a colheita aqui em Felik, e será necessária a presença de todos os braços disponíveis. O *ammano* me disse que este ano os ceifeiros da planície, que costumam aparecer por aqui oferecendo os seus serviços em troca de um pagamento, serão poucos, por causa da guerra que envolve os senhores de Bard e o visconde. Portanto, teremos de fazê-la sozinhos, mandando para os campos os nossos servos de casa: aqui está outro motivo para nos organizarmos o mais rapidamente possível. Começaremos a fortificar a paliçada e a estabelecer a forma como instituiremos os turnos de guarda.

Dito isso, Hermann despediu-se dos mercadores, que, conversando animadamente entre si, espalharam-se pelas ruelas e pelos becos da aldeia, de regresso às suas casas, enquanto Heinz, sozinho, dirigiu-se, apressado, ao seu *stadel*, próximo da porta sul.

Do lado de lá da paliçada, o leão ainda fazia ouvir, de vez em quando, uns rugidos fracos, enquanto a jaula era desmontada, pronta para outra viagem. O calor da tarde era quebrado por algumas chicotadas de vento inesperado, e, sobre a terra batida da praça, moinhos de pó formavam-se, repentinos, para logo em seguida se desfazerem.

13

SIBILLA AJUDAVA LEONHARDT a preparar a armadilha. Havia duas noites, um lobo enfiara-se no estábulo de Oreste e conseguira roubar uma ovelhinha: os balidos aterrorizados das outras haviam acordado meia aldeia, mas ninguém conseguira apanhar a fera, que fugira com a presa, deixando um longo rastro sanguinolento na direção do bosque.

Leonhardt enterrou a última estaca, e então passou a Sibilla a ponta de uma longa corda, que deixou suspensa quase tocando o chão, torcendo-a por entre as varas baixas. Depois de terem fixado a extremidade, os dois jovens esconderam-na debaixo de um monte de ramos e de folhas, com as quais Leonhardt também cobriu um arco com a flecha já devidamente preparada. Em seguida, prendeu a corda à parte de baixo da paliçada com um cabo que mantinha todo o mecanismo em tensão. O rapaz observou a obra: agora não faltava mais nada, a não ser lançar, no meio do recinto, as vísceras de cabra que trouxera consigo. O seu cheiro atrairia o lobo, que, pisando a corda, acionaria o mecanismo, o qual, por sua vez, dispararia a flecha.

Sibilla espalhou, em toda a volta, um composto úmido e malcheiroso que havia retirado de um alforje. O filho de um dos moços da estrebaria de Conrad passara algumas horas do dia anterior recolhendo estrume de vaca, que depois acomodara dentro de um pacote. Esse composto, que impregnara o terreno, confundiria o olfato do lobo, que então teria dificuldade em identificar o cheiro humano.

Os dois jovens deixaram a entrada do bosque onde haviam preparado a armadilha. Sapatos afundavam no mato alto, que fazia calar o rumor de seus passos. Leonhardt parou por alguns momentos e retomou fôlego. Não era a primeira vez que fazia um trabalho assim, mas a pressa com que atuava e o medo de encontrar o lobo haviam-lhe acelerado a respiração. Alguns anos antes, a fera atacara em pleno dia e ferira gravemente um camponês que a perseguia. Até Sibilla estava ofegante, e seu rosto cobria-se de suor. Olharam mais para baixo, para os campos de centeio, onde, havia pouco, os ceifeiros tinham iniciado a ceifa.

As espigas mais altas tombavam uma após a outra, cortadas por foices que cintilavam ao sol; por trás dos homens, as mulheres as recolhiam, formando feixes, que empilhavam nos bordos dos campos.

Os jovens continuaram mais um pouco, encosta abaixo, de modo a se afastarem, até uma distância mais segura do coração do bosque, onde o lobo, que não tinham visto, poderia atacá-los.

— Quando vai embora? — perguntou-lhe Sibilla, afagando, com uma carícia, a mão de Leonhardt. O jovem olhou-a: os cabelos negros ondulavam desgrenhados em volta do rosto rosado e luminoso, os olhos argutos observavam ansiosos os seus, a boca carnuda tentava distender-se num sorriso. O vento, que se levantara havia pouco, colava o vestido ao corpo de Sibilla, revelando a perfeição de seus seios redondos altos e compactos, e a curva suave do quadril delicado.

Leonhardt foi tomado por uma onda de desejo: em vez de lhe responder, puxou-a de encontro a si e beijou-a com ardor. As mãos percorriam suas nádegas e depois, mais abaixo, sob o saiote. Sibilla esboçou um protesto com a boca colada à de Leonhardt, mas o jovem, como resposta, deitou-a no chão. Rolaram entrelaçados na grama alta que agora os escondia dos olhos de todos. Leonhardt afastou sua boca da de Sibilla e, ajoelhado ao seu lado, começou a, delicadamente, desamarrar as fitas que lhe prendiam o vestido, deixando entrever, aos poucos, a pele clara e firme. O ventre da jovem foi percorrido por um arrepio; os mamilos intumesceram-se, convidativos, próximos do rosto de Leonhardt, que os aflorou com os lábios, ao mesmo tempo que, com as mãos, lhe explorava docemente o ventre. A respiração da jovem tornou-se ofegante. O rapaz, tendo se libertado das calças, colocou-se por cima dela beijando-lhe o pescoço, os seios, a curva do ventre. Depois a boca desceu na direção do sexo, que a língua lambeu ternamente. Sibilla sufocou um grito. Leonhardt, não conseguindo conter-se por mais tempo, penetrou-a. Ao mesmo tempo que o acolhia dentro de si, ela fixava o rosto do seu amor. Entre os cabelos louros, despontavam fios de grama; os olhos mantinham-se semicerrados; a boca conservava um sorriso infantil, tenso, no esforço do prazer. Sibilla apertou-o de encontro a si, pensando em como precisava do seu amor... e em como temia perdê-lo. Não o largou nem mesmo quando Leonhardt saiu de dentro dela. Admirado, o jovem olhou-a: as lágrimas banhavam suas faces, soluços silenciosos sacudiam-lhe o peito. Ele acariciou-lhe o cabelo e beijou-a de novo, saboreando o sal da sua pele suada. Depois, ajudando-a a vestir-se, tentou infundir-lhe, com palavras, a certeza sobre o futuro de ambos que nem ele próprio possuía.

— Não chore, meu amor. Eu não vou embora: meu pai não vai conseguir me afastar de você. Ninguém vai me obrigar a representar Hermann e os amigos em Praborno. Acha que não percebi logo por que me escolheram para esse cargo? Hermann quer nos separar, pensando que, afastando-me de você, conseguirei lhe esquecer e que, ao mesmo tempo, ficará mais livre para continuar a miserável relação com aquela meretriz do Canton des Allemands. Como se eu não tivesse compreendido, como se eu não tivesse visto com meus próprios olhos, como se a minha mãe não soubesse... Não, Sibilla, não irei; vou embora, vou encontrar uma maneira, ainda há tempo. Até setembro, ninguém sairá de Felik. Quando terminar a ceifa, teremos de esperar pelo encarregado do senhor, que vem controlar o número dos feixes, e, depois, levar o cereal para o moinho, pagar a taxa e preparar os dízimos... Há ainda muitas coisas para resolver, ninguém poderá deixar a aldeia durante o verão, e, embora meu pai esteja com o freio nos dentes, terá de esperar antes de poder pôr em prática suas ideias de mudança. Daqui até setembro, tudo pode acontecer.

— Falou com Costanza? — perguntou Sibilla, enxugando o rosto com a ponta da veste.

— Falei. Foi difícil, a princípio. Estava com medo: desde criança, nunca consegui ter uma relação direta com minha mãe, havia sempre a ama entre nós. Ela estava ausente da minha vida; só o meu pai, aterrorizandome com suas repreensões e seus castigos, ocupava meus pensamentos. Por outro lado, essa é uma decisão importante demais para mim: reuni coragem e marquei um encontro com ela.

— E ela, o que disse? — perguntou Sibilla, abaixando-se na relva.

— Ouviu-me em silêncio. Olhava-me fixamente, como se me visse pela primeira vez. Expliquei-lhe as razões por que não quero me afastar da aldeia, afirmando que desejo aprender mais ainda o ofício de mercador e que prefiro seguir de perto a atividade da nossa família, uma vez que Hermann está envelhecendo: sendo o único herdeiro, minha missão será tomar conta de tudo quando meu pai morrer. Depois de ter terminado esse discurso cansativo, que pronunciei de olhos no chão, sem conseguir olhá-la de frente, ergui os olhos para ela, temendo receber uma recusa. Costanza sorria, mas com um sorriso divertido, que lhe iluminava o rosto, fazendo-a parecer bela como deve ter sido quando jovem. "Não acha que se esqueceu de um dos motivos que lhe impede de ir embora daqui?", perguntou-me, pegando-me nas mãos e observando-me de soslaio. Então, primeiramente embaraçado, depois um pouco mais à vontade devido à sua expressão condescendente, contei-lhe de nós dois. Disse-lhe que por nada deste mundo nos separaríamos, que quero que seja a minha mulher e que ninguém poderá impor-me o contrário. Confessei que compreendia as razões de Hermann, mas que também tinha direito a escolher a minha vida, como, aliás, ele fizera havia muitos anos. Disse que se meu pai insistisse nas proibições, eu estaria disposto a abandonar para sempre a família, levando você comigo para outras terras, onde recomeçaríamos tudo. Minha voz tremia, por fim, mas consegui dizer tudo de uma vez só, talvez tenha dito até mais do que deveria.

"Quando me calei, Costanza apertou-me de encontro a ela e me abraçou, demoradamente, como nunca fizera antes. Depois, com os olhos brilhantes, me disse: 'As suas palavras me fazem compreender que já é um homem, e isso me deixa muito feliz: já faz muito tempo que não sei o que é a alegria, e agora você a me devolveu, meu filho. Conheço Sibilla: sei que é uma moça forte e destemida, muito mais do que eu era na idade dela; conheço você e sei que também é muito corajoso. Se Deus proporcionou que se encontrassem, isso significa que o amor de vocês deve continuar.

Da minha parte, farei tudo para ajudá-los. A minha vida já está declinando, e só agora compreendo que não fiz o suficiente para a tornar digna de Quem a deu a mim...'

"Preparava-me para me opor a essas suas últimas palavras quando ela me impediu com um gesto e continuou: 'Foi assim, Leonhardt, mas talvez não tenha sido apenas por culpa minha. Dediquei anos e anos e muito trabalho ao seu pai, pensando que a forma como o fazia era a mais justa e a única possível. Mas eu me enganei: com ele, comigo própria e com você. Para que servem todas essas riquezas? O respeito dos outros não se ganha com riqueza, mas com a integridade de comportamento. Só muito tarde compreendi isso. Vou ajudá-las, Leonhardt: tentarei falar com Hermann, mesmo duvidando que ele compreenda. De qualquer maneira, você não irá para Praborno: ficará aqui com Sibilla e, se Deus quiser, estará perto de mim quando Ele me chamar à sua presença.' Nem sabia o que dizer: sentia-me totalmente perplexo; nunca, em toda a minha vida, ouvira minha mãe falar assim. Depois, despediu-se de mim com um beijo. Minha sensação foi estranha: como se tivesse voltado a ser a criança que sempre fui, desejoso dos carinhos maternos que nunca tive. Naquele momento, perdoei-lhe tudo; um enorme alívio encheu-me o coração. Senti que havia sido retirada a pedra que me oprimia o peito...

Sibilla observava Leonhardt: as emoções perpassavam-lhe o rosto, enquanto falava. Só nesse momento a jovem compreendeu a falta que uma mãe fazia a um filho; seu pensamento foi para Karola, e uma dolorosa ponta de saudade comprimiu-lhe o peito. Procurando não pensar naqueles dois túmulos vizinhos no cemitério da igreja, abraçou os joelhos, cobrindo as pernas com o vestido.

— A sua mãe deve ter sofrido muito na vida, mesmo que não deixasse perceber. Você a ama muito, não é, Leonhardt?

— É verdade — respondeu o jovem —, e só agora me dou conta disso. Muitos anos se passaram sem que eu pudesse demonstrar meu afeto, mas não por culpa minha, não é, Sibilla? Me diga que não foi só por culpa minha...

— Não se pode dar amor a quem não é capaz de o receber, Leonhardt; eu mesma desperdicei muito do tempo que vivi com Karola sem compreender que ambas tínhamos imensa necessidade uma da outra. Quando finalmente entendi isso, já era muito tarde: você, pelo contrário, ainda tem tempo, não desperdice essa oportunidade...

Os jovens olharam-se nos olhos e não foram necessárias palavras para exprimir toda a ternura e compreensão que solidamente os unia.

Puseram-se de pé e, de mãos dadas, desceram na direção da aldeia. Levantara-se um vento forte que, soprando do leste, penetrava no bosque, levando consigo o fedor das vísceras de cabra. O lobo cheirou avidamente aquele novo e estimulante odor e deu alguns passos, cauteloso e furtivo, na direção do limiar do mato.

14

NUMA DAS MÃOS, INGRID SEGURAVA, um cestinho cheio de ovos; na outra, algumas espigas de centeio. Os ovos destinavam-se ao jantar do pai, que a serva faria dali a pouco; do centeio seria feita uma beberagem especial que ela própria iria preparar para Leonhardt. Sabia que o jovem devia vir no dia seguinte de manhã para falar com Daniel sobre a representação em Praborno. Seria a ocasião certa para lhe oferecer um copo da poção que tinha em mente.

Desde que o pai enviuvara, havia já cinco anos, Ingrid tivera de se fazer governante e sua confidente: se é verdade que mal suportava a primeira função, a segunda não lhe pesava nada, porque, assim, não só satisfazia a sua natural curiosidade em relação a tudo o que se passava na aldeia, como também era a primeira pessoa a sabê-lo. Aquilo que não vinha a saber por Daniel, descobria por conta própria, conversando aqui e ali e utilizando da melhor forma a sutil arte do mexerico: sabia ouvir e estimular as conversas, revelando uma capacidade inata para recolher e distribuir maledicência à sua volta.

Fora exatamente por ouvir as confidências de uma serva que soubera daquela poção. A mulher, que depois abandonara a aldeia, lhe garantira que aquela beberagem se demonstrava extremamente eficaz para despertar o amor em qualquer homem obstinado. Ela própria teria a experimentado, acrescentando que, embora não a tivesse desposado, o homem que desejava que se apaixonasse por ela se deitara com ela inúmeras vezes.

Aproveitando-se da ausência de Daniel, Ingrid decidiu preparar rapidamente a beberagem: pegou um recipiente fundo, de madeira, e nele despejou um copo de um ótimo vinho de Chambave, que o pai guardava para os convidados mais importantes. Num almofariz, esmagou nove grãos de centeio até os reduzir a um pó bem fino, que juntou ao vinho. Depois verteu, de uma jarrinha de estanho, algumas gotas do seu sangue menstrual, recolhido naquela mesma manhã. O líquido denso boiou por instantes à superfície do vinho, formando manchas escuras que depois afundaram no recipiente. Ingrid juntou então uma colherzinha de mel e, com uma pequena espátula de madeira, começou a mexer o composto, agitando-o cada vez mais rápido, até todos os ingredientes terem se misturado. Satisfeita com o aspecto rosado e inocente da beberagem, transferiu a poção para um copo finamente trabalhado, cobriu-o com um pano pesado e colocou-o na zona mais fresca da despensa, perto da parede norte da casa, onde Daniel conservava os odres de vinho.

Regressando à *stube*, Ingrid sorria, pensando no dia seguinte: faria tudo para estar presente quando Leonhardt chegasse; iria manter-se ao lado do pai até começarem a falar de negócios e então serviria o vinho e as castanhas secas amolecidas em leite. Seria ela quem ofereceria os copos de vinho já cheios, tendo o cuidado de ver bem a quem entregaria cada um deles... Ficaria por uns instantes para se assegurar de que o jovem realmente beberia a poção e, depois de se despedir respeitosamente do pai e do convidado, iria retirar-se para o quarto.

Agora tinha de pensar em ficar bela: aplicou no rosto uma papa preparada com um ovo e algumas gotas do precioso azeite que conservava ciosamente na sua escrivaninha juntamente com as joias, e nos lábios espalhou uma espessa camada de mel. Por fim, embebeu os cabelos em óleo de nozes, que os tornaria brilhantes e acobreados. Embora fosse ainda uma criança, Ingrid recordava bem que sua própria mãe usava essas receitas de beleza: ainda se lembrava dela estendida na cama durante horas, com o rosto lambuzado e os cabelos envoltos num pano de linho. Agora era a sua vez: ficaria no quarto e, até a manhã seguinte, em que apareceria bela e com o seu vestido mais elegante, ninguém a veria.

Antes de se retirar para os seus aposentos, Ingrid chamou a serva da estrebaria e pediu-lhe que dissesse a Daniel que naquela noite ela não desceria para o jantar, porque sentia dores de estômago. Depois de ter subido e fechado a porta a chave por dentro com todo o cuidado, colocou em cima do banquinho tudo aquilo de que necessitaria, juntando também aos outros objetos um frasquinho de perfume. Sentada na cama, olhou-se no espelho de prata que pertencera à sua mãe e sorriu, feliz com a imagem que viu. A luz fraca da tardinha penetrava pela janela, insuficiente para iluminar todo o ambiente. Ingrid acendeu uma pequena candeia de sebo, colocou-a sobre a arca e começou a preparar o emplastro.

Hermann estava furioso. Sentado à mesa da sala, olhava fixamente para a porta pela qual Costanza acabara de sair. As veias de seu pescoço pulsavam visivelmente por debaixo do colarinho aberto; o rosto, vermelho de cólera, mostrava uma expressão feroz. Não conseguia compreender: o que teria acontecido à sua mulher? Quem era, na realidade, aquela com quem partilhava as refeições e a cama havia já vinte anos? A Costanza que ele desposara e que lhe dera três filhos não podia ser a mesma que acabara de lhe dizer todas aquelas coisas horríveis. E depois, como ousava revoltar-se contra ele, contra as suas decisões, ela, que sempre fora dócil e submissa? Nunca tivera motivos para se lamentar dela; é certo que era um pouco pretensiosa, desperdiçara com futilidades boa parte dos seus lucros, mas, em suma, sempre se mostrara uma companheira fiel e compreensiva. Bastava lhe dar um pouco de atenção e satisfazer as suas fraquezas para não haver recriminações nem repreensões da sua parte. E agora, só por ele querer fazer algumas mudanças no ritmo e na forma de seu trabalho, revoltara-se contra ele!

Hermann serviu-se de um copo de vinho e bebeu-o de uma só vez: tinha a garganta seca, mas o líquido cor de âmbar não o saciou, deixando-lhe na boca um sabor amargo. Foi tomado por um acesso de tosse que lhe tirou o fôlego; aproximando-se da janela, abriu, com raiva, a pesada armação que segurava aqueles vidros inúteis e respirou o ar fresco da noite. Uma rajada de vento entrou na sala e apagou a vela, que já estava quase gasta e mal iluminava a mesa.

O mercador permaneceu no escuro. Não havia luar e o próprio céu, que se previa lá fora, era negro. Encostou-se então à parede e apoiou as mãos no peitoril para deixar de tremer. A casa estava em silêncio. Nada se ouvia, à exceção das passadas abafadas de Costanza no andar de cima. A escuridão que o impedia de ver favorecia-lhe os pensamentos, que se sucediam, misturando lembranças desordenadas e projetos futuros. Sua mulher reprovara tudo, desde o seu caráter autoritário até sua avidez por dinheiro, passando pela violência com o filho... Mas que violência, bom Deus?! Todos sabem que os jovens são recalcitrantes como asnos e que, para que obedeçam, é necessário o bastão! Que patrão vai saber comandar os servos se não tiver ele próprio aprendido a disciplina? A verdade, pensava Hermann, era que Costanza não queria que Leonhardt saísse da aldeia: o queria ali, com ela, para mantê-lo sob vigilância ainda por um tempo, deixando-o em poder daquela meretriz da Sibilla, que, disso estava bem certo, iria acabar por arruinar a sua família.

Como era possível a sua mulher não se dar conta de que os anos haviam passado também para ele e que se sentia acabado? Não compreenderia que, confiando ao filho a representação dos seus negócios em Praborno, ele iria viajar menos e, talvez, conseguisse viver por mais tempo, partilhando com ela os últimos anos da sua existência? Hermann entreabriu os lábios num sorriso malicioso: não, essas foram as frases que gritara pouco antes, perante o rosto impassível de Costanza, mas não representavam exatamente a sua motivação principal. "Tenho de ser sincero, pelo menos comigo mesmo", murmurou, deixando-se cair, cansado, no banquinho debaixo da janela. O pensamento correu para Maida: era ela quem ele queria ao seu lado, agora e no último momento da sua vida. Mas não podia confessá-lo a Costanza, embora, por momentos, cego de raiva, tivesse estado quase a fazê-lo — a atirar-lhe à cara toda a verdade. E, no entanto, em um dado momento da discussão, pensou se ela não saberia qualquer coisa a respeito dos dois: um gesto, rapidamente contido, que revelasse suas paradas no Canton des Allemands e as escapadelas do pobre Alart... Não, não era possível que Costanza soubesse da sua relação com a estalajadeira! Se assim fosse, como o teria suportado todos aqueles anos?

Hermann sentiu um arrepio na espinha: teria, ele próprio, subestimado a mulher? E se ela sempre soubera e se calara? Quanto mais pensava na possibilidade, mais verossímil ela lhe parecia. Só agora recordava certos olhares, certos silêncios carregados de reprovação, que frequentemente o esperavam no regresso das viagens. Mas então quem era realmente Costanza? Uma cobra, era isso mesmo! Uma víbora que, durante boa parte do casamento, tramara em silêncio, pacientemente, à espera de que ele morresse e deixasse, a ela e ao filho, todo o capital!

Hermann limpou o suor que a agitação lhe fizera correr pela testa: a raiva sobrepôs-se à autocomiseração à que se havia abandonado. Erguendo-se de repente, fechou a janela, decidido a não se deixar subjugar por ninguém. Costanza queria que Leonhardt permanecesse ali com ela? Pois bem, que ficasse! Inapto, incapaz de cuidar de si próprio, ludibriado pelas lisonjas de uma mulher tão ordinária... Ele, por seu lado, encontraria alguém para tomar conta da representação de Praborno, cuidando dos seus negócios, e quando chegasse o enviado do senhor para controlar a colheita, iria falar com ele, começando a tatear o terreno com respeito à sua pretensão a um cargo nobiliárquico. De qualquer maneira, o dinheiro estava bem protegido, num esconderijo que só ele conhecia: ninguém conseguiria tirá-lo dele, nem o filho, nem a mulher.

Agitado e suando copiosamente, Hermann saiu e dirigiu-se ao fundo da casa. Tremendo, apoiou-se à parede de madeira do *stadel* e inspirou profundamente o ar fresco da noite, procurando acalmar-se. À sua frente, quase invisíveis na obscuridade, erguiam-se, ameaçadoras e intransponíveis, as montanhas de gelo. Depois de ter retomado o controle sobre si, voltou a entrar e dirigiu-se, tateando o caminho, ao andar de cima. Do quarto de Costanza não vinha qualquer som; Hermann retirou-se para o quarto ao lado, estendeu-se em cima de um enxergão e fechou os olhos à espera do sono.

Olivia estendia a roupa da casa, que acabara de lavar, no braço articulado de madeira que se alongava sobre a lareira, acesa pouco antes de ela ir ao lavadouro, para não gastar muita lenha; a apagaria assim que a roupa estivesse seca. Havia dois dias chovia ininterruptamente, o que não era nada comum naquela estação, mas era preciso lavar as roupas, como sempre. Olivia se molhara até os ossos e, antes de começar a estender saiotes, calças e toalhas, retirara o vestido ensopado, ficando apenas com uma velha camisa de Gertrud que ela já não usava. As pernas despontavam, magras, da bainha embeiçada da camisa. Tremia — um pouco devido à umidade que apanhara, um pouco devido ao cansaço. Felizmente ninguém a veria com aquele farrapo: Gertrud e Conrad estavam no estábulo havia horas, ocupados em assistir ao parto, particularmente trabalhoso, de uma das suas vacas, e lá ficariam por mais tempo, até tudo acabar, e bem.

Olivia estava grávida. Soubera no mês anterior: a esperança de ter se enganado pouco durara, porque, de repente, começara a sofrer de tremendas náuseas e os seios haviam aumentado em volume. Escondera o fato de Gertrud até o dia em que, ao fazer o jantar, só o cheiro da sopa ao fogo lhe provocara um enorme acesso de vômitos.

Gertrud, que estava presente, compreendera logo: embora nunca tivesse tido filhos, vira muitas mulheres em início de gravidez, e sabia que esse era, infalivelmente, um dos primeiros e mais seguros sintomas. E depois, é evidente que, nos recessos mais profundos de sua mente, sempre a agitara o temor de que aquele odioso estupro que Olivia sofrera pudesse vir a produzir um bastardo.

Entre lágrimas, Olivia fora constrangida a admitir que estava grávida: explicara a Gertrud que, depois de ter pensado muito, consultara Malvina, a parteira, para lhe pedir qualquer poção que a pudesse libertar daquele filho indesejado.

— Disse a Malvina quem é o pai da criança? — perguntara Gertrud, temendo conhecer a resposta.

— Tive de dizer: aqui na aldeia todos sabem que nunca tive qualquer homem. Se tivesse mentido, Malvina poderia pensar que... que... não sei como dizer...

— Que o pai fosse Conrad?! — Gertrud terminara a frase por ela, corando violentamente. — Era isso o que queria dizer? — Sua voz ecoou, estridente, no meio do *stadel*. Por instantes, a ira adivinhava-se em seu olhar. O braço levantara-se no gesto de uma bofetada, que, no entanto, ficara a meio caminho. Olivia, muito pálida, recuara até a parede, sem conseguir emitir um único som.

Gertrud deixara cair o braço ao longo do corpo; sentara-se, cansada, no banco e voltara a chamar Olivia para junto de si. A serva obedecera, sem ousar olhar a patroa de frente. Gertrud conhecia bem Olivia e envergonhara-se, subitamente, do impulso que havia pouco a tomara: a infeliz, certamente, não merecia toda aquela indignação. No fundo, Olivia tivera a coragem de confessar a Malvina uma coisa torpe que toda a aldeia talvez percebesse de forma errada: com efeito, como ela poderia ter ficado grávida, teriam dito, se não tivesse ela própria fomentado e combinado o encontro carnal? Médicos e padres andavam propalando que, sem o prazer por parte da mulher, a gravidez nunca poderia acontecer, e até Malvina estava convencida disso. Gertrud, habituada a pensar por si mesma, não estava de fato segura disso, e, de qualquer maneira, era muito afeiçoada à sua serva para permitir que ela passasse por uma mulher da vida. Teria de ir falar com a parteira o mais brevemente possível para se certificar da sua discrição.

— E o que lhe disse Malvina?

— Nada, não disse nada. Deu-me apenas um pó avermelhado que se chama "açafrão" e algumas folhas verdes e duras que nunca vi por aqui. Explicou-me que tinha de macerá-las em vinho e que, depois de reduzidas a uma papa, deveria juntá-las ao pó. Essa poção eu teria de deixar liquefazer na boca, lentamente, e por três dias seguidos. "No quarto dia", disse-me ela, "vai sentir umas dores fortíssimas na barriga e sangrar como se tivesse as regras. Deite-se na cama e espere que a cólica passe sem se assustar; quando tudo estiver terminado, estará liberta. Mas se quiser que a poção tenha efeito, deve fazer tudo isso o mais depressa possível. Se depois ainda precisar de mim, sabe onde me encontrar." Voltei para casa com o meu saquinho de ervas escondido no vestido e caminhei sempre encostada às muralhas, como se as pessoas pudessem ler no meu rosto o segredo e a vergonha...

— E depois, o que fez? — perguntara Gertrud, com a voz embargada.

— Nada, até hoje. Todos os dias pego no saquinho das ervas, fico com ele entre as mãos e penso que vou deixar para o dia seguinte; depois volto a escondê-lo debaixo do enxergão e lavo e volto a lavar os dedos que nele tocaram, esfregando-os em seguida na roupa. A cada vez que faço parece que me sujei não sei com que porcaria... Tenho medo, senhora, tenho tanto medo! Não sei o que devo fazer: por que será que Deus quis me submeter a mais essa prova? Com que culpas terei ainda de me manchar antes de morrer?

Com um grande suspiro de alívio, Gertrud pousara delicadamente uma das mãos na barriga de Olivia, que, debaixo do vestido, adivinhava-se já tensa e arredondada. Depois, com grande doçura, falou com a serva:

— Ouça, Olivia: não tem mais culpa do que eu, que deixei você sozinha quando os soldados chegaram; ambas pecamos por imprudência e, no entanto, apesar do que lhe fizeram, temos ainda de dar muitas graças a Deus por você estar viva. Mas me diga: tem certeza absoluta de que quer se desfazer desta criança? Não acha que vai trazer um pouco de alegria a esta casa? Porque é óbvio que, se decidir tê-la, ninguém a expulsará daqui, e ela será como se fosse de todos nós. Vou falar com Conrad, mas tenho certeza de que ele pensa como eu.

Olivia, sem saber se ria ou se chorava pela consolação que as palavras de Gertrud lhe tinham dado, agradecera à sua patroa, dizendo-lhe, no entanto, não ser merecedora de tanto afeto nem de tanta consideração.

— Quando eu era criança, salvou a minha vida; durante todos esses anos, tratou-me como filha, mas não passo de sua serva! Sempre procurei pagar essa generosidade com o meu trabalho e a minha dedicação, mas temo que, se tiver este filho, lhe cause outro tipo de problemas: as pessoas pensarão que tem em casa uma mulher da vida e que, sabe-se lá por que, não se importa de criar um bastardo...

— Sim — respondeu Gertrud —, os colonos vão falar tudo isso, é certo, mas que importa? Já estou ficando velha, Olivia, e já vi tantas coisas! Nesta aldeia, como sabe, existem duas ou três famílias ricas que ditam as leis. Todos os outros que ainda não são tão ricos só pensam em ganhar dinheiro. Trabalham duro, sem dúvida, mas o fato é que toda essa atividade frenética os fez perder de vista as coisas fundamentais da vida. Existe pouco amor, aqui em Felik, e muito pouco respeito: os colonos vão à igreja só para as cerimônias de obrigação, e o próprio pároco, que é pago pelos mercadores para ensinar aos seus filhos, está mais empenhado em tal atividade que no exercício das funções religiosas. Eu e Conrad também nos incluímos entre os fundadores desta aldeia, mas, como vê, os ricos comerciantes, como Hermann, têm bem pouca consideração por nós, e isso acontece porque criamos vacas, em vez de vendermos os belos tecidos que se destinam a cobrir as costas dos pretensiosos senhores que vivem por aqui e para além dos Alpes! Não, Olivia, não estou nada apreensiva com o que vão dizer na comunidade: Hermann tem outras preocupações com que se entreter, como os problemas sentimentais de Leonhardt e a venda de suas mercadorias... quando muito só Costanza vai falar de nós à toa. Já o *ammano* e a sua pérfida filha, que nos odeia por sermos parentes de Sibilla e a ajudarmos a sobreviver ante às desventuras da sua vida... são, realmente, de temer. Mas não tenha medo, Olivia: vamos defendê-la! Cuide de si mesma e jogue fora essa mixórdia de ervas que Malvina lhe deu. Eu mesma vou falar com a parteira: se for necessário, saberei como cooperar com o seu silêncio. Vai ver que, até que sua barriga cresça, ninguém saberá de nada.

Olivia passara aquela noite no enxergão, chorando, aliviando, finalmente, toda a tensão acumulada desde o dia da violência. A gratidão para com Gertrud aumentara até se converter em adoração: tudo faria para lhe poder retribuir o afeto. Se tivesse tido coragem, a teria abraçado fortemente, como uma filha faz com a mãe... Antes de se entregar a um sono agitado, Olivia surpreendera-se imaginando como seria a criança: ela teria os olhos dourados do pai ou os cabelos castanhos da mãe? Seria menino ou menina? Quando finalmente adormeceu, seus sonhos povoaram-se de todas as figuras que encontrara ao longo da vida; por último, aparecera Richard La Font, que, com o pescoço ainda trespassado pela flecha, avançava em sua direção, estendendo-lhe um recém-nascido que segurava nos braços ensanguentados.

Olivia despertara sobressaltada, gesticulando freneticamente como se abraçasse o ar à sua frente. Já era quase manhã; certa de não voltar a retomar o sono, levantara-se e, no escuro, descera à *stube*, para dar início a outra jornada de trabalho.

Marcabrù, com a cabeça apoiada nas patas dianteiras, fingia dormir, estendido no canto mais quente do quarto. Os pedais do tear subiam e baixavam em sintonia com o movimento da lançadeira e com o ruído da pequena tábua que deslizava por entre os fios: era um som cadenciado e contínuo, quase como uma música. Sibilla cantarolava em voz baixa uma velha melodia, talvez uma daquelas cantilenas cujas estrofes acertavam exatamente com o ritmo da máquina.

Passara quase uma semana desde que vira Leonhardt pela última vez. No dia combinado para o último encontro, ele não comparecera. Preocupada, Sibilla pedira notícias a Gertrud, que, por sua vez, encarregara Olivia de se informar com Anna, uma das mais simpáticas e discretas servas de Costanza. Souberam que Leonhardt estava de cama, doente, com uma febre acompanhada de vômitos e de espasmos na barriga. Ninguém compreendia a causa da doença: Malvina, imediatamente chamada, perguntara ao jovem se por acaso havia comido pão feito com farinha de centeio já estragada, mas essa hipótese revelara-se pouco provável, uma vez que toda a família de Hermann havia comido exatamente a mesma coisa, e Leonhardt fora o único a sentir-se mal.

Malvina tratara-o com beberagens de vinho azedo e uma poção obtida com esterco seco de ovelha, misturado com mel e resina de pinheiro. Passados os primeiros dois dias, a febre desaparecera, mas permaneciam os espasmos no estômago e uma grande debilidade. Sibilla ficara angustiadíssima, até receber, no dia anterior, uma mensagem de Leonhardt.

Fora Karl, o filho do marceneiro, que a trouxera. Sibilla vira-o assomar à porta, de repente, ao mesmo tempo que Marcabrù saltava à sua volta, alegre, pronto para a brincadeira. Depois de ter olhado ao redor, preocupado e certificando-se de que ninguém o vira, a criança entregara-lhe uma pequena folha de papel de carta amarelecida, dizendo-lhe que lhe fora entregue por Leonhardt naquela mesma manhã, quando acompanhara o pai à casa de Hermann, para ajudá-lo a transportar um banquinho trabalhado que acabara de fazer havia pouco. O jovem chamara Karl e pedira-lhe que entregasse a mensagem a Sibilla, tomando cuidado para que ninguém visse.

Karl, que estimava muito Sibilla, sobretudo por ela o deixar brincar frequentemente com Marcabrù, obedecera com grande seriedade e, sentindo-se muito importante e senhor do seu papel, fora correndo entregar a mensagem. Sibilla agradecera-lhe e oferecera-lhe um doce que acabara de fazer: o rapazinho comera-o com gosto, partilhando alguns pedacinhos com Marcabrù, que o esperava, desconfiado e paciente, sentado à sua frente.

Assim que Karl foi embora, Sibilla sentou-se perto da lareira e desdobrou a pequenina folha. Tanto ela como Leonhardt sabiam ler e escrever, mas a sua educação se processara em moldes muito diferentes. Desde criança Leonhardt fora confiado aos cuidados didáticos do padre, que organizara uma pequena escola para os filhos dos colonos. Não todos, na verdade, porque muitos dos companheiros de brincadeira de Leonhardt eram filhos de servos e de artesãos, que, excluídos das lições pela impossibilidade econômica das famílias, ocupavam o tempo brincando e aprendendo a atividade dos pais. Leonhardt invejara-lhes a liberdade, enquanto, pressionado pela férrea disciplina do padre, debatia-se entre o latim, a aritmética e o direito. Enquanto aprender a ler fora fácil, para a arte da escrita sentira bem mais dificuldade: a mãozinha de criança esforçava-se em segurar a grande pena de pato e fazê-la correr com a inclinação precisa sobre a folha; a memória penava para distinguir as palavras latinas das da língua falada. No entanto, ao fim de três anos de escola, Leonhardt sabia ler com fluidez qualquer documento, compreendia o significado das orações latinas que eram recitadas nas funções, sabia fazer contas corretamente — pesos, medidas e lucros das vendas — e, sobretudo, sabia escrever com graça e desenvoltura palavras e frases.

Sibilla, por sua vez, aprendera com Karola. À noite, iluminadas por uma candeia de sebo, mãe e filha sentavam-se à mesa da *stube*; então Karola abria um livrinho já muito velho e sujo, cheio de palavras. Com paciência infinita, a mãe lia os versos daquelas composições poéticas à filha e, após explicar-lhe o significado de cada palavra, mandava-a escrevê-las. Daquela forma, Sibilla aprendera a arte da escrita, sabendo distinguir uma letra da outra, um acento de uma vírgula. Alguns anos depois, quando chegara à idade de compreender o sentido do que escrevera no livrinho, perguntara à mãe quem havia feito aqueles versos tão delicados e graciosos. Karola explicara-lhe que se tratava de um conjunto de velhos textos de trovadores provençais, que haviam sido compilados e copiados na sua língua. Aquele livro lhe fora dado de presente por seu pai, que, muitos anos antes, partilhara com um desses trovadores uma viagem através da França. E fora assim que Sibilla, curiosa da musicalidade especial daqueles versos, pedira à mãe que lhe ensinasse a língua em que, na origem, haviam sido escritos. Aprendera rapidamente, e o conhecimento daquele idioma revelara-se de grande utilidade alguns anos mais tarde, quando comitivas de mercadores franceses passavam por Felik. Mais de uma vez lhe pediram ajuda para redigir um documento naquela língua que, na aldeia, muitos sabiam falar, mas praticamente ninguém sabia escrever.

Sibilla lera a mensagem de Leonhardt: a tinta negra ocupava, em riscas bem visíveis e regulares, todo o espaço disponível, quase como se a pena de pato tivesse substituído os dedos do jovem numa longa e apaixonada carícia às mãos da sua amada. Leonhardt referia-se àquela doença inesperada da qual não se sabia a origem, embora ele tivesse uma suspeita, da qual, dizia, informaria Sibilla em seu próximo encontro. Uma vez que, havia uma hora — continuava —, já se sentia com um pouco mais de forças, pensava poder se levantar em um ou dois dias. "Depois de amanhã, à hora das completas, a espero atrás do moinho do apiloamento", escrevera. "Estará escuro e ninguém nos verá." Leonhardt prosseguia dizendo que fora ao encontro de Daniel para avistá-lo de que ficaria em Felik, desobedecendo, assim, ao pai, que queria que ele fosse para Praborno como seu representante, mas que, juridicamente falando, nunca iria conseguir obrigá-lo a transferir-se contra a sua vontade. Daniel, embora contrariado, tivera de se mostrar de acordo, assegurando-lhe que convocaria outra assembleia dos colonos para estabelecer quem iria encarregar-se da função. A folha estava quase completamente preenchida. Leonhardt apertara ao máximo a bela letra para, na última nesga disponível, da largura de uma haste de capim, escrever: "Sinto a sua falta, meu amor; não posso estar sem você. Dentro de uma noite e de um dia voltarei a cheirar o perfume dos teus cabelos, beijarei os seus olhos e lábios e recomeçarei a viver."

Marcabrù enrolara-se em cima dos pés de Sibilla e, de vez em quando, erguia os olhos para ver se a dona já acabara de virar e revirar aquele pedacinho de papel. O lume da lareira ia se apagando lentamente, deixando esmorecer o único tição incandescente. O cão levantara uma pata, arranhando o joelho de Sibilla, quase a lembrar-lhe de que já era hora do almoço. A moça lhe sorriu e, enxugando os olhos úmidos com os dedos, acariciou-o demoradamente. Reconfortado, Marcabrù levantou-se de um pulo e dirigiu-se, mancando, para a tigela de madeira, que esperava, vazia, a um canto da *stube*.

A chuva, lá fora, continuara a cair durante todo o dia, fina e incessante a ponto de criar a ilusão de um dia de novembro, o que era bem pouco comum na estação estival. Já era tarde quando Sibilla terminou o trabalho ao tear; prometera a si mesma acabar a peça no dia seguinte, antes de encontrar Leonhardt.

E assim fizera: agora, enrolando os últimos fios do tecido, Sibilla sorria, feliz. O sol, que de manhã voltara a iluminar o vale, dentro em pouco iria descer por trás da passagem de Bätt. Sibilla lavou as mãos sujas numa bacia cheia de água que tinha ao lado da lareira, ajeitou os longos cabelos negros, libertando-se da penugem que os cobrira ao tear, e sacudiu o vestido cheio de pequenos fios e fragmentos de lã. Em seguida, depois de ter alisado o tecido, vestiu-o, apertando-o na cintura com um cinto de cabedal.

Marcabrù, percebendo que estava prestes a ficar sozinho, começou a uivar e a andar, nervoso, em volta de Sibilla: depois de o ter recompensado coçando-o no meio das orelhas, ela saiu para o escuro, fechando a porta firmemente atrás de si. Marcabrù deu uma única e desconfiada arranhada na porta, à saída, e depois, em silêncio, desceu para o *stadel*.

15

O LOBO ESTAVA PENDURADO, mole como uma velha peliça já usada, entre dois bastões plantados sobre um monte de pedras. Os olhos já não existiam, comidos pelos animaizinhos do bosque; a língua pendia, negra, dos maxilares rígidos; o buraco aberto no ventre, onde a ponta da flecha penetrara, deixava entrever a massa cinzenta dos intestinos.

A fera estava exposta na praça, à admiração dos colonos, que iam chegando das lojas e dos *stadel* para verem-na, finalmente, morta. Fora Werner, o melhor amigo de Leonhardt, quem a trouxera para a aldeia: quando soube da sua doença, insistiu em substituí-lo na vigilância da armadilha. Caso o lobo tivesse sido morto, dissera, seria muito imprudente esperar ainda mais tempo para recuperar sua carcaça, porque as aves rapaces e os outros carnívoros da floresta seguramente iriam encarniçar-se no cadáver do animal, estragando definitivamente, disso estava certo, o que restava da sua pele. Leonhardt concordara, embora contra a sua vontade, por saber que o amigo estava coberto de razão; ninguém quisera acompanhar Werner no seu reconhecimento, pois todos tinham consciência do risco de tal empresa. Se o lobo estivesse apenas ferido, poderia facilmente se esconder perto da área vigiada, representando um grande perigo para quem quer que se aproximasse.

O fedor de carne morta dera a Werner a certeza da eficácia da armadilha antes mesmo que ele chegasse ao coração da mata: o vento que se levantara depois daqueles cinco dias de chuva ininterrupta trazia o cheiro da putrefação para muito além dos limites do bosque. O jovem se aproximara, em silêncio, com grande cautela; estando a contravento, a raposa que se agitava em torno das vísceras do lobo só o notara no último momento. Sua fuga fora quase mais veloz que a dos pequenos rapaces que saltitavam em volta, esperando os restos de seu banquete. A flecha penetrara em profundidade; Werner a extraíra do flanco da fera, provocando uma repentina fuga de larvas. Em seguida, levara a carcaça do animal até o riacho, onde a imergira, deixando que a corrente lhe lavasse os indícios mais repugnantes da morte. Assim, depois de ter fechado o lobo num grande saco, carregou-o às costas e chegou à aldeia, onde, no dia seguinte, ficaria exposto à vista de todos.

Agora, muitos colonos circulavam em volta do troféu, admirando-lhe a pujança já passada: tratava-se de um macho, de pelo fofo e prateado. Daniel felicitou Leonhardt pela habilidade com que montara a armadilha. O jovem, já completamente restabelecido, agradecera-lhe sorrindo, enquanto olhava em volta, à procura de Sibilla, que não aparecia. O *ammano* estabeleceu que, como de costume, a pele do lobo seria entregue a quem o tivesse capturado, mas, como Werner também ajudara na operação, os dois jovens acordariam uma justa partilha.

Leonhardt, que já falara sobre o assunto com o amigo, anuiu distraidamente, enquanto continuava a observar os rostos à sua volta.

Em vez dos olhos azuis de Sibilla, seu olhar encontrou os olhos leitosos de Ingrid, que o fixavam com uma expressão gélida. Leonhardt virou a cabeça de repente; apesar da sua boa vontade e do desejo de não ferir a suscetibilidade de Daniel, não queria absolutamente nada daquela moça. Ainda recordava, com grande mal-estar, a manhã em que fora ter com o *ammano* para lhe falar da representação em Praborno: ela estava com o pai, vestida e maquiada como uma prostituta da cidade. O vestido de seda verde mostrava-se manchado em vários pontos; os cabelos estavam oleosos e de uma cor artificial, amarelada; o rosto, já bem gordo, parecia inchado e brilhante, sarapintado aqui e ali de rodelas de creme; as pálpebras estavam marcadas com um halo azulado que lhe chegava às têmporas; a boca estava pintada de uma cor violácea como a de uma cereja podre. Ingrid, que emanava a cada movimento repugnantes odores de perfume, andara e zumbira ao seu redor qual uma mosca aborrecida, até o momento em que ele bebera aquele copo de vinho enjoativo; então, depois de lhe ter lançado um olhar lânguido e teatral, retirara-se finalmente para o quarto.

Ocupado na defesa do seu amor por Sibilla, Leonhardt não reparara, até havia pouco, nos galanteios de Ingrid. Notara, a bem da verdade, os olhares ridículos dos seus amigos durante os serões de inverno, quando muitos jovens da aldeia se reuniam em volta das lareiras para contar uns aos outros histórias e feitos e para arranjar novos amores, mas nunca dera qualquer importância a isso: atribuíra os olhares zombeteiros de que era objeto a qualquer espécie de jogos verbais com os quais ele e os outros jovens da aldeia procuravam estabelecer hierarquias dentro do grupo. Fora Werner, a certa altura, quem lhe dissera, claramente, o que se passava: desde então, Leonhardt evitara encontrar-se a sós com Ingrid e mantivera sempre alguma distância entre os dois. No entanto, e apesar dos esforços silenciosos para fazê-la desistir dos seus desejos não correspondidos, quando a encontrava, ela sempre exibia o mesmo ar afetado e aquele sorriso idiota. Nunca pensara ter de partilhar com ela um pouco daquelas conversas na casa de Daniel e ter de aguentar a sua presença o enfurecia: fora seguramente por causa daquela raiva obrigatoriamente reprimida que se sentira mal logo após aquela visita, chegando a temer que o motivo da febre fosse outro.

Werner lhe falara de umas estranhas poções que eram habituais entre as mulheres da aldeia e que, segundo elas, faziam machos indolentes e mulheres caprichosas caírem de amor. Werner sabia que Ingrid fora, debaixo de grande segredo, visitar uma serva que tinha fama de feiticeira e que, por esse motivo, depois fora afastada de Felik. Tendo ouvido dizer que o amigo havia bebido um vinho estragado e extremamente enjoativo, Werner ocultara a suspeita de que, junto com o vinho, Ingrid tivesse preparado para Leonhardt uma mistura que consideraria um filtro mágico ideal para fazer com que ele se apaixonasse por ela. Primeiro, a hipótese parecera-lhe tão absurda que Leonhardt, entre os arrepios da febre, até sorrira; mas em seguida, depois de ter recobrado a saúde e adquirido mais lucidez, recordara-se do sabor daquela beberagem e, sobretudo, do comportamento de Ingrid, convencendo-se de que fora vítima das presumíveis bruxarias da moça.

Gostaria de tê-la confrontado diretamente, atirando-lhe à cara o seu desprezo e a sua raiva, mas sabia que não poderia fazer isso, porque Daniel detinha grande poder na aldeia, sobretudo naquele momento, em que ainda se estava por chegar à solução do problema da nova representação além dos Alpes.

Também falara do assunto com Sibilla, que o aconselhara a não fazer nada com Ingrid e limitar-se a ignorá-la da forma mais absoluta.

Leonhardt decidiu partir: despediu-se calorosamente dos amigos que foram festejá-lo e, depois de ter cumprimentado o *ammano* com todo o respeito, afastou-se em companhia de Werner. No dia seguinte, era esperado em Felik o delegado do senhor de Quart, que vinha, como de costume, depois da colheita, controlar a quantidade de feixes de centeio. Leonhardt e Werner haviam passado ao longo das marcas dos campos das respectivas famílias para verificar se o centeio, depois de toda aquela chuva, ainda estava disposto da melhor e mais ordenada maneira.

Em seguida, ele e os outros colonos prepararam um acolhimento adequado: as mulheres iriam ocupar-se do almoço, que seria servido na sala do *ammano*, enquanto o padre oficiaria uma breve cerimônia de ação de graças pela colheita. No decurso dessa função, o delegado do senhor transmitiria aos habitantes da aldeia a saudação solene de Giacomo di Quart e participaria a eles a sua satisfação para com a aldeia.

Leonhardt sabia que, naquele momento, a visita era particularmente esperada pela comunidade: com efeito, constava que a senhoria de Quart, solicitada pelo bispo de Sion, tencionava libertar os colonos da vassalagem e da obrigação dos dízimos, tornando-os, assim, de fato, completamente independentes de obrigações e servidão. Certamente, o próprio assalto ordenado por Verretio contribuíra para que Giacomo di Quart amadurecesse essa decisão: no fundo, os dízimos de Felik eram bem pouca coisa, se comparados com os de outras aldeias do feudo, e provavelmente o senhor iria preferir continuar a recebê-los de outras comunidades mais próximas do seu castelo e mais facilmente controláveis por suas tropas ou por seus *vassalli casati*.[4] Os mercadores esperavam que o delegado lhes trouxesse notícias

---

[4] No italiano, plural de *vassallo casato*, termo que vem explicado no final do livro, na Nota da Autora. (N. da T.)

nesse sentido, e a expectativa criara certa euforia entre os habitantes. Hermann, em especial, cortês e frio, parecia ter esquecido a sua furiosa cólera, demonstrando um distanciamento de todos. Leonhardt e Costanza sabiam que a calma aparente era prelúdio de novas tempestades, as quais, no entanto, só seriam desencadeadas após a visita do delegado do senhor.

A praça ia se esvaziando; a carcaça do lobo fora levada dali.

Ingrid, lívida, observava Leonhardt, que se afastava. Estava imóvel; as mãos machucavam o cinto do vestido; as lágrimas começavam a correr dos olhos inchados. Aturdida pela raiva e pela frustração, deu-se conta de repente de que ficara sozinha: todos tinham ido embora. Com um acesso de ira que quase lhe fez perder o equilíbrio, virou-se e, sufocada em lágrimas, correu para casa.

16

— ALI ESTÁ A PONTE, FINALMENTE! Vamos passar depressa, antes que a corrente engrosse mais ainda!

Otto, envolvido na manta encorpada, gritava ordens à comitiva: os mercadores já arrastavam os pés com algum esforço entre as pedras escorregadias, devido à água que descia em pequenas cascatas do cimo da estrada; os asnos afundavam as patas na lama. A chuva caía ininterrupta havia, a esta altura, três dias, e atrasara a marcha. Não muito longe, entre a neblina produzida pelo aguaceiro, divisava-se a ponte romana, cuja via de acesso se alargava consideravelmente em comparação com o caminho estreito que a comitiva percorrera até ali.

Matthew, que continuava no final da fila, segurando pelo cabresto o asno do camponês coxo, olhava para o chão, atento para não enterrar os pés: as sandálias não eram, seguramente, o calçado mais adequado para andar no meio da lama. Os riachos que lhe desciam pela parte da frente do capuz da túnica embaciavam-lhe os olhos. O camponês, que recuperara a consciência, continuava a se lamentar: a dor no tornozelo não diminuía, agravada pelos incessantes solavancos produzidos pelo andamento irregular do asno. Antes de partir de Cly, Matthew trocara as ataduras, para verificar o estado da ferida, e, ajudado pela serva amiga do carpinteiro inglês, medicara-o novamente. A perna já não estava tão inchada e não parecia haver sinais de gangrena, mas o osso demorava a voltar ao lugar. O frade prevenira Otto de que o camponês poderia não suportar por muito tempo mais aquela marcha penosa e que seria absolutamente necessário confiá-lo a alguém que pudesse tomar conta dele. O mercador falara então da Igreja de San Vincenzo, que ficava logo depois da ponte romana que iriam atravessar: lá, o pároco certamente encontraria alguma boa alma que o assistisse.

Quando os mercadores passaram a ponte, a corrente murmurava, ameaçadora, debaixo deles. Juntos, do outro lado, pararam perto da porta aduaneira, abrigando-se, eles próprios e os animais, sob um teto.

— Consegue ver, mais além, a igreja de que lhe falei? — perguntou Otto a Matthew. — Enquanto pagamos ao cobrador de impostos, um dos meus servos o acompanhará e o ajudará a explicar a situação ao pároco. Diga-lhe que chegarei mais tarde e que tenho para ele a bela renda de Flandres que ele me pediu para o altar.

Meditando sobre o fato de tudo ter um preço naquela terra tão próxima de Roma, mas tão afastada da pobreza de Jesus Cristo, Matthew encaminhou-se para a igreja. O pároco, um homem magro de expressão paternal, acolheu com benevolência o frade e o camponês ferido, assegurando-lhes que encontraria uma maneira de cuidar dele.

— Vamos, agora se anime! — disse, dando-lhe tapinhas nas costas com delicadeza. — E depois, quando estiver curado, poderá, se quiser, ficar aqui conosco...

— Oh! padre — exclamou o camponês com lágrimas nos olhos e a voz embargada pela comoção —, está falando sério? Posso ficar aqui? Mas eu...

O padre, a quem o servo de Otto já contara a razão da infelicidade do homem, olhou-o, sorrindo, e continuou:

— Não tema; sei por que está neste estado, mas isso não me importa. Faça de conta que a sua vida começa a partir de hoje; deixe para trás todo o resto: Deus, por vezes, nos põe à prova, fazendo-nos sofrer e tornando-nos até um pouco desprevenidos, mas tudo isso costuma fazer parte dos Seus desígnios. Nós, aqui, estamos precisando de um homem como você: temos uma horta atrás da igreja e o que cultivamos não é só para nós, mas também para matar a fome dos pobres e dos viajantes que amiúde vêm à igreja paroquial. Era um velho camponês da aldeia que costumava lavrar, semear, cuidar dos legumes e colher os pequenos frutos das nossas árvores. Desde que morreu, há dois meses, todo esse trabalho ficou sob a minha responsabilidade, e as incumbências da paróquia não permitem que eu me dedique também à agricultura, como, aliás, gostaria. Se quiser, poderá tomar conta da horta, uma vez que, até há pouco tempo, era essa a sua profissão. Quem sabe não será ainda mais hábil que o nosso velho Jean e conseguirá melhorar a qualidade e aumentar a quantidade da nossa produção? Iremos lhe pagar, e poderá morar aqui conosco, numa dessas casas de madeira atrás da igreja...

O camponês agora chorava como uma criança, sem conseguir articular nem mais uma palavra, nem ao menos o agradecimento a quem o hospedava. Movimentando-se como podia sobre a perna sã, aproximou-se do padre, ajoelhando-se com dificuldade, pegou-lhe na borda da veste e beijou-a. O pároco, disfarçando um certo embaraço por aquela espontânea expressão de gratidão, pediu que se levantasse.

— Diga a Otto que o espero — disse a Matthew, despedindo-se dele, ao mesmo tempo que ajudava o camponês, pegando-lhe pelo braço —; e você, frade, tenha cuidado. Penso que o seu caminho ainda será longo. Não sei para onde se dirige nem por que, mas sinto que tem medo. Afaste o temor, frade! O Senhor vai ao seu lado e assim continuará até o fim. Não deixe que a sua fé esmoreça, conserve-a sempre; sei que é bem mais fácil dentro de um mosteiro, mais do que entre as insídias e as misérias do mundo, mas confie em Deus e verá que conseguirá levar a bom termo a sua missão.

Dito isso, o pároco, com a mão livre e falando em latim, abençoou solenemente Matthew, que inclinara a cabeça, e depois, carregando o fardo humano, desapareceu pelo portão.

O frade, grato por ter finalmente conseguido receber a bênção, depois de haver distribuído tantas, permaneceu atônito, pensando nas palavras do pároco: o que saberia dele aquele homem; como adivinhara que tinha uma missão a cumprir; como conseguira perceber a sua perturbação? Ninguém conhecia a sua história, à exceção de Otto, que, no entanto, ainda nem falara com o padre...

Recriminando-se por tê-lo julgado de forma leviana quando o mercador falara na renda destinada ao altar da igreja, Matthew pediu perdão a Deus por sua malevolência, sufocando a tentação de se justificar. No fundo, pensava, nenhum dos religiosos que encontrara depois de frei Edmondo, do hospício de Mont Joux, havia, realmente, despertado a sua admiração. Desde o repugnante e desleal prior de Verdun, enredado nas politicagens da corte de Gotofredo, até o insignificante pároco de Cly, todos pareciam ter tantas preocupações terrenas que mal podiam se ocupar do seu apostolado pastoral.

Esforçando-se por desviar esses pensamentos pessimistas, Matthew saiu da igreja no exato momento em que chegava, inesperadamente, Otto, que, ao vê-lo sozinho, pediu-lhe notícias do camponês. Quando soube como tudo se passara, pareceu satisfeito e retirou um embrulho de debaixo do manto.

— Quero lhe dizer que farei um preço especial por essa renda — gritou ao frade, afastando-se na direção do presbitério. — Já sabia que era um bom padre e, além disso, tirou-me um grande peso das costas ficando com aquele homem!

Enquanto a gargalhada de Otto se perdia por entre o barulho da chuva que continuava a lhe chicotear o rosto, Matthew voltou para a porta aduaneira, a fim de se juntar ao restante da caravana. Antes das vésperas teriam de se pôr a caminho, em volta de um desfiladeiro que, segundo os mercadores, conduzia ao vale do Canton des Allemands: o percurso seria duro e tortuoso, e todos esperavam poder passar a noite perto de um abrigo situado pouco antes da garganta.

O aguaceiro agora dera lugar a uma chuva mais leve, apesar de as nuvens baixas sobre o caminho deixarem apenas entrever a borda dos prados ao redor: um ambiente cinzento e difuso envolvia homens e animais; a umidade impregnava as mercadorias.

— Mas que raio de tempo, por Deus! — exclamou Otto, puxando o asno. — Um pouco de água, sim, sempre se viu nesta estação, mas não assim! Quatro dias de chuva constante, e nem um buraquinho entre as nuvens... Mas o que terá acontecido este ano?

Matthew, que agora viajava logo atrás do mercador, na fila, baixou os olhos, fingindo não ter ouvido o impropério. Notara que Otto voltara da visita ao pároco com outro humor: estava muito alegre e satisfeito antes do encontro, mas regressara estranhamente nervoso, intratável. Matthew, que tencionava lhe perguntar qualquer coisa sobre aquele padre, não tivera coragem de fazê-lo, ao vê-lo assim tão inquieto. Começaram a subir, um depois do outro, sem dizer uma única palavra — cada um imerso nos seus pensamentos.

Repentinamente, a estrada subia, íngreme, descrevendo estreitas curvas; dos lados, pelo pouco que se podia ver, os prados tinham sido substituídos por escarpas, adensando-se, aos poucos, com arbustos e árvores cada vez maiores. Passava pouco da nona hora quando os mercadores se puseram a caminho: considerando as péssimas condições do tempo, que atrasaram a marcha, contavam chegar ao abrigo debaixo do Col du Joux por volta das vésperas. Depois de passarem a noite, voltariam a seguir caminho, para subirem até a garganta e depois descerem para o vale do rio Evançon.

Otto parecia estar com pressa; continuava a incitar os servos e os animais a acelerar o passo. Ele próprio prosseguia, sozinho, à frente da caravana, precedido pelo soldado da escolta. Os outros mercadores já tinham desistido de segui-lo havia algum tempo e perguntavam-se, surpresos, o que motivava aquela pressa... Até Matthew abrandara o passo, atormentado por uma tosse ofegante que lhe dificultava a respiração; de vez em quando, o corpo era sacudido por um tremor; tinha os olhos brilhantes, e uma espécie de vertigem intermitente o fazia balançar.

As nuvens desapareciam lentamente, rareando aqui e ali e deixando entrever pedaços de céu azul. Para além das rochas que delimitavam o caminho e ao mesmo tempo subiam, a paisagem tornava-se mais agreste; um pouco mais longe adivinhava-se o perfil imponente de uma enorme montanha, debaixo da qual se abria um vasto planalto coberto de pinheiros.

A comitiva chegou ao refúgio um pouco antes do tempo previsto; os mercadores, contra a sua vontade, tiveram de acelerar o passo para não perder de vista nem Otto nem a escolta. Faltava ainda uma hora para as vésperas, e a antecipação fora benéfica, porque permitia que todos escolhessem o melhor lugar no interior do abrigo: os enxergões eram poucos e os primeiros a chegar os ocupavam, deixando os retardatários a dormir no chão.

Os servos acenderam o fogo de uma lareira tosca feita de pedras amontoadas, onde a lenha, úmida, tinha dificuldade em arder. Depois de terem arrumado os animais e as mercadorias, os mercadores colocaram seus sacos nos enxergões e juntaram-se em volta da lareira para comer alguma coisa. Uns conversavam, outros mastigavam em silêncio. Tinham uma expressão exausta e muitos sentiam calafrios. As roupas, ensopadas, tinham sido colocadas para secar, ao lado da lareira — o calor que dela provinha produzia nos tecidos um cheiro nauseabundo de lã molhada.

Otto, que petiscava o queijo duro sem grande entusiasmo, ofereceu-o ao frade, que, sacudido por um tremor cada vez mais inconveniente, não conseguia engolir quase nada.

— Frade, está mal — comentou o mercador, observando a expressão perturbada de Matthew. — A sua tosse não prenuncia nada de bom, e parece estar com febre. Beba um pouco do meu vinho e procure dormir. Maldita chuva! Também eu me sinto mal: deve ser por causa desta umidade e dos anos...

Olhando o rosto de Otto, marcado pelo cansaço, Matthew lembrou-se da noite anterior no abrigo debaixo do Mont Joux, em que contara ao mercador toda a sua história: também hoje, como naquela ocasião, o fogo desenhava sombras, criando efeitos bizarros no rosto das pessoas.

Otto ofereceu o vinho ao frade. Seus olhos, inquietos, dardejavam o abrigo de um lado para o outro, como se procurassem qualquer coisa. Matthew, apesar de a febre lhe afetar a lucidez, deu-se conta de que o mercador estava consumido pela ansiedade, sentimento que não lhe era habitual. Muitas vezes o vira tomado pela ira, mas essa angústia, que alterava seus traços fisionômicos, debilitava sua expressão e lhe deixava o olhar sombrio, era completamente nova. Depois de outro acesso de tosse, dirigiu-lhe a palavra, com todo o cuidado.

— O que se passa, Otto? Desde que deixamos a Igreja de San Vincenzo que nem parece o mesmo... tem alguma coisa que lhe perturba?

O mercador fixou Matthew com um olhar duro e, por instantes, pareceu querer responder-lhe com um dos seus acessos de ira. Depois, baixando os olhos na direção das botas, começou a esfregá-las com a borda da túnica. A lama desprendia-se em fragmentos terrosos, que empoavam as mãos sujas.

— Não se pode esconder nada do senhor, não é, frade? Conhece-me há tão poucos dias, mas já acha saber tudo sobre mim! E, pensando bem, é verdade: estou muito agitado e não vejo a hora de chegar em casa... e quer saber por quê? Porque aquele maldito pároco me disse que teve uma premonição relacionada à minha vida, e, raios o partam!, ela não é nada boa...

— Um padre que tem visões! Mas não é possível!... — rebateu Matthew.

Otto olhou-o com um sorriso amargo e exclamou:

— Até você se admira? E dizer que deveria ser perito em sonhos, em alucinações e em fantasmas!

O frade corou, com vergonha, e, humilhado, murmurou desculpas. Otto ergueu a mão, como se o mandasse calar-se, e prosseguiu no seu discurso.

— Quando, no meio do caminho, falamos de mim, do meu trabalho e da minha aldeia, não lhe disse uma coisa importante: minha mulher está grávida. Não lhe falei antes por pudor, porque já sou velho demais para ser pai e julguei que pensaria mal de mim... Mas, veja, casei-me tarde, e a minha mulher é muito mais nova do que eu. Até agora não tivemos filhos e, embora infelizes por isso, depois de tanto tempo já estávamos conformados. Porém, no inverno passado, chegou-nos esse dom do Céu: quando minha mulher me disse que estava grávida, tive a impressão de que renascera! Ficamos felizes como duas crianças; pusemo-nos a dançar pela *stube*, de mãos dadas, como se não existisse mais ninguém no mundo... Quando parti para Sion, Margreth estava bem, e a barriga já começara a crescer. Parte daquele finíssimo tecido que vendi, como viu, a Beatrice Challant, destina-se a Margreth, que fará dele o enxoval para o nosso filho...

— Mas — observou Matthew, já temendo a resposta de Otto — o que tem o pároco com tudo isso?

— Aquele padre, como pôde ver com os próprios olhos, é um homem generoso e capaz: ocupa-se das necessidades dos outros, fez muito por sua paróquia, mas tem uma característica inquietante: dizem que é vidente. Aqui no vale é famoso por suas profecias, que muitas vezes acabaram mesmo acontecendo: dizem que previu o terremoto que há alguns anos fez tremer estas montanhas e, sobretudo, contam que, de vez em quando, adverte as pessoas de que correm perigo de morte. Eu o conheço há muitos anos e tenho muita estima por ele; no entanto, não esperava de modo algum o que ele contou-me hoje. Olhava-me fixamente e tremia-lhe um pouco a voz quando me disse que voltasse à minha casa rapidamente, porque a vida de Margreth está em perigo. Por Deus, frade! Compreende, agora por que fiquei com medo, por que gostaria de ter asas nos pés e de estar lá no Canton des Allemands? Mas por que razão, pergunto eu, depois de uma vida de trabalho, com a perspectiva de um filho inesperado e há tanto desejado, o Céu terá de me punir tão duramente? E por que pecados? Não quero perder minha mulher, Matthew; ela é jovem, tem de viver... e deve ter o nosso filho. Eu é que sou velho e estou pronto para morrer...

As lágrimas caíam agora, copiosas, pelas faces sujas de Otto, que continha com dificuldade os soluços. Incapaz de prosseguir, fixava Matthew com um olhar ausente, que escondia um desespero profundo. Apesar da blasfêmia que Otto deixara escapar, e que agora aprendera a ignorar, Matthew foi tomado por uma pena enorme daquele homem grande e gordo, que ali, à sua frente, chorava sem parar. Pegou suas mãos e apertou-as entre as suas: sufocando a tosse e procurando dominar uma súbita vertigem, acalmou-o, dizendo-lhe que o pároco, provavelmente, estaria enganado e que, de qualquer maneira, para chegar em casa só faltavam, mais ou menos, uns dois dias.

— Poderia — sugeriu a ele — confiar as suas mercadorias a um dos seus companheiros mais fiéis e prosseguir sozinho; dessa forma faria o caminho mais depressa e, por conseguinte, estaria com a sua mulher já à hora das vésperas de amanhã.

Otto ergueu os olhos para fixar o frade, enxugou o rosto com a manga da túnica e pareceu retomar o autocontrole.

— Tem razão, Matthew! Farei mesmo isso! Assim, talvez consiga chegar a tempo, pelo menos, de certificar-me se o pároco disse a verdade, e, Deus sabe bem!, como espero que ele tenha se enganado! Mas... e você? Tomei um compromisso; prometi mostrar-lhes a estrada, falar-lhes dos habitantes de Felik... Se eu for embora e lhes deixar aqui, não terei tempo para isso; como fará para chegar lá acima, sozinho, são e salvo? Pode haver muito perigo ao longo da viagem, podem ser assaltados, como já aconteceu na França; também aqui os lobos sabem armar ciladas, como em Mont Joux...

Matthew sentiu um arrepio subindo a espinha, e não tanto pelo frio, mas pela febre: a inquietação que o acompanhara até ali transformava-se em medo, ao pensar que teria de abandonar a segurança da comitiva. Além disso, o fato de ter de se separar de Otto o perturbava profundamente. Matthew repentinamente se deu conta de que aquele homem, desconhecido até pouco tempo antes, convertera-se, para ele, no irmão que nunca tivera, no amigo com quem contar nos momentos mais difíceis. A humanidade inegável de Otto, em nada ofuscada por seu caráter duro e irascível, era imune a qualquer hipocrisia, e a sinceridade de seus gestos e de suas palavras tornara-se indispensável para ele.

Fingindo uma coragem que não tinha e procurando controlar o tremor da voz, esboçou um sorriso forçado e tentou tranquilizar não apenas Otto, mas também a si mesmo.

— Não se preocupe: continuarei por esse caminho, com a ajuda do Senhor; serei prudente e estarei atento...

Otto, que não confiava, de fato, nos cuidados que aquele frade um pouco desprevenido teria, pensava, febrilmente, nas recomendações mais urgentes que deveria lhe fazer, de modo a evitar novos aborrecimentos. Enquanto lhe explicava o caminho, mandou-o escrever num papelzinho os nomes das aldeias por onde passaria e dos lugares nos quais poderia encontrar uma estalagem ou uma igreja. Recomendou-lhe que não parasse nas proximidades dos bosques — os quais, à medida que fosse subindo a encosta, ficariam mais densos — porque os lobos, como os bandidos, privilegiavam esses lugares para atacar os viajantes. Advertiu-o do caráter duro e inóspito dos habitantes de Felik e preveniu-o de que seria mal acolhido por eles.

— Os colonos de Felik não gostam dos forasteiros, e menos ainda se são portadores de más notícias, como é o seu caso: preste atenção com quem falar e, assim que a sua missão estiver cumprida, vá embora de lá o mais depressa possível, é o que lhe peço...

Ao pronunciar essas últimas palavras com um nó na garganta, Otto se deu conta de que a proximidade daquele frade bizarro tornara-se habitual e necessária a ele: não conseguia perceber por que, mas a verdade é que a presença de Matthew, com a sua ingenuidade e as suas fúrias repentinas, tranquilizava-o e lhe enchia o coração de ternura. A ideia de que pudesse lhe acontecer qualquer coisa e a perspectiva de não voltar a vê-lo depois de partir para Felik provocavam-lhe angústia. Por essa razão, enquanto o frade o ouvia atentamente, com os olhos brilhantes de febre, o mercador teve uma ideia que lhe avivou o olhar e o fez abrir a boca num grande e sincero sorriso:

— Depois de contar as profecias de Mary, venha ter comigo no Canton des Allemands! Não deve voltar pela mesma estrada de antes, mas subir ao desfiladeiro de Bätt, que fica logo acima de Felik; de lá parte um caminho que o conduzirá à minha aldeia. É só meio dia de viagem, e ainda por cima o trajeto é bem sinalizado; poderá fazê-lo mesmo sozinho. A minha casa está à sua disposição; a minha mesa poderá aliviá-lo das angústias da viagem; a minha mulher ficará muito feliz em conhecê-lo...

Sua voz embargou; tomado de entusiasmo com a possibilidade de poder ter a companhia do frade por mais algum tempo, Otto esquecera, por momentos, Margreth e a sinistra profecia do pároco. Matthew, vendo que o olhar do companheiro ofuscava-se, apressou-se a concluir por ele o discurso, assegurando-lhe que iria seguir seu conselho e que em breve voltariam a se encontrar. Depois, derrotado pelo cansaço, enrolou-se na velha pele de lobo que um mercador lhe oferecera e estendeu-se no enxergão.

Otto permaneceu sentado ao lado do fogo, pensando: a brusca interrupção da conversa por parte de Matthew com certeza devia-se à febre, provavelmente mais alta do que imaginara. Olhou para o monge aninhado no enxergão; mesmo a distância, estava evidente que era sacudido por um tremor violento. Dormia, mas o sono era perturbado por uma tosse irritante e intermitente. Otto retirou do seu saco um pequeníssimo bornal de couro, do qual extraiu um punhado de folhas, flores e raízes secas. Depois de envolvê-las num pano que fechou com um cordel de cânhamo, chamou o único dos seus servos ainda desperto e entregou-lhe o embrulho, pedindo que o desse ao frade no dia seguinte. Explicou ao homem que se tratava de uma mistura de tussilagem e de agrimônia, com a qual o frade teria de preparar uma decocção para tratar daquela tosse insistente. Depois, esperando que ele ainda não estivesse dormindo, aproximou-se em silêncio do enxergão de Alfred, um mercador de tecidos da sua aldeia: o homem, que se esforçava por conciliar o sono e o vira chegar, ergueu-se de lado e sussurrou-lhe:

— O que há, Otto? Por que não está dormindo?

— Posso lhe perguntar o mesmo! — respondeu-lhe Otto, sorrindo. — Ouça: vou partir esta noite, porque tenho um problema urgente para resolver com o castelão de Graines. Como sabe, o castelo fica um pouco longe da estrada que devemos seguir para chegar ao Canton des Allemands, e, portanto, preciso de mais um dia. Para ir a Graines, não vou necessitar das mercadorias, pois trata-se apenas de um encontro verbal por causa de alguns negócios relativos a oito quartanos de terreno perto de Fiery. Peço que tome conta dos meus asnos e dos meus servos até a nossa aldeia: se chegar antes de mim, sabe onde guardar os animais e as mercadorias; se eu chegar antes, esperarei por vocês. Acha que pode fazer isso, Alfred?

— Sem dúvida, fique tranquilo: cuidarei das suas mercadorias como se fossem minhas... Mas... e o frade?...

— Aquele homem não pode ir conosco, doente desse jeito. Já lhe disse que fique aqui por uns dias e deixei-lhe umas ervas para tratar da febre. Também lhe indiquei a estrada, vejo que vai conseguir juntar-se a nós um pouco mais adiante. Não é parvo e, com toda a certeza, vai encontrar alguém que o ajude, caso precise...

Embora admirado com essas notícias, Alfred concordou com Otto e, depois de mais uma vez o ter tranquilizado com o cuidado que teria com as suas coisas e os seus homens, virou-se para o outro lado, à espera do sono.

Todos dormiam: outros mercadores, que haviam chegado depois deles, não haviam encontrado lugar nos enxergões e repousavam perto da soleira da porta do abrigo, embrulhados nas suas mantas. Otto voltou a fechar o saco, vestiu o pesado casaco de pele e acendeu uma pequena tocha na fogueira. Depois dirigiu-se à porta; chegando ali, parou, hesitante, abriu o bornal com o dinheiro e retirou algumas moedas. Tendo voltado silenciosamente, aproximou-se do enxergão de Matthew, aconchegou-lhe a manta ao corpo e, depois de abrir a pequena bolsa que ele tinha atada à túnica, pôs ali dentro uma dezena de moedas. O frade, que dormia profundamente, não se deu conta de nada. Otto voltou a cobri-lo e olhou à sua volta, de forma a verificar se alguém o vira. Tranquilizado com o sonoro ressonar que se espalhava por todo o abrigo, chegou à porta.

Era ainda noite cerrada, mas já não chovia. Ao passar pelo estábulo, um dos asnos zurrou, assustado com a luz trêmula da tocha. O mercador começou a subir; o corpo pesava-lhe por causa do cansaço, mas a mente estava bem desperta. Os olhos amarelos de uma raposa fixaram-no por um instante de sob um tronco de pinheiro, depois desapareceram no escuro. De todo lado, no vale, ressoaram os primeiros toques das matinas: dentro em pouco o dia nasceria.

17

O PÂNTANO ERA UMA MESA cor de chumbo. As nuvens baixas, cinzentas e compactas mantinham-se imóveis sobre o prado e nem uma brisa sequer fazia mover o ar.

A cobra boiava, parcialmente imersa: estava inchada e formava uma espécie de espiral. A pele meio preta e gretada assemelhava-se a uma salsicha muito cozida. A cabeça, mais pesada que o corpo, ondulava, mergulhada muito abaixo da superfície da água, criando um lentíssimo turbilhão putrefato.

Matthew a observava, fascinado: a serpente do Gênesis, pensava, vital e aterradora, também ela deslizara pela normal banalidade da morte.

— O desfalecimento comum une todas as criaturas — murmurou para si mesmo, enroscado à borda do pântano.

A febre desaparecera, finalmente, depois dos quatro dias que passara no abrigo. No dia seguinte ao da partida da caravana, tentara pôr-se de pé, mas tivera de desistir do propósito de continuar a viagem logo em seguida: as pernas não o seguravam, e a vista estava turva. Tivera de se estender novamente no enxergão, onde um sono agitado alternava com os arrepios e a tosse; esta só havia pouco abrandara, deixando-lhe, no entanto, a garganta seca e ardente. Custava-lhe engolir mesmo pequeníssimos pedacinhos de pão que de vez em quando mastigava. Vários outros mercadores haviam passado pelo abrigo naqueles quatro dias, e alguns deles tinham se mostrado surpresos ao vê-lo ali; um, em particular, preocupara-se com seu precário estado de saúde e oferecera-se para acompanhá-lo ao castelo de Graines, para onde ele próprio se dirigia. À cortês mas firme recusa de Matthew, respondera-lhe que comunicaria ao capelão Guillaume a presença de um confrade doente na estrada para o castelo, porque, dessa forma, em caso de necessidade, ele poderia encontrar hospitalidade em Graines por alguns dias. Antes de partir, deixara-lhe carne-seca, um pouco bolorenta, e uma garrafinha com vinho.

Agora, debaixo daquele céu de chumbo que prometia mais chuvas, os pensamentos de Matthew atropelavam-se: a serpente morta na água lamacenta lembrava-lhe a brevidade do sopro vital de todos os seres. "Somos todos como meteoros no longo ciclo do mundo, mas somos todos necessários ao desígnio de Deus", murmurava para si mesmo, entre as moitas silenciosas na borda do pântano. O pensamento corria para Mary Bychance e a sua atormentada existência, que culminara numa morte injusta e inútil. Via-a ainda à sua frente, balançando na forca como uma trágica boneca de trapos... E depois Marthine, com aquele grotesco rosto cheio de maquiagem e o medo que lhe alterava as feições; teria se salvado, se conseguisse se esconder... Mas quanto tempo passara, meu Deus? Há quantos meses andava em viagem? E depois, seria mesmo uma viagem, ou seria a fuga de uma vida que neste momento já lhe parecia tão longínqua, confusa e estranha? Qual seria a sua verdadeira existência: aquela vida laboriosa e caritativa que vivera dia após dia em St. Albans ou esta infinita caminhada através dos vales de um país desconhecido, à mercê da misericórdia alheia? Veio-lhe de novo ao pensamento, de súbito, o rosto desesperado de Otto na última noite no abrigo. A lembrança provocou-lhe uma pontada no estômago. Teria chegado a tempo à sua aldeia? E como teria encontrado a mulher? Matthew surpreendeu-se pensando, com uma ponta de nostalgia, na sorte de quem partilhava a vida com uma companheira: ter uma mulher ao lado podia significar afeto, para dar e receber; apoio na infelicidade; ajuda na doença; filhos crescendo... e ainda outra coisa que Matthew tentou afastar logo do pensamento, sem, no entanto, conseguir fazê-lo. O voto de castidade a que se comprometera havia tantos anos pesara-lhe muito no início, quando os apetites sexuais eram os normais de um homem jovem e são, mas depois, com o passar do tempo e no ambiente metódico do mosteiro, haviam-se, de certa forma, pacificado. Os deveres e as orações marcavam as horas do dia, e o sono que chegava, agradável, varria do pensamento qualquer tentação. Agora, pelo contrário, posto no cotidiano da vida mundana, Matthew surpreendia-se, de vez em quando, deixando vaguear o pensamento em torno dos desejos da carne: enquanto tivera febre, apenas dois dias antes, sonhara confusamente com o abraço de uma desconhecida. O sonho o fizera acordar sobressaltado, suado e tremente. Pedira logo perdão a Deus por aquela fantasia inconsciente, mas a vergonha ainda o perseguia. E apesar disso, agora, ali sozinho, sentado numa pedra úmida de musgo, o pensamento escorregava ainda pela luxúria...

Profundamente irritado consigo mesmo, Matthew arremessou violentamente um seixo no pântano. A serpente oscilou ligeira sob os círculos concêntricos que se desenharam na superfície da água, levantando uma nuvem de mosquitos.

— Sou o frei Matthew Willingtham, e minha vida está consagrada a Deus: Satanás, *vade retro*, vai-te embora, Demônio!

Matthew gritara sem se dar conta disso. À sua voz perturbada respondeu o resmungar longínquo de um trovão.

— Onde está o Demônio? E por que acho que conheço sua língua?...

O frade virou-se de repente, surpreso e apavorado: atrás dele estava uma mulher, de pé. Usava um vestido de lã natural, puído mas limpo, e tinha o cabelo da cor das folhas do outono; os olhos claros fixavam-no pungentes. Relativamente perto dela, uma criança segurava uma bola de trapos entre as mãos, imóvel, olhando.

— Quem é você? — murmurou, duvidoso, com o coração na boca, ao mesmo tempo que uma suspeita lhe passava pela cabeça.

— E você, a quem gritava seu nome estrangeiro há pouco? E o que faz um frade inglês aqui nesta garganta, falando com o Demônio e assustando meu filho? — retorquiu a mulher bruscamente.

— Como sabe que sou inglês? — perguntou o frade, cada vez mais agitado.

— Porque conheci um outro homem da sua terra e ele falava mais ou menos como você quando se exprimia na própria língua. E, no entanto, aquele *Devil* que chamou o perseguiu por este vale até fazer com que morresse...

A voz da mulher adensou-se, as costas, até então eretas, arquearam-se. Uma careta que prenunciava as lágrimas retorceu-lhe a boca. O menino, intimidado pelo tom áspero da sua voz, aproximou-se da mãe e deu-lhe a mão.

— Você é Claudiana, não é? — perguntou o frade, avançando para ela.

Os olhos da mulher escancararam-se de surpresa: atônita, largou a mão do filho e aproximou-se de Matthew.

— Eu não... mas como sabe disso?... mas quem é você realmente?... Meu Deus, e agora...

A mulher deixou-se cair de joelhos entre as ervas: a arrogância que mostrara pouco antes transformara-se em medo; a ansiedade fazia-lhe tremer os lábios.

Diante de sua angústia, a agitação do frade converteu-se em pena. Acocorou-se ao seu lado e acariciou os cabelos do menino, que estava agarrado ao braço da mãe sem dizer palavra.

— E este menino é o filho de John, não é? — perguntou Matthew com doçura.

Claudiana nem lhe deu resposta. Seu rosto era belíssimo e intenso, apenas marcado por algumas rugas que lhe acentuavam a expressividade. Fixou o frade nos olhos, sem conseguir falar: no olhar desconfiado misturavam-se medo e expectativa, desespero e esperança. A criança, apercebendo-se da tensão da mãe, agachou-se mais ainda de encontro a ela e começou a choramingar, quase sem produzir qualquer som.

Claudiana levantou-se, agarrando o braço do filho, que logo se acalmou; controlando a angústia, a mulher afrontou o frade, readquirindo o tom brusco de antes.

— Quem é você? Quem lhe disse o meu nome? De onde vem? De que John está falando? Que...

— Cale-se, Claudiana, cale-se por um momento, e não tenha medo de mim: deixe-me lhe explicar...

As primeiras gotas de chuva, grossas como moedas, começaram a cair, fazendo a superfície do pântano ressoar inúmeros estalidos. Em poucos minutos, a água tornara-se insistente, impregnando a terra já úmida. Matthew e Claudiana correram para se proteger debaixo de um grande pinheiro, esperando que o temporal aplacasse a sua fúria. Perto, na direção da montanha, ouviam-se as chicotadas dos relâmpagos.

Preocupado, Matthew explicou que não seria prudente parar debaixo da árvore porque eles poderiam ser atingidos por um raio. Claudiana, passado um momento de hesitação, disse-lhe para segui-la. Sua casa ficava relativamente perto, quase no cimo da garganta; tinham de percorrer apenas meia légua a descoberto. A mulher limpou a criança com a borda da saia e, pegando o filho no colo, começou a correr, sem dizer mais nada, ao longo do caminho. Matthew seguiu-a.

Chegaram perto de um pequeno grupo de *rascard*, encostados uns aos outros. Do estábulo ouviam-se os mugidos das vacas assustadas com o barulho dos trovões, os quais se sucediam sem parar.

Claudiana entrou, guiando o frade até um minúsculo quarto, ao fundo da casa, que fazia limite com o estábulo. Das outras casas ouviam-se vozes de mulheres; no ar flutuava um cheiro pesado de animais e comidas, apenas suavizado pelo perfume da madeira nova de que eram feitas as paredes. Claudiana acendeu uma candeia de sebo e pousou-a no meio da mesinha: à luz fraca que iluminava o quarto, Matthew viu uma cama toda torta e um berço tosco feito de tábuas. Um banquinho coxo estava ao lado da mesa, enquanto, em cima de um escabelo, havia dois pratos de madeira e um copo. Em cima da cama, dobrados cuidadosamente, dois agasalhos de criança, de lã, já muito usados e cosidos em vários pontos.

Enquanto Claudiana enxugava o filho e lhe vestia uma roupa seca, Matthew começou a tossir: a corrida em meio à chuva provocara-lhe falta de ar, e a umidade das roupas ensopadas penetrava-lhe os ossos.

A mulher viu-o amparar o peito no esforço da tosse; sem dizer nada, pôs a criança no chão e desapareceu do quarto. O frade ouviu-a trocar algumas frases com outra mulher no cômodo ao lado. O pequeno estava sentado com as pernas abertas sobre as tábuas do chão: à sua frente, em fila ordenada, dispunha-se uma série de pecinhas de madeira talhadas, que formavam figuras — talvez os soldados de um minúsculo exército. A criança oscilava para trás e para a frente, murmurando qualquer coisa consigo mesma, mas sem perder de vista o rosto do frade, corado pelos acessos de tosse.

Claudiana voltou após alguns minutos, segurando na mão um par de cuecas e um gibão de lã áspera.

— Tome — disse, estendendo-os a Matthew —, vá trocar de roupa; as suas estão muito encharcadas, e acho que esse será o melhor tratamento para esse fogo que tem no peito... É tudo o que consegui encontrar por aqui: foi a Esther, a mulher que me hospeda, que me deu. Eram do marido: veja se servem em você. Quando estiver vestido, me dê a sua túnica para que eu a leve à *stube*, para secar perto da lareira.

Dito isso, retirou de um gancho preso à parede outra grande camisa de lã natural e atirou-a em cima da cama; depois, com movimentos rápidos, despiu o vestido ensopado e deixou-o cair no chão, ficando apenas coberta por um par de calças de linho fino, cuja finura contrastava singularmente com o restante da vestimenta que acabara de tirar. Os longos cabelos ruivos, descrevendo largas espirais encaracoladas, cobriam-lhe metade das costas nuas, cuja pele branquíssima era atravessada, à altura da cintura, por uma enorme cicatriz acinzentada; as pernas eram compridas e firmes.

Matthew ficou sentado, imóvel, de boca aberta, com as novas roupas na mão, até a tosse cessar. Era a primeira vez na vida que uma mulher se despia na frente dele, e o embaraço o impedia de mover um músculo que fosse. Gostaria de tê-la reprovado pela falta de pudor, mas nem a voz nem as palavras vinham-lhe aos lábios; a indignação, que lhe sairia naturalmente dos lábios ante uma situação tão condenável, dessa vez morrera nas profundezas de sua garganta. Matthew não conseguia desviar os olhos da mulher. No quarto, reinava o silêncio, interrompido apenas pelo bater da chuva e pela cantilena sussurrada da criança. De repente, o frade se deu conta de que seu pênis, dotado de vontade própria, estava ereto. Com profunda surpresa e enorme vergonha, baixou os olhos para verificar se da túnica transparecia a sua excitação: o embaraço aumentou ao constatar um evidente inchaço, que se apressou a encobrir com o envoltório das roupas novas.

Claudiana virou-se, procurando desemaranhar os cabelos molhados com as mãos.

— Mas ainda está aí? — perguntou, admirada. — Está esperando o que para se trocar?

Matthew teve de fazer um enorme esforço para recuperar a voz.

— Eu... eu estava esperando que acabasse... eu... como farei para me despir aqui, na sua frente?... Eu...

Claudiana, que de tanta convivência com os homens se habituara a ler os sinais da paixão em seu corpo e também em seu olhar, compreendeu. Culpou-se por ter deixado que o hábito sobrepujasse a discrição e o respeito e, corando ligeiramente, apanhou do chão a túnica molhada e saiu do quarto.

Matthew levantou-se e, depois de encostar a porta, despiu-se; as mãos moviam-se, frenéticas, procurando os atilhos e esforçando-se por enfiar as mangas. As cuecas úmidas, coladas às ancas, revelavam ainda a vitalidade do pênis; pareceu-lhe que até a própria criança, que já terminara a lenga-lenga, fixava exatamente aquele lugar. Por sorte, as roupas de Esther eram largas, grandes demais para ele, e escondiam, caindo desajeitadas, todas as formas do corpo.

Claudiana regressou assim que ele se vestiu, como se tivesse esperado de propósito atrás da porta. Os olhos luminosos o estudaram, e a sombra de um sorriso iluminou-lhe o rosto.

— Quem diria agora que é um frade? Mais parece um camponês do vale... Me dê a túnica, já volto.

Matthew sentou-se de novo; acalmou-se aos poucos e retomou o autocontrole. O menino, tendo se erguido do chão, voltou a pegar a bola de trapos do canto onde ela ficara e a trouxe para o frade; provavelmente as roupas novas e comuns que agora o cobriam haviam tranquilizado a criança quanto à identidade do homem que tinha à sua frente.

Com os olhos sérios e um sorriso tímido que revelava a presença dos poucos dentes que tinha na boca, estendeu a bola a Matthew.

— *Ball* — disse, na sua língua — *ball*... bola... *ball*.

Matthew pegou a bola e a fez rolar pelo chão; o menino correu para buscá-la e a arremessou mais uma vez até o frade.

— *Ball*... bola... *ball*...

— Estou ensinando a ele as poucas palavras inglesas que me lembro de ter aprendido com John — explicou Claudiana, que regressara naquele preciso momento. — Quero que ele conheça pelo menos o idioma do pai, visto que nunca o verá...

— Como se chama? — perguntou Matthew.

— John, claro, como queria que ele se chamasse? Aqui todos pensam que seu nome é Jean, e eu não me importo nada, pois assim evito que me façam muitas perguntas...

A mulher sentou-se no escabelo, na frente do frade, e, arranjando de novo os cabelos úmidos, fixou-o nos olhos e lhe falou, decidida.

— Ora, agora conte-me tudo: como sabe de mim e do meu filho; de onde vem; para onde vai, e por que estava na garganta falando com as silvas, em volta do pântano.

Matthew, com os sentidos ainda perturbados e intimidado pela determinação que percebia nas palavras de Claudiana, procurou refletir rapidamente sobre o que achava oportuno lhe dizer. Passando uma das mãos pelos cabelos hirsutos, suspirou profundamente e começou a falar. Contou do seu encontro com Plane, mas, com grande delicadeza, não falou da jovem serva enamorada. Disse-lhe que John estava condenado à morte, mas que a sentença ainda não fora executada.

Não lhe descreveu as condições miseráveis em que o homem se encontrava, para não agravar sua pena. Por fim, contou-lhe da sua mensagem de amor e da recomendação de que fugisse para o sul.

Ao ouvir as palavras do frade, a expressão de Claudiana mudou várias vezes: o inicial ar decidido dos olhos verdes plantados no rosto de Matthew transformou-se primeiramente em assombro maravilhado; depois, em apaixonada ternura. Inchados de lágrimas, mostraram um assomo de revolta quando ouviu o conselho sobre a fuga, seguido da súbita excitação que a fez corar.

— E por que eu fugiria, se John está vivo? Não, frade, nem pensar nisso! Pelo contrário: voltarei para ele e tentarei de tudo para salvá-lo. Posso corromper o guarda, posso falar com Bosone, posso até lhe oferecer meu corpo em troca da liberdade de John... Sou boa, sabe, sou muito boa em satisfazer os homens, o que fiz durante tantos anos...

Os olhos de Matthew fecharam-se até se converterem em frestas. Não foram necessárias palavras: o olhar duro com que fixou Claudiana foi suficiente para fazê-la compreender que havia dito uma enorme, uma indelicada tolice. Confusa, ela baixou a cabeça e, com os braços, cingiu o próprio corpo.

— Perdoe-me, frade: não queria... não, não me sujeitarei mais a esse ofício feio que durante tantos anos tive de exercer. Agora tenho o meu filho... preciso pensar nele, não quero que ele ouça dizer que a mãe é uma prostituta... Mas ao mesmo tempo preciso fazer algo por John; não posso deixá-lo apodrecer num calabouço! Mas o que, frade, me diga, o que poderei fazer?

A voz convertera-se num sussurro, interrompida por soluços abafados. O menino olhava para a mãe com os olhos dilatados de medo. Mesmo não conseguindo compreender o sentido daquele discurso e nem sequer as próprias palavras, o pequeno percebia perfeitamente a tensão que se criara no quarto. Deu alguns passos incertos na direção de Claudiana e, chegando perto dela, começou a puxá-la pela manga do vestido, em silêncio, com os olhos rasos de água.

A mulher, depois de ter enxugado as lágrimas, sorriu para o filho e colocou-o no colo, embalando-o docemente. O pequeno John acalmou-se, mas olhou para Matthew com um olhar carregado de reprovação: aquele estranho perturbara a tranquila rotina de sua vida, fizera sua mãe chorar; além de tudo isso, tinha também um cheiro desagradável, de leite estragado.

A tempestade dos sentidos de Matthew passara definitivamente: a perturbação de antes dera lugar à compaixão, sentimento para o qual o frade estava mais apto e que lhe permitiu limpar da mente e do corpo a sensação da perda, voltando a trazê-lo ao seu papel bem mais tranquilizador de homem de Deus.

— Não estou seguro de que possa fazer qualquer coisa, porque agora a condenação é definitiva — respondeu. — Será necessária a intervenção de alguém que esteja nas graças de Bosone, ou a quem ele deva algum favor, mas duvido que um senhor de tal importância se ocupe pessoalmente de um pobre carpinteiro destinado à forca... Eu, da minha parte, não conheço ninguém aqui no vale. Partilhei trecho do meu caminho com um homem muito bom, um mercador do Canton des Allemands: ele, certamente, poderia ajudá-la, mas já partiu há alguns dias, mortificado devido a uma preocupação terrível com a sorte da família, e, por ora, não voltará aqui.

Claudiana olhava-o indecisa, com os olhos já enxutos. O garoto adormecera em seus braços. Então, levantou-se silenciosamente e foi deitá-lo no berço, cobrindo-o com uma espessa manta de lã. Depois, voltou a sentar-se diante de Matthew e falou com ele novamente, em voz baixa, para não perturbar o sono do filho.

— Ainda não sei quem é você, frade. Conhece a minha história, mas eu não sei nada da sua: deve me dizer o que faz tão longe de seu país e de seu mosteiro e por que está aqui. Pelo vale andam muitos hereges, e, por vezes, eles vagueiam solitários como você, até encontrar um tolo que lhes dê ouvidos... Quando são descobertos, têm um triste fim, e, juntamente com eles, todos aqueles que os seguiram: não gostaria de acrescentar uma semelhante desgraça à minha vida já tão atribulada!

Matthew temia essa pergunta; tinha certeza de que mais cedo ou mais tarde a mulher lhe perguntaria os motivos de sua presença numa terra estrangeira. Apesar disso, tropeçando nas palavras e quase sem perceber, começou a lhe contar tudo. Os olhos dourados de Claudiana, tão semelhantes aos de Mary, não o abandonaram nem por um segundo durante toda a descrição daqueles meses de peregrinação. Não omitiu nada de sua história, nem ao menos o verdadeiro motivo que o levara até ali. Enquanto falava, voltavam-lhe ao pensamento as recomendações de Otto, que o aconselhara a não confiar a ninguém sua história; mas, embora soubesse que corria um grande risco, não conseguiu mentir novamente. Do mesmo modo como o Cristo salvou a adúltera, defendendo-a da multidão, também ele, seu humilde servo, poderia tentar ajudar aquela prostituta que se mostrara tão generosa com ele. E se isso viesse a representar um risco pessoal, iria aceitá-lo como parte de sua missão.

Quando acabou de falar, o temporal cessara. Fizera-se a escuridão; no *stadel* tudo estava em silêncio, nem mesmo do próprio estábulo se ouvia qualquer rumor.

Claudiana olhava-o em silêncio, perscrutando-lhe o rosto. Aquele homem lhe despertava a curiosidade: sob a pátina da sujeira, escondia-se um rosto inteligente e honesto; os olhos brilhavam de compreensão humana; os acontecimentos que lhe contara não eram, no entanto, tão inverossímeis. Ao longo de toda a vida, Claudiana vira perfídias e enganos, de modo que não sentia nenhuma dificuldade em acreditar que mesmo na longínqua

Inglaterra os poderosos exerciam a prepotência e a violência sobre os mais fracos. Além disso, não tinha grande estima pelos homens da Igreja, geralmente mestres da hipocrisia. Muitas vezes lhe acontecera de hospedar no seu enxergão, no bordel de Châtel-Argent, padres e párocos. Eram os clientes que lhe causavam mais repugnância: melosos como os demais, primeiro entregavam-se à lascívia mais desenfreada, muitas vezes sórdida e exigiam serviços antinaturais; depois, satisfeitos, tornavam-se desprezíveis e insolentes, pagando-lhe sempre o mínimo da tabela ou, por vezes, não pagando nada. Só que esse frade era diferente: compreendera logo que o havia excitado involuntariamente com a nudez exposta pouco antes. No entanto, ele, tímido e confuso, sufocara com dificuldade a luxúria, convertendo-a numa prova de respeito que poucos, até agora, haviam lhe demonstrado.

— Também não se pode dizer que tenha levado uma vida muito tranquila! — brincou Claudiana, sorrindo para Matthew.

O frade, tranquilizado pela ternura que pressentia na voz da mulher, respondeu-lhe com um sorriso embaraçado. Claudiana, sem que Matthew nada lhe pedisse, recomeçou a falar: contou-lhe que, depois da captura de John, os guardas haviam-na tratado duramente, causando-lhe um enorme ferimento nas costas e fazendo-a correr o risco de abortar. Em seguida, depois de a terem violentado várias vezes, conduziram-na ao bordel do burgo de Montjovet, fora do feudo, onde a constrangeram a permanecer à sua disposição, sempre que a quisessem; se não tivesse obedecido, iriam entregá-la a Bosone, destinando-a a uma morte certa, juntamente com John. Ela ficara ali, quase até o dia do parto, fazendo aquele trabalho desprezível e temendo sempre pela vida. Depois, certo dia, fora ao bordel o encarregado do senhor. Uma vez por mês, como em todos os prostíbulos, tinha lugar a inspeção: o senhor ordenava a um dos seus homens que verificasse o estado de saúde das meretrizes e controlasse para que, dentro do bordel, não fossem servidas nem comidas nem bebidas.

— O senhor não queria bêbados em seu bordel: poderia surgir alguma rixa pouco digna entre os soldados que o frequentavam! — comentou Claudiana, zombeteira.

Depois prosseguiu a história, dizendo que naquele dia o representante do senhor estava acompanhado por um guarda que ela nunca vira antes. Não muito novo, mas ainda robusto e forte, o homem tinha uma grande cicatriz no rosto que lhe descia da testa até a boca, atravessando o olho direito, que parecia semicerrado; a ferida era a recordação de alguma batalha cruenta travada no feudo alguns anos antes.

— Assim que me viu — continuou Claudiana —, a única entre as mulheres que mostrava sinais de gravidez, sua expressão austera se abrandou, e, enquanto o funcionário conduzia a inspeção, ele me perguntou se achava que aquele era o lugar mais adequado para passar os últimos dias antes do parto... A minha resposta foram lágrimas e desespero.

Alguns dias depois, o guarda voltara e, depois de pagar à alcoviteira, como era hábito, levara-a do prostíbulo, conduzindo-a no dorso de um asno para fora do burgo e depois para baixo, ao longo do vale do Evançon, até o castelo de Graines.

— Contou-me que se chamava Laurent e que vinha de Brusson; três anos antes, estivera a serviço do senhor de Montjovet, que pagava bem aos seus guardas, uma vez que precisava de homens experientes para defender o castelo dos olhares cobiçosos dos outros senhores do vale. Disse-me que eu era bela demais para terminar os meus dias num prostíbulo e que o meu filho tinha direito a uma mãe saudável e forte. Não sei por que tomou conta de mim: talvez fosse apenas um homem bom... O certo é que nunca me pediu nada, nunca se aproveitou do reconhecimento que eu lhe devia.

No castelo a confiara a Esther, a viúva do caçador Bernard, com quem Laurent muitas vezes batera aqueles bosques à procura de caça para os banquetes do castelão. À sua chegada, Esther estava prestes a deixar Graines, para retirar-se, juntamente com a cunhada e o sobrinho, para este pequeno *rascard* que o marido construíra uns anos antes como base para as suas batidas de caça. Aqui, Esther viveria com o pouco dinheiro que Bernard poupara e com os proventos de um pequeno lote de terreno que cultivava com os parentes.

— Esther me acolheu como uma mãe — continuou Claudiana. — Mesmo conhecendo meu passado, nunca me reprovou nada; quando meu filho nasceu, suportou, com paciência, meus gritos e medos, me ajudando a levar a bom termo um parto muito demorado e doloroso.
— E você está aqui desde então? — perguntou Matthew.
— Estou. Esther me ensinou a levar uma vida normal: graças a ela aprendi a cuidar do meu filho, a cozinhar, a manter a casa limpa, mas, sobretudo, a estar em paz comigo mesma. Foi muito difícil tentar esquecer John, mas quase consegui, até hoje...

Claudiana baixou os olhos e calou-se. Enquanto isso, Matthew pensava que, de tudo o que vira até agora durante o seu percurso penitencial, podia concluir que a coragem e a força habitam mais frequentemente o coração das mulheres que o dos homens. Questionou-se se isso também não faria parte do desígnio de Deus ou se não se deveria à obrigatória sujeição à qual as mulheres eram submetidas, o que desenvolvera e fizera crescer nelas a virtude da paciência e da adaptação. No decorrer de sua instrução no mosteiro, aprendera que a mulher era seguramente menos inteligente do que o homem e que não podia competir com ele nem em sabedoria nem em cultura. Já em St. Albans, após alguns anos como frade esmoler, Matthew levantara algumas dúvidas, que não partilhara com ninguém, sobre essa questão aparentemente indiscutível. As camponesas que encontrara, as mulheres dos ricos mercadores da aldeia, as vagabundas que percorriam o condado, a própria Mary, não lhe haviam parecido, de modo algum, nem tolas, nem pouco inteligentes. É certo que não possuíam o conhecimento dos códices, que não sabiam escrever, mas cultivavam outro tipo de sabedoria, não menos valiosa: a do coração. Nenhuma delas teria conseguido combater em cima de um forte cavalo de guerra numa batalha qualquer, mas muitas, e disso ele estava bem certo, teriam se transformado em valorosas combatentes se algum dia se vissem obrigadas a defender a vida dos filhos.

Claudiana ergueu os olhos para observar o frade, admirada com seu longo silêncio. Matthew deixou a meditação e falou:

— Eu penso — disse, remexendo nervosamente a cruz que lhe pendia entre as pregas, por cima do gibão — que, se Deus quis que o meu caminho se cruzasse com o seu, isso deve fazer parte do Seu desígnio, que nós ainda não compreendemos. Quero dizer: acha que o Altíssimo permitiria que se salvasse se não quisesse que encontrasse John? Acredita que faria com que nos encontrássemos se isso não tivesse algum significado para mim e para você? Ele nos colocou na situação de podermos fazer alguma coisa; agora só devemos procurar a maneira...

Buscando dar às suas palavras, de cuja veracidade não tinha absoluta certeza, um tom convincente, Matthew sorriu para Claudiana, que o fixava com uma expressão reflexiva. Depois de lançar um olhar em volta do quarto, fixando-se ternamente no berço onde o menino dormia, a mulher pousou mais uma vez os olhos dourados no rosto do frade e disse:

— Preciso falar com Esther; ela conhece toda a gente no castelo de Graines... poderá me dar algum conselho, me dizer se existe alguma forma de chegar a Bosone, e também posso pedir a Laurent... Ouça, frade, faremos assim: você ficará aqui até amanhã, para poder levar a sua túnica já enxuta; Esther certamente lhe oferecerá abrigo por esta noite. Poderá dormir no último andar, no celeiro, onde há dois enxergões e sacos vazios para se cobrir.

As palavras de Claudiana não admitiam réplica: a mulher parecia ter encontrado toda a sua determinação — a esperança lhe fazia brilhar os olhos. Levantou-se e dirigiu-se, resoluta, à estreita escada de madeira que conduzia ao sótão. Matthew seguiu-a em silêncio. Depois de lhe ter apontado o seu enxergão, ela fitou-o com um olhar febril e murmurou:

— Obrigada, frei Matthew Willingtham. Se John conseguir se salvar, ficará lhe devendo, e se eu agora me vejo como uma mulher, em vez de uma prostituta, também o devo a você. Não é um monge como os outros que conheci... é um homem justo; não creio merecer a sua generosidade, como nunca acreditei poder merecer a de Laurent. Certamente tem razão quando diz que há um propósito divino para tudo isso; se é assim, a misericórdia de Deus é infinitamente maior que a dos homens. Obrigada, frade, por ter mostrado isso a mim...

Sem dar a Matthew tempo para responder, Claudiana virou-se de repente e desceu as escadas correndo. Matthew abandonou-se a um sorriso, fazendo uma oração silenciosa para agradecer a Deus. Depois, cobrindo-se o melhor que podia com um saco grosseiro, deitou-se no enxergão e adormeceu quase de imediato.

18

A UMIDADE DA NOITE ainda pairava sobre o caminho. Uma neblina prateada, através da qual os raios de um sol decididamente estival eram filtrados, cobria os prados em volta e tornava o perfil do vale impreciso. O asno que transportava Claudiana e o filho trotava velozmente ao longo da estrada que descia, seguido de Matthew, a quem uma noite de sono tranquilo finalmente fizera recuperar as forças perdidas.

Ao alvorecer, depois de um banho na acolhedora tina de Esther, o frade voltara a vestir suas vestes habituais e, junto com Claudiana, decidira partir para Graines. Esther o havia aconselhado a dirigir-se ao capelão Guillaume, que, conhecendo bem o castelão, certamente saberia das possibilidades para salvar John da forca.

— Ouvi dizer — acrescentara Esther — que Aimone, o regente de Graines, tem uma questão pendente com Bosone de Cly, mas não sei quais as razões da disputa: de qualquer forma, os dois se conhecem bem, e o Challant tem todo o interesse em manter boas relações com o representante de Saint Maurice, uma vez que sua família também cobiça o castelo.

A mulher explicara a Matthew que o castelo de Graines pertencia, assim como muitas terras espalhadas pelo vale, à Abadia de Saint Maurice, no Vallese, e que Nantelmo, o atual abade, encarregara Aimone de manter a regência do castelo em lugar dele. Uma vez por ano, Nantelmo ia de visita a Graines e, ao longo da viagem pelo Vallese, tinha por hábito encontrar-se com os mais poderosos senhores do vale de Augusta, a fim de evitar hostilidades e intrigas em detrimento das suas possessões.

— Aimone é sobrinho de Nantelmo e um político muito hábil, como o tio, aliás — continuava Esther. — Portanto, se há alguém que pode ajudá-lo, talvez seja esse homem.

Confortada com essa esperança, Claudiana decidira partir imediatamente. Esther dissera-lhe que a casa permaneceria à sua disposição e do pequenino John assim que regressassem de Graines.

A manhã anunciava-se quente quando, de súbito, o castelo surgiu ao longe; o caminho, que até Brusson fora sempre em declive, agora subia na direção de outro, mais estreito, que levava à cidadela. Visto de baixo, o castelo parecia imponente, enraizado num promontório que dominava todo o vale: construído à beira de um precipício que desencorajaria qualquer agressor, era circundado por uma maciça muralha, para além da qual sobressaía a torre quadrada.

Matthew ainda era atormentado por alguns acessos de tosse, provocados pelo calor e pelo cansaço, pois aquela estrada continuava sempre a subir. Claudiana estava entusiasmada como uma menina e, no dorso do asno, continuava a falar com o frade, que já não tinha fôlego para lhe responder.

Depois de passarem pela porta que protegia a entrada do castelo, a guarda mandou-os parar e lhes perguntou o motivo da visita. Matthew explicou que o capelão Guillaume o esperava, segundo promessa do mercador que encontrara na garganta de Joux. O soldado, após ter mandado um de seus homens obter confirmação, mandou-o passar, indicando-lhes o local da capela, relativamente perto da torre.

Guillaume esperava à porta. Era um monge alto e robusto: os olhos azuis brilhavam argutos e sorridentes no rosto bronzeado de camponês; os cabelos louros e curtos eram entremeadas de fios prateados; a túnica branca distinguia-se, imaculada, de encontro ao portal escuro da igreja.

— Deve ser o frade de quem me falou o mercador que passou alguns dias aqui conosco: eu o esperava. Mas não sabia que trazia companhia!...

O olhar divertido do monge ia de Matthew para Claudiana, que carregava o filho no colo; a criança, curiosa com a novidade do lugar, realmente muito diferente daquele em que tinha crescido, olhava à sua volta com os olhos arregalados.

— Sou Matthew Willingtham, frade beneditino do mosteiro de St. Albans, na Inglaterra, e cumpro uma peregrinação a Roma — respondeu Matthew, fazendo o sinal da contrição, como era seu hábito toda vez que mentia. — A doença que me atacou quando aquele bom mercador que conhece me ajudou já está curada; não é, portanto, para me aproveitar de sua hospitalidade que estou aqui agora, mas para tentar socorrer esta mulher que vê comigo... É uma longa história, temos de explicar...

— Mais tarde, mais tarde: agora venham comigo. Um bocado de queijo e um copo de vinho restabelecerão vocês do cansaço da subida. Hoje está calor, não é verdade, frade? Começou o verão, graças a Deus, depois de tanta chuva nesses últimos dias!

Claudiana e Matthew seguiram o monge para o interior de uma casinha de pedra encostada à capela; Guillaume lhes ofereceu uma refeição frugal, mas saborosa. O pequenino John, depois de beber leite recém-tirado e ainda morno, começou a correr, com passos hesitantes, por toda a sala, curioso no meio de tantas estantes e prateleiras, sob o olhar benévolo do capelão. Enquanto a criança brincava, Matthew contou a Guillaume o motivo que o levara até Graines: não sabendo até onde chegaria a caridosa compreensão do monge agostinho, preferiu omitir explicações precisas sobre a profissão que Claudiana exercera.

Guillaume ouviu com atenção. Quando Matthew terminou de falar, o monge inclinou a cabeça e pareceu perdido em seus pensamentos. Claudiana, que esperava, impaciente, uma resposta ou ao menos um comentário, lançou um olhar interrogativo a Matthew, como se lhe perguntasse a razão daquele longo silêncio. O frade respondeu-lhe com um ligeiro gesto de mão, recomendando-lhe uma paciência prudente. Depois de um momento que aos hóspedes pareceu uma eternidade, Guillaume levantou a cabeça e olhou de frente para Claudiana.

— É difícil que uma condenação à morte, mesmo que injusta, venha a ser anulada, deixando completamente livre o prisioneiro. No fundo, temos apenas a palavra do carpinteiro sobre a forma como realmente se desenrolaram os fatos, e o testemunho contra ele foi explícito. Você mesma, mulher, nada viu, ainda que acredite no que diz o condenado; não poderia ter sido influenciada pelo sentimento entre vocês dois?

Os olhos esbugalhados com que Claudiana fixava Guillaume encheram-se de lágrimas; suas costas curvaram-se, e seu queixo caiu sobre seu peito. As mãos adquiriram uma cor violácea, tal a tensão dos dedos estreitamente entrelaçados.

— Não chore, mulher! Não lhe digo que não haja nada a fazer; só quero que compreenda que não será fácil; de qualquer modo, mesmo que o frade que a acompanha não tenha confiado inteiramente em mim, me ocultando qualquer coisa da sua vida, eu vou falar com Aimone. Se existe alguém que pode intervir junto a Bosone de Cly, esse alguém é ele, sem dúvida...

Matthew corara violentamente com as insinuações de Guillaume e estava prestes a se justificar perante o monge quando este o preveniu.

— Não preciso nem que me acalme nem que se desculpe, frade — continuou, sorrindo. — Não me conhece e, portanto, é natural que tenha acrescentado alguma prudência à sua história. Se eu o ajudo, é para dar graças a Deus pela vida que concedeu a todos nós, inclusive a este menino travesso que está mexendo nos meus paramentos!

Após dizer essas palavras, piscou os olhos, carrancudo, para a criança que, sentada no chão, alisava com suas pequenas mãos uma casula branca ricamente bordada a ouro. Sentindo-se observado, John virou de repente a cabeça e, cruzando o olhar com o de Guillaume, assustou-se e correu, aos tropeções, até a mãe. Uma franca gargalhada irrompeu do monge que, pegando o menino e colocando-o no colo, o depositou, delicadamente, nos braços de Claudiana.

— Confiem em mim — disse, dirigindo-se novamente a seus hóspedes e fixando-os, sério. — Hoje mesmo falarei com Aimone, que me espera na torre para discutirmos outras questões. Não lhes prometo nada, mas confiem em Deus... Por esta noite e por todo o tempo que for necessário, podem ficar aqui: o frade esmoler lhes dará de comer e lhes preparará um enxergão.

Compreendendo que se tratava de uma despedida, Claudiana e Matthew agradeceram e saíram para a praça, dirigindo-se para a muralha junto à qual se localizava o abrigo para os viajantes, onde frei Teodoro tomaria conta deles.

Aimone sentara-se, pensativo, na poltrona no meio da sala das audiências. Atrás dele, uma tapeçaria bordada com cenas bíblicas pendia de dois altos suportes e separava o espaço em duas áreas. Para além da tapeçaria, havia uma enorme mesa de cavaletes, circundada de bancos e pronta para ser coberta de linhos finíssimos e louças valiosas: dali a dez dias receberiam a visita de um dos mais poderosos *vassali casati* de Gotofredo, e o acolhimento que lhe seria proporcionado deveria testemunhar ao visconde a importância inalterada do castelo de Graines.

Sozinho na penumbra da sala, Aimone refletia sobre as palavras do capelão, que fora embora havia pouco, e sobre aquela curiosa história do carpinteiro inglês. Um sorriso amargo atravessava-lhe o rosto ao pensar em como o pecado de sodomia se havia difundido mesmo nas terras da cristandade. Dizia-se que teriam sido os cruzados, de regresso da Terra Santa, dois séculos antes, os primeiros a difundir essas práticas obscenas, aprendidas com os infiéis, mas Aimone pensava que a sodomia sempre existira, apesar de duramente condenada pela Igreja. Como já intuíra por algumas passagens de autores latinos traduzidos com algum embaraço pelos excelentes professores que seu tio Nantelmo arranjara para cuidarem de sua educação, a história clássica estava cheia de relações impróprias. Não era difícil acreditar na versão dada por aquele frade inglês, ainda mais porque o domínio da língua lhe permitira ouvir o prisioneiro e construir uma opinião mais correta sobre ele Em qualquer dos casos, e a despeito de qual fosse a verdade, pensava que aquele temerário pedido de clemência poderia funcionar em seu proveito.

Recordava ainda com raiva que, um ano antes, Bosone o havia traiçoeiramente expropriado de uma trintena de *quartano* de terras. A encosta em questão, pronta para ser semeada, pertencia à Abadia de Saint Maurice, como muitas outras terras ali em volta do castelo: um belo dia, e sem qualquer aviso prévio, Bosone mandara seus soldados cercarem-na, informando-o, ao mesmo tempo, de que, dali em diante, os prados, as rochas e as árvores seriam propriedade do feudo de Cly. Bosone tentava criar um *ru*, isto é, uma canalização para levar a água de Arcesaz, possessão de Graines, até as proximidades do castelo da Villa, uma das sedes do visconde. A pouca distância dali seria erguida, muito em breve, uma nova torre de sinalização, e os trabalhos, já iniciados, exigiriam grande quantidade de água, que, naquele momento, corria muito longe.

Aimone quisera rebelar-se contra aquela injustiça, mas Nantelmo, interpelado imediatamente sobre o assunto, aconselhara o sobrinho a agir com muita prudência; explicara-lhe que o poder da família Challant havia se espalhado pelo vale, rapidamente e em todas as direções, e que temia, num futuro não muito distante, que Gotofredo reclamasse também para si as possessões de Graines. A Abadia de Saint Maurice ficava além dos Alpes, e, embora o castelo estivesse bem protegido por fortes muralhas e muitos soldados, Nantelmo sabia que um confronto direto com o visconde só traria aborrecimentos, oferecendo a Gotofredo a possibilidade de reivindicar direitos sobre todas as possessões do feudo de Saint Maurice.

Aimone obedecera-lhe; limitara-se a enviar um ressentido protesto escrito ao visconde, que, por sua vez, respondera-lhe convidando-o a aceitar benevolamente a impetuosidade que seu irmão demonstrara. Ele próprio — mandara dizer — quisera pedir a cessão daquelas terras a Aimone, mas Bosone antecipara-se, pressionado a construir a torre com urgência.

Como compreendeu bem a sutil ameaça que as palavras de Gotofredo encerravam, ele deixara aquilo passar, jurando a si próprio, no entanto, que na primeira oportunidade aproveitaria o crédito que o visconde lhe devia — ao menos para mostrar aos Challant que o castelão de Graines não tencionava sofrer qualquer vexame por parte de quem quer que fosse.

Enquanto refletia sobre o que faria, completamente absorto em seus pensamentos, sentiu que algo se movia aos seus pés: um dos gatos que pululavam na torre havia entrado silenciosamente e roçava-se de encontro às suas pernas, ronronando como a pedir afagos. Aimone acariciou suas orelhas. Satisfeito com a atenção que lhe fora dispensada, o gato saltou agilmente para os joelhos do castelão e, depois de dar duas ou três voltas em torno de si próprio, instalou-se sobre a túnica bordada e acomodou-se, preparando-se para uma agradável sesta. Enquanto que sorria e continuava a acariciar o animal, Aimone decidiu qual seria sua próxima jogada: no fundo, pensou, a política era como uma partida de xadrez, o jogo que ele tanto amava e no qual se evidenciavam as suas qualidades táticas. No dia seguinte, mandaria uma mensagem até Gotofredo, pedindo-lhe clemência para o carpinteiro inglês. Faria com que compreendesse, nas entrelinhas, que o visconde não poderia continuar tolerando um irmão tão prepotente e que semelhante arrogância, no futuro, acabaria se voltando contra os próprios membros da família. Além disso, acrescentaria por escrito que ele sabia, com certeza, que o carpinteiro era inocente do crime que lhe fora atribuído, enquanto o verdadeiro culpado era procurado nas próprias estâncias de Châtel-Argent, onde estava albergado sob a inconsciente proteção do senhor do castelo.

Aimone esperava que a história que o frade lhe contara fosse verdadeira, mas, como não podia confirmá-la, aceitava-a como tal, desfrutando a vantagem que a situação lhe oferecia para mostrar poder e relevância política. Gotofredo e o irmão Bosone teriam de aprender a respeitar o pequeno feudo de Graines, sabendo que ele não suportaria nenhuma outra prepotência.

No fundo, os Challant davam muita importância à consideração da Igreja, e se viesse a conhecimento público que, para agradar ao senhor de outro feudo amigo, Bosone mandara enforcar um inocente no lugar de um nojento sodomita, o fato, sem sombra de dúvida, motivaria inúmeras críticas à família e provocar, por parte da Igreja, mais circunspecção diante dos Challant.

Satisfeito com seu projeto estratégico, Aimone levantou-se da poltrona. O gato, subitamente expulso do seu cômodo leito, saltou para o chão manifestando seu descontentamento com um miado raivoso. Depois de fixar o olhar em Aimone demoradamente, para adivinhar suas intenções, virou-se e dirigiu-se com um andar solene e majestoso para o grande fogão ao fundo da sala.

Claudiana esfregava vigorosamente uma camisa na água do lavatório; aos seus pés, um cesto cheio de roupas sujas esperava para ser esvaziado. Já havia cinco dias que ela, Matthew e o pequenino John viviam no abrigo ao lado das muralhas, alimentados e assistidos, como todos os outros peregrinos, por frei Teodoro. O capelão informara-os de que Aimone havia aceitado o pedido de ajuda e decidira enviar a Augusta um emissário com uma carta escrita de próprio punho, onde, entre outros assuntos pertinentes das relações entre as duas senhorias, solicitava a Gotofredo a revisão da condenação de Plane. Guillaume os havia advertido de que, se a resposta do visconde não viesse pela mão do mesmo vassalo que o visitaria, provavelmente demoraria, e então a estada deles em Graines seria prolongada. Claudiana, avessa a permanecer de braços cruzados, perguntara a frei Teodoro de que maneira poderia tornar-se útil, de modo a retribuir, de alguma maneira, a hospitalidade que lhes era concedida. O frade, apreciando o digno oferecimento da mulher, propusera-lhe timidamente que o ajudasse no arranjo do abrigo. Claudiana aceitara de pronto e combinara que se encarregaria da limpeza diária.

    O pequeno John gostava tanto daquele frade tão gentil com sua mãe que já nem mesmo a seguia, permanecendo, muitas vezes, agarrado à túnica de Teodoro, que, entre uma incumbência e outra, encontrava sempre o tempo necessário para lhe contar alguma história. Ninguém no castelo sabia a razão da sua presença ali: o capelão recomendara a Claudiana e a Matthew que mantivessem segredo, uma vez que se tratava de assunto delicado que, naquele momento, envolvia até o próprio castelão. Matthew, por sua vez, passava os dias em oração na capelinha do castelo, recuperando, dessa forma, as forças físicas e, sobretudo, as do espírito; havia muito tempo que seu contato com Deus se limitava a invocações silenciosas, estando ele privado do recolhimento necessário que um lugar sagrado oferecia. A participação nas funções que regularmente se desenrolavam na capela ao longo do dia restituíra a Matthew a tranquilizante consciência de seu papel religioso, ajudando-o, assim, a reencontrar a serenidade e a compostura.

    Naquela manhã, depois da celebração das *laudes*, o capelão Guillaume chamara o frade a um canto para informá-lo de que Aimone queria encontrar-se com ele. A notícia perturbara Matthew, que, questionando-se sobre o motivo de tal encontro, começara a temer possíveis problemas futuros com o castelão: desejaria ele saber o motivo da sua viagem? Acreditaria na mentira sobre a peregrinação a Roma? Suspeitaria de qualquer intriga com relação a ele e Claudiana? Reprovando-se sem parar por seu temor, passara as horas que o separavam do encontro devorado por uma agitação crescente.

À nona hora, sentindo o estômago apertado de ansiedade, Matthew dirigiu-se à torre. Um guarda o acompanhou à sala das audiências. Ao fundo, debaixo de uma daquelas duas janelas estreitas como frestas, viu um homem sentado num banco muito baixo, diante de uma mesinha sobre a qual se dispunha um tabuleiro de xadrez. O homem, vestido com uma túnica simples mas de talhe impecável, olhava fixamente para as peças, atento, apoiando o queixo com a mão.

Matthew avançou alguns passos, anunciado pelo guarda. O homem ergueu os olhos para seu hóspede e, após um último olhar para o tabuleiro, levantou-se, indo ao seu encontro. Um sorriso contido distendeu-lhe as rugas da testa ao mesmo tempo que seus olhos cinzentos perscrutaram, curiosos, o rosto de Matthew.

— Eu o saúdo, frade! Obrigado por ter vindo ao meu encontro. Como o meu capelão lhe deve ter dito, tenho de falar com o senhor. Venha comigo, para que ninguém possa nos perturbar.

Com um convidativo gesto de mão, Aimone precedeu Matthew na direção de um dos escabelos ao lado da mesinha e fez-lhe sinal para que se sentasse. O frade, um pouco mais à vontade com as maneiras corteses do castelão, sentou-se e observou atentamente o tabuleiro de xadrez que tinha à sua frente.

— Sabe jogar xadrez? — perguntou-lhe Aimone, maravilhado, vendo-o estudar a posição dos peões.

— Sei, meu senhor, embora há muito tempo não jogue uma partida...

— E onde aprendeu? — perguntou-lhe o castelão, cada vez mais admirado.

— No meu mosteiro, ainda menino: o velho frade encarregado da minha educação de oblato, entre uma lição de latim e uma de matemática, introduziu-me também nesse jogo de estratégia. Ele o aprendera com outro monge que viera da ilha de Lewis, no longínquo norte, no meio do oceano, e que permanecera no nosso mosteiro durante uns dois anos. Eles não falavam a mesma língua, mas o latim e a paixão por esse jogo os faziam se entender perfeitamente. O velho frade de St. Albans, que, após o outro ter ido embora, nunca mais lograra jogar uma única partida, não achava possível conseguir me ensinar o jogo e menos ainda ter um adversário forte que lhe fizesse frente...

— E jogavam com frequência?

— Não muita, verdade seja dita; mas era tanta a sua satisfação por ter conquistado um discípulo naquela disciplina que, mesmo quando perdia o jogo, não ficava maldisposto, incitando-me sempre a melhorar...

— E agora, o que me diz quanto à posição em que se encontra a preta? — perguntou Aimone, fixando-o, provocador.

Matthew compreendeu que fora posto à prova; uma dor aguda no estômago advertiu-o de que sua ansiedade havia de novo aumentado. Impondo-se alguma calma, observou escrupulosamente todas as peças e suas respectivas posições nos quadrados brancos e pretos.

— Acho que o peão branco vai derrubar a torre preta...

— E depois?

— E depois, se o preto quiser vencer, terá de sacrificar a torre e bloquear a rainha com o bispo....

Aimone observou atentamente o rosto do frade: além da concentração que lhe provocava rugas ao redor da boca, o rosto revelava inteligência e paixão por aquele jogo, que ele, para sua infelicidade, via-se constrangido a praticar sempre sozinho. Não havendo ninguém no castelo que soubesse jogar xadrez, disputava partidas imaginárias, inventando, de vez em quando, um adversário cujas jogadas ele próprio fazia. Mais do que divertimento, aquele jogo constituía para ele uma espécie de exercício mental capaz de lhe restituir a calma quando os deveres e os problemas da castelania o enervavam em demasia. Olhando para o tabuleiro e dando-se conta de que a sequência da partida se processaria exatamente como o frade defendera, Aimone sorriu; mas dessa vez também os olhos participaram na alegria dos lábios. Com uma expressão satisfeita, o castelão derrubou, uma a uma, todas as peças do tabuleiro e, olhando Matthew bem de frente, disse a ele:

— Bom! Não vale a pena levar adiante essa partida: mais um pouco, e ela será a última que jogarei sozinho! Convoquei-o, frade, para lhe dar uma incumbência, mas agora que descobri um adversário digno, acho que as incumbências serão duas! A partir de amanhã, e enquanto estiver aqui em Graines, virá à minha casa todos os dias a esta hora, pois assim poderei finalmente dar vazão a essa minha paixão particular...

Pálido, Matthew fixava Aimone com os olhos arregalados. O castelão, percebendo a surpresa do frade, soltou uma sonora gargalhada e levantou-se.

— Não se surpreenda, frade, e fique antes agradecido da benevolência que lhe é concedida e àquela mulher que protege. Enquanto estiver aqui, gozará da minha proteção; quanto ao carpinteiro, veremos qual será a resposta do visconde, mas, aqui entre nós, tenho grandes esperanças de que consiga se salvar... E mais: quero lhe propor uma ocupação durante todo o tempo que passar aqui no castelo: ensinará latim ao meu filho, bem como, visto que chegamos aqui, alguns lances de xadrez. Quem sabe com você ele conseguirá aprender, uma vez que, comigo, não mostra o menor interesse?

Dirigindo-se para a porta que dividia a sala das audiências das outras salas da torre, Aimone explicou a Matthew que seu filho Bartolomeo tinha 10 anos e que sua educação deixava um pouco a desejar.

— Minha mulher, que Deus a tenha, morreu ao dar à luz Bartolomeo — prosseguiu o castelão —, e eu fiz todo o possível para criá-lo sozinho. Enquanto era mais novo, a ama ocupava-se de tudo; depois comecei a lhe ensinar alguma coisa, mas, como pode imaginar, os encargos com a castelania são muitos para que eu possa me transformar em tutor. De uns dois anos para cá, é o capelão quem cuida da instrução dele, tanto que já aprendeu a ler, a escrever e a contar; comigo vem aprendendo como deve se comportar como um nobre, a cavalgar... No entanto, tudo isso não é suficiente: gostaria que aprendesse pelo menos os rudimentos da antiga língua de Roma, que soubesse ler e compreender os textos dos oradores e dos poetas da latinidade. Não sei o que será de seu futuro; não sei até quando permaneceremos aqui em Graines... pode acontecer de Nantelmo querer introduzi-lo na carreira eclesiástica... Em qualquer dos casos e qualquer que seja seu futuro, é melhor que aprenda latim... e rapidamente; eu poderia lhe ensinar, porque tive ótimos mestres em Saint Maurice, mas não tenho tempo e, certamente, nem sequer vontade... O capelão conhece apenas a língua litúrgica, que, como é evidente, não basta para abordar Cícero e Virgílio! Então, frade, estamos de acordo? Quer ficar como tutor de meu filho Bartolomeo, ao menos por alguns meses? Espero que a sua peregrinação a Roma possa esperar pelo outono para então ser cumprida, o que me diz?

Matthew, que havia ouvido com crescente surpresa o discurso de Aimone, ficou sem palavras. Os olhos arregalados, vazios de qualquer expressão, fixavam os do castelão, enquanto uma sensação de calor lhe subia do pescoço para o rosto. Dando-se conta de que corara violentamente, Matthew tentou esconder o embaraço pronunciando algumas palavras, mas sua agitação era tanta que as frases desconexas que lhe saíram dos lábios eram em inglês.

— Mas o que é isso? Veja, não compreendo a língua da Inglaterra, frade... — exclamou Aimone sorrindo, brincalhão.

O castelão, que notara o mal-estar que sua conversa provocara no frade, divertia-se intimamente com isso: a timidez, pensou, impediria que o frade recusasse a proposta, e, portanto, nem ele nem a mulher ficariam em posição de lhe apresentar quaisquer condições, considerando que já faziam parte de uma disputa política entre castelões. As peças do jogo já tinham sido arrumadas — tratava-se apenas de esperar as próximas jogadas para ver quem venceria a partida.

Matthew, consciente da chantagem perpetrada por Aimone, quisera rebelar-se. Normalmente, como já constatara diversas vezes ao longo de sua viagem, os poderosos não concediam nada sem contrapartidas e, assim, procuravam tirar qualquer vantagem na primeira ocasião que se apresentava a eles. Era essa, pensava Matthew, a sua maior habilidade; não eram as guerras nem as batalhas vencidas que somavam poder às senhorias, mas a destreza com que os pequenos castelões ou os grandes viscondes teciam as complicadas relações de poder e de sujeição de uns em detrimento dos outros.

O sofrimento de Matthew ficou confinado ao estômago, que o demonstrou com um sonoro ruído, enquanto o frade pronunciava palavras de agradecimento e de disponibilidade acomodatícia.

— Meu senhor, se pensa que um humilde frade está preparado para ensinar a seu filho aquilo que o senhor, com sua imensa cultura, julga não conseguir, pois bem, estou a seu serviço. Espero, no entanto, satisfazer suas expectativas e fazer do seu filho um aluno bem preparado. Minha peregrinação é ainda longa, e não serão uns meses de atraso que vão prejudicá-la. Peço-lhe apenas que me deixe partir antes que o inverno feche, com a sua mordaça de gelo, a via que me deverá conduzir a Roma, de modo que o caminho que me separa de minha meta não se torne ainda mais difícil...

— Partirá, frade, partirá... Quando chegar o momento, retomará seu caminho: por agora, goze da minha hospitalidade e prepare-se para seu trabalho. Mandarei ao senhor, por um de meus servos, os textos latinos e a gramática pela qual eu próprio estudei. Amanhã começará as lições a Bartolomeo... verá que ele será um aluno atento. E quanto a si, recomendo-lhe: seja um mestre severo. Embora se trate do filho de um castelão, o fato é que é um rapazinho de apenas 10 anos, portanto, para aprender, vai precisar de rigor e firmeza.

Após dizer essas palavras, Aimone despediu-se do frade. Depois de inclinar a cabeça, em sinal de respeito, Matthew, agitado e confuso, virou-se, quase batendo na porta às suas costas. Estava prestes a abri-la, embaraçado com sua falta de jeito, quando o castelão chamou-o, sorrindo divertido.

— Não se esqueça da nossa partida! Espero-o amanhã aproximadamente à nona hora...

O frade assentiu em silêncio e saiu. No exterior, a aragem, embora conservando vestígios do forte calor de um dia de verão, soprava, para Matthew — a quem as ordens de Aimone haviam fechado o coração e os pulmões numa angústia opressiva —, pungente e restauradora. À medida que se dirigia para o abrigo, um turbilhão de pensamentos enchia-lhe a cabeça: será que o carpinteiro conseguiria se salvar? E ele — algum dia chegaria a Felik? Como os habitantes o acolheriam? O que teria acontecido à mulher de Otto? Quando voltaria a vê-lo? Conseguiria algum dia regressar a St. Albans? Por que teria Deus desejado que Mary Bychance fosse ao seu encontro para lhe pedir ajuda, o que fizera com que sua vida tomasse um rumo tão árduo e difícil? Por que sua mãe o confiara ao convento? Quão mais serena não teria sido a sua existência se tivesse podido continuar a cultivar a terra como seus pais antes dele!... Chegando à frente da capela, Matthew parou, absorto, por momentos, e depois entrou. Claudiana, que o esperava ansiosa por notícias, teria de aguardar mais um pouco. Primeiro, ele tinha de rezar para pedir a Deus o conforto e a orientação que, por si só, não conseguia; depois, mas só depois, iria ter com a mulher, procurando infundir-lhe esperança tranquilizadora quanto ao seu futuro e ao do pequeno John.

19

A FESTA DE SÃO GIACOMO também já passara. O representante de Quart chegara a Felik dois dias antes para recolher os impostos e controlar a colheita: ao senhor pertenciam a undécima parte do centeio e a décima parte das cabras, das ovelhas e do mel. Os colonos haviam pedido ao delegado para adiar, até a Natividade de Maria, em setembro, o pagamento das rendas, tendo em consideração as grandes dificuldades do ano que terminara. As obras de reconstrução que se seguiram ao assalto dos soldados de Verretio haviam diminuído consideravelmente as reservas econômicas da comunidade, ao mesmo tempo que as intempéries do último mês tinham prejudicado, em parte, a perfeita maturação do centeio, um quinto do qual ficara inutilizado. Apesar das angustiadas explicações do *ammano,* o delegado não acolhera o pedido de prorrogação, reclamando, ao contrário, que saldassem imediatamente todas as pendências. Giacomo di Quart, dissera, tencionava conceder a Felik a isenção dos tributos dentro de uns dois anos: até lá, no entanto, todas as dívidas de sujeição dos colonos deveriam ser honradas nos prazos justos e sem quaisquer descontos. "O senhor de vocês", acrescentara, "estabeleceu, além disso, que fará de Hermann Wiesel, pelo prazo de dois anos, seu *vassallo casato.* Por esse motivo, Hermann vai construir, às expensas dele, uma pequena torre de vigia que ficará logo à saída da aldeia, debaixo do desfiladeiro de Bätt, onde se estabelecerá, de forma permanente, um corpo da guarda pertencente a Giacomo di Quart e que os protegerá de outros eventuais ataques. As despesas de manutenção dos soldados serão divididas entre todos os habitantes da aldeia e, a partir do próximo ano, gradualmente deduzidas dos impostos. Ao fim desse período, serão livres: o mandato do *vassallo casato* chegará ao fim, mas a torre permanecerá de pé, como sinal da grande consideração que o senhor mostrou para com a aldeia de vocês. Hermann conservará o título nobiliárquico e poderá usá-lo a seu gosto, transmitindo-o ao primogênito, enquanto vocês se tornarão uma das primeiras comunidades do vale a obter as isenções por parte do seu senhor."

Os colonos, com a óbvia exceção de Hermann, ficaram desiludidos. Só os mais jovens, desejosos de mudanças numa vida sempre igual, haviam manifestado entusiasmo pela perspectiva da franquia que lhes traria novas possibilidades e novos hábitos. Os velhos da aldeia, pelo contrário, agora ainda mais desconfiados das promessas dos senhores, devido às muitas desilusões sofridas no passado, teriam preferido que as coisas continuassem como sempre, sem mudanças: que importância poderia ter o jugo do feudo ou uma liberdade reconquistada nos poucos anos que lhes restavam de vida, se bastava um ano difícil como aquele para reduzir drasticamente as poupanças das estações anteriores? A frustração grassava sobretudo entre as famílias dos camponeses e dos pequenos artesãos. Quanto aos mercadores, que dispunham, todos — uns mais, outros menos —, de mais recursos e podiam contar com mercados cada vez mais vastos, num período de grande florescimento do comércio, sempre teriam a possibilidade de reconstituir rapidamente o capital.

A concessão da vassalagem não apanhara Hermann propriamente de surpresa: ele esforçara-se tanto naqueles últimos meses, mandara tantas mensagens ao próprio Giacomo di Quart, que ficaria realmente admirado se o senhor não tivesse aceitado seus pedidos. Até porque, nas suas cartas, deixara entrever a eventual possibilidade de futuros assaltos por parte de outros senhores; o padre, que respeitoso e temeroso escrevera a seu pedido as preciosas folhas de pergaminho destinadas a Giacomo, fora tomado de enorme embaraço por ter de pôr no papel coisas tão exageradas e fora da realidade. Hermann defendia que a aldeia fora quase totalmente arrasada pelos soldados de Verretio e que só a tenacidade dos colonos e suas famílias tinha permitido que a vida voltasse a ser como era antes. Lamentava um número despropositado de feridos entre os habitantes, declarando que dentro em pouco faltariam muitos braços para o trabalho — tanto nos campos como nas viagens comerciais. Uma parte dos animais, ainda segundo dizia, ficara dispersa devido ao incêndio, e só a ele devera-se o fato de, no final, o bando de agressores ter sido desbaratado:

"Matei Richard La Font", escrevera, "o chefe dos soldados, e sempre tive de guiar os colonos, amenizando seu desespero, que se ia transformando em revolta contra o senhor, Giacomo di Quart, culpado, aos olhos dos habitantes, de não ter protegido adequadamente a nossa aldeia!"

Hermann continuava declarando-se pronto a assumir o cargo de *vassallo casato*, não tanto por ambição, mas para garantir, perante o senhor, a segurança e a estabilidade de Felik. Suas viagens para Praborno e para a planície não o impediriam de exercer o controle da aldeia, até porque era sua real intenção confiar grande parte delas a um representante, cuja escolha, feita pela comunidade, estava próxima. Giacomo, como era lícito esperar, compreendera que teria de fazer alguma coisa diante de um potencial inimigo cujos vastos conhecimentos dentro e fora do vale poderiam tornar-se prejudiciais para o seu feudo: assim, embora contrariado, concedera a vassalagem, tornando-a, todavia, inútil, de fato, graças à cláusula temporal dos dois anos. Se aquele mercador rico e presunçoso queria se ornamentar com um título que nunca lhe pertenceria, pois que arcasse com as despesas: no fundo, o dinheiro era dele. Quanto a ele, Giacomo, não pagaria nem um soldo sequer e, dentro de dois invernos, teria se libertado do fardo daquela longínqua aldeia enraizada nas montanhas de gelo, a qual, ultimamente, só lhe causava aborrecimentos.

Depois da partida do delegado, não houve qualquer festa. Todos, em Felik, esperavam que Hermann oferecesse um banquete para honrar o novo cargo e fazer com que os habitantes participassem de sua satisfação, mas isso não aconteceu. Hermann, que desde a assembleia realizada havia um ano, mostrava-se cada vez mais taciturno e solitário, não festejou com ninguém, limitando-se a dar uma série de ordens sobre como e quando teria início a construção da torre. O próprio Daniel, que se dirigira a ele para combinar um plano de trabalho sobre as futuras competências na aldeia, fora bruscamente despachado sem explicações. O *ammano* não insistira;

embora seus deveres fossem essencialmente de natureza judicial e administrativa e, portanto, não entrassem em competição com o cargo de Hermann, não queria que suas relações se tornassem conflituosas. O temperamento irascível do velho mercador piorava a olhos vistos, de tal maneira que muitos o evitavam; no entanto, mesmo os que recentemente haviam procurado fugir de sua companhia não podiam agora, de forma alguma, fingir ignorar a presença do novo vassalo. Hermann finalmente obtivera o que por toda a vida desejara, mas Daniel perguntava-se: aonde o havia conduzido a sua ambição? A viver a velhice na solidão, temido por todos, na posse de um importante capital que, entretanto, acabaria nas mãos daquele filho que não o amava e que ele não compreendia. E agora? A satisfação de um cargo nobiliárquico bastaria para prolongar a vida de Hermann? E, sobretudo, estaria ele apto, com aquele temperamento exaltado, a administrar o poder em Felik ou será que contribuiria para criar futuras tensões entre os colonos? Sem certeza quanto às respostas para suas perguntas, Daniel decidira contemporizar: na realidade, a construção da torre exigiria meses, e muitas coisas se esclareceriam por si. Era só esperar.

Costanza saiu do *stadel* de Alart. O ar pungente da manhã fez com que sentisse um grande alívio após a habitual visita a Ida. Aquele encontro semanal que achava dever à viúva do mercador era sempre muito penoso. Ida estava louca: depois da morte de Alart deixara-se tomar, aos poucos, por uma espécie de apatia em que ninguém conseguia penetrar. Ultimamente não comia quase nada e, apesar dos cuidados da serva mais fiel, já não era capaz de cuidar de si mesma. Havia semanas não lavava o rosto, não mudava de roupa e andava como uma idiota pela casa, falando frequentemente sozinha. De vez em quando, ria grosseiramente, gesticulando para interlocutores imaginários; depois se sentava perto da lareira e olhava fixamente, durante horas, para as achas de lenha. Embora os filhos tivessem procurado escondê-lo, na aldeia, todos sabiam que Ida perdera o juízo. Costanza, que partilhara com ela boa parte da juventude, recebendo da amiga muitos bons conselhos nos momentos necessários, estava mortificada com a própria impotência.

Assim que compreendera que a loucura de Ida era irrecuperável, fizera a única coisa possível: de três em três dias, ia a seu *stadel* e, sentada à sua frente, falava-lhe com doçura e contava-lhe tudo sobre a vida da aldeia, sobre seu filho, sobre as novas mercadorias que chegavam a Felik, sobre tudo aquilo que, ao que esperava, poderia vir a reacender uma chama na consciência da amiga. Ida ouvia, fitando-a com um olhar ausente, em silêncio; mesmo não tendo certeza de que ela a reconhecesse, Costanza sentia que aqueles monólogos eram de algum conforto para a mulher, que, de fato, ao final de cada visita apertava-lhe convulsivamente as mãos, perscrutando-lhe o rosto e balbuciando palavras incompreensíveis, na tentativa de estabelecer algum contato. Costanza compreendia que Ida, mesmo na sua idiotice, esperava aquelas visitas, e, embora a pena que sentia da amiga se tornasse cada vez mais profunda, nunca faltava.

Felizmente, naquela manhã, outra reunião mais alegre a esperava: pela sexta hora iria ao encontro de Sibilla, para comprar algumas das suas peças de lã vermelha. Já havia algum tempo que a jovem começara a tingir os tecidos que saíam do tear com uma tinta escarlate brilhante que os tornava belíssimos e decididamente valiosos — decerto mais adequados ao frio da aldeia que as sedas pouco espessas importadas do Oriente. Costanza vira uma dessas peças no corpo de Gertrud, talhada, costurada e transformada numa rica veste de cerimônia e a tal ponto macia e elegante que decidira, imediatamente, comprar o tecido. Não falara com Hermann, com quem, de resto, já quase não mantinha conversa: o marido gastava todas as suas energias no exercício das funções do novo cargo que Giacomo di Quart lhe concedera. A nomeação do representante dos mercadores já começava a se atrasar, e Costanza se perguntava como é que Hermann poderia cumprir as suas obrigações de *vassallo casato* sem descuidar de sua atividade comercial. Mas, enfim, nem queria saber: havia muito, muito tempo que aquele homem rancoroso já não era seu marido — perdera-o muitos anos antes, quando a paixão física que o unira a ela se deteriorara com o hábito. A ela restavam o filho e um saco cheio de dinheiro bem escondido no fundo do cofre: Hermann nunca mais soubera daquela parte do dote que o pai lhe dera no momento do casamento, pois Costanza o havia guardado para uma eventual situação de emergência. Agora poderia vir a lhe ser útil, que mais não fosse para lhe garantir uma velhice digna caso Hermann se entregasse a alguma nova e bizarra loucura.

— Saudações, Costanza! Estava à sua espera...

A voz, à qual Sibilla tentara dar um tom de firmeza, soara, na verdade, trêmula e pouco segura. Pela primeira vez, a mãe de Leonhardt vinha ao seu *stadel*, e a moça estava intimidada: o que ela iria pensar, conhecendo-a agora em pessoa? Que julgamento faria dela? Sibilla passara toda a manhã ajeitando nervosamente a casa e organizando da melhor forma possível as peças vermelhas, que havia colocado sobre um banco comprido ao lado do tear, onde a luz que entrava pela janelinha, em cima, valorizava a cor rara e vibrante. Não sabendo se Costanza apreciaria a presença de Marcabrù, fechara-o primeiramente no estábulo, o que provocara protestos das ovelhas e da vaca. Então, pensando que um concerto de latidos e mugidos não seria, na verdade, a melhor forma de acolhimento, prendera-o a uma escora da escada de fora: Marcabrù, que interpretara aquela longa corda de cânhamo como um novo jogo, começara a correr em círculos, mordiscando-a e conseguindo enredar as patas. Quando finalmente compreendeu que estava preso, começou a ganir baixinho, olhando para Sibilla com olhos suplicantes.

À chegada de Costanza, o tom dos ganidos aumentou, e eles passaram a se alternar com alguns uivos insistentes. O embaraço de Sibilla — que de vez em quando lançava severos olhares a Marcabrù — era evidente.

— Por que você não liberta o pobre animal? — perguntou Costanza à jovem, enquanto um sorriso aberto inundava-lhe o rosto. — É evidente que sofre, ali preso! Não se incomode comigo: embora Hermann nunca tenha permitido que os animais do estábulo entrassem em casa, gosto muito de cães. Lembro-me de que, quando pequena, tinha dois, um cão e uma cadela, que me acompanhavam em todas as brincadeiras. Quantas corridas fiz com eles! Uma vez até me salvaram de uma porca enfurecida que me seguira até o riacho! Se eles não a tivessem afastado, sempre a ladrar, como loucos, as águas do rio teriam me engolido! Meu Deus! Já lá se vão tantos anos...

O olhar de Costanza iluminara-se, suas faces ficaram coradas, e Sibilla percebera, no rosto da mulher à sua frente, o testemunho de uma beleza antiga. Se é certo que esta já desaparecera, a luz de uma inteligência viva e intensa ainda iluminava seus olhos: embora circundados pela pele sutil e flácida das pálpebras, tinham a cor da cortiça dos jovens abetos do vale e fixavam Sibilla com uma expressão maternal. A jovem, não querendo deixar-se iludir precocemente por aquele ar de benevolência, virou-se bruscamente e foi desatar a corda de Marcabrù, que, finalmente livre, recompensou-a com uma série de saltos alegres, os quais, pouco depois, dirigiram-se também a Costanza. Tendo dificuldade em manter-se de pé por causa da exuberância do cão, que num ímpeto de entusiasmo chegara-lhe com as patas ao peito enquanto lhe lambia o queixo e a boca, Costanza foi tomada de um acesso de riso saudável e libertador. Sibilla, ligeiramente confortada com a atitude alegre da mulher em quem, no entanto, ainda não confiava, sorriu e olhou à sua volta, tentando acalmar o animal. Respirando ofegante e enxugando com a mão os olhos úmidos de tanto rir, Costanza acabou por se agachar perto do cão, que, estendido de barriga para cima, esperava, impaciente, suas festas.

— O acolhimento do cão foi bem menos tímido do que o seu, Sibilla! — exclamou Costanza, levantando-se e sorrindo maliciosamente, enquanto sacudia o vestido. — Não vim para lhe fazer qualquer repreensão, mas para comprar as suas peças de lã... Não quer me mostrá-las agora?

Sem dizer nada, Sibilla precedeu Costanza no *stadel* e conduziu-a à sala do tear, onde lhe indicou o banco.

— Mas são magníficas! E que macias! Não me dera conta, ao ver o vestido de Gertrud, de que o tecido era tão maleável, tão fácil de preguear... Diga-me, Sibilla: qual é o segredo dessa forma de tingir e como a aprendeu?

Enquanto a moça lhe explicava como a lã deveria ser pisoada, de onde era extraída a tinta e como se fixava, Costanza envolvia o corpo com uma das peças, esticando-o do pescoço até os pés para ver o efeito do tecido ao cair.

— Você não teria um espelho? — perguntou por fim, entusiasmada como uma menina com um brinquedo novo.

Sibilla, que só de vez em quando utilizava tal objeto, acenou afirmativamente com a cabeça e foi até o outro cômodo. Do velho baú de madeira de abeto, retirou um espelho de prata: uma moldura de osso gravada com motivos florais delimitava a superfície refletora. Era o único objeto de valor que a mãe tivera: fora seu pai quem, pouco depois do casamento, ao retornar de uma de suas viagens à França, trouxera-o de presente para sua mãe, que o conservara sempre com grande cuidado, limpando-o com frequência e voltando a colocá-lo, muito bem embrulhado num pano de lã, dentro da cômoda. Desde que Karola morrera, Sibilla não voltara a usá-lo, e agora que o tinha entre as mãos sentia um nó de choro apertar-lhe a garganta. Segurando-o com grande delicadeza, entregou-o a Costanza, a quem a súbita perturbação da jovem não passou despercebida. Vendo o cuidado com que Sibilla manejava o espelho, quase acariciando a moldura, Costanza intuiu que o objeto devia ter para ela grande valor afetivo.

— Era da sua mãe? — perguntou, sorrindo compreensiva, enquanto observava o delicado trabalho. — É muito bonito e certamente raro por estes lados. Não ficou com mais coisas de Karola, não foi?

Sibilla acenou afirmativamente, esforçando-se para conter as lágrimas, que, de repente, a impediam de falar, afundando-lhe a voz na garganta contraída. Costanza fixou os olhos da jovem e, depois de ter deixado cair no chão a peça de lã, pousou delicadamente o espelho sobre o tampo do tear. A seguir, aproximando-se de Sibilla, envolveu-a num longo abraço, sem palavras. A jovem, surpresa com aquela inesperada manifestação de afeto, ao poucos deixou afrouxar a tensão do corpo e entregou-se, finalmente, a um choro silencioso e purificador. Marcabrù, que depois da corrida de antes finalmente se estendera a um canto da sala, seguindo com o olhar vigilante a atividade das duas mulheres, assim que percebeu o choro de Sibilla, levantou as orelhas, ergueu-se de um salto e foi até junto da dona, tocando-lhe repetidas vezes o vestido com a pata e emitindo latidos submissos.

— Aqui em sua casa, vendo como seu cão a defende e toma conta de você, não precisa de soldados! — exclamou Costanza, divertida, enquanto Sibilla se soltava do seu abraço.

A jovem sorriu e tranquilizou Marcabrù com uma vigorosa carícia no focinho. Depois, tendo apanhado o tecido do chão de tábuas, estendeu-o de novo para que Costanza acabasse de examiná-lo.

— Não preciso voltar a ver suas mercadorias, porque já decidi comprar três ou quatro destas peças... são muito belas para que eu as deixe para Gertrud! Além disso, tenho certeza de que quando as mulheres dos mercadores me virem por aí vestida com esta lã escarlate, farão fila aqui à sua porta para lhe encomendar outras!

Tranquilizada com o calor e a sinceridade que sentia na voz de Costanza, Sibilla finalmente encontrou as palavras:

— Agradeço-lhe muito, Costanza; fico feliz por serem do seu agrado... quero dizer... estou feliz por agradarem à mãe de Leonhardt... quer dizer... por você ter vindo até aqui para comprá-las... em suma, que não me considere...

— Eu a considero pelo que é, Sibilla: uma mulher forte e corajosa. Deixe para lá as más línguas da aldeia... finja que nem as ouve. A vida é longa e breve ao mesmo tempo: no final, só Deus nos julgará por tudo o que fizemos... Pelo que me toca, tem a minha bênção: meu filho a ama e é justo que suas vidas se unam. Hermann fará nova oposição, disso estou certa; está velho e agora também tem outras preocupações, e mais exigentes, que lhe preenchem os dias. Leonhardt será mercador como o pai, mas ainda é jovem... antes disso terá todo o tempo para trazer a mulher que ama para o seio da nossa família. Quaisquer que sejam as dificuldades que você venha a encontrar, saiba que estou do seu lado e que a ajudarei. A mulher do meu filho será, para mim, como uma nova e querida filha...

Ao ouvir as palavras seguras de Costanza, os olhos esbugalhados de Sibilla mostravam um azul brilhante, enquanto seu rosto se iluminava, aos poucos, com um sorriso infantil. Quando a senhora se calou, Sibilla ajoelhou-se na frente dela e, num antigo gesto de reconhecida submissão, abraçou seus joelhos. Surpresa e embaraçada, Costanza levantou-a bruscamente.

— Basta, agora falemos de preços! Não posso passar toda a manhã aqui afagando um cão e consolando uma jovem tecelã!...

Assim que acertou o preço dos tecidos, Sibilla voltou a dobrar cuidadosamente as três peças e colocou-as de lado, assegurando a Costanza que mandaria Karl entregá-las a ela naquele mesmo dia. Um outro abraço, dessa vez mais breve e formal, pôs fim ao encontro das mulheres. Costanza saiu, deixando Sibilla à porta a olhá-la. Em passos curtos, Marcabrù foi recuperar a corda com que estivera preso e, agarrando-a entre os dentes, satisfeito, arrastou-a para dentro do *stadel*, onde se pôs a mordiscá-la com empenho.

Ingrid seguira Costanza de longe. Sua serva, falante como sempre, informara-a da visita, e Ingrid não conseguira resistir à curiosidade, colocando-se perto da paliçada, onde, protegida pelo terraço, ninguém conseguiria vê-la. A espera fora excessivamente longa, desde que vira as mulheres desaparecerem no interior do *stadel*. Até o cão, aquele enorme cão sarnento, que fazia xixi em tudo que era canto na aldeia, entrara atrás delas e não voltara a sair. Ela sentia as pernas entorpecidas por ter permanecido naquela posição incômoda atrás do abrigo provisório e já se preparava para ir embora quando notou o movimento na soleira da porta: Costanza e Sibilla despediam-se, abraçando-se, simplesmente, enquanto o cão preto saltitava à sua volta.

Ingrid desentorpeceu depressa as pernas doridas e, discretamente, contornou correndo o terraço, dando a impressão de que acabava de chegar, aproximando-se pelo lado oposto; depois, com ar indiferente e distraído, fez-se encontrar com Costanza, que seguia no caminho de volta para casa.

— Como vai, Costanza? Mas que feliz acaso me fez encontrá-la depois de tanto tempo?! Está com muito bom aspecto, espero que toda a sua família esteja com saúde...

Costanza, que não acreditava, de fato, na coincidência do encontro, observou Ingrid atentamente: as faces coradas e a imperceptível ansiedade na voz confirmaram-lhe que a moça devia ter caminhado com grande rapidez, embora quisesse dar a entender que passeava, calmamente, sem destino. A serenidade que o encontro com Sibilla lhe proporcionara momentos antes esvaíra-se quase imediatamente ao ver-se perante aquela criatura viscosa e mentirosa. Irritada consigo mesma por ceder tão passivamente ao aborrecimento que Ingrid lhe provocava, Costanza tentou manter um comportamento cortês e indiferente.

— Obrigada, Ingrid, estamos todos bem! Espero que Daniel já esteja completamente restabelecido depois daquela ferida horrível nas costas que os soldados de Verretio lhe fizeram...

— Oh! Sim, sim, já passou tudo, e acho, sinceramente, que nada do gênero se repetirá, agora que Hermann, seu marido, foi investido no cargo de vassalo: a sua proteção será um dom do Céu para todos nós!

Enjoada com o tom de excessiva adulação com que Ingrid procurava atingi-la, Costanza esboçou um cumprimento de despedida, mas a jovem à sua frente, firme e segura, prosseguiu:

— Acompanho-a um pouco, se quiser; afinal, fazemos praticamente o mesmo caminho... E diga-me: foi ver as peças tingidas de Sibilla? Eu também as vi quando estavam secando; o que pensa delas? Eu acho que são um pouco vulgares... todo aquele vermelho-vivo, ainda mais num tecido tão grosseiro... Nada lembram as tintas brilhantes das sedas que os mercadores de Veneza nos trazem; uma mulher como a senhora merece bem mais do que uns tecidos de lã de ovelha!...

Costanza, admirada com a arrogante estupidez de Ingrid, continuou caminhando, sem responder, esperando, assim, desencorajar daquele discurso delirante. Ingrid, nada intimidada com a atitude gélida de Costanza, continuou a segui-la e a falar:

— Aqui na aldeia dizem que aquele vermelho é a cor das prostitutas e que nenhuma mulher honesta se atreveria a usá-lo. Já me perguntei, muitas vezes, por que Sibilla terá se lembrado de tingir as peças logo naquele tom; claro que, considerando a origem de Karola, pode intuir-se, pode-se compreender...

Costanza parou de repente e virou-se, fixando Ingrid com olhos brilhantes de cólera. Mas como permitia que aquela moça estúpida lhe falasse dessa maneira? Será que não a vira abraçar Sibilla à porta do *stadel*? Nesse momento, e embora não compreendendo a razão, tinha certeza de que a outra estivera à espreita. Contudo, pensava Costanza, mesmo que Ingrid a tivesse esperado na tentativa de advogar a sua causa em relação a Leonhardt, deveria ter concluído, pela benevolência demonstrada tão abertamente para com a jovem tecelã, que Costanza nunca lhe daria ouvidos. Como era possível que fosse tão estúpida, tão ingenuamente maléfica? A raiva que experimentava contra Ingrid provocou-lhe uma regurgitação ácida, que lhe subiu das vísceras à garganta e a fez ficar rouca.

— Cale-se, Ingrid! — disse, procurando dominar a ira que lhe fazia tremer o estômago. — Como ousa se dirigir a mim e dizer essas calúnias?... Logo a mim, mãe de Leonhardt e futura sogra de Sibilla?! Sim, porque você ainda não deve saber, ninguém na aldeia o sabe ainda, mas meu filho vai se casar com aquela jovem, e eu estou muito feliz, oh! como estou feliz... Vá, pode ir dizer a toda a gente... à sua serva, às suas amigas, até a Hermann, se quiser... que Costanza quer este casamento e que nada irá impedi-lo!

Ingrid, pálida como um cadáver, permaneceu de boca aberta perante aquela explosão de ira. Recuando alguns passos, tentou rebater, mas Costanza se antecipou. Suas palavras, ardentes como bofetadas, continuaram a ferir.

— Quem você pensa que é só por ser filha do *ammano*? Seu pai é rico, é verdade, mas nunca poderá lhe comprar o amor e o respeito do meu filho! Mesmo que fosse uma prostituta, jamais conseguiria vender a sua mercadoria a Leonhardt! E, no entanto, acredite: muitas meretrizes são bem mais sinceras e generosas que você! Envergonhe-se de sua maldade e de sua estupidez. Ninguém em sã consciência jamais acreditará no que você diz sobre Sibilla e a família dela. A mãe dela era uma mulher honesta, apesar de a sua vida ter sido infeliz, e Sibilla aprendeu muito com ela: não lhe falta a coragem e nem mesmo a vontade de viver. Sinto-me orgulhosa, saiba de uma vez por todas, de meu filho a ter escolhido como esposa!

Sem se despedir de Ingrid, Costanza virou-se e, em passos rápidos, dirigiu-se à praça; os lábios tremiam-lhe e sentia as pernas bambas. A fúria de pouco antes deixara-lhe um profundo cansaço; viu então Gertrud, ao longe, que se apressava na direção do *stadel* de Sibilla. Gostaria de ter parado e de ter falado com ela, mas o esforço com que arrastava os pés a impediu. Irritada com as limitações de seu corpo, ao qual os anos haviam roubado energias muito mais do que à sua mente, tomou a direção de casa. Apesar de experimentar uma ponta de remorso pelas palavras duras que pronunciara, sentia, todavia, que, finalmente, seu coração se aliviava, aos poucos, de cada um dos pesos que o haviam comprimido durante todos aqueles anos: Hermann compreendera claramente que, de agora em diante, não poderia mais contar com a sua sujeição passiva; quanto a Ingrid, não passava de uma jovem estúpida e perigosa, completamente afastada da vida de Leonhardt, o que ela esperava ter definitivamente conseguido com aquela agressão verbal.

Já no *stadel*, recusou o almoço que Anna lhe preparara e subiu para o quarto, onde, após se ter livrado da capa, ajoelhou-se em frente à cruz de prata gravada pendurada na parede acima da cama e rezou durante algum tempo. Depois, exausta, deixou-se cair sobre a cama e, sem nem mesmo se cobrir com a manta de lã macia, adormeceu quase imediatamente.

Ingrid, petrificada, vira Costanza afastar-se. A respiração estava suspensa; os braços pendiam, rígidos, ao lado do corpo; o rosto estava lívido. Ali permaneceu, imóvel, até que uma súbita rajada de vento lhe arrancou a touca da cabeça: curvou-se para apanhá-la e, reprimindo com grande esforço o grito que lhe apertava a garganta, virou-se, de repente, e começou a correr. Transpôs a paliçada e sem nada ver nem ouvir, precipitou-se para o bosque. As chinelas de pano voavam pelo meio da grama alta, fazendo-a perder o equilíbrio a cada passada; os espinhos das silvas feriam-lhe as pernas e rasgavam-lhe o vestido. Subiu, mergulhando no coração do bosque, até que uma rocha enorme lhe obstruiu o caminho e a impediu de prosseguir. Encostou-se, então, a ela: o frio da pedra transmitiu-se ao corpo úmido de suor, provocando-lhe um demorado e profundo arrepio. No alto, meio escondida entre as árvores, via a aldeia: os telhados de lariço, o moinho, a capela... Um pouco mais abaixo, para além da paliçada, filas de servos e de carpinteiros transportavam pedras e madeira até o estaleiro da torre. Os soluços que até então conseguira reprimir apareceram, finalmente, intercalados com raivosos gemidos. Ingrid deixou-se rolar na grama até a base da rocha e, dobrando as pernas debaixo do corpo, começou a bater violentamente com os punhos no chão. À sua volta, os pássaros tinham se calado, e uma marmota, assustada, refugiara-se em sua toca, que se aprofundava na terra logo atrás da rocha. O choro de Ingrid transformava-se aos poucos num grito agudo semelhante ao de um animal selvagem; o corpo era sacudido por violentos sobressaltos.

Nenhum pensamento definido lhe passava pela cabeça, só imagens desfocadas sem qualquer ordem temporal: a recordação confusa do rosto da mãe, rígido numa expressão de sofrimento no leito de morte; o sorriso de Leonhardt no seu primeiro encontro, durante um serão de inverno; os olhos azuis de Sibilla, que a fixavam durante a festa; o vermelho sombrio do fundo do copo em que misturara a sua poção mágica; o olhar feroz de Costanza e as palavras dela... o que lhe dissera Costanza? Ingrid não conseguia se lembrar; esforçou-se por refazer a conversa daquela velha, mas não lhe ocorria nada senão uma violenta invectiva, em que as frases se acavalavam, cuspidas por aquela boca rugosa e trêmula e apoiadas por aqueles olhos de fogo. Embora não se lembrasse do motivo daquela agressão verbal, uma raiva surda ia se apoderando dela; as lágrimas haviam cessado; o último soluço deixara Ingrid exausta e sem energia. Lentamente, arrastando-se de encontro à rocha, levantou-se e arranjou o vestido manchado de ervas e húmus; então, após ter colocado novamente a touca, deu alguns passos ao longo do caminho, descendo. As árvores, altas e firmes por trás do declive que naquele ponto escondia, subjacente, a aldeia, apenas sussurravam ao vento que havia pouco se levantara, ligeiro. De repente, na penumbra do bosque, Ingrid entreviu uma sombra enorme e escura. Assustada, parou e olhou, ansiosa, ao redor. Não viu nada. Manteve-se à espera, imóvel: o silêncio era total — não se ouvia nem sequer o habitual rumor dos pequenos animais selvagens que pululavam na floresta; apenas o vento agitava delicadamente os ramos mais altos dos abetos. Aquela quietude irreal amedrontou-a; movendo-se o mais silenciosamente possível, avançou ainda mais. Dera apenas alguns passos quando a sombra de pouco antes se materializou, e era horrível: um urso, gordo e robusto, parara no meio do caminho. As patas dianteiras estavam apoiadas numa pedra, deixando ver as presas longas e pretas. O focinho, alongado, mostrava a cicatriz de uma antiga ferida na qual o pelo não voltara a crescer; os olhos pequenos fixavam, inquiridores, a invulgar presa humana.

Compreendendo, subitamente, o motivo de todo aquele silêncio, Ingrid, enregelada e incapaz de mover um músculo sequer, recuperou num átimo de segundo toda a sua consciência. Olhando pelo canto dos olhos, absolutamente parada, procurava, em volta, uma rota de fuga, que encontrou, mas que se mostrava, no entanto, de grande risco. Era preciso passar ao lado do urso, ao longo de um caminho que se abria por cima de um barranco escarpado; em baixo, um precipício rochoso ia dar nos campos, ao lado do córrego.

Ingrid olhou para o animal, que, farejando o ar, caminhara na sua direção. Estavam separados por menos de vinte passos. Um forte e enjoativo cheiro selvático chegou de repente às suas narinas, e foi aquele fedor que desencadeou o terror. Ingrid gritou — um grito rouco, que se assemelhava mais à dor desesperada de um animal ferido que à voz humana.

O urso, curioso com aquele grito, parou por um instante; depois, movendo, circunspecto, o corpo pesado, avançou ainda mais. Ingrid, com os olhos dilatados pelo medo, deu um salto para a frente e, sem ponderar as possíveis consequências de uma fuga, saiu correndo pela beirada mais exposta do caminho. Vendo-a se deslocar de repente, o urso seguiu seu trajeto virando o focinho para, logo em seguida, após um resmungo surdo, girar sobre si mesmo e partir. Ingrid foi mais rápida que ele: conseguiu passar ao seu lado quase lhe roçando a pele malcheirosa, numa corrida a plenos pulmões que a conduziu à curva da montanha, na direção do riacho que, ali do alto, alimentava o córrego.

No silêncio que continuava a oprimir o mato, Ingrid ouvia apenas um zumbido incessante e um rumor ritmado e abafado como o de um tambor coberto de pano. Superado o cimo da rocha, parou apenas por um instante para recuperar o fôlego; virando a cabeça para trás compreendeu a origem daquele estranho ruído. O urso a seguia: sem se apressar, sem correr, estava logo atrás dela, no caminho, produzindo, com sua enorme corpulência, profundas vibrações no chão que pisava. Por alguns momentos, os olhos de Ingrid foram ofuscados por uma névoa escura seguida de uma vertigem que a fez perder o equilíbrio. Caindo na grama, ela tentou levantar-se rapidamente, mas o tempo de se pôr de pé lhe pareceu imenso. Virou-se de novo: o urso estava bem ali atrás dela, estático, a poucos metros.

Ela já nem conseguia gritar: de sua garganta seca ouviu-se apenas um som áspero; o peito, apertado como num torno, doeu-lhe violentamente quando tentou respirar fundo. Segurando entre as mãos a barra do vestido, pôs-se de novo a correr. Caiu mais uma vez; levantou-se; as pernas lançando-se, desconjuntadas, aqui e ali; os pés pisando a grama, silvas e terra. Esperando de um momento para o outro a agressão da fera, que continuava a segui-la, não conseguiu voltar a olhar para trás.

Estava junto do riacho: a água, que corria límpida, saltava sobre os seixos, criando pequenas cascatas de espuma branca. A distância entre as duas margens era de aproximadamente seis metros, e uma fileira descontínua de pedras à superfície possibilitava a passagem. Ingrid, sem parar para avaliar melhor o percurso, lançou-se à água congelante, afundando os pés em algumas partes. Já quase alcançara a margem virada para o vale quando um som terrível e monstruoso lhe chegou aos ouvidos: em meio à água, com o vestido levantado dos lados, virou-se. O urso, parado na margem do riacho, erguera-se nas duas patas traseiras, com a boca escancarada: o som desumano provinha daquelas mandíbulas. Ingrid, paralisada pelo terror, parou por um instante; depois, de modo convulso, retomou a travessia. Ainda não dera quatro passos quando uma das chinelas escorregou num seixo coberto de musgo escondido pela espuma. O sapato deslizou, e seu pé chocou-se com a rocha, provocando uma dor intensa. Ingrid desequilibrou-se e caiu, com estrépito, na água, batendo violentamente com a cabeça na última pedra antes da margem. Um estrondo enorme, que nunca antes ouvira, invadiu-lhe a cabeça. Escancarou os olhos na tentativa de perceber de onde vinha, mas viu apenas o escuro. Com um gemido desesperado, tentou se levantar, mas não conseguiu. Seu último vislumbre de consciência foi perturbado pelo fedor do urso, cada vez mais próximo, cada vez mais nauseabundo.

O urso afundou as patas na água, aproximando-se da presa que jazia na margem. A correnteza fazia remoinhos nos cabelos de Ingrid, que afloravam à superfície, e levantava-lhe o vestido, expondo as pernas gordas, arranhadas e inchadas. O animal foi avançando até poder farejar o corpo, mas a água lhe afetava o olfato. Colocou o focinho em cima dele e, com uma patada, virou-o; mas a jovem mantinha-se imóvel, e os olhos abertos fixavam o céu. O urso cheirou-o novamente, mas depois voltou-se, provocando salpicos e mais remoinhos na corrente do riacho. Chegado à outra margem, sacudiu-se e, circunspecto, depois de olhar por mais um momento, cauteloso, retomou o caminho do covil.

A touca de Ingrid, presa a um ramo de rododendro prestes a florir na margem do riacho, movia-se, leve, com o vento do começo da tarde. Um pica-pau, que até agora permanecera silencioso, retomou sua atividade na casca de um abeto ali perto.

20

Os LONGOS CABELOS DE OLIVIA espalhavam-se, descompostos e pegajosos, por entre as pregas do enxergão: a cada movimento do corpo suado, fragmentos de folhas secas e agulhas de pinheiro saíam por um rasgão do saco que o revestia e caíam pelas tábuas do chão. O sono, que nessa noite tardara a chegar devido à notícia da morte de Ingrid, só sobreviera de madrugada.

Depois de momentos de inquieta sonolência, povoados de imagens sufocadas e de vozes indistintas, um sonho se apoderara de sua mente. Estava acocorada, encostada à parede exterior das arcadas, entrelaçando um cesto, quando, de repente, se viu diante de uma mulher gorda. Com os cabelos brancos como os de Malvina, mas em nada semelhante a ela, a megera fixava-a com olhos maldosos e apontava para seu ventre. Assustada, Olivia tentara se levantar e fugir, mas as pernas pesavam-lhe como chumbo. Dizendo obscenidades, a mulher despira-lhe o vestido, deixando a descoberto o ventre ligeiramente arredondado pela gravidez; depois, apoiando as mãos violentamente sobre seu abdome, puxara-o, agarrando com as unhas sujas a pele esticada. Olivia quisera gritar, mas seu grito emudecera. A megera começara então a sacudi-la, até que seu ventre dilacerado expulsara uma massa negra e volumosa, que ela imediatamente reconhecera como Marcabrù, o cão de Sibilla. Enquanto a figura da velha desaparecia a seus olhos fechados, Olivia virava-se, agitada, no enxergão, e, na falsa consciência do sono, esticava os braços para a frente, tentando, assim, defender-se da imagem tão assustadora. Marcabrù, que permanecera sentado ali à sua frente nas tábuas das arcadas fixando-a com olhos doces, começara, de repente, a falar:

— Deve ir embora daqui, Olivia — dizia o animal, com uma voz cantada —; deve ir embora da montanha de gelo....

Absolutamente certa da voz humana que saía da garganta do cão, Olivia acariciava-lhe o pelo escuro quando os olhos castanhos de Marcabrù se transformaram, subitamente, nos olhos dourados de Richard La Font. À sua frente, agachado e vestido com a armadura, estava agora o amante brutal: incapaz de mover-se no sonho, como, aliás, já acontecera, na realidade, Olivia tremia, aterrorizada, à espera de nova violência. Mas La Font, olhando-a com ternura, sorria-lhe e acariciava-lhe o rosto, repetindo o que Marcabrù já lhe dissera:

— Deve ir embora daqui e levar consigo o meu sêmen: deve ir mais para baixo, para o vale, para um lugar onde o sol aqueça os cabelos... — E assim dizendo, começara a passar-lhe a mão pelo cabelo, numa demorada e amorosa carícia.

Olivia abriu os olhos de repente: tentava recuperar a consciência; o sonho fora de tal forma vivo e real que ela ficou olhando em volta, esforçando-se por encontrar o rosto de Richard. Ciente de ter tido uma visão, também o medo chegou. Sentou-se no enxergão, trêmula e suada, perguntando-se que outras desgraças ainda a esperavam depois daquele sonho premonitório. Levantou-se, aproximando-se da janelinha trancada com as tábuas de lariço, e a abriu: a noite, completamente escura, sem luar, não permitia distinguir nem mesmo o recorte dos outros *stadel*. Um sopro de vento fresco penetrou no quarto e fez sobressaltar o corpo de Olivia, encharcado de suor. Sacudida por um demorado arrepio, ela protegeu as costas com a coberta e sentou-se num banquinho, ao lado do enxergão. O sono não voltaria, disso estava certa; encheu o copo com a água do jarro e bebeu-a em goles demorados. O funeral de Ingrid seria naquele dia, e ela teria de preparar, limpar e arranjar os trajes de luto de Gertrud e de Conrad, que, como todos os outros mercadores da aldeia, participariam da função.

Os primeiros raios de luz ainda não haviam iluminado o vale, e Olivia iria dispor de muitas horas para realizar seu trabalho. Retirou o vaso que estava embaixo do banquinho e, depois de urinar, verteu o conteúdo para fora da janela. Um ligeiro espasmo no ventre fez com que se recordasse de que não estava sozinha. Enquanto vestia seu traje de trabalho, o esboço de um sorriso iluminou-lhe o rosto; logo depois, tateando e em silêncio, desceu para acender a lareira.

O caixão de Ingrid, aberto, estava no centro da sala. O padre, que acabara de ministrar a aspersão ritual com o ramo de zimbro embebido de água benta, aproximara-se da porta em que Daniel, com o olhar baço e ausente, recebia os acompanhantes daquela lúgubre cerimônia. Os mercadores e as respectivas famílias chegavam em grupos: Gertrud e Conrad foram dos primeiros, seguidos de Costanza, Hermann e muitos outros. Leonhardt, encolhido perto de um banco, lutava contra os violentos acessos de náuseas que lhe revolviam o estômago. Werner e os outros jovens da aldeia estavam reunidos perto da grande lareira. A serva de Ingrid, vestida em trajes de luto, chorava copiosamente no canto mais afastado da sala. Fora ela quem encontrara a patroa no cimo do bosque, depois de andar um dia inteiro à sua procura. Vira-a deitada na margem do riacho: embaixo do vestido rasgado alastrava-se uma mancha de sangue, que a corrente lavava lentamente. Não fora a ferida, contudo, que a matara — como dissera Malvina quando chamada para examinar o corpo —, mas o golpe que recebera quando a cabeça bateu nas pedras. Na nuca, entre os cabelos, uma grande massa de sangue coagulado por cima da ferida aberta testemunhava a violência do impacto. Malvina, no entanto, reconhecera também na laceração na área abaixo das costelas os sinais característicos das presas do urso: sem saber se deveria informar Daniel, decidira manifestar sua suspeita sobre a presença da fera na floresta. Mesmo perante a dor insuportável que lhe convertera o rosto numa máscara irreconhecível, o *ammano* não esquecera sua responsabilidade pela segurança dos colonos, e, na impossibilidade de convocar uma assembleia, mandara dois jovens da aldeia irem de casa em casa advertir os habitantes da provável presença do urso escondido na montanha. Fora mesmo um ano maldito, haviam pensado todos; o padre, por sua vez, propusera-se a celebrar uma vigília especial de oração, na qual toda a aldeia invocaria a proteção do santo padroeiro contra eventuais acontecimentos nefastos no futuro.

O rosto de Ingrid parecia inchado e tinha a cor da cera, ainda mais acinzentado devido à pasta feita de arsênico com que Malvina o untara para lhe retardar, o máximo possível, a decomposição. Depois de cumprir pessoalmente o ritual doméstico do corte dos cabelos e das unhas, Daniel, num último ato de amor, pedira à parteira que tratasse o cadáver da filha segundo o costume dos reis e dos grandes senhores: os maxilares foram fechados com todo o cuidado, enquanto os orifícios do corpo estavam obturados com delicadas faixas de linho embebidas em perfume, de modo a disfarçar o cheiro da morte. Os cabelos alourados tinham sido amorosamente penteados e recolhidos dentro de uma touca valiosa, de jaspe, adornada de prata e ouro. Os olhos, que permaneceram semiabertos apesar dos enormes esforços de Malvina para cerrá-los, pareciam fixar a ponta dos chinelos de seda aos quais se coseram, em forma de grinalda, pequenas pérolas cor-de-rosa. As mãos, inchadas e já escuras, estavam apoiadas sobre um pequeno crucifixo de prata.

Era quase a terceira hora — portanto, já era tempo de saírem. Daniel aproximou-se da filha e, inclinando-se, beijou-lhe a testa, sussurrando algumas palavras em voz tão baixa que quase ninguém ouviu:

— Não ficará sozinha por muito tempo; em breve também eu irei...

Depois, com o rosto desfeito em lágrimas, fez sinal aos servos para levarem o caixão.

Costanza, muito pálida, não voltara a mover-se da parede à qual se apoiara desde que chegara. Apesar da elegância do vestido de seda, seu corpo parecia ter encolhido, ressequido, sacudido por um tremor contínuo; a boca caíra-lhe num esgar amargo; as mãos, de punhos fechados, apertavam as bordas da capa. Quando Werner fora dar a Leonhardt a notícia da morte violenta de Ingrid, ela estava presente e ouvira, juntamente com o filho, as frases do jovem, as quais, vindas da boca de alguém tão despedaçado pela agitação, resultavam incompreensíveis. Quando eles finalmente conseguiram perceber o que se havia passado, ambos ficaram sem palavras. O rosto de Costanza estava petrificado. O mal-estar que experimentara após voltar para casa depois do encontro com Ingrid transformara-se, então, num pesado sentimento de culpa. Jamais poderia ser acusada do que quer que fosse, ninguém ouvira suas duras reprovações dirigidas à moça, que, Costanza estava certa, ficara perturbada. Por que teria Ingrid acabado no bosque, tão longe da aldeia? E quando fora até lá? A suspeita de que a jovem tivesse tomado a estrada da floresta transtornada pela ira tornava-se cada vez mais forte na mente de Costanza: se as coisas realmente se tivessem passado assim, a quem se poderia atribuir sua morte, senão a ela própria e à sua impiedosa falta de caridade? Havia dois dias Costanza não conseguia nem dormir nem comer, devorada por um pensamento obsessivo que lhe martelava a cabeça: a responsabilidade daquela morte era sua... e era a amarga coroação de uma vida desperdiçada. Nem ao menos com a velhice conseguira adquirir sabedoria — mais uma vez se comportara de forma incoerente. Nunca fora capaz de ser comedida: da submissão passara à intemperança; da docilidade, à violência. A estúpida maldade de Ingrid não merecia, no entanto, punição tão definitiva. Ainda que por motivos diferentes, também Costanza, como Daniel, perdera toda a vontade de viver: fora sua e apenas sua a culpa, e a breve alegria do encontro com Sibilla tornara-se efêmera e já se diluíra, como acontecia com a neve molhada da primavera tardia, que se converte em água assim que pousa no chão.

— Vamos, Costanza, não vê que já está se formando o cortejo para o cemitério?

As palavras ásperas de Hermann sacudiram-na de seus pensamentos. Observou o rosto impenetrável do marido, perguntando-se se algum dia chegaria a imaginar a tempestade que se agitava em seu espírito.

Saíram para a praça, juntamente com todos os outros, seguindo o féretro. Leonhardt, muito pálido, caminhava ao lado de Werner e dos demais jovens. Viu ao longe Sibilla, que não ousara entrar na casa do *ammano* e que agora seguia, de cabeça baixa, ao final do cortejo, apertando entre as mãos um pequeno buquê de ranúnculos amarelos.

Na sala deserta do *stadel* de Daniel, o círio da morte, já gasto, espalhava no ar um aroma acre a queimado, misturado com o perfume adocicado da água de flor de laranjeira, último traço da vida terrena de Ingrid.

Hermann terminou de encher o saco com seus trajes. Escolhera uma de suas túnicas mais elegantes, de seda verde, com as mangas bordadas a fio de prata, com volutas, e uma capa forrada de pele. O saco era, sem dúvida, muito pesado, atendendo ao destino que o esperava, mas o fato é que se tratava da única vestimenta senhoril que possuía, e seria necessária para completar o seu aspecto de homem rico e nobre aos olhos daqueles que o esperavam em Vercelli. Enfiou também no grande saco um par de polainas de couro finamente trabalhadas, que, na planície, substituiriam os habituais calçados de viagem. Partiria no dia seguinte, tendo como única companhia um servo e dois asnos e por finalidade assinar acordos com companhias de comércio, tendo em vista a representação em Praborno. A construção da torre já ia adiantada, e sua presença em Felik não se tornava, por isso, indispensável. Dentro de aproximadamente duas semanas regressaria com os acordos assinados no bolso, mas antes faria uma parada no Canton des Allemands para visitar Maida: já havia muitos meses que não era convidado para a sua cama. Da última vez, a presença embaraçosa de Leonhardt impedira-lhe qualquer contato com a amante, e agora, passado todo esse tempo e depois de tudo o que acontecera, o desejo tornara-se opressivo.

A morte de Ingrid envolvera toda a aldeia num ambiente lúgubre. Desde o dia do funeral que sua mulher não saía de casa, permanecendo totalmente confinada no quarto. Hermann não compreendia exatamente o motivo de tanta perturbação: sabia que Costanza não gostava de Ingrid; portanto, mesmo que o fim prematuro e trágico da jovem a tivesse impressionado, não via razão para tanta dor. Ele sim — o seu sofrimento deveria ser maior, uma vez que, dessa forma, via frustrar-se a esperança de ter os destinos de Leonhardt e de Ingrid unidos: um casamento entre o herdeiro do mais rico mercador da aldeia e a filha do *ammano* abriria futuramente novas possibilidades para a família. Agora, porém, não tendo mais uma rival, aquela meretriz da Sibilla certamente atacaria Leonhardt. Hermann tinha certeza de que, com a ajuda de Costanza, que já a defendia abertamente, ela iria querer se casar dentro de um ano. Mas ele não tencionava ceder tão facilmente, ainda mais agora que ascendera a um cargo tão importante. Pediria conselhos a Maida sobre o que fazer; por ora, procuraria, entre as moças de Felik, uma outra possível mulher para o filho. Durante o funeral, observando o grupo de jovens no cemitério, reparara em Veronica, a segunda filha de Simeone Vinzent, mercador de peles como Alart. Era uma jovenzinha franzina e loura de 15 anos apenas: as feições delicadas eram ainda infantis, mas Hermann estava certo de que cresceria rapidamente. O pai era rico, ainda mais rico que Daniel, e seus negócios eram prósperos; Veronica traria consigo um belo dote, que se somaria ao já considerável capital da família Wiesel, permitindo-lhe futuros investimentos lucrativos nos negócios que possuía aquém e além dos Alpes.

Hermann se apressou: o criado o esperava no exterior do *stadel*, já pronto e com os asnos arreados. Não tinha ninguém de quem se despedir; a despedida de Costanza acontecera na noite anterior com poucas e secas frases às quais a mulher respondera com acenos de cabeça. Leonhardt, a quem ele próprio informara da viagem no dia anterior, não se mostrara particularmente interessado, o que lhe provocara enorme e raivosa frustração, seguida de crescente desprezo por aquele filho que considerava um fraco. Depois de montar a cavalgadura, apressou-se pela estrada afora, seguido do servo. No exterior da paliçada encontraria o soldado que o escoltaria até a planície.

Ao passar em frente à torre, Hermann parou por alguns minutos para se inteirar do andamento do trabalho. A construção progredia velozmente, graças aos esforços dos operários: além dos seus servos, também alguns camponeses davam ao novo vassalo a sua corveia, que, embora aceita de má vontade, entrara nas novas obrigações ditadas por Giacomo di Quart. Houvera protestos muito inflamados, que, todavia, Hermann conseguira rapidamente sanar, ameaçando com a imediata expulsão da comunidade todos aqueles que não aceitassem trabalhar na construção da torre. Depois, para acelerar os trabalhos, mandara vir da planície uma dezena de operários e carpinteiros assalariados, os quais, com a enorme experiência adquirida na construção das ricas habitações dos senhores do vale, mostravam-se aptos a dirigir e a coordenar da melhor forma os trabalhos. Havia muito combinara com eles o pagamento da jornada, que, segundo o estabelecido por Giacomo, deveria, ele próprio, custear. Depois de terem finalmente acordado sobre a compensação, que, segundo Hermann, atingia as raias do roubo, os operários deram início à construção, que agora prosseguia rapidamente, favorecida também pelo tempo clemente. Um grande guincho, colocado de lado num plano inclinado, ajudava a içar os blocos de pedra para além da base da torre, que já estava na fase final; os carpinteiros, por sua vez, escoravam a construção com poderosas traves de madeira que os camponeses anteriormente haviam cortado dos robustos lariços do bosque. Satisfeito com a mestria de seus homens, Hermann prosseguiu até o desfiladeiro de Bätt, seguido por dezenas de olhares carregados de ódio. Um camponês cuspiu no chão depois de sua passagem, atitude que muitos outros imitaram. Hermann já ia muito longe para perceber o gesto de desprezo, e foi a sua sorte, pois não teria compreendido o motivo de tanta aversão: segundo o velho mercador, toda a comunidade — sobretudo os colonos menos abastados — deveria lhe estar grata pela honra e pela consideração que, com a nomeação do novo vassalo, o senhor demonstrara para com a aldeia. No fundo, fora por mérito seu que Felik passara a contar com um corpo de guarda, aumentando assim suas possibilidades de defesa. Alguns meses de corveia dos habitantes e de um gasto mínimo seu significariam para todos mais segurança no futuro. Foi por isso que, com serenidade e consciência de sua grande generosidade, se dispôs a iniciar a viagem até Vercelli. O céu anunciava bom tempo, uma brisa ligeira apenas fazia dobrar o capim mais alto; se não encontrasse qualquer dificuldade ao longo do percurso, chegaria à planície por volta das vésperas do dia seguinte.

21

KARL ESTAVA CURVADO e olhava atentamente o campo coberto de grama por debaixo dos silvados do mato. Antes de enfiar a mão nos ramos de mirtilos, deveria verificar se por entre as pequenas folhas que escondiam os frutos não havia nenhuma serpente escondida. O pai contara-lhe que, alguns anos antes, um camponês de Felik fora mordido por uma víbora justamente quando andava à procura de mirtilos, e que o veneno o matara num espaço de tempo brevíssimo.

— Preste atenção, Karl — gritou-lhe Werner, que, a pouca distância, ia fazendo sua própria investigação —, aqui há muitas pedras que podem esconder serpentes! À medida que se aproximar dos silvados, vá batendo na terra com os pés, de modo a assustar as víboras, que, se estiverem por ali, fugirão antes que chegue perto delas!

Era a primeira vez que Karl se ocupava da colheita dos mirtilos: fora necessária uma grande insistência da sua parte para que Leopold lhe desse permissão de se dedicar àquela atividade diferente das suas... e que comportava alguns riscos. No fim, quando soube que Werner iria acompanhá-lo, consentiu, mas só depois de ter coberto o filho com mil recomendações.

— Sabe o que me disse meu pai? — perguntou Karl ao mesmo tempo que, delicadamente e com o coração batendo um pouco mais no peito, afastava os ramos da sua primeira planta para retirar as pequeninas bagas azuis.

— Disse-me que estava pensando em construir uma espécie de pente grande de madeira, fechado em um dos lados, para destacar os frutos dos mirtilos do restante da planta: assim não teremos mais de afundar as mãos entre os ramos, e os mirtilos cairão por si. Não acha uma boa ideia?

— Esplêndida... — respondeu-lhe Werner, a meia-voz.

Uma pequena víbora deslizara naquele preciso momento, saindo de sob uma pedra, e fugira, veloz, entre as plantas. O jovem, que não queria assustar Karl em sua primeira experiência, nada disse, limitando-se a alargar um pouco mais o raio de procura.

— Vamos um pouco mais para cima, Karl, parece-me que não há muitos mirtilos por aqui... Vê lá em cima todos aqueles silvados? E, além disso, ainda faz sol naquela clareira: certamente as bagas estão mais maduras do que estas!

Um pouco contrariado com a interrupção, logo agora que estava conseguindo frutos maiores e mais suculentos, Karl teve de obedecer, seguindo Werner ao longo do caminho íngreme. Durante a subida, provou alguns mirtilos recém-colhidos, saboreando, com satisfação, aquele gosto ligeiramente ácido.

— Olha que temos de levar alguns para a aldeia! — exclamou Werner, que brincava com ele, após observar as manchas em volta da sua boca, testemunhas azuladas da prova de pouco antes.

— Está bem, não vou comer mais — respondeu-lhe Karl, contrariado —, mas ainda falta muito para chegarmos à clareira?

— Só mais uns passos: daqui não se vê, mas é logo atrás desta colina. Força, estamos quase chegando!

— E se conseguir encher o cesto, posso comer mais alguns, não é? Ou tenho de entregá-los todos à Malvina, para fazer as poções? — perguntou o rapazinho, ansioso e com uma ponta de desilusão na voz.

— Claro que pode ficar com alguns para você, palerma! Temos de colher o maior número possível porque a Malvina tem de secá-los e depois pisá-los no almofariz para fazer os remédios dela. Os que sobrarem você pode dar ao seu pai, que os entregará a Gertrud: não tem ideia de como é bom o xarope que ela faz com os mirtilos misturados com mel e vinho! Além disso, tenho certeza de que Leopold vai deixá-lo comer mais alguns antes de entregá-los a Gertrud!

Animado com as palavras de Werner, nas quais confiava cegamente, o menino lhe perguntou para que servia o remédio que a parteira iria preparar.

— Não sei exatamente — respondeu o jovem —, mas as mulheres da aldeia dizem que a infusão de mirtilos secos cura os males das vísceras, sobretudo nos velhos que já não conseguem segurar a bexiga e que andam por aí urinando por todos os cantos, como fazem os cães... Leonhardt também me disse que viu o pai espalhar uma papa feita de mirtilos, farinha e água na ponta do nariz, onde lhe nascera um grande furúnculo, e que no espaço de uma noite aquela excrescência tinha desaparecido!

Maravilhado com aquelas informações completamente novas para ele, Karl continuou a subir atrás de seu guia. Estavam quase chegando ao fundão verdejante, com centenas de silvados, quando, na borda exterior da clareira, viram aparecer, de repente, uma figura humana.

Werner parou. O homem desaparecera. Fazendo sinal a Karl para que se mantivesse em silêncio, o jovem deu mais alguns passos, com cuidado, olhando, sempre atento, ao redor. Todos os seus sentidos estavam em alerta. Poderia tratar-se de um assaltante, e o fato de ter se escondido deles não prenunciava nada de bom. Farejando como um cão que procura uma raposa e atento como um gato que acaba de ouvir um rato, Werner descalçou as chinelas e prosseguiu de pés nus, curvado, quase engatinhando, pelo caminho. Chegando ao começo do pequeno vale, escondeu-se atrás da última árvore antes da clareira. Assustado e com o coração na garganta, Karl seguia-o como uma sombra. Ali permaneceram, silenciosos e imóveis, por alguns minutos, até que, um pouco acima do local onde estavam, viram despontar por trás de um penedo uma silhueta humana.

— Piedade, senhores, tenham piedade de um pobre doente! Não me façam mal, eu lhes peço! O céu já me puniu por demais pelos meus pecados, não me matem... Piedade!

Werner e Karl, ambos pálidos, saíram, cautelosos, do seu esconderijo e deram alguns passos à frente para ver melhor o interlocutor. O homem usava uma vestimenta qualquer de cor parda, suja e rasgada. Os pés despontavam, inchados e feridos, de um par de sapatos de pano todo esburacado. Às costas trazia um saco quase vazio, enquanto o bastão ao qual até havia pouco se apoiava estava caído no chão, abandonado. Ao mesmo tempo que Werner se aproximava, o homem pôs-se de joelhos, a cabeça inclinada, em posição de súplica. Só quando o jovem chegou muito perto dele ousou erguer a cabeça: ao ver-lhe o rosto, Werner ficou apavorado. Os olhos azuis, límpidos e argutos, testemunhavam a idade juvenil, mas todo o restante do rosto era o de um velho: úlceras vermelhas, escamosas e purulentas invadiam-lhe as faces, o nariz, as pálpebras, o pescoço e as orelhas. Nos lugares em que não havia chagas, a pele mostrava-se encarquilhada, com rugas profundas como feridas, seca e escura; os lábios formavam uma fenda enegrecida para além da qual, todavia, brilhavam dentes fortes e sãos.

— Oh, meu Deus, um leproso! — murmurou Werner, horrorizado, dando um repentino passo para trás e indo bater de encontro a Karl, que o seguira de perto.

— Não, meu senhor, não sou leproso! Eu lhes peço, não me deixem... preciso de ajuda...

— Como pode dizer que não tem lepra?! Seu rosto fala por si só! — exclamou Werner com voz insegura, enquanto o medo lhe sacudia o corpo.

— Não, meu senhor, tem de acreditar em mim: não é a lepra que me devora o rosto, mas a escrófula! Olhe para as minhas mãos, olhe para os meus pés: vê, por acaso, algum pedaço de carne que falte, que me tenha caído, como o fruto maduro cai de uma planta? E depois, se fosse leproso, acha que eu teria conseguido chegar até aqui, atravessando aldeias e encontrando pessoas, sem que ninguém me tivesse barrado o caminho e mandado internar em algum leprosário? Não, meu senhor, pode aproximar-se mais de mim. A minha maldição não se transmitirá ao senhor; o castigo ficará só comigo...

Os olhos do homem encheram-se de lágrimas, que agora desciam copiosas pelas faces, descrevendo bizarras trilhas por entre as crostas ressequidas da pele. Werner, num dilema entre a piedade que o teria levado a levantar do chão aquele infeliz, para confortá-lo, e a repulsa terrível a uma doença que poderia ser contagiosa, manteve-se parado exatamente onde estava. Karl, atrás dele, puxou-o pela manga, sussurrando-lhe, timidamente, alguma coisa.

— Por que não lhe pergunta o que aconteceu? E como conseguiu chegar aqui?

As palavras do rapazinho trouxeram Werner à realidade: envergonhado de sua passividade e admirado com a coragem de Karl, o jovem retomou a conversa, procurando dessa vez falar num tom adequado e seguro.

— Por que está aqui nos nossos bosques e por que se esconde, se realmente não é um leproso?

O homem ergueu-se e, tentando recuperar um pouco da dignidade que outrora certamente tivera, aproximou-se de Werner e, fixando-o nos olhos, perguntou.

— Que idade tem, meu rapaz, e quem é?

— Vinte e dois anos e sou filho de um mercador de Felik.

— Eu me chamo Edeltredo e venho de Pè de Mud, uma aldeia na margem esquerda do rio Sesia, para além das altas montanhas que se estendem atrás de vocês. Até há poucos anos era estalajadeiro; por minha taberna passavam mercadores e soldados, que nela encontravam vinho, comida e, se o quisessem, uma boa companhia. Sei que não devia hospedar prostitutas debaixo do meu teto, mas os hóspedes o exigiam, e, se assim não fosse, não faria tanto negócio. Esse foi, seguramente, meu maior pecado, pelo qual fui punido pelo Todo-Poderoso, mas não sabia, não imaginava... Tudo seguia como sempre até a noite em que minha mulher morreu ao parir, levando também a criança. Minha vida acabou naquele mesmo dia: não consegui mais trabalhar e perdi completamente o sono. Meus irmãos procuraram me ajudar, mas sua companhia não me serviu de muita coisa... A estalagem, mal gerida, começou a perder clientes e, por fim, como se não bastasse a grande desgraça que me atingira, adoeci. Durante semanas e semanas fui devorado por febres altíssimas; as pernas já não me seguravam; a pele do meu rosto ficava cada vez mais vermelha e mais cheia de crostas. De nada serviram os tratamentos do cirurgião; passados seis meses daquele inferno, meus irmãos chamaram um médico famoso do vale de Alagna, que me visitou e me deu a sua terrível sentença. Era escrófula, uma doença incurável. Nem vale a pena dizer que fui obrigado a fechar a estalagem, pois já não tinha forças para trabalhar. Toda a gente me evitava, com medo deste rosto monstruoso... já não conseguia sair de casa, nem podia fazer mais nada. Quantas vezes, na solidão do quarto, gritei para Deus toda a minha raiva!

Todas as manhãs, quando me levantava, olhava-me ao espelho de minha mulher para ver se alguma pústula sarara, mas todas as vezes encontrava outras novas! Teria por certo enlouquecido, se o Deus contra quem eu praguejava tão loucamente não tivesse posto no meu caminho, um belo dia, uma mulher piedosa que permaneceu durante algum tempo na aldeia. Ela regressava da Alemanha junto com umas freiras e decidira permanecer em Pè de Mud por um tempo, para se dedicar a obras de caridade onde fossem necessárias: em seu país, como me disse depois, chamavam-se beatas e não eram propriamente monjas, mas mulheres solitárias, viúvas ou solteiras, que haviam decidido dedicar a própria vida à assistência aos doentes e necessitados e que, de vez em quando, deslocavam-se em peregrinação a outras regiões. Essa mulher, que se chamava Mathilda, cuidou de mim durante meses com amor e dedicação e quase conseguiu me fazer aceitar esta minha sorte horrenda. Em seguida, um dia depois de uma recrudescência particularmente grave da doença, ela me disse: "Por que não vai ter com o rei da França?" Eu, que nada sabia de Luís, olhei-a como se estivesse ouvindo a maior das tolices. Ela sorriu e continuou: 'Segundo dizem, Luís IX, rei da França, é santo; consta que, pela imposição das mãos, como Nosso Senhor, ele já curou muitas doenças e sobretudo a escrófula. Por que não larga tudo e vai a Paris, em peregrinação penitencial? Se tiver sorte, poderá ser admitido à sua presença junto com outros doentes, e quem sabe ele não o curará?! O que tem a perder, afinal?" As palavras da santa mulher me iluminaram, e decidi pôr-me a caminho: há 15 dias, assim que as febres baixaram, deixei a aldeia em direção à França. Ao longo do caminho transpus outros pequenos desfiladeiros, passando por feiras e aldeias populosas. Nunca fui assaltado por nenhum bandido porque o fantasma da lepra afasta até os próprios malfeitores, e, como é evidente, meu rosto assustou todos quanto encontrei até aqui... E pelo mesmo motivo nunca deparei com quem me ajudasse: todos se afastam de mim; as crianças fogem assim que me veem ou então me perseguem a pedradas. Durante os dez últimos dias alimentei-me com o queijo duro e a carne-seca que trazia comigo, mas agora os mantimentos acabaram e há 48 horas só como bagas e mirtilos. Não consigo sequer utilizar a fisga para caçar qualquer animalzinho selvagem, porque o fato de minhas mãos tremerem permanentemente não me permite fazer pontaria...

— Mas como vai conseguir chegar à França nestas condições? — perguntou Karl em seguida, avançando alguns passos e provocando, com isso, um olhar severo de reprovação por parte de Werner.

O homem balançou como se estivesse tomado de uma repentina vertigem. Inclinou-se para apanhar o bastão e apoiou-se; depois, esticando os lábios num sorriso esforçado por causa das pregas em volta da boca, fixou a criança com um olhar doce e respondeu:

— Se todos os homens que até agora encontrei fossem como você, a viagem teria sido bem mais fácil! Diga-me, pequeno, quem lhe ensinou tanta caridade cristã? E você, meu rapaz, que já é adulto e conhece a dureza deste vale, acha que vou conseguir chegar a Paris, que ficarei pela estrada, morto às mãos de qualquer assaltante mais violento, ou que a doença me consumirá antes de eu atingir minha meta?

Enquanto o homem falava, Werner esforçava-se por refletir, por compreender se aquele miserável resquício humano dizia a verdade. Que não tinha lepra, talvez fosse certo, mas quem saberia dizer se aquela escrófula realmente não era uma doença contagiosa? Quem lhe assegurava que os humores que fluíam do corpo do homem pela respiração não estariam à espreita para atacá-lo e também o pequeno? Sentia cada vez mais pena do pobre vagabundo, mas o medo subsistia.

Agarrando Karl pelas costas e puxando-o para trás, Werner tentou encontrar uma resposta adequada para a angustiada pergunta do homem.

— A estrada para a França certamente é longa, mas talvez, se conseguir parar de vez em quando em qualquer hospício para retemperar as forças e depois retomar sua peregrinação... Sei que os monges costumam dar abrigo em qualquer mosteiro a viajantes e doentes. O maior hospício do vale, onde poderia permanecer por algum tempo e tirar proveito do ar saudável, é o de Mont Joux, mas fica muito longe daqui. É necessário atravessar pelo menos três vales e, nas suas condições, duvido que possa fazê-lo...

Karl, que até o momento mantivera-se calado, com medo de qualquer repreensão de Werner, não conseguiu manter-se assim por mais tempo.

— E agora? Certamente você não vai abandonar o estalajadeiro aqui sozinho e sem comida, e ainda por cima havendo um urso à solta pelo bosque, não é?! — exclamou Karl de repente.

— Um urso?... Oh! meu Deus, já me castigaste o suficiente por meus pecados... não permita que eu acabe os meus dias entre as presas de um urso!

— Acalme-se, Edeltredo! E você, Karl, veja se aprende a ter cuidado com a língua! Na verdade, ninguém ainda viu a fera, existe apenas uma suspeita de que possa andar por aqui. Pelo que sabemos, é possível que já tenha fugido e, além disso, muitas armadilhas estão montadas por esse bosque. O verdadeiro problema, agora, é outro: o primeiro hospício conveniente encontra-se nas proximidades de Augusta: é o hospital de Saint-Jean de Rumeyran, a muitos quilômetros daqui...

— Estou, portanto, destinado a morrer no meio destas montanhas! — murmurou Edeltredo entre soluços contidos.

— Não — respondeu-lhe Werner, cujo medo ia pouco a pouco se dissipando, diante da responsabilidade que estava prestes a assumir. — Não vai morrer se fizer aquilo que lhe direi. Antes de tudo, precisa de comida e de um teto; é inútil dizer-lhe que poderá ser hospedado aqui na aldeia, porque sei que ninguém o fará. No entanto, a uns trinta metros abaixo do local onde nos encontramos, existe um abrigo para ovelhas que pertence ao meu pai e que agora está vazio; pode ficar lá por esta noite. Nem chega mesmo a ser um estábulo: são apenas umas tábuas, mas, pelo menos, terá uma cobertura e uma porta. Ninguém saberá de sua presença ali, de modo que poderá dormir tranquilamente. Amanhã vou levar-lhe comida e um pouco de vinho, a fim de que possa recobrar as forças. Quando já estiver repousado e saciado, retomará o caminho: darei a você as indicações necessárias para que chegue a Augusta. Tem boa memória?

— Tenho, graças a Deus, tenho memória até demais para me lembrar dos meus pecados...

— Bem, vou lhe dizer os nomes das aldeias onde poderá encontrar a hospitalidade de capelães caridosos, mas atenção: terá de seguir os caminhos que ligam os diversos valados sem entrar na via romana, pois, segundo dizem, está infestada de assaltantes e malfeitores: portanto, não é segura. Quando chegar a Augusta, entregue-se com o espírito tranquilo aos corajosos monges do hospital, que saberão cuidar de você e vão aconselhá-lo sobre o modo de prosseguir viagem.

Na realidade, Werner achava que os monges de Rumeyran conseguiriam fazer um diagnóstico correto da doença que afligia Edeltredo e, caso suspeitassem de lepra, o abrigariam no leprosário vizinho da Maladière, em Saint-Christophe, onde o pobre homem teria de aprender a suportar a doença de forma mais cristã.

Não conseguindo ler seus pensamentos e não suspeitando de forma alguma da desconfiança que ainda assaltava o espírito de Werner, Edeltredo, ao ouvir da boca do jovem aquele projeto de salvação, comoveu-se: o rosto infestado tornou-se violáceo; os olhos brilharam de excitação; sua boca se abriu num sorriso feliz e agradecido. Depois de balbuciar algumas palavras de agradecimento, dispôs-se a seguir Werner, que já descia a caminho do abrigo. Karl seguia à frente, em passo curto e saltitante, contente com a boa solução que o jovem amigo encontrara para acudir ao estalajadeiro. Já pensava, com todo o entusiasmo, em como contaria aquela insólita aventura aos companheiros de brincadeiras, quando Werner aproximou-se dele e, pousando-lhe uma das mãos nas costas, falou-lhe num tom severo.

— Eu o proíbo de falar deste homem lá na aldeia a quem quer que seja! Ninguém pode saber! Iam querer vir buscá-lo, fazer-lhe mal, e o *ammano* logo convocaria uma assembleia para nos castigar pela nossa imprudência... Vou tratar de lhe arranjar comida e vinho e depois virei lhe trazer tudo, mas sozinho. Ainda é muito novo, Karl... não posso permitir que corra riscos inúteis. Compreendeu bem? Estamos combinados?

Vagamente ressentido da dureza com que Werner se dirigira a ele, Karl anuiu, desiludido. Em seguida, fixando o olhar severo do jovem, perguntou-lhe:

— E os mirtilos? O que direi a meu pai quando ele vir o cesto vazio?

— Vai lhe dizer que, por hoje, desistimos de procurá-los, porque andamos perseguindo uma lebre, porque havia muito poucos, porque... Oh! por favor, diga-lhe qualquer coisa...

O pequeno olhou para Werner com um ar grave e, fixando sua expressão irritada, retorquiu:

— Meu pai me ensinou a não dizer mentiras, e não é agora que vou começar...

Aborrecido com tanta impertinência, mas secretamente admirado com o caráter decidido de Karl, Werner suspirou.

— Pois bem, eu mesmo falarei com Leopold. Mas tem de me prometer que não vai revelar esse segredo a mais ninguém! — respondeu-lhe em seguida, ensaiando com esforço um sorriso.

Tranquilizado, o pequeno retomou o caminho. Werner virou-se para ver se Edeltredo os seguia. O homem, que prosseguia a passos lentos apoiado ao bastão, quase os alcançara. Indicando-lhe a direção com um gesto da mão, o jovem continuou a descer para o abrigo, cujo telhado começava a entrever-se mais abaixo.

22

— ...NÃO SÓ, MAS EXALTEMO-NOS também nas aflições, uma vez que as sabemos portadoras de paciência. — As palavras do padre chegavam, abafadas, ao fundo da igreja. Sibilla esforçava-se por seguir o sentido da Carta de Paulo aos Romanos, que o sacerdote lia aos fiéis durante a função dominical. Não era só pela distância do altar nem pela voz débil do velho pároco que sua atenção ia aos poucos se dispersando, mas também pelo sonho daquela noite, que infundira no seu espírito um inexprimível sentimento de inquietação.

Depois de passar um dia inteiro junto às tinas do tingimento das peças, a jovem deitara-se quando a noite já ia alta, com as costas doloridas e as mãos entorpecidas pelo enorme peso das peças molhadas. O sono chegara rapidamente, mas fora agitado e povoado de pesadelos. Muitas vezes acordara e muitas adormecera, até de manhã, quando um sonho mais vivo que os demais a perturbara a ponto de fazê-la despertar num vale de lágrimas.

Fora quase uma visão: Sibilla encontrava-se no sopé da montanha de gelo, enquanto um vento gélido chicoteava-lhe o rosto e lhe desalinhava os cabelos. De repente ficara muito escuro e ela voltara-se para trás, observando a aldeia: da porta norte da paliçada vira sair uma longa fila de pessoas que seguravam, cada uma delas, uma tocha. O cintilar interminável de pequenos focos avançava para ela, criando uma esteira contínua que, no entanto, não conseguia iluminar a escuridão do vale. A procissão seguia lentamente, dirigindo-se para a montanha de gelo e salmodiando uma litania desconhecida. Sibilla quis se aproximar para distinguir o rosto das pessoas, mas o vento, cada vez mais forte, repelia-a ainda mais para trás, fazendo-a balançar nas pernas rígidas. O cortejo passava-lhe à frente, sem que ninguém desse por sua presença: à medida que ele desfilava diante dos seus olhos, o brilho das tochas cintilava nos rostos, revelando identidades diversas. Com dificuldade crescente, ela reconhecera muitos dos habitantes da aldeia: Costanza, Daniel, Hermann, Gertrud, Conrad, Ingrid, Franz e quase todos os outros, incluindo as crianças, os servos e o padre. Sua dificuldade transformara-se em espanto quando, entre os últimos, avistara Karola e o pai, jovem e forte como dele se recordava desde criança. "Mãe! Estou aqui, mãe!", gritara ao vento. Mas Karola não a ouvira e continuara a caminhada na direção dos outros, para a montanha. Seu chamado impotente transformara-se num choro raivoso: queria correr para tocar a mãe, mas os pés permaneceram colados ao chão. O espanto transformara-se em horror quando, ao observar a montanha, percebera subitamente que uma enorme caverna se abrira em sua encosta de gelo e que a procissão dos penitentes dirigia-se exatamente para a sua entrada. "Mãe, pai, Gertrud, onde vocês vão?! Esperem aí, por misericórdia: a caverna vai engoli-los! Eu lhes peço, parem, parem aí!" O grito desesperado saíra-lhe dos lábios como um sussurro quase imperceptível aos ouvidos. Um por um, sem se voltar para trás, todos os participantes daquele absurdo cortejo desapareceram no escuro, devorados pela montanha. Por último, ficara uma moça que Sibilla nunca vira: antes de se pôr no encalço dos outros, voltara-se para ela. Espessos cabelos ruivos emolduravam um rosto belíssimo, iluminado pela tocha que segurava com uma das mãos erguida; o outro braço, dobrado sobre o vestido manchado de sangue, segurava um recém-nascido adormecido. A mulher havia-lhe sorrido, e subitamente o vento parara. O vale ficara deserto e silencioso. A montanha estava ali, imóvel, sem mostrar qualquer sinal de vida.

Sibilla acordara lentamente, esforçando-se por sair do pesadelo, com as faces e os cabelos banhados em lágrimas; ouvira, como se fossem de outra pessoa, os seus últimos soluços, enquanto Marcabrù, sentado ao fundo do enxergão, fremente, latia sua inquietação para com a dona. O choro agitado de Sibilla acordara-o de seu sono leve. Por fim, a vibrante presença do cão fizera com que a jovem tomasse consciência de que tivera apenas um sonho. Tranquilizada, estendera a mão no escuro, e Marcabrù aproximara-se dela imediatamente. Enquanto Sibilla acariciava-lhe o pelo hirto do lombo, o cão lambia seu rosto como se quisesse recolher todas as suas lágrimas.

As frases da homilia sobrepunham-se, sem sentido, na mente da moça, dominada por aquela lembrança angustiada. Tinha certeza de que se tratava de um presságio do qual, todavia, não conseguia compreender o significado: quem lhe enviara tal visão? Deus, como no caso de José antes da fuga para o Egito, ou o Demônio, como diziam que acontecia com as bruxas? E para adverti-la de que, então? E quem era aquela moça de cabelos ruivos, cuja expressão angélica tanto a perturbara? Muitos fatos esquisitos haviam acontecido na aldeia nos últimos tempos, e alguns deles revelaram-se dramáticos, como a morte de Ingrid. Todos os colonos pensavam que o ano era nefasto, e Sibilla começara a sentir medo. Tencionava contar o sonho a Leonhardt — talvez ele soubesse interpretá-lo. Pelo menos dessa vez confiaria a ele suas perplexidades: a solidão começava a lhe pesar — a sua vida tornava-se difícil. Estava muito ligada à aldeia onde vivera horas despreocupadas da infância e àqueles bosques que haviam escondido, como uma cortina cúmplice, os momentos mais apaixonados de seu amor por Leonhardt. No entanto, fazia algum tempo que uma maldição parecia ter se abatido sobre Felik, e Sibilla, como outros colonos, percebia a existência de um mal-estar indefinível, de um desastre iminente.

A função terminara; acompanhada por Gertrud, voltou para casa onde, mais tarde, Leonhardt iria vê-la. Ao longo da estrada, Gertrud dissera-lhe que nos últimos tempos Olivia mostrara-se mais agitada do que de hábito: ao embaraço com o tamanho da barriga, que se notava cada vez mais, juntara-se a perturbação provocada por um sonho que a angustiara. Enquanto Gertrud contava-lhe o sonho, Sibilla sentia a inquietação crescer dentro de si, mas resolveu não revelar à prima nada sobre seus medos. Da soleira do *stadel*, Marcabrù veio ao seu encontro, saltando cheio de alegria e levantando remoinhos de pó do chão de terra já seca ao sol do verão.

Karl estava sentado nos degraus do stadel e olhava com inveja e pesar para os amigos, que brincavam com pequenos bastões de madeira a um canto da praça. Tinha o pé direito enfaixado até o tornozelo e sentia muitas dores:

ao descer o caminho do bosque, havia quase uma semana, quando ele e Werner tinham encontrado o doente de escrófula, tropeçara e perdera uma das chinelas. A perna roçara num silvado cheio de espinhos, nos quais cravara dolorosamente sua carne; Leopold conseguira extrair dois deles, mas o terceiro não quisera sair por nada. O pai recomendara-lhe paciência, mas desde que o tornozelo começara a inchar e a ficar arroxeado, espalhava-lhe na pele uma pomada preparada com resina de abeto desfeita em manteiga. Enquanto lhe enfaixava a perna, Leopold avisara-o de que não poderia correr nem brincar até que o espinho saísse.

— Você tem de ficar quieto, filho... mais dois dias, no máximo, e verá que poderá voltar a saltar como uma lebre fugindo de um cão! Entretanto, e uma vez que vai ficar aqui comigo, pode me ajudar a dar um último retoque nestas formas para manteiga... — Assim, ao mesmo tempo que as mãos tentavam completar a incisão que o pai começara na forma, a cabeça de Karl vagueava pelos acontecimentos dos últimos dias.

Edeltredo fora embora. Werner mantivera a promessa e levara-lhe carne de marmota seca, pão e um pequeno odre de vinho que surrupiara, às escondidas, da despensa. Além disso, remexendo as ervas medicinais que o pai conservava devidamente arrumadas na bandeja ao lado da lareira, encontrara cavalinha: Werner nunca se esquecera de que, quando ainda criança, seu rosto enchera-se de repente de pústulas vermelhas. A mãe, que morrera logo no ano seguinte com febres, lhe espalhara por todo o rosto uma decocção preparada com aquelas folhas, e em poucos dias o eczema desaparecera. Werner pensava que Edeltredo talvez pudesse melhorar com a erva; mesmo tratando-se de doença grave, achava que o emplastro certamente não pioraria a situação. Assim, junto com a comida, levara-lhe ainda um saquinho de folhas secas e lhe explicara como preparar o medicamento: a água dos riachos que encontraria pelo caminho serviria para macerar a cavalinha, e uma pequena fogueira feita de raminhos secos, para aquecê-la. Depois de lhe ter novamente recomendado que seguisse os caminhos secundários e que não se aproximasse muito da via romana, Werner ensinara-lhe, um por um, os nomes das aldeias e das igrejas por onde passaria, mandando que os repetisse várias vezes, para se assegurar de que ele os decoraria.

Werner contara a Karl que, no momento de deixá-lo, o homem chorava como uma criança e, instintivamente, fizera o gesto de abraçá-lo, mas depois, passado um instante, refreara aquela manifestação excessivamente íntima. Intuindo o medo que Werner ainda sentia, deixara cair os braços ao longo do corpo e fixara-o com resignação. O jovem, envergonhando-se de sua atitude, pegara-lhe então nas mãos, as quais apertara, murmurando palavras de encorajamento; em troca, recebera um sorriso de reconhecimento. Edeltredo partira, com seu passo lento e esforçado, voltando-se, de vez em quando, para saudá-lo com um gesto da mão.

O rapaz não falara a ninguém sobre o encontro no bosque e recomendara novamente ao pequeno que se calasse. Karl, embora não compreendesse exatamente o motivo de tanto segredo, iria mantê-lo; parecia-lhe, no entanto, que a recusa que todos manifestaram ao escrofuloso não era compatível com os sermões do padre durante as cerimônias religiosas. O Evangelho não dizia, afinal, que os doentes deveriam ser socorridos, como, aliás, os pobres e as viúvas? E então, se aquele homem sofria, por que as pessoas o temiam? Não querendo irritar Werner, que já lhe parecia um tanto preocupado com tudo o que fizera, Karl não lhe perguntava nada sobre isso, prometendo a si mesmo, no entanto, que o faria assim que ele tivesse recuperado o seu habitual bom humor. Por ora, esperava que o espinho saísse depressa de seu tornozelo, para poder voltar a brincar com os amigos. No que dizia respeito a derrubar os pequenos bastões, era o melhor, e sabia disso — assim como o sabiam seus companheiros de brincadeira, bem satisfeitos por verem eliminado, embora por pouco tempo, seu adversário mais temível.

23

MATTHEW SENTIA-SE CANSADO. Apesar de a estada no castelo de Graines, que já durava um mês, ter-lhe permitido recuperar as forças — graças à alimentação variada e farta em companhia de frei Teodoro —, seu estado de espírito não era dos melhores. O esforço para dominar a ansiedade deixava-o nervoso. Gostaria de estar a caminho de Felik, mas a espera da resposta de Gotofredo adiara a partida por mais tempo que o previsto. Aimone contara-lhe que o vassalo que ali chegara vinte dias antes não trazia consigo qualquer documento escrito, limitando-se a confirmar de viva voz que Gotofredo estava avaliando o pedido de clemência para com o carpinteiro inglês. O castelão declarara-se confiante e pedira ao frade um pouco mais de paciência. Finalmente convocara Claudiana à sua presença, encorajando-a com palavras amáveis; a mulher, que nunca esperara encontrar-se diretamente com Aimone, disfarçara pudicamente suas dificuldades, mostrando um comportamento digno, qual dama da corte. Matthew, que a acompanhava, notara no olhar do castelão uma onda de admiração por sua beleza, à qual se seguira uma breve centelha de paixão, subitamente ultrapassada e transformada numa tranquilizadora expressão de benevolência. A mulher, a quem provavelmente não escapara o olhar concupiscente de Aimone, havia-o, todavia, ignorado, mantendo um comportamento submisso e respeitador. Confortada com as promessas do castelão, Claudiana retomara, com paciência, suas incumbências cotidianas; o pequeno John começara a brincar com os outros meninos do burgo, seguido pelo olhar vigilante de frei Teodoro, que se afeiçoara a ele como um avô.

Bartolomeo revelara-se um rapazinho esperto e diligente: seguia com atenção as lições de Matthew e aprendia rapidamente. Também era curioso: não se limitava a repetir declinações e vocábulos, mas queria conhecer a história dos romanos e mostrava-se particularmente interessado nas suas conquistas. Matthew, que precisava rever muitas passagens gramaticais para refrescar o seu latim clássico, tão diferente do falado e das litanias litúrgicas, pedira a Aimone alguns textos de história, que felizmente não faltavam na vasta biblioteca do castelão. Se alguém, tempos atrás, lhe tivesse dito que um dia seria preceptor do filho de um nobre, pensaria tratar-se apenas da fantasia de um louco. Aquele trabalho intelectual, no fundo, não lhe desagradava e, sobretudo, distraía-o da angústia que lhe causava a expectativa de ter de levar sua sinistra profecia a Felik.

De todas as suas atividades, a que mais o envolvia era a partida diária de xadrez com Aimone. O castelão era um adversário aguerrido, e suas capacidades táticas na movimentação das peças obrigavam Matthew a uma intensa concentração, que lhe esvaziava a mente de toda e qualquer outra preocupação. Em algumas circunstâncias vencia, mas era Aimone quem, com mais frequência, dava o xeque-mate; às vezes, a partida protelava-se por dois dias, não podendo o castelão dedicar mais de duas horas de cada vez a tal distração. Durante a tarde, quando o forte calor lhe fazia colar ao corpo a túnica pesada, era um alívio para Matthew alcançar a penumbra da torre e adentrar a sala onde Aimone o esperava. As paredes do castelo, muito grossas, isolavam o ambiente do calor externo, oferecendo um agradável frescor tanto aos homens como aos animais. Na verdade, até o número de gatos duplicara: provavelmente, mesmo para eles o calor de agosto que se respirava pelas ruelas do burgo se tornava por demais desagradável.

Enquanto se dirigia à capela para a celebração das vésperas, o frade sorria: naquele dia, depois de três sessões consecutivas, vencera, finalmente, a partida. Aimone, estupefato, esforçara-se para esconder sua desilusão, mas, como digno adversário, reconhecera suas jogadas erradas e congratulara-se com Matthew.

— Mas amanhã, a vitória será minha! — exclamara, dardejando os olhos na direção do rosto do frade, enquanto mitigava a ameaça com um meio sorriso. Matthew, que já aprendera a não temer o tom ameaçador de Aimone, agradecera-lhe e despedira-se. Aquele nobre lhe agradava: por trás da máscara de senhor feudal, escondia-se um homem sensível e arguto, tão atento às necessidades de seus castelões como hábil na gestão dos interesses políticos de seu pequeno feudo. O frade augurava que o filho viesse a parecer-se com o pai: o próprio Bartolomeo possuía personalidade forte e determinada, e a disciplina à qual Aimone o submetia, escondendo do rapazinho quanto amor a ditava, faria dele um homem capaz, pronto, no devido tempo, para cargos ainda mais sérios que os do pai.

— Está chegando ao castelo alguém muito importante, avise a Aimone!

O camponês, suado e com os braços cheios de palha, corria pela praça, gritando a plenos pulmões, mas um guarda aproximou-se dele e, depois de ter bruscamente mandado que se calasse, reprovou-o:

— O que acha que estamos fazendo em cima dos muros do castelo? Contando as espigas de cereal que devem ser cortadas? Já vimos, há muito tempo, o cavaleiro, e Aimone já está informado! Vá, palerma, vá limpar-se da palha... a julgar por sua imundície, parece que ceifou mais cereal que todos os camponeses do vale!

Humilhado, o camponês dirigiu-se, resmungando, para seu casebre. Enquanto saía das muralhas, viu chegar cinco homens: quatro soldados escoltavam um cavaleiro ricamente vestido, que montava um poderoso cavalo de guerra. O xabraque do animal estava cheio de pó, mas não a ponto de não deixar entrever, nos bordados valiosos que o ornamentavam, as insígnias do visconde. O homem que o cavalgava segurava firmemente entre as mãos o freio, que, passando pela boca do cavalo, aborrecia-o muito e o levava a abanar continuamente a cabeça na esperança de se libertar.

Depois de ter apresentado credenciais ao chefe da guarda, o cavaleiro e a escolta entraram no castelo. Acompanhado por dois soldados, o homem dirigiu-se à torre, onde o castelão o esperava.

Claudiana, que de longe seguira a chegada do pequeno cortejo à praça, imobilizou-se: as mãos deixaram cair os panos na água da bacia, o coração parou. Compondo, com os dedos molhados, os cabelos que lhe haviam caído sobre os olhos, semicerrou as pálpebras na tentativa de ver melhor de quem se tratava. Quando o cavaleiro retirou a suntuosa sela do cavalo, logo conduzido ao estábulo ali perto, teve a certeza de que se tratava do legado do visconde. Com as mãos trêmulas, retirou, apressada, as roupas da água — camisa, calças —, torceu-as desajeitadamente e, fazendo com elas uma trouxa que apertou de encontro ao peito, correu, depois, para estendê-las no varal colocado no meio da horta atrás da hospedaria.

Os gestos rápidos e incertos, devido à agitação, atraíram o olhar embasbacado de frei Teodoro, que voltava do fundo da horta com um cesto cheio de nabos e maçãs.

— O que lhe aconteceu, Claudiana? — perguntou o frei, enquanto apanhava do chão uma peça de roupa molhada que voara dos carregados braços da mulher.

— Tenho de me apressar, tenho de me apressar! — respondeu Claudiana, sem sequer se virar. — Chegou o mensageiro do visconde, tenho certeza... Tenho de me apressar, preciso ir ter com frei Matthew para lhe dizer... tenho de saber... onde está meu filho?... Oh! meu Deus, o que vai ser de nós?...

— Calma, filha, calma! Verá que as coisas vão melhorar: o pequeno John está no moinho, brincando com o filho do moleiro... vai encontrá-lo lá. Mas agora vá se enxugar, deixe tudo aqui: eu vou acabar de fazer seu trabalho.

Sem ao menos esperar pela resposta, o frade pousou o cesto e começou a estender a roupa. Claudiana lhe agradeceu e correu para a hospedaria. Só se deu conta de que falara demais quando já estava se trocando: em teoria, frei Teodoro nada deveria saber sobre o pedido de clemência e sobre o motivo de ela e o filho estarem ali em Graines. O medo de ter provocado qualquer problema com suas frases incautas fez aumentar sua ansiedade. Esperando poder falar com Matthew, dirigiu-se à capela, onde pretendia encontrá-lo.

As funções da nona hora tinham acabado naquele instante. Depois de ter cantado, junto com os outros monges, os salmos e o Kyrie, Matthew saiu da igreja. Embora o sol já tivesse descido do seu zênite, a luz, ainda viva, cegou-o; enquanto semicerrava as pálpebras para reabituar os olhos ao exterior, reparou que a praça estava envolta numa certa confusão. Os guardas andavam para lá e para cá, ordens secas eram gritadas às sentinelas que povoavam a porta. Ainda se perguntava o motivo de tal agitação quando viu a figura ágil de Claudiana, que corria em sua direção: havia prendido os belos cabelos ruivos atrás, na nuca, mas alguns caracóis rebeldes, que haviam fugido do toucado, caíam-lhe pelo pescoço e pelo rosto.

— O que se passa, Claudiana? Algo aconteceu a seu filho? — perguntou Matthew, preocupado com a expressão febril da mulher.

— Oh! frade, mas não vê tantos soldados? Creio que o legado de Gotofredo tenha chegado! Um homem ricamente vestido acabou de entrar na torre, e seus soldados estão lá em cima, na estalagem... e seus cavalos foram trazidos para o estábulo, e não são propriamente animais de tiro! Oh, frade, tenho de saber! O que hei de fazer para me certificar?...

— Fique tranquila, controle sua impaciência! Temos de esperar que Aimone nos diga qualquer coisa: não está pensando que eu possa ir ter com o castelão para lhe pedir notícias na presença do legado! Conhece melhor do que eu as regras que governam as hierarquias no vale. Não passo de um humilde frade: meus ouvidos não podem nem devem ouvir as conversas entre o senhor e o enviado do visconde... Estamos aqui para fazer um pedido de clemência, que esperamos conseguir; apenas isso deve nos interessar. As formas, as palavras, as tramas que levarem à tomada da decisão não nos dizem respeito. Aimone já foi muito generoso conosco: não devemos lhe pedir o que ele nunca poderá nos dar. Nem a senhora nem eu somos seus pares, recorde-se bem disso, Claudiana. Se John Plane ganhar a liberdade, isso acontecerá porque o pedido de clemência também é, de alguma forma, vantajoso para o castelão. Aimone é um bom político e um homem equilibrado, mas não se esqueça: ele é e continua a ser a máxima autoridade do seu pequeno feudo, e como tal deve se comportar. Modere sua ansiedade: verá que, dentro em breve, conheceremos a sorte de John.

Consciente da razoabilidade daquelas palavras, Claudiana anuiu, procurando adquirir uma calma que ainda não experimentara. Matthew convenceu-a a voltar às suas tarefas, prometendo-lhe que assim que tivesse notícias correria para informá-la. A mulher dirigiu-se ao moinho à procura do filho, para reconduzi-lo à hospedaria. Matthew, por sua vez, entrou na capela, onde fez uma oração fervorosa a Deus, para que concedesse a Claudiana e a John a possibilidade de voltarem a viver juntos. Ao sair da igreja, foi abordado por um servo do castelão, que lhe transmitiu uma mensagem da parte de Aimone: naquela tarde, o encontro na frente do tabuleiro de xadrez não seria realizado. Bartolomeo, no entanto, esperava-o, como sempre, para a lição de latim.

Embora sua esperança fosse já bem tênue, Matthew ficou revoltado com aquela mensagem; mas então, raciocinou, se o colóquio com o legado do visconde se previa tão demorado, talvez houvesse uma possibilidade remota de a resposta ser positiva. Uma recusa seca, pensava, requer um tempo brevíssimo, enquanto a aceitação de um pedido é, normalmente, mais longa. Se, na realidade, a justificação do consenso requer motivações artificiosas que salvem a face de ambas as partes, os discursos tornam-se então intermináveis, viscosos como a baba de uma lesma.

Confortado com a lógica de suas deduções, o frade apressou o passo: Bartolomeo esperava-o dali a pouco, e ele teria de rever, nos textos de Aimone, as datas das guerras que César fizera na Gália. Depois de tantos anos longe dos livros, já lhe desaparecera da memória a exata sucessão dos acontecimentos históricos que teria de contar ao pequeno aluno.

— Pois bem, frei Matthew, quem vai vencer a partida de hoje?

Aimone observava, com ar divertido, o rosto ansioso do adversário, sentado, como sempre, no banquinho diante do tabuleiro de xadrez. O castelão chegara ao habitual encontro cotidiano para comunicar a notícia ao frade. Não achara oportuno convocá-lo num outro momento, porque isso seria notado: entre as espessas muralhas da torre vagueavam servos com orelhas muito compridas e línguas muito soltas. Aimone não desejava que ninguém, no castelo, tivesse conhecimento das intrigas que lhe haviam permitido vingar-se da arrogância de Bosone. Aos seus castelões bastaria saber que Gotofredo subscrevera um pacto de não-agressão com Graines e que nenhuma outra expropriação de terras iria acontecer. Aos olhos dos camponeses e dos soldados, o mérito do acordo seria todo seu: só o capelão conhecia o verdadeiro motivo da mudança de comportamento por parte do visconde, mas Guillaume era um homem fiel e não iria falar. Aimone não esperara obter tanto do seu pedido de clemência para o carpinteiro inglês, mas, evidentemente, como o legado lhe havia feito compreender nas entrelinhas, os inquéritos desenvolvidos em Châtel-Argent, juntamente com a grande clarividência política de Gotofredo, haviam conduzido o visconde a conceder mais do que o que lhe fora requerido. A casa dos Challant tinha, seguramente, alvos mais substanciais a atingir que o pequeno castelo de Graines, com o qual, todavia, não seria oportuno entrar em conflito. Nantelmo era uma figura importante para além dos Alpes, e talvez um dia Gotofredo também tivesse necessidade da sua aliança. Bosone, por sua vez, iria aprender a lição e usar de mais cautela ao arrogar-se funções judiciárias sem o beneplácito do seu mais poderoso irmão.

Não podendo ler os pensamentos de Aimone, Matthew perguntava-se a razão daquela expressão indulgentemente zombeteira que o rosto do castelão estampava. Esperava que se tratasse apenas de sua vontade de tornar a vencer, e não da atitude de quem tem de comunicar uma má notícia e quer fazê-lo da forma mais ligeira. Mas não ousava perguntar — não ainda: esperaria com paciência, até que Aimone lhe falasse espontaneamente de Plane e de sua condenação.

— Não posso sabê-lo, meu senhor — respondeu Matthew com um sorriso incerto —, tudo dependerá da sua habilidade e da minha presteza: hoje estou cansado; este calor ao qual ainda não me habituei acaba comigo...

— Bom, bom! Então hoje pode dar-se o caso de a vitória ser minha! Pode começar a jogar, frade...

Matthew, desiludido com o rumo que o discurso tomara, que não seguia de fato a direção que esperava, moveu o rei, avançando duas casas. Enquanto esperava a jogada de Aimone, observava como as peças do jogo eram tão diferentes das que utilizava em St. Albans, com seu velho mestre. Também as que estavam à sua frente, como as outras, eram talhadas em osso, mas o material era mais escuro, polido e trabalhado com mestria: as figuras esbeltas da rainha e do rei sobressaíam na borda do tabuleiro de xadrez, enquanto os ágeis cavalos e os arrojados peões ocupavam as casinhas a toda a volta. Eram belas, sem dúvida, e muito mais requintadas que as suas — todavia Matthew recordava, com nostalgia, as peças que, na pressa de partir, deixara no convento. As formas toscas daquelas velhas figuras nórdicas pareciam esculpidas na pedra; só a barba, sumariamente gravada, e uma espada tosca distinguiam as feições do rei das da rainha, também austeras. Os cavaleiros, cobertos por enormes escudos, montavam, imóveis, cavalos albardados, enquanto o bispo segurava, com expressão solene, uma enorme pastoral.

— Então, frade, adormeceu? — perguntou Aimone, observando o olhar ausente de Matthew, que, perdido em meio às recordações, tardava em fazer a jogada.

A repreenda sacudiu o frade, que, depois de ter refletido brevemente, deslocou a torre duas casas.

— Mas o que é isso...? Bom, apesar de estar cansado, como diz, ainda tem vontade de correr riscos! Não teme o perigo dessa jogada? Pois bem, basta, frade: eu cerco, e mais ninguém poderá fazer sair o rei do meu castelo!

Matthew calou-se. Enquanto jogava, Aimone tinha o hábito de comentar as próprias jogadas e as do adversário. O frade, pelo contrário, habituado à mais completa concentração, que o velho monge de Lewis ensinara a ele, suportava com dificuldade as graças e as críticas, preferindo levar em silêncio sua estratégia. As palavras distraíam-no e impediam-no de intuir as próximas jogadas do adversário. Talvez fosse esse o motivo, pensou, de Aimone continuar a tagarelar: porque compreendia a sua necessidade de reflexão, tentava confundir-lhe os pensamentos com provocações e brincadeiras. Irritado, Matthew empenhou-se na partida ainda mais, esquecendo todas as outras preocupações.

A luz que entrava pelas duas janelinhas enfraquecia aos poucos. Um servo, que silenciosamente viera até a sala para acender as tochas suspensas da parede, fora seguido pelo grande gato branco que todos os dias saltava para os joelhos de Aimone. Matthew encontrara-o, mais de uma vez, já comodamente enrolado sobre a túnica do castelão; frequentemente esgueirava-se para o salão assim que começava a escurecer. Aimone acariciava-o sem qualquer aborrecimento; então Matthew pensava que a presença do felino contribuiria para acalmá-lo, sobretudo na ameaça de uma partida perdida.

O gato, instalado sobre as coxas largas de Aimone, fixou o frade demoradamente com um olhar de desconfiança, para, em seguida, depois de ter rodado várias vezes sobre si mesmo, enroscar-se com o focinho encostado ao rabo.

O jogo continuava. Aimone, convencido de que naquele dia a vitória seria sua, movia as peças velozmente, ao ataque, sem considerar, a fundo, os riscos de sua estratégia. Queria terminar a partida o quanto antes, para finalmente comunicar ao frade a notícia da iminente libertação do carpinteiro: poderia tê-lo feito antes, à sua chegada à sala, mas preferira adiar o momento, porque estava certo de que a excitação privaria o adversário da concentração necessária.

— Maldição, frade! Não me diga que também quer vencer hoje? — exclamou o castelão, percebendo de repente ter se enganado numa jogada do cavalo.

Matthew sorriu, prosseguindo, em silêncio. Aimone, muito atento às peças para se dar conta da expressão do frade, iniciou uma tática de defesa já tardia: depois de ter tentado reconquistar posições, avançando o rei, um peão e a torre, encontrou-se perante um xeque-mate.

— Vão para o diabo, você e sua rainha branca! — gritou o castelão, levantando-se de um salto, com o rosto afogueado.

O gato, desastradamente expulso do colo de Aimone, tentou impedir a queda mostrando as unhas, que se enredaram na túnica, fazendo um enorme rasgão no tecido precioso. Enquanto o animal fugia, maltratado, na direção da porta, Aimone observou, surpreso, o rasgão, erguendo o tecido entre as mãos para avaliar bem a importância do dano. Matthew, assustado com a violenta reação do castelão, levantou-se, por sua vez, fixando, ansioso, seu rosto. Embora sem compreender a razão de tanta raiva por uma derrota naquilo que, no fundo, não passava de um jogo, o frade estava prestes a desculpar-se da vitória quando em Aimone, cuja túnica estava levantada até os joelhos, irrompeu uma sonora e interminável gargalhada. Com os olhos lacrimejantes, devido ao acesso de riso, o castelão fixou o olhar em Matthew e tentou se acalmar.

— Oh, meu Deus, frade, há quantos anos eu não ria assim! Foi mesmo preciso uma pessoa como você para me levar a fazer essa figura de pateta! Como pode alguém ser tão palerma, que se enfureça por causa de uma partida de xadrez... E a minha túnica... basta um estúpido gato para me fazer parecer um vulgar camponês que mostra até as cuecas! Oh!, frade, foi o Céu que o mandou, para zombar da minha orgulhosa vaidade...

— Mas o que diz, senhor? Trata-se apenas de um jogo; hoje ganhei eu; amanhã será a sua vez...

— Não, frei Matthew, você é melhor do que eu, mas não é esse o problema — respondeu o castelão, recompondo-se e deixando-se cair, ofegante, no pequeno escrínio, ao fundo da sala. — O fato é que, quando o destino nos habitua à reverência de toda a gente, torna-se difícil nos lembrarmos de que, por baixo dos trajes valiosos, existe um homem como tantos outros. Quando o respeito do povo é ditado pelo temor e se transforma muito frequentemente em adulação, é inevitável acreditarmos que somos invencíveis e mais astutos que qualquer outro...

Matthew, de pé à sua frente, ouvia com admiração crescente a confissão de Aimone. Ainda não havia compreendido que se encontrava na presença de um nobre tão sincero e tão humilde, capaz de reconhecer os próprios defeitos. Perturbado, procurava as palavras sensatas com que responder quando o castelão fez-lhe sinal para avançar um pouco mais ainda.

— Não tente me bajular, porque sei muito bem que tenho razão. Não quero lisonjas, não de você. Além disso, tenho de lhe falar do carpinteiro inglês, e sei com que ansiedade você e Claudiana esperam pela resposta do visconde. Pois bem: Gotofredo concedeu clemência!

Matthew ficou sem fôlego. As mãos, até agora rígidas e estendidas ao longo do corpo, juntaram-se num gesto de prece na frente do peito; os olhos azuis tornaram-se brilhantes de comoção; a boca abriu-se num sorriso. A voz, enrouquecida pela emoção, saiu da garganta como um estertor. Lançando-se de joelhos diante de Aimone, balbuciou um agradecimento.

— Para cima, para cima, de pé! Não há altares aqui; portanto, o que faz aí, ajoelhado? Levante-se e ouça-me bem: o legado do visconde falou de clemência porque esta era a única maneira formal de conceder a liberdade ao seu carpinteiro. Gotofredo aproveitou a ocasião dos festejos pelo nascimento do seu último filho para cancelar as condenações de alguns prisioneiros de guerra, espalhados pelas cadeias de seu feudo. Discretamente, entre os outros nomes, incluiu o de Plane: possivelmente ninguém percebeu isso, salvo Bosone e o regente de Châtel-Argent. Não sei como o visconde terá se acertado com o irmão, mas no que toca a Châtel-Argent, me disseram que Gotofredo mandou fazer investigações que parecem ter confirmado a versão do inglês. Segundo dizem, a falsa testemunha de acusação foi facilmente desmentida pelas duras ameaças feitas a pedido do visconde, que garantira a sua prisão em caso de perjúrio. Na realidade, uma vez que Plane é inocente, não se trata de clemência, mas do reconhecimento de um erro judiciário, que, como pode compreender, Gotofredo não tem qualquer interesse em fazer reconhecer como tal: mesmo não tendo sido o seu tribunal a cometê-lo, posso, todavia, intuir que preferirá não se tornar inimigo de um feudo com o qual mantém relações bastante estreitas. O senhor de Châtel-Argent, por sua vez, certamente não deseja que todo o vale venha a saber que o novo arquiteto de seu castelo é um sodomita!... E assim, na paz de todos, o carpinteiro será libertado e poderá juntar-se àquela mulher e seu filho. O que lhe parece, frade: podemos nos dar por satisfeitos?

Matthew, a quem as explicações de Aimone haviam aos poucos restituído a calma, perscrutou atentamente o rosto do castelão antes de lhe responder:

— Estou feliz, meu senhor, e Claudiana ficará mais feliz ainda. Não tenho palavras para lhe agradecer: sem sua ajuda, Plane estaria, provavelmente, suspenso na forca, e haveria um órfão a mais por estas paragens. Espero apenas que não venha a se arrepender da generosidade que demonstrou para com eles; que esse gesto magnânimo não vá, de qualquer modo, prejudicar suas relações com o visconde...

— Em suma, quer saber o que o meu feudo ganhou com toda essa história! Vou lhe dizer uma coisa, frade: se não tivesse de prosseguir em sua peregrinação, iria lhe propor que ficasse por aqui comigo, em Graines, como meu conselheiro político pessoal! A sensatez que demonstra ao falar e a argúcia de suas análises fariam de você um ótimo diplomata... Frei Matthew, disputamos muitas partidas de xadrez juntos para que eu não tenha aprendido a apreciar uma inteligência viva como a sua! A curiosidade que demonstra é compreensível, e, em homenagem à estima que tenho por você, serei muito franco: tudo isso foi, para mim, é uma pequena vitória política, uma certeza de respeito futuro por parte do visconde. Bosone é um regente presunçoso, que chegou a governante de Cly apenas graças à vontade do irmão. Não é, de modo algum, estúpido: rodeia-se de vassalos e construiu uma rica corte de colaboradores, mas, apesar de suas capacidades, continua a mostrar-se arrogante; enfim, um pequeno tirano. Acho que a obediência ao irmão mais poderoso, que teve de demonstrar nesse caso, constitui, para nós, uma garantia contra outras reivindicações injustas de sua parte. Percebe agora, frade, por que aceitei ajudar Claudiana? Como vê, a minha generosidade, tal qual diz, não foi assim tão grande... Basta, frei Matthew. Este discurso não deve passar das paredes desta torre. Ninguém, nem mesmo Claudiana, deverá saber os motivos que me levaram a ajudá-los...

Matthew acenou afirmativamente e calou-se. Eram muitas as coisas que gostaria de ter dito a Aimone, mas tinha certeza de que o discurso, qualquer que fosse, seria inoportuno, depois daquela sincera declaração de intenções. Além disso, enquanto, por um lado, se sentia lisonjeado com as apreciações do castelão, por outro, percebia, com certo aborrecimento, os jogos táticos, habituais nas estâncias do poder e dos quais, dessa vez, ele próprio fora um peão involuntário. Limitou-se, portanto, a agradecer mais uma vez e a prometer seu silêncio.

Aimone levantou-se e, enquanto o acompanhava até a porta, informou-o de que, dentro de três ou quatro dias, um de seus guardas iria conduzir o carpinteiro a Graines. Depois, se Plane e Claudiana quisessem ficar no castelo, poderiam fazê-lo, conquanto construíssem sua casa: no seu feudo, disse Aimone, havia sempre necessidade de carpinteiros, e trabalho não faltaria a John. Se, no entanto, quisessem ir para o vale, certamente não os impediria.

Chegado à soleira da porta, Aimone hesitou. Parando diante de Matthew, fixou-o nos olhos e disse:

— Agora que essa história terminou, partirá, como é justo que aconteça. Meu filho perderá um ótimo preceptor, e eu, um bom amigo. Poderei mudar o curso da sua vida, frade? Não, não creio ter tanto poder sobre você, como, no fundo, não acredito nessa sua peregrinação penitencial. Se um dia quiser me dizer o que de fato o trouxe aqui, saberei ouvi-lo como a um irmão. Se, pelo contrário, o fardo que suporta for muito pesado para ser partilhado, é melhor que mais ninguém o saiba. De qualquer maneira, seja feita a vontade de Deus.

Matthew, que sempre suspeitara de que Aimone não se deixara enganar quanto à finalidade de sua viagem, abriu a boca, tentando falar, mas logo a fechou. Seu rosto corou e seus olhos, que até havia pouco fixavam o castelão, baixaram em direção às sandálias. Enquanto um sorriso cansado encurvava-lhe os lábios, Aimone pousou-lhe uma das mãos nas costas.

— Vá, frade, vá. Claudiana espera notícias. É nela que deve pensar agora: nós teremos tempo de falar...

Matthew saiu para o terreiro. A escuridão já era total, apenas intervalada pelas poucas tochas que cintilavam ao longo das muralhas e pelas luzes das velas que se entreviam para lá da porta da estalagem aberta de par em par. Chegando à hospedaria, encontrou Claudiana, que o esperava logo à entrada. À luz trêmula do pequeno círio colocado sobre a mesa, o frade deu-se conta da tensão febril que a devorava. Estava pálida, com olheiras, e sua boca tremia num espasmo incontrolável. Matthew pegou sua mão e fez que se sentasse.

— Libertaram-no. John voltará para você.

O grito libertador de Claudiana transpôs as frágeis paredes do hospício e chegou, como o de um animal ferido, à praça. No estábulo, um cavalo virou a cabeça inquieto, tentando perceber de onde viera tamanho grito; com as narinas frementes, cheirou o ar e, depois, tranquilizado pelo silêncio da noite, retomou o sono.

24

NAQUELA NOITE, UM VIOLENTO temporal trouxera, enfim, um pouco de frescor. A terra queimada da praça estava agora ensopada, e um lamaçal grumoso empapava o calçado. O ar tornara-se mais respirável, embora, entre as paredes do castelo, o mormaço estival fosse ainda muito carregado.

Ao longo do caminho entre a capela e a hospedaria, Matthew respirava a plenos pulmões a leve brisa matutina que a tempestade deixara atrás de si. Da soleira do abrigo, um choro de criança alertara-o: devia tratar-se do pequeno John, que, naqueles dias, mostrava-se irritável e inquieto. Muitos acontecimentos novos lhe haviam perturbado a vida, até agora tranquilamente passada entre as brincadeiras, refeições e corridas atrás de frei Teodoro. De repente, tudo mudara: certa noite aparecera um homem desconhecido, roto e sujo, com a barba comprida e um olhar alucinado, que, sem motivo aparente, procurava pela mãe. Assim que o vira, Claudiana abraçara-se a ele e entregara-se a um choro convulsivo. O homem, que coxeava um pouco, quase caíra ao chão. Claudiana mantivera-se abraçada a ele, misturando as suas lágrimas com as daquele homem, murmurando frases incompreensíveis que soavam, abafadas, por entre soluços. O pequeno John ficara ali, imóvel e assustado, perguntando-se quem era aquele indivíduo sujo e malcheiroso que fazia a mãe chorar. Quando, depois de ter mandado o homem sentar no banco, ela voltara-se para ele, pegara-o pela mão e o pusera à sua frente, o medo transformara-se em terror: à luz fraca da vela, a criança entrevira um rosto cavernoso e horrível, em tudo semelhante às pavorosas figuras de pedra que ornamentavam o portal da capela. O homem estendia-lhe os braços magros, convidando-o a se aproximar, mas John nem se mexia. Claudiana empurrava-o docemente, sussurrando-lhe que aquele era o seu pai e que ele queria lhe dar um beijo. Embora sem compreender o significado daquelas palavras, o pequeno obedecera: olhando fixamente para o chão, dera alguns passos firmes na direção do homem, mas, depois, chegando à sua frente, parara, à espera. Plane puxara-o para si e, com as pouquíssimas forças que lhe restavam, sentara-o em cima dos joelhos e o abraçara. A barba áspera e fétida arranhara-lhe as bochechas gorduchas; as mãos ossudas magoaram-lhe as costas. John não resistira e, manifestando seu medo, torcera-se e correra para se refugiar nos braços da mãe, que sorrira e consolara-o demoradamente, repetindo-lhe que o homem era seu pai e que queria muito bem a ele. Naquela noite, o menino dormira um sono agitado, que a mãe tivera de acalmar por várias vezes, mantendo-o ao seu lado no enxergão.

Na manhã seguinte, ao despertar, o homem ainda estava ali, sentado ao lado de Claudiana. Seu aspecto era um pouco menos horrível, e o cheiro repugnante, menos agudo: a barba e os cabelos já estavam mais arranjados; as calças, rotas e cheias de lama, da noite anterior, tinham sido substituídas por uma túnica sem forma, de lã natural, dentro da qual se perdia um corpo esquelético. John fixava-o com o olhar ainda amedrontado e seguia seus passos em silêncio; frei Teodoro levara-lhe um copo de leite fresco, que Plane bebera em pequenos goles, como se a garganta se cansasse ao engolir. O frade dissera a Claudiana que, naquele dia, ele próprio cuidaria das incumbências da hospedaria, e que, assim, ela poderia se ocupar do recém-chegado. A mulher compreendera, pelas palavras não ditas e pela generosa dispensa do trabalho, que Teodoro sabia o que se passava entre ela e Plane.

O carpinteiro estava esgotado: a magreza impressionante dos membros testemunhava o duro regime prisional a que fora submetido. Só os olhos, vivos e febris, pareciam viver — o resto do corpo arrastava-se como um saco de centeio meio vazio. Claudiana, passados os primeiros momentos de alegria incontida, dera-se conta de que a vida de seu homem estava por um fio: a tosse catarrenta e o tremor constante teriam de ser tratados durante algum tempo até desaparecer. Na noite anterior, depois de ter embalado o filho até que ele adormecesse, passara muitas horas cuidando de Plane. Lavara-o, e ficara horrorizada com as feridas profundas que se espalhavam por seu corpo; cortara-lhe com esforço o cabelo e a barba, os quais, a tal ponto emaranhados e cheios de piolhos, mais pareciam uma massa de cânhamo escura ainda por cardar; arranjara-lhe uma veste curta de lã, cujo contato áspero com a pele provocara-lhe gemidos dolorosos. Por fim, exausto, Plane adormecera ao seu lado, sobre o estreito enxergão onde o pequeno John já dormia. Claudiana vigiara-o por um tempo, perguntando-se se o homem que tinha ao seu lado algum dia voltaria a ser o que já fora.

Ao comunicar-lhe a notícia da libertação, dias antes, Matthew avisara-a das precárias condições de saúde de Plane, e suas palavras foram delicadas e cheias de tato. Claudiana compreendia agora que o frade não pretendia assustá-la nem privá-la de esperança. Enquanto adormecia, pensara em perguntar ao frade qual seria o melhor tratamento para John: ela conhecia apenas algumas ervas e cataplasmas, decerto insuficientes para tratar aquele espectro de homem.

A tempestade de uma semana antes tinha causado uma mudança no tempo. O calor já não era tão opressivo, interrompido, frequentemente, por alguns aguaceiros breves, que contribuíam para manter longe a canícula.

— Como está hoje? — perguntou, sorridente, Matthew a John, falando-lhe na sua língua comum.

O carpinteiro estava sentado de esguelha sobre uma pedra do quintal atrás da hospedaria, entrelaçando, com as mãos trêmulas, o remate de um cesto. Ao seu lado, sentado na relva, o pequeno John escolhia, por entre um feixe de raminhos amontoados, os que lhe pareciam mais adequados e passava-os, um a um, ao pai. A expressão do menino era séria e atenta, e ele já não mostrava qualquer traço de medo.

— Vou bastante bem, frei Matthew, vou bastante bem... E, se não estivesse aqui fazendo trabalho de mulher, estaria ainda melhor! Mas vê como as minhas mãos ainda tremem? E as pernas, a dificuldade com que me mantêm de pé? Como farei para retomar o trabalho, para criar meu filho?

— Como faria, se o Todo-Poderoso não lhe tivesse concedido a possibilidade de continuar a viver? — respondeu Matthew, com expressão de severa reprovação no olhar. — Pendurado na forca, poderia, por acaso, tomar conta de John? Em vez de se lamentar, agradeça a Deus, que lhe salvou a vida!

Plane corou e, baixando os olhos, desculpou-se de sua choradeira — digna, reconheceu, de um fraco.

— Mas eu não era assim, sabe, frade? Eu era um homem...

— E há de voltar a sê-lo, John, só precisará ter paciência: não quero que seu filho aprenda com você nem a lamúria nem a fraqueza... Vai ficar bom, John, se essa for a vontade de Deus. E por que, neste momento, haveríamos de duvidar de Sua benevolência?

Claudiana, que chegava do lavadouro com uma tina cheia de roupas para estender, aproximou-se e, ouvindo as últimas frases daquela conversa em inglês, voltou-se para o frade, sorridente, mas com seriedade:

— O que estão escondendo de mim, vocês dois? John tem de aprender o idioma do vale, se pretende ficar por aqui: portanto, frade, não deite por terra os meus esforços de professora, falando com ele na língua de vocês!

O rosto de Matthew iluminou-se numa expressão de surpresa.

— Foi essa a decisão de vocês? Decidiram permanecer em Graines?

Claudiana encostou-se em John e, tendo posto no chão a tina, inclinou-se para envolvê-lo, num gesto de terna proteção.

— Sim, frei Matthew: vamos viver aqui pelo menos até que nosso filho esteja um pouco mais crescido. O capelão Guillaume nos disse que a igreja precisa de restauros urgentes e propôs a John trabalhar para ele. Se o considerar suficientemente habilidoso e capaz, entregará a ele a direção dos trabalhos, no lugar do velho chefe do estaleiro, que partiu há um mês para o castelo de Villa. Depois, dentro de alguns anos, se conseguirmos enfrentar uma viagem tão longa, e se John assim o quiser, poderemos nos transferir para a Inglaterra, voltando para o condado onde ele nasceu...

— Fico feliz com essa decisão — exclamou Matthew — e acho que será a mais justa! No entanto, ao que me parece, existe ainda um pormenor de que o padre Guillaume lhes falou...

Claudiana fixou, melancólica, o frade.

— Assim que o capelão me fez sua generosa oferta, logo pensei que haveria condições a respeitar. Desagrada-me feri-lo com essas palavras, porque também o senhor, como ele, usa as vestes da Igreja de Roma, mas saiba que não é de bom grado que aceito a imposição de Guillaume. Compreendo que regularizar a nossa união perante Deus constitua uma necessidade tanto para ele como para o castelão. E que sem um casamento ninguém nos aceitaria na comunidade de Graines, mas acredite em mim, frade: o fato de termos de nos submeter a esse rito para mim não conta...

— O que diz, Claudiana, é uma blasfêmia!

A voz de Matthew ecoou alta e irada no ar subitamente calmo. O menino ergueu de repente a cabeça, arregalando os olhos para fitar a expressão furiosa do frade. O próprio John, que não percebera bem o significado das frases pronunciadas numa língua ainda difícil para ele, fixou, admirado, o rosto de Matthew:

— Domine sua cólera, frade — replicou Claudiana, com um sorriso cansado —, e procure compreender: estou grata ao Todo-Poderoso por me ter dado a possibilidade de encontrar John, e o meu reconhecimento para com você, que me ajudou, sem temer pôr em risco sua missão, será tão longo quanto a minha própria vida. Isso, todavia, não me impede de considerar a liturgia uma série de hábitos e regras que não têm nenhuma relação com os ensinamentos do Cristo: minha união com John já foi consagrada pelo nascimento de nosso filho e pelo amor que nos une; seguramente não tem necessidade de um capelão que a abençoe...

— Mulher, você delira, fala como uma herética!

Matthew, apavorado com o discurso peremptório de Claudiana, ficara corado e olhava ansioso ao redor, com medo de que alguém tivesse ouvido.

De pé em frente a ele, com os olhos lampejantes de provocação, a mulher abriu a boca num sorriso amargo, e a voz tornou-se dura.

— Sou uma ignorante, frade: acha que para a profissão que exercia precisava estudar as Escrituras? Diga-me, portanto, como poderei ser acusada de heresia, se da religião de Roma não conheço senão algumas orações que aprendi em criança? Acha, por acaso, que as prostitutas são acolhidas na igreja com todas as honras e que podem participar das funções junto com as damas da corte? Não, frade, não sei nada de heresias, mas de uma coisa tenho certeza: só o Altíssimo pode ler meu coração; nenhum outro pode fazê-lo, nem mesmo você.

O olhar provocador de Claudiana não abandonava o frade, na espera fremente de uma réplica severa. Matthew, aturdido com a aspereza de suas palavras, fitava-a atônito. Não compreendia: enganara-se, certamente, na ideia que fizera daquela mulher? E, no entanto, quando prometera ajudá-la, sabia qual fora seu mister: como pudera ser tão ingênuo, pensando tratar-se de uma mulher honesta, temente a Deus? A verdade, amarga como fel, era que se deixara enfeitiçar por sua beleza. Confuso e cheio de vergonha, empalideceu. Uma súbita vertigem o acometeu. Claudiana, intuindo pela sua palidez que o havia perturbado profundamente, foi assaltada de uma repentina atitude de piedade e estendeu os braços para segurá-lo.

— Perdoe-me, frade — sussurrou —, não queria ofendê-lo nem mesmo desrespeitar as vestes que traz. Talvez devesse conter minha língua, mas saiba que apenas lhe abri meu coração. Em qualquer dos casos, apesar daquilo que penso, eu e John vamos nos casar. É um sacrifício que aceitarei, porque lhe devo reconhecimento, assim como devo obediência ao castelão que confiou em mim. Não posso desiludir ninguém, nem mesmo frei Teodoro, que, durante todo esse tempo, foi como um pai para mim.

Ainda atônito, Matthew não respondeu. Seu olhar passava dos olhos arregalados da criança, para os interrogativos de John e para o rosto orgulhoso de Claudiana. Uma ligeira brisa começara a soprar havia pouco, desalinhando os cabelos ruivos da mulher.

— Deve vir aí um outro temporal — acrescentou o frade, calmamente.

Depois, virando-se, dirigiu-se com passos incertos à capela: ali iria rezar, esperando que a infinita misericórdia de Deus o ajudasse a compreender e a carregar o fardo que, dia a dia, tornava-se sempre mais pesado.

Claudiana olhou-o enquanto se afastava, e a expressão triste de seus olhos revelava quão difícil seria, também para ela, o caminho que ainda tinha pela frente.

25

— ELE PRECISA IR, BARTOLOMEO, não podemos mantê-lo aqui conosco para sempre. Frei Matthew cumpre uma peregrinação e deve levá-la até o fim...
— Mas, pai, não pode pedir a ele que fique até a próxima primavera? Não sabe que, além do latim, estou aprendendo também um pouco da língua dele? Se a conhecer bem, quando me tornar cavaleiro, poderei ir à Inglaterra e levar suas mensagens aos condados daquele país longínquo...
— E logo até a Inglaterra! E que notícias daqui de Graines levaria aos ingleses? Calma, meu rapaz, o caminho para alcançar a maturidade ainda é longo...

Aimone e Bartolomeo passeavam juntos ao longo das muralhas, num dos raros momentos em que o castelão podia conversar com o filho. Logo abaixo, a escarpa sobre a qual surgia a cidadela perdia-se, íngreme, entre saliências de rocha e vales escarpados. Ao longe, a estrada para o vale confundia suas curvas numa ligeira neblina já outonal.

Bartolomeo estava triste: a notícia de que frei Matthew iria partir entristecera-o. Teriam fim as manhãs curvado sobre os livros, que o rapazinho apreciava muito mais do que as horas passadas nas escuderias: agora teria de continuar a estudar sozinho a história de Roma, renunciando às lições com o frade. A criança ficava fascinada com as palavras daquele homem que lhe contava as histórias antigas, explicando-lhe com grande clareza as intrigas, as pequenas misérias e a avidez de poder que haviam conduzido Roma a conquistar o mundo quase todo. Quando, por vezes, o frade não sabia qualquer vocábulo na língua do vale, pedia-lhe que o traduzisse para o latim e depois também para o inglês. Fora assim que Bartolomeo tomara gosto por aquela estranha língua gutural, que se divertia ao repetir, aprendendo rapidamente tanto as palavras como a construção gramatical.

— Agora, me diga: está pronto para jogar uma partida de xadrez com seu pai? — perguntou Aimone, sorridente, ao filho, que, perdido em seus pensamentos, desenhava rabiscos com a ponta do pé no pó do caminho. Na realidade, o castelão sabia de antemão que o menino estava apto a jogar: Matthew dissera-lhe que, embora ainda não tivesse vencido nenhuma partida, Bartolomeo demonstrava já ter compreendido os mecanismos táticos reguladores do jogo. O frade também o aconselhara a, no caso de querer competir com o filho ante um tabuleiro de xadrez, deixá-lo vencer algumas vezes, de modo a estimulá-lo a progredir.

— Sim, pai, se quiser, mas certamente será o senhor que vencerá, como sucede sempre com frei Matthew...

— Isso agora, filho, por enquanto... Exercitou-se tanto até agora: a partir de amanhã, daremos início ao nosso torneio!

Aimone apoiou o braço nas costas do filho, e, juntos, encaminharam-se para a torre. Naquela tarde, esperava-o uma longa conversa com o frade: uma despedida, certamente, mas também uma proposta de futura e eventual disponibilidade de sua parte, caso os acontecimentos e as muitas coisas não ditas pusessem Matthew de novo no caminho de Graines.

Claudiana estava costurando uma camisa nova para o filho. O perfume de resina de abetos jovens, com que haviam construído o casebre, a inebriava. Sozinha, no pequeno quarto, cantarolava uma antiga melodia, enquanto os dedos se moviam, velozes, entre as duas orlas do tecido. O marido começara havia pouco a trabalhar na capela; a perna ainda lhe doía, e aquele jeito de coxear ficaria para sempre. A tosse, no entanto, desaparecera, graças às ervas do frade e ao ar puro de Graines: John retomara as forças muito mais rapidamente do que ela esperara. A generosidade de frei Teodoro enchera-o de comida: queijo gordo, frutas e vinho haviam conseguido restituir as forças aos membros descarnados de John, enquanto o belo rosto nórdico retomava as feições altivas de outros tempos. Agora, o trabalho na capela permitiria que se mantivessem dignamente. O pagamento não era muito alto, mas seria suficiente para viver. Tinham ainda uma dívida com Joseph, o marceneiro, que, roubando tempo à sua atividade, empenhara-se, durante vários meses, em ajudá-los na construção da casa. Sem a ajuda dele, John nunca conseguiria fazer isso, estando tomado pela febre e pela tosse. Embora Joseph não desejasse nada em troca, Claudiana tinha a intenção de lhe pagar generosamente, assim que tivessem dinheiro suficiente.

Claudiana espetou-se com a agulha, e uma gota de sangue caiu sobre o cânhamo. Sem motivo aparente, aquela manchinha recordou-lhe a manhã de seu casamento, celebrado havia já quase um mês. Também então a sua veste estava manchada: pequenos riscos, já escurecidos, do sangue do filho, que, depois de escorregar nas pedras, correra até ela, chorando, e sujara-lhe o vestido com os joelhos ensanguentados. Lavara e voltara a lavar o vestido, mas as manchas nunca mais desapareceram. Antes de ir à capela, John trouxera-lhe um raminho de flores colhidas no quintal, e ela as pusera à cintura, de modo que as pétalas delicadas escondessem aqueles riscos escuros. O padre Guillaume casara-os pouco depois do amanhecer, realizando a cerimônia junto com frei Matthew. Mais ninguém estava presente: o pequeno John ainda dormia, e frei Teodoro, embora contra a vontade, renunciara a participar da função para poder tomar conta da criança quando ela acordasse. A cerimônia fora breve; por fim, Guillaume abençoara-os com um ar satisfeito, enquanto Matthew se mantivera à parte, intimidado. Foram os dois esposos que, depois de regressarem à hospedaria, ajoelharam-se na frente do frade e pediram a sua bênção especial. Matthew, surpreso, concedera-a, um pouco hesitante, enquanto Teodoro chegava com um grande tabuleiro cheio de doces e mel. Sobre uma mesinha, o bom frade colocara quatro canecas e um jarro de um vinho bom, para brindar aos dois novos esposos. O pequeno John juntara-se a eles dali a pouco com os olhos ainda inchados de sono e, mesmo sem compreender o motivo daqueles festejos, pedira bem alto a sua cota de doces e também um gole de vinho.

Claudiana soltou um suspiro profundo, que todos ouviram: dali a pouco, frei Matthew iria embora, deixando-lhes uma grande tristeza. Aquele homem salvara três vidas, sem pedir recompensas, e obedecera às ordens do castelão, que o retivera, junto de si, mais tempo que o permitido, sem nunca se lamentar. Agora, com coragem e dedicação, deveria cumprir uma missão que, Claudiana estava certa disso, o faria arriscar a vida. Como poderia algum dia lhe agradecer? Como poderia algum dia ajudá-lo? Pensara em rezar: mesmo que sua boca não estivesse habituada a fazer invocações a Deus, a oração talvez fosse a única dádiva que pudesse ofertar ao "seu" frade. À hora das vésperas iria à capela pedir a proteção do Altíssimo para as duras provas que o esperavam.

— A de ontem foi a nossa última partida, e fui eu que ganhei, finalmente!
Aimone dirigiu um sorriso a Matthew, que estava sentado à sua frente. Dessa vez, a dividi-los, não estava o tabuleiro de xadrez, mas uma mesa de cavaletes sobre a qual o servo havia disposto fatias de pão escuro e uma travessa de prata fumegante, contendo uma peça de caça assada. Dois preciosos copos trabalhados com motivos florais estavam prontos a ser servidos com o vinho de um jarro de carvalho.

Aimone dispensou o criado e, pegando com as mãos robustas uma coxa de perdiz, trincou-a com gosto, convidando Matthew, por sua vez, a se servir. Enquanto o frade murmurava um agradecimento a Deus pelos alimentos que comeria, a expressão do castelão tornou-se séria: seus olhos cinzentos fixaram o frade.

— E você, frade, que partida tem de vencer agora?
O pedaço de carne que Matthew engolia ficou-lhe entalado na garganta. Por um instante, pensou que iria sufocar, mas, depois, um acesso de tosse fez com que retomasse a respiração. Pigarreando, olhou para Aimone com um ar confuso.

— O que pretende dizer, meu senhor? De que partida fala?
Sem responder, o castelão limpou a boca e as mãos em um grande pano de linho e depois, com gestos lentos e estudados, deitou o vinho no copo e bebeu um longo trago. Só então seus olhos voltaram a pousar em Matthew... e mostravam uma expressão severa.

— Ouça-me bem, frei Matthew. Já nos conhecemos há algum tempo e já lhe disse também como aprecio seus dotes: foi um ótimo preceptor para meu filho e foi um hábil adversário no último passatempo a que ainda posso me dedicar. É um homem perspicaz e sensível, mas eu também não sou estúpido. Não conheço o verdadeiro motivo que o trouxe a estes vales porque não quis dizê-los...

— Mas... meu senhor, expliquei...

— Não, espere, não diga nada, deixe-me acabar. Não posso acreditar que esteja cumprindo uma peregrinação a Roma, sozinho, sem um prazo temporal e, além disso, andando por caminhos secundários, em vez de utilizar a estrada romana, sempre cheia de outros peregrinos como você. Bem, bem... — continuou Aimone, levantando uma das mãos para impedir uma posterior explicação por parte de Matthew —, disse-me que lhe aconselharam esse percurso por causa da guerra dos senhores de Bard, mas esse não é um motivo plausível. No fundo, é um religioso, e, diga-me, acha que não fomos suficientemente fraternos ao darmos a você hospitalidade e proteção ao longo do caminho? A via da França, que percorreu, e a via romana estão cheias de hospícios, abadias e mosteiros... Não, frade, sua meta não são as relíquias de São Pedro! Não posso e não quero lhe perguntar a razão de sua viagem: até a franqueza tem limites e, por vezes, uma mentira leve causa menos desastres que uma ingênua sinceridade. Ninguém é inocente: há sempre alguma coisa que todos temos a esconder... Estou certo de que os motivos que o obrigam ao silêncio sobre seu verdadeiro destino são graves; caso contrário, você me poria ao corrente deles. E, sendo assim, recomendo-lhe prudência: para onde quer que se dirija, e não importa o que faça, não se ofereça como o cordeiro ao lobo, defenda-se. Se é o Todo-Poderoso que guia seus passos, isso significa que precisa de você para levar a cabo o Seu desígnio...

Matthew ouvia-o com os olhos fixos na grande fatia de pão coberta por um pedaço de carne: depois daquele primeiro bocado que se prendera em sua garganta, não tocara mais na comida, perturbado com o discurso calmo que ouvia da boca do castelão. As últimas palavras pronunciadas pelo seu comensal fizeram-no erguer os olhos: o próprio Aimone também já não comia. A testa franzida era percorrida por rugas profundas; o olhar grave não abandonava, nem por um instante sequer, o rosto do frade. Matthew deu um profundo e esforçado suspiro e, mexendo, com os dedos gelados, na cruz que lhe pendia sobre o peito, procurou as palavras para dar a Aimone a resposta que ele esperava.

— Sou apenas um humilde frade, meu senhor, que Deus encarregou de uma missão por demais pesada para as suas forças... Estou confuso e cansado, apenas a oração consegue manter a minha vontade firme... Também tenho muitos pecados e esta peregrinação seguramente servirá para expiá-los. Não posso lhe dizer mais nada, meu senhor... não ainda. Se os meus passos me trouxerem algum dia de novo a este castelo, e se a minha missão estiver concluída, então vou lhe dizer, lhe explicar.

Aimone anuiu, enquanto um sorriso lhe aflorava aos lábios.

— Coma qualquer coisa, frade, e beba o seu vinho. Sua viagem será longa, é melhor que a inicie de barriga cheia. Amanhã, logo de manhãzinha, encontrará um asno já pronto no estábulo: a companhia dele facilitará o seu caminho.

— Mas, meu senhor, eu não posso lhe pagar...

— Mas alguma vez lhe pedi alguma coisa? Considere que é o meu agradecimento pela instrução que deu a meu filho Bartolomeo, e, depois, se algum dia voltar, o asno regressará à minha propriedade.

Matthew calou-se. A refeição terminou em silêncio: nenhum dos dois pensava em como tornar menos penosa a despedida. No fim, Aimone levantou-se e, sem acrescentar quaisquer palavras a seu gesto, apertou o frade num longo abraço. Matthew retribuiu-o e, depois, a seu pedido, abençoou o castelão, que se ajoelhara à sua frente.

Na hospedaria, outras despedidas dolorosas o esperavam. O frade foi andando a passos lentos, desfrutando a aragem serena da tarde, já envolta nos perfumes de outubro.

26

MATTHEW FEZ PARAR O ASNO. Até então o caminho subia pela encosta por entre escarpas e barrancos. Montanhas cada vez mais altas fechavam o horizonte. Há muito as muralhas de Graines haviam desaparecido da vista. O ar tornava-se delicado e os odores agradáveis do castelo haviam dado lugar ao cheiro selvagem do bosque.

O frade desceu da cavalgadura, deixando o animal livre para pastar. À frente, ao longe, distinguia-se um pequeno fio de fumaça que se perdia entre as árvores, sinal da presença de casas habitadas. Matthew avançou alguns passos para ver se enxergava além da encosta, mas, em frente, a estrada fazia uma grande curva, subindo para a direita ao longo da montanha.

Prendendo o asno pelo cabresto, o frade prosseguiu a pé, tentando manter um ritmo regular, que não o cansasse em demasia. Embora os dois meses passados em Graines o tivessem revigorado, Matthew sabia que o caminho seria cansativo e que, nos limites do possível, deveria economizar as forças. No final da despedida, penosa e triste, Claudiana indicara-lhe a estrada para chegar a Felik: teria de transpor a garganta de Ranzola, que dividia o vale do rio Evançon e do Lys, e seu rio, que corria, impetuoso, do cimo da montanha de gelo, sobre Felik. A mulher recomendara-lhe prudência, porque aqueles caminhos, dissera, eram pouco frequentados e podiam estar infestados de assaltantes e lobos. Insistira em dar a Matthew um machado, do qual poderia vir a precisar para se defender; depois de algumas hesitações, o frade acabara por aceitá-lo. E agora ele estava ali, preso à cintura, escondido entre as pregas da túnica. Claudiana lhe sugerira ainda que mentisse a toda a gente sobre seu verdadeiro destino, exortando-o a afirmar, caso alguém lhe perguntasse as razões da viagem para o leste, que ia a caminho de um dos inúmeros mosteiros do vale de Macugnaga.

Depois de ter passado quatro casinhas de madeira e de ter respondido à saudação de algumas mulheres que trabalhavam no campo, em estreitos lotes de terra, Matthew voltou a montar o asno e continuou na direção do desfiladeiro. O vento levantava-se: das gargantas da montanha à sua frente soprava, frio e pungente, dobrando as folhas dos bordos do caminho. Apesar de já ser a sexta hora e de o sol ir alto no céu, ele sentiu um arrepio. Apertou-se mais na túnica, tentando se lembrar se, no saco preso ao flanco do asno, ainda seguiria a velha e quente pele de lobo que o mercador Otto lhe dera. Estava prestes a descer para ir certificar-se quando, por trás de uma rocha, viu surgir um rapaz. Vestido sumariamente com um par de calças e um casaco de lã áspera, o jovem avançava lentamente em sua direção. Os cabelos louros pendiam-lhe, em largos caracóis, sobre o pescoço, enquanto um esboço de barba, que formava como umas manchas, cobria-lhe o rosto corado, no qual sobressaíam dois olhos azuis curiosos e sorridentes.

— Ei, frade, o que faz sozinho por esta estrada? — perguntou o rapaz, aproximando-se.

Matthew fez parar o asno e, antes de responder a ele, observou-o. Não tinha aspecto de assaltante, mas de jovem camponês. Além disso, não parecia estar armado: os braços pendiam-lhe, livres, ao lado do tronco; as mãos não seguravam nenhum objeto.

— Sou um frade beneditino e tenho de chegar ao vale de Lys. Diga-me, o caminho é ainda muito longo?

— Não muito, mas penso que vem aí um temporal antes mesmo de cair a noite. É melhor que chegue depressa ao desfiladeiro, onde encontrará um abrigo para você e para sua montaria... Não é nada agradável ser surpreendido pelos raios nestes caminhos! Mas você... não é desta região, pois não? Fala com um estranho sotaque, como se fosse um forasteiro no vale...

Amaldiçoando silenciosamente seu sotaque ainda imperfeito, Matthew explicou ao rapaz que viera do norte e que deveria ir ter com os confrades no vale de Macugnaga.

— Ah, foi o que eu pensei! Portanto, é por isso que anda sozinho... mas, me diga, tem certeza de que vai conseguir acertar o caminho? Por acaso não vai precisar de um guia?

Alimentando ainda algumas dúvidas sobre o rapaz, o frade preferiu não responder. Disse-lhe apenas que seu guia era o Todo-Poderoso e que nele depositava toda a confiança de que iria levar a bom termo a viagem.

O jovem se calou, e seu olhar percorreu o monge, o asno e os sacos presos ao dorso do animal.

— Bem, faça como quiser. Em todo caso, e uma vez que vou fazer o mesmo caminho, se não fizer objeção, poderei precedê-lo de alguns passos, mostrando-lhe a estrada, pelo menos até a garganta...

Refletindo que, de qualquer maneira, seria preferível vê-lo à frente a ter de se virar para trás para acompanhar seus movimentos, Matthew concordou e retomou a marcha. O rapaz seguia com passo seguro, revelando estar perfeitamente acostumado àquelas paragens. À medida que subiam, o frio tornava-se mais intenso: o vento continuava a chicotear-lhe o rosto, enquanto grandes nuvens cinzentas, inchadas de chuva, corriam, vindas do leste, e se alongavam para cobrir todo o céu.

O frade parou e, depois de ter descido do asno, procurou a pele de lobo num dos dois sacos. Enquanto a punha nas costas, viu que o rapaz, encostado ao tronco de uma árvore, o esperava. Lembrando-se das recomendações de Claudiana sobre a prudência, Matthew sentiu aumentar seu mal-estar: apesar do aspecto aparentemente inofensivo do jovem, teria preferido prosseguir sozinho. Segurando entre as mãos as rédeas do asno, avançou a pé até a árvore e perguntou ao rapaz para onde ele ia.

— Tenho de ir até os alpes Verdoby, sobre o rio do Lys: o irmão de meu pai possui por lá alguns terrenos e um *rascard*, que há uma semana foi devastado pelo fogo. Meu tio perguntou ao meu pai se eu poderia ir até lá por algum tempo, para ajudá-lo a refazer o telhado. Por essa razão pus-me a caminho... e conto chegar lá às vésperas de amanhã.

— E sua família, onde vive?

Matthew percebia quanto sua curiosidade era inoportuna, mas a inquietação continuava a devorá-lo, e aquela última pergunta saíra-lhe espontaneamente dos lábios. O rapaz olhou-o e sorriu: seus inocentes olhos azuis relampejaram, divertidos.

— Não tem confiança em mim, não é, frade? Pensa que sou um salteador e que me preparo para roubá-lo? Quer que revire os bolsos de minhas calças para lhe mostrar que não tenho nem machados nem armas de qualquer gênero?

Matthew corou, procurando justificar-se de sua desconfiança, quando o jovem atalhou:

— Não importa, não importa... Para que fique sabendo, nasci e fui criado em Ponteil, que é aquele punhado de casas ali mais abaixo, logo em seguida ao bosque, ao longo da estrada de Graines. Minha mãe me deu este pequeno alforje: dentro dele, tenho meu almoço e minha ceia, nada mais. Quer ver, frade?

Ao dizer isso, o jovem abriu a bolsa e, num ímpeto, retirou um pedaço de pão escuro, carne-seca e um pedaço de queijo velho. Matthew estava para responder à evidente irritação do rapaz quando, ali perto, um raio se abateu sobre uma rocha: a luz lívida do raio deslumbrou-o, ao mesmo tempo que o rumor seco como o de um enorme ramo quebrado ribombou em seus ouvidos. Logo depois, um estrépito profundo e pavoroso encheu o céu, e as primeiras gotas de chuva começaram a cair, pesadas e frias. O asno, assustado, zurrou e deu alguns passos desconcertados na direção do caminho.

— É melhor irmos andando — disse o jovem, fechando depressa o alforje —, ou não teremos tempo de chegar ao abrigo antes da tempestade. Seu asno sabe trotar?

Assim ele esperava, pensou Matthew enquanto voltava a montar. O animal, nervoso com o temporal iminente, arrancou, de súbito, fazendo com que o cavaleiro quase se desequilibrasse.

O restante da estrada até a garganta foi uma autêntica corrida: à frente, o rapaz prosseguia rapidamente, transpondo, sem fadiga, pedras pontiagudas e pequenas correntes de água; atrás dele, o asno serpenteava, veloz, vacilando frequentemente nas bordas do caminho, abaixo das quais se abriam escarpas íngremes. O frade, sentindo as vertigens que os precipícios lhe causavam e dolorido por causa dos sacolejos provocados pelo trote do asno, agarrava-se às rédeas, tentando manter-se firme na sela. A chuva tornara-se intensa e picava, tão fria quanto gelo, o rosto do frade, apenas resguardado pelo capuz da túnica.

Matthew não saberia precisar com certeza, devido à escuridão que invadira todo o vale, mas quando chegaram à garganta, devia ser perto da nona hora ou pouco mais. O rapaz virou-se para o frade e gritou:

— É aqui o abrigo! Siga-me, frade, rápido!

A primeira coisa que Matthew descobriu além da cortina de água que lhe toldava a vista foi um *montjoie* de pedras amontoadas, encimado por uma cruz de madeira, como já lhe sucedera ao longo da via da França. Uns metros além dele, uma construção baixa de troncos, coberta por um telhado rudimentar, apoiava-se a uma grande rocha isolada sobre a planura da garganta.

Quando o frade chegou ao abrigo, o rapaz já desaparecera no seu interior. Descendo do asno, conduziu-o ao refúgio e libertou-o da albarda ensopada. Os restos enegrecidos de uma fogueira já apagada ocupavam o centro do casebre, e em volta alguns enxergões estavam encostados às paredes. Matthew deixou-se cair em cima de um mais alto, que, sob seu peso, deixou escapar, por entre os rasgões do cânhamo, um novelo de agulhas de pinheiro. Um forte cheiro de mofo tornava o ar pesado. O rapaz, por sua vez, antes de se deitar, deu dois pontapés em seu enxergão, de sob o qual fugiram, guinchando, três minúsculos ratos.

— Malditos animais! Estão por toda parte, onde quer que se vá! — exclamou o jovem, divertido, enquanto se deitava.

Matthew, observando as manobras do companheiro, inspecionou cuidadosamente seu leito, sem nada encontrar: mesmo que tivessem andado ratos por ali, nenhuma denúncia havia agora de sua presença. Tranquilizado, estendeu-se, puxando, até o queixo, a pele de lobo. Gotas de água caíam, aqui e ali, por entre as tábuas desconjuntadas do teto, produzindo um ruído ligeiro de cascatas que, por si só, bastava para acentuar a sensação de frio que o frade sentia nos ossos.

Os trovões continuavam a sacudir o vale, a tempestade não prometia abrandar.

— Que estranho! — exclamou o rapaz, levantando-se e aproximando-se da porta que as dobradiças, pouco firmes, mantinham semiaberta: — Não vai acreditar em mim, frade, mas é granizo! Nunca vi granizo em outubro! Mas afinal que estação é esta?!

Também Matthew se aproximou da porta: a grama do caminho, até pouco antes molhada da chuva, embranquecia gradualmente. Milhões de grãos de gelo, grossos como avelãs, tombavam violentamente na terra, lembrando seixos sobre as pedras e os ramos das poucas árvores da garganta.

— Não creio que possamos voltar tão cedo ao caminho, pois dentro de poucas horas estará escuro, e não me parece prudente atravessar o rio Biel sem luz. Depois desta tormenta deve estar bem mais impetuoso e nem mesmo é certo que a ponte ainda esteja de pé... de qualquer modo, é melhor passarmos a noite aqui e partirmos amanhã de manhã. O que acha, frade?

Matthew pensava rapidamente: não tinha dúvidas de que, naquela situação, não poderia partir sozinho por uma estrada desconhecida. Mal se via o caminho debaixo daquele granizo branco e, com toda aquela escuridão, seria bem fácil perder-se e acabar, quem sabe, à beira de um precipício. A noite no abrigo seria a única solução possível. O frade perscrutou atentamente o rosto do companheiro, tentando ler nos olhos azuis a sombra da mentira, mas não conseguiu: o rapaz fitava-o com expressão inocente, à espera da resposta.

— Acho que tem razão: não posso prosseguir com este tempo. Ficarei por aqui esta noite com você.

Satisfeito, o jovem regressou ao leito, onde, desatando os cordões do alforje, retirou um pedaço de pão e de queijo, que começou a comer. Até Matthew, que não tinha tocado em comida desde de manhã, começava a sentir fome. Remexeu no saco e, entre o queijo e a carne-seca que Teodoro lhe dera, encontrou metade da perdiz assada do dia anterior. Como era evidente, o castelão encarregara o servo de juntar as sobras do almoço aos víveres que se destinavam ao frade. Matthew ofereceu um pedaço ao rapaz, que aceitou de boa vontade: embora fria e coriácea, a carne conservava todo o aroma e tempero da caça. Do pequeno odre que até pouco tempo antes pendia do flanco do asno, o frade verteu num copo um pouco do vinho rosado que Aimone lhe oferecera. O copo, de madeira tosca e sem nenhuma decoração, fora obra de Plane, que o dera a ele em sinal de sua gratidão. Até o vinho foi partilhado, tendo o jovem manifestado o gosto pela bebida perfumada com um sonoro estalo dos lábios.

A tempestade tornara-se agora ainda mais severa: os grãos de gelo batiam nas tábuas do telhado, criando uma singular mistura de sons ora curtos, ora alongados.

Matthew voltou a fechar o saco e, envolvido na pele de lobo, preparou-se para dormir. O rapaz, depois de ter encontrado um saco semivazio no fundo do abrigo, sacudiu-o cuidadosamente e colocou-o por cima como um cobertor.

— Boa noite, frade...
— Boa noite...

Matthew caiu no sono de repente, ajudado pelo ruído ritmado do granizo e, talvez, também, pelo vinho de Aimone. O rapaz, pelo contrário, desperto, procurava perceber, entre o uivo do vento, eventuais ruídos de passos. Os olhos azuis, que se haviam tornado frios e cortantes, fixaram o telhado do abrigo até a escuridão completa. Então, silencioso como um gato, levantou-se e, tateando, encostou-se ao enxergão de Matthew: o frade dormia profundamente. O rapaz sorriu com prazer e dirigiu-se ao fundo do abrigo; suspendendo a respiração para não enervar o asno, aproximou-se e, com grande cuidado, desembaraçou as rédeas do pau a que estavam presas. Em seguida, depois de carregar no dorso do animal um dos bornais do frade, encaminhou-se com toda a cautela até a porta.

Gotas de água grossas e pesadas caíam, ritmadas, sobre a cabeça de Matthew. O frade despertou, aborrecido com a sensação de umidade que sentia no cabelo. Abrindo os olhos, teve dificuldade para compreender onde se encontrava: sua mente, já habituada às confortáveis comodidades da hospedaria de Graines, não conseguia encontrar as formas habituais. Por fim, foi a corrente de ar que entrava pela porta semiaberta que lhe permitiu recobrar a consciência do lugar no qual passara a noite. Esfregando os olhos com uma das mãos e massageando os pés gelados com a outra, olhou em sua volta. Estava sozinho.

Pôs-se em pé, já completamente desperto: o enxergão do rapaz, que ainda guardava as marcas de seu corpo, estava desoladamente vazio. Tomado por uma tremenda suspeita, olhou, preocupado, para a parede do fundo, à procura do asno. O animal não estava lá. Cheio de calafrios, o frade precipitou-se para a porta e abriu-a de par em par para ver se, por acaso, o companheiro e o asno não estariam lá fora. Seus olhos foram iluminados pela luz de um alvorecer rosado e límpido: os prados ao redor ainda estavam cobertos de grãos de granizo, que, aqui e ali, brilhavam como grossos diamantes aos primeiros e oblíquos raios de sol. O silêncio era interrompido apenas pela chiadeira de algumas aves de rapina escondidas entre os ramos das árvores e pela água que teimosamente pingava do telhado.

Do rapaz e do asno, nem rastro. Irritado consigo mesmo, Matthew voltou para dentro do abrigo a fim de se certificar se aquele pérfido ladrãozinho lhe teria deixado ao menos os seus bornais. O da comida desaparecera, juntamente com a jarra de vinho. Em contrapartida, o saco com a muda de roupa que frei Teodoro lhe dera à saída ainda se mantinha debaixo do enxergão, onde Matthew o havia escondido na noite anterior. Com as têmporas a pulsar, prenunciando uma dor de cabeça iminente, o frade apalpou, frenético, a túnica: o machado de Claudiana continuava suspenso do cinto, e o saquinho com as poucas moedas que lhe sobravam ainda estava preso ao pescoço, bem escondido debaixo da lã áspera do escapulário.

Matthew deixou-se cair no chão; a cabeça pendeu-lhe sobre o peito; os braços abandonaram-se, privados de vida, ao longo do corpo; as costas começaram a tremer. Um profundo suspiro, entrecortado por um indício de soluço, saiu da boca do frade, que, cheio de raiva, percebia estar prestes a chorar.

— Por que, meu Deus, por que quiseste me sobrecarregar com todas essas provas? Por que não escolheste um outro, menos tolo que eu, para levar adiante os Vossos desígnios? Como pode haver pensado que um pobre frade estava preparado para sofrer e superar todas as insídias do mundo? Por que me fizestes isto, meu Deus, por quê?...

As lágrimas corriam livres, agora, pelo rosto de Matthew, misturando-se com as gotas de água que caíam das fendas do telhado. Os soluços saíam roucos de sua garganta, e ele, com a cabeça apoiada entre as mãos, chorava como uma criança. A raiva contra a sua ingenuidade e a consciência de que nada do que pudesse fazer agora modificaria as coisas não faziam mais do que aumentar seu desespero: quem sabe se não tivesse adormecido, ele teria conseguido evitar o furto do asno? Mas, se assim fosse, provavelmente teria arriscado a vida, porque decerto o rapaz o atacaria fisicamente para apoderar-se do animal... Como pudera ser tão ingênuo, a ponto de não perceber logo que o rapaz tencionava roubá-lo? Até quando se deixaria enganar pelo aspecto das pessoas e por suas palavras? Conseguiria levar sua missão até o fim — e a que preço?

Enquanto o pranto se acalmava, dando lugar a uma lucidez não menos angustiante, um ruído externo roubou Matthew aos seus pensamentos. Temendo a chegada de outros aborrecimentos, levantou-se sem fazer barulho e, tendo coberto as costas com a pele de lobo, aproximou-se da soleira da porta, mantendo-se na sombra, logo atrás da parede de tábuas. Sua mão correu para o cinto, pronta a "desembainhar" o machado; apesar de aos arrepios de pouco antes ter-se juntado agora um novo tremor, Matthew estava perfeitamente determinado a não se deixar dominar mais uma vez. O ruído se repetiu, mais próximo: era o tapete de granizo que estalava, apenas perceptível, sob os passos de alguém.

O frade mantinha-se imóvel atrás da porta escancarada: não ousando sair do abrigo, olhava através da larga fenda da ombreira, conseguindo distinguir apenas uma nesga de prado inundada de luz e algumas pedras brilhantes de umidade. O barulho parou. Matthew empunhou o machado e, segurando-o firmemente na mão, dispôs-se a transpor a soleira da porta. Quase sem respirar e semicerrando os olhos para não se deixar cegar pelo sol, transpôs o batente. Doíam-lhe os músculos das pernas e dos braços, tesos como cordas de arco prontas a repelir um outro ataque.

À sua frente, agachado no chão, um cão fixava-o com as orelhas em pé e o nariz fremente. Seu pelo branco era manchado, aqui e ali, por zonas mais escuras; os olhos, de duas cores, estavam despertos e atentos. Depois de um breve momento de hesitação, quando ficou farejando avidamente no ar ao seu redor, o cão levantou-se e aproximou-se do frade. A forma de andar, cambaleando ligeiramente devido à ferida numa das patas traseiras, tornava-o um pouco desajeitado. Tendo chegado aos pés de Matthew, o animal girou em volta, cheirando freneticamente a pele de lobo que lhe pendia das costas; dois sonoros espirros concluíram essas piruetas exploratórias. Depois, latindo, o cão sentou-se na frente do frade. Com a cabeça inclinada para um lado, em posição interrogativa, fitava-o, à espera.

Matthew, que permanecia de boca aberta desde que descobrira que a fonte de todos os seus medos era apenas um cão, recompôs-se do espanto e olhou com ansiedade ao redor: quem sabe se o animal não viria em companhia de alguém, pensou — um mercador, talvez, ou um malfeitor... Não vendo mais ninguém nos prados em volta, relaxou os músculos, que reagiram com uma série de pontadas dolorosas. Os olhos bicolores do cão continuavam a fitá-lo. Depois de dar uma última olhada em volta, Matthew virou-se para entrar de novo no abrigo. O cão pôs-se em pé e seguiu-o. Enquanto o frade arrumava a pele no saco, aprontando-se para regressar ao caminho, o animal, que farejava ao redor, permaneceu parado por mais algum tempo no canto que hospedara o asno, afundando o focinho na palha úmida. Com passadas cansadas, Matthew buscou a saída: o desespero dera lugar a uma profunda tristeza. Ainda incapaz de pedir perdão a Deus por seu raivoso lamento de antes, meditava sobre seu destino, que, ao que via, era cada vez mais sombrio. As imagens de sua vida no convento, nítidas como as de um missal iluminado, atravessaram-lhe a mente, provocando-lhe pontadas agudas de nostalgia.

O cão, andando vagarosamente e cambaleando sobre a pata ferida, precedeu-o de alguns passos, virando-se depois, à sua espera. Matthew parou ao seu lado e acariciou-lhe o lombo.

— De onde vem, cão? Não tem dono? Vá ter com ele, não fique aqui: há muitas feras por essas montanhas, e com a pata ferida você jamais conseguirá fugir das mandíbulas de um lobo ou das garras de um urso! Vá embora, vá, deixe-me entregue à minha sorte...

O animal olhava-o, imóvel. O frade sentiu um arrepio: o ar estava fresco, apesar do sol, e as sandálias que se afundavam na camada de granizo não ofereciam proteção suficiente para seus pés gelados. O cão levantou-se e, abanando o rabo, tomou a direção da grama seca, virando-se de vez em quando para verificar se o frade o seguia.

Matthew olhou atentamente para o espaço à sua volta, tentando compreender por onde seguia a estrada que o conduziria ao vale de Lys. Por um estreito trecho montanhoso que serpeava entre as duas encostas, deu-se conta da direção a tomar. Para sua grande surpresa, viu que coincidia com a que o cão sugerira.

Suspirou, então, demoradamente: pensando que o Todo-Poderoso talvez ainda não o tivesse abandonado realmente, Matthew envergonhou-se de sua enorme ingratidão e levantou ao Céu um silencioso ato de contrição. O animal, que o esperava sacudindo o rabo, exprimiu sua pressa com um sonoro ladrar, como se solicitasse uma decisão. Finalmente, um sorriso distendeu os lábios do frade: carregando o saco às costas, encaminhou-se, com passo decidido atrás das pegadas de seu novo companheiro de viagem.

Sem a ajuda do cão, Matthew nunca conseguiria prosseguir no caminho em direção ao vale contíguo. Embora os grãos de granizo se desfizessem aos poucos, diluindo-se na grama molhada e escorregadia, o caminho mal se distinguia por entre as pedras, as pequenas elevações e as árvores por onde serpenteava. Ofegante, esforçando-se por continuar atrás do animal, que, apesar de coxear, prosseguia velozmente, Matthew esperava encontrar alguém pela estrada — talvez algum mercador ou algum pastor com seu rebanho de ovelhas. Pelo contrário, estranhamente, não encontrou ninguém, nem ninguém o ultrapassou.

Caminhava havia cerca de meia hora quando lhe pareceu que o caminho apresentava uma bifurcação. Em frente, para o leste, adivinhava-se a abertura de um valado que, no entanto, ainda não se via, escondido pela crista fendida da montanha e da espessa floresta. O cão parou: com as orelhas em pé e o focinho trêmulo, parecia farejar algo. Virou-se para o frade e começou a latir, até que Matthew se aproximou.

— O que está havendo, cão, a pata está doendo?

O membro posterior do animal tremia visivelmente, mas, como era óbvio, não fora esse o motivo da parada súbita. Assim que Matthew falou, o cão correu à sua frente e, tendo percorrido uma dezena de metros, parou de novo, logo à beira de um precipício. Pousando as patas na última pedra antes da ribanceira e com o rabo em pé, apontava com o focinho para baixo.

Matthew aproximou-se, cauteloso, e, apoiando-se ao tronco de uma árvore cujas raízes desapareciam por baixo do abismo, olhou, curioso, para baixo.

— Oh, meu Deus! — exclamou, empalidecendo, ao mesmo tempo que uma violenta vertigem gelava suas têmporas.

Do último ramo daquela planta contorcida por muitas tempestades, à beira do abismo, pendia o ladrãozinho. Só a bainha das calças segurava-o no vazio. Uma das mãos abraçava-se a um ramo lateral, sutil como um junco e como ele resistente, enquanto a outra pairava no ar. O rapaz ergueu os olhos, nos quais não havia traço de atrevimento nem de estudada inocência: escancarados pelo terror, abriam-se como duas cavernas no meio daquele rosto lívido. Tentou falar, mas de sua garganta saiu apenas um gemido.

— Não se mexa, senão o pano rebenta! — gritou Matthew, com o coração martelando-lhe o peito.

Com as mãos entorpecidas pelo frio, desfez às pressas os barbantes do saco e, revistando-o às cegas, dele retirou a camisa que Teodoro lhe dera. Com o machado de Claudiana cortou-a em tiras, que atou umas às outras, formando uma corda bastante comprida. Depois olhou, frenético, ao redor, procurando um apoio onde pudesse prendê-la: a raiz de uma árvore, meio afundada no solo, à beira do caminho, formava uma espécie de arco suspenso entre ele e a grama. Fez passar por debaixo da raiz a corda improvisada e deu-lhe duas voltas, atando-a com um nó forte; depois, para experimentar sua resistência, puxou-a com todo o seu peso. A raiz não se moveu nem um milímetro: agradecendo a força das árvores daquele vale e a robustez do cânhamo, Matthew começou a descer a corda até o rapaz. Segurando bem os pés na base do tronco, o frade tentava dominar os acessos de náusea causados pela visão do vazio lá embaixo.

— Quando chegar ao alcance de sua mão livre, agarre a corda e prenda-a em volta do pulso! Depois segure-a também com a outra mão e mova-se lentamente de modo a desprender as calças: assim que estiver livre, eu o puxo!

O rapaz acenou afirmativamente, incapaz de falar. A corda desceu, ondulando, das mãos trêmulas do frade até o ramo grosso. Só à terceira tentativa o jovem conseguiu segurá-la, torcendo o busto numa esforçada pose nada natural. Mantendo-se agarrado com todas as suas forças, tentou depois içar-se ao longo do ramo, o bastante para poder apoiar os pés e desprender as calças. Depois de uma torção digna de um verdadeiro saltimbanco, o tecido rasgou-se completamente, deixando de fora as pernas pendentes do rapaz, e as calças desapareceram no precipício.

— Pronto — gritou Matthew, que seguira ansiosamente todos os movimentos do jovem —, agora vou puxá-lo: procure apoiar os pés na rocha e agarre-se bem!

Recuando dois passos e fazendo alavanca com o corpo sobre uma rocha, o frade começou a puxar a corda, enrolando-a no braço. O suor ofuscava-lhe a vista e as sandálias não se agarravam bem ao terreno, mas, aos poucos, a corda, bem pesada, regressava às suas mãos. O cão, sempre imóvel na borda do precipício, seguia, atento, os movimentos do rapaz, acompanhando as fases mais delicadas da subida com latidos submissos.

Passado algum tempo, que a Matthew pareceu uma eternidade, a cabeça encaracolada do jovem despontou da beira do precipício; fincando os braços nas últimas plantas do abismo, o rapaz saltou finalmente para o caminho, onde caiu exausto e quase desfalecido. O cão aproximou-se dele e, depois de um rápido farejo, ferrou as poderosas mandíbulas no casaco do jovem e, recuando, arrastou-o para um local mais seguro, mais afastado rochas onde o frade se apoiara. Matthew, com o rosto transtornado e os braços entorpecidos, deixou-se cair no chão, ofegante.

O rapaz tentou se sentar, mas um acesso de vômito o fez cair sobre as mãos. As nádegas nuas, firmes e brancas como as coxas, contrastavam com as panturrilhas das pernas escurecidas pelo sol, onde as calças perdidas não cobriam a pele. Dando-se conta subitamente de sua inerme nudez, o jovem sentou-se, procurando esconder o púbis com as mãos.

— De que se envergonha, meu rapaz? — interpelou-o Matthew com um sorriso irônico, enquanto com as mãos remexia o saco à procura de outro par de calças. — Deus criou-nos nus e inocentes, mas você enterrou sua inocência debaixo de uma grossa camada de malícia! Pegue — disse, estendendo-lhe a roupa —, cubra-se, mas fique sabendo que, depois disso, nada mais sobra que possa me roubar...

O jovem vestiu-se rapidamente. A palidez subsistia no rosto, que, ainda marcado pelo terror, parecia ter subitamente envelhecido. Massageando em silêncio as palmas das mãos massacradas pela corda, lançou ao frade um olhar furtivo. A irritação de Matthew era evidente: mal-humorado, ele recuperou o que lhe restava da camisa e, depois de ter feito uma trouxa, meteu-a, com gestos nervosos, no fundo do saco.

— Ouça, frade... — começou o rapaz, com voz insegura, vendo que Matthew havia se levantado e se preparava para retomar o caminho —, não sei como dizer... se não fosse você, a esta hora estaria morto e... bem... estou muito agradecido...

Matthew parou de pé em frente ao rapaz: seus olhos penetrantes fizeram baixar os do jovem, cujo rosto corou ligeiramente.

— Não é a mim que deve agradecer, mas ao Todo-Poderoso, que quis lhe poupar a vida. Como vê, se um ladrãozinho imprestável ainda se conserva aqui bem vivo, em lugar de jazer no fundo do precipício servindo de pasto às feras do bosque, bem podemos concluir que a Sua misericórdia não tem fim!

— Mas, frade, posso lhe explicar...

— Que outras mentiras está aprontando agora?! — gritou Matthew, curvando-se, ameaçador, para o rapaz, que, apertando os braços em torno do corpo, foi percorrido por um longo arrepio e que, depois de suspirar profundamente, fitou os olhos severos do frade.

— Juro que o que vou lhe dizer é a mais pura verdade. Menti quando lhe disse que vinha de Ponteil, mas, na realidade, não tenho casa em parte alguma. Sou filho bastardo de um mercador de Nus, o burgo que fica ao longo da via romana. Conhece-o? Minha mãe era sua serva e, quando ele a engravidou, ela teve de ir embora. Acabamos em Bard, onde ela se tornou prostituta, e lá permaneci até a sua morte, há quatro anos. Um de seus clientes habituais, um mercenário a soldo do senhor de Bard, propôs-me, então, acompanhá-lo: poderia tomar conta de seus animais de montaria e segui-lo nas suas incursões. Eu tinha apenas 14 anos, frade, e não via alternativa: aceitei. Assim, terminei recolhendo esterco de cavalo, escovando o animal fedorento, que até me "presenteou" com um par de coices, dos quais conservo os sinais, e fazendo longas caminhadas noturnas a pé, atrás do meu "benfeitor"... Resisti até um ano atrás, quando o mercenário me espancou selvagemente: tinha levado o cavalo para pastar num prado onde a grama estava estragada, o que fez o animal adoecer. Durante duas noites suportei suas pancadas; depois, quando compreendi que o animal não chegaria com vida ao outro dia, decidi fugir. Andei um pouco por todo lado, roubando aqui e ali: no fim das contas, depois de viver três anos com um mercenário, estava apto a sobreviver em qualquer situação! No fim do verão, cheguei perto deste desfiladeiro e descobri que passam por aqui muitos viajantes e também algumas pequenas comitivas de mercadores; então, escondendo-me no bosque, fui roubando mais ou menos todos os que passavam, mas, juro ao senhor, frade, sem nunca fazer mal a ninguém! Quando vi chegar um asno montado por um monge solitário e sem proteção, pensei logo que resolveria muitos dos meus problemas: tentaria vender o animal assim que chegasse ao vale de Lys, logo abaixo de Ussima, onde ninguém me conhece, e durante uns tempos poderia comer todos os dias. É assim: agora sabe tudo, frade...

Matthew preparava-se para dizer que roubar um homem da Igreja era sacrilégio, mas, depois, imaginando o tipo de vida que o jovem levara até então, achou inútil falar: certamente ninguém jamais lhe ensinara sobre a forma como se devia comportar perante Deus e perante os homens, e, aos seus ouvidos, aquele seria um sermão sem significado. Um sentimento de pena já se apoderava dele, incapaz de fazer suceder a uma justificada cólera uma punição. Impondo-se uma atitude severa, virou-se para o rapaz, que, em silêncio, começara a chorar.

— E o meu asno, onde ficou? Será que se precipitou no abismo antes de você?

O jovem ergueu os olhos lacrimosos para o rosto taciturno de Matthew e, enxugando as faces com a manga do casaco, respondeu:

— Não, frade: o asno fugiu! Foi ele que me fez cair no precipício, talvez porque eu o obrigasse a trotar depressa demais ou então porque se enervou por causa de uma águia que subitamente voou raso por cima de nós. Tropeçou e me fez desequilibrar à beira do precipício; não faço ideia do que lhe terá acontecido depois, mas acho que deve ter escapado, assustado...

Esforçando-se por acreditar nas palavras do rapaz, Matthew suspirou longamente e levantou-se de novo. Sua coluna, submetida a tão dura prova pelo esforço de pouco antes, provocou-lhe uma dor aguda na altura dos quadris. O cão, que até então permanecera sentado, levantou-se de repente e, abanando o rabo, olhou para o frade, agitado, na expectativa de retomar o caminho.

— Levante-se, rapaz, e venha comigo...

— Vai me denunciar, frade? Vai fazer com que me ponham na prisão de um desses senhores do vale? — balbuciou o jovem, com a voz trêmula, enquanto obedecia às ordens de Matthew, tentando, de qualquer modo, segurar as calças excessivamente largas para ele.

— Não, não vou entregá-lo a ninguém. Vai mostrar-me o caminho, pelo menos até que ele seja mais fácil de percorrer e esteja mais bem sinalizado. Depois poderá fazer o que quiser; mas atenção: se passar o restante dos dias com roubos e abusos de toda ordem, nada mais fará senão correr e fugir, e quando chegar a hora da morte, nem sequer terá percebido o tempo que viveu... Nestes Alpes e pelas aldeias deste vale há muita necessidade de braços para o trabalho: o povo é laborioso, é dinâmico. Se decidir mudar de vida, ninguém lhe negará nem trabalho nem teto. A decisão é sua.

O rapaz fixava Matthew com olhos esbugalhados, incrédulo diante da tranquila generosidade do homem. Pensamentos incertos e contraditórios cruzavam-lhe a mente, desenhando-lhe no rosto uma expressão confusa e surpresa.

— Nem sequer sabe como me chamo... — disse o jovem, visivelmente intimidado.

— Mas agora pode me dizer! — respondeu o frade, esboçando um sorriso.

— Meu nome é Joseph, não sei o sobrenome... Minha mãe nunca me disse...

— Bom, Joseph, vamos. O dia está no fim e ainda temos muito que andar.

Precedendo o companheiro de viagem de alguns passos, Joseph preparou-se para a longa caminhada. O cão, ansioso por se pôr a andar, já retomara a estrada, desaparecendo logo depois atrás de uma elevação do terreno.

27

O CHORO DO PEQUENO ARTHUR, estridente e exigente, transpunha as espessas tábuas de lariço do *stadel*. Otto, que regressava depois da habitual oração na capela de São Tiago, ouviu-o logo no início do caminho, nos fundos da casa. Um sorriso aberto e feliz iluminou-lhe o rosto: o menino já tinha dois meses, e o grande apetite que mostrava, e que satisfazia com o leite abundante de Margreth, lhe permitira crescer a olhos vistos.

A felicidade de ver o filho e a mulher vivos e com boa saúde era, de tempos em tempos, ofuscada pela recordação da angústia que experimentara quando chegara ao Canton des Allemands. A profecia do padre de San Vincenzo infelizmente se revelara verdadeira: quando chegara ao *stadel*, em meados de julho, depois de uma viagem cansativa, subindo sempre por atalhos que conhecia, encontrara-se ante uma situação desesperadora: Margreth já estivera em risco de perder a criança por duas vezes, e só a dedicação da parteira, que todos os dias ia cuidar de sua mulher, evitara o pior. No entanto, aquela que Otto abraçara à chegada era apenas uma sombra da mulher com quem havia se casado: o ventre proeminente contrastava de forma grotesca com a magreza do restante do corpo. Margreth falava com muita dificuldade e os olhos encovados naquele rosto tão pálido fitavam Otto cheios de medo.

A parteira explicara-lhe que a mulher estava perdendo sangue sem parar e que, se não se conseguisse estancar a hemorragia e interromper as contrações, nem o filho nem a mãe teriam condições de sobreviver. Acrescentara que precisava de casca do viburno, uma planta oriental específica para evitar os abortos, mas que não possuía naquele momento. Ao que sabia, e uma vez que se tratava de um remédio muito caro, só os senhores do vale o compravam para as mulheres, juntamente com outras especiarias, perfumes e ervas medicinais raras. Interrogada pelo mercador sobre onde seria possível encontrar o remédio, respondera de forma vaga, apontando o vale, embaixo, onde passavam frequentes caravanas carregadas de mercadorias orientais. Otto não hesitara nem um segundo sequer e, acompanhado por um de seus servos, pusera-se a caminho, naquela mesma noite, do local de onde acabara de regressar. Foram necessários quatro dias de procura frenética, passando de comitiva em comitiva, mas, por fim, nos arredores de Arnad, ao longo da via romana, encontrara um mercador veneziano que se dirigia à corte de Augusta e que tinha consigo a preciosa casca. Devorando a estrada numa velocidade nunca vista e exaurindo os asnos o quanto podia, Otto conseguira chegar ao Canton num só dia. A parteira logo começara a preparar a infusão de viburno, que Margreth teria de beber de duas em duas horas.

Transcorrera quase uma semana até a mulher começar a dar algum sinal de melhora; entretanto, Otto adquirira o hábito diário de ir à capela de São Tiago, onde rezava ao santo com fervor, pedindo-lhe que salvasse a vida das duas pessoas que mais amava no mundo. Jamais fora um cristão particularmente devoto, mas nunca faltava às funções, como mandava a Igreja de Roma. No entanto, nesse caso, a oração lhe dava algum conforto e uma estranha certeza de poder vir, de certo modo, a modificar o desenrolar dos acontecimentos. Além disso, os dias que passara com frei Matthew, espiando seus movimentos e compreendendo seu caráter, haviam lhe dado uma visão diferente das coisas: a paciência, a vontade de confiar a própria vida ao Todo-Poderoso, mas também o desejo obstinado de cumprir um dever, eram qualidades que Otto já não considerava possíveis sem a ajuda divina. Assim, ele, que raramente, ao longo da vida, voltara-se para Deus numa atitude suplicante, agora pedia ajuda a um santo apóstolo que, para testemunhar o verbo de Cristo, fora martirizado. Quem melhor do que um mártir poderia ouvir suas orações? E depois, ao que se dizia, em Compostela, sobre o túmulo do santo, aconteciam milagres incríveis: quem sabe não chegariam também a São Tiago as suas invocações, apesar de estar tão longe das relíquias...?

À noite do vigésimo quinto dia do mês de julho, festa do santo, depois de uma tarde passada consolando os gemidos cada vez mais fracos de Margreth, Otto sonhara com São Tiago, que, montado num cavalo no meio do barranco de Fiery, falara a ele. "Sua mulher viverá", dissera-lhe, "e seu filho também. Junto com o remédio dê-lhe de beber a água benta que está na capela e faça isso por mais cinco dias, assim que se sentir aliviada...". A visão desaparecera com a mesma rapidez com que aparecera, mas Otto iria lhe obedecer, e, durante todo o mês seguinte, Margreth bebera, de um jarro consagrado, a água de São Tiago. Pouco a pouco, as dores desapareceram e a mulher deixou de sujar o enxergão com os próprios humores sanguíneos. Progressivamente, a palidez dera lugar a uma ligeira cor rosada, e, ao mesmo tempo, Margreth conseguira engordar alguns quilos.

Finalmente, na época prevista, dera à luz, sem nem mesmo sofrer muito, e então nascera Arthur, um belo menininho, pequeno mas bem-formado. Depois do parto, a mudança de Margreth fora surpreendente e a todos maravilhara, inclusive a parteira, que, apesar da longa experiência, nunca assistira a uma recuperação tão espantosa. A mulher parecia ter renascido: com os mamilos inchados de leite, alimentava o filho sem esforço, enquanto o apetite, que regressara forte, permitia-lhe ganhar peso e recuperar as forças perdidas.

Um dia, em finais de outubro, depois de ter amamentado Arthur demoradamente, Margreth aproximara-se de Otto e lhe falara com uma ponta de entusiasmo na voz:

— Acho que tudo isso foi um milagre, Otto. Quando voltou, minha vida corria perigo, bem como a de nosso filho. Se não tivesse corrido com tanto afinco à procura do remédio, duvido muito de que agora estivesse aqui... Possivelmente, sem a intercessão de São Tiago, nem o próprio viburno teria dado qualquer resultado!

— É verdade — respondera Otto, acariciando as mãos delicadas da mulher —, o santo ouviu as minhas orações e me concedeu a maior alegria da minha vida...

— Aí está — continuara Margreth, timidamente —, pensei que ambos devemos ficar muito agradecidos a São Tiago...

— Certamente! — concordara Otto, orgulhoso com o que ia dizer. — Como sabe, já doei o dinheiro necessário ao padre para mandar arranjar o telhado da capela e tenho também a intenção de pagar a um pintor pela decoração da abside: dizem que existe um muito habilidoso em Brusson ou em Graines, já não me lembro...

— Sim, mas isso não chega, Otto. Minha perigosa gravidez foi certamente a expiação dos pecados que cometemos sem nos darmos conta disso e, apesar de tudo ter terminado bem...

— Mas que diz, Margreth, que pecados pode ter cometido você, que é pura como uma pomba? E depois, não lhe parece já ter sofrido o bastante para pagar por essas faltas? — explodira o mercador, cujo rosto, corado, anunciava o começo de certa irritação.

Embora consciente da exasperação do marido, Margreth olhara-o fixamente nos olhos e continuara, decidida:

— Temos de ir a Santiago, Otto! Temos de fazer uma peregrinação ao túmulo do santo, para lhe agradecer e ganharmos a vida eterna!

Otto fitara a mulher com os olhos bem abertos, incapaz de falar. As mãos que ainda seguravam as de Margreth num gesto de ternura tornaram-se subitamente rígidas. Após um demoradíssimo instante de surpresa, Otto erguera-se de repente, e, sem deixar de fitar a mulher, seu olhar tomara a expressão de quem observa um louco.

— Está louca, mulher! Ir a Santiago... mas quem pensa que eu sou: aquele frade vagabundo que encontrei no vale?! Sou um mercador e tenho prazos a respeitar, além de um filho para criar e a quem devo garantir o futuro!

A raiva explodira: Otto ficara roxo e continuava a fazer invectivas, gesticulando e andando, de forma agitada, pelo *stadel*. Margreth, que conhecia bem os acessos de ira do marido, tão repentinos quanto inócuos, inclinara a cabeça e esperara, com paciência, que ele se acalmasse e que sua voz alterada não acordasse a criança. Por fim, não obtendo resposta da mulher, o mercador saíra batendo a porta.

Naquele momento, enquanto se aproximava de casa, Otto recordava com um meio sorriso aquela fúria, à qual se seguira um período de reflexão. Não voltara a falar com Margreth, mas pensara longamente, reconsiderando muitos pormenores de sua vida: o aprofundado exame de consciência lhe permitira encontrar muitos pecados cometidos frequentemente de boa-fé, mas, por vezes, perpetrados com astúcia. Seu pensamento voava muitas vezes para frei Matthew e sua ingênua solicitude, que também o irritara. Só agora compreendia a força interior daquele homem, que, de tão firme na sua confiança em Deus, por vezes parecia bizarro e até estranho a quem ainda andava em busca da fé.

Porque já se decidira e predispusera tudo, Otto sentia-se mais leve e animado por um novo vigor: em suma, apesar do peso dos anos, sentia-se ainda forte e capaz de cumprir uma longa caminhada. A mulher tinha razão: era seu dever ir a Santiago de Compostela testemunhar sua gratidão. Na verdade, durante os deslocamentos comerciais, ele mesmo encontrara muitos mercadores que dedicavam seis meses ou um ano de suas vidas para se dirigir em peregrinação aos lugares onde existisse alguma relíquia de um santo qualquer. Também ele o faria, mas sozinho: era impensável que Margreth e o pequeno Arthur se submetessem às fadigas e aos riscos que semelhante viagem comportaria... Quanto aos negócios, já encarregara Edgard, o mais confiável e atento de seus servos, de continuar em seu lugar. Edgard trabalhava para ele havia muitos anos, e sua experiência nas vendas e nas compras já estava tão consolidada que, quando tivesse condições de contar com algum capital próprio, poderia vir a se converter, por sua vez, num mercador. Otto confiava nele, e sua confiança tornara-se ainda mais evidente pela generosa participação que lhe prometera em futuros lucros.

Antes das vésperas, informara a mulher de sua decisão. Talvez, se o tempo se mantivesse clemente ainda por alguns meses, pudesse partir antes da chegada do inverno. No entanto, não queria deixar a aldeia por um período tão longo sem ter notícias de frei Matthew. Tomara o destino daquele homem muito a si, e a ideia de ele ter chegado ao seu objetivo e ter sido acolhido com a hostilidade que pensava ser inevitável perturbava-o profundamente. A única forma de se certificar de sua integridade física era dirigir-se a Felik.

Havia também outro motivo que o empurrava para a aldeia localizada para além do vale: naqueles dois últimos meses, ficara sabendo que a jovem Sibilla, filha de Karola e de Wilfried, que muitas vezes o acompanhara nas suas viagens a Flandres, dera início a uma nova atividade de tingimento de tecidos. Todos quantos já os haviam visto descreviam-nos como belíssimos, e Otto pensava que aqueles tecidos púrpura poderiam ter muita venda em outros lugares. Tencionava, por isso, passar pela casa de Sibilla para lhe propor ampliar o comércio de suas peças, que ele próprio começaria a mostrar durante suas viagens. Ela, que Otto recordava como uma moça perspicaz e sem nenhuma maldade, seguramente poderia lhe dar notícias de Matthew.

Satisfeito com os planos que fizera e que pretendia pôr em prática o mais rapidamente possível, o mercador transpôs a soleira do *stadel* ao mesmo tempo que ouviu um último berro de Arthur, logo abafado pelo seio que lhe acabara de ser oferecido. Otto sorriu e, com passos ligeiros, dirigiu-se ao andar de cima para falar com a mulher.

28

UMA PEQUENA RAPOSA alpina apareceu, cautelosa, entre a mata alta em frente ao abrigo das ovelhas. A escuridão da noite estava prestes a ceder lugar à aurora, e o barulho do vento confundia-se com o estrépito do rio que corria pouco mais abaixo. Um súbito rumor vindo do interior do casebre alertou o animal, que, erguendo as orelhas, depois de um instante de hesitação, fugiu, silencioso.

Matthew levantou-se, roçando o teto com a cabeça: pegando a pele e o bornal, inclinou-se para transpor a porta baixa da construção. Do lado de fora, procurou relaxar os músculos entorpecidos, esticando os braços e pernas. Já estava habituado ao frio e à umidade da noite daquelas paragens inacessíveis, mas, se a mente já aceitara as dificuldades, o corpo continuava a mandar sinais de sofrimento.

Olhou o vale à sua volta — só o pouco que lhe permitia ver a tênue luz do dia que acabara de nascer. As árvores desenhavam perfis escuros debaixo dos quais se adivinhava o inquieto deslumbramento da água do rio; ao fundo, na fronteira com o céu ainda lívido, as pontas imponentes das montanhas talhavam o horizonte. As paredes escarpadas, translúcidas de gelo azulado, formavam uma imensa e severa catedral.

Matthew sentiu calafrios: aqueles cumes que lhe haviam aparecido, de repente, dois dias antes, assim que chegara à aldeia de Alpenzu, provocavam-lhe, agora, uma inquietação indefinível. Nunca vira montanhas tão altas, e provavelmente fora esse o motivo de seu mal-estar. Talvez devido à ansiedade que sentisse em relação a tudo o que o esperava, estimulado também pelo aviso de Otto sobre o caráter difícil dos habitantes de Felik, Matthew percebia, pela primeira vez desde que deixara St. Albans, uma natureza hostil sua volta.

O mercador, pouco antes da despedida, explicara-lhe que a aldeia para a qual se encaminhava situava-se num fundão verdejante logo abaixo do limite das altas montanhas de gelo. Matthew forçou o olhar, semicerrando as pálpebras para conseguir ver mais longe, mas não distinguiu nada que testemunhasse a presença de seres humanos: onde quer que os olhos pousassem, só as árvores, o mato e as rochas ocupavam seu campo de visão. De acordo com seus cálculos, não precisaria de mais de um dia de caminhada para chegar a Felik. Em Alpenzu haviam-lhe confirmado que já eram poucos quilômetros que lhe faltava percorrer, mas que a subida era cada vez mais íngreme e difícil.

A minúscula aldeia que acabara de deixar, formada apenas por quatro *stadels* e um forno de pão, materializara-se de repente, no centro de uma clareira, ao longo do caminho que subia pelo bosque. Ele e Joseph tinham chegado ali por volta da sexta hora, após uma longa caminhada pela encosta da montanha: depois do rio de Biel, lamacento e caudaloso devido à tempestade da noite anterior, tinham transposto outros riachos que, dos canais entalados entre as rochas, se lançavam, espumosos, na direção do vale. O cão, apesar da pata doente, antecedia-os em alguns passos ao longo do caminho, parando, de vez em quando, para farejar entre a grama molhada, como se seguindo uma pista. A certa altura, começara a correr disparado, desaparecendo da vista: Matthew já tinha imaginado que o cão havia fugido, quando um súbito ladrar, abafado pela curva rochosa do caminho, indicara novamente sua presença. Joseph e o frade haviam apressado o passo e, para além do declive, viram o animal, que, alternando ganidos e uivos, fitava uma forma indistinta, semiescondida pelo tronco de um grosso lariço. Matthew aproximou-se, cauteloso, e, chegando às proximidades da árvore, compreendeu o motivo de toda aquela agitação do cão.

— O asno! Joseph, encontramos o asno! — gritou com quanta força tinha, acompanhando as palavras com pulinhos de alegria no meio das plantas.

O animal já havia se imobilizado por trás do tronco, pacatamente, assustado com o estrépito do cão; ao aproximar-se do frade, dera um passo incerto em sua direção, olhando-o com expressão doce. Matthew encostara-se a ele e, segurando-lhe as rédeas, puxara-o docemente para si.

— Pensei que houvesse fugido! — exclamara Joseph. — Mas nunca imaginei que poderia subir até aqui! Sempre achei que tivesse descido para o vale...

Matthew não lhe respondeu. Enquanto dividia as carícias entre o asno e o cão, o pensamento reconhecido era direcionado ao Altíssimo, que, mesmo entre milhares de insídias, mais uma vez lhe demonstrara a paterna solicitude. A parada foi breve: logo retomaram o caminho, que então descia ligeiramente. Esforçando-se para não escorregar entre a grama ainda úmida e a terra lamacenta, Matthew sorria para si mesmo, perguntando-se o motivo daquele grande número de animais que a sorte lhe dera por companheiros de viagem. Seguramente menos exigentes que os homens e muito mais pacientes, contentavam-se com uma carícia e um pouco de comida, oferecendo, em troca, fidelidade e dedicação e trabalhando duramente para aliviar as fadigas dos donos. Matthew surpreendera-se a pensar que, embora não tendo alma, os animais pareciam, por vezes, mais próximos de Deus que muitos cristãos: puros e simples, mesmo em suas manifestações mais naturais, como o instinto de sobrevivência. Não fora seguramente a fome que impelira o lobo do Mont Joux a assaltá-lo? E os ratos do planalto — não era o instinto que os levava a roer tudo o que encontravam à mão? E o cãozinho de Mary, que fora sacrificado com a dona, e o cão que lhe havia mostrado o caminho na França, e este outro que agora o seguia como se o conhecesse desde sempre? Que significado poderiam ter todas essas presenças em sua vida? Nenhum dos textos que estudara durante sua formação chegara a lhe ensinar qualquer coisa a esse respeito...

Distraído com pensamentos contraditórios que lhe perturbavam a mente, Matthew quase não percebera que havia chegado a um lugar habitado: fora Joseph quem o roubara às suas fantasias, voltando-se para trás e gritando que já haviam chegado a Alpenzu.

Os habitantes da aldeia tinham-nos acolhido e alimentado, maravilhados por voltarem a ver o cão, que desaparecera quatro dias antes de um dos *stadels*. O animal pertencia a um dos camponeses da aldeia, que, feliz pelo retorno do companheiro de caça, hospedara os dois viajantes durante a noite, não antes de, cheio de orgulho, mostrar a Matthew a pequena capela em construção: dissera-lhe que os trabalhos estavam atrasados por causa da súbita doença do primo que, até agora, só erguera os muros de pedra, em volta.

— É uma pena — acrescentara —, porque contávamos vê-la já terminada antes da chegada da neve! As vigas já estão prontas, faltam apenas uns bons braços que as ponham de pé. Somos poucos, e cada um tem sua missão: o tempo para erguer a capela é roubado ao nosso trabalho. Nenhum de nós pode dedicar uma jornada inteira à construção da igreja...

Nas vésperas, antes do jantar que o camponês iria lhes oferecer, Matthew chamara Joseph à parte e propusera-lhe ficar ali trabalhando na capela:

— Prometi que não o denunciaria, meu rapaz, e cumprirei minha promessa, mas você deve se esforçar em mudar de vida. Se aprendeu a recolher esterco de cavalo, também saberá empenhar-se em aprender um pouco de carpintaria! Aqui precisam de uma pessoa robusta e de boa vontade: considere esse trabalho como sua corveia para o Todo-Poderoso que, em troca, lhe salvará a vida!

Passado o momento de hesitação, Joseph aceitara: perdia a liberdade de se movimentar à vontade, isso era certo, mas, por outro lado, o medo de um dia vir a ser capturado e talvez acabar nas mãos do velho patrão o aterrorizava. Apesar de tudo, teria de trabalhar duro, mas quem sabe, talvez na primavera fosse àquela aldeia empoleirada nas montanhas e voltasse a ser livre. Nesse ínterim, o frade — incômoda testemunha de seus erros — partiria para outras terras.

No dia seguinte, Matthew informou o seu "estalajadeiro" da disponibilidade de Joseph para aquele trabalho, omitindo oportunamente qualquer referência ao passado do eventual ajudante de carpinteiro. O camponês mostrara-se entusiasmado com a ajuda que o Céu lhe oferecera e, sem nada lhe perguntar sobre os motivos que o levavam a ficar em Alpenzu, contratara imediatamente o rapaz. A urgência em concluir a construção, pensava Matthew, fora sem dúvida mais premente que qualquer entrave, e, provavelmente, mesmo que tivesse suspeitado de algo, o camponês teria preferido as razões da prática às do escrúpulo. Quando soubera que o frade rumava para o vale de Macugnaga, de onde regressaria apenas dentro de alguns meses, o homem oferecera-se até para ficar com o asno.

— Nem todos os caminhos que vai percorrer permitem a passagem do animal, e por isso ele constituiria apenas um obstáculo: é melhor deixá-lo aqui. Assim, quando voltar, o encontrará com boa saúde e pronto para levá-lo à planície. E quem sabe se, da próxima vez, não chegará aqui a tempo de benzer a nova capela?!

Matthew concordara e oferecera-se para pagar, com os poucos soldos que ainda lhe restavam, a alimentação do asno, mas o camponês recusara, dizendo-lhe que o animal seria útil para o transporte dos materiais e que, portanto, não seria necessário que o frade se endividasse com aquilo.

À partida, Matthew ia abastecido de carne e dois sacos de pão fresco, recém-saído do forno. O aroma do pão, ainda crocante, inebriou-o. A despedida de Joseph havia lhe causado certo mal-estar: o olhar inocente com que o rapaz o fitara recordara-lhe seu primeiro encontro. Duvidando de suas intenções, recomendara-lhe, severamente, que se portasse bem. Em seguida, depois de agradecer calorosamente ao camponês, pusera-se a caminho, rezando a Deus para que iluminasse o jovem. O cão seguira-o durante um tempo, sempre a coxear, e, finalmente, depois de uma última carícia seguida por um frenético abano do rabo, regressara pelo mesmo caminho à aldeia.

O frade retomou a marcha. O caminho, serpenteando entre as rochas, descia lentamente, aproximando-se da corrente de água, cujo rumor se tornava cada vez mais distinto. Já não se viam os cumes de gelo, escondidos pelos topos das árvores e pela crista da montanha. Confiando no instinto e distinguindo a custo a estreita passagem na qual a grama parecia recém-pisada, Matthew prosseguiu. A luz do dia iluminava progressivamente o vale, embora os raios de sol, barrados pela altitude dos cumes circundantes, ainda não atravessassem os ramos dos lariços: só uma tênue claridade se difundia do leste — mínima, mas suficiente para permitir adivinhar o caminho.

29

OLIVIA ACABARA DE ENCHER a cesta com o estrume que recolhera no estábulo. Junto com outros camponeses e alguns servos, teria de levá-lo para o campo, onde depois os homens o espalhariam sobre a terra já pronta para recebê-lo.

A barriga proeminente, claramente perceptível apesar da veste larga e informe, impedia-lhe alguns movimentos: todos os trabalhos já se revelavam fastidiosos, e, cansada, ela sentia permanente dificuldade para respirar. Habituara-se finalmente à vergonha; já não se importava com os risinhos de zombaria das outras mulheres, até porque Gertrud, assim que sua gravidez se tornara evidente, contara a toda a gente como tudo havia se passado e declarara publicamente que sua serva permaneceria em sua casa, junto de sua família. A troça dos primeiros tempos fora aos poucos sendo substituída por uma espécie de aceitação de sua desgraça, mesmo que alguém ainda a apontasse como "a cadela do francês".

O esforço para carregar o cesto às costas lhe valeu um violento protesto por parte da criança que hospedava no ventre: um forte pontapé sacudiu-lhe a barriga, fazendo-a soltar um gemido estrangulado. Cambaleante sobre as pernas inchadas, Olivia dirigiu-se ao campo que ficava atrás do estábulo de Gertrud.

— Não é melhor ficar no *stadel* enchendo os sacos de cânhamo com as agulhas de pinheiro e as folhas secas? Parece-me que seria um trabalho mais adequado ao seu estado!

A voz de Giuditta, cujo lote de terreno fazia divisa com o de Gertrud, atingiu-a como um chicote. A Olivia não fora indiferente o tom sarcástico das palavras da mulher que a seguia de perto, inclinada sob o peso de um enorme cesto fedorento. Giuditta era uma das pessoas mais maledicentes da aldeia: não era por acaso que se tornara amiga de Ingrid, apesar de sua condição social não justificar de modo algum tal aproximação. Olivia estava certa de que, assim que conseguisse encontrar as pessoas interessadas em ouvir a sua malignidade, a jovem camponesa iria contar as mais pérfidas mentiras a seu respeito. Olivia fitou-a com aqueles olhos gélidos e não se dignou a responder, mas, ao contrário, apressou o passo na direção do campo.

Depois do transporte do estrume, esperava-a outro trabalho que, embora menos difícil, seguramente lhe provocaria náuseas. Gertrud decerto precisaria de sua ajuda para pôr de salmoura as costelas e as pernas das ovelhas recém-abatidas. Havia pouco, o cheiro e a visão da carne haviam lhe provocado violentos acessos de vômitos, que só com grande dificuldade conseguia controlar, mastigando raízes cruas de agrião. Sabendo que as operações de salga iriam se prolongar por alguns dias, dirigira-se logo de manhãzinha às margens do riacho, onde o agrião crescia viçoso, e enchera um cesto que depois guardara na parte mais fresca da despensa. A carne, depois de 15 dias de salmoura, seria posta a secar presa às traves do teto, de modo a ficar completamente seca. Gertrud lhe garantira que parte daquela preciosa reserva seria separada para ela, para que se alimentasse como indicado depois das fadigas do parto, que estava previsto para o inverno.

Olivia dava-se conta de quanto Gertrud lhe queria bem e por nada no mundo recusaria ajudar num trabalho tão demorado e delicado sob o pretexto de um mal-estar que, embora real, poderia facilmente controlar.

De novo se levantava um vento úmido e agora frio. Cheia de arrepios, Olivia descarregou o estrume no limite do campo, onde outros servos iriam depois espalhá-lo, e, colocando a cesta vazia às costas, retomou com passadas mais ligeiras o caminho para o estábulo.

— E agora, o que seu pai vai fazer?
Os olhos penetrantes de Sibilla fixavam Leonhardt, esperando uma resposta. Em volta deles, estendidas no campo e fixadas com grandes pedras aos quatro cantos, as peças escarlates, insufladas pelo vento forte, formavam

um singular e animado tabuleiro de xadrez. Sibilla trabalhara duramente para tecer e tingir uma quantidade de lã muito grande, mas valera a pena, porque sua atividade já começava a dar frutos. Dali a pouco mandaria para os outros vales suas peças vermelhas, confiando-as ao carregador assalariado que transportava as mercadorias no séquito de outros mercadores da aldeia: se fossem do agrado das pessoas e se encontrassem mercado, certamente receberia encomendas para produzir mais, e, assim, seu trabalho poderia lhe garantir o rendimento que faria dela uma mulher independente e respeitada. De vez em quando, via-se pensando, com amargura e saudade, em como Karola ficaria orgulhosa dela e de seu espírito de iniciativa, se não tivesse morrido tão cedo.

Leonhardt, que acabara de regressar de Brusson, onde comprara sedas e jaspes a um mercador florentino que não tencionava seguir até Felik, olhou para Sibilla sem responder. Suas mãos amassavam um delicado ramo seco que apanhara do chão: com ligeiros estalidos, os caules partiam-se todos sob a pressão de seus dedos. Depois de ter desfeito todo o ramo, que, pedaço a pedaço, voara de suas mãos levado pelo vento, Leonhardt suspirou profundamente e, por fim, falou:

— Mentiria se lhe dissesse que tenho certeza do rumo que as coisas vão tomar. O certo é que Hermann está furioso: o fato de o banco de câmbio de Vercelli ter lhe recusado crédito deixou-o fora de si. Eu mesmo não sei explicar o motivo da recusa ao seu pedido: talvez meu pai tenha superestimado o poder que tem; talvez o banco não tenha considerado a garantia suficiente, uma vez que estamos tão longe da planície e tão isolados... Hermann está convencido de que alguém o precedeu na viagem e falou mal dele. Não sei, não creio, até porque nem sei exatamente quem poderia ter feito isso...

— Será que o seu pai não vai precisar de alguma garantia escrita da parte do senhor para conseguir convencer as pessoas de sua liquidez?

— Talvez, mas bem sabemos que Giacomo di Quart concedeu a vassalagem a Hermann apenas para se livrar das preocupações militares relativas a esta aldeia. Por que se interessará pelo fato de os mercadores de Felik quererem aumentar sua riqueza com a criação de representações em locais remotos? Ele tem outras preocupações que não a nossa vida aqui em cima! A verdade é que meu pai, na sua soberba, confundiu as intenções do senhor, atribuindo-se uma importância excessiva por causa dessa maldita e inútil vassalagem. O resultado disso é que agora temos de manter também outras bocas, e sabe-se que as dos soldados são particularmente vorazes em alimentação e vinho! Esperemos que, pelo menos, estejam prontos a nos defender, caso venha a ser necessário...

O olhar de Leonhardt tornara-se inquieto, atravessado por uma ponta de tristeza.

— Mas e você, o que fará agora? Conseguirá ficar aqui em Felik e continuar com os negócios da família ou terá de aceitar a representação em Praborno?

— Ainda não sei. Hermann continua a insistir, e eu continuo a recusar. De qualquer maneira, voltaremos ao assunto na próxima primavera: o inverno está chegando, e daqui a pouco não conseguiremos ir além do Teodulo, porque a neve impedirá a passagem. Até o próximo ano, nossos negócios só se desenvolverão com o Canton e o baixo vale, e aí, como sabe, meu pai não tem grandes interesses, tanto mais agora, que o banco de câmbio não lhe concedeu o que solicitou.

Sibilla ainda tentou abrir a boca para falar, mas logo desistiu. Não era o momento, pensou, ainda não: o que gostaria de ter dito a Leonhardt era demasiado íntimo e delicado para se misturar com as conversas de dinheiro e de poder, que, no fundo, não lhe diziam respeito. Esperaria. O importante era que Leonhardt não fosse embora, que ficasse ali com ela. Havia tempo ainda para falar e decidir.

Os jovens se levantaram; pedaços de grama já seca permaneceram colados às suas vestes enquanto encerravam com um beijo aquele breve intervalo nas suas ocupações cotidianas.

Leonhardt voltou para casa, onde o esperava a divisão das mercadorias recém-compradas, enquanto Sibilla começou a empilhar as peças já secas. Iria transportá-las para o sótão, onde, longe da umidade e dos ratos, ficariam esperando para ser carregadas pelos asnos.

30

O CAMINHO QUE BORDEJAVA o flanco da montanha, onde os barrancos se sucediam numa série contínua, era cada vez mais irregular; de vez em quando, uma clareira criava expectativas quanto à proximidade de qualquer destino, mas, logo a seguir, o caminho voltava a adentrar entre as árvores bem presas ao terreno escarpado. Suas raízes, frequentemente expostas por sobre o mato e as pedras, mais pareciam dedos gigantescos no esforço de agarrar as profundezas da terra.

Matthew parou. O suor abundante, apesar do ar decididamente fresco, testemunhava o esforço que fazia para percorrer um caminho tão inacessível. A túnica, rígida e inadequada às passagens estreitas, continuava a prender-se nos ramos baixos e nas moitas, privando-o da necessária agilidade de movimentos. Ofegante, olhou em redor à procura da aldeia: como sempre, a vegetação em volta o impedia de ver o vale. Afastando com as mãos os ramos mais baixos de um abeto novo, avançou alguns passos, até se encontrar sobre uma espécie de varanda natural, debaixo da qual se abria um profundo precipício. Do lado esquerdo, para além das rochas que delimitavam o lugar herboso, uma cascata precipitava-se do alto da montanha, criando, em cada um dos ressaltos do fundão, violentos turbilhões de espuma. O curso de água perdia-se na direção do vale, em cujo fundo se avistava claramente um rio impetuoso: nunca, até aquele ponto do percurso, Matthew conseguira ver bem o rio Lys, e agora, observando aquelas enseadas estreitas que dividiam em duas partes o fundão, começou a pensar quão diferentes dos cursos de água calmos, turvos e lentos que banhavam sua terra de origem. eram os que fora encontrando pelo vale de Augusta.

Ao norte, as nuvens que até então haviam coberto o céu movimentavam-se agora rápidas, empurradas por um vento forte, mas de tal forma alto que ainda não se sentia ao longo da encosta da montanha. À medida que as nuvens se deslocavam para o leste, aos olhos de Matthew revelou-se finalmente, em toda a sua majestade, a cadeia das montanhas de gelo. Maravilhado com tanta imponência, ele parou, fitando os cumes: admirado com toda aquela brancura, que alternava pontos altíssimos com escarpadas gargantas rochosas, permaneceu de boca aberta, mal conseguindo respirar. Sentiu um nó de comoção que não o deixava respirar: apesar de não encontrar a causa de tanta perturbação, deixou que os olhos se velassem de lágrimas e, sentado sobre uma rocha, agradeceu a Deus pelas obras grandiosas com que, na sua infinita misericórdia, quisera rodear os homens.

Espiando o local logo abaixo de um dos cumes mais elevados, onde a neve dava, aos poucos, lugar às pastagens, pareceu-lhe distinguir formas que se assemelhavam mais a casas que a rochas. Tentou ver melhor, mas não conseguiu; entretanto, percebeu que o vento, que mudava de direção, trazia cheiro de fumaça. Confortado com a esperança de estar chegando à sua meta, Matthew retomou o caminho com passo decidido: sentia fome, mas esperaria para remexer o bornal e procurar um bom pão crocante de Alpenzu. Antes de parar de novo, queria se aproximar ao máximo de Felik.

Karl observava o pai, que, com fortes machadadas, partia um tronco de abeto. Pequenas lascas de madeira saltavam a cada golpe.

— Afaste-se um pouco mais, Karl — gritou-lhe Leopold. — Tem alguma ideia do que poderia acontecer se o machado me escapasse da mão?

— É impossível, pai — respondeu a criança, afastando-se alguns passos. — Sua pontaria é muito precisa! E agora me diga: para que cortar toda essa madeira?

— Tenho de fazer uma cômoda e um berço para Olivia: Conrad e Gertrud nos encomendaram um para quando nascer o bebê... será o presente de boas-vindas...

— Mas por que é que a Olivia está grávida se não tem marido? — perguntou Karl, hesitante.

Leopold, que não esperava de modo algum uma pergunta tão embaraçosa, permaneceu com o machado suspenso no ombro. No rosto da criança, que não mostrava qualquer traço de malícia, estampava-se uma expressão de espera confiante. Recordando a sabedoria e o equilíbrio da mulher, que, se ainda fosse viva, teria sabido como responder naquela e em outras tantas ocasiões precedentes, Leopold avaliava como era difícil educar um filho sozinho. Suspirando, deixou cair o machado e fingiu um súbito cansaço que ainda não sentia.

— Ouça, Karl, agora não tenho tempo: estou cansado e ainda preciso tratar da vaca que está no estábulo... E você, por que não vai dar uma ajuda a Sibilla, que tem de arranjar as peças para entregar ao carregador?

Desiludido com a falta de uma explicação, Karl obedeceu, dirigindo-se, a passos velozes, para o *stadel* da amiga. Perguntaria a ela, pensava, a razão daquela gravidez, e tinha certeza de que Sibilla satisfaria sua curiosidade.

Já estava próximo da paliçada defensiva quando, da porta sul, viu despontar uma silhueta escura. Aproximando-se, observou atentamente: tratava-se de um homem, ou melhor, de um frade. A túnica negra, enlameada e poeirenta, dançava-lhe em volta do corpo magro; o rosto, contornado por cabelos descoloridos pelo sol e por uma barba curta e alourada, parecia marcado por uma rede de rugas.

Karl permaneceu imóvel, fixando, atemorizado, aquela figura dilacerada que tinha todo o ar de nunca ter passado por aquelas terras. Os olhos azuis de Matthew se cruzaram com os da criança, cujo olhar amedrontado fez com que ele intuísse o mal-estar que sentia perante um estrangeiro. Deu alguns passos em sua direção e, distendendo os lábios, esboçou um sorriso; depois perguntou:

— É esta a aldeia a que chamam Felik?

— É, é esta, mas você quem é? — respondeu Karl, curioso com o estranho sotaque do interlocutor.

— Sou um frade beneditino e venho de muito longe. Pode me dizer se existe aqui alguma capela e um padre? Fiz uma longa viagem e estou muito cansado: gostaria de poder descansar um pouco, antes de retomar o caminho...

— Sim, a capela é ali ao fundo, ao lado da praça da aldeia, mas hoje está fechada. O padre Anton teve de ir a Ussima para confortar um parente que vive lá e que está doente há algum tempo. Pode ir à estalagem e... Mas não, venha comigo, vamos perguntar a Sibilla o que se pode fazer!

Já sem nenhum indício de temor, Karl deu a mão a Matthew e arrastou-o atrás de si. O frade, admirado com tamanha coragem por parte de um menino que até bem pouco mostrava sinais de medo, seguiu-o, perguntando-se quem seria a tal moça com aquele nome mítico e especial. Durante o percurso até o *stadel* de Sibilla, muitos pares de olhos curiosos fixaram Matthew; alguns colonos quiseram perguntar a Karl quem era aquele frade que o acompanhava, mas a passada alegre da criança fora mais veloz que qualquer pergunta.

— E onde fica a Inglaterra? — perguntou Karl, com os olhos arregalados, enquanto se sentava na frente de Matthew, mordendo um pedacinho de pão.

O frade, que Sibilla mandara acomodar na *stube*, segurava um copo de vinho com as mãos frias: sobre a mesa, à sua frente, a jovem dispusera queijo e algumas nozes novas com a casca ainda úmida.

— Karl, não aborreça o frei Matthew! Não vê como está cansado? — repreendeu-o Sibilla.

O menino fez uma careta e, para disfarçar o desapontamento, baixou os olhos para Marcabrù, que se empenhava em procurar as migalhas de pão entre as fendas do assoalho.

Quando chegara ao *stadel*, meia hora antes, e vira vir ao seu encontro outro cão, Matthew sorrira e, sem compreender bem por que, sentira-se, de certo modo, aliviado. O animal, por sua vez, depois de ter feito em volta de Karl as suas habituais corridas, parara diante de Matthew e fitara-o demoradamente, imóvel, com o rabo caído. Em seguida, após farejá-lo cuidadosamente enquanto Sibilla o acolhia na *stube*, enrolara-se por fim aos seus pés, com as orelhas em pé e uma expressão alerta. Só com a chegada do pão se levantara, pousando as duas grandes patas dianteiras nos joelhos de Karl, à espera de algum pedacinho.

— Não se preocupe: estou cansado, é certo, mas não vai ser difícil dar algumas explicações a este pequeno curioso! Primeiro, no entanto, deixe-me fazer as honras da mesa de Sibilla, Karl, visto que sua generosidade é grande, quase tão grande como o meu estômago vazio! E depois, se não fosse você a me receber na aldeia, ainda estaria por aí perambulando em Felik...

— Mas como tem essa fome toda e é tão magro? — perguntou a criança, animada pelo tom doce com que Matthew lhe falara.

— Karl! — explodiu Sibilla, franzindo o cenho numa severa expressão de reprovação.

A gargalhada franca do frade tranquilizou o menino, que já estava corando de vergonha por aquela pergunta impertinente. Matthew, depois de limpar os lábios à borda da manga, pousou o copo ainda cheio e contou a Karl o motivo de seu apetite: explicou que fizera uma viagem bem longa e cansativa e que nem sempre pudera comer alimentos frescos e gostosos como os que Sibilla lhe oferecia. Contou-lhe ainda que a Inglaterra ficava para além de uma grande extensão de água, e que para chegar até lá era necessário caminhar durante dias e dias e atravessar outros países.

— Então fez o mesmo caminho que nossos colonos para ir até Flandres, a Germânia e as terras do norte, mas em sentido contrário! — exclamou Karl, entusiasmado.

— Mais ou menos — replicou Matthew, recomeçando a comer.

— E como chegou aqui?

— Agora chega, Karl! — repreendeu-o Sibilla, firmemente. — Deixe o frade em paz e vá lá para fora brincar com o Marcabrù!

Matthew, que temia que a pergunta surgisse a qualquer instante, engoliu com esforço o copo que acabara de levar à boca. O menino levantou-se e, lançando um olhar ressentido a Sibilla, saiu em silêncio, seguido pelo cão.

A jovem, a quem não passara despercebido o embaraço momentâneo do frade, preferiu, por sua vez, não indagar os motivos que o haviam conduzido até Felik: teria tempo para isso. Por enquanto, precisava encontrar um teto sob o qual Matthew pudesse passar a noite, pois, como era evidente, não poderia hospedá-lo em sua casa, visto que vivia sozinha. A aldeia já havia criticado muito seu comportamento — não era necessário oferecer às más línguas outra razão para lançar descrédito sobre sua pessoa. A igreja ficaria fechada por mais dois dias, e a estalagem não era, seguramente, o lugar mais adequado para um monge estrangeiro. Enquanto pensava, apressada, numa solução, alguém bateu à porta que Karl, na sua furiosa obediência, fechara atrás de si.

Sibilla foi abri-la: na soleira da porta, desenhada contra a luz que provinha do exterior, uma figura imponente olhava para o interior sombrio da *stube*.

— Saudações, Sibilla, recorda-se de mim?

A jovem não teve tempo sequer de responder, sobressaltada pelo súbito estrépito do banco que tombara com violência atrás de si. Virou-se ainda a tempo de ver o frade de pé com os braços abertos e uma expressão atônita.

— Otto!

Ao ouvir uma voz bem conhecida que chamava por seu nome, o mercador avançou alguns passos e ultrapassou impetuosamente Sibilla.

— Frei Matthew!

As duas palavras retumbantes proferidas por Otto ressoaram por todo o *stadel*. Em frente à moça, cada vez mais assustada, os dois homens lançaram-se nos braços um do outro, chorando de comoção e rindo de alegria.

— Chegou, finalmente! Fez a viagem sozinho? E eu, que achava que sem as minhas indicações teria se perdido sabe-se lá por onde... Há quanto tempo está por aqui e por que Sibilla lhe dá guarida? Já fa...?

A euforia de encontrar Otto não impediu Matthew de perceber o sentido daquela pergunta iminente, que, naquele momento e na presença da moça, fora inoportuna. Com um súbito gesto da mão e um olhar significativo, o frade cortou a frase do mercador, respondendo um pouco precipitadamente:

— Cheguei há pouquíssimo tempo e esta jovem foi muito generosa em me oferecer este lugar para recuperar as forças: a capela estará fechada nos próximos dias, e tenho de encontrar um lugar onde ficar... E você, o que faz por aqui? Como vai sua mulher...?

As últimas palavras saíram, hesitantes, da boca de Matthew, que temia, por parte de Otto, uma resposta dolorosa, mas o sorriso que iluminou o rosto do mercador tranquilizou-o.

— Margreth está bem, e nosso filho também, pela graça de Deus! Mas asseguro-lhe, frade, que se aquele bendito padre de San Vincenzo não tivesse me avisado a tempo, teria perdido os dois!

Sibilla, cada vez mais confusa, olhava ora para um ora para outro, tentando compreender sobre o que falavam. Karl, que voltara a entrar, seguia toda a cena com um olhar assustado.

Percebendo repentinamente a presença de Sibilla e do menino, Otto se levantou e desculpou-se à jovem por toda aquela situação embaraçosa. Explicou-lhe sumariamente que ele e o frade haviam feito parte da viagem juntos e que, graças à premonição de um padre do vale que ambos encontraram, conseguira salvar a vida da mulher e do filho. Viera até Felik, continuou, exatamente para comprar suas peças de lã vermelha, que gostaria de revender além dos Alpes. Acrescentou que, à chegada, encontrara os mercadores com os asnos carregados e que, depois de lhes pedir para dar a ele uma amostra dos tecidos, lhes solicitara que adiassem a partida por algumas horas. Os homens haviam lhe respondido que esperariam na estalagem apenas o tempo de recobrarem as forças, mas que, depois, à falta de ordens claras por parte da tecelã, partiriam.

— Perdoe-me o atrevimento, Sibilla; certamente fiz mal em ter me intrometido em seus negócios, mas, me diga: já tem alguma praça onde vender seus tecidos? Porque, caso não tenha, poderei lhe garantir mercados seguros: certamente não se recorda, pois era ainda muito criança, mas seu pai e eu íamos às mesmas feiras e às mesmas cortes... Muitas das esposas dos senhores gostariam de poder usar suas lãs escarlates, e estou convencido de que, depois de as verem, não lhe faltarão encomendas...

Diante daquela torrente de palavras, Sibilla tentava organizar rapidamente os pensamentos. Passados alguns instantes de hesitação, chamou Karl de lado e lhe disse que fosse correndo à taberna e dissesse aos carregadores que esperassem ali até a chegada do mercador Biener. Seria ele a conduzi-los até o Canton des Allemands, de onde depois os acompanharia até outra possível praça da planície. Sibilla não tinha quaisquer dúvidas sobre a habilidade de Otto como mercador: a mãe muitas vezes lhe falara dele e de sua retidão, virtude bem rara naquele tipo de homem. O profundo e profícuo conhecimento dos mercados lhe permitiria vender seus tecidos da melhor forma possível: confiaria a ele a maior parte das peças e, depois, com base nas vendas que se seguissem, decidiria qual a melhor forma de se organizar no ano seguinte. Naquele momento delicado de sua vida, seria uma preocupação a menos; apesar de as circunstâncias terem precipitado sua decisão, estava certa de que o próprio Leonhardt a aprovaria.

Enquanto Karl fora dar o recado que Sibilla lhe pedira, ela trouxe para a mesa um jarro de vinho e mais comida. Otto confessou ter ficado muito triste com a morte recente de Karola e recordou-a como uma senhora inteligente e muito educada.

— Sua mãe — acrescentou, voltando-se para Sibilla — por certo não faria má figura ao lado de muitas senhoras que têm assento nos castelos, e, pensando bem, poderia ter substituído muitas delas!

Louvou depois o espírito de iniciativa da jovem, que agora culminara com a corajosa ideia de tingir a lã, e lhe perguntou se os projetos para o futuro contemplavam também o matrimônio. As palavras vagas e hesitantes com que Sibilla lhe respondeu, somadas ao olhar pouco transparente e fugidio, fizeram-no compreender que seria melhor mudar de assunto.

Matthew até então escutara em silêncio. Marcabrù, sentado ao seu lado, pedia-lhe afagos, dando repetidas pancadinhas nele com o focinho. O cansaço não passara — pior, aumentara. Ao perceber que as conversas do mercador se tornavam cada vez mais confusas em sua cabeça, o frade se deu conta de que a prostração que sentia não se devia apenas a causas físicas, mas que derivava, e muito, da ansiedade que o tomava. A consciência de ter chegado ao fim do caminho o colocava diante da incerteza: dilacerava-o a dúvida sobre como abordar a sinistra profecia de que era porta-voz e não sabia a quem deveria falar primeiramente. Estava certo de que quem quer que o ouvisse zombaria dele e a seguir o expulsaria da aldeia.

As palavras de Otto o afastaram de seus pensamentos inquietos: o mercador explicava a Sibilla que a peregrinação do frade tinha como próxima meta um dos conventos beneditinos do vale de Macugnaga, para se concluir, mais adiante, com a visita às relíquias de São Pedro, em Roma.

— A parada dele aqui, por Felik, será breve — acrescentou Otto, enquanto o olhar saltava do rosto admirado de Sibilla para o rosto angustiado do frade —, e espero que os colonos o acolham com a caridade devida a qualquer peregrino vindo de tão longe... Por ora teremos de encontrar alguém disposto a hospedá-lo por alguns dias...

— Mas eu... até posso dormir no estábulo...

— Não, frade — interveio Sibilla —, sua túnica já está puída o bastante para se estragar ainda mais no meio do estrume e da palha! Pedirei a Karl: ele e o pai vivem sozinhos e têm um amplo sótão onde poderão lhe dar abrigo, pelo menos por esta noite. Leopold é um homem generoso e temente a Deus, e, com Karl, já fez amizade... Estou certa de que ficarão felizes por recebê-lo em sua companhia.

Otto mostrou-se de acordo com Sibilla e, depois de ter combinado tudo sobre a venda das peças, apressou-se em despedir-se. Karl, que já regressara, partiu correndo para casa, entusiasmado com a ideia de que tinha muito para contar aos amigos sobre o frade inglês que chegara à aldeia e que iria se hospedar em sua casa. Estava certo de que o pai ficaria contente de acolhê-lo, e ele passaria horas a lhe pedir para contar histórias de seu país distante.

31

— TEREI DE FALAR COM O CHEFE dos colonos? Não, Otto, ele não entenderia... É melhor esperar pela volta do padre: só a ele poderei abrir meu coração... No fundo, é um homem de Deus, é o único que pode ouvir um confrade!

— Acha isso? — respondeu o mercador, olhando para Matthew de soslaio com um olhar desencantado. — Basta, frade, já lhe disse uma vez: essa gente é difícil e, pelo que sei, o padre não é exceção. O padre Anton está velho e cansado e tem fama de não se empenhar em coisa alguma. Os colonos o respeitam pelo hábito, mas, como pastor de almas, não o têm em grande consideração. Se falar com ele, vai se arriscar a assustá-lo, e o único resultado disso será o de criar uma grande confusão.

Matthew e Otto estavam sentados à beira do riacho onde o frade se lavara sumariamente antes de se apresentar à casa de Leopold. A água gelada na qual Matthew mergulhara os pés trouxera um pouco de alívio às feridas que o atormentavam. A túnica precisaria de alguns remendos e de uma vigorosa lavagem, mas, não tendo outra à disposição, limitara-se a sacudi-la com as mãos. Os olhos do frade perscrutavam, inquietos, à sua volta, revelando uma febre interior que o mercador havia muito aprendera a reconhecer. Vendo-o hesitante, incapaz de encontrar as palavras, Otto olhou-o com impaciência e suspirou.

— Mas em suma, frade, não vá desistir logo agora! O que fez da sua coragem? Não sou eu que devo lhe recordar que tem uma missão a cumprir! Quantas vezes me disse que confiava a vida ao Altíssimo e que com Ele por guia se sentiria seguro em qualquer circunstância?! No fundo, veio até aqui para oferecer a essa gente uma possibilidade de salvação! Este é o momento de demonstrar o valor de sua fé...

Matthew fixou os olhos no mercador. Suas palavras provocaram-lhe um forte sentimento de vergonha, que, lentamente, foi substituído pela angústia: mais uma vez se sentiu pouco preparado para a missão que o esperava, mas, ao mesmo tempo, compreendeu que a preocupação que tinha com a sua salvação terrena estava deslocada no desígnio divino mais geral que o escolhera como artífice daquela missão. Fixando as montanhas de gelo que agora se cobriam de nuvens esbranquiçadas e densas, o frade sentiu um arrepio.

Otto, não obtendo resposta e intuindo a tempestade interior de Matthew, continuou falando de acontecimentos práticos, com a intenção de distraí-lo.

— Permanecerei aqui até a alvorada de amanhã: assim que tiver entregado suas coisas a Leopold, eu o acompanharei até o chefe dos colonos. Dizem que é um homem equilibrado e, de resto, não poderia ocupar o cargo se não fosse uma pessoa equânime. Em minha aldeia, consta que perdeu há pouco tempo a única filha, morta por um urso no bosque. Espero que a terrível desgraça não lhe tenha perturbado a mente... De qualquer maneira, não poderá fazer mais nada... Depois de falar com ele, e se achar que for necessário, o *ammano* convocará uma assembleia para comunicar a profecia a todos os habitantes: essa será a fase mais perigosa, porque, sem dúvida, vão querer ouvi-la de sua boca. Terá de mostrar-se calmo e determinado, sem hesitações nem dúvidas. Dirá exatamente as palavras de sua visão e, qualquer que seja a explicação que lhe pedirem, não acrescentará nada. Não deverá se deixar contaminar por sua ira, que, disso estou certo, será tremenda. Logo em seguida, terá de partir imediatamente para o Canton des Allemands; estarei lá para esperá-lo e acolhê-lo em minha casa: lá ninguém poderá lhe fazer mal.

Matthew ouvia-o segurando, como lhe acontecia com muita frequência, a cruz que pendia sobre sua túnica: os dedos esfregavam a prata num gesto mecânico e contínuo até ficarem entorpecidos. O próprio Otto, que queria terminar o discurso para começar outro que havia muito o ocupava, raspava, com a unha, uma pequena ferida atrás da orelha, na tentativa inconsciente de afastar o nervosismo. Depois de perceber que tinha sangue nos dedos, o mercador limpou-os na capa e cruzou os braços sobre o peito.

— Ficará comigo até que eu parta... — começou, esbarrando em cada palavra.

— Quando será sua próxima viagem? Irá também à França?

— Não, Matthew, irei a Santiago, em peregrinação...

O frade arregalou os olhos; o ar que inspirara parou, bloqueado na garganta fechada. Teve a sensação de que lhe tinham posto gelo na nuca, antes de conseguir retomar a respiração.

— O que está dizendo? — conseguiu finalmente balbuciar ante o rosto vermelho de Otto.

— Estou lhe dizendo que me decidi a fazer uma peregrinação de ação de graças ao túmulo de São Tiago — respondeu o mercador, intimidado. — A graça que me foi concedida por ter salvado a vida da minha mulher e do meu filho foi inesperada, e, na realidade, não tenho certeza de que a merecesse; portanto, o mínimo que posso fazer é dar graças ao santo por ter intercedido por nós junto do Altíssimo...

— Mas e os seus negócios, e a sua mulher...?

— Mas foi Margreth quem teve essa ideia, e ainda não consegui convencê-la de não me acompanhar. Quanto às minhas vendas, já estou organizando tudo o que for necessário para que não haja nenhum prejuízo...

Matthew estava espantado: onde chegara aquele rude mercador que encontrara pelos caminhos tortuosos e cobertos de neve do Mont Joux? Ou aquela pessoa mordaz que queria abandonar ao próprio destino o pobre camponês estropiado de Cly? Uma vez mais, e como já lhe acontecera antes, foi surpreendido pelo sentimento fraterno que experimentava por aquele homem. Mas agora, àquele sentimento profundo juntava-se a consciência de um caminho comum que, embora por estradas diferentes, iria conduzi-lo à salvação eterna. No rosto de Matthew, os sinais de uma alegria espontânea e incontida foram substituídos pelos de uma enorme surpresa: os olhos claros brilharam, os lábios distenderam-se num sorriso. O próprio Otto, que temera o juízo incrédulo do frade, tranquilizou-se e sorriu, embaraçado.

— Deus o abençoe, Otto; na verdade, essa é uma decisão importante, e estou feliz por tê-la tomado!

— Pensei... — continuou o mercador, tranquilizado e já mais confiante diante da expressão radiosa de Matthew —, pensei que... talvez pudesse ir também a Santiago... será que, depois de trazer sua mensagem até Felik, terá para onde ir? O que vai fazer? Se bem compreendi, o seu prior proibiu-o de regressar ao seu mosteiro, pelo menos até ter concluído uma determinada peregrinação penitencial, e, então, que meta melhor do que Santiago? Poderá sempre lhe dizer que, depois de Vezélay, sua necessidade de contrição o levou a prolongar a peregrinação até a Espanha...

Otto falara rapidamente, ofegante, levado pela urgência de terminar o discurso, temendo ser interrompido pela reação desconfiada do frade. Matthew não respondeu logo: manteve-se em silêncio, observou o rosto amedrontado do companheiro, atravessado por rugas profundas que lhe sulcavam a pele ressecada; as mãos, grossas e calosas, haviam se cruzado sobre o peito, num gesto inconsciente de oração. Como uma criança que espera, amedrontada, mas excitada, a sentença do adulto sobre a travessura que acabou de cometer, receando o provável castigo, assim o mercador fitava o frade, procurando disfarçar sua ansiedade.

— A regra beneditina recomenda a moderação como mãe de todas as virtudes — respondeu o frade por fim. — Se acontecer, a qualquer um de nós, de nos serem pedidas coisas difíceis ou impossíveis, temos o dever de obedecer com mansidão à ordem que nos é dada: foi o que fiz até agora e assim continuarei a fazer até levar a cabo a minha missão. Embora não saibamos disso, cada um de nós é como uma semente ao vento; só Deus sabe aonde irá nos levar. Se Ele quiser que eu vá com você a Santiago, estou certo de que Ele me enviará um sinal que eu possa compreender... De qualquer modo, agradeço-lhe, Otto, por seu afeto e sua solicitude. Tive a felicidade de encontrá-lo no meu caminho, achei o irmão que não imaginava ter...

Com um longo e comovido suspiro, Matthew parou, a fim de evitar que a emoção se apoderasse de suas palavras. Otto, embaraçado com a perturbação do frade, mas feliz por ele não ter recusado, *a priori*, sua proposta, avanços alguns passos e, readquirindo o habitual ar severo, deu-lhe uma pancadinha amigável nas costas.

— Venha, vamos ter com Leopold: deve descansar antes de ir falar com o *ammano*. Já viu? Está começando a chover...

Matthew ergueu os olhos ao céu. As nuvens leitosas de pouco antes tinham se tornado escuras e desciam, compactas, ao longo da encosta da montanha: toda a aldeia estava sob um manto cinzento, que a tornava lívida e lúgubre. O frade sentiu um arrepio e, seguindo o mercador, encaminhou-se, rápido, para o *stadel* do marceneiro.

— Aquele homem é louco!

Hermann, furioso, andava em passadas pesadas pela sala de Daniel, que, sentado num banco perto da lareira, observava-o com os olhos arregalados.

— Tem de ser expulso de Felik, e rapidamente! Onde já se viu... um frade, ainda por cima estrangeiro, vir aqui em cima nos dizer que somos pessoas más, demasiado ricas e não tementes a Deus, e que por tudo isso seremos castigados?! Mas quem é ele para nos falar assim? O que quer de nós?! E a tal maldição, ainda por cima! O que significam "o suave véu do céu" e "as lágrimas vermelhas de sangue"?! É um herético! Tenho certeza de que não passa de um herético! Deve ser um daqueles malditos frades mendicantes que andam por aí pelos campos e pelas montanhas, negros como aves de mau agouro, assustando camponeses e senhores com suas absurdas profecias de desastres iminentes... Mas enganou-se na direção, oh, se se enganou! Aqui não somos idiotas, como na planície! Temos meios de expulsá-lo...

— Mas... — interveio Daniel — trata-se de um monge; afinal, o hábito não nos permite...

— O hábito que se dane! O que sabe você disso; na verdade, não poderia ser um salteador disfarçado de frade?!

— Mas as palavras dele, a forma de se exprimir...

— Não dê importância às palavras! Mesmo sem mencionar o fato de não se compreender metade do que ele diz com aquela pronúncia pérfida, acha que é assim tão difícil que alguém finja ser um homem da Igreja? E se, na verdade, se tratar mesmo de um herético? Por acaso sabe o que fazem os heréticos? Reúnem-se em refúgios secretos, onde combinam a forma de difundir a palavra do anticristo; juntam-se obscenamente entre si; entregam-se aos vícios mais alheios à natureza... Mas sabe que o papa acabou de instituir na França... em Toulouse, acho... um tribunal para os levar a juízo? Temos de denunciá-lo, Daniel: eu vou pessoalmente ter com Giacomo di Quart e lhe participar tudo! Vamos entregá-lo aos soldados, para que o levem à presença do senhor. Eu sou seu vassalo. Tenho o dever de velar pela segurança de todos os habitantes. Se tivéssemos de tolerar sua presença, também nós passaríamos por heréticos, e então... Só nos faltava isso para deitar abaixo o nosso comércio!

Hermann nem respirava. A raiva havia lhe desfigurado os traços: os olhos vermelhos saltavam-lhe das órbitas; um fio de saliva descia pelo canto de sua boca; os cabelos suados caíam-lhe despenteados pela testa.

A notícia da chegada do frade com a sinistra profecia — em seguida, no dia anterior, à assembleia dos colonos — havia lançado confusão na aldeia. Todos os habitantes participaram da reunião, abandonando, por algumas horas, suas ocupações habituais, e todos, inclusive as mulheres e as crianças, ouviram, desvairados, as palavras daquele monge andrajoso, porco e fedorento. Tinham se reunido na capela recém-aberta pelo padre Anton, que acabara de chegar de Ussima depois de celebrar o funeral de um sobrinho morto de febres. Enquanto lá fora a chuva não prometia abrandar, o frade falara brevemente, sustentando ter tido uma visão que previra morte e devastação em Felik. Às perguntas agitadas que lhe haviam sido feitas não quisera responder, fechando-se num silêncio obstinado. O próprio padre, que, embora velho e cansado da viagem a Ussima, não esquecera como a Igreja ensinava que as premonições sobre o futuro eram frequentemente enviadas por Deus, pedira-lhe que explicasse melhor as circunstâncias de sua visão. As únicas palavras que se ouviram da boca do frade foram:

— Na verdade, Deus não apareceu a José, em sonhos, para preveni-lo de que teria de fugir para o Egito?

No alarido das vozes e nos rostos ameaçadores que se seguiram à frase — mais dignos de uma praça de mercado que de um lugar sagrado —, a figura do frade curvara-se, como se esmagada por um peso imenso. O padre

Anton, temendo por sua integridade, arrastara-o para trás, pedindo-lhe que se escondesse na pequena cripta escavada na rocha situada debaixo da capela. Depois, exortando os colonos à calma, mandara-os sair em pequenos grupos, retendo apenas Hermann e Daniel. Dissera-lhes que, apesar das poucas forças e da idade avançada, ele, pároco de Felik, jamais permitiria que acontecesse algum mal àquele frade forasteiro, mesmo que portador de más notícias para a comunidade. Varrendo com o olhar severo os rostos alterados dos dois homens, acrescentara que, se pelo menos mostrassem um pouco da caridade cristã que no passado haviam tão raramente acalentado no coração, talvez o Altíssimo os poupasse ao castigo anunciado. Ao despedir-se deles, recomendara que mantivessem os outros tranquilos e acrescentara que, nos dias seguintes, o frade permaneceria junto dele, no cubículo anexo à capela.

— Além dele — murmurou Daniel, levantando-se e torcendo nervosamente as mãos —, até o próprio prior nos assustou com suas conversas sobre as punições divinas: se expulsarmos o frade da aldeia, o que mais nos acontecerá?

Os olhos de Hermann fitaram-no com expressão de comiseração; aquele homem perdera toda a consciência, pensou. A morte da filha restringira-lhe a inteligência e a iniciativa: nem sequer valia a pena levá-lo a sério. Hermann decidiu-se a fazê-lo sozinho. Havia poucas coisas que temia no mundo, e a última era, seguramente, a ira divina, uma fábula inventada pelos padres para refrear as mais variadas cobiças humanas. Não podia permitir que todo o esforço de uma vida, culminado com a recente vassalagem, fosse desperdiçado pelo desatino de um frade exaltado. Convocaria imediatamente o chefe da guarda — a "sua" guarda! — para encarregá-lo de expulsar o frade e de escoltá-lo até Quart, onde seria confiado à justiça terrena, sem dúvida mais rápida e mais irredutível que a divina.

32

A LENHA ARDIA CREPITANDO NA LAREIRA: línguas de fogo vigorosas subiam pela chaminé, espalhando na *stube* uma agradável tepidez. Não mais ouvindo o bater da chuva, Sibilla aproximou-se da porta e abriu-a.

— Olhe, Leonhardt, está nevando! — exclamou, admirada. Uma súbita lufada de vento arrastou para o interior uma miríade de pequenos flocos gelados, brancos e compactos.

— Mas como é possível? — exclamou o jovem, surpreso, reunindo-se à companheira junto da porta. — Ainda estamos no fim de outubro! Veja só... — acrescentou, estendendo-lhe a mão já esbranquiçada —, nem sequer é neve macia... mais parece gelo!

Marcabrù, que, curioso, havia transposto a porta e dado alguns passos para o exterior, depois de uma atenta farejada no ar fresco, voltou a entrar, sacudindo vigorosamente a neve do dorso.

— Este foi um ano duro — comentou Leonhardt, enxugando a mão molhada nas calças. — Esperamos que o desfiladeiro de Teodulo e os pequenos vales dos arredores permaneçam transitáveis por mais algum tempo! Meu pai tenciona viajar de novo até Praborno antes do inverno...

— E você irá com ele? — perguntou Sibilla.

— Bom, se não puder evitar... Sabe como Hermann é obstinado. Nestes últimos dias nem ao menos nos falamos, por causa dessa história do frade inglês, que tem exigido toda a sua energia. Parece louco: continua a discutir com Daniel, dá ordens à guarda para, logo em seguida, retirá-las... Procurou até envolver Costanza em suas decisões, não obstante as relações entre ambos estarem, já há algum tempo, envoltas em silêncio. Ela respondeu-lhe com sete pedras na mão, tomando o partido do monge e desafiando-o a concretizar toda e qualquer ação violenta contra ele...

— Admira-me muito que ainda não tenha decidido, aproveitando-se de sua autoridade, expulsar o frade da aldeia; conhecendo-o como conheço, esperaria um ato de força imediato. Quem sabe se, apesar de declarar não temer nada nem ninguém, ele não terá, lá no fundo, medo de atrair para si um castigo divino? E você, Leonhardt, o que acha que significa aquela profecia? E sobre aquele homem, o que pensa dele?

— Não sei o que dizer. No início, seus discursos pareciam os de um louco, mas agora que até o próprio padre Anton o defende, não gostaria nem um pouco que houvesse alguma ponta de verdade na sua premonição.

— Sabe, Leonhardt — murmurou Sibilla, fixando as chamas da lareira —, eu também tive um sonho, já faz um tempo, que me perturbou muito: via os habitantes de Felik sendo engolidos pelas montanhas, e entre eles estavam também meus pais e todas as pessoas que já morreram há anos. Era uma espécie de procissão que desaparecia, aos poucos, numa caverna escura, e depois havia também uma desconhecida, com um recém-nascido nos braços, que sorria, sorria...

Sibilla sentiu arrepios só de se lembrar dessa visão angustiante. Leonhardt, desconcertado, pegou suas mãos e, procurando esconder o mal-estar que aquelas palavras lhe haviam provocado, as acariciou, dizendo-lhe que seguramente não passara de um pesadelo provocado pelo cansaço de todo aquele trabalho com o tingimento dos tecidos.

— E se esse meu sonho também foi uma predição? — rebateu a jovem, fitando, angustiada, o companheiro. — Se esse sonho significar que todos acabaremos devorados pela montanha? E agora, esse frade vem até aqui em cima para nos dizer que corremos perigo... Oh, Leonhardt, tenho medo! Nunca na vida havia tido uma sensação como esta, mas agora tenho medo!

Leonhardt perscrutava, incrédulo, o rosto tenso de Sibilla e ouvia, preocupado, sua voz perturbada. Era a primeira vez que a via assim tão assustada, e isso aumentava seu próprio temor. Enquanto ele procurava as palavras que tranquilizariam a ambos, ela sussurrou:

— Leonhardt, estou grávida...

O jovem pôs-se em pé num sobressalto: no rosto subitamente empalidecido, os olhos, dilatados, fixavam Sibilla. A boca, seca, tentou articular algumas palavras, mas dos lábios ouviu-se apenas um murmúrio rouco. Marcabrù, alarmado com a tensão palpável dentro da *stube*, moveu-se, inquieto, com o pelo arrepiado e as orelhas em pé.

— Mas como?... Mas quando?... Eu não... Oh! meu Deus, Sibilla, mas que coisa!... Oh! meu Deus, mas tem certeza?...

Sibilla suspirou, e aquele suspiro parecia ter lhe arrancado do corpo toda a inquietação dos últimos dois meses. Dissera-o, finalmente, e só agora, com essa frase pronunciada em voz baixa, seu estado tornara-se real e inevitável. Aliviada e animada por uma força nova, pousou as mãos em concha no colo e olhou para seu amor: confirmou o que dissera, e os olhos, de novo límpidos, observaram-no, à espera de uma palavra afetuosa que, no entanto, não chegou.

Leonhardt estava perturbado demais para conseguir falar. Os pensamentos sobrepunham-se, entrelaçando-se como fios de cânhamo agitados pelo vento: ao mesmo tempo que um suor gelado lhe descia pela nuca, o crepitar do fogo no silêncio da *stube* convertia-se em estrépito em sua cabeça. Ele fitou Sibilla, em cujo rosto, por um longo instante, viu o semblante severo da mãe. Leonhardt largou suas mãos das da moça e levou-as à cabeça, que apertou fortemente, tentando afastar dos olhos essa alucinação tão incongruente.

— E agora, o que faremos? — perguntou, por fim, engolindo com força, na tentativa de desfazer o nó que lhe fechava a garganta.

Sibilla olhou-o em silêncio. O desencanto e a desilusão ante a fraqueza que Leonhardt lhe demonstrava fizeram-na experimentar uma raiva surda, tão forte que lhe apertava o peito numa sensação dolorosa. Sentiu que as lágrimas estavam prestes a irromper, mas conseguiu contê-las. De todas as vezes que pensara em dar a notícia da criança a Leonhardt, fantasiara, imaginando sua surpresa e talvez mesmo uma certa preocupação; no entanto, nunca, nunca mesmo, conseguira prever uma reação tão medrosa e assustada, desprovida de qualquer tipo de ternura e de qualquer sinal de alegria e de amor. Sentindo um sabor amargo na boca, prenúncio de uma nova crise de vômitos, Sibilla virou-se e saiu, seguida por Marcabrù.

A rajada de vento que entrou na *stube* atiçou o fogo da lareira e atingiu Leonhardt, que fitava as chamas com os olhos embaciados. Percebendo de repente que estava sozinho, o jovem saiu, por sua vez. Lá fora, a neve caía cada vez mais espessa, formando turbilhões violentos que impediam toda a visibilidade. Seu olhar procurou Sibilla, mas não a encontrou: então deu a volta ao *stadel* e viu-a apoiada à parede do estábulo, pensativa e molhada. Aproximou-se e, sem proferir nenhuma palavra, abraçou-a e beijou-a delicadamente na boca.

— Perdoe-me, meu amor, perdoe-me... perdoe a minha covardia — sussurrou-lhe, acariciando-lhe os cabelos cobertos de neve. — Sou um palerma, um imbecil, um louco... Eu a amo, Sibilla, e isso é o que verdadeiramente conta; jamais poderei viver sem você. Perdoe minhas incertezas de há pouco... já passaram, e me dou conta, agora, de que até hoje a amei como um adolescente, não como um homem... O amor aprende-se aos poucos e, até agora, a minha afeição por você era a de um adolescente que finalmente encontrava o objeto do desejo que sempre lhe faltara, mas a partir de hoje tudo mudará. Este filho é o fruto de um laço indissolúvel que, muito antes do que pensávamos, será abençoado por Deus e pela Igreja...

No cinza da noite envolvente, lívido de neve, Sibilla fitava o rosto do companheiro: Leonhardt abraçava-a, como se quisesse demonstrar com a força física o vigor de sua vontade. Seus olhos haviam se tornado febris e procuravam nos de Sibilla o sinal da compreensão e da indulgência. A jovem olhou-o demoradamente, sem nada dizer. Por fim, tremendo, soltou-se de seu abraço e voltou a entrar no *stadel*.

O vento diminuíra e agora a neve caía silenciosa. No pátio, as pegadas deixadas pelos dois jovens iam desaparecendo rapidamente, enquanto um silêncio abafado e pouco natural envolvia o *stadel* e toda a aldeia.

Padre Anton levantou-se com dificuldade do pequeno genuflexório que tinha ao lado do enxergão — os joelhos estalavam ruidosamente, arrancando-lhe um gemido de dor. Amaldiçoando os tormentos da velhice, encostou-se à janelinha que não fechara ao anoitecer, para ver se a neve já parara: do escuro espesso, uma onda de flocos gelados caiu-lhe no rosto. Fazia dois dias inteiros que a neve densa e compacta começara a cair, e já havia quem mostrasse grande preocupação ali na aldeia. O desfiladeiro de Bätt estava totalmente coberto por uma camada uniforme que tornava sua travessia praticamente impossível. Para além das paliçadas, apenas se distinguia a base da torre que Hermann mandara erigir, isolada, numa estrada já imperceptível por entre os prados alpinos circundantes, apesar de os soldados da guarda terem se dado ao trabalho de abrir um caminho até a aldeia.

O padre suspirou. O silêncio era quebrado apenas pelas passadas calmas do frade estrangeiro, que, no cubículo, do outro lado da parede, ainda se movimentava, fazendo ranger as tábuas de lariço. Percebendo que uma mesma inquietação os impedia de adormecer, o padre Anton bateu delicadamente à porta que dividia os dois espaços.

— Você também não consegue dormir? — perguntou, com o sorriso cansado, a Matthew, que lhe abrira a porta imediatamente.

— Para dizer a verdade, não, padre Anton: estou nervoso demais para conseguir conciliar o sono; já nem as orações me ajudam...

— Ah, frei Matthew, ainda é jovem para dizer essas coisas... Se soubesse quantas vezes, em toda a minha vida aqui em cima, me senti perdido, abandonado por toda a gente, até mesmo pelo Céu, Deus me perdoe... e, no entanto, mesmo quando o desespero chegava mais forte, quando pensava que meu apostolado entre esses montanheses que se tornaram mercadores era completamente inútil, eis que o Altíssimo me mandava um sinal, respondia aos meus pedidos, mostrando-me o caminho a seguir... Não devemos nos cansar de rezar, irmão, sobretudo nas aflições!

Matthew calou-se, hesitante. Gostaria de poder falar com o padre Anton, gostaria de poder lhe abrir a própria alma, porque sentia que, sob a fragilidade da velhice e apesar dos comentários pouco lisonjeiros que ouvira sobre ele, aquele homem devia possuir a virtude da temperança: pensando bem, se não fosse assim, como teria conseguido conviver durante trinta anos com os habitantes de Felik? Otto tinha razão: era uma gente dura, fechada sobre si mesma, desconfiada de quem quer que não fizesse parte da comunidade. Com um arrepio, percebeu que a profecia de Mary se mostrava correta: quem sabe se aquele pobre padre da montanha não teria entendido o sentido das palavras que ouvira em sonho da mesma forma que ele também as interpretara? Quem sabe se deveria fazê-lo participar de sua ansiedade ante aquela neve súbita e ininterrupta? Olhando para o seu rosto tranquilizador e sentindo-se observado por aqueles olhos bondosos, Matthew ia começar a falar quando o padre o precedeu.

— Não deve ter medo de se confiar a mim, frade; penso saber o motivo de sua intranquilidade, porque é também o meu. Toda esta neve... Recorda as palavras do Gênesis: "Então o Senhor fez chover sobre Sodoma e Gomorra enxofre e fogo?" Não será esse o significado de sua premonição?

Matthew fixava o padre Anton, estupefato. Apesar do que acabara de dizer, seu discurso fora calmo, sem nenhum toque de ansiedade ou de medo. Perguntando-se se tanta coragem lhe viria da sabedoria da velhice ou se, pelo contrário, ela se devia à resignação a um destino que já sentia fatal, foi tomado de um instintivo sentimento de afeto por aquele velho pároco: durante tantos anos e com paciência infinita ele prestara a Deus e aos homens um serviço em total solidão de coração, e agora, no fim da vida terrena, eis que se anunciava uma desgraça que ainda exigiria a sua intervenção como pastor das almas.

Notando as hesitações de Matthew, padre Anton sorriu e, esfregando as pálpebras flácidas e inchadas, continuou a falar.

— Não tema, frei Matthew! Nada do que acontece se deve ao acaso: a vontade divina é frequentemente inexplicável, mas, acredite, tem sempre um objetivo. É nosso dever aceitá-la, sempre e em qualquer circunstância: isso não significa que tenhamos de sofrer passivamente os nossos medos, mas sim combatê-los e fazer com que o peso de nosso destino seja menos árduo... Amanhã vou reunir os colonos na capela e vou procurar explicar-lhes que a neve pode ser uma punição divina por nossos pecados, mas que, antes de a pôr em prática, o Todo-Poderoso nos concedeu uma última oportunidade de arrependimento. Direi a eles que sua vinda até aqui tem essa finalidade, e que ninguém deverá expulsá-lo da aldeia, mas, pelo contrário, devem estar gratos a você por sua coragem e determinação. Pelo meu lado, antes de falar, peço-lhe apenas uma coisa: que me conte toda a verdade sobre a forma como a profecia se manifestou. Não disse a ninguém como, quando e por que teve essa premonição, e posso compreender que o medo de que os outros não acreditassem lhe tenha travado a língua; no entanto, penso que é meu direito, como homem da Igreja, saber mais, até para conseguir encontrar as palavras certas para convencer os colonos.

Mesmo temendo perder a confiança que o padre Anton nele depositava, Matthew compreendeu que não tinha escolha. Até então, o pároco mostrara-se compreensivo e tolerante, sem duvidar nem de sua condição nem de seu papel, mas a possibilidade de vir a admitir, em seu espírito, a hipótese de se tratar de heresia, convenceu-o a dizer-lhe toda a verdade. Assim, fazendo rodar a cruz entre as mãos e baixando os olhos, contou-lhe tudo sobre sua vida em St. Albans, sobre Mary Bychance, sobre a visão e sua peregrinação à procura da aldeia.

A noite já ia longa quando Matthew terminou a história, e o silêncio era quebrado apenas por algumas esporádicas rajadas de vento que, de vez em quando, faziam ranger as dobradiças da janela. O olhar do padre Anton, já velado pelo cansaço e pela velhice, seguia, atento, as expressões que se desenhavam no rosto de Matthew. No final, quando o frade se calou, o pároco levantou-se do banquinho sobre o qual havia se sentado e, apoiando a mão à parede, esticou as pernas entorpecidas.

— Agradeço-lhe, frade, a confiança que me concedeu, contando-me tudo: acredito em você, quer por saber que os sonhos e as visões provêm frequentemente de Deus, quer porque o risco que correu ao abrir-me o coração não justificaria mentira. Finalmente, o que eu há muito temia está para acontecer. Espero que as palavras que vou dirigir aos colonos consigam modificar a situação. De qualquer maneira, seja feita a Sua vontade.

Matthew, que por sua vez se levantara, abriu a porta ao velho padre, que se dirigia, agora, para o quarto. Antes de a transpor, porém, o pároco virou-se e, dando umas pancadinhas nas costas do frade, num gesto paternal, lhe disse:

— Estou mais tranquilo agora: meu espírito livrou-se do peso da suspeita; o seu, do peso da reticência. Verá que, a partir deste momento, vai conseguir dormir. Amanhã será um dia difícil para nós dois... é melhor descansarmos.

Matthew fechou silenciosamente a porta e estendeu-se no enxergão. Seus olhos, antes bem abertos, fixando a escuridão, foram se fechando pouco a pouco, conquistando, finalmente, o alívio do sono.

33

OLIVIA JUNTAVA AS POUCAS achas em volta da lareira. Apesar do frio intenso que continuava a acompanhar a neve e que penetrava no *stadel*, Conrad recomendara-lhe parcimônia: naquele período do ano, os homens da aldeia costumavam ir ao bosque cortar árvores para a provisão de lenha, mas aquela absurda neve fora de época os impedia até de entrar na floresta. A neve, com uma altura de quase dois metros, já cobrira as janelas inferiores das casas, e todos os habitantes, munidos de pás, empenhavam-se em retirar a que impedia o acesso às portas. Se uma águia sobrevoasse a aldeia em voo rasante, nada mais veria, exceto uma estranha rede de canais escavados numa extensão branca, da qual despontavam os telhados das casas, o campanário da igreja, a extremidade superior da paliçada e, um pouco mais longe, o coto de pedra da torre. Ao longo das ruelas, a neve amassava-se, pesada, de encontro às tábuas de lariço; a roda do moinho jazia imóvel semissubmersa pela camada branca. Um silêncio irreal envolvia todas as coisas, quebrado apenas pelo ladrar de alguns cães e pelo som dos sinos, que, no entanto, chegava abafado e surdo. Quase todas as atividades habituais haviam parado — os próprios soldados da guarda já haviam abandonado a torre, para se transferirem para a estalagem, uma vez que já não conseguiam manter um traçado transitável até seus postos. Com toda aquela neve, ninguém poderia chegar à aldeia, sobretudo pelo norte — daí que a presença militar fora das paliçadas também se mostrasse inútil.

Alguns dias antes, quando o padre Anton reunira todos os colonos na capela para exortá-los à penitência, temendo que a profecia preludiasse um catastrófico castigo divino, desencadeara-se uma enorme confusão. Nunca, em um lugar sagrado, já se vira tanta ira: mercadores e camponeses gritavam, amaldiçoando o frade inglês, blasfemando e amontoando-se, ameaçadores, em volta do padre. Olivia recordava que o padre Anton, rodeado por todos aqueles rostos transtornados, empalidecera e, por um instante, cambaleara, instável, sobre as pernas. Quase imediatamente, erguendo nas mãos a cruz diante de si e acompanhando o gesto com um olhar severo, havia gritado subitamente, com voz firme e poderosa:

— A ignorância do bem é pecado! Embora a profissão da maioria de vocês os leve a comerciar tudo, saibam que Deus não negocia a salvação eterna! Não podem ignorar Sua advertência, Sua enorme misericórdia em ter concedido a vocês uma oportunidade de arrependimento! Penitenciem-se, portanto, e rapidamente! Será que entre vocês existe alguém que deseje arder nas chamas do inferno?! Porque é o que acontecerá, se não demonstrarem contrição! Acalmem, portanto, os seus espíritos e fiquem na capela: a minha humilde pessoa permanecerá aqui para ouvir seus remorsos e seu arrependimento, do qual faremos dádiva a Deus, para que um dia conquistemos a entrada na Jerusalém Celeste!

Os colonos, embora calados e assustados com as palavras do padre, haviam saído quase todos da igreja, resmungando entre si. Entre os poucos que tinham esperado, estava também Costanza, com Leonhardt e Werner a seu lado. Gertrud, depois de ter acompanhado Conrad à porta, voltara a entrar, sentando-se à espera, próximo de Karl e do pai dele. Sibilla, com a cabeça inclinada, não voltara a se mexer do banco ao fundo da capela. Olivia, por sua vez, mantinha-se encolhida de encontro à parede de pedra, no ponto mais escuro, onde nem mesmo chegava a trêmula claridade dos círios.

O padre Anton confessara-a em último lugar: aquele desabafo pessoal, tão diferente da confissão comunitária a que todos estavam obrigados uma vez por ano, consolara-a e reconciliara-a consigo mesma. O padre mostrara-se compreensivo e assegurara-lhe a misericórdia divina, dizendo-lhe que o Altíssimo seguramente acolheria em Seu rebanho também aquela ovelha que estava para nascer.

À saída, entre duas paredes de neve, encontrara Gertrud, que a esperava. A touca de pano atada debaixo do queixo cobria-lhe parte da testa, sulcada por profundas rugas de preocupação. Tinham voltado juntas para o *stadel*, avançando, com esforço, pelo chão fofo, apoiando-se reciprocamente para evitarem escorregar.

Depois daquela assembleia na capela, o padre Anton nunca mais voltara a falar com os colonos, limitando suas saídas públicas à celebração das funções litúrgicas. Agora, enquanto voltava a atiçar o fogo, muito mais fraco do que desejaria, Olivia perguntava-se se, por acaso, sobre a aldeia não se teria abatido uma maldição: primeiro, o assalto dos soldados de Verretio; depois, toda aquela confusão causada por Hermann, e, por fim, a nefasta profecia e o tempo horrível... Além disso, ao voltar para casa, notara que a neve parecia manchada de uma estranha cor avermelhada, como se, aqui e ali, ressumassem fétidos humores. Não tinha ousado falar sobre isso a Gertrud, cuja ansiedade era já bastante visível nos traços tensos do rosto.

Olivia deixou-se cair sobre o banquinho, exausta. Já tinha trabalhado duro naquele dia, mas antes de a jornada terminar, ainda teria de preparar o jantar. A patroa estava para chegar e esperava encontrar uma refeição abundante e saborosa. Amparando os rins doloridos, levantou-se e dirigiu-se à despensa. Ao mesmo tempo que enchia um jarro de vinho, lembrou-se, subitamente, que teria de subir até o sótão, para controlar o estado de maturação da carne-seca. Gertrud havia recomendado que fizesse isso naquela mesma manhã, mas ela esquecera. Depressa, acendeu uma pequena tocha e subiu a escada: o pouco calor que a lareira difundia na *stube* não chegava ali, e o frio assaltou-a, violento, provocando-lhe arrepios.

— Uma festa! Decidi. Vamos fazer uma grande festa! Chega de tanto medo por causa de alguns flocos de neve; chega de ouvir a ave agourenta do frade; chega de sermões do padre, que cheiram a mofo! Está nevando, tudo bem! Não podemos desenvolver nossas atividades normais, não podemos nos movimentar. Que melhor ocasião, então, para festejar o início do inverno, mesmo que, neste ano, tenha chegado antes do previsto? Nunca organizamos uma verdadeira festa para comemorar a fundação da aldeia, só fizemos banquetes por ocasião dos funerais e dos matrimônios! Pois agora, eu, que sou um vassalo do senhor, ordeno que se façam grandes festividades: dessa forma demonstraremos que o trabalho e as riquezas que acumulamos nos permitem ser independentes de todos; sim, de todos, inclusive de Giacomo di Quart! Sim, o próprio Giacomo di Quart, que, na sua ingenuidade, acreditou contentar-me com uma miserável vassalagem, deverá ficar sabendo que aqui, em Felik, poderemos muito bem passar sem ele!...

Hermann tinha a voz empastada pelo muito vinho que bebera antes de reunir os mercadores. Sem se dar conta de que sobrepunha frases contraditórias, dominava a pequena assembleia reunida na sala do seu *stadel*: com os olhos injetados de sangue, gesticulando como um louco, assustava os companheiros, falando das iniciativas que deviam ser tomadas para rechaçar a inquietação que ainda pairava entre eles. Leonhardt, de pé perto da porta, escutava os delírios do pai, procurando reprimir a raiva: uma festa! Era tudo o que Hermann tinha a propor aos colonos num momento tão delicado! Leonhardt falara demoradamente com Sibilla, e ambos haviam acordado quanto à interpretação das profecias de frei Matthew: o "véu brando do céu" era a neve, e as "lágrimas de sangue", aquela cor inquietante da qual ela estava impregnada. Nunca se vira cair em Felik neve vermelha! O que poderia ser aquilo, senão castigo divino, aludindo ao sangue dos habitantes, que dali a pouco seria derramado? E, perante essa terrível verdade, o pai delirava com o quê? Festejos!... Na noite anterior, quando Hermann lhe comunicara a intenção de convocar os mercadores, Leonhardt tentara reconduzi-lo à razão, fazendo-lhe ver a possibilidade de a profecia referir-se exatamente à neve e às suas consequências. Hermann nem o deixara terminar a frase, invectivando-o com palavras violentas, acusando-o de inépcia e moleza. Dissera-lhe que o frade estrangeiro seria afastado de sua presença e que ele próprio também encontraria uma maneira de expulsar da aldeia o padre Anton, demasiado velho e senil, segundo dizia, para ser o pároco de Felik. E ele, seu filho, em vez de se mostrar firme, deixara-se contagiar pelo medo e cedera aos pedidos daquele maldito padre, que, de forma totalmente arbitrária e em desacordo com os ensinamentos da Igreja de Roma, decidira fazer da confissão um momento privado!

— De resto — continuara —, não se poderia esperar nada melhor de você, agora que foi atacado pela luxúria por causa daquela vagabunda da Sibilla e mostra-se absolutamente incapaz de seguir o caminho que há tantos anos tracei para você! A verdade é que é como sua mãe: estúpido e vaidoso. Basta que uma meretriz qualquer o faça sentir-se homem para que o cérebro lhe desça ao pênis...

Tomado pela ira e sentindo o coração martelando seu peito, Leonhardt explodira:

— Mas e você, o que fez com Costanza durante todos esses anos? Acaso não a desposou para ter à sua disposição, debaixo do mesmo teto, uma mulher com quem satisfazer seus sentidos? Para que outro propósito lhe serviu minha mãe, a não ser para isso? E porque, como aliás todos aqui sabem, pouco depois do casamento ela não lhe bastasse, teve de procurar em outro lugar o lenitivo para seus instintos, aliás ainda não adormecidos...

Emudecido pela surpresa, Hermann fitara-o de boca aberta, enquanto uma vermelhidão carregada lhe invadia o pescoço e o rosto. Depois de um longo momento de silêncio, pegara no copo, quase vazio, e arremessara-o de encontro à parede violentamente, saindo da *stube* logo em seguida. Ofegante devido à ansiedade, Leonhardt apoiara-se à parede para dominar a súbita vertigem que aquele violento confronto verbal havia lhe provocado. Temendo que a mãe, no andar de cima, tivesse ouvido a discussão, subira à sua procura, mas não a encontrara. Mais tarde a serva dissera-lhe que naquele dia Costanza fora consolar Ida: parecia que, devido à neve que não parava de cair, a viúva de Alart começara a gemer, pronunciando continuamente o nome do marido.

Após alguns copos de vinho, oferecidos por Hermann durante aquela diatribe, os mercadores acabaram por concordar com ele: fariam os preparativos para a festa, que se realizaria no dia seguinte, e, para a ocasião, retirariam de suas despensas mais vinho e mais comida, para alegrar a atmosfera. Os próprios soldados e camponeses seriam convidados, e alguém pediria à estalajadeira a presença de algumas jovens dispostas a satisfazer os desejos que o vinho certamente despertaria. Os filhos de Franz, que tocavam o alaúde e a flauta, ficariam encarregados da música, enquanto as mulheres da aldeia, também elas convidadas a participar da festa, teriam de se apresentar com as vestimentas mais ricas e as joias mais valiosas. O entretenimento duraria todo o dia e toda a noite e aconteceria nas casas de todos os mercadores que se mostrassem dispostos a acolher hóspedes.

Quando os homens, já um pouco alegres e satisfeitos, foram embora, Hermann permaneceu sozinho na sala. Até o filho já desaparecera. Engolindo um regurgito ácido que lhe queimou a garganta, ele encolheu os ombros e transpôs a soleira para verificar o estado do tempo: o estreito caminho em frente à porta, marcado pelas pegadas dos mercadores, afundava-se cada vez mais entre as duas altas paredes de neve. Com raiva, deu um soco de encontro à massa compacta: um pequeno bloco rosado desmoronou e, destacando-se de cima, precipitou-se no chão, sendo coberto imediatamente pela neve que continuava a cair firme e ininterruptamente.

— Frei Matthew, deve ir ter com Sibilla e levar-lhe a minha mensagem: tem de ir o quanto antes... não posso adiar por mais tempo a minha resposta, seria penoso demais, pobre moça...

Padre Anton estava estendido no enxergão, e uma atadura espessa rodeava-lhe a perna direita. Dois dias antes, enquanto os mercadores vociferavam na casa de Hermann, dirigira-se para o *stadel* de Sibilla, mas um buraco na neve fizera-o tropeçar, e os joelhos doloridos não resistiram à queda: caiu ruidosamente, e se, naquele momento, não tivesse chegado Werner para ajudá-lo, não teria conseguido se levantar. Depois de tê-lo carregado às costas, o jovem levara-o para sua casa, onde Matthew lhe havia prestado os primeiros socorros. Um unguento à base de ervas e de gordura de marmota, junto com uma atadura apertada, aliviara-lhe um pouco a dor, mas a perna recusava-se a sustentar seu corpo. O frade lhe recomendara que permanecesse deitado por pelo menos dois dias: sem a imobilidade, dissera-lhe, o joelho nunca desincharia, e a perna ficaria prejudicada.

Embora a ideia de atravessar a aldeia enquanto estavam em curso os preparativos para a grande festa de que ouvira falar não o atraísse, Matthew obedeceu ao velho padre. Anton explicara-lhe que Sibilla e Leonhardt tinham decidido se casar o mais brevemente possível e que lhe haviam perguntado se poderia celebrar o casamento antes da festa de São Nicolau; dissera-lhe também que, pela preocupação dos dois jovens, intuíra a sua pressa, devida certamente ao fato de quererem pôr fim aos tormentos provocados pela tenaz oposição de Hermann à sua união. O que o padre Anton não acrescentara, uma vez que estava sob segredo de confissão, fora o motivo da urgência, de que tivera conhecimento depois de ouvir Sibilla. Embora a Igreja condenasse as uniões carnais fora do casamento, o velho padre não conseguia deixar de sentir pena e indulgência por aquela jovem pecadora: não tivera uma vida fácil, e o casamento feito às pressas iria, por si só, atrair sobre ela a ira da família de Leonhardt. Muito provavelmente, os jovens teriam de abandonar a aldeia o quanto antes e recomeçar uma nova vida em outro lugar. Era quase impossível que Hermann os deixasse viver em Felik depois da afronta sofrida com a celebração desse matrimônio.

Matthew, a quem a experiência dos últimos meses ensinara muito mais coisas do que aquelas que se podiam ver, tinha quase certeza de ter compreendido também aquilo que o padre Anton calara. Remetendo, por isso, cada julgamento à misericórdia divina, ouviu as indicações do padre sobre a data que deveria transmitir a Sibilla e foi-se embora, com todo o cuidado, por entre os caminhos escavados na neve.

...Bacchus mentem feminae solet sic lenire
cogit eam citius viro consentire
a qua prorsus coitum nequit impetrare
Bacchus illam facile solet expugnare...

Um coro de gargalhadas catarrentas concluiu o canto daqueles versos desbocados: as vozes saíam enrouquecidas das gargantas dos mercadores e dos soldados acompanhadas de eloquentes gestos obscenos. Embora quase ninguém compreendesse o latim, o significado geral da longa cantilena em honra de Baco, sabida em todas as estalagens, era bem conhecido.

O odre de vinho estava quase vazio e os servos de Hermann voltaram à despensa para abrir um outro. Até as mulheres presentes já estavam embriagadas: os vestidos de seda haviam perdido o brilho, amarfanhados pelo suor e pelas atitudes descompostas. Aqui e ali entrevia-se a sombra de um seio mole descoberto, e os ornamentos de pérolas havia muito se tinham desprendido dos cabelos, que caíam, sebosos e pesados, pelas costas brancas como leite que já não eram jovens.

Hermann abandonara a sala havia algum tempo. Ao contrário de seus companheiros, não bebera muito. Teria de se manter lúcido e guardar-se para o que ainda tinha de fazer, aproveitando a ausência de Costanza e de Leonhardt. A estalajadeira mandara-lhe Edvina, uma de suas melhores meninas, que estava ali agora, diante dele. Os cabelos compridos até as nádegas eram pintados de *henna* de forma bem visível, mas isso não lhe importava. Para o que tinha de fazer, até podia ser estropiada... A estalajadeira assegurara-lhe que a moça, muito jovem e graciosa, certamente lhe satisfaria.

— Ajoelhe-se na frente do vassalo! — ordenou a ela, agarrando-a pelos cabelos.

Edvina obedeceu. Sobre a carne nua, os relâmpejos da tocha presa à parede desenhavam reflexos claros que iam se desvanecendo na massa compacta da cabeleira amarela. As mãos macias pelos frequentes banhos de mel subiram, delicadas, ao longo das coxas de Hermann, acariciando-as até onde a indumentária o consentia. O mercador encostou-se à parede e com um pontapé libertou-se das calças. O membro, surpreendentemente vigoroso para um homem que ia já avançado na idade, ressaltava imperioso na frente do rosto de Edvina.

— Agora chupe! — ordenou-lhe Hermann.

Edvina, prosseguindo a massagem até as nádegas do homem, obedeceu de novo. Docilmente, prendeu entre os lábios o pênis e lambeu-o demoradamente, fazendo-o depois desaparecer dentro da boca, onde o prendeu, lambendo, chupando e mordendo. Hermann, encostado à parede com os olhos fechados, concentrou-se, à espera do prazer: o corpo ondulava ao ritmo da boca de Edvina. Embora o trabalho de língua da jovem lhe provocasse arrepios na espinha, não conseguia, todavia, atingir o prazer. Abriu então os olhos e baixou-os, olhando para a cabeça despenteada que continuava a agitar-se inutilmente na frente do membro já flácido. Com um raivoso grunhido animalesco, agarrou Edvina pelos cabelos e sacudiu-a violentamente até obrigá-la a pôr-se em pé.

— Mas que raios está fazendo, por Deus! Não vê que nem sequer o consegue manter enrijecido?!

A jovem, amedrontada e tremendo de frio, ia justificar-se, mas Hermann continuou a invectivar.

— É uma idiota! Mas não julgue que isso vá ficar por aqui! Sei muito bem o que agrada a vocês, putas, mais do que tudo, e, portanto, é isso que vou lhe dar: também terá muito prazer, oh, se terá, e amanhã poderá dizer à sua patroa que o vassalo lhe concedeu a justa recompensa!

Sem soltar os cabelos da moça, que continuava a puxar a cada palavra que proferia, Hermann arrastou-a rudemente para o enxergão. Ao mesmo tempo que sentia uma nova excitação ao longo do ventre, agarrou com força os seios de Edvina e virou-a, fazendo-a cair de quatro sobre o enxergão. Ao compreender o que a esperava, a moça tentou se libertar, mas Hermann, que acompanhava seus movimentos com um cavernoso rosnar animalesco, imobilizou-lhe as costas com um joelho, enquanto, com o braço, levantava-lhe os quadris. Ignorando seus gritos, que mais ninguém iria ouvir, no meio da enorme algazarra que vinha da sala, manteve-a presa naquela posição, enquanto, com a mão, conseguia reconquistar o necessário vigor do seu membro. Em seguida, depois de cuspir nos dedos e afundá-los entre as nádegas, com um gesto fácil que revelava um vício antigo, penetrou-a brutalmente. Edvina gritou e chorou: em sua breve vida de prostituta era a primeira vez que alguém a tomava daquele modo, e a dor foi violenta. Hermann começou a mover-se dentro dela primeiro lenta, depois apressadamente. Ao mesmo tempo que o suor escorria-lhe pelo pescoço e pelas costas e a respiração se tornava mais difícil, o mercador pronunciava palavras roucas, repetindo a cada enterrada o nome de Maida. Um espasmo mais forte do que os outros, seguido de um grito agonizante, imobilizou-lhe as pernas, pondo termo à violência. Cambaleando, saiu do corpo de Edvina e prostrou-se no chão, onde permaneceu por alguns instantes, como se estivesse morto.

A jovem virou-se e, contendo os soluços que lhe sufocavam o peito, deslizou lentamente ao longo das tábuas de lariço até chegar à sua roupa. Enquanto se cobria às pressas, os olhos assustados seguiam cada movimento de Hermann, que parecia adormecido. Depois de recolher todas as suas coisas, preparava-se para sair do quarto às escondidas, quando ouviu atrás de si a voz rouca do mercador.

— Diga à estalajadeira que teve a sua recompensa, percebeu? Diga-lhe isso, minha puta!

A porta fechou-se sem ruído. Uma vez sozinho no quarto, Hermann foi tomado por um acesso de riso irrefreável, que lhe causou crises de tosse e lhe cortou a respiração. Enxugando a saliva dos lados da boca, levantou-se e, depois de ter enfiado as calças, abriu a janelinha ao lado do enxergão e respirou avidamente o ar úmido de neve. A noite já ia adiantada, e, a julgar pela barulheira que vinha da sala de cima, a festa prosseguia. "Que bebam e que comam até explodir", pensava Hermann, "assim ninguém perceberá o que ainda terei de fazer para trazer a paz a Felik!"

34

O CHEFE DA GUARDA SAIU aos tropeços do *stadel* de Vinzent, o comerciante de ferro. Até ali houvera festa, mas o vinho era de má qualidade: lamentando-se por não ter escolhido a casa de Hermann, onde, com certeza, os hóspedes tinham sido mais bem tratados, o soldado arrotou sonoramente no escuro e levantou a tocha para conseguir ver melhor. O estreito caminho entre os dois muros de neve virava à esquerda na direção daquela que, antes da nevasca, fora a praça da aldeia. Embora amortecidos pelas paredes do *stadel*, por vezes ainda se ouviam sons de instrumentos e de vozes isoladas que seguiam grosseiramente a melodia. Ao longo do caminho que o levava à estalagem, cruzou com duas famílias de mercadores que voltavam para casa: homens e mulheres que mal se aguentavam de pé, avançavam roçando as capas de pele pelas paredes de neve. À luz incerta das tochas, os rostos pareciam pálidos e desfigurados: imaginando que o seu devia mostrar um aspecto semelhante, pelo menos a julgar pelos roncos de sua barriga, o soldado refletiu sobre a inutilidade daqueles festejos. Aquele vassalo, pensava, era mesmo um estúpido; será que acreditava que tão pouco bastaria para que, à sua volta, todos esquecessem o medo da profecia? Mas não tinha um pouco de temor a Deus e um pouco de respeito por aquele pobre monge que fora constrangido a se esconder como um rato na casa do padre! O que não conseguia compreender era por que Giacomo lhe havia concedido a vassalagem: ele, que durante tanto tempo servira no corpo da guarda de Quart, apreciava as virtudes políticas do seu senhor, mas, apesar disso, não conseguia compreender a inutilidade daquela nomeação. Hermann era um mercador ávido e um homem malquisto, como poderia algum dia encontrar o equilíbrio necessário ao seu cargo? Quanto ao frade, por que se meteria num tal vespeiro se não fosse movido por uma integridade de caráter sobrenatural? No fundo, padres, clérigos e frades existiam para isso, ou não? Para transmitir aos outros a palavra de Deus... E se Deus havia dito que os habitantes de Felik teriam de se penitenciar, que obedecessem! O que custaria fazer alguns atos de contrição e contentar o pobre velho pároco, agora estropiado... Mas eles, pelo contrário, cada vez mais soberbos, entraram numa bebedeira, sem dar ouvidos a ninguém! Até ele e os seus companheiros haviam participado do banquete, é verdade, mas o que mais poderiam ter feito? Desde o momento em que aqueles aldeões rudes e avaros tinham admitido abrir as suas despensas, seria uma idiotice não aproveitar! Ele, em qualquer caso, iria embora dali rapidamente: seu turno estava no fim e, assim que aquela maldita neve desobstruísse o desfiladeiro de Bätt, voltaria para Quart.

A neve caía menos abundante, substituída por um vento ligeiro e quente que, de tempos em tempos, reforçava a chama da tocha. Passando ao lado do moinho, o soldado baixou a tocha para distinguir melhor o caminho que serpenteava entre a roda e a água do rio subjacente, já coberto de neve gelada. Ao inclinar a cabeça para observar com atenção as pegadas que o haviam precedido, os olhos caíram sobre um grande embrulho de pele que se alongava encostado à parede mais abrigada da construção. Curioso, deu alguns passos cautelosos na direção daquilo que, à primeira vista, poderia parecer um enorme animal selvagem. Aproximando-se e direcionando a tocha para a neve, o soldado percebeu, com surpresa, que se tratava de um homem caído, de quatro.

Pensando num dos tantos bêbados que no dia seguinte iriam pagar pela folia daquela noite, agarrou-o pelas costas e virou-o. Os olhos semiabertos no rosto lívido de Hermann fitaram-no: da boca, contraída numa expressão de dor, escorria uma baba branca. Assustado, ele inclinou-se e segurou-lhe a cabeça entre as mãos: o mercador, esforçando-se por fixar o rosto de quem o socorria, balbuciou algumas palavras incompreensíveis, subitamente sufocadas por um acesso de vômitos.

O soldado tentou erguer Hermann, agarrando-o por debaixo dos braços, mas apenas conseguiu arrastá-lo por um tempo breve: praguejando, ergueu-se e, depois de ter olhado em volta à procura de ajuda, decidiu ir até a estalagem, onde certamente encontraria alguns dos seus companheiros. Impedido pela escuridão e pelo terreno irregular e escorregadio, tinha a sensação de já não conseguir dar novamente com o caminho: passado o instante de que precisou para se orientar entre as trincheiras de neve, e que lhe pareceu uma eternidade, conseguiu, por fim, chegar à porta da taberna, ainda repleta de camponeses e soldados.

— O vassalo! — exclamou. — O vassalo!

Foram necessários alguns segundos para que sua voz, abafada pelos rumores e gargalhadas, captasse a atenção das pessoas. Quando finalmente conseguiu impor o silêncio, muitos pares de olhos interrogativos fixaram-no: o chefe da guarda explicou que encontrara Hermann, talvez ferido, mas ainda vivo, na ruela ao lado do moinho e que necessitava de mais braços além dos seus para transportá-lo para casa. Os três soldados presentes na sala levantaram-se de um pulo e seguiram o chefe, que se dirigira para a porta. Entre os camponeses que ali se encontravam, aqueles que ainda gozavam de um vislumbre de consciência ergueram-se, assustados, e, em pequenos grupos, seguiram os outros: lá fora, no meio da escuridão, apenas se entrevia o ondular incerto das tochas dos soldados que, mantendo-as altas, por cima das paredes de neve, se dirigiam para o moinho.

— Devagar, por Deus, devagar! Não vê que tenho uma espada no peito? Será que não é uma espada, será uma flecha... não, não, é um peso que me esmaga o ventre e depois o braço... por que já não sinto o braço, quem o terá cortado? Ah, a cabeça! Meu Deus, que dor, quem a está puxando para as minhas costas? Devagar, por Deus, já lhe disse!... Mas onde estou, quem está me puxando pelas pernas? E o frade, onde estará o frade? Tenho de terminar a minha obra, deixe-me ir... o punhal... onde ficou o punhal? Até há pouco segurava-o na mão, mas agora não o sinto entre os dedos... ah, talvez ainda esteja escondido debaixo da capa... com certeza, só pode estar aí... preciso apenas me levantar e prendê-lo... Deixe-me andar, por Deus! Tenho de encontrar o frade, tenho de matá-lo antes que amanheça... Mas por que não ouvem minha voz? Por que ninguém me responde? Por que ninguém obedece ao vassalo?... E agora, de onde vem toda essa luz? O que são esses relâmpagos que descem do céu diretamente nos meus olhos? E esse tropear de cavalos que me invade os ouvidos, de onde vem? Será que os soldados de Verretio voltaram? São vocês os soldados de Verretio? Terão de sair daqui e levar o cadáver do frade com vocês... Mas por que ninguém fala comigo? Falem comigo, por Deus!... Os lábios, não consigo mexer os lábios... Mas o que está acontecendo? Ouçam-me, por piedade, já não sinto as pernas! Só essa pressão no peito, que pesa, oprime... Eu não...

Costanza, petrificada, observava Hermann deitado no enxergão. Ainda respirava, mas esse era o único sinal de vida de seu corpo. Os braços e as pernas apoiavam-se inertes no estrado; a cabeça, caída de lado, jazia imóvel. Na testa e em volta dos olhos fechados as rugas iam se aplanando, enquanto um espasmo rítmico fazia-lhe vibrar o queixo caído. Da boca, semiaberta, vinha um fedor de vômito que já invadira todo o quarto.

Quando o trouxeram para casa, os poucos hóspedes que ainda se encontravam na sala digerindo os eflúvios do vinho haviam saído assustados e confusos. Um deles tinha ido à casa de Ida chamar Costanza, que ali deveria permanecer até o dia seguinte. O próprio Leonhardt voltara pouco antes: no caminho de volta do *stadel* de Sibilla, onde passara a noite, encontrara outro soldado da guarda, que o informara do que acontecera com o pai. Depois de constatar a gravidade da situação, Leonhardt precipitara-se a acordar Malvina e a levá-la ao *stadel*. Também ela participara dos festejos da noite anterior e fora difícil fazê-la compreender a necessidade de seus serviços. Se bem que ainda tonta por ter bebido demais, Malvina readquirira toda a lucidez ao ver o corpo inerte de Hermann: dissera que o mercador tivera uma apoplexia, e que, ao que sabia, nada poderia curá-lo, senão a oração e algumas compressas de neve gelada na testa.

Agora, enquanto esperava a volta do filho, que saíra segurando entre as mãos uma bexiga de ovelha para encher de neve, Costanza, num estado de ausência, assistia à lenta agonia do marido. Via e parecia não estar ali: suas narinas inalavam o fedor do vômito; seus ouvidos ouviam o estertor permanente de Hermann, mas ela, imóvel, não sentia o chão debaixo de seus pés nem o ar frio à sua volta. Era como se um véu de finíssimo linho a separasse de tudo o que tinha ao seu redor. Os pensamentos vagueavam para trás, no tempo, mas, assim que fixavam um episódio ou uma recordação, a mente voava e fugia, sem jamais parar, seguindo direções desordenadas como as produzidas pelo voo de uma mosca prisioneira num espaço.

O marido iria morrer, sabia disso, e então também sua vida terminaria. Nada mais lhe restava: o filho seguiria seu caminho, e ela seria apenas um peso para ele. Nem sequer conseguia chorar — era como se até aquele pouco ardor que havia dentro dela tivesse secado de repente. Erguendo uma oração silenciosa ao Altíssimo para que a perdoasse daquela nova mágoa pela qual se deixara invadir, aproximou-se da janela e encostou um pouco o batente. O dia iria nascer: uma luz ainda fraca permitia distinguir os contornos dos telhados. Parara de nevar, e o ar estava estranhamente tépido. Costanza olhou para a montanha de gelo e, subitamente, foi sacudida por um longo frêmito. Fechou a janela para escutar: da escada de madeira, o estalido anunciava os passos agitados de Leonhardt, que regressava com o seu inútil remédio.

Karl girava entre as mãos um dos estranhos objetos que o pai acabara de construir. Tratava-se de duas tábuas curvas, com pouco mais de um pé humano de comprimento, unidas entre si por outras três tábuas transversais: às primeiras duas estavam presas robustas tiras de couro que as atravessavam em toda a largura. Leopold explicara-lhe que eram raquetes e que serviriam para caminhar na neve; acrescentara que, desde criança, naquele burgo para além dos Alpes, a terra de sua família, aqueles apetrechos eram normalmente usados no inverno pelos caçadores. Respondendo à curiosidade que Karl mostrara quanto à sua utilização, o pai mostrara como se devia fazer: depois de ter estendido um pedaço de pele de ovelha da medida certa sobre as barras longitudinais, Leopold enfiara o pé, bem coberto com sapatos de pano espesso, debaixo das tiras de couro. Dessa forma, explicara-lhe então, a superfície que se apoia na neve é mais larga, e aquela espécie de prancha, travada pela pele de ovelha, fará com que o pé não afunde.

Karl perguntara-lhe, então, para quem eram aqueles apetrechos, e Leopold respondera-lhe que, se a forte neve ainda perdurasse por muito tempo, teriam necessidade de se deslocar para fora da aldeia e que, usando apenas sapatos, ninguém conseguiria ir muito longe. Fizera mais alguns pares e talhara também as respectivas peles. E ali estavam elas amontoadas ao longo de uma das paredes do estábulo, à espera de ser usadas.

Karl escutou: do andar de cima não se ouvia nenhum ruído, sinal de que o pai ainda dormia depois da bebedeira na casa dos mercadores. Silencioso, pegou um par de raquetes e guardou-as debaixo do braço: em seguida, depois de passar os olhos pela ruela, saiu apressado, dirigindo-se para a porta sul da aldeia, que ainda conservava uma estreita abertura entre as duas paredes de neve. Ofegante, virou-se para trás para ver se alguém reparara nele, mas não viu vivalma. Feliz, escondeu-se atrás da paliçada e enfiou os pés nas correias de couro: a excitação e a pressa desconjuntavam-lhe os movimentos, mas depois de algumas tentativas fracassadas conseguiu, por fim, encontrar a posição certa. Começou a caminhar, primeiro lento e circunspecto, dificultado por aqueles utensílios grandes demais para seus pés; depois, verificando que conseguia, apesar de tudo, não escorregar na camada fofa da neve, alongou o passo e dirigiu-se, decidido, ao bosque. Ah, o que não iria ter para contar àqueles seus amigos vaidosos! Ficariam de boca aberta ao saberem de sua marcha solitária para fora da aldeia! Observou as montanhas: finalmente, o sol, que há pouco nascera, aparecia. Assim que o visse um pouco mais alto no céu, voltaria para casa. Apostava que Leopold, mesmo que lhe tivesse suplicado, jamais teria permitido que ele experimentasse as raquetes sozinho. Assim, se não queria se arriscar a uma briga feia, melhor seria voltar rapidamente.

35

MATTHEW SAIU DO *STADEL* DE HERMANN acompanhado por Leonhardt e pelos olhares desconfiados dos serviçais. Naquela manhã, o rapaz, com o rosto marcado por uma noite de insônia, fora à capela lhe perguntar se podia substituir o padre Anton, ainda imobilizado, numa visita de oração. Matthew não pudera recusar: apesar de o mercador ter se mostrado tão hostil para com ele, as obrigações que o seu hábito impunha deviam preceder qualquer outro temor. De resto, o mercador já não constituía nenhum perigo: sua figura, imponente, jazia agora desfigurada, tremendo no enxergão, sem o menor sinal de consciência. Apesar disso, uma inquietação opressiva de que não conseguia se libertar acompanhara o frade durante toda a oração. Matthew detivera-se demoradamente no quarto, enquanto a mulher e o filho de Hermann ouviam as invocações latinas, ajoelhados aos pés do enxergão.

Após a bênção final ao doente, Costanza agradecera-lhe calorosamente e metera-lhe na mão uma pequenina cruz de prata trabalhada em relevo, com cinco rubis incrustados: explicara-lhe que aquele objeto fizera parte de seu dote de casamento e que agora desejava oferecê-lo a ele, como símbolo da sua gratidão.

— Foi injustamente perseguido por Hermann e, apesar disso está aqui, na frente dele, pedindo que o Altíssimo lhe salve a vida... — dissera ela diante do embaraço de Matthew, e depois, despedindo-se com um sorriso cansado, pedira-lhe que voltasse no dia seguinte.

Enquanto se dirigiam juntos para a casa de Sibilla, também Leonhardt desculpara-se pelo comportamento em relação ao padre e tentara explicar, embora sem justificá-la, a reação dos colonos ante a profecia, atribuindo a rude conduta deles ao medo. Matthew ouvia em silêncio as palavras do jovem, confortado ao constatar como o equilíbrio que faltara a Hermann estava presente no espírito do filho. E, no entanto, sua desinibição não diminuía, apesar dos inúmeros olhares hostis que acompanhavam seu caminho através da aldeia. Eram esperados por Sibilla, que, tendo tomado ciência da repentina enfermidade do padre Anton, decidira lhe preparar uma comida gostosa e nutritiva para substituir as refeições frugais que ele costumava fazer. Aproveitara a ocasião para convidar o frade Matthew para o almoço, que logo em seguida levaria a comida ao padre.

Era a hora sexta, e o sol ia alto no céu finalmente azul; na noite anterior, as últimas nuvens haviam se desfeito lá longe, embora deixando para trás um ar úmido e tépido, nada habitual para a estação. Os poucos colonos que haviam se mantido suficientemente sóbrios após a patuscada do dia anterior limpavam com pás, cheios de vigor, a neve acumulada defronte das portas de seus *stadel*, mas a maioria das janelas ainda parecia trancada.

Leonhardt precedia o frade pelos caminhos cobertos de neve, suportando orgulhosamente os olhares de desprezo dos poucos habitantes que vinham ao seu encontro. Não era sua intenção curvar-se à opinião comum que considerava o monge uma espécie de portador da desgraça e, tendo o religioso ao seu lado, tentava demonstrar claramente a todos que a sua maneira de pensar não era a mesma do pai.

O jovem estava bem consciente de que sua atitude seria muito criticada na aldeia, tanto mais agora que Hermann estava gravemente doente; todavia, aquela desgraça inesperada tornara as coisas ainda mais claras aos seus olhos. Talvez a punição divina, da qual o frade fora mensageiro, nunca atingisse os habitantes de Felik, mas sobre o seu pai já se abatera um castigo que provavelmente seria definitivo. Quando o vira imóvel no enxergão, naquele corpo já vazio de consciência, esforçara-se por reconhecê-lo: e agora, em vez de dor, fora atingido pela pena.

Só naquele momento, envolto pelo convulsivo desespero dos servos e dos mercadores, Leonhardt descobrira que nunca amara o pai, que apenas o suportara. E nos olhos de Costanza lera exatamente o mesmo tormento culpado: só a piedade os ligava àquele velho sofredor, não o amor. Enquanto o frade salmodiava suas litanias em latim à cabeceira do doente, os pensamentos de Leonhardt voaram até a infância e a adolescência, fixando-se nas poucas ocasiões em que Hermann o elogiara, numa tentativa inconsciente de condenar a própria aridez de sentimentos. Não conseguira, contudo, alimentar a saudade, e só agora compreendera que realmente crescera. Sua vida fora, até aquele dia, como um pântano onde todos lançaram seixos, que criaram círculos lentos e preguiçosos: agora aqueles seixos haviam preenchido uma nova dimensão, como se ele mesmo transbordasse. Daí em diante, a água estagnada iria transformar-se em corrente límpida e vigorosa, que, em pouco tempo, começaria a fluir por um leito totalmente novo. Se Deus quisera que a sua evolução para a maturidade passasse pela morte do pai, iria aceitar essa prova: o remorso que, sem dúvida, sentiria com o passar dos anos seria a sua expiação, a cumprir também pelos pecados de Hermann. Dentro em pouco, também ele seria pai e, possivelmente com a ajuda de Sibilla, conseguiria não cometer os mesmos erros.

— Corra, Leonhardt, corra!

Werner apareceu subitamente ao fundo da trincheira de neve: seu rosto, em geral alegre, parecia alterado pela tensão e pelo desespero.

— O que há agora? — perguntou Leonhardt, pegando no frade por um braço, temendo alguma emboscada por parte dos colonos.

— Foi o Karl! Desapareceu! O pai dele anda à sua procura há horas, mas ainda não o encontrou... Também desapareceram duas raquetes de neve, e Leopold teme que o pequeno, desajuizado como é, tenha tido vontade de experimentá-las fora da aldeia!

— Temos de procurá-lo, nós também, Werner: não terá ido para o bosque?

— É exatamente o que Leopold pensa... Vim procurá-lo, para organizarmos uma batida: o marceneiro já está na casa de Sibilla com várias raquetes. Partiremos de lá, visto que o *stadel* dela fica mais próximo da saída para o sul: se Karl se meteu pelo bosque, não pode ter saído senão por aquela porta...

Sem acrescentar mais nada, Werner virou-se e, seguido por Leonhardt e por Matthew, correu na direção da saída da aldeia. Na *stube*, Sibilla e Leopold já estavam calçando as raquetes, enquanto Marcabrù andava ali à volta, todo entusiasmado.

— Não me diga que você também vem?! — exclamou Leonhardt, vendo Sibilla ajeitar as tiras de couro. — Acho que no seu estado...

A jovem fulminou-o com o olhar e, sem proferir nenhuma palavra, enrolou as pontas do vestido nas pernas, segurando-as com um cinto. Dando-se conta de que falara mais do que devia, Leonhardt olhou de esguelha para os companheiros, procurando ver se algum deles o teria ouvido: Leopold, pálido e contraído, não dava sinal de ter percebido nada, empenhado em apertar os sapatos. O frade, a quem ninguém havia explicado como utilizar aqueles utensílios que nunca vira antes, observava-os com uma expressão confusa. Apenas Werner, que já estava à porta, pronto para sair, dirigiu-lhe um sorriso cúmplice, enquanto punha o dedo sobre a boca, num gesto silencioso de entendimento.

Depois de observar os movimentos dos outros, até Matthew conseguiu finalmente dar alguns passos com as raquetes.

— Frade, não sei se deve nos acompanhar — disse Werner, vendo que Matthew se preparava para segui-los. — Você não conhece estas montanhas... poderá se perder ou correr riscos inúteis...

— Se acha que minha presença constitui um problema para vocês, fico por aqui — respondeu o monge, mal-humorado. — No entanto, Karl foi a primeira pessoa que me acolheu em Felik: sem a ajuda dele, eu não teria conseguido passar a primeira noite com vocês e nunca encontraria os poucos habitantes generosos e tementes a Deus que povoam esta aldeia... Como, sabendo que meu amiguinho corre perigo, deixaria de tentar fazer alguma coisa por ele?

— Deixe-o vir — interveio Leonhardt —, um par de olhos a mais pode ser muito útil. Além disso, se esse homem atravessou toda a França, o Mont Joux e o baixo vale para chegar até aqui, deve estar preparado para nos seguir por algum tempo pelo bosque. E depois, talvez as orações de um monge sejam mais eficazes que as nossas, para pedir a Deus que nos conceda a graça de encontrarmos Karl são e salvo...

Sibilla, admirada com as palavras de Leonhardt, fitou-o, procurando em seus olhos o motivo daquela força nova. O jovem olhou-a, por sua vez, em silêncio, enquanto um sorriso lhe iluminava o rosto. Marcabrù saltitava, impaciente, no meio deles, esperando, nervoso, por uma bela corrida na neve por entre as árvores do bosque.

O sol, que havia pouco superara o zênite, estava quente. A superfície branca ia se tornando translúcida e molhada, como se a primeira e mais exterior camada de neve já estivesse derretendo. Dos ramos dos grossos lariços desprendiam-se, de vez em quando, pesadas lascas de neve, que caíam, com um som abafado, na terra abaixo deles, criando ao longo do declive pequenas massas arredondadas que se precipitavam no vale.

As pegadas deixadas pelas raquetes de Karl eram confusas: até o limite do bosque, mantinham-se constantes, mas agora, perto dos fortes troncos que emergiam da neve, sobrepunham-se, de forma desigual, como se o menino tivesse andado para a frente e para trás várias vezes.

Leopold estava desesperado. Conhecendo a vivacidade do filho, pensara que ele teria ido até as primeiras árvores da floresta, mas que jamais teria coragem de continuar floresta adentro. Sua voz estava rouca, de tanto chamar pelo nome do menino; os olhos, iluminados pelo reflexo da luz, lacrimejavam, não lhe permitindo enxergar para além de duas elevações de terra.

Leonhardt e Werner, armados de arco e flechas, seguiam-no a pouca distância, alargando o raio das buscas para os lados do caminho. Sibilla, que seguia ao seu lado, observava atentamente a neve na esperança de descobrir outras pegadas de animais: com efeito, havia a possibilidade de Karl, curioso com qualquer pequeno habitante do bosque, tê-lo seguido sem pensar que quanto mais se afastava da aldeia, mais perigo corria.

Matthew respirava, ofegante: os pés, que não estavam habituados ao calçado nem àqueles utensílios pesados, tinham dificuldade em se mover sobre a neve, devido também à subida, que se tornava cada vez mais íngreme. A própria túnica não lhe facilitava de modo algum os movimentos: invejava Sibilla, que, com grande facilidade, levantara as bordas do vestido. Feito por ele, porém, aquele mesmo gesto seria pouco digno, de modo que continuou a andar, deixando a bainha da túnica arrastar-se e molhar-se.

Marcabrù, que avançava à frente da comitiva, farejando avidamente o ar e a neve, prosseguia aos saltos desajeitados para não se deixar afundar. De vez em quando, voltava para verificar novamente um rastro que já explorara; depois, olhando em volta com as orelhas em pé e abanando o rabo, continuava na direção do coração do bosque.

Matthew, que parara por momentos para retomar o fôlego, virou-se na direção do vale. Na aldeia, cada vez mais afastada, conseguia perceber um certo movimento: figuras de homens, minúsculas pela distância, moviam-se entre as trincheiras de neve. O frade pensou com amargura que com o fim da nevasca a vida em Felik prosseguiria como sempre, e que sua viagem até ali fora inútil: a profecia revelara-se enganadora e serviria apenas para lançar confusão entre os habitantes. Foi então tomado por uma angústia que bem conhecia: e agora, o que faria? Um ano de sua existência perdido perseguindo uma visão; criaturas demais envolvidas em sua loucura; um voto de obediência quebrado em nome do orgulho e da arrogante pretensão de se fazer passar por intérprete da vontade divina... Lágrimas de raiva embaciaram-lhe os olhos; quase perdendo o equilíbrio, virou-se e, engatinhando, continuou a subir.

Marcabrù parou imóvel na frente de todos e, com o pelo arrepiado, olhou fixamente para um ponto impreciso no bosque. Sibilla aproximou-se e fez-lhe uma carícia, sentindo, então, que os músculos contraídos do animal eram sacudidos por um tremor contínuo.

— O que foi, Marcabrù, sentiu alguma coisa?

A resposta do cão foi uma rosnadela surda, longa e ancestral. Leopold aproximou-se da moça e, com a voz tomada pela angústia, perguntou-lhe se conseguia compreender o que ele teria visto.

— Não, não vejo nada senão árvores e neve; talvez seja algum animal selvagem... — Sibilla não acabou a frase, interrompida por um som que a todos fez parar o sangue nas veias. Antes de o verem, ouviram-no: um rugido ensurdecedor invadiu o ar. Na frente deles, em cima de um pequeno rochedo coberto de neve, aparecera um urso: enorme, castanho, erguido sobre as patas traseiras, fixava o cão e seus companheiros, emitindo, a intervalos, aquele horrendo grito primordial.

Marcabrù, com o rabo e as orelhas baixos, deu alguns passos cautelosos na direção da fera, que, novamente nas quatro patas, avançou. Sibilla, aterrorizada, gritou. Leonhardt pegou-a por um braço e arrastou-a para baixo, para perto de Matthew, a quem a confiou. Depois, fazendo um sinal a Werner, apoiou no ombro o arco que transportava às costas e nele colocou uma longa flecha. Logo, Werner juntou-se a ele, e juntos avançaram para o urso. Leopold, petrificado, caíra de joelhos e não se movera mais: o único sinal de vida era o dos olhos, que perscrutavam, febris, o bosque em volta, na procura desesperada pelo filho.

Por momentos, o silêncio foi total. Uma bola de neve rolou pelo vale e roçou as patas de Marcabrù, que se desviou para o lado sem, todavia, tirar os olhos do urso.

De repente, naquela quietude irreal e carregada de tensão, ouviu-se, primeiramente ao longe, e depois sempre mais próximo, o choro lamentoso do menino. Leopold ficou parado por instantes, tentando reconhecer a voz do filho; depois, já de pé, cambaleou e, sem fazer caso da fera, deu alguns passos desordenados na direção do som, que provinha do lado sul, por entre as plantas fixadas ao declive, no sentido da correnteza. Karl despontou por trás do tronco abatido de um gigantesco lariço: o rosto estava roxo e banhado de lágrimas; as roupas, rasgadas, e só um dos pés se apoiava na raquete, enquanto o outro se afundava, inerme, na neve. Leopold correu para ele e, com uma força que lhe cortou a respiração, apertou-o de encontro ao peito, chorando, por sua vez.

— Pai, oh, pai, me perdoe!... Eu não queria... o urso... encontrei o urso... fugi... pai...

Os soluços de Karl misturavam-se com os de Leopold, de repente interrompidos por um novo e poderoso rugido da fera, seguido pelo ladrar desesperado do cão.

Costanza segurava na sua a mão inerte de Hermann. Ajoelhada ao lado da cama, fixava os olhos já apagados do marido. Por um breve instante, antes de morrer, ele os havia aberto e fitara o rosto da mulher. Seus olhos permaneceram assim, muito abertos, como se a vida ainda estivesse presente: Costanza desejava acreditar que o último olhar de Hermann fora para ela, mesmo sabendo que a consciência desaparecera havia tempo de sua mente. Com a mão livre, fechou-lhe as pálpebras e compôs-lhe, num tardio gesto de amor, os cabelos esbranquiçados. A pele ainda estava tépida; Costanza entrelaçou-lhe os dedos sobre o ventre, numa atitude antiga de piedade. Seus gestos eram lentos, como se quisesse prolongar de propósito sua presença ao lado do marido: não havia ninguém ali com ela — os criados, lá embaixo, ocupavam-se de outros afazeres. De pé, sem conseguir verter uma lágrima, observou aquele corpo imóvel que, quando jovem esposa, tantas vezes desejara, num silêncio envergonhado e nunca partilhado. Abriu a janela para deixar sair o odor adocicado da morte, que já começava a se espalhar pelo quarto, mas o ar que entrou era úmido demais para cumprir sua missão purificadora. Depois de prender os cabelos num coque sobre a nuca, Costanza escondeu-os debaixo da touca de pano pardo e foi até a porta: desceria e chamaria a serva para lhe fazer as últimas lavagens e vesti-lo. Chegada à porta, virara-se para lançar um último e íntimo olhar a Hermann, finalmente em paz, na rigidez da morte.

Olivia puxou mais para o lado o braço articulado colocado ao lado da lareira. Seus movimentos eram desajeitados, deselegantes até, devido à proeminência do ventre. Depois de pegar uma pilha de lenha encostada à grade exterior, entrou na chaminé e começou a raspar as paredes enegrecidas. Olivia odiava aquele trabalho. Iria sujar o vestido e o rosto, ao mesmo tempo que poderia ferir as mãos por causa do esforço. Começou de cima. A fuligem incrustada saltava em lascas e fragmentos menores, caindo no chão da lareira. Um pó finíssimo cobria-lhe o rosto, irritando-lhe os olhos e tapando-lhe o nariz. O espaço restrito, insuficiente para uma pessoa ficar em pé, obrigava-o a assumir uma posição contorcida, e o ventre saliente não lhe facilitava os gestos. Finalmente, depois de ter raspado toda a parte de cima, podia agora se acocorar e continuar na de baixo. Não estava de modo algum mais confortável, mas, pelo menos, naquela posição não sentia as pontadas nas costas. Com um pequeno malho de ferro começou a bater na grosa para retirar uma parte que não queria se soltar. O som aborrecido do utensílio de encontro à pedra amplificava-se no cubículo da chaminé, ressoando em seus ouvidos. O rumor da última pancada, no entanto, pareceu-lhe excessivo: parando imediatamente, com as mãos ao ar, Olivia parou para escutar.

Um estrondo enorme eclodira, penetrara pela porta fechada da *stube* e descera como um eco monstruoso pela chaminé da lareira. Olivia já ouvira aquele rumor e, embora ainda fosse muito criança, nunca mais o esquecera. Imobilizada pelo terror, conseguiu, entretanto, erguer a cabeça, mas o momento em que seus olhos fitaram o alto foi muito breve para lhe permitir compreender: um pó branco, finíssimo e sufocante, entrou-lhe pela boca, pelos olhos, pelos ouvidos. Tudo, no *stadel*, tremeu e se sobressaltou: Olivia caiu para trás e ali permaneceu, sem sentidos, de encontro à parede da lareira.

Otto ouviu o trovão. Seus olhos ergueram-se para o céu, à procura de nuvens, mas não as viu. Só para o leste, para além das altas montanhas que dividiam os dois vales, a cauda de uma nuvem esbranquiçada se desfazia, transparente. Olhando melhor, deu-se conta de que aquilo era mais do que de uma nuvem, parecia tratar-se de uma neblina em movimento ascendente. Maravilhado pelo fato de uma perturbação tão pequena como aquela poder ocasionar semelhante estrondo, preparava-se para carregar a albarda no asno, quando um segundo e mais forte fragor fez vibrar a terra debaixo de seus pés. Com os olhos semicerrados, na tentativa de ver melhor, observou ainda a nuvem e viu-a inchar e subir. Passado um segundo de confusão, houve gritos, imprecações e uma agitação desordenada de braços e pernas. Otto, segurando o asno pelo cabresto, correu em direção ao estábulo.

36

O RUGIDO EXTINGUIU-SE NA GOELA do urso. Leonhardt ajoelhou-se para atirar e fez pontaria. Werner, atrás dele, estava preparado para lançar a segunda flecha caso a primeira errasse o alvo. O próprio Marcabrù se calara, limitando-se a medir, imóvel, a corpulência do animal que estava à sua frente, pronto para saltar.

No mesmo instante em que Leonhardt lançou a flecha, o urso desviou-se para o lado. A longa haste pontiaguda cravou-se numa das profundas pegadas deixadas pela fera: o animal virou a enorme cabeça para observar o objeto que lhe passara rente à garganta. Depois, lançando chispas raivosas pelos pequenos olhos, ergueu-se sobre as patas traseiras: das profundezas de seu corpo saiu, primeiramente surdo e depois cada vez mais forte, outro terrível rugido. O grito feroz atingia o auge quando, subitamente, enfraqueceu e se transformou numa espécie de ganido. O urso voltou a cair nas quatro patas e, virando-se de repente, correu, ágil, pela neve, desaparecendo por entre as árvores.

— Mas que coisa do diab...

Leonhardt não conseguiu terminar a frase. Um trovão ensurdecedor ribombou pelo vale. Todos levantaram os olhos para o céu carregado de nuvens, na tentativa de compreender de onde provinha aquele absurdo rumor.

— Olhem... — exclamou Werner, apontando para a montanha de gelo.

Das paredes escarpadas levantava-se uma nuvem branca como se parida pela própria montanha. A nuvem espalhava-se lentamente para cima, subindo, inchada, e cobrindo o céu.

— Meu Deus, mas é uma avalanche! — gritou Leopold, apertando Karl contra o peito.

— Para cima, vamos para cima! — gritou Leonhardt, dando a mão a Sibilla. — Venha também, frade, rápido!

Matthew, incapaz de mover um músculo, observava a nuvem do outro lado do vale: foi Marcabrù que, ladrando frenético à sua volta, fez com que ele saísse da inércia. Tropeçando nas raquetes, Matthew subiu o declive atrás dos outros. Ainda não tinham avançado muito quando um segundo e mais ensurdecedor estrondo fez-se ouvir. Os olhos de todos fixaram-se na montanha de gelo: sua base, até havia pouco compacta e uniforme, abrira-se numa enorme ferida, da qual, lento e inexorável, destacava-se um gigantesco bloco de gelo. A massa branca que à luz do sol mostrava laivos rosados pouco habituais, voava para o vale, ganhando cada vez mais velocidade e agregando, na caminhada, toda a outra neve que encontrava pelo caminho.

A avalanche desceu rapidamente. Nos pastos, já cobertos pela grossa camada neve, sobrepôs-se uma nova e altíssima camada branca; os troncos das árvores quebraram-se, produzindo estalos sinistros, quase imperceptíveis no meio do ruído geral. Depois de ter se estendido aos prados e às terras de cultivo, submergindo-os como uma onda, a neve abateu-se sobre a paliçada de Felik, dobrando-a sobre si própria e transpondo-a. Os *stadel* mais próximos foram submersos em poucos segundos: os telhados desabaram, as paredes ruíram, desaparecendo da vista. A avalanche prosseguiu seu curso por toda a aldeia, cobrindo a igreja, o moinho, o forno, a estalagem, os estábulos. A neve entrou nas cozinhas, nas despensas; subiu as escadas de madeira; afogou enxergões e mobílias; arrastou consigo roupas e joias; rasgou sacos de centeio; destruiu portas e arcadas; despedaçou rodas de moinho; destruiu todos os obstáculos e, quase sem impedimentos, subiu a encosta oposta à da montanha.

Uma nuvem compacta, branca e sufocante investiu pelo declive com a força violenta de uma onda do oceano. Leonhardt e Sibilla caíram ambos; Werner foi empurrado de lado, de encontro a um tronco de lariço; Matthew foi arremessado para a frente, até uma saliência rochosa; Leopold e Karl foram impelidos para baixo. Marcabrù escorregou, embora arranhando o chão, desesperado, com as unhas, até cair numa depressão da neve. Permaneceram todos inertes, enquanto o pó branco e gelado impedia-os de respirar, de ouvir, de ver. Suas consciências esvaziaram-se com a mesma rapidez com que a nuvem de neve os cobriu.

Nenhum deles ouviu o frêmito da terra, que continuou mesmo após a avalanche ter cessado: ao mesmo tempo que a cortina de neve pousava, já privada de força, no declive, transformando-se numa névoa opaca, o estrépito parou. Um silêncio irreal invadiu o vale, quebrado apenas pelo rugido do urso, a essa altura muito longe.

Marcabrù levantou-se, estirando dolorosamente as patas traseiras: sacudiu a neve do lombo e, arrastando-se com dificuldade para fora do buraco onde caíra, dirigiu-se, mancando, à procura dos companheiros. Uma forma retorcida, sepultada por uma sutil camada branca, anunciou-lhe a presença de Karl e de seu pai: raspando furiosamente, conseguiu libertar os corpos. Leopold, que já recuperara a consciência, sentou-se na neve e, após um segundo de atordoamento, começou a sacudir e a massagear Karl, que, com um lamento choroso, finalmente abriu os olhos. Mais acima, Werner apareceu cambaleando por trás do tronco que lhe dera abrigo: seu olhar perscrutava em redor, à procura do amigo. Foi Sibilla quem primeiramente recuperou a consciência; soltando-se dos braços de Leonhardt, que ainda a apertavam, levantou-se, tossindo. Ao ouvir aquela voz tão amada, Marcabrù recuperou todas as forças e correu, desajeitado, para a dona, despertando também, com os seus latidos, Leonhardt.

— O frade, onde está o frade? — perguntou Werner, preocupado.

Ainda transtornados, olharam ao redor: sobre eles, balançando de uma saliência da rocha, entrevia-se uma orla de tecido escuro, endurecido pela neve gelada. Karl, que se soltara dos braços do pai, agarrando-se com as mãos, subiu, seguido por Marcabrù e por Werner. O corpo de Matthew jazia de costas na borda da saliência, coberto apenas por uma poeira de neve: seus olhos estavam fechados e suas mãos, viradas para o céu, pousavam, imóveis, na terra.

— Está aqui! — gritaram em uníssono o rapaz e o menino. — Está aqui!

Matthew não ouviu as vozes dos companheiros: seu pensamento seguia a sombra de Mary, que, inclinada sobre o enxergão na cela de St. Albans, sorria-lhe, falando-lhe com doçura. "Terminou, frei Matthew, tudo se cumpriu..." As vozes dos confrades, que entoavam o Kyrie, juntaram-se ao longe, dando-lhe um profundo sentimento de paz, como havia muito não experimentava. As paredes de sua cela se abriram, e a figura de Mary desapareceu para longe. Uma luz violenta e viva cegou-o.

— Olhe, está acordando, está acordando... está vivo! — gritou Karl, agora com a voz estridente do medo.

Os olhos de Matthew abriram-se ligeiramente: o rosto do menino perscrutava-o, ansioso, enquanto o cão lhe lambia as mãos. Ao tentar se levantar, sentiu-se perturbado por uma vertigem: cambaleando, apoiou-se em Werner, ao lado de Karl, que o ajudou a dar os primeiros passos. Os outros, mais embaixo, fitavam, empedernidos, o vale: uma extensão branca, compacta e uniforme cobria a aldeia. A ponta do campanário da igreja despontava alguns palmos acima da neve, e era o único sinal de construção visível, juntamente com o telhado do *stadel*, que deixava adivinhar, embaixo, uma sombra escura. Da torre de Hermann, mais ao norte, nem rastro.

O grito de Sibilla cortou o ar: o atordoamento fizera abrandar suas reações, impedindo-a de compreender imediatamente o que acontecera. Quando, porém, sua mente recebeu as imagens que os olhos lhe haviam transmitido, a garganta deixou escapar um grito desesperado, que ressoou pelo declive, provocando um eco amortecido pelo vale. Quando o ar que inspirara e enchera-lhe os pulmões se extinguiu, sua voz se perdeu num acesso de soluços cada vez mais fracos.

Ninguém conseguia falar: todos olhavam, apalermados, para a aldeia que já não estava lá. Leonhardt abraçou Sibilla, que, tomada por um tremor incontrolável, murmurava frases desconexas. Marcabrù deu alguns passos na direção do vale, observando, cauteloso, cumes de neve inexistentes durante a subida e farejando na direção do declive subjacente, procurando odores desconhecidos. Matthew, que apoiara as costas ao tronco de um grande lariço, esticava na neve os pés molhados, tentando acalmar as cãibras incontroláveis das pernas. No olhar que todos voltavam a Felik, lia-se a incredulidade que, aos poucos, dava lugar ao horror. Os olhos afundados de Sibilla sobressaíam no rosto macilento, enquanto seus cabelos desgrenhados formavam um véu negro de luto. No meio de um silêncio irreal, ouvia-se, de vez em quando, o rumor longínquo e abafado de alguns ramos que iam se quebrando sob o peso da neve.

Sem proferir nenhuma palavra, Leonhardt libertou-se de Sibilla e, fazendo um sinal a Werner, começou a descer na direção do vale. Um a um, todos os outros o seguiram, afundando os pés, que já não se apoiavam nas raquetes, mas penosamente na neve: todos procuravam se orientar numa paisagem que se tornara nova e diferente. Uma massa única, densa, branca e uniforme formava o declive. Embaixo, onde a grande clareira que outrora albergara a aldeia se juntava à ladeira do bosque, o terreno mudara a sua habitual inclinação para se converter numa descida arredondada que ia se perder num pátio que nada tinha de natural.

— Espere, Marcabrù, pare!

A voz de Leonhardt soou como uma chicotada no silêncio do vale, trazendo os outros a uma consciência que dificilmente conseguiam retomar. O cão parou, virando o focinho por um instante, mas depois prosseguiu sua marcha para Felik, sem ligar para o chamado. Uma outra voz, mais urgente e que só ele ouvia, chamava-o para a aldeia: era necessário agir rapidamente.

37

OLIVIA REABRIU OS OLHOS. O esforço que fizera para abrir as pálpebras incrustadas de neve restituiu-lhe a consciência total. Com muita dificuldade, abriu a boca empastada e procurou o ar que, embora rarefeito, chegou-lhe aos pulmões. No escuro, tentou mover as pernas, mas não conseguiu; tentou depois fazer o mesmo com os braços. As mãos, abandonadas sobre o ventre, movimentaram-se lentamente na direção do peito, e Olivia estendeu os cotovelos, descobrindo que havia algum espaço dos lados, embora limitado, que lhe permitia mover a parte superior do corpo. Fazendo de novo alguma força com as pernas e mantendo-se sobre os pés, conseguiu tocar com as costas numa superfície dura. Depois, deslizando uma das mãos por trás das nádegas, foi tateando, de modo a compreender onde estava: a escuridão era quase total, salvo um fraquíssimo filete de luz que seus olhos, ainda embaciados, esforçavam-se por distinguir. Com os dedos, encontrou uma superfície rugosa e áspera. Dobrando as costas num movimento doloroso, levou a mão à frente do rosto: cheirava a fuligem. A consciência de estar ainda dentro da lareira fustigou-a como um chicote, e uma onda quente de pânico subiu-lhe à garganta. Piscando os olhos, viu um clarão fraco à frente. O impulso de se lançar na direção da luz foi bloqueado por um silencioso mas decidido movimento do ventre; reprimindo um soluço, Olivia agachou-se de novo, tentando acalmar os batimentos loucos do coração. Respirou lentamente, procurando consumir pouco ar e, depois de se obrigar a um breve momento de pausa que lhe pareceu uma eternidade, recomeçou a mover os braços e as pernas, de modo a conseguir sair, lentamente, da chaminé. Apalpando o pouco espaço vazio diante de si, encontrou uma espécie de cubículo que aos poucos se ia alargando. Rastejando para um dos lados e ignorando as pontadas agudas que sentia por todo o corpo, Olivia deu alguns pequenos passos: o clarão, cada vez mais intenso, permitia-lhe entrever formas confusas. A ponta quebrada do varal de madeira, que até pouco antes estava pendurado por cima da lareira, apareceu-lhe, de repente, sobre a cabeça. Ao lado, da parede compacta de neve que delimitava aquela gélida galeria, despontavam pedaços de móveis e de louças partidas. À vista desses objetos cotidianos, inquietantes simulacros de vidas já terminadas, Olivia não conseguiu conter um grito, que, no entanto, soou, abafado, apenas a seus ouvidos, sem chegar ao exterior. Devorada pelo terror e já sem conseguir controlar os músculos, multiplicou os movimentos descontroladamente, na tentativa de chegar à fonte de luz que seus olhos, velados pelas lágrimas, intuíam cada vez mais próxima. O vestido, molhado e gelado, colado ao corpo, a fazia tremer, dificultando-lhe a respiração, agora num ritmo desigual. Depois de algum tempo, que lhe pareceu longuíssimo, Olivia, guiada pela claridade e pressionada pela barriga, que sentia apertada dos lados, chegara a uma espécie de poço. Do alto descia uma luz fraca, filtrada por dois troncos encostados: entre eles, interrompida por grumos espessos de neve, entrevia-se uma finíssima nesga de céu. Olivia conseguiu pôr-se de joelhos e, abrindo a boca, inspirou avidamente: o ar fresco clareou sua consciência, permitindo-lhe compreender que o caminho de fuga não existia mais: as outras paredes geladas fechavam todas as saídas.

Como se o próprio ser que trazia na barriga tivesse compreendido e quisesse se rebelar contra um destino tão iníquo, seu ventre foi sacudido por uma série de pontapés raivosos. Olivia gritou uma e outra vez, chorou e gemeu; com as unhas já sangrando, rachou o gelo da parede que a aprisionava; tentou também invocar a Virgem, mas seu desespero era tal que não lhe permitia nem mesmo articular uma oração. Por fim, exausta, deixou-se cair no fundo do poço, ao mesmo tempo que uma sonolência piedosa invadia-lhe os membros e a cabeça.

Marcabrù parou, com as orelhas em pé e a língua para fora, debaixo de uma massa informe e acinzentada, da qual despontavam algumas tábuas e pedras. A corrida para a aldeia cansara seus músculos: as patas traseiras, afundadas na neve, tremiam; do fofo pelo preto que lhe cobria o abdome corriam algumas gotas de sangue, provenientes de uma pequena ferida que fizera ao raspar no tronco grosso de uma árvore que mal se via por entre a superfície do declive coberto de neve.

O animal ficou à espera: ouvia aquela voz agora mais próxima, apesar de, aos poucos, ir-se apagando. Já a ouvira do cimo do bosque, uma espécie de som reprimido que se propagava dificilmente no ar ainda pesado de poeira de neve. Virou-se: Sibilla e os outros iam descendo, hesitantes, com movimentos lentos. Só Leonhardt avançava em bom passo, à frente de seus companheiros, e dali a pouco alcançou-o. Marcabrù caminhou cauteloso na direção de um monte de neve um pouco mais elevado que os outros ao redor. A voz já não era ouvida, mas o fino faro do cão percebera qualquer coisa estranha e única naquela extensão branca que apenas ressumava umidade. Aproximou-se mais e subiu com algum esforço até o cimo do monte, onde o cheiro tornava-se cada vez mais perceptível. Fincando as patas dianteiras na borda de um tronco que despontava da neve, esticou o focinho para uma estreita abertura que se adivinhava para além da madeira lascada. O faro não o traíra: alguém estava ali embaixo. Embora seus olhos não conseguissem distinguir senão uma massa confusa no escuro, a certeza daquele eflúvio humano levou-o a ladrar furiosamente e a recuar por momentos, para avançar de novo na direção daquele poço escuro.

Leonhardt, seguido, a breve distância, de Werner, chegava: suas roupas estavam rasgadas em vários pontos, o calçado forte de couro transbordava de uma lama esbranquiçada e um suor frio lhe colava os cabelos à testa, enquanto os olhos febris se distanciavam, pela silenciosa extensão branca, numa busca inútil de lugares e de pormenores conhecidos. Reconhecendo a ponta do campanário que, sozinha, despontava intacta da neve, Leonhardt engoliu no vazio; um nó cada vez mais sufocante apertava-lhe a garganta. Esfregando as pálpebras para repelir as lágrimas, o jovem dirigiu sua atenção para Marcabrù, que mostrava um comportamento bizarro: ladrava freneticamente para um monte de neve cujo declive subia e descia, girando sobre si mesmo, calando-se por alguns instantes para logo em seguida, depois de fixar o jovem, recomeçar a ladrar cada vez mais forte, cada vez mais decidido.

— Será que tem alguém ali embaixo? — perguntou Werner, que se aproximara do amigo, angustiado. Leonhardt fixou-o e, reprimindo um arrepio, respondeu:

— Sim, estão todos lá embaixo, mas mortos....

Os olhos estáticos de Leonhardt assustaram Werner, que, por um instante, temeu que ele tivesse perdido a razão. O ladrar nervoso de Marcabrù passara, entretanto, a um ganido insistente; o cão acocorara-se em cima do monte com as patas pendentes para além do bordo visível, e o focinho parecia enterrar-se na neve.

Werner agarrou Leonhardt pelo braço e, sem esperar resposta, levou-o até Marcabrù. O animal, satisfeito por finalmente ter atraído atenção, levantou-se e começou a abanar o rabo em volta dos dois jovens, sem todavia parar de correr, inquieto, pela encosta de neve. Foi Werner quem chegou primeiro à boca do poço.

— Deus do céu! Tem alguém ali dentro! — gritou o jovem.

Leonhardt, com os olhos arregalados, subiu, por sua vez, desajeitado de tanta agitação: um pequeno bloco de neve, que se deslocara com suas passadas pesadas, soltou-se da embocadura e caiu no buraco, acompanhado por um sinistro estalido de madeira quebrada.

— Mais devagar, Leonhardt, por Deus, senão desaba tudo! — recomendou Werner, impedindo que ele subisse.

Leonhardt, com o rosto tenso, concordou e foi deslizando até a embocadura. Quando chegou junto ao companheiro, inclinou a cabeça para baixo. A única forma que conseguiu distinguir, no entanto, foi uma silhueta imprecisa, agachada de encontro à parede escura: de vez em quando, ouvia-se um lamento fraco, que, todavia, não era suficiente para permitir identificar a pessoa de quem provinha.

— Tem alguém aí embaixo? Está nos ouvindo? Quem é? Fale!...

Ninguém respondeu. Werner e Leonhardt entreolharam-se, esperando, ambos, uma confirmação quanto à possibilidade de pelo menos uma vida ter sido poupada. Depois, lentamente e com grande circunspecção, examinaram a embocadura do poço e a neve circundante, para se decidirem sobre a forma de chegar a quem estava lá embaixo sem fazer desabar o que restava do *stadel* sepultado pela neve.

— O que estão fazendo? O que aconteceu?

A voz hesitante de Sibilla sobressaltou os dois jovens, que, envolvidos na inspeção da abertura, não haviam percebido a chegada dos outros.

— Tem uma pessoa ali embaixo e ainda deve estar viva...

— Oh! meu Deus... E quem é?...

As palavras morreram na boca de Sibilla, enquanto seu rosto se tornava cada vez mais lívido. Leonhardt fitou-a.

— É possível que haja alguém ali, mas não vamos conseguir salvá-la: não temos pás, nem nada com que escavar — disse-lhe, num tom muito duro.

— Não compreende que estão todos mortos, e que dentro em pouco também essa criatura vai morrer? — acrescentou, enquanto a voz irada se abafava num soluço.

Sibilla olhou-o, estupefata com sua inesperada explosão de raiva: seus lábios lívidos fizeram menção de falar, mas não emitiram nenhum som.

Percebendo tê-la ferido com a inútil aspereza de suas palavras, ditadas pelo medo que lentamente ia se transformando numa dor profunda, Leonhardt calou-se por alguns instantes; depois, mostrando grande cansaço na voz, disse-lhe com doçura:

— Tenha cuidado, Sibilla, porque pode desmoronar tudo... e, por favor, não suba até aqui.

Leopold, que acabara de pôr Karl no chão, depois de pegá-lo no colo para descer a ladeira, aproximou-se de Leonhardt, cauteloso, e observou com atenção os dois troncos que, dispostos em par, seguravam precariamente o monte de neve.

— Se estes troncos não cederam ao peso da avalanche, isso significa que alguma coisa mais sólida os segurou: talvez as pedras da lareira, que podem ter impedido o desabamento de toda a estrutura. Se for assim, isso talvez queira dizer que as duas tábuas se apoiam ainda em outros materiais, sobrepondo-se e evitando a destruição de todo o *stadel*. Precisamos procurar uma forma de entrar, mas não podemos escavar neste ponto, porque senão tudo desmorona...

Enquanto Leopold explicava, os outros fitavam-no, atônitos, bem conscientes da verdade de suas palavras, ditadas por sua longa experiência de marceneiro. Karl ouvia com atenção: em seu rosto, marcado pela fadiga, brilhavam, no entanto, dois olhos lúcidos e vivos. Matthew, esmagado pela angústia e pelo espanto, ajoelhara-se na neve e, silenciosamente, rezava.

— Mas — interveio Leonhardt — se foi a lareira que evitou o desabamento de toda a casa, a boca da chaminé deve estar em algum lugar...

— Mas é claro! — exclamou Werner. — E talvez tenha formado uma bolha de ar: e por isso é possível que haja alguém com vida lá embaixo...

— É isso mesmo — acrescentou Leopold —, mas o problema é: como faremos para encontrar uma entrada?

Parecendo compreender o significado daquele discurso, Marcabrù afastou-se alguns passos, movimentando-se com uma determinação que nunca ninguém havia visto. Chegando a uns três metros da base do montículo, começou a farejar freneticamente e a arranhar com uma das patas dianteiras.

Karl, que observava atentamente todos os seus movimentos, seguiu-o, cheio de curiosidade. As fortes unhas de Marcabrù continuavam a raspar a neve, até que encontraram uma superfície dura.

— Venham cá! — exclamou Karl. — Marcabrù achou alguma coisa!...

Mas antes de os outros chegarem, o menino já se pusera a escavar.

— Pare! Espere! — gritaram em uníssono Leonhardt e Leopold, movendo-se, cuidadosamente, em sua direção. O marceneiro chegou primeiro e, depois de observar bem o chão irregular, compreendeu.

— Aqui temos madeira e pedras! — gritou, com uma voz resoluta.

Em seguida, afastando o cão e o filho, começou, com grande cuidado, a retirar a primeira camada de neve da superfície dura, trabalhando lentamente, um punhado de cada vez, até que as mãos trouxeram à luz a extremidade rachada de uma tábua de lariço que se apoiava sobre um monte irregular de seixos. Depois de limpar toda a parte visível da madeira e os bordos ásperos da pedra, Leopold se levantou e permaneceu um momento em silêncio, avaliando o resultado da escavação. Em seguida, depois de dar uma volta completa no monte, para observar a forma como a neve se dispunha, fez um sinal a Werner para que ele se aproximasse.

— Estou enganado ou conseguiu recuperar um par de raquetes de neve enquanto descíamos do bosque?

O jovem, hesitante, concordou. Levava-as na mão quando chegaram àquele lúgubre pátio branco; depois, para se juntar a Leonhardt mais rapidamente, abandonara-as no chão, a pouca distância do cimo. Karl, que as vira pouco antes, virou-se e, com passinhos cautelosos, foi buscá-las e entregou-as ao pai.

— Bem — respondeu Leopold continuando a falar com Werner —, ainda tem a corda de cânhamo que levou junto com o arco e as flechas quando partimos à procura de meu filho?

Sem responder, o jovem levantou a aba rasgada do casaco e remexeu em volta do cinto que segurava as calças, até encontrar o grosso novelo da corda de cujo peso nem se dera conta, na desesperada corrida para a aldeia.

— Aqui está! — exclamou para Leopold. — Mas... como está pensando em usá-la?

— Ainda não sei, mas é importante termos alguma coisa com que possamos puxar para cima quem está lá embaixo. E agora me ajude a desfazer estas raquetes: as tábuas vão servir para a escavação.

Os outros observavam-no com olhos arregalados, admirados com a dificuldade do trabalho que os esperava, porém ainda mais com a calma e a vontade decidida de Leopold: o marceneiro, sem reparar na incredulidade geral, já batia, com golpes secos, a extremidade interna das raquetes. Werner imitou-o e, em pouco tempo, todos tinham na mão uma ripa curta que lhes serviria de pá.

Leopold indicou a cada um a posição certa, e, juntos, com cuidado e delicadeza, começaram a tirar neve do lugar que, imaginavam, permitiria chegar ao interior do monte, sem fazê-lo desabar. Aos poucos, da superfície dura afloraram outras pedras e pedaços de traves. Um degrau da escada de madeira que se mantivera até então intacto despontou subitamente no meio de outros destroços. Estimulados por aquele testemunho de cotidiana normalidade, todos continuaram a escavar com renovada energia, sem fazer caso nem dos dedos feridos nem do suor que lhes ofuscava a vista.

O sol havia pouco descera do seu zênite, quando a tosca abertura inicial foi se transformando numa cavidade de acesso mais fácil, sustentada por dois robustos troncos, que, solidamente cravados na neve, seguravam uma espécie de arco de gelo translúcido atravessado pelos restos das tábuas e pelos destroços domésticos.

— Se ainda não desmoronou nada até agora — disse Leopold ofegante —, significa que conseguiremos levar a tarefa até o fim. Acho que falta pouco para chegarmos ao fundo, até porque me parece que, lá embaixo, a camada de neve é menor, como se para além dela houvesse um espaço vazio: talvez seja a chaminé da lareira. Então vou à frente para tentar raspar a parede com o machado.

— Mas pai... — murmurou Karl, com um fio de voz — e se os troncos cederem? E se...

Os olhos do menino, dilatados de medo, fixaram Leopold. O marceneiro sorriu para o filho e, enquanto atava com mãos firmes a corda de cânhamo em volta da própria cintura, tranquilizou-o.

— Diga-me, Karl, lembra-se de quantas vezes brincamos de escalar as rochas do bosque, bem presos, juntos, atentos para irmos encontrando apoios para os pés? E como depois nos deixávamos deslizar, quando se tratava de descer? Ora, aqui é a mesma coisa, porém mais fácil porque nem sequer terei de subir... não se preocupe, Karl, tudo vai correr bem. Pense apenas em segurar a corda aqui fora, junto com os outros.

Fingindo uma segurança que de fato não sentia, Leopold lançou o cabo da corda a Werner, que o passou depois aos outros, formando uma cadeia. Quando o marceneiro desapareceu no buraco, todos, sem se preocupar com o gelo que lhes entorpecia os pés, fincaram-nos solidamente na neve.

O grasnido de uma águia quebrou o silêncio. Dez olhos voltaram-se simultaneamente para o céu. A ave de rapina pairava no alto, descrevendo largos círculos por cima da aldeia. Embora não se dignasse sequer a olhar para ela, Marcabrù ouviu-a, como todos, e, com o rabo entre as pernas, emitiu um rosnado primeiro contido, depois cada vez mais sonoro e raivoso. Como se o ouvisse, a águia afastou-se para a montanha de gelo. No silêncio tenso que se seguiu, apenas o ruído abafado do machado de caça de Leopold fazia-se ouvir.

A corda continuava a esticar, segura por quatro mãos, sobretudo por Werner e por Leonhardt, que, sem falar, avaliavam o comprimento que ainda restava. Já lhes parecia que não iria chegar, quando ouviram a voz de Leopold, sufocada. Mas como ninguém conseguia entender uma palavra do que dizia, Werner, depois de dobrar seu pedaço de corda e de confiá-lo ao companheiro, inclinou-se com todo o cuidado para dentro da embocadura. Quando se podiam ver apenas a sola de seus sapatos, ouviu-se uma espécie de murmúrio abafado — indistinto, mas prolongado.

Passado um tempo que pareceu uma eternidade a quem esperava do lado de fora, as longas pernas do jovem despontaram da galeria. Antes mesmo de seu corpo ter saído completamente do buraco, ele virou-se para os companheiros e, com a voz trêmula de excitação e ansiedade, exclamou:

— É Olivia quem está lá embaixo, e está viva!

Deo gratias! No silêncio atônito que acolheu a notícia, elevou-se entre todos a voz de Matthew, agradecendo ao Altíssimo aquela vida poupada. Sibilla, que acalentava a esperança de poder libertar Gertrud daquela prisão de gelo, deixou escapar um lamento e caiu sobre a neve, esgotada de toda a energia. Werner, que recuperara a corda das mãos de Leonhardt, pediu a todos que contassem devagar até trezentos e depois começassem a puxar com cuidado.

— Leopold me disse para lhe darmos tempo de prender Olivia com a corda: ele depois vai empurrá-la para cima, ajudado pela força com que nós conseguirmos puxá-la. Mas recomendou que façamos isso com todo o cuidado, sem sobressaltos, porque a passagem é estreita e suficiente apenas para uma pessoa.

Uma singular cantilena murmurada a meia-voz espalhou-se no ar: a voz de Karl extinguiu-se, confusa, depois do número trinta, para além do qual ele não sabia contar. Matthew, de sua parte, sussurrava em voz baixa na sua língua, para ter certeza de que não se enganava. Quando a contagem terminou, Werner começou a recolher a corda, que subitamente se esticou ao máximo: com todo o cuidado, lentamente e com muito esforço, todos puxavam, passando uns aos outros a corda que, pouco tempo depois, voltava-lhes às mãos. Último da fila, Karl dispunha-a ordenadamente sobre a neve, formando uma espiral.

— Aí estão, aí estão — exclamou Werner, vendo despontar da embocadura as costas curvadas de Leopold, que, fincando os joelhos e os pés, arrastava-se para fora. Atrás dele apareceram, primeiro, os longos cabelos de Olivia, com incrustações de gelo separando as madeixas, que caíam, emaranhadas, em volta do rosto térreo. Seus olhos estavam dilatados numa espécie de doloroso estupor, enquanto a boca, violácea, se abria e fechava sem emitir nenhum som. A corda, solidamente passada em volta das axilas, atravessava-lhe o peito, em cima dos seios, pondo em evidência o volume do ventre. Aquilo que restava do vestido envolvia-lhe, como um saco rígido, os quadris, deixando as pernas quase inteiramente descobertas, apenas cobertas por pedaços das ceroulas.

— Rápido, rápido, vamos nos afastar daqui! — exclamou Leopold, com a voz enrouquecida pela pressa, enquanto os outros se aproximavam de Olivia. — Vamos primeiro até ali, para o limite do bosque. Não sabemos o que está aqui por baixo... o terreno pode voltar a ceder... Ajudem-me a transportar esta pobre mulher e, Deus o permita, também o seu filho!

Depois de soltar a corda que envolvia Olivia, Leonhardt e Werner puseram-na às costas, dirigindo-se para o oeste, seguidos dos outros. Nenhum deles falava: apressados com a urgência de se porem a salvo, caminhavam como melhor podiam, afundando-se a cada passo na neve que os ensopava. Leopold, com os músculos cansados após o esforço do resgate e tremendo visivelmente, pegara o filho pelo braço e prosseguia atrás dos outros. À sua frente, Matthew decidira, enfim, arregaçar a túnica e prendê-la em volta das ancas, conquistando, assim, um pouco mais de agilidade de movimentos. As calças rústicas, já ensopadas, pendiam, moles, ao longo das coxas, revelando os joelhos ossudos e as pernas lívidas. Sibilla, que avançava ao seu lado, parava de vez em quando. A amargura que sentira invadia-lhe o corpo, lentamente: um sabor acre de bílis veio-lhe à boca, provocando um acesso de vômitos difícil de controlar.

Marcabrù, que, por instinto, sabia aquilo que os homens só aprendem a conhecer por exercício da inteligência, chegara primeiro ao local onde o terreno cedia lugar ao declive do bosque. Depois de ter compreendido que Olivia já estava a salvo, dera uma corrida à frente de todos, e agora, acocorado na neve, lambia a ferida do abdome para limpá-la do sangue que se juntava.

Assim que chegaram aos primeiros lariços grossos, pararam. Na base das árvores, o terreno apresentava-se irregular, alternando blocos de neve suja e ramos quebrados, que cobriam, aqui e ali, o manto homogêneo da longa nevasca de antes. Aos poucos, do cimo dos lariços, caíam espessas lâminas de neve, que se depositavam ao redor.

Puseram Olivia no chão, envolta no casaco de Werner. Sibilla acocorou-se atrás dela e colocou-lhe a cabeça no colo, massageando-lhe as têmporas. Matthew, por sua vez, depois de reparar nas pernas azuladas da mulher, ajoelhou-se a seu lado e esfregou-lhe vigorosamente os pés. Karl, que observara por alguns instantes as manobras do frade, pediu licença ao pai para fazer igual; abaixou-se e começou a friccionar os braços e as costas de Olivia: as mãozinhas se moviam, velozes, enquanto o rosto corava com o esforço.

Ninguém falava. Todos fixavam os olhos vazios de Olivia, na esperança de observar qualquer sinal de consciência. E, no entanto, não foram os cuidados de seus salvadores que a trouxeram a si, mas a firme vontade de viver do filho, que, da escuridão inquieta de seu ventre, a fez sobressaltar, com um movimento súbito. Um esgar de dor dobrou-lhe os lábios; os olhos esbugalhados apertaram-se, para depois voltarem a se abrir: o olhar passou de um amigo a outro, enquanto um débil lamento, que logo se transformou num soluço, saía-lhe dos lábios. As mãos desceram-lhe pelo ventre, como a proteger a vida que ele abrigava. Um coro de suspiros de alívio espalhou-se no ar; todos sorriam; Karl batia palmas; Leonhardt e Werner distribuíam, em intervalos, vigorosas pancadas nas costas de Leopold, satisfeitos com o bom desfecho do resgate, e Sibilla acariciava os cabelos de

Olivia com a mesma doçura com que o faria a uma criança assustada. De pé, abanando o rabo alegremente, Marcabrù ora ladrava, ora lambia vigorosamente o rosto da dona.

O sol se havia posto por trás da montanha — para além da última crista, só uma aura luminosa revelava sua presença. A luz enfraquecida tornava lívidas as pedras do campanário da igreja de Felik, mudo testemunho de um acontecimento agora terminado.

38

MARCABRÙ E O CÃO MANCO que pertencia ao camponês de Alpenzu perseguiam um ao outro, brincando entre os *stadel*. Fora esse animal que, na noite anterior, anunciara aos habitantes da pequena aldeia a chegada do estranho grupo de viajantes andrajosos e enregelados. Ladrara durante muito tempo, obrigando os colonos a levantar-se de suas mesas, onde, depois de longa jornada espiando a montanha da qual tinham visto desprender-se a avalanche, haviam finalmente se reunido para uma ceia inquieta: todos os ouvidos mantinham-se alertas a qualquer ruído estranho de outra catástrofe próxima. Na verdade, os cumes de gelo não ficavam assim tão distantes, e, embora a aldeia se localizasse na encosta oposta à da avalanche, uma relativa ansiedade espalhava-se entre os *stadel*. Uma finíssima camada de pó branco chegara até ali, depositando-se nos ramos das árvores, nos telhados e nas plantas do caminho. Os moradores daquele punhado de casas conheciam bem os habitantes de Felik. Embora o tipo de vida em Alpenzu fosse muito diferente, ligado sobretudo ao ritmo das estações e ao trabalho da terra, os ricos mercadores daquela parte mais alta do vale gozavam de enorme consideração, pois o grande esforço com que haviam cultivado a montanha e a habilidade com que conduziam seus negócios eram, a todos, evidentes; só a aborrecida fama de arrogante soberba diminuía, ligeiramente, a estima geral.

Os camponeses de Alpenzu haviam assistido, impotentes, ao desmoronamento da avalanche, que, súbita e gigantesca, cobrira o vale, a norte. O horror pela sorte de quem ali vivia marcara o rosto de todos.

Depois de um desastre como aquele ninguém esperava que houvesse sobreviventes, mas, apesar disso, decidiram, de comum acordo, organizar uma expedição de socorro no dia seguinte. Grande fora, portanto, seu espanto ao verem chegar aquela comitiva de desesperados — feridos, mas vivos. E o espanto convertera-se em aturdimento quando Joseph reconhecera, na figura lacerada e trêmula que fechava a fila, o frade estrangeiro. O cão do camponês, que, por ter partilhado a estrada com Matthew não havia esquecido o seu cheiro, farejara-o apenas por um instante, para depois, levado pelo entusiasmo, quase o derrubar, à força de muitos saltos e patadas de alegria. Depois de se recobrarem da surpresa e de darem de comer e beber àquelas pessoas para que recuperassem as forças, os colonos as hospedaram, reservando, para cada uma, um enxergão e uma muda de roupa. Olivia e Sibilla foram confiadas à mulher de um pastor, que, além de zelar pelo rebanho do marido, ocupava-se também de curar, com ervas e raízes, os habitantes da aldeia. Embora Olivia desse sinais de uma gravidez evidente, aos olhos argutos da mulher do pastor não escapara o estado da outra jovem — para além do trauma causado pela catástrofe, à qual escapara por pouco, a camponesa percebera, pela atitude de Sibilla, alguns inequívocos testemunhos da sua situação. Com muita delicadeza, convencera-a a tomar uma das poções, assegurando-lhe toda a ajuda e discrição.

A noite trouxera consigo, e para todos, um sono inquieto, intercalado por pesadelos. Matthew sonhara com seu mosteiro, mas situado num outro lugar: ao longo das margens de um lago de reflexos esverdeados, as celas dos monges alinhavam-se, uma após a outra, sem nenhuma vedação que as separasse do mundo exterior; a sala do capítulo, semelhante a um templo em ruínas, era aberta dos quatro lados, e os confrades passavam num vaivém clamoroso e confuso, mais próprio de um mercado que de um lugar consagrado à reflexão e à meditação. Na angustiada sonolência de Leonhardt, pelo contrário, sucedia-se uma série de visões, cada uma mais horrível que a outra. Embora ainda ignorasse o que se dera depois de sua saída do *stadel*, tivera uma alucinação terrível, como se fosse real: o pai, já deitado no caixão, despertava subitamente e encarava-o com os olhos injetados de sangue, enquanto um sorriso raivoso se abria em seu rosto... Ao seu lado, a mãe, vestida com roupa de cerimônia, fixava-o com um sorriso triste e, depois de uma última carícia, afastava-se para a montanha de gelo, segurando na mão uma absurda raquete de neve. Prosseguira, de forma segura, surda a qualquer dos seus chamados, apesar de ele a seguir, aos tropeções, até que uma fenda profunda que se abria no escuro engolira-os a ambos. No final do sonho despertara, sobressaltado: sentado no enxergão, gesticulando, ficara assustado, sem saber onde estava. Ao seu lado, Karl, nos braços do pai, gemia em meio ao sono.

Agora que a aurora anunciava um dia claro, todos os homens de Alpenzu com boa saúde se preparavam para chegar a Felik, armados de cordas, pás e machados com que tentariam escavar a neve, na esperança de ainda encontrar algum sinal de vida.

Perto da terceira hora, a comitiva dos socorristas já partira havia um tempo; dois asnos, seguidos depois por muitos outros, apareceram pela entrada sul da aldeia: os homens que os cavalgavam desceram e, passado um momento de espanto devido ao silêncio que reinava no meio dos *stadel* desertos, tomaram, apressados, a direção do forno do pão, onde esperavam encontrar alguém. Ao passar pelos alicerces da capela, um desses homens notou um movimento furtivo: aproximando-se, deu com uma silhueta escura, ajoelhada na frente de uma cruz que despontava de um monte de pedras empilhadas ao longo do muro que rodeava a construção.

— Frei Matthew!

O grito de Otto foi mais do que uma exclamação de admiração. O frade sobressaltou-se, como se o pudor com que recitava a solitária oração da manhã fosse algo de que se envergonhar. A voz bem audível imediatamente identificou o mercador aos ouvidos de Matthew, e quando, em seguida, seus olhos fitaram a figura imponente, uma sensação muito próxima da alegria infantil perpassou o espírito do frade. Sem necessidade de palavras, lançaram-se subitamente nos braços um do outro, enquanto as lágrimas libertavam a tensão que viera juntar-se aos pensamentos.

— Está salvo, por Deus, está salvo! Disse a Margreth que não podia estar morto debaixo da avalanche, você não, você não...! Oh meu Deus, Matthew, como estou feliz!

As frases intermitentes que se ouviam da boca de Otto confundiam-se com as repetidas perguntas do frade.

— Mas como está...? Por que está aqui? O que...?

Recuperando uma postura digna, o mercador sentou-se sobre uma pedra angular da futura capela e explicou como, do vale fronteiriço, ouvira o estrondo da avalanche e como vira a nuvem erguer-se no céu. A voz de Otto baixou de tom e seu olhar tornou-se mais penetrante:

— Sabia o que significava, compreende? Era o único a entender. Sua profecia era verdadeira, e esse desastre foi a confirmação. Também na nossa região caiu alguma neve na semana passada, mas nada que provocasse uma desgraça dessas: as estradas ainda estão transitáveis, só os cumes mais altos se mantêm brancos... Não tinha certeza se você ainda estava em Felik; não tinha conhecimento das decisões dos chefes da aldeia com relação à sua advertência; enfim, nada sabia do seu destino... pode, portanto, imaginar minha ansiedade, por você e por todos os outros que conheço e de quem sou amigo. Quem se salvou? Costanza, Conrad, Sibilla, Franz... o que aconteceu com eles? Porque houve quem se salvasse, não houve, frade?...

Os olhos de Otto tornaram-se febris enquanto procuravam, nos de Matthew, uma resposta tranquilizadora.

— Por ora somos apenas sete: Sibilla, Leonhardt, Werner, Leopold e o filho, Olivia e eu.

A expressão esperançosa do mercador ia se obscurecendo numa máscara de desilusão, enquanto o frade continuava:

— E nós, se estamos vivos, o devemos apenas ao acaso: Karl, o filho do marceneiro, perdeu-se no bosque, e nós cinco fomos procurá-lo pouco antes de a avalanche engolir Felik. Estávamos tão mais acima que a massa de neve não conseguiu nos sepultar, mas apesar disso sua "carícia" foi violenta. Um milagre, termos nos salvado. Bem, não: o verdadeiro milagre foi termos conseguido retirar Olivia das ruínas do *stadel*... Quem sabe se não haverá mais alguém com vida sob a neve?

A voz de Matthew transformara-se num sussurro, enquanto Otto o fitava, emudecido. Foi o ladrar do cão do camponês que os roubou a seus pensamentos: o mercador levantou-se e olhou para o céu. As montanhas de gelo projetavam-se, silenciosas e imponentes, no horizonte. Os companheiros de Otto, a quem as mulheres da aldeia haviam falado da expedição de seus homens a Felik, haviam decidido segui-los de perto, de modo a também participar das buscas, e agora se preparavam para a subida.

— Jure que não sairá daqui até regressarmos! Não posso permitir que você se perca de novo: quando tudo isso terminar, então irá comigo!...

Na voz de Otto intuía-se um fio de ansiedade, a custo escondida sob o sorriso austero. A resposta de Matthew soou amargurada:

— A nossa regra diz: "Não jure, para não ter de cometer perjúrio." Não lhe posso jurar nada, Otto, mas posso lhe prometer, sim, isso posso fazê-lo: esperarei por você, até porque minhas forças estão de novo a fraquejar. Rezo continuamente a Deus que me ajude a compreender, que me dê um sinal que me indique a estrada justa que deverei seguir daqui por diante, antes de chegar à Jerusalém Celeste... Menti muitas vezes neste último ano, transgredindo gravemente um dos preceitos fundamentais de São Bento. Apesar de ter procurado convencer a mim mesmo de que o fiz por uma boa causa, neste momento já não tenho certeza de nada. Poderei considerar-me ainda um monge cenobita ou me terei comportado mais como um herético, que vira e revira a doutrina a seu bel-prazer? Quantas criaturas enganei com minhas mentiras? Como podem meus lábios celebrar a glória de Deus e, logo em seguida, proferir a impostura? O que aconteceria, Otto, se ninguém dissesse a verdade, como eu faço há tanto tempo?

— O que aconteceria se todo mundo dissesse sempre a verdade, é o que você quer dizer!

O rosto do mercador corara, num dos acessos que lhe eram habituais. Contendo a custo a voz, para que os companheiros não ouvissem, Otto continuou:

— O mundo já se teria desfeito em pedaços, eu lhe digo! Mas você não compreende ainda que a verdade, como tal, não existe? Que há milhares de versões de uma mesma verdade? Se todo mundo dissesse a verdade, as guerras seriam em muito maior número; nós, mercadores, não conseguiríamos vender as nossas mercadorias; o filho mataria o pai... Seu prior, por exemplo: acha que ele lhe abriu o coração quando o expulsou do convento ou acha que ele o afastou dali por ter motivos de prestígio pessoal bem mais importantes e urgentes a defender? Sua presença seria embaraçosa e de difícil digestão aos notáveis de sua aldeia... E agora?! Não, frade, não é justo que se atormente: você fez tudo o que estava ao seu alcance para prevenir os colonos de Felik, e eles não lhe deram ouvidos. Agora sua missão está terminada, e você é quem decidirá o que tem de fazer. Estou certo de que, apesar de suas dúvidas, o Altíssimo mais uma vez o guiará...

Um longo suspiro pôs fim às palavras agitadas de Otto. Matthew, que ouvira em silêncio, baixou a cabeça e disse:

— Seja feita a vontade de Deus.

Aparentemente satisfeito, o mercador brindou o frade com uma sonora pancada nas costas e, depois de ter lhe recomendado novamente que o esperasse, dirigiu-se à comitiva, que se preparava para partir para a montanha de gelo.

Joseph, que seguira de longe o encontro dos dois homens sem, no entanto, conseguir ouvir a conversa, ficara admirado com a familiaridade com que se tratavam. Embora não soubesse o motivo, suspeitara, todavia, que entre eles existisse algum segredo: de resto, aquele frade nunca o convencera, tão generoso e tão diferente de todos os clérigos severos que conhecera até então. Em qualquer dos casos, cada um devia tomar seu próprio rumo: o seu, dentro em breve, iria levá-lo a percorrer os caminhos do vale. Não tinha nenhuma intenção de ficar naquela aldeia perdida, suando e criando calo nas mãos por conta da construção da capela! Logo que as águas se acalmassem e o frade tivesse partido, encontraria uma maneira de fugir. O caminho para Veneza era longo, mas, chegando lá, certamente arranjaria onde embarcar: se aprendera a recolher excrementos de cavalo, também se habituaria a lavar a ponte das embarcações. Iria navegar: os mares proporcionariam novas e desconhecidas aventuras, e, sobretudo, ninguém voltaria a vê-lo.

39

— AGRADEÇO A TODOS, que foram muito generosos conosco, mas agora é tempo de pôr mãos à obra: decidimos reconstruir a nossa aldeia. Werner e eu descobrimos um terreno lá embaixo, à beira do Lys, em um lugar onde o rio corre mais largo e menos impetuoso: nesse local, as margens da correnteza são ricas em terra fértil, e a zona forma uma espécie de clareira natural. Dali se poderá subir para o desfiladeiro de Bätt e também descer para a zona mais baixa do vale, ou então, transpondo a montanha, seguir até ele, na direção de Alagna. Derrubaremos parte da floresta, abriremos estradas e caminhos para os animais e, com a ajuda da experiência de Leopold, que é um hábil marceneiro, construiremos os nossos *stadel*. Não será fácil nos reorganizarmos e recomeçarmos do zero todo o trabalho que nossos pais já haviam feito quando da fundação da aldeia, mas não temos alternativa. Discutimos o assunto e estamos certos de que, com paciência e perseverança, vamos conseguir. Informaremos Giacomo di Quart que precisamos de braços e que novos colonos serão bem-vindos. Durante uma das minhas últimas viagens a Praborno, recordo-me de ter ouvido dizer que outros *wallisers* tencionavam estabelecer-se em Felik. Certamente meu pai faria oposição a isso, mas agora...

A voz de Leonhardt ficou embargada. Os habitantes de Alpenzu, reunidos diante das fundações da capela, fixavam-no em silêncio, secretamente admirados da disposição de espírito e da coragem que aquele jovem demonstrava. Muitos deles tinham pensado que os sobreviventes de Felik abandonariam para sempre aquele vale maldito, depois de compreenderem que sua aldeia se convertera numa grande fossa comum. Todos juntos haviam escavado durante muito tempo a neve, sem se importar nem com a fadiga nem com o perigo, mas trouxeram à luz apenas cadáveres. Homens, mulheres, crianças, animais tinham sido sepultados sem distinções por aquela impiedosa massa branca. Leonhardt e Werner, Sibilla e Leopold choraram, gritaram aos céus todo o seu desespero ao verem aflorar da neve tão-somente pernas e braços e olhos secos e espantados. Conrad fora encontrado junto da carcaça de uma de suas vacas, enquanto de Gertrud não houvera nem rastro. E assim se dera com muitos outros colonos: o próprio Leonhardt não conseguira recuperar os corpos dos pais, dispersos, sabe-se lá por onde, pela fúria da avalanche. Talvez só na próxima primavera, quando os gelos mais finos derretessem, a montanha restituísse outros cadáveres. Fizeram um funeral simples para os poucos mortos encontrados, ao qual assistiram também os mercadores do Canton des Allemands. Arranjara-se um pequeníssimo cemitério, às pressas, atrás da capela de Alpenzu, e ali eles foram sepultados, acompanhados por um silêncio tenso e incrédulo, intercalado, aqui e ali, pelas orações do frade inglês.

Enquanto a pequena assembleia, depois de ter ouvido as palavras de Leonhardt, dispersava-se aos poucos, um par de camponeses aproximara-se do jovem para lhe pedir informações mais precisas sobre as suas intenções e para lhe oferecer ajuda.

Alguns dias antes, Sibilla e Leonhardt haviam perguntado a Matthew se ele poderia celebrar o seu casamento: a Quaresma avizinhava-se, e os dois preferiam já estar casados perante a Igreja antes de cumprirem aquele longo período de interdição litúrgica. O frade mostrara-se disponível, mas expressara algumas dúvidas sobre a validade de um sacramento oficiado sem um lugar de culto verdadeiro e próprio, e sobretudo sem a presença de um padre ou de um abade. Antes de dar uma resposta definitiva aos jovens, Matthew pedira conselho a Otto, que estava para regressar à sua aldeia: o mercador havia-o exortado a satisfazer o pedido de Sibilla.

— Trata-se de dois jovens corajosos — dissera-lhe — e que se amam muito. Ambos perderam tudo e têm de recomeçar a reconstruir a vida do início. É melhor para todos que o façam já unidos pelo vínculo do matrimônio. Juntos, serão mais fortes e mais respeitados.

"Vou pedir ao padre do Canton des Allemands que venha aqui celebrar a cerimônia com você — assim, ela terá um caráter mais oficial. O caminho a percorrer não é longo, e é o mesmo que temos feito: é preciso transpor um desfiladeiro, abaixo dos cumes que chamamos de Loasche e que do Canton se dirige para cá até Alpenzu. O nosso pároco é gordo e bem alimentado e já faz um tempo não vem até a aldeia; um breve deslocamento só lhe fará bem à saúde, desde que o asno consiga suportar seu peso! Estou certo de que, se eu lhe pedir com os devidos modos, ele não recusará... Quanto à igreja, penso que estas fundações e a cruz são mais do que suficientes para garantir a validade do casamento, você não acha?

Matthew mostrara-se de acordo, e Otto, que prometera estar de regresso dentro de uma semana em companhia do padre, partira imediatamente. O frade consagrou, então, a área da capela e abençoou as pedras e as madeiras amontoadas. Leopold, por sua vez, construiu, às pressas, um altar tosco de lariço, utilizando os restos das tábuas destinadas ao futuro teto da igreja; completara a obra esboçando na madeira da cruz uma pequena figura de Cristo, que o próprio Karl ajudara a finalizar.

Olivia se recuperara rapidamente, para espanto de todos. Depois de alguns dias de cuidados assíduos por parte da mulher do pastor, seu corpo e sua mente haviam retomado o vigor: assim que conseguira pôr-se de pé, agradecera aos seus salvadores com grande emoção e uma dignidade mais própria de uma senhora que de uma serva. Embora limitada nos movimentos pelo ventre cada vez mais volumoso, começara logo a trabalhar, ajudando, aqui e ali, as mulheres da aldeia nas suas obrigações cotidianas, mostrando, dessa forma, a gratidão que sentia pelos cuidados recebidos. Esforçava-se por sorrir, disfarçando a mágoa que lhe provocara a perda de Gertrud: sabia que o povo, passado um primeiro momento de compaixão, viria a tomá-la por aquilo que era: uma serva estuprada, com um bastardo para criar. Só o trabalho lhe permitiria resgatar a vida desgraçada, e se queria continuar a viver no seio da comunidade, um sorriso iria torná-la bem mais agradável que uma expressão de sofrimento. Só à noite, na solidão do enxergão, entregava-se ao choro silencioso, no qual se misturavam lutos antigos e recentes, raiva e vergonha, esperança e resignação.

Karl acompanhava-a frequentemente, dividindo o tempo entre ela e o pai. O menino perdera todos os amigos debaixo da avalanche e não tinha mais vontade de brincar: os convites dos pequenos habitantes de Alpenzu para partilhar com eles os jogos habituais não lograram êxito. Karl já começara a correr, a saltar, a se divertir com os bastões, mas, de vez em quando, sentia uma tristeza dolorosa apertar-lhe o peito: aqueles não eram os seus companheiros de sempre — aqueles eram outros meninos desconhecidos, que lhe faziam o favor de brincar com ele... E ele não tinha necessidade da piedade de ninguém. Por isso, era melhor acompanhar Werner e Olivia, além de, como é evidente, ajudar Leopold nas suas tarefas. E, depois, ficariam ali por pouco tempo: ouvira as conversas entre Leonhardt e seu pai e sabia que dentro de um ano teriam uma nova casa. Também tinham falado em outras pessoas que viriam de lugares longínquos para construir uma nova aldeia: quem sabe se com eles não viriam outros meninos?! Então poderia lhes servir de guia, lhes mostrar a montanha e os animais do bosque, contar-lhes sua aventura com o urso... Por ora, melhor seria ajudar Olivia a descascar as nozes e a remendar os sacos, enquanto esperava ver a cara daquele pequeno *walliser* que a mulher trazia na barriga inchada.

Com todo o cuidado, Matthew colocou no saco os únicos objetos que lhe restavam: o cutelo, a cruz de rubis de Costanza, o livrinho das orações. Quando se juntara aos outros à procura do pequeno Karl, guardara-os, como sempre, no pequeno bornal que costumava usar debaixo da túnica. Todo o resto, incluindo a roupa íntima, a pele de lobo de Otto e a garrafa de água, havia ficado no alforje que deixara com o padre Anton e que agora estava sabe-se lá onde, debaixo daquela avalanche. O saco novo que então segurava, com cuidado, era de couro e lhe fora dado por um camponês, junto com um par de calças e uma camisa, de modo que tivesse com que se trocar antes de chegar ao próximo destino. Também lhe haviam limpado e remendado a túnica, que no momento já tinha um aspecto menos descuidado. Partiria ao romper do sol: Joseph já havia preparado o asno, que, uma vez chegado a Graines, iria restituir a Aimone. Sua viagem, desta vez, não seria solitária, porque, com ele, também Otto desceria à parte mais baixa do vale.

Quando o mercador regressara a Alpenzu, três dias antes, escoltando um padre ofegante e espavorido, Matthew ficara com a boca aberta de surpresa ao descobrir que o último asno da comitiva era cavalgado por uma mulher. Sua surpresa convertera-se em atordoamento quando, ao aproximar-se, compreendera que o que parecia uma trouxa de trapos entre os braços da mulher era, na realidade, um recém-nascido. Otto fora ao seu encontro e, com um olhar em que se misturavam orgulho e alegria, apresentara-lhe a mulher e o filho. Explicara-lhe que haviam decidido partir para a peregrinação a Santiago: parariam para passar o inverno com alguns parentes da mulher, que cultivavam um lote de terra para os lados de Gettaz, e depois, com o anúncio da bela estação, seguiriam a caminho da Espanha. Dessa forma, a criança cresceria mais um pouco e suportaria melhor as fadigas da viagem. Era inútil, dissera, fazê-la sofrer o frio do Canton, quando podia passar o inverno num lugar mais ameno. Agora a decisão estava tomada, e Margreth não quisera ficar sozinha com Arthur, convencida, portanto, de que o pequeno deveria participar, com a sua presença, do encontro com as relíquias do santo. Otto organizara todos os negócios e, durante um ano, poderia ficar ausente dos seus comércios e da sua casa. Assim, acrescentara, não havia por que, seguindo pela mesma estrada, ele e a mulher não acompanharem o frade durante um pedaço da viagem de volta: indicariam a ele o caminho mais fácil para chegar à parte mais baixa do vale e, se por acaso Matthew decidisse juntar-se a eles na caminhada para Compostela, Otto e Margreth ficariam muito felizes.

Matthew, comovido com tanta solicitude, não soubera responder: ainda não havia decidido com toda a certeza o que fazer. Embora a nostalgia de seu mosteiro se tornasse cada vez mais forte, sabia que não era possível voltar. Falaria com Aimone, a quem, desta vez, contaria toda a verdade. Àquela hora, certamente já deviam ter chegado ao regente de Graines as notícias da avalanche em Felik. Sendo um homem arguto e tendo claramente intuído a perturbação do monge durante o período que passara no castelo, Aimone concluiria por si só que, de alguma maneira, ele teria alguma relação com aquele acontecimento terrível. Matthew confiava na sua compreensão e na sua capacidade de julgar e esperava que seus conselhos o ajudassem a decidir.

O casamento entre Sibilla e Leonhardt realizara-se havia dois dias. Fora uma cerimônia simples: embora os jovens não fizessem parte da comunidade, os habitantes de Alpenzu haviam festejado os noivos, com grande parcimônia e discrição, uma vez que todos percebiam que a enormidade da desgraça que os atingira não permitiria festejos excessivos. Os colonos emprestaram suas roupas para o ritual: Sibilla exibia uma veste de tecido fino, ornamentada com guarnições coloridas e alguns bordados de prata — um precioso traje de noiva de uma das mais velhas camponesas da aldeia. Um longo véu branco de linho, apanhado na testa com uma pequena coroa de fitas entrelaçadas, cobria-lhe os cabelos penteados com duas volumosas tranças de um lado e de outro da cabeça. Leonhardt vestia um gibão de um pano cinzento macio, debruado de vermelho e preso na cintura por um cinto de couro, debaixo do qual se entreviam um par de ceroulas e as longas calças de lã das grandes ocasiões.

Não havendo ainda flores nos prados de Alpenzu, as mulheres tinham entrelaçado ramos novos de abeto com algumas espigas de centeio que ainda não tinham secado, de modo a compor um pequeno buquê, que a noiva levava na mão. Um dia claro e frio emoldurava a cerimônia. No final do ritual, colocaram sobre um comprido banquinho pratos de madeira cheios de grandes fatias de pão escuro, carne-seca de cabra e pedaços de queijo duro. Haviam aberto um pequeno odre de vinho para a ocasião, e todos os habitantes tiveram direito a um copo, enquanto aos noivos foram oferecidas nozes, como bom augúrio para o seu futuro. Joseph surpreendera todos revelando sua habilidade como tocador de flauta, e as suas notas alegres haviam acompanhado a festa campestre. O próprio pároco se sentia finalmente tranquilizado, confortado com a perspectiva de uma refeição saborosa e a iminência do regresso ao Canton. A viagem fora do programa cansara-o e irritara-o muito: no fundo, não compreendera a necessidade de sua presença ali, para celebrar um matrimônio de dois desconhecidos que, muito provavelmente, não voltaria a ver. Além disso, tivera de oficiar a liturgia junto com aquele estranho frade estrangeiro, reservado e solitário, que respondera às suas perguntas sobre as razões que o haviam trazido ao vale, tão distante de seu mosteiro, de modo tão evasivo. Embora um pouco contra a vontade, tivera de concordar com o pedido de Otto, porque o mercador sempre se mostrara muito generoso diante das exigências da paróquia, e, considerando a insistência angustiada com que lhe fizera o pedido e o pesado saco de dinheiro que lhe depositara na mão enquanto lhe anunciava sua próxima peregrinação a Santiago, uma recusa poderia significar inimizade duradoura. Embora essa novidade também o tivesse surpreendido, porque lhe parecia que semelhante decisão não era muito própria de um espírito como o de Otto, não quisera indagar mais nada sobre suas motivações, e, junto com o dinheiro, aceitara ser acompanhado àquela aldeia perdida; também esse, como tantos outros sacrifícios, seria oferecido à glória de Deus.

No dia seguinte ao do matrimônio, o padre partira acompanhado pelos demais mercadores do Canton. Otto e a mulher, por sua vez, tinham ficado em Alpenzu. Num ato de grande generosidade, cada um dos habitantes pusera à disposição dos sobreviventes um pequeno espaço das próprias habitações: a Sibilla e a Leonhardt, no entanto, fora atribuído um celeiro inteiro, onde os jovens poderiam passar, em privacidade, a sua primeira noite de núpcias. Leopold e Werner começaram, então, a deslocar-se todos os dias à região escolhida para a futura aldeia: ali abateram árvores e recolheram madeira, ajudados pelos camponeses de Alpenzu mais disponíveis. As jornadas tornavam-se cada vez mais curtas, e a pressa redobrava os esforços; sabendo que a estação dura chegaria em breve, teriam de trabalhar rapidamente para conseguir erguer pelo menos quatro paredes, um teto e uma lareira onde pudessem reunir-se todos para passar o inverno e fazer projetos para a primavera seguinte. Otto pedira a Leonhardt que escrevesse uma carta a Giacomo di Quart, solicitando-lhe o envio de homens saudáveis para participar na reconstrução da aldeia; nela pedia também a concessão de um empréstimo que permitisse aos sobreviventes recomeçar a desenvolver suas atividades comerciais: a soma seria restituída no prazo de um ano, somados os juros correntes. Otto confiara a missiva a um dos mercadores que o tinham acompanhado a Alpenzu, depois de ele lhe ter assegurado entregá-la pessoalmente ao senhor dentro de uma semana.

Enquanto desfazia os barbantes do saco, Matthew sentiu um ligeiro rumor às costas. Virou-se de repente, assustado: Sibilla estava de pé na frente dele. Tinha os longos cabelos negros soltos, caídos pelas costas, livres da touca que dali a pouco os esconderia. A luz incipiente do alvorecer iluminava o rosto da moça, ainda inchado do sono.

— Vim cumprimentá-lo, frei Matthew, e agradecer-lhe por tudo o que fez por nós. Se não tivesse acontecido toda essa desgraça, quem sabe não poderíamos tê-lo conosco em Felik, se o quisesse... Talvez Hermann e os outros mercadores compreendessem, mudassem sua disposição de espírito com relação a você... O pobre padre Anton já estava velho e doente demais para ocupar-se sozinho das nossas necessidades espirituais, precisaria de ajuda...

A voz de Sibilla ficou embargada, enquanto as lágrimas contidas lhe avermelhavam os olhos.

— Não chore — disse Matthew, prendendo delicadamente a mão dela entre as suas. — Tudo o que aconteceu, por mais terrível que possa parecer aos nossos olhos de pecadores, foi apenas e somente por vontade de Deus: nem sempre conseguimos compreender todo o significado das coisas, mas temos de aceitá-las. A regra da ordem à qual pertenço manda rezar, trabalhar e confiar em Deus a nossa esperança. É aquilo que todo bom cristão deveria fazer. Procure não se esquecer disso, você e seu esposo. Ensine isso a seus filhos e, sobretudo, deixe que o Altíssimo julgue as coisas deste mundo. Sei que não é fácil, mas a justiça humana é frequentemente ardilosa e enganadora, enquanto a divina é imparcial e correta. Não temos o direito de julgar aquilo que não conhecemos e, como sabe, só Deus conhece todas as coisas. Tal qual um bom tecelão, Ele vai tecendo Seu pano, aos poucos, atento para que a trama se encaixe bem na urdidura; só assim o pano ficará perfeito... E agora, você, que conhece tão bem a arte da tecelagem, procure imitá-Lo: imagine que, de hoje em diante, sua vida é uma enorme peça de lã que deve fazer-se no dia a dia, sem pressas nem leviandades, que deve ser remendada rapidamente caso se rasgue em qualquer ponto. Será o Altíssimo que por fim a tingirá por você, com a cor da Sua graça...

Sibilla fixava Matthew com um olhar espantado: nunca esperara que um frade de aspecto humilde e simplório conseguisse falar como um bispo! Até o sotaque estrangeiro se suavizara, e sua língua se soltara ao pronunciar aquelas palavras de consolo e de admoestação! Aturdida, ajoelhou-se e, inclinando a cabeça, pediu a bênção a Matthew. Não menos surpreso que ela por ter deixado escapar, como uma golfada, um discurso tão semelhante aos sermões que habitualmente ouvia na boca do prior, o frade ergueu os olhos ao céu num agradecimento mútuo a Quem lhe inspirara aquelas palavras. Em seguida, depois de levantar a cruz que lhe pendia no peito, deu-lhe a bênção.

A pouca distância, semiescondido por trás da parede do forno, Karl seguira a cena. Segurava nas mãos um pequeno e tosco crucifixo que ele próprio talhara para oferecer ao frade inglês quando ele partisse. Agora, intimidado com o ar solene que vira estampado no rosto de Matthew, não ousava aparecer, temendo ser isso inoportuno. E já se preparava para ir embora quando Marcabrù e o cão do camponês, disputando entre si, na brincadeira, um pequeno ramo caído, meteram-se entre suas pernas e fizeram com que perdesse o equilíbrio. A seu grito, o frade ergueu a cabeça e, vendo-o no chão, foi a seu encontro.

— Perguntava-me onde você estaria, Karl! Estou feliz em vê-lo... não poderia partir sem abraçá-lo uma última vez!

O rapazinho corou violentamente e, sem falar, estendeu-lhe a cruz. Matthew sentiu que um nó de emoção lhe apertava a garganta e, em silêncio, pegou no menino e abraçou-o fortemente.

— Voltaremos a nos ver algum dia, tenho certeza — disse o frade pondo-o novamente no chão —, e então já será muito crescido e um belo marceneiro, como seu pai...

Karl, sempre chorando, acenava afirmativamente, incapaz de articular qualquer palavra. Os próprios cães tinham parado de brincar e mantinham uma atitude de expectativa. Vinda de uma das casas, mais ao fundo, Olivia aproximava-se, acompanhada de Leopold: também ela, como Sibilla, pediu a bênção a Matthew, que não hesitou. Atrás dele, vindos sabe-se lá de onde, Leonhardt e Werner apareceram. Foi Leonhardt quem falou.

— Temos pena, frade, mas não há nada que possamos lhe dar, nem comida, nem dinheiro: já não temos mais nada... Levará com você apenas a recordação amarga da nossa desgraça. No entanto, se é que isso poderá confortá-lo, saiba que estamos gratos a você por ter partilhado conosco a dor e por ter suportado a injustiça.

Matthew não respondeu. A pena que sentia por todos os mortos, muitos dos quais inocentes, e o mal-estar perante aqueles sobreviventes que viviam com um misto de culpa e de incerteza sobre o próprio futuro provocavam-lhe uma agonia quase física. Enquanto pedia perdão a Deus por sua fraqueza, procurava encontrar Otto, que, finalmente, o levaria daquelas paragens cheias de sofrimentos.

Como em resposta para suas orações inquietas, o mercador apareceu no caminho, montado na sua cavalgadura, seguido pela mulher e pelo asno de Matthew.

— Então, frade, podemos partir? A estrada para Graines não é longa, mas levaremos praticamente o dia todo: é melhor não chegarmos depois das vésperas, não é?

Abençoando intimamente a interrupção que o tom severo de Otto fizera naquela penosa cena das despedidas, Matthew montou o asno. O sol já havia superado os cumes orientais do vale e brilhava decidido, embora não muito quente, na clareira de Alpenzu. Ao longe, as neves madrastas da montanha de gelo luziam aqui e ali, escondidas de vez em quando por espessas nuvens brancas.

40

A NOITE ERA AINDA ESCURA quando Matthew acordou. Dormira um sono muito agitado e muito pouco restaurador; a viagem até Graines, no dia anterior, fora perturbada por uma chuva contínua que começara a cair exatamente na garganta de Ranzola. Haviam chegado ensopados e enregelados ao castelo, enquanto o pequeno Arthur, envolto na capa da mãe, gritava toda a sua fome e o seu cansaço.

Apesar de a luz da tarde já se ter quase desvanecido no escuro, e de a água ter ensopado e enlameado o capuz de Matthew, frei Teodoro reconhecera-o imediatamente: num impulso, abraçara-o, caloroso, saltitando como um bobo, parecendo não conseguir reprimir toda a alegria que ele sentia. Em seguida, conduzira a pequena comitiva à hospedaria, onde poderiam contar com um enxergão e uma refeição quente. Enquanto Matthew sorvia a sopa fumegante, Otto havia explicado que vinham de Felik, onde assistiram à desgraça que a avalanche causara. Excitado, Teodoro não hesitara em lhe pedir que contassem todos os pormenores do triste acontecimento, do qual apenas notícias duvidosas e desconexas haviam chegado ao castelo. Depois de prometer que, assim que pudesse, pediria ao capelão para celebrar uma cerimônia especial pelas pobres almas de todos que haviam morrido, retirara-se, não sem antes informar Matthew de que Aimone, de quando em quando, perguntava por ele, mostrando-se preocupado com sua sorte.

A perspectiva de rever o castelão produzia, no espírito de Matthew, efeitos contraditórios. Se, por um lado, estimulava-o a vontade de lhe contar tudo, sabendo bem que encontraria nele um ouvinte atento e arguto a cuja inteligência fina se somava uma extraordinária humanidade, por outro hesitava em lhe abrir completamente o coração, temendo sentir-se julgado por outra pessoa pelos muitos pecados cometidos. À medida que os dias iam se passando, Matthew tornava-se cada vez mais severo consigo mesmo, descobrindo uma infinidade de erros na própria conduta. Guiado por um orgulho um tanto ferido e pelo zelo da própria integridade, sentia que não tinha feito nem dito aos colonos de Felik o suficiente, de modo a contribuir para a sua salvação. Aimone, disso estava certo, reconhecera em seu comportamento as mesmas faltas de que ele próprio se culpava — e o faria compreender quão pouco dignas eram do hábito que vestia: dessa vez, no entanto, mesmo que isso o fizesse sofrer uma profunda humilhação, teria de renunciar a todas as desculpas e aceitar o julgamento do castelão como a justa penitência por sua presunção e seu caráter demasiado soberbo.

Matthew saiu para o limiar da hospedaria. A chuva continuava a cair, grossa e contínua. Na obscuridade do castelo, distinguiam-se apenas os clarões irregulares das tochas empunhadas pelos soldados da ronda. O frade deu alguns passos na direção da horta, levantando os olhos para o céu escuro: a água banhou-lhe o rosto, a barba e os cabelos, dando-lhe uma inesperada sensação de bem-estar. Foi como se aquela água provinda do céu aquietasse seus sentimentos de culpa, como se lavasse a camada suja de sua consciência.

— Meu Deus, ajudai-me — sussurrou —, ajudai-me a encontrar a estrada, ajudai-me, eu vos suplico, a percorrer a mesma via do vosso filho, concedei-me a sua mesma força... Ajudai-me, eu vos peço, a voltar à minha dádiva...

Um grito agudo, seguido pelo clarão de uma vela, advertiu-o de que, para o pequeno Arthur, chegara a hora de comer. Matthew sacudiu-se da chuva e voltou a entrar; dali a pouco seriam iniciadas as funções da manhã, nas quais participaria juntamente com frei Teodoro e com o capelão Guillaume.

Aimone esperava-o na sala de audiências, imóvel na frente da secretária. Ao seu lado, Bartolomeo esforçava-se por manter o mesmo porte firme do pai: seus pés agitavam-se, inquietos, enquanto seus olhos perscrutavam o vão escuro da porta, à espera de ver aparecer a figura do frade.

Quando Matthew entrou, anunciado pelo servo, o castelão pôs-se à sua frente com os braços estendidos e um sorriso bem aberto.

— Então voltou! Não pode imaginar como me sinto feliz com isso! Não esperava voltar a vê-lo antes do início do inverno, sabendo quão longa e tormentosa é a estrada para Roma! — exclamou Aimone, abraçando o frade, cheio de entusiasmo. — Mas me enganei: como é evidente, vocês, ingleses, são mais rápidos que um moleiro a moer a farinha... — acrescentou, com um acento de malícia no olhar, enquanto fazia sinal a Bartolomeo para que se aproximasse.

Embaraçado, Matthew anuiu: os olhos correram para o rosto do menino, que, por trás de uma incômoda timidez, escondia uma visível excitação. O frade pegou-lhe nas mãos em sinal de saudação.

— Como está, Bartolomeo?! Como vão os estudos? E o xadrez? Aprendeu a vencer seu pai?

Enternecido com o comportamento esquivo da criança, Matthew dissera todas aquelas frases de supetão, percebendo, com algum atraso, que havia faltado com o respeito ao senhor: a cortesia teria mandado que o primeiro interlocutor fosse Aimone, e não o filho. Corou, e já se preparava para se desculpar, mas o castelão pareceu ignorar aquela ligeira insolência, porque seu olhar brilhava de orgulho e, respondendo em lugar de Bartolomeo, exclamou com voz vibrante:

— A vencer-me, e de que maneira, esse travesso! Duas partidas em três são dele! Acho que lhe ensinou bem demais a tática do xadrez, frade! Em qualquer dos casos, agora tenho um adversário à altura, que consegue que eu me empenhe no jogo mais do que algum dia pensei... E você, filho, diga a frei Matthew dos seus progressos no latim e em história! Bom... não, é melhor ficar para amanhã. Agora deixe-nos a sós, temos de conversar.

Obediente, Bartolomeo, depois de dirigir um último sorriso embaraçado ao frade, afastou-se, seguido pelo grande gato branco que, até agora, permanecera acocorado perto da lareira. Depois que a porta se fechou atrás do filho, Aimone acomodou-se no seu habitual banquinho atrás do tabuleiro de xadrez e convidou Matthew a imitá-lo.

— Acho que me deve algumas explicações — disse-lhe, num tom de voz que se tornara subitamente grave. — Quer fazê-lo agora ou prefere esperar mais um pouco?

Matthew fixou-o. Os olhos penetrantes do senhor feudal estudavam-no, mas não revelavam nem animosidade nem ressentimento; tranquilizado com aquele olhar honesto, no qual apenas se lia uma paciente expectativa, Matthew começou a falar.

— Voltou, Claudiana, o frade inglês voltou! Voltou ontem, com um mercador do Canton des Allemands! Agora está sendo recebido por Aimone, mas depois virá até aqui...

A voz alterada de Teodoro surpreendera Claudiana e o filho na hospedaria, quando, no regresso do mercado de Brusson lhe entregara as peças de linho que o capelão lhe pedira que comprasse para os novos paramentos sagrados.

A mulher, espantada, permanecera sem palavras e, depois de pousar no chão o recipiente com os tecidos, correra até seu casebre, para dar a notícia ao marido. Ao alívio de saber que o frade estava salvo sucedera-se, rapidamente, um enorme contentamento: já havia algum tempo que Claudiana contara a John o verdadeiro motivo da peregrinação de Matthew, recomendando-lhe que mantivesse o mais absoluto segredo, e o carpinteiro, que já dominava a língua do vale de tal forma que não temia falar livremente, prometera-lhe nada dizer a quem quer que fosse. Juntos haviam decidido convidá-lo a ir a sua casa naquela mesma tarde. Claudiana logo começara a preparar uma lebre que lhe fora oferecida por Esther e que guardara para uma grande ocasião, enquanto o pequeno John fora mandado até Teodoro para lhe pedir um pouco de verduras e frutas da horta.

Enquanto acrescentava mais lenha à lareira, John refletia em silêncio sobre a fatalidade dos destinos humanos e sobre o modo como as suas três vidas se haviam cruzado seguindo um percurso totalmente casual ou, mais provavelmente, organizado em outra parte. Como se tivesse ouvido seus pensamentos, Claudiana parou no meio de um gesto e sorriu: o rosto se iluminou, recuperando, por instantes, a antiga beleza. O pequeno John, que naquele exato momento voltava segurando entre as mãos as pontas da túnica, carregada de nabos e maçãs, olhou-a surpreso e perguntou:

— Por que está rindo, mamãe?

Dando-se conta de que seu sorriso devia ser tão raro que o filho o confundia com riso, Claudiana aproximou-se dele e, após ajudá-lo a colocar as mercadorias na mesa, ergueu-o nos braços e beijou-o ternamente.

— Porque estou feliz, meu filho — respondeu —, porque estou muito feliz...

O rosto de Aimone era uma máscara de pedra. Enquanto Matthew lhe contara sua história, não dissera nem uma única palavra: mesmo quando ao frade faltavam as expressões justas na língua do vale, ou quando o embaraço e o pudor limitavam suas explicações a um hesitante balbucio, o castelão não movera os lábios. Limitara-se a esperar, fixando o frade com um olhar imperscrutável, enquanto, com a mão direita afundada na barba grisalha, segurava o queixo. Matthew, que antes de iniciar a história impusera-se uma calma que de fato não sentia, começava, aos poucos, a se agitar. Seus olhos, incapazes de se fixar nos de Aimone, deslizavam, inquietos, de um lado da sala para o outro. No fim do discurso, enquanto suas têmporas pulsavam e sua respiração se tornava progressivamente mais ofegante, ousara, finalmente, olhar para o castelão, na muda e envergonhada espera de um comentário da parte dele.

Em silêncio, Aimone assentou os cotovelos sobre os braços do banquinho e fechou os olhos. Depois de algum tempo, que a Matthew pareceu imenso, levantou-se e aproximou-se da lareira. As chamas, alimentadas por boa quantidade de lenha, elevavam-se, altas e redondas; de vez em quando, uma ou outra fagulha saltava no ar, morrendo na parede da chaminé. O castelão, sem se virar, começou então a falar.

— Ouça-me, frade, e procure compreender bem o que lhe digo, mesmo que minhas palavras possam não se enquadrar perfeitamente nos ensinamentos que você aprendeu em seu mosteiro. Eu creio que a consciência do mal, quer o que cometemos, quer o que sofremos, é como a água de um lago: enquanto a extensão líquida que observamos nos parece, aos nossos olhos, calma e quase imóvel, na realidade, sob a superfície, agitam-se correntes que formam remoinhos profundos e perigosos. Nunca iria, por sua vontade, mergulhar num desses remoinhos, a menos que quisesse renunciar à sua vida, não é verdade? Aí está: penso que cada um de nós deve olhar apenas para a superfície do lago, procurando gozar da paz que a sua aparente imobilidade nos comunica. Sabemos muito bem que nele existem abismos que poderiam nos engolir, mas, para irmos em frente, temos de ignorar sua presença, embora sem esquecê-los. A água sobre a água, a vida sobre a morte: conhecemos o nosso destino final, frade, e ele nos une a todos, nobres e miseráveis, bispos e prostitutas, mas nenhum de nós pode decidir quando ele se cumprirá! O tormento que lhe corrói o coração e que diz respeito ao que lhe coube e ao que se arriscou a transformar sua vida futura num contínuo sentimento de culpa, que lhe fará afundar no abismo da mágoa e dos remorsos... não tem razão de ser. Não tem pecados, frade, não deve procurar punições por culpas que não cometeu; estou certo, bem sei, de que esses discursos poderiam parecer os de um herético, a Igreja de Roma ensina coisas diferentes! Mas aqui ninguém nos ouve e acho que posso confiar em você: no fundo e de acordo com os Evangelhos, Cristo perdoou mais vezes do que condenou; portanto, acho que nenhum de nós tem o poder de julgar de modo mais severo do que ele terá feito... Se ainda está aqui comigo, se a avalanche o poupou, isto significa que o Altíssimo o quis, não acha?

Os olhos de Aimone, que se voltaram para Matthew, fixavam, penetrantes, os olhos lúcidos do frade, que, de pé, ouvia as palavras calmas do castelão.

— Não sabemos nada, frade — prosseguiu Aimone —, acreditamos saber, mas nada conhecemos: trocamos opiniões, estudamos estratégias, fazemos projetos, mas a verdadeira essência do nosso ser nos é desconhecida. Todos os dias a vida nos apresenta questões: uma hoje, outra amanhã... e as respostas? Por vezes, chegamos a elas passado um ano, passados dez... mas muitas vezes isso nunca acontece. E não é por isso que devemos desistir de caminhar em frente. Eu mesmo não posso imaginar o que me reservará o futuro. Tinha uma mulher que amava e que me foi tirada; tenho um filho que adoro, mas não sei se conseguirei fazer dele um castelão digno; meu poder aqui em Graines não me compensa, seguramente, da solidão e das mágoas que trago no coração. E, no entanto, tenho de continuar, tenho deveres para com o feudo e para com os camponeses, assim como você tem obrigações para com Deus e para com seus semelhantes. Sua vida, frade, muito mais do que a minha, é uma verdadeira *imitatio Christi*, e eu agradeço ao Altíssimo por me haver permitido encontrá-lo. A imperfeição, mesmo a sua, é uma parte constituinte da miséria humana e aproxima-nos a todos no nosso difícil caminho para a vida eterna.

Matthew sentiu-se repentinamente mais leve, como se a pedra pesada que havia meses lhe oprimia o peito se tivesse desfeito aos poucos. Um longo e trêmulo suspiro lhe passou pela garganta e insinuou-se entre seus lábios abertos, enquanto seus olhos finalmente davam livre curso às lágrimas. Aimone aproximou-se dele e abraçou-o forte e demoradamente: apoiado ao castelão, Matthew chorou copiosamente. Chorou por si próprio, menino, criatura perdida, cedo demais arrancada à família; chorou por Mary, que perdera a vida por causa da ferocidade de um absurdo preconceito; chorou por seus confrades, companheiros ignorantes de uma ingênua juventude que já perdera a frescura numa reiterada prática; chorou por todos os mortos de Felik, os arrogantes e os humildes, os estultos e os sensatos; chorou de gratidão por Aimone, que, mesmo na sua solitária e difícil atenção ao feudo, havia desejado ajudá-lo e ser seu conselheiro, generoso e participante.

Sem mostrar nenhum embaraço nem sinal de urgência, o castelão permitiu que o frade deixasse fluir a sua perturbação; com simplicidade, desligou-se do fraterno abraço, segurando apenas as mãos de Matthew e esperando que seu choro libertador terminasse. Quando as lágrimas secaram em seus olhos e os soluços cessaram, o frade conseguiu de novo falar:

— Você é muito bom, Aimone, e eu lhe devo reconhecimento e respeito. Suas palavras me consolaram e sua compreensão humana, estou certo disso, voltará a dar-me a força que havia me abandonado. Minha vida é humilde demais para se converter numa *imitatio Christi*, mas, no entanto, procurarei pôr-me à escuta e ouvir o murmúrio de Deus me apontando o caminho...

— E depois — interrompeu-o o castelão, sorrindo com um ar dissimulado —, antes de retomar a estrada, espero que aceite satisfazer ainda o convite do seu hospedeiro: diga-me, frade, não sente a falta de uma boa partida de xadrez?

Matthew, que ainda procurava as palavras certas para exprimir a Aimone a sua gratidão, ergueu os olhos, surpreso com aquela inesperada mudança de tom. O olhar bondosamente zombeteiro do castelão tranquilizou-o de tal forma que, depois de um breve instante de incerteza, um sorriso aberto iluminou-lhe o rosto. Satisfeito por ter conseguido desfazer a tensão, Aimone sorriu, por sua vez, e, batendo amigavelmente nas costas de Matthew, dirigiu-se à mesinha onde se dispunha o tabuleiro.

— Veja, frade? As peças ainda estão aqui, à espera... A última vez que joguei, Bartolomeo me venceu, e de que maneira! A verdade é que estou ficando velho, frade... Quem sabe se, desafiando-o agora, que está cansado e desanimado, não consigo finalmente vencer!

A gargalhada do castelão ressoou entre as paredes de pedra da sala. Até Matthew deu uma risada, e não só para agradar a Aimone: depois de meses de preocupação, seu espírito abrira-se, finalmente, à esperança. Juntos, os dois dirigiram-se à porta, satisfeitos, cada um deles, com a cúmplice fraternidade que sentiam um pelo outro.

— Amanhã voltará aqui, frade, e jogaremos uma partida. Meu filho assistirá e depois falará com você: tem muitas coisas a lhe contar, e, enquanto estiver aqui em Graines, não quero privá-lo de sua presença, que muita falta lhe fez. Agora vá... outras pessoas o esperam...

Enquanto transpunha a porta da torre, Matthew viu, ao longe, Otto, que, parado na frente da igreja, falava com o capelão. Tomou, decidido, a sua direção, esperando que Guillaume pudesse lhe conceder um pouco de seu tempo: havia muitos meses não se confessava, e, embora essa falta não fosse da sua vontade, mas se devesse apenas às circunstâncias, sentia uma enorme necessidade daquele sacramento, que, certamente, o ajudaria a se encontrar a si mesmo e, talvez, ao significado último da sua peregrinação.

Depois de três dias de chuva, o céu estava finalmente limpo: no sopé das rochas, o vale estendia-se, brumoso. Dali a pouco, assim que o sol estivesse um pouco mais alto, a brisa, já carregada dos odores invernais, dissolveria a leve neblina que, perto do Dora, confundia os contornos dos caminhos com os campos. O castelo ressoava com os habituais rumores que todas as manhãs anunciavam o recomeço das tarefas: o relinchar nervoso dos cavalos presos nos estábulos misturava-se com os gritos vindos da oficina do ferreiro; o bater ritmado dos teares confundia-se com as machadadas com que os camponeses talhavam os troncos recém-abatidos; os cochichos difusos dos camponeses, que, espalhados pelos vários cantos do castelo, iniciavam a atividade rotineira, era quebrado, de quando em vez, pelo choro insistente de alguma criança.

Enquanto preparava o asno para a viagem, Matthew ouvia esses sons. Seu espírito absorvia-os com avidez, como se fossem os últimos vestígios de uma tranquilizadora normalidade que duraria pouco e que, durante muito tempo, no futuro, temia não poder reviver. A próxima meta era Vercelli. Aimone havia lhe dito que nos arredores da cidade existia um hospício dedicado a Santa Brígida, chamado Hospitale Scotorum e fundado, cerca de setenta anos antes, com a intenção precisa de dar acolhida aos peregrinos provenientes das ilhas britânicas. Lá, segundo sugestão do castelão, poderia passar o inverno, cuidado e confortado pelos confrades, que compreendiam e falavam a língua de sua terra: a serenidade que seguramente encontraria, partilhando com eles os hábitos e a facilidade de comunicação, permitiria que decidisse serenamente seu futuro. Até Otto o aconselhara a adotar essa solução. O mercador, que não havia de forma alguma perdido a esperança de levar Matthew consigo até Santiago, havia-o informado de sua intenção de se dirigir, pelo menos umas duas vezes, a Vercelli durante o inverno: naquela cidade, que não ficava a mais de meio dia de viagem do vale de Augusta, teria de definir algumas questões que haviam ficado suspensas com as companhias mercantis ali sediadas. Por ocasião das visitas, poderiam se encontrar de novo e voltar a falar do caminho para Compostela.

Matthew, ainda hesitante quanto ao seu próximo destino, começava a considerar a ideia da peregrinação a Roma. Aimone explicara a ele que a viagem pareceria interminável, mas que, ao longo da estrada, encontraria grande número de penitentes que, como ele, iam visitar as relíquias de São Pedro.

— Depois de passar Pavia e atravessar o grande rio Pó — continuara o castelão —, chegará a Piacenza; pouco depois dessa cidade, terá de transpor uma montanha elevada denominada monte Bardone. Dali em diante, o caminho será mais tranquilo e encontrará também alguns mosteiros da sua ordem, como o de Badia, em Isola, nos arredores de Siena. Descendo mais ainda, ao longo da via que chamam de "francígena", passará por Bolsena, onde repousam as relíquias de Santa Cristina, e, passados mais uns dois dias, avistará o monte Mario, que é a primeira colina de Roma.

Ao revistarem o saco para arrumar melhor os mantimentos e as roupas, as mãos de Matthew encontraram um objeto rígido e pontiagudo. Tendo retirado o embrulho com cuidado, o frade abriu-o e, estupefato, deu-se conta de que se tratava de um grande ramo de zimbro, dividido em duas partes. Matthew fechou os olhos convencido de que vivia outra alucinação: os caules desse mesmo arbusto, que o haviam acompanhado ao longo de toda a viagem até Felik, tinham se perdido com a avalanche, como todo o resto. Como era possível, então, que estivessem ali? Olhando melhor, notou que os raminhos que lhe espetavam os dedos haviam sido recém-cortados da planta. Como teriam vindo parar em seu saco? Matthew sabia que as crenças populares contavam que o zimbro defendia as pessoas dos poderes maléficos das bruxas e que, por outro lado, ajudava a curar as doenças dos ossos... E então? Teria sido o frei Teodoro, tão entendido em ervas medicinais, quem os pusera entre suas coisas, pensando que o inverno iminente molestaria suas pernas de peregrino? Ou teria sido Claudiana, tão semelhante, no aspecto, a Mary Bychance, que quisera lhe fornecer aquela singular defesa contra os inimigos inesperados de cuja existência real e de cujo poder maléfico ele próprio duvidava tanto? Matthew suspirou: não dispunha de mais tempo para pedir explicações — chegara o momento de partir. Voltando a embrulhar os raminhos com cautela, depositou-os de novo no saco, em cima de todas as outras coisas, de modo a que não se partissem nem perdessem as bagas.

Depois de olhar uma última vez para a praça do castelo, Matthew montou o asno e, com cuidado, esporeou-o nos flancos: o animal moveu-se, obediente, transpondo rapidamente a anteporta e trotando na direção do vale, embaixo.

De uma das seteiras abertas nas espessas paredes da torre, Aimone seguira com o olhar a partida de Matthew. Sorrira consigo mesmo ao ver seu sobressalto quando descobriu o ramo de zimbro que ele próprio pusera no saco: estava certo de que o frade nunca pensaria que fora ele o responsável por aquela oferta mágica... Apesar de profundamente convencido da irracionalidade de certos costumes populares, Aimone preferira não deixar nada ao acaso quanto às suas preocupações com a sorte de Matthew. No fundo, toda a sua história começara com uma bruxa; portanto, que mal haveria em querer protegê-lo de outras possíveis presenças maléficas? Ao vê-lo partir, o castelão experimentara uma emoção que não conhecia: embora tivesse pensado nisso durante muito tempo, não conseguia justificar para si mesmo a medida do afeto que experimentava por aquele homem. Acontecera por acaso em sua vida, nada reunira seus destinos, e, no entanto, sentia, confuso, que algo os unia. Um lampejo súbito lhe iluminou o espírito, ao mesmo tempo que via desaparecer, transpondo a porta, a garupa de seu asno. Era isso, parecia ter compreendido: aquele frade humilde e assustado não pertencia ao seu tempo — seu espírito ia mais adiante, mais avançado no futuro. Aquele frade era o homem da dúvida, consumido pela culpa de não estar preparado para aceitar passivamente as regras impostas por outros; aquele homem analisava e aprofundava os acontecimentos, tentando separar o justo do iníquo, incapaz de tolerar a injustiça, qualquer que fosse a sua proveniência. Não conseguia, malgrado seu, admitir injustiças e costumes sem sentido que haviam se tornado indispensáveis apenas pelo fato de terem sido longamente exercidos. De repente, Aimone se deu conta de que aquele era também o seu estado de espírito, necessariamente reprimido ante as dificuldades, frequentemente inúteis e capciosas, com que seus deveres de castelão o obrigavam a defrontar todos os dias: era aí que estava a semelhança entre o caráter dos dois homens; aí se escondia sua fraternidade! O sorriso de Aimone abriu-se mais ainda: finalmente compreendera, finalmente podia ter a esperança de não ser o único fruto malfadado de uma planta aparentemente sã... A inquietude, que durante tantos anos o atormentara pela sua inadequação em levar adiante deveres de que outros o tinham encarregado e que lhe haviam roubado a juventude, tornava-se agora mais leve e suportável. Essa consciência lhe dera nova coragem; daí em diante continuaria a ser ele mesmo, sem medos, sem hesitações. Seu pequeno feudo teria um regente cada vez menos conformado com o poder dos outros, mas, certamente, cada vez mais em paz com a própria consciência. A Bartolomeo ensinaria como a ambição do poder pode ofuscar uma mente à qual se dê a liberdade de segui-lo. A partir daquele momento, o filho teria um pai mais presente e atento a que ninguém o privasse de sua infância, fazendo-o crescer excessivamente depressa.

Enquanto o sol começava a iluminar a estrada para o rio Dora, Aimone viu reaparecer o frade, ao longe, para além da curva abaixo do primeiro monte: um cãozinho preto seguia o asno, saltitando, alegre, entre as pedras do caminho e ficando para trás, de vez em quando, farejando por entre as moitas.

Nota da autora

O VALE DE AOSTA É, como muitos outros vales alpinos, rico em lendas. A da "cidade de Felik" é uma das mais antigas do vale de Gressoney. Este romance nasceu da exigência de inventar uma história que conjugasse o mito com os acontecimentos do povo Walser, que já em 1200 habitava esse território.

No que diz respeito ao problema, há já muito discutido, da efetiva origem dos povos Walser, foram realizados, nos últimos anos, estudos autorizados que se difundiram com a publicação de inúmeras obras sobre o assunto.

Para a criação deste romance foi consultada toda a documentação histórica disponível e, por entre os meandros da narrativa, não será difícil reconhecer os usos e as características desse povo particular. A peculiaridade dos Walser é a de terem se tornado mercadores, sobretudo de tecidos: o isolamento extremo das localidades em que se instalaram não os impediu de andar pela Europa carregados com suas mercadorias. Ao mesmo tempo, o isolamento forçado dessas populações em relação às outras do vale baixo fez com que os primeiros colonos desenvolvessem uma economia de subsistência totalmente autônoma, juntando à atividade principal, a mercantil, outras, necessárias à vida cotidiana, como o cultivo da terra, a criação de animais e o fabrico de artefatos artesanais.

O romance se passa na primeira metade do século XIII, isto é, cerca de trinta anos após o primeiro estabelecimento Walser de que há registro fidedigno nas crônicas do vale.

Quanto às fontes históricas relacionadas à especificidade da sociedade medieval no período, foram consultados os inúmeros textos disponíveis em bibliotecas e institutos universitários, além das mais variadas publicações que se encontram à venda, com o objetivo de conseguir reproduzir, de forma adequada, características socioeconômicas, usos e modelos de vida típicos daquele século.

Embora se trate de uma obra de ficção, muitos dos acontecimentos bélicos narrados e alguns nomes de personagens aristocráticos citados no texto correspondem à verdade histórica: sobre a família Challant, que durante mais de dois séculos manteve o poder no vale, muitos historiadores já escreveram.

A invenção narrativa que envolve alguns dos seus componentes e outros expoentes da nobreza do tempo justifica-se pela necessidade de conferir a toda a trama uma sensação de obra acabada e convincente. Os nomes próprios atribuídos à maior parte dos personagens foram fruto da minha imaginação e nada têm a ver com os atuais habitantes das localidades citadas. Alguns dos castelos mencionados no romance já estão em ruínas, mas nem por isso deverão ser considerados menos significativos quanto ao desenvolvimento dos acontecimentos medievais, uma vez que naquele período preciso neles ocorreram importantes cerimônias políticas e militares.

A "procissão dos mortos" que conclui a lenda original da "cidade de Felik" e que inseri, pelo contrário, num contexto intranarrativo, é uma importante constante no mito medieval: nele se encontra frequentemente presente, com efeito, mesmo em outras culturas europeias, muito afastadas, pela língua e pelas tradições, do vale de Gressoney.

No romance jamais é mencionado o topônimo "Gressoney", uma vez que só nos tempos que se seguiram àquele que é objeto deste exame foi atribuído à referida localidade.

Segundo a lenda, a "cidade de Felik" teria surgido no lugar do gelo homônimo a mais de três mil metros de altitude. Dado que, devido à grande altitude, esse deslocamento parece inverossímil, decidi considerar que a aldeia se situaria mais ou menos na zona da atual Alpe Cortlys, à respeitável altitude de dois mil metros, aproximadamente: fontes fidedignas testemunham que, pelo menos na primeira parte da Idade Média, os Alpes eram cultivados com centeio e outros produtos até esses níveis. A razão provavelmente terá de ser procurada nas variações do clima que, até esse século, se mantiveram relativamente amenas.

Nesse período e pelas mesmas razões climáticas, a garganta de Teodulo e as inúmeras passagens alpinas que possibilitavam a comunicação entre as localidades mais elevadas situadas em torno do monte Rosa, da Suíça e dos outros vales fronteiriços eram normalmente percorridas por caravanas de mercadores e de peregrinos: as passagens, agora impraticáveis por causa da presença de gelo, eram então passíveis de percorrer devido a uma margem mais elevada das neves eternas. Vestígios e testemunhos de antigos caminhos de mulas são ainda visíveis em alguns pontos de ligação entre o vale de Gressoney e os outros adjacentes.

Eu não quis, propositalmente, inserir notas de pé de página, porque penso que pormenores demasiado pedantes tornam a narração mais pesada e distraem o leitor do essencial. No entanto, para uma completa compreensão do texto, senti-me na obrigação de explicar alguns termos específicos da cultura Walser, para além dos nomes de algumas localidades do vale de Aosta, que, no decurso dos séculos, modificaram a sua toponímia. Também preferi definir, embora de maneira sumária, os nomes atribuídos à moedagem corrente no vale e às medidas completamente diferentes das atuais. Uma vez que a moeda mudava conforme os lugares de proveniência das trocas comerciais e dos vários fluxos mercantis de passagem, os nomes dos metais cunhados eram os mais diversos. As próprias medidas de quantidade que conservavam na acepção e nos termos origens latinas resultariam obscuras sem a ajuda de um glossário mínimo. A própria divisão da jornada era em tudo diferente da atual: em lugar das horas que estamos habituados a contar hoje, a classificação temporal então em uso estava ligada aos tempos das funções litúrgicas que diariamente se realizavam nas igrejas e nos mosteiros.

A questão da linguagem mereceu uma referência particular. Como se sabe, no período de que aqui tratamos, só existia na Europa uma unidade linguística mínima: falavam-se sobretudo dialetos de derivação franco-normanda, germânica ou, em Itália, o primeiro "vulgar". A única língua universal era o latim, habitualmente utilizado por homens da Igreja e, ocasionalmente, da nobreza. No entanto, os fortíssimos fluxos mercantis que atravessavam o continente do Sul para o Norte e vice-versa fizeram com que a maioria dos mercadores conhecesse mais de uma língua. No vale de Aosta, o idioma em uso era de origem francófona, à exceção das populações Walser, cujo dialeto, de raiz germânica, nunca se fundiu com ele.

Termos Walser

Seelabalga: janelinha em forma de cruz, aberta por cima da porta principal do *stadel*. Quando alguém morria, era aberta e novamente fechada, com o objetivo de dar saída e de afastar para sempre a alma do defunto.

Stadel: típica construção Walser. De madeira, nos exemplares mais antigos fazia as funções de habitação, de estábulo e de celeiro: isolada do solo por meio de discos de pedra utilizados para impedir a subida dos roedores, no rés do chão era constituída por um ou vários espaços onde se desenrolava a maior parte das atividades cotidianas: o estábulo ficava normalmente ao lado, separado da parte habitada apenas por uma divisória de madeira. No primeiro andar, ao qual se tinha acesso por uma escada interior, localizavam-se os quartos de dormir, enquanto o celeiro, no andar de cima, era rodeado por uma galeria onde se punham a secar o centeio e o feno. Uma única lareira, no andar térreo, fornecia o calor a toda a habitação. Muitas vezes, acoplada à parede norte, havia uma despensa. Nas zonas francófonas do vale de Aosta e nas do atual Vallese, construções semelhantes, mas não estruturalmente iguais, são chamadas de *rascard*.

Stube: termo alemão que designa um ambiente com lareira, onde geralmente se cozinha ou são preparadas as provisões durante o inverno.

Walliser: termo antigo equivalente ao atual "Walser". Designa as originárias populações germânicas provenientes do Vallese, instaladas no alto vale do Lys a partir dos últimos anos de 1100.

Pietra ollare: tipo de pedra especial extraída no vale de Lys, utilizada desde a Idade Média para a confecção de objetos condutores de calor (panelas e, mais tarde, estufas e outros objetos).

Nomes de localidades

Augusta: Aosta
Canton des Allemands: Saint Jacques (lugar de Ayas)
Mont Joux: desfiladeiro do Grande São Bernardo
Praborno: Zermatt
San Vincenzo: Saint Vincent
Ussima: Issime
Verretio: Verrès

Medidas de quantidade

Tesa: medida de base utilizada para superfícies e volumes. A tesa linear equivalia a cerca de dois metros; a quadrada, a cerca de três metros quadrados e meio; e a cúbica, a cerca de seis metros cúbicos e meio (usada para medir lenha e feno).

Quartano: medida de superfície equivalente a cem *tesas*, ou seja, cerca de trezentos e cinquenta metros quadrados. Por extensão, era também utilizada como medida de capacidade para materiais secos (centeio ou grão); uma quartano correspondia a pouco mais de onze litros.

Cargia: medida de quantidade para diversas mercadorias (tecidos, armas, velas, utensílios).

Libra e *onça*: medidas de peso para líquidos e materiais sólidos (vinho, pimenta).

Exemplos de moedagem corrente

Soldos, denários, denários viennesi, denários sterlingi, denários coloneses, marengues: relativos a trocas comerciais documentadas no vale por volta de 1270.

Termos relativos a costumes medievais particulares

Oblato: rapazinho, provido de dote, confiado pelos pais a um mosteiro para ser iniciado na vida religiosa. Era por vezes filho de camponeses, mas frequentemente pertencia à nobreza.

Corveia: prestação de obra obrigatória paga pelos colonos nas terras dos senhores.

Vassallo casato: na mais geral acepção de vassalo (homem livre que está ligado por fidelidade a um senhor, assegurando-lhe ajuda militar e conselho e dele recebendo em troca a concessão de terras ou castelos), o cargo de *vassallo casato* é de mais modesta importância, limitando-se, geralmente, à possessão e à jurisdição numa única casa forte, com um âmbito limitado de poder (frequentemente apenas de defesa militar).

Divisão das horas da jornada

Ora prima: alba
Terceira hora: metade da manhã
Sexta hora: meio-dia
Nona hora: meio da tarde
Vésperas: pôr do sol
Completa: primeira hora depois de escurecer
Notturno: meia-noite
Mattutino: segunda parte da noite

Agradecimentos

COM RELAÇÃO A TUDO O QUE DIZ RESPEITO à documentação histórica, me foi preciosa a ajuda de Joseph Rivolin, diretor do Arquivo Histórico do vale de Aosta, e de Elide Squindo, presidente do Centro de Estudos e Cultura Walser, que, juntamente com Eugenio Squindo e Paolo Vincent, puseram-me a par dos usos e costumes antigos do vale de Gressoney. Davide e Mariuccia David, assim como Arturo e Oreste Squinobal, ajudaram-me a compreender a cultura Walser em muitas das suas mais particulares manifestações; um obrigada também a Vittorio de la Pierre, presidente da Consultoria Permanente para a Salvaguarda da Língua e da Cultura Walser, por suas preciosas sugestões, e a Ruggero Dujany, grande médico e valdsotano de origem que pôs à minha disposição memórias e material bibliográfico; a John Anderson, titular da cátedra de Sociolinguística Inglesa na Faculdade de Ciências Políticas da Universidade dos Estudos de Milão, que esclareceu as minha dúvidas sobre problemas da língua inglesa em uso no século XIII; ao responsável do Arquivo Cantonal de Sion, na Suíça, que me forneceu informações sobre os nomes dos bispos titulares do feudo no decurso de 1200. Um agradecimento especial a Fabio, por seu constante encorajamento para o meu trabalho e ao meu agente Mauro Cerana, por ter compreendido bem cedo que este romance teria leitores. A minha gratidão vai também para Gianna Re, paciente e compreensiva editora de indiscutível profissionalismo. Por último, mas não menos importantes, os meus familiares, que com paciência e amor seguiram de perto a redação do livro: um obrigada ao meu marido,

Giulio, e à sua inexcedível capacidade de descobrir publicações impossíveis de encontrar, não fosse a sua excepcional memória de bibliófilo; obrigada à minha filha Elisabetta, que, durante a redação e julgando com severidade e acuidade, leu, capítulo após capítulo, todo o romance, dando-me, assim, a possibilidade de ir melhorando os pontos mais obscuros; obrigada a Mattia, que com grande respeito e participação colaborou com Elisabetta nesse trabalho de leitura; obrigada a minha mãe, que me dispensou afetuosos conselhos, e obrigada também a Skye, que, involuntária mestra de etologia, me permitiu compreender a fundo o comportamento e a psicologia canina, de forma a conseguir, neste romance, dar dignidade de personagem a um cão.

Este livro foi composto na tipologia Electra LH
Regular, em corpo 11/16, e impresso em papel
off-white 80g/m² no Sistema Cameron da Divisão
Gráfica da Distribuidora Record.

Seja um Leitor Preferencial Record
e receba informações sobre nossos lançamentos.
Escreva para
RP Record
Caixa Postal 23.052
Rio de Janeiro, RJ – CEP 20922-970
dando seu nome e endereço
e tenha acesso a nossas ofertas especiais.

Válido somente no Brasil.

Ou visite a nossa *home page*:
http://www.record.com.br